나르치스와 골드문트

Narziß und Goldmund

세계문학전집 66

나르치스와 골드문트

Narziß und Goldmund

헤르만 헤세

임홍배 옮김

민음사

몬타놀라의 포도밭에 앉아 있는 헤르만 헤세

일러두기

1 이 책은 주어캄프(Suhrkamp) 출판사의 1987년판 『나르치스와 골드문트(Narziß und Goldmund)』를 저본으로 삼아 번역했다.

2 본문의 각주는 모두 옮긴이주이다.

차례

1장

　마리아브론 수도원[1] 입구에는 두 개의 작은 기둥으로 떠받쳐진 아치형 정문이 보이고, 그 앞에는 밤나무 한 그루가 길가에 바짝 붙어 서 있다. 원래 남쪽 나라 품종인 이 외톨박이 나무는 예전에 로마를 다녀온 어느 순례자가 가져다 심은 것으로 줄기가 튼실했다. 둥그렇게 우거진 나뭇가지는 길 위로 부드럽게 늘어져서 넉넉한 품으로 바람을 받으며 숨 쉬고 있었다. 벌써 주위가 온통 초록빛을 띠고 수도원의 호두나무들

---

1) 헤세는 만 14세 되던 해인 1891년 9월부터 다음 해 5월까지 고향 뷔르템베르크(Würtemberg)에 있는 마울브론(Maulbronn) 수도원의 신학교에 다닌 적이 있다. 12세기에 세워진 이 수도원에는 성모 마리아께 봉헌된 예배당이 있는데, 이 작품에 나오는 마리아브론 수도원의 명칭도 작가 자신의 그러한 전기적 배경과 무관하지 않을 것이다.

에서도 연홍색 잎새가 돋아나는 봄이 와도 밤나무는 한동안 잎을 내지 않고 있다가, 밤이 가장 짧은 철이 되면 소담스러운 잎줄기마다 이색적인 밤꽃이 은은한 연두색으로 환하게 피어나면서 마치 뭔가 경고라도 하듯이 아릿한 향기로 보는 사람의 마음을 사로잡곤 했다. 그리고 포도를 비롯한 과일 수확이 끝나는 시월이 되면 노랗게 물든 잎줄기에서 가시 달린 밤송이가 가을바람에 떨어졌다. 그렇지만 밤송이가 해마다 제대로 영그는 건 아니었다. 그래도 수도원의 생도들은 저마다 밤송이를 차지하겠다고 달려드는가 하면 프랑스어를 사용하는 스위스 지방 출신의 그레고르 수석 사제는 자기 방 난롯불에 밤을 굽기도 했다. 이 아름다운 나무의 무성한 잎새가 수도원 정문 위쪽에서 살랑거리면 낯설면서도 정겨운 느낌이 들었다. 낯선 고장에서 와 가볍게 추위를 타는 이 마음씨 고운 손님은 수도원 건물의 현관 양쪽에 서 있는 날렵한 사암(砂岩) 기둥이나 창문 위쪽의 아치형 돌 장식, 추녀를 두르는 장식이며 건물 기둥들과 은밀하게 친근한 조화를 이루고 있어서 프랑스나 이탈리아에서 온 사람들에겐 사랑을 받았지만 막상 이 고장 사람들에겐 이방인처럼 뜨악한 느낌을 주었다.

벌써 꽤 여러 세대의 수도원 생도들이 이 외국산 나무 밑을 거쳐 갔다. 생도들은 이 나무 아래에서 필기판을 팔에 긴 채 잡담을 하고 웃어 대며 장난을 치거나 다투기도 했다. 계절에 따라 맨발로 혹은 신발을 신고서 입에는 꽃송이를 물고 있거나 호두를 깨물기도 하였으며 또 눈을 공처럼 뭉쳐가지고 놀기도 했다. 이 수도원에는 늘 새로운 생도들이 입학하여 2년마다 얼굴이 바뀌었지만, 대부분 서로 비슷하게 금발에 곱슬머리였다. 그들 가운데 일부는 그대로 수도원에 남아 예비 신부 또는 수도사가 되어 머리를 깎고서 수도복을 입고 허리띠를 매었다. 그들은 책을 읽고 아이들을 가르치면서 나이가 들어 삶을 마감했다. 또 다른 생도들은 학업이 끝나면 부모의 부름을 받들어 기사의 성에 봉직하거나 상업 또는 수공업에 종사하면서 넓은 세상을 두루 경험했다. 그렇게 그들은 생의 즐거움을 맛보고 또 일에 몰두하다가 어쩌다 한 번쯤 다시 수도원을 방문하곤 했다. 자신들의 아들을 데려와 신부들에게 생도로 맡기기 위해서였다. 그럴 때면 그들은 지그시 미소를 지으며 생각에 잠긴 채 잠시 밤나무를 올려다보면서 다시금 자신을 잊었다. 수도원의 육중하고 둥근 아치형 창문들과 붉은 돌로 견고하게 세워진 양쪽 기둥 사이에는 여러 방과 교실들이 들어서 있어서, 그곳에서 교육과 학습, 관리와 통제가 이루어졌다. 여기서 생도들은 다양한 예술과 학문에 정진했다. 종교적 영역과 세속적 영역, 밝은 세계와 어두운 세계를 아우르는 예술과 학문은 한 세대에서 다음 세대로 대를 이어 전수되었다. 저서가 집필되거나 주석서가 편찬되기도 하였고, 갖가지 체계들이 창안되고 고대의 저술들이 수집되기도 하였으며, 그림이 들어간 필사본에 색을 입히는 작업도 이루어졌다. 민간 신앙이 장려되는가 하면 때로는 조롱당하기도 했다. 학문적 탐구와 경건한 신앙, 소박함과 노련함, 성경의 지혜와 고대 그리스 세계의 지혜, 공식화된 마술과 음성적인 마술, 이모든 것이 여기서는 용인되었고 또 상당히 활발하게 수행되었다. 고독한 칩거와 참회의 고행을 수행하는 공간인가 하면 서로 어울려 즐기는 생활도 가능했다. 그중 어느 쪽이 더 압도적인 우위를 차지하는가는 그때그때 수도원장을 맡은 이의 성품이나 당시의 지배적인 시대 조류에 따라 좌우되었다. 그리하여 어떤 때에는 이 수도원이 마귀를 몰아내고 악령을 다스리는 것으로 정평이 나서 방문객이 줄을 이었다. 또 때로는 빼어난 음악으로 유명하고 때로는 병자를 고치고 이적을 행하는 신통한 수도사로 유명한가 하면, 때로는 민물고기 수프라든가 사슴의 간을 다져 넣은 만두 요리로 이름이 나기도 했는데, 그중 어느 것이 유명한가는 시기마다 달랐다. 그러나 수도사와 생도들 무리 중에는 항상 신앙이 신실한 자와 미지근한 자, 금식 기도를 하는 자와 뚱뚱하게 살찐 자가 섞여 있었다. 이 수도원에 들어와 살다가 일생을 마치는 사람들 가운데는 언제나 이런저런 유형의 특이한 부류가 있었다. 만인의 사랑을 받는 인물이 있는가 하면 만인의 두려움을 사는 인물도 있었으며, 선택받은 존재인 것처럼 보이는 사람이 있는가 하면 다른 동료들이 잊힌 뒤에도 오래도록 화제에 오르는 그런 사람도 있었다.

지금도 역시 마리아브론 수도원에는 그런 특별한 존재가 두 사람 있다. 한 사람은 나이가 들었고 한 사람은 아직 젊었다. 두 사람은 수도원 기숙사와 예배당, 교실에서 북적대는 수많은 동료들 사이에 두루 잘 알려져 있었고 또 존경을 받았다. 나이 든 수도원장 다니엘과 젊은 생도인 나르치스가 바로 그들이었다. 나르치스는 수도원에 들어온 지는 얼마 되지 않았지만 특출한 재능 때문에 이 수도원의 모든 관습과 상관없이 벌써 선생으로 통했는데, 특히 희랍어에서 그러했다. 이 수도원장과 생도는 이곳에서 신망이 두터웠다. 이들은 사람들의 이목과 호기심을 끌었으며, 경탄을 자아내고 부러움을 사는가 하면 은밀한 중상모략의 대상이 되기도 했다.

수도원장은 대다수의 수도원 사람들에게 사랑을 받았으며 적이 없었다. 그는 선의에 넘치고 소박함과 겸손함이 몸에 밴 사람이었다. 다만 수도원의 학자들은 수도원장을 사랑하면서도 왠지 얕잡아보는 태도를 보이기도 했다. 다니엘 수도원장은 성자일지는 몰라도 학자는 아니었기 때문이다. 소박함은 그의 타고난 천품이었기에 그 자체가 곧 지혜와 통했다. 하지만 그의 라틴어 실력은 보통 정도였고 희랍어는 아예 몰랐다.

때때로 수도원장의 소박한 성품을 비웃곤 하는 소수의 사람들은 그럴수록 신동인 나르치스에게 매료되었다. 이 아름다운 소년은 희랍어를 유려하게 구사했고 의젓한 행동거지는 흠잡을 데가 없었다. 그는 생각이 깊은 사람답게 눈매가 차분하고도 형형했으며, 갸름한 입술은 단아하고도 엄한 인상을 주었다. 학자들이 그를 특히 좋아한 것은 놀라운 희랍어 실력 때문이었다. 그는 고결하고 섬세한 성품으로 거의 모든 이의 사랑을 받았으며, 상당수는 그에게 폭 빠져 있었다. 하지만 지나치게 차분하고 자제심이 강한 데다 너무 정중한 태도로 인하여 더러는 나르치스를 좋지 않게 여기는 축도 있었다.

수도원장과 생도, 두 사람은 제각기 나름의 방식대로 선택받은 자의 운명을 짊어지고 있었다. 자기를 다스리거나 힘든 일을 견뎌 내는 방식에서도 마찬가지였다. 두 사람은 수도원의 다른 어떤 식구들보다도 상대방에게 친밀감을 느끼고 마음이 끌렸다. 그럼에도 두 사람은 서로 쉽게 어울리지 못했으며 상대방에게서 따뜻함을 찾기 힘들었다. 수도원장은 이 젊은 생도를 너무나 주도면밀하게 다루었다. 수도원장이 이 섬세한 생도에게 베푸는 배려 속에는 너무 조숙한 나머지 위태로워 보이는 그런 희귀한 동료를 대하는 조심스러움이 배어 있었던 것이다. 그런가 하면 젊은 생도는 수도원장의 어떠한 명령이나 충고 또한 칭찬도 극진한 마음가짐으로 받아들였기에 수도원장의 뜻에 거스르거나 기분이 상하는 일이라곤 전혀 없었다. 나르치스에 대한 수도원장의 판단이 올바르다면 나르치스의 유일한 결점은 오만함이라 할 수 있는데, 나르치스는 자신의 그러한 결함을 놀랄 만큼 잘 감출 줄 알았다. 나르치스는 너무나 완벽해서 그에겐 그 어떤 싫은 소리도 할 수 없었고, 누구보다 탁월했다. 그렇지만 학자들 말고 진정으로 그의 친구가 될 수 있는 사람은 극소수였기에 그의 우월함을 감싸고 있는 분위기에는 왠지 냉기가 감돌았다.

언젠가 고해성사를 마친 나르치스에게 수도원장은 이렇게 말했다. "나르치스 군, 고백하건대 나는 자네를 두고 한 가지 가혹한 판단을 해 왔다네. 나는 곧잘 자네가 오만하다고 생각했지. 그래서 어쩌면 자네한테 잘못한 게 있을지도 몰라. 여보게, 자네는 너무나 고립되어 있고 외로운 존재야. 자네한테는 숭배자는 있을지언정 친구는 없거든. 제발이지 자네를 꾸짖을 기회라도 왔으면 하고 바랐다네. 하지만 그럴 계기가 있어야

말이지. 자네 또래의 젊은이들이 곧잘 그러듯이 때로는 자네도 철없이 굴기라도 했으면 좋겠어. 그런데 자네는 절대로 그러지 않거든. 그래서 이따금 자네 때문에 마음을 졸이곤 한다네, 나르치스."

소년은 까만 눈망울로 노인을 올려다보았다.

"신부님, 저는 어떤 근심도 끼쳐 드리지 않기를 간절히 바랍니다. 사실 제가 오만한 것인지도 모릅니다, 신부님. 그렇다면 제발 저에게 벌을 주세요. 그렇지 않아도 저 자신에게 벌을 내리고 싶을 때가 있답니다. 신부님, 저를 독거방으로 보내 주시든지, 아니면 궂은일을 시켜 주세요."

"그러기엔 자네는 아직 어려." 수도원장이 말했다. "게다가 자넨 어학과 사고력에 남다른 능력을 보이고 있지 않은가. 자네한테 궂은일을 시킨다면 하느님께서 주신 재능을 허비하는 꼴이 되지. 십중팔구 자네는 교사나 학자가 될 걸세. 자네의 소원도 그렇지 않은가?"

"송구스럽지만 제 소원이 무엇인지 저 자신도 잘 모르겠습니다. 아마 저는 언제까지고 학문에서 기쁨을 찾을 테지요. 어떻게 다른 길이 있겠습니까? 하지만 학문이 제가 택해야 할 유일한 분야라고는 생각지 않습니다. 한 인간의 운명과 소명은 딱히 본인의 소원보다는 오히려 다른 어떤 것, 그러니까 예정된 섭리 같은 것에 의해 결정될 수도 있으니까요."

수도원장은 나르치스의 말에 진지하게 귀를 기울였다. 그러면서도 그는 노안에 미소를 띠며 이렇게 말했다. "내가 사람들을 겪어서 아는 바로는 특히 젊은 시절에는 누구나 다소간 섭리와 소망을 혼동하는 경향이 있게 마련이지. 하지만 자네는 앞으로 무엇을 해야 할지 알고 있는 것 같으니 어디 한마디 들려주게나. 대체 자네는 무엇이 되고 싶은가?"

나르치스는 검은 눈동자를 반쯤 내리깔았고 그러자 눈동자가 길고 까만 속눈썹에 가려졌다. 그는 말이 없었다.

"여보게, 말해 보게나." 한참을 기다리더니 수도원장이 말했다. 나르치스는 시선을 떨군 채 나직한 어조로 말하기 시작했다.

"신부님, 저는 무엇보다도 수도원에서 일생을 보낼 운명이라고 믿고 있습니다. 수도사나 신부, 어쩌면 수석 사제나 수도원장이 될지도 모르겠습니다. 하지만 제가 그것을 소망하기 때문에 그렇게 생각하는 것은 아닙니다. 공직으로 나아가는 것은 제 소망이 아닙니다. 그렇지만 저에겐 공직이 부과될 것 같아요."

두 사람은 한동안 말이 없었다.

"어째서 그렇게 생각하지?" 노인이 머뭇거리며 말했다. "자네가 그런 생각을 말할 수 있는 것도 다름 아닌 자네의 학문적 자질 덕분이 아닌가? 그런 자질 말고 다른 어떤 소양이 자네한테 그런 생각을 갖게 한다는 말인가?" 나르치스가 천천히 말했다. "저에겐 사람들의 성격과 운명을 알아보는 그 어떤 감각이 있습니다. 저 자신만이 아니라 다른 사람들의 성격과 운명도 느껴집니다. 그것이 바로 저의 소양입니다. 이러한 소양을 타고났기에 저는 다른 사람들을 다스림으로써 다른 사람들에게 봉사하는 길을 택하지 않을 수 없습니다. 만일 수도원 생활이 저의 타고난 운명이 아니라면 저는 재판관이나 정치가가 되어야만 할 것입니다."

"그럴지도 모르지." 수도원장은 고개를 끄덕였다. "사람들을 꿰뚫어 보고 운명을 통찰하는 자네의 능력을 구체적인 사례로 확인해 본 적이 있나?"

"그렇습니다."

"한 가지 사례를 들려줄 수 있겠나?"

"물론입니다."

"좋아. 나는 우리 형제들의 비밀을 당사자들 몰래 캐내고 싶지는 않으니, 자네가 모시는 수도원장 다니엘이 어떤 사람이라고 생각하는지 말해 주면 어떨까 싶네."

나르치스는 눈을 크게 뜨고 수도원장을 똑바로 마주 보았다.

"명령인가요, 신부님?"

"명령일세."

"말하기 힘들 것 같습니다, 신부님."

"자네한테 억지로 말을 시키는 것도 나로서는 힘든 일일세. 그런데도 나는 이 힘든 일을 하고 있지 않은가. 말해 봐!"

나르치스는 고개를 떨구고는 속삭이듯이 말하기 시작했다. "존경하는 신부님, 제가 신부님에 관해 아는 것은 거의 없습니다. 제가 알기로 신부님께서는 커다란 수도원을 다스리는 일보다는 염소 떼를 지켜 주거나 독거방에서 종을 치거나 농부들의 고해성사를 들어 주거나 하는 일을 더 좋아하는 하느님의 종이십니다. 또 제가 알기로 신부님은 특히 천주의 성모 마리아를 사랑하시고 그분께 가장 정성 들여 기도를 드립니다. 때로는 이 수도원에서 장려되는 희랍의 고전 학문이나 여타 학문들이 신부님의 보호 아래 맡겨진 사람들의 영혼에 혼란이나 위험을 가져오지 않도록 하기 위해 기도하십니다. 때로는 그레고르 수석 사제님을 대할 때 인내심을 잃지 않게 해 달라고 기도 드리지요. 또 가끔은 평온한 죽음을 맞을 수 있게 해 달라는 기도도 하십니다. 원장님의 기도는 응답받을 것이며 평화로운 죽음을 맞이하실 수 있을 거라고 생각합니다."

수도원장의 작은 접견실에는 정적이 감돌았다. 이윽고 노인이 말문을 열었다.

"자네는 몽상가여서 환영(幻影)을 보고 있군." 백발의 노인이 다정하게 말했다. "경건하고 다정해 보이는 환영도 사람을 미혹에 빠뜨릴 수 있는 법이지. 그런 환영을 믿지는 말게. 나 역시 그런 환영을 믿지 않네. 여보게 몽상가 친구, 내가 이런 문제에 대해 마음속으로 어떤 생각을 품고 있는지 알아맞혀 보겠나?"

"원장님은 이 문제에 관해 매우 우호적으로 생각하신다는 걸 알 수 있습니다. 원장님 생각은 이런 것입니다. '이 젊은이는 다소 위험에 처해 있다. 이 친구는 헛것을 보고 있으며, 아마도 지나치게 몽상에 빠져 있는 것 같다. 나는 어쩌면 이 친구에게 참회의 과제를 줄 수도 있을 테고 그런 참회가 그에게 해롭지는 않을 것이다. 하지만 내가 이 친구에게 부과해야 할 참회를 실은 나 자신부터 수행해야 하는 것이다.' 원장님께서 지금 막 생각하고 계시는 것은 이런 내용일 테지요."

수도원장은 몸을 일으켰다. 그는 미소를 지으며 생도에게 작별 인사를 했다.

"좋아." 원장이 말했다. "젊은이, 자네의 환영을 너무 심각하게 생각하진 말게나. 하느님께선 환영을 통해 보는 것과는 또 다른 여러 가지 것들을 우리에게 요구하신다네. 자네가 어떤 노인한테 평안한 죽음을 약속하여 그를 기분 좋게 해 주었다고 가정해 보세. 또 그 노인이 한순간 기쁜 마음으로 이 약속을 들었다고 가정하세. 그것으로 충분하네. 내일 아침 미사 후에 묵주 기도를 바치게. 자신을 비우고 겸허한 마음가짐으로 기도하게나. 대충 얼버무려선 안 돼. 나도 같은 기도를 바치겠네. 가 보게, 나르치스 군. 이야기는 이것으로 족하네."

또 언젠가 수도원장은 교사 가운데 가장 젊은 사람과 나르치스 사이에 중재를 서야만 했다. 두 사람은 교과목 중 어느 한 대목에서 의견이 일치하지 않았던 것이다. 나르치스는 수업 내용 가운데 어떤 부분을 바꾸자고 완강히 주장했는데, 새로 도입하려는 내용이 옳다는 것을 설득력 있는 근거를 대며 설명했다. 그러나 로렌츠 선생은 일종의 질투심 때문에 나르치스의 주장을 받아들이려 하지 않았다. 그리하여 두 사람은 면담을 할 때마다 며칠씩 기분이 상해서 서로 말도 하지 않고 토라져 있었다. 그러던 참에 나르치스는 시비를 가려야겠다는 생각에서 다시금 이 문제를 끄집어냈다. 마침내 로렌츠 선생은 얼마간 자존심이 상해서 이렇게 말했다. "나르치스, 이제 이 언쟁을 끝냈으면 좋겠어. 자네도 알다시피 결정권은 나한테 있지 자네한테 있는 게 아닐세. 자넨 나의 동료가 아니

라 조수니까 내 뜻을 따라야 해. 하지만 이 문제가 자네한테
는 너무나 중대사인 듯하고 나 역시 직권은 자네보다 높아도
지식이나 재능이 자네보다 뛰어난 것은 아니니 내가 이 문제
를 결정하지는 않겠네. 이 문제를 원장 신부님께 가져가서 결
정을 부탁드리기로 하지."

두 사람은 그렇게 했고, 다니엘 수도원장은 어학 수업에 관
한 두 학자의 견해 차이를 친절하고도 참을성 있게 들어 주었
다. 두 사람이 각자의 의견을 상세히 진술하고 그 근거를 제시
하자 노인은 흐뭇한 표정으로 두 사람을 바라보더니 백발의
머리를 가볍게 가로저으며 이렇게 말했다. "친애하는 젊은이
들, 그런데 이런 문제에 관해서는 나도 자네들 정도밖에 알지
못한다는 생각은 하지 않는군. 나르치스 군이 교육 문제에 이
토록 깊은 관심을 가지고 교과 내용을 개선하려고 애쓴다니
칭찬할 일이야. 그렇지만 상급자의 견해가 다르다면 나르치스
군은 입을 다물고 순종해야 도리지. 우리 수도원에서 질서와
순종의 미덕이 흐트러진다면 아무리 교육 제도를 개선해도
소용이 없단 말일세. 자기 뜻을 굽힐 줄 모른다면 그것은 나
르치스의 잘못이야. 그리고 자네들 젊은 학자들한테 바라는
게 있다면, 자네들보다 우둔한 상급자들이 앞으로도 늘 있었
으면 하는 것일세. 오만함을 다스리는 데 그보다 좋은 약은 없
는 법이지."

선의에서 우러나온 이런 농담을 남기고 원장은 두 사람 곁
에서 떠나갔다. 하지만 원장은 그 후 며칠 동안 과연 두 학자
가 원만하게 의견을 조율하는지 눈여겨 지켜보기를 잊지 않

았다.

그런데 수많은 인물이 들고 나는 수도원에 새로운 얼굴이 나타났다. 그는 수도원 사람들의 눈에 띄지 않은 채 금방 잊히고 마는 그런 인물은 아니었다. 이미 오래전에 그 부친이 입학 수속을 해 놓은 그는 어느 봄날 정식 입학을 위해 수도원 부속학교에 도착했다. 소년과 그의 아버지는 수도원 입구의 밤나무에다 각자 타고 온 말을 매어 놓았고 정문에서 문지기가 그들을 맞이했다.

소년은 아직도 겨울철의 헐벗은 모습 그대로인 나무를 올려다보며 말했다. "이런 나무는 한 번도 본 적이 없어요. 정말 특이하게 생긴 아름다운 나무예요! 나무 이름이 뭔지 알고 싶어요."

중년의 신사인 소년의 아버지는 근심 어린 얼굴을 다소 찌푸리며 아이의 말에는 신경을 쓰지 않았다.

하지만 첫눈에 소년에게 호감을 느낀 문지기가 나무 이름을 일러 주었다. 소년은 문지기에게 정답게 고맙다는 말을 하고는 악수를 청하며 이렇게 말했다. "저는 골드문트라고 해요. 여기서 학교를 다닐 거예요." 문지기는 소년에게 다정하게 미소를 지어 보이고는 방문객들보다 앞서 정문을 통과하여 널찍한 돌층계를 따라 위로 올라갔다. 주저하지 않고 수도원에 발을 들여놓은 골드문트는 여기서 벌써 친구가 될 만한 두 존재를 만난 느낌이 들었다. 그들은 바로 밤나무와 문지기였다.

골드문트와 그의 아버지는 먼저 학교장 신부님의 영접을 받았으며, 저녁때에는 수도원장이 친히 두 사람을 접견했다. 황제의 직속 관리로 봉직하고 있는 소년의 아버지는 두 번에 걸쳐 자기 아들 골드문트를 소개했다. 그는 얼마간 이 수도원의 손님으로 머물러도 좋다는 초대를 받았다. 하지만 그는 하룻밤만 머물고 다음 날 아침에는 돌아가야만 한다는 뜻을 밝혔다. 그는 답례로 두 필의 말 가운데 한 마리를 수도원에 희사하겠다고 제안하였고 그 선물은 받아들여졌다. 성직자들과의 면담은 격식대로 딱딱한 분위기에서 진행되었다. 하지만 수도원장과 교장 신부님은 존경 어린 태도로 입을 다물고 있는 골드문트를 흐뭇하게 바라보았다. 이 귀엽고 순한 소년은 금방 두 사람의 마음에 들었던 것이다. 다음 날 그들은 아무 걱정 없이 소년의 아버지를 배웅하고는 기쁜 마음으로 소년을 맡아 주었다. 골드문트는 교사들과 인사를 나누고 생도들의 기숙사에 잠자리를 배정받았다. 소년은 존경심과 서운함이 어린 표정을 지으며, 말을 타고 떠나가는 아버지와 작별했다. 소년은 아버지가 곡물 창고와 방앗간 사이를 지나 수도원 외곽 농장의 좁다란 아치형 문을 통과하여 사라질 때까지 서서 아버지의 뒷모습을 바라보았다. 발길을 돌리는 소년의 긴 금빛 속눈썹에는 눈물이 그렁했다. 그러자 어느새 문지기가 소년의 어깨를 다정하게 토닥여 주며 위로의 말을 건넸다.

"꼬마 신사 양반, 슬퍼하면 안 돼. 대개 처음에는 약간씩 향수병에 걸린단다. 아버지, 어머니, 누이들이 보고 싶은 게지. 하지만 너도 금방 알게 될 거다. 여기도 살 만한 곳이고, 과히 나쁘지 않다는 것을 말이야."

"고마워요, 문지기 아저씨." 소년이 말했다. "저한테는 누이도 없고 어머니도 안 계세요. 전 아버지뿐이에요."

"그 대신 여기엔 동료들이 있단다. 그리고 학문과 음악, 또 네가 여태껏 모르던 새로운 놀이들이 있지. 그 밖에도 여러 가지 것들이 있는데 금방 알게 될 거다. 그리고 너한테 다정하게 대해 줄 사람이 필요하거든 나한테로 오면 된단다."

골드문트는 그를 보며 살짝 웃었다. "정말 고마워요. 저를 기쁘게 해 주고 싶으시면 아버지가 두고 가신 우리 집 말이 어디 있는지 지금 가르쳐 주세요. 말한테 인사도 하고 그 녀석이 잘 지내고 있는지 보고 싶거든요."

문지기는 곡물 창고 옆에 있는 마구간으로 곧장 소년을 데려갔다. 아침 햇살이 어스름히 비쳐 드는 마구간에선 말 냄새가 코를 찔렀고, 두엄이며 보리 냄새도 풍겼다. 골드문트는 말들을 가두어 놓은 칸막이 한 곳에 자기를 이곳까지 태워다 준 갈색 말이 서 있는 것을 보았다. 그는 어느새 주인을 알아보고 머리를 쭉 내미는 말의 목덜미를 두 손으로 감싸고는 흰 점이 박힌 넓은 이마에 볼을 갖다 댄 채 부드럽게 말을 쓰다듬으며 이렇게 속삭였다. "귀여운 점박아, 잘 있었니? 정말 괜찮아? 아직도 날 좋아하지? 먹을 건 있니? 아직도 집 생각이 나? 점박이 이 녀석, 너도 함께 남아서 정말 좋아. 종종 와서 보살펴 줄게." 소년은 소맷자락에서 아침 식사 때 남겨 둔 빵 조각을 꺼내더니 잘게 뜯어서 말에게 먹였다. 그러고서 작별을 하고는 문지기를 따라 수도원 앞뜰을 지나왔다. 수도원 앞뜰은 마치 대도시의 장터처럼 널찍하고 군데군데 보리수나무가 자라고 있었다. 수도원 본관 현관에 이르러 소년은 문지기에게 고맙다는 말과 함께 작별 인사를 청하다가 어제 교실로 가는 길을 구경했지만 그새 잊어버렸다는 사실을 깨닫고는 피식 웃음을 터뜨렸다. 그는 겸연쩍은 얼굴로 문지기에게 안내를 부탁했고, 문지기는 기꺼이 들어주었다. 그리하여 소년은 교실에 발을 들여놓게 되었다. 열 명 남짓한 소년 생도들이 긴 의자에 앉아 있었고, 수습 교사 나르치스가 골드문트 쪽으로 몸을 돌렸다.

"저는 골드문트라고 해요." 소년은 말했다. "신입생이에요."

나르치스는 미소도 없이 간단히 인사를 하고는 뒷자리에 있는 좌석을 지정해 주더니 곧바로 수업을 계속했다.

골드문트는 자리에 앉았다. 그는 교사가 너무 어린 것을 보고는 깜짝 놀랐다. 자기보다 겨우 두어 살 더 들어 보였던 것이다. 더구나 이 어린 선생이 너무 멋지고 훌륭하며, 너무나 진지하면서도 마음에 쏙 들게 호감을 준다는 사실이 놀랍고 깊은 희열을 안겨 주었다. 문지기 아저씨는 자상하게 대해 주고 수도원장은 매우 친절하며 저쪽 마구간에는 점박이가 있으니 왠지 고향에 온 듯한 기분이 들었다. 더구나 여기엔 이렇게 젊은 선생이 있지 않은가. 학자처럼 진지하고 왕자처럼 고결한 선생이 있는 것이다. 그의 어조는 또 얼마나 차분하고 냉정하면서도 사람의 마음을 꼼짝 못 하게 사로잡는가! 소년은 수업 내용을 당장은 알아듣지 못했지만, 감사하는 마음으로 귀를 기울였다. 마음이 편안해졌다. 너무 선량하고 매력적인 사람들이 있는 곳에 온 것이다. 그는 이 사람들을 사랑하고 친구로 사귈 마음의 준비가 되어 있었다. 이날 아침 잠자리에서 눈을 떴을 때만 해도 가슴이 답답했고, 아직 긴 여행의 여독이 풀리지 않은 상태였다. 그리고 아버지와 작별하면서 얼마간 눈물을 흘리지 않을 수 없었다. 하지만 이젠 기분이 좋아졌고 만족스러웠다. 한참 동안 젊은 선생을 쳐다보고 있자니 소년은 선생의 야무져 보이는 날씬한 체격과 서늘하게 빛나는 눈매, 또박또박 분명하게 모음을 발음하는 입술과 지칠 줄 모르는 활기찬 목소리에 기분이 좋아졌다.

그런데 수업 시간이 끝나고 생도들이 소란을 피우며 자리에서 일어서자 골드문트는 자기가 내내 졸고 있었다는 걸 알고는 부끄러워졌다. 더구나 자신이 졸았다는 사실을 본인만 알고 있는 게 아니라 옆자리에 앉은 생도들도 알아채고는 수군거리며 계속 전파했던 것이다. 젊은 선생이 교실을 나가기 무섭게 온 사방에서 동료 생도들이 몰려와 골드문트의 옷소매를 끌어당기고 몸을 툭툭 쳤다.

"잘 잤니?" 한 생도가 이렇게 물으며 이죽거렸다.

"근사한 생도야!" 또 다른 생도가 놀려 댔다. "아마 교회를 밝히는 멋진 등불이 될 거야. 첫 시간부터 깜박거리잖아!"

"그 꼬마를 침대로 데려가!" 누군가 제안하자 아이들은 그의 팔다리를 붙잡고는 폭소를 터뜨리며 정말 끌고 갈 기세였다.

이렇게 혼쭐이 난 골드문트는 화가 치밀었다. 그는 몸을 뿌리치고 무리에게서 빠져나오려고 바둥댔지만, 팔꿈치들에 얻어맞기만 하고 결국 나동그라지고 말았다. 한 아이는 여전히 그의 발목을 꼭 붙잡고 있었다. 골드문트는 그 아이에게 힘껏 발길질하여 몸을 빼내고서 맨 앞에 서 있는 아이한테 달려들었다. 둘은 금방 엉겨 붙어 심하게 몸싸움을 했다. 상대는 힘이 센 녀석이었다. 모두 두 아이의 싸움을 흥미진진하게 구경하고 있었다. 골드문트가 지지 않고 힘센 녀석에게 몇 차례 보기 좋게 주먹을 날리자 동료 생도 중에는 미처 이름도 알기 전에 어느새 그를 따르는 친구가 생겼다. 그런데 갑자기 아이들이 모두 쏜살같이 현장에서 달아나는 것과 동시에 학교장인 마르틴 신부님이 들어왔다. 신부님은 혼자 남겨진 소년 앞에 마주 섰다. 그는 망연자실 소년을 쳐다보았다. 얼굴이 벌겋게 부어오르고 약간 찢어진 소년의 푸른 눈에는 당황한 기색이 역력했다.

"도대체 어떻게 된 거지?" 신부님이 물었다. "넌 골드문트가 아니냐? 그렇지? 이 못된 녀석들이 너한테 대체 무슨 짓을 한 거냐?"

"아, 아니에요." 소년이 대답했다. "그 녀석하고는 담판을 지었어요."

"대체 누구 말이냐?"

"누군지는 모르겠어요. 전 아직 아무도 모르거든요. 어떤 아이가 저하고 싸웠어요."

"그래? 그 녀석이 싸움을 걸어왔단 말이지?"

"모르겠어요. 아니, 제가 먼저 싸움을 걸었던 것 같아요. 애들이 저를 놀렸거든요. 그래서 화가 났던 거예요."

"그래, 이 녀석 정말 시작이 근사하구나. 분명히 말하겠는

데, 한 번만 더 이 교실에서 주먹질을 했다간 벌을 받을 줄 알
아. 자 이제 저녁 식사를 해야지. 어서 가!"

교장은 골드문트의 뒷모습을 지켜보며 미소를 지었다. 골드
문트는 창피한 기분으로 달려가면서 헝클어진 연한 금발을 손
가락으로 빗어 보려고 애썼다.

골드문트는 수도원에서의 첫 행동이 정말 꼴사납고 어리석
었다고 생각했다. 그는 뉘우치는 마음으로 저녁 식사 때에 같
은 학급 아이들을 찾아냈다. 친구들은 존경심과 우정으로 그
를 맞아 주었다. 그는 의젓하게 자기 적수와 화해했으며, 이 시
간부터 이들의 동아리에 제대로 받아들여졌음을 느꼈다.

2장

골드문트는 그동안 수도원의 모든 식구와 좋은 친구가 되었지만 진정한 친구는 금방 찾을 수 없었다. 생도 중에는 각별히 친밀감을 느끼거나 마음이 끌리는 동료가 없었다. 사실 생도들은 어리둥절한 상태였다. 배짱 좋게 주먹을 휘두르던 골드문트를 멋진 싸움꾼이라 여기고 싶었는데, 알고 보니 골드문트가 평화를 대단히 존중하고 모범 생도의 영예를 추구하는 듯한 모습을 보였기 때문이다.

수도원에는 골드문트가 진심으로 끌리는 사람이 둘 있었다. 그들은 골드문트의 마음에 들었고 그의 생각을 자극했으며, 그들에게서 골드문트는 감탄과 사랑과 경외심을 느꼈다. 다니엘 수도원장과 수습 교사 나르치스가 바로 그들이었다. 수도원장은 그에게 성자로만 여겨졌다. 그의 소박함과 선량함, 맑고 사려 깊은 눈길, 명령하고 다스리는 일을 겸허하게 받들어 수행하는 태도, 선의에 넘치고 차분한 몸가짐, 이 모든 것이 단번에 골드문트의 마음을 사로잡았던 것이다. 그럴 수만 있다면 이 경건한 분의 몸종이 되어 언제나 순종하고 시중을 들면서 그분 주위에 머물고 싶었다. 기꺼이 자기를 바치고 내던지고픈 일체의 순진한 열망을 그분께 변함없이 보여 드리면서 그분에게서 순수하고 고결하며 성스러운 삶을 배우고 싶었다. 그도 그럴 것이 골드문트는 수도원 학교를 그냥 졸업만 하는 것이 아니라 가능하다면 온전히 수도원에 몸담고서 일생을 하느님께 바칠 작정이었던 것이다. 그것이 곧 그의 뜻이었고 부친의 소망이자 명령이기도 했으며, 어쩌면 하느님의 섭리이자 명령인지도 몰랐다. 아름답게 빛나는 이 소년이 그런 각오를 다지고 있으리라고는 아무도 눈치채지 못했지만, 그에겐 이미 태어날 적부터 그 어떤 운명의 짐이 지워져 있었다. 그는 속죄와 희생의 길을 가야만 하는 남모를 운명을 타고났던 것이다. 골드문트의 아버지가 자기 아들이 일평생 이 수도원에서 살았으면 하는 소망을 분명히 피력하며 약간의 암시를 주었지만, 수도원장조차도 그 비밀을 알아차리지는 못했다. 골드문트의 출생에는 알 수 없는 오명이 씌워져 있는 듯했고, 말할 수 없는 그 무엇이 속죄를 요구하는 것처럼 보였다. 그런데 소년의 아버지는 수도원장에게 그다지 호감을 주지 못했다. 그래서인지 수도원장은 소년의 아버지가 한 말이나 어찌 보면 잘난 체하는 듯한 태도에 으레 냉정하게 응대했으며, 그의 언질을 대수롭지 않게 여겼다.

골드문트의 애정을 일깨운 또 다른 존재인 나르치스는 수도원장보다 더 날카롭게 관찰했고 더 많은 것을 예감하긴 했으나 워낙 속을 터놓지 않는 성격이었다. 나르치스는 마치 황금 새처럼 너무나 멋진 소년이 자기한테로 날아왔다는 것을 잘 알고 있었다. 군계일학처럼 외로운 존재였던 나르치스는 골드문트가 모든 면에서 자기와 상반된 존재인 듯하면서도 닮은 데가 있다는 것을 직감으로 알았다. 나르치스가 어두운 성격에 깡마른 체격이었다면 골드문트는 눈부시게 화사한 존재였다. 또 나르치스가 사변가요 분석가였다면 골드문트는 몽상가로서 어린아이처럼 순진한 영혼의 소유자로 보였다. 그렇지만 두 사람 사이의 그러한 대립적 측면보다는 공통점이 더 컸다. 둘은 훌륭한 인격자였고 두 사람이 보여 주는 재능과 개성은 다른 생도들에 비해 두드러졌으며, 또 둘은 숙명적으로 어떤 특별한 경고를 받으며 태어난 존재였던 것이다.

나르치스는 이 어린 영혼에 뜨겁게 빠져들었으며 그의 성격과 운명을 금세 간파했다. 골드문트는 자기보다 뛰어난 지성의 소유자인 이 훌륭한 스승에게 경탄해 마지않았다. 그렇지만 골드문트는 소심한 자세를 취할 수밖에 없었다. 그로서는 나르치스의 눈에 들려면 주의 깊고 학구적인 생도가 되기 위해 지쳐 나가떨어질 때까지 안간힘을 쓰는 도리밖에 없었던 것이다. 그가 속을 터놓을 수 없었던 것은 이런 소심함 때문만은 아니었다. 나르치스가 자기한테 왠지 위험한 존재일 거라는 직감도 있었기 때문에 그는 주춤할 수밖에 없었다. 이리하여 골드문트에게는 마음씨 좋고 겸손한 수도원장이나 또 지나치게 명석하고 학구적이며 날카로운 지성의 소유자인 나르치스 역시 이상이나 모범이 될 수 없었다. 그럼에도 그는 젊음의 영혼을 송두리째 바쳐 결코 하나로 합쳐질 수 없는 두 이상을 따르고자 힘썼다. 그로 인해 그는 곧잘 번민에 빠져들었다. 학창 시절의 처음 몇 달 동안 골드문트는 때때로 심하게 마음의 혼란을 느꼈고 갈피를 잡을 수 없었다. 그리하여 그는 이들에게서 도망치거나 동료 생도들과 교제하면서 마음속의 울분과 곤혹감을 풀고 싶은 유혹을 강하게 느끼곤 했다. 선량한 골드문트는 곧잘 동료들의 사소한 조롱이나 개구쟁이 짓에도 느닷없이 거칠게 화를 터뜨렸기 때문에 가까스로 자신을 억눌러 눈을 감고 백지장처럼 창백한 얼굴로 말없이 자리를 뜨곤 했다. 그럴 때면 골드문트는 마구간에 있는 점박이 말을 찾아가 점박이의 목덜미에 머리를 기대어 입을 맞추며 그 곁에서 눈물을 흘리곤 했다. 그의 번민은 갈수록 커져서 사람들의 눈에 띌 정도가 되었다. 얼굴은 수척해지고 시선은 초점이 흐려졌으며, 누구나 좋아하던 웃음도 뜸해졌다.

골드문트는 스스로 자신의 상태가 어떤지 알지 못했다. 그의 진심 어린 소망과 염원은 여전히 착실한 학생이 되고 조만간 수련생으로 받아들여져서 장차 사제들의 신실하고 조용한 형제가 되는 것이었다. 그는 자신의 모든 능력과 재능이 이 신성하고도 평화로운 목표를 향해 나아가고 있다고 믿었으며, 다른 일에는 조금도 한눈팔지 않았다. 그런 만큼 이 소박하고 아름다운 목표에 다다르기가 너무나 힘들다는 사실을 알았을 때는 기분이 이상해지고 서글픈 심정이 되었다. 이따금 책

망받아 마땅한 충동과 심경에 빠져드는 것을 느낄 때마다 의욕이 달아나고 스스로가 낯설어졌다. 공부할 때 마음이 산란해지고 거부감이 느껴진다거나 수업 시간 중에 몽상과 공상 혹은 졸음에 빠지기도 했으며, 라틴어 선생한테 반발심이 생기고 정이 떨어지는가 하면 동료 생도들한테 쉽게 발끈하고 참을성이 없어지기도 했다. 무엇보다도 갈피를 잡기 힘든 것은 나르치스에 대한 사랑과 다니엘 수도원장에 대한 사랑이 도무지 서로 화합될 기미를 보이지 않는다는 사실이었다. 그러면서도 그는 간혹 나르치스 역시 자기를 사랑하며 자기 문제에 관심을 쏟고 자기를 기다리고 있다는 것을 마음속 깊이 확신했다.

나르치스는 소년이 생각하는 것보다 훨씬 더 깊이 그에 대한 생각에 골몰하고 있었다. 나르치스는 이 귀엽고 밝고 사랑스러운 소년을 친구로 삼고 싶었다. 그는 소년이 자신과 극단적으로 상반된 성격이면서도 자신을 보완해 줄 수 있다는 것을 직감으로 알았다. 할 수만 있다면 소년을 가까이에 두고서 그를 이끌어 주고 깨우쳐 주고 끌어올려서 활짝 꽃피게 하고 싶었다. 하지만 그는 자신을 억눌렀다. 그가 자제한 데에는 많은 이유가 있었는데, 그 자신도 그 이유를 거의 모두 알고 있었다. 무엇보다 그를 주저하도록 옭아맨 것은 생도들이나 예비 사제들한테 빠져드는 선생들과 수도사들에게서 느껴지는 혐오감이었다. 그런 선생이나 수도사들이 아주 드물지는 않았다. 그 자신도 나이 든 선생들의 탐욕스러운 눈길이 자기한테 머무는 것을 역겹게 느껴 온 터였고, 그들이 자신을 마치 응석반이 아이 다루듯 다정스레 대할 때면 내심 거부감을 느끼면서도 묵묵히 응대하곤 했던 것이다. 그런데 이제 그는 그들을 더 잘 이해할 수 있게 되었다. 그 자신도 귀여운 골드문트를 예뻐해 주고 그가 사랑스러운 웃음을 짓게 하고 또 다정한 손길로 연한 금발을 쓰다듬어 주고 싶은 유혹을 느꼈기 때문이다. 하지만 그는 단연코 그럴 수 없었다. 게다가 그는 수습 교사로서 비록 교사의 위치에 있긴 해도 아직 직함이나 권위는 없었기에 그만큼 각별한 주의와 분별이 몸에 배어 있었다. 그래서인지 나르치스는 자기보다 불과 몇 살 아래인 소년을 마주 대할 때면 마치 스무 살쯤은 더 나이 든 것처럼 처신하는 데 익숙했고, 또 어떤 학생도 편애하지 않으면서 오히려 마음에 들지 않는 생도에게는 억지로라도 각별히 신경을 써 주고 공정하게 대하고자 늘상 마음을 다졌다. 정신적인 것에 전념하는 것이 그의 소임이었기에 그의 엄격한 생활은 정신적인 관심사에만 바쳐졌으며, 다만 잠깐씩 아주 방심한 상태에서만 자기가 남보다 많이 알고 더 똑똑하다는 우월감을 남몰래 즐기곤 했다. 사실 골드문트와의 우정이 아무리 유혹적이라 해도 그것은 위험한 조짐으로 다가왔으며, 자기 생활의 핵심이 그런 위태로운 우정 때문에 흐려지는 것을 스스로 용납할 수 없었다. 그의 삶을 의미 있게 만드는 핵심은 정신을 도야하고 언어를 탐구하는 일이었으며, 또한 스스로의 이익을 포기하고 조용한 가운데 우월한 정신으로, 자신에게 맡겨진 생도—물론 그에게 맡겨진 생도만은 아니었지만—들을 숭고한 정신적 목표로 인도하는 일이었다.

골드문트가 마리아브론 수도원의 생도가 된 지도 벌써 일 년이 넘었다. 수도원 앞뜰의 보리수나무와 아름다운 밤나무 아래에서 동료 생도들과 뜀박질이며 공놀이, 산적놀이, 눈싸움 따위의 장난을 치며 뛰논 것도 이미 수백 번이 넘었다. 이제 봄철이 되었다. 하지만 골드문트는 피곤하고 몸이 편치 않았다. 곧잘 두통이 나기도 했으며, 정신을 차리고 수업에 주의를 집중하기가 힘들었다.

그러던 어느 날 저녁 아돌프가 골드문트에게 말을 걸어왔다. 아돌프는 그가 주먹질로 첫 대면을 했던 바로 그 생도였는데, 골드문트는 지난겨울에 그 친구와 함께 저녁 식사 후 자유 시간을 잡아 유클리드 기하학 공부를 시작했다. 자유 시간이 되면 생도들은 공동 침실에서 놀거나 생도 휴게실에서 잡담을 나누거나 수도원 외곽 뜰에서 산책할 수 있었다.

층계 아래쪽으로 골드문트를 끌고 가면서 아돌프가 말했다. "골드문트, 너한테 얘기해 줄 게 있어. 재미있는 얘기야. 정말이지 너는 모범 생도니까 틀림없이 언젠가는 주교(主敎)가 되고 싶겠지. 그러니 친구의 의리를 지키고 선생님들한테 일러바치지 않겠다는 약속부터 해 줘."

골드문트는 주저 없이 약속했다. 수도원의 서약이 있는가 하면 생도들끼리의 서약이라는 것도 있었다. 때로는 양자가 서로 상충하는 경우도 있었으며, 골드문트는 그 점을 익히 알고 있었다. 하지만 어디서나 그렇듯이 조문으로 기록된 법률보다는 오히려 불문율이 더 위력적이게 마련이다. 사실 골드문트는 생도로 있는 동안에는 생도들끼리의 규약과 서약을 결코 어기고 싶지 않았다.

아돌프는 귓엣말하면서 수도원 정문을 지나 나무 밑으로 골드문트를 끌고 갔다. 아돌프의 말에 따르면 이 수도원에는 근사하고 대범한 몇몇 동료들이 있는데, 아돌프 자신도 그 일원이었다. 이들은 이 수도원에서 선배 세대로부터 전해 내려오는 관행을 받들어 자신들이 결코 수도사가 아니라는 것을 서로 거듭 상기시켜 주면서 언젠가 날을 잡아 밤에 수도원을 떠나 마실을 다녀오기로 약속했다는 것이다. 그것은 사내대장부라면 결코 외면해선 안 될 재미난 모험으로, 어차피 밤중에 다시 수도원으로 돌아올 거라고 했다.

"그렇지만 수도원 정문이 잠길 거 아냐." 골드문트가 이의를 달았다.

아돌프의 대답인즉 물론 문은 잠겨 있겠지만 그래서 이 모험이 오히려 더욱 재미있지 않겠냐는 것이었다. 눈에 띄지 않고 들어올 수 있는 비밀 통로도 알고 있으며, 이번이 처음도 아니라고 했다.

그러고 보니 골드문트는 생각나는 것이 있었다. 그는 '마실을 다녀온다'는 말을 이미 들어 본 적이 있었고, 그 말은 생도들이 온갖 은밀한 향락과 모험을 위해 밤 나들이를 한다는 뜻임을 알 수 있었다. 그런 일은 수도원의 규약에 의해 엄벌로 다스려졌다. 그는 깜짝 놀랐다. '마실을 다녀온다'는 것은 죄를 짓는 일이요 금지된 일이었다. 하지만 바로 그런 까닭에 '사내대장부'들 사이에서는 위험한 일을 감행하는 것이야말로 생도의 서약이 될 만하다는 것, 그리고 이러한 모험에 도전하자는 권유야말로 모종의 영예를 뜻한다는 것도 그는 잘 알고 있었다.

그는 될 수 있으면 이 제의를 거절하고 잠자리로 돌아가고 싶었다. 그는 너무 피곤하고 기분이 가라앉아 있었으며 오후 내내 두통으로 괴로웠다. 그렇지만 아돌프한테 다소 창피한 느낌이 들었다. 게다가 수도원 바깥세상의 모험은 어쩌면 두통이나 권태, 온갖 짜증을 잊을 수 있는 멋지고 새로운 그 무엇을 안겨 줄지도 모를 일이었다. 그것은 세상 속으로 소풍을 가는 것과 같았다. 물론 비밀스럽고 금지된 것이어서 떳떳하다고는 할 수 없지만, 그래도 자유를 맛볼 수 있는 근사한 체험이 될 것 같았다. 아돌프가 설득하는 동안 머뭇거리며 서 있던 골드문트는 갑자기 활짝 웃으며 승낙했다.

골드문트는 아돌프와 함께 벌써 땅거미가 깔리는 널찍한 뜰의 보리수나무 아래로 숨어들었다. 뜰의 가장 바깥쪽 문은 이 시간이면 이미 닫혀 있게 마련이었다. 아돌프는 그를 수도원 방앗간 안으로 끌고 들어갔다. 그곳은 어두컴컴하고 바퀴가 쉴 새 없이 요란한 소리를 냈기 때문에 아무 기척 없이 눈에 띄지 않게 빠져나가기가 용이했다. 두 친구는 창문을 타고 넘어 축축하게 젖어서 미끄러운 널빤지 더미 위로 내려섰다. 날은 완전히 저물었다. 두 친구는 널빤지 가운데 하나를 빼내어 개울을 건널 수 있게 걸쳐 놓았다. 이제 둘은 수도원 밖으로 빠져나왔다. 어슴푸레 비치는 군사용 도로가 울창한 숲속으로 이어져 있었다. 이 모든 것이 두 소년에겐 흥분과 신비감을 안겨 주었으며 둘은 무척 흡족했다.

숲 언저리에는 벌써 동료인 콘라트가 와 있었다. 그리고 한참을 기다리자 또 한 친구가 터벅터벅 걸어왔다. 덩치가 큰 에버하르트였다. 소년들은 넷이서 마치 행진이라도 하듯 숲을 가로질러 갔다. 그들 위로는 야행성 새들이 파닥거리며 날아올랐고, 고요한 구름 사이로는 별 한 쌍이 습기를 머금은 듯 반짝였다. 콘라트가 익살스러운 얘기를 늘어놓았고 다른 친구들은 이따금씩 함께 따라 웃었다. 그렇지만 이들에겐 불안과 설렘이 뒤섞인 밤기운이 감돌았고, 갈수록 가슴은 거칠게 두근거렸다.

한 시간이 채 못 되어 이들은 숲 저쪽에 있는 마을에 다다랐다. 그곳에서는 모든 것이 이미 잠들어 있는 것 같았다. 어둠 속에서 희미하게 보이는 나지막한 박공지붕들에 건물 들보의 검은 골격들이 이리저리 얽혀 있었으며, 어디서도 불빛이라곤 찾아볼 수 없었다. 이들은 아돌프를 앞장세워 말없이 몇몇 집 주위를 몰래 둘러보다가 어느 집 울타리를 넘어 정원으로 들어섰다. 화단의 부드러운 흙을 밟고 지나서 비틀거리며 층계를 올라가 어느 가겟집 앞에 멈춰 섰다. 아돌프는 가게 창문을 톡톡 두드리고는 잠시 기다리다가 다시 두드렸다. 안에서 부스럭거리는 소리가 들리더니 가물거리는 등불이 켜졌다. 창문이 열리고 친구들은 한 사람씩 안으로 넘어 들어갔다. 그곳은 흙바닥에 검게 그을린 굴뚝이 놓인 부엌이었다. 화덕 위의 조그만 석유등에서는 가는 심지가 깜박거리며 희미한 불꽃이 피어오르고 있었다. 그곳에 한 소녀가 서 있었다. 몸매가 가냘픈 시골 처녀였다. 그녀는 불청객들에게 인사로 손을 내밀었다. 그녀의 뒤에서 조금 어려 보이는 두 번째 소녀가 나타났다. 그녀는 검은 머리를 길게 땋아 내리고 있었다. 아돌프가 선물을 꺼냈다. 수도원에서 만든 흰 빵 반 덩어리와 종이에 싼 작은 보따리 하나가 나왔다. 골드문트가 짐작하기엔 수도원에서 훔쳐 온 향이나 양초 혹은 그 비슷한 물건 같았다. 머리를 땋은 소녀가 등불도 없이 출입문을 살짝 열고 밖으로 나가더니 한참 동안 기척이 없다가 파란 꽃무늬의 회색 항아리를 들고 다시 나타났다. 소녀는 항아리를 콘라트에게 건네주었다. 콘라트는 항아리에 든 것을 몇 모금 마시더니 다른 친구들에게 전달했고 모두가 그것을 마셨다. 독한 사과주였다.

아주 희미한 석유등 불빛을 받으며 모두 자리에 앉았다. 두 소녀는 딱딱한 걸상에, 생도들은 소녀들 주위의 맨바닥에 둘러앉았다. 사이사이에 사과주를 마시며 속삭이는 말들이 오갔는데 이야기를 주도한 것은 아돌프와 콘라트였다. 때때로 한 친구가 몸을 일으켜 가냘픈 소녀의 머리칼과 목덜미를 어루만지며 귓속말로 뭐라고 속삭였다. 어린 소녀한테는 아무도 손을 대지 않았다. 골드문트의 생각으로는 아마 큰 소녀가 이 집의 하녀고 귀여운 어린 소녀가 이 집 딸인 것 같았다. 하지만 그에겐 아무래도 그만이었고 전혀 마음 쓸 바 없었다. 그는 두 번 다시 이곳에 오지 않을 작정이었던 것이다. 몰래 수도원을 빠져나와 숲속의 밤길을 걷는 것까지는 좋았다. 그것은 예사롭지 않은 일로 흥분과 신비감을 안겨 주면서도 결코 위험하지 않았다. 그런 일은 물론 금지되어 있긴 했지만, 금지 조항을 어겼다고 해서 양심의 가책이 느껴지지는 않았다. 하지만 이 집에서 벌어지는 일은 달랐다. 밤중에 소녀들을 찾아온다는 것은 그저 금지된 규율을 어기는 정도를 넘어서 죄책감이 느껴졌다. 다른 친구들에겐 이런 일도 가벼운 탈선에 지나지 않을지 몰라도 그에겐 달랐다. 운명에 따라 금욕의 수도 생활을 해야 한다고 믿고 있는 그로서는 장난 삼아 소녀들과 즐기는 것도 결코 용납될 수 없었던 것이다. 그는 두 번 다시 동행하지 않으리라 다짐했다. 하지만 이 초라한 부엌의 희미한 불빛 아래서 그의 가슴은 불안으로 몹시 두근거렸다.

그의 동료들은 소녀들 면전에서 늠름한 태도를 취했으며, 대화 사이에 라틴어식의 어투를 섞어 가며 잘난 체했다. 세 친구 모두 하녀인 소녀에게 환대를 받는 것 같았다. 그들은 점차 그 소녀에게 가까이 다가가서 서투르게 간단한 애무를 즐겼는데, 그중 가장 짜릿한 것은 수줍은 입맞춤이었다. 그들은 이곳에서 허용될 수 있는 한도를 정확히 알고 있는 것 같았다. 그리고 모든 대화는 속삭이듯이 나지막한 어조로 진행되어야만 했기에 여기서 연출되는 장면은 다소 우스꽝스러워 보였다. 그러나 골드문트는 그렇게 느끼지 않았다. 그는 조용히 바닥에 웅크리고 앉아 하늘거리는 등불을 아무 말 없이 가만히 바라보고 있었다. 때로는 다른 친구들이 주고받는 섬세한 애정 표현들을 다소 부러워하는 곁눈질로 흘낏 쳐다보기도 했다. 그는 뻣뻣하게 앞만 바라보았다. 머리를 땋은 작은 소녀를 바라보고 싶은 마음이 간절했지만, 바로 그것을 그는 자신에게 금지하고 있었던 것이다. 어쩌다 의지력이 약해져서 그의 시선이 초점을 잃고 이 조용하고도 매혹적인 소녀의 얼굴에 가닿을 때마다 어김없이 소녀의 그윽한 눈길이 자기 얼굴에 와서 달라붙어 있다는 것을 알 수 있었다. 소녀는 마치 무엇에 홀린 듯 그를 응시하고 있었던 것이다.

아마도 한 시간쯤 경과한 것 같았다. 골드문트에게 한 시간이 이렇게 길게 느껴진 적은 없었다. 이제 생도들의 말재간이며 애교도 바닥을 드러냈다. 분위기가 가라앉자 모두 다소 어색하게 앉아 있었고 에버하르트는 하품하기 시작했다. 그러자 하녀는 이제 떠날 때가 되었다고 일러 주었다. 모두 자리에서 일어나 하녀에게 작별의 악수를 청했고, 골드문트가 마지막으로 악수를 했다. 그러고선 모두 어린 소녀에게도 손을 내밀었고 역시 골드문트가 맨 나중에 악수했다. 콘라트가 먼저 창문을 타고 밖으로 나갔고, 에버하르트와 아돌프가 뒤따랐다. 골드문트 역시 창문을 넘어가려는데 누군가 가지 말라고 어깨를 잡는 것이 느껴졌다. 하지만 그는 멈출 수가 없었다. 바깥의 땅바닥에 발을 디디고 나서야 비로소 그는 머뭇거리며 몸을 돌렸다. 머리를 길게 땋은 어린 소녀가 창문 밖으로 몸을 내밀고 있었다.

"골드문트!" 그녀가 속삭였다. 그는 그대로 멈춰 섰다.

"나중에 다시 올 거지?" 그녀가 물었다. 그녀의 수줍어하는 목소리는 입김처럼 가냘프기만 했다.

골드문트는 고개를 가로저었다. 그녀는 양손을 뻗어 그의 머리를 잡았다. 조그만 손이 관자놀이에 닿으면서 따스한 촉감이 느껴졌다. 그녀가 몸을 깊이 숙이자 그녀의 검은 눈이 바로 그의 눈앞에까지 다가왔다.

"다시 와!" 하고 속삭인 후 그녀의 입술이 그의 입술에 닿았다. 그것은 순진무구한 입맞춤이었다.

골드문트는 작은 정원을 가로질러 재빨리 친구들을 뒤따라갔다. 비틀거리며 화단에 넘어진 골드문트는 촉촉한 흙 내음과 두엄 냄새를 맡았으며, 장미 덩굴에 찔려 손에 생채기가 나기도 했다. 그는 울타리를 타고 넘어 잰걸음으로 다른 친구들을 뒤쫓아 마을을 벗어나서 숲을 향해 걸어갔다. '두 번 다시 오지 않을 거야!' 그의 의지가 이렇게 다짐했다. 하지만 그의 가슴은 탄식하며 '내일 다시 올 거야!'라고 말하는 것이었다.

이번에는 아무도 야행성 새들을 마주치지 않았다. 소년들은 캄캄한 밤길을 따라 개울을 건너고 방앗간을 통과하여 보리수 광장을 지나 마리아브론 수도원으로 되돌아왔다. 소년들은 살금살금 현관을 통과하여 둥근 기둥 사이의 창문을 타고 넘어 수도원 건물 안으로 들어가서 침실로 기어들었다.

아침이 되자 키가 큰 에버하르트를 큰 소리로 깨워야만 했다. 그는 그때까지도 너무 곤하게 잠들어 있었던 것이다. 소년들은 모두 제시간에 아침 미사와 식사 그리고 수업에 참석했다. 하지만 골드문트는 몸이 편치 않아 보여서 마르틴 신부님이 어디가 아프냐고 물어볼 정도였다. 아돌프가 나서서 골드문트에게 몰래 경고의 눈짓을 보냈고, 골드문트는 괜찮다고 대답했다. 하지만 희랍어 시간 동안 나르치스는 골드문트에게서 눈길을 떼지 않았다. 나르치스 역시 골드문트가 아프다는 것을 알았지만 말은 않고 예리하게 관찰만 했다. 수업이 끝나자 그는 골드문트를 불러냈다. 그는 생도들의 주의를 딴 데로 돌리기 위해 골드문트에게 숙제를 주어서 도서관으로 보내고는 자기도 뒤따라갔다.

"골드문트." 그가 말했다. "도와줄까? 내가 보기엔 무척 힘들어 보이는걸. 아픈 모양이로구나. 그렇다면 자리에 누워 있어도 좋아. 환자용 미음과 포도주 한 잔을 보내줄게. 오늘 희랍어 시간에는 아무 생각도 없어 보이더구나."

그는 한참 동안 대답을 기다렸다. 창백한 소년은 혼란스러운 눈길로 그를 쳐다보다가 고개를 떨구었다. 그러다가 다시 고개를 들더니 입술을 실룩거리며 뭐라고 말하려 했지만 말을 하지는 못했다. 그는 갑자기 옆으로 쓰러지면서 책상 양쪽에 장식용으로 세워져 있는, 참나무로 깎아 만든 천사상 사이에 머리를 기대었다. 그러고는 울음을 터뜨렸다. 나르치스는 당황해서 잠시 시선을 딴 데로 돌리다가 훌쩍거리는 소년을 부축하여 일으켜 세웠다.

나르치스는 일찍이 골드문트가 들어 보지 못한 다정한 어조로 말했다. "그래, 사랑하는 친구, 마음껏 울면 금방 나아질 거야. 자, 자리에 앉아. 얘기하지 않아도 좋아. 내가 보기엔 그만하면 충분해. 너는 오전 내내 정신을 똑바로 차리고 내색하지 않으려 애를 썼던 것 같아. 매우 씩씩하게 해냈어. 지금은 우는 것만이 네가 할 수 있는 최선이야. 아니라고? 벌써 다 울었어? 그새 괜찮아졌단 말이지? 자 그럼 이제 양호실로 가자꾸나. 거기서 좀 누워 있어. 저녁때쯤이면 훨씬 나아질 거야. 가자고!"

나르치스는 교실 쪽을 피해 그를 데리고 양호실로 가서는 비어 있는 두 침상 가운데 한 자리를 가리켰다. 골드문트가 순순히 옷을 벗기 시작하는 사이에 이미 나르치스는 방을 나갔다. 상급자에게 골드문트가 아프다는 것을 알리기 위해서였다. 그는 또 약속한 대로 주방으로 가서 미음과 환자용 포도주 한 잔을 가져다 달라고 일렀다. 수도원에서 애용되는 이 두 가지 구급품은 상태가 가벼운 환자들이 대개 매우 좋아했다.

침상에 누운 골드문트는 이 혼란 상태에서 다시 벗어나고자 애썼다. 어쩌면 한 시간 전만 해도 그는 오늘 어째서 그토록 말할 수 없이 힘들었으며 자신의 영혼이 얼마나 치명적인 긴장에 시달렸던가를, 그래서 왜 그의 머리가 텅 비고 눈에 불이 날 수밖에 없었는가를 말끔히 해명할 수도 있었을지 모른다. 어젯밤을 잊기 위해 그는 매 순간 안간힘을 다했지만 아무 소용이 없었으며, 그것은 너무나 힘든 긴장의 연속이었다. 정확히 말하면 어젯밤의 전부를 잊고자 했던 것은 아니었다. 외부와 차단되어 있는 수도원을 벗어나 맹랑하고도 멋진 나들이를 했다는 사실 자체를 잊으려고 했던 것은 아니었다. 숲길을 걸었던 것이나 검게 흐르는 방앗간 개울 위로 미끄러운 널빤지 다리를 놓았던 일, 울타리를 넘고 창문과 복도를 타넘은 일을 잊고자 했던 것은 아니다. 그가 잊으려 했던 것은 오로지 어둠침침한 부엌 창가에 앉아서 느끼고 들었던 소녀의 숨결과 말들, 그리고 그녀의 손길과 입맞춤을 했던 기억뿐이었다.

골드문트의 삶에는 이제 뭔가 새로운 것이 더해졌다. 그것은 새로운 충격, 새로운 체험이었다. 나르치스가 자기를 받아

들인 것이다. 나르치스는 그를 좋아했으며, 그의 마음을 얻고
자 노력했다. 섬세하고 뛰어나고 명석한 나르치스, 얇은 입술
에 가벼운 냉소를 띠고 있는 나르치스! 그런데 골드문트는 나
르치스 앞에서 한심한 꼴을 보이고 말았다. 그는 부끄러워 말
을 더듬었고, 마침내는 그 앞에서 훌쩍거리기까지 하지 않았
는가! 희랍어나 철학, 정신적인 기개나 기품 있는 금욕 정신과
같이 더없이 고상한 무기로 이 뛰어난 친구의 마음을 사로잡
기는커녕 그 앞에서 나약하고 비참하게 무너져 내리고 말았
던 것이다! 골드문트는 자신의 과오를 결코 용서하지 않기로
마음먹었다. 이제부터 수치심 없이는 나르치스의 눈을 똑바로
쳐다볼 수 없을 것 같았다.

　하지만 울고 나서는 한결 긴장이 풀렸다. 양호실의 조용한
분위기며 편안한 침상도 효과가 있었다. 이제 절망적인 심정
도 반쯤은 풀이 꺾인 것 같았다. 한 시간이 채 못 되어 환자
의 시중을 들어 주는 수도사가 밀가루죽과 조그마한 흰 빵
한 덩어리, 거기에 곁들여서 붉은 포도주 한 잔을 갖다주었다.
포도주는 생도들이 축제일에만 맛볼 수 있는 것이었다. 골드
문트는 먹고 마시고, 접시를 반쯤 비웠다. 접시를 치우고 다시
생각을 이어 보려 했지만 제대로 되지 않았다. 그는 다시 접시
를 집어 들고 몇 숟가락 더 먹었다. 조금 뒤에 방문이 살며시
열리며 나르치스가 들어와 환자의 용태를 살필 즈음 골드문트
는 누워 잠을 자고 있었는데, 그때는 이미 얼굴에 홍조가 다
시 돌아와 있었다. 나르치스는 한참 동안 그를 지켜보았다. 그
의 눈길에는 애정과 뭔가를 탐구하는 듯한 호기심과 얼마간

의 부러움마저 섞여 있었다. 그가 보기에 이제 골드문트는 환자가 아니었다. 내일은 그에게 더 이상 포도주를 줄 필요가 없을 것이다. 그는 이제 서로 마음의 장벽이 허물어졌으며 둘이 친구가 되리라는 것을 알았다. 오늘은 골드문트가 자기를 필요로 했고 그에게 도움을 줄 수 있었다. 언젠가는 그 자신이 나약해져서 골드문트의 도움과 사랑이 필요해질 것이다. 그리고 언젠가 그런 상황이 닥친다면 자신도 이 소년의 도움과 사랑을 받아들일 수 있을 것 같았다.

3장

나르치스와 골드문트 사이에 싹트기 시작한 우정은 야릇한 것이었다. 두 사람의 우정에 호감을 가진 친구는 극소수였고, 때로는 당사자들 자신마저도 서로 간의 우정을 달갑지 않게 여기는 것처럼 보일 정도였다.

처음에는 사색가인 나르치스가 너무 힘들어했다. 그에겐 모든 것이 정신의 문제였으며, 심지어 사랑조차도 그러했다. 그는 정신적 사고를 거치지 않은 채 어떤 매력에 빠져든다는 것에 도무지 익숙지 않았다. 둘 사이의 우정에서 그는 주도적인 지성의 역할을 맡았으며, 오래도록 그런 상태로 고립되어 있었다. 그는 이러한 우정이 장차 어떤 운명을 겪게 되고 어디까지 파급될 수 있으며 또 어떤 의미를 갖는가를 의식적으로 자각하고 있었다. 그는 사랑의 감정에 빠져 있는 동안에도 혼자였으며, 자신이 이 친구를 인도하여 뭔가를 깨우쳐 줄 때야 비로소 진정으로 자신의 친구가 될 수 있다는 것을 잘 알고 있었다. 그 반면 골드문트는 마음속에 이글거리는 감정에 따라 아무런 계산도 없이 마치 놀이에 빠져들듯이 이 새로운 생활에 자신을 내맡겼다. 그것을 잘 아는 나르치스는 책임감을 느끼며 이 숭고한 운명을 받아들였다.

골드문트에겐 이 우정이 무엇보다 일종의 구원이자 치유였다. 아름다운 소녀의 눈길과 입맞춤으로 인하여 애정에 대한 사춘기의 갈망이 걷잡을 수 없이 타올랐지만, 그와 동시에 아무런 희망도 없이 억지로 쫓겨나야 했던 것이다. 그가 여태껏 품어 온 삶의 모든 꿈과 그가 믿어 온 모든 것, 자신의 운명이라 여기고 사명감으로 받들었던 모든 것이 창가에서의 입맞춤과 그 검은 눈동자의 시선으로 인해 송두리째 무너질 것 같은 위험을 절감했다. 부친의 뜻에 따라 수도사의 삶이 운명으로 정해졌고, 성심껏 이 운명을 받아들여 소년기에 처음으로 불붙은 열정을 가지고서 경건하고도 금욕적이며 영웅적인 이상을 추구해 오던 골드문트는 가볍게 스쳐 간 첫 만남에서 그의 감성에 처음으로 호소해 온 삶의 부름을 들었고, 여성적인 것과의 첫 대면을 통해 여기에 자신의 적과 악마가 도사리고 있으며 여성이 자신에게 위험한 존재라고 느끼지 않을 수 없었던 것이다. 그런데 이제 운명이 그에게 구원의 손길을 내밀었다. 절박한 궁지에 내몰렸던 그에게 이제 이 우정이 다가와서 그의 갈망이 피어날 수 있는 꽃밭을 만들어 주었으며, 신성한 경외심을 바칠 수 있는 새로운 제단을 마련해 주었다. 이 우정의 관계에서는 사랑이 허용되었다. 그는 죄책감을 느끼지 않고도 자신을 바칠 수 있었고, 자기보다 지혜롭고 찬탄해 마지않던 연상의 친구에게 마음을 줄 수 있었으며, 위태로운 관능의 불꽃을 고결한 정신적 헌신의 불꽃으로 승화시킬 수 있었다.

하지만 이 우정이 채 피어나기도 전에 벌써 그는 기이한 장애물과 부딪혔다. 전혀 예기치 못한 알 수 없는 찬 기운이 불어와 그를 소스라치게 하는 요구에 부딪히게 되었다. 골드문트는 친구가 자신과 대립하는 맞수라고는 추호도 생각하지 않았다. 그는 둘이 하나가 되기 위해서는 오직 사랑과 정직한 순정만 있으면 될 것 같았다. 그러면 서로 간의 차이도 지울 수 있고 대립도 넘어설 수 있을 것 같았다. 그런데 나르치스는 너무나 준엄하고 확고했으며, 너무나 명석하고 단호했다! 나르치스에겐 앞뒤를 재지 않고 순정을 바치고 또 서로에게 감사하는 마음으로 함께 우정의 땅을 산책한다는 것이 생소하고 내키지 않았다. 목표가 없는 길을 간다거나 정처 없이 꿈꾸듯 방황한다는 것을 그는 알지도 못했고 참지도 못하는 것 같았다. 물론 나르치스는 골드문트가 아픈 모습을 보였을 때 그를 돌봐 주기도 했고 또 학교 문제와 공부에 관계되는 모든 일을 성실하게 도와주고 조언해 주었다. 책의 어려운 대목들을 설명해 주고 어학과 논리학, 신학의 왕국에 대한 시야를 열어주기도 했다. 하지만 단 한 번도 친구에게 온전히 만족하거나 동의하는 것 같지 않았으며, 심지어는 친구를 비웃거나 진지하게 대하지 않는 것처럼 보일 때도 많았다. 골드문트는 그러한 태도가 단지 선생 티를 내는 것만도 아니요, 자기보다 더 똑똑한 연장자의 거드름만도 아니라는 것, 그런 태도의 이면에는 뭔가 보다 심오하고 중요한 이유가 숨어 있다는 것을 직감하고 있었다. 하지만 보다 중요한 그것이 무엇인가는 알 수 없었기에 그는 이 우정으로 인해 슬픈 심경에 빠지고 속수무책이되기 일쑤였다.

사실은 나르치스도 친구에게 무엇이 소중한가를 잘 알고는 있었다. 이제 막 피어나는 친구의 아름다움과 자연스러운 활기 그리고 터질 듯한 충만함을 모르는 바 아니었다. 나르치스는 막 타오르는 어린 영혼에게 억지로 희랍어를 주입하고 순진무구한 사랑의 감정에 논리학으로 응답하는 그런 선생이 결코 아니었다. 사실 나르치스는 이 금발의 소년을 너무나 사랑했으며, 그에겐 바로 그 점이 위태롭게 느껴졌다. 그에게 사랑이라는 것은 자연스러운 감정 상태가 아니라 일종의 기적과 같은 것이었다. 그는 자기 자신에게 사랑의 감정을 용납할수 없었으며, 이 귀여운 눈동자를 선의를 가지고 바라본다거나 눈부신 금발에 가까이 가는 것을 용납할 수 없었다. 그러한 사랑의 감정이 단 한 순간이라도 관능에 빠지는 것을 도저히 허용할 수 없었던 것이다. 골드문트가 금욕과 수도의 길을 택하여 평생 신성함을 추구할 운명을 타고났다고 느끼고 있었다면, 나르치스는 실제로 그렇게 살아가도록 이미 정해진 몸이었다. 나르치스에게 사랑이란 단 하나의 지고한 형태로만 용인되었다. 그렇지만 나르치스는 골드문트가 금욕의 길을 가야 할 운명이라고는 믿지 않았다. 나르치스는 사람의 마음을 누구보다 잘 읽어 낼 줄 알았다. 그리고 그 자신이 친구에게 애정을 느끼는 지금에야말로 더욱 명확하게 친구의 마음을 읽어 낼 수 있었다. 그는 골드문트의 본성을 환히 꿰뚫고 있었으며, 서로 대립하는 기질에도 불구하고 그 본성을 아주 내밀하게 이해했다. 그도 그럴 것이 골드문트의 본성은 바로 그 자신이 잃어버린 또 다른 반쪽이었기 때문이다. 그는 골드문트의 본성이 온갖 공상이나 잘못된 교육 그리고 아버지의 말씀과 같이 철판처럼 단단한 껍질에 에워싸여 있다는 것을 알았다. 그리고 이미 오래전부터 이 어린 생명의 비밀을 모두 예감하고 있었다. 그 비밀은 복잡한 것이 아니었다. 나르치스 자신이 해야 할 일이 무엇인지도 분명히 자각하고 있었다. 그 비밀을 짊어지고 있는 당사자에게서 비밀의 베일을 벗겨 내고 껍질을 벗게 해 주는 것, 친구에게 본연의 천성을 되돌려주는 것이 그가 할 일이었다. 그것은 물론 어려울 것이다. 그리고 무엇보다 견디기 힘든 것은 어쩌면 이 일로 인해 친구를 잃게 될지도 모른다는 불안이었다.

그는 한없이 더디게 목표에 접근해 갔다. 여러 달이 지나서야 비로소 둘 사이에 진지한 의미의 우정이 시작됐고, 마음을 표현하는 깊이 있는 대화가 가능해졌다. 친구를 생각하는 마음이 아무리 간절해도 둘 사이는 그렇게 멀기만 했고, 둘을 이어 주는 마음의 끈은 너무나 팽팽하게 긴장해 있었다. 마치 눈먼 사람과 멀쩡한 사람이 걸어가듯 둘은 나란히 걸어갔다. 눈먼 쪽이 자기가 장님이라는 사실을 의식하지 못하는 것, 그것은 장님에게만 편한 일이었다.

먼저 돌파구를 연 것은 나르치스 쪽이었다. 그는 충격을 받아 마음이 약해진 골드문트가 자신과 가까워지는 계기가 되었던 바로 그날, 그에게 무슨 일이 있었는지 알아볼 생각이었다. 그것은 생각만큼 어렵지 않았다. 이미 오래전부터 골드문트는 그날 밤의 체험을 고해해야 할 필요를 느끼고 있었던 것이다. 충분히 신뢰할 수 있다고 느껴지는 사람은 수도원장 말고는 아무도 없었지만 수도원장은 그의 고해 신부가 아니었다. 그러던 차에 나르치스가 형편이 괜찮아 보이는 때를 잡아 친구에게 둘 사이의 결속이 처음 맺어졌던 계기를 상기시키면서 가볍게 그 비밀을 건드리자 친구는 둘러대지 않고 이렇게 말했다. "네가 아직 서품을 받지 못해서 고해를 들을 수 없다니 유감이야. 고해 시간에 네게 그 문제에 관해 기꺼이 털어놓고 벌을 달게 받아들였을 텐데 말이야. 내 고해 신부님께는 그 문제에 관해 말씀드릴 수 없었어."

나르치스는 조심스러우면서도 교묘하게 조금씩 파고들어서 문제의 실마리를 찾아냈다. 그는 이렇게 떠보았다. "네가 아픈 것처럼 보였던 날 아침을 기억할 거야. 그때 우리는 친구가 되었으니 그 아침을 잊지는 않았겠지. 나는 종종 그날 일을 생각하지 않을 수 없었어. 너는 눈치채지 못했겠지만 그때 난 정말 당혹스러웠거든."

"네가 당혹스러웠다고?" 친구는 믿기지 않는다는 듯이 소리쳤다. "정말 당황했던 쪽은 나야! 멀거니 서서 훌쩍거리며 아무 말도 못 하고 끝내 어린애처럼 울기 시작했던 쪽은 나란 말이야! 어휴, 그때를 생각하면 아직도 창피해. 다시는 네 앞에 나설 수 없을 거라고 생각했지. 너한테 그렇게 형편없이 나약한 꼴을 보이다니!"

나르치스는 문제의 실마리를 더듬으며 좀 더 앞으로 나아갔다.

"그 일로 네 마음이 편치 않다는 건 이해해. 너처럼 야무지고 당당한 친구가 낯선 사람 앞에서 눈물을 보이다니, 그것도 선생 앞에서 말이야. 정말이지 그런 모습은 너한테 어울리지 않았어. 그때 나는 네가 아프다고 생각했었지. 한번 신열에 휘둘리면 제아무리 아리스토텔레스라도 이상한 거동을 보일 수 있는 법이야. 그런데 너는 금방 나았어! 그건 신열이 아니었단 말이지! 네가 창피해한 것도 바로 그 때문일 거야. 신열 때문에 몸을 못 가눈다고 해서 창피해할 사람은 아무도 없거든. 그렇지? 네가 창피해했던 것은 뭔가 다른 것에 굴복하고 압도당했기 때문이야. 무슨 특별한 일이라도 있었니?"

골드문트는 약간 주저하다가 천천히 말문을 열었다. "그래, 어떤 특별한 일이 있었어. 네가 고해 신부님이라 생각하고 얘기할게. 그렇지 않아도 언젠가는 말할 참이었으니까."

그는 고개를 떨군 채 그날 밤의 일을 들려주었다.

그러자 나르치스가 미소를 띠며 말했다. "그래, '마실'은 실제로 금지되어 있지. 그렇지만 사람은 여러 가지 금지된 일을 행할 수도 있어. 그러고선 웃어넘길 수도 있고 참회를 할 수도 있지. 그것으로 문제는 해결되는 거야. 더 이상 마음 쓸 필요 없어. 거의 모든 생도가 그렇게 하는데 너는 어째서 이 대수롭지 않은 장난을 해서는 안 된다고 생각하는 거지? 그게 과연 그렇게 나쁜 짓일까?"

그러자 골드문트는 다짜고짜 분통을 터뜨렸다. "그래, 넌 정말 선생님처럼 말하는구나! 뭐가 문제인지 정확히 알고 있으면서! 물론 나도 한 번쯤 수도원 규율을 어기고 짓궂은 장난을 쳤다고 해서 그게 대단한 죄가 된다고는 생각지 않아. 그게 비록 수도원 생활의 예행연습으로 적절치는 않지만 말이야."

"잠깐만!" 나르치스가 날카롭게 소리쳤다. "수많은 경건한 신부님들도 바로 이런 예행연습이 필요했다는 걸 모르니? 탕자의 생활이야말로 성자의 길로 접어드는 첩경일 수도 있다는 걸 몰라?"

"제발, 그만해!" 골드문트는 나르치스의 얘기를 물리치며 말했다. "내가 말하려 했던 것은 내가 받은 양심의 가책이 그런 사소한 규율 위반 때문이 아니라는 사실이야. 문제는 다른 데 있었어. 바로 그 소녀 때문이었다고. 그건 너한테 뭐라고 설명할 수 없는 감정이었어. 내가 만일 이 유혹에 넘어간다면, 소녀와 접촉하기 위해 손이라도 내뻗는다면 다시는 되돌아올 수 없을 것 같은 심정이었어. 만일 그렇게 되면 지옥과도 같은 죄악의 수렁에 빠져 다시는 기어 나오지 못할 것 같은 심정이었단 말이야. 나의 모든 아름다운 꿈, 모든 덕성, 하느님과 선한 존재에 대한 모든 사랑도 송두리째 끝장날 것만 같았어."

나르치스는 깊은 생각에 잠긴 채 고개를 끄덕였다. 그는 신중하게 말을 골라 가며 천천히 얘기했다. "하느님에 대한 사랑이 선한 존재에 대한 사랑과 반드시 일치하지는 않아. 이 문제가 그렇게 간단하다면 얼마나 좋겠니! 너도 알다시피 어떤 것이 선한가는 계율에 쓰여 있어. 하지만 하느님은 계율로만 존재하시지는 않아. 계율이란 하느님의 아주 작은 일부일 뿐이야. 계율을 준수하더라도 하느님한테서는 멀리 떨어져 있을 수 있단 말이야."

"내 말을 알아듣지 못하겠니?" 골드문트가 안타까운 어조로 말했다.

"무슨 말인지 확실히 이해해. 너는 여성이라는 존재 혹은 이성의 문제가 네가 '세속' 또는 '죄악'이라 부르는 모든 것의 화신이라고 느끼고 있어. 그러니까 넌 마치 다른 모든 죄는 전혀 범할 우려가 없거나, 설령 범한다 하더라도 전혀 괴롭지 않을 거라는 식으로 생각하고 있단 말이야! 다른 죄들은 참회하면 속죄될 수 있는데, 단 한 가지 죄만은 그렇지 않다는 식이야!"

"맞아, 바로 그런 느낌이야."

"그것 보라고, 난 너를 이해해. 실은 네 생각이 아주 틀린 것도 아냐. 이브와 뱀의 유혹에 관한 이야기가 괜히 있는 건 아니니까. 하지만 네 생각은 옳지 않아. 만일 네가 다니엘 수도원장님의 위치에 있거나 네 세례명의 시조인 크리소스토모스 성인이거나, 혹은 주교님이나 신부님 또는 그저 무명의 평범한 수도사라도 된다면 네 생각이 옳을 수도 있어. 그런데 넌 그런 존재가 아니잖아. 너는 한낱 생도일 뿐이라고. 설령 네가 영영 수도원에 머물고 싶다 하더라도, 혹은 네 아버지께서 그런 희망을 품고 계신다고 하더라도, 넌 아직 수도사의 서약도 하지 않았고 사제 서품도 받지 않았단 말이야. 네가 오늘이나 내일 어떤 어여쁜 소녀의 유혹에 넘어간다 하더라도 맹세를 어기거나 서약을 파기한 것은 아니란 말이야."

"문자로 쓰인 서약을 하지 않았을 뿐이야!" 골드문트는 몹시 흥분했다. "문자로 쓰지는 않았지만 가장 신성한 서약을 나는 가슴에 담아 두고 있어. 다른 수많은 친구들에게는 통용되는 일이 나한테는 통용되지 않아. 그게 네 눈에는 보이지 않니? 게다가 너도 아직은 사제 서품을 받지 않았고 그렇다고 수도사의 서약을 한 것도 아니야. 그런데도 너는 결코 여자를 가까이하지 않을 작정이잖아! 아니면 내가 잘못 알고 있는 거야? 너는 그런 사람이 아니란 말이야? 내가 생각하는 그런 사람이 아니야? 너 역시 윗사람들 앞에서 말로 하진 않았지만 이미 오래전에 가슴으로 맹세했고 그 맹세를 지켜야 할 의무감을 느끼고 있잖아? 너도 나와 같은 부류 아냐?"

"그래, 골드문트. 난 너와 같은 부류가 아냐. 네가 생각하는 그런 부류가 아냐. 물론 나도 말로 하지 않은 서약을 간직하고 있지. 그건 맞아. 그렇지만 단연코 너와 같은 부류는 아냐. 오늘 너한테 해 줄 말이 있는데, 언젠가 넌 분명 이 말이 생각날 거야. 모름지기 우리의 우정에는 네가 얼마나 완벽하게 나와 다른 존재인가를 너한테 보여 주는 것 말고는 다른 어떤 목표도 의미도 없어. 너한테 해 주고 싶은 말은 바로 이거야."

골드문트는 충격을 받은 듯 잠자코 서 있었다. 나르치스는 도저히 거역할 수 없는 눈빛과 어조로 말했다. 골드문트는 할 말이 없었다. 나르치스는 어째서 그런 말을 했던 것일까? 가슴에 묻어 둔 나르치스의 맹세가 어째서 자신의 맹세보다 더 신성하다는 것일까? 나르치스는 자신의 말을 진지하게 받아들이지 않았던 게 아닐까? 자신을 그저 어린아이로만 보았던 것은 아닐까? 이 기묘한 우정으로 인하여 새로운 혼란과 슬픔이 시작되었다.

나르치스에겐 골드문트의 비밀이 어떤 성질의 것인지 더 이상 의문의 여지가 없었다. 그 비밀의 배후에는 태초의 어머니 이브가 있었다. 그런데 이렇게 아름답고 건강하고 꽃처럼 피어나는 소년이 어째서 이제 막 이성에 눈뜨기 시작한 감정을 그토록 야멸찬 적대감을 가지고 밀쳐 낼 수 있는 것일까? 그 어떤 악령의 힘이 뻗치고 있음에 틀림없었다. 보이지 않는 적이 이 훌륭한 친구의 마음을 조각내어 원초적 충동으로 분열시키고 있는 것이 틀림없었다. 좋다, 그렇다면 틀림없이 악령을 찾아낼 수도 있을 것이며, 악령을 불러내어 그 모습을 드러내게 한다면 능히 제압할 수 있을 것이었다.

그사이 골드문트는 친구들이 갈수록 자기를 피한다는 느낌을 받으면서 곤경에 처하게 되었다. 아니, 오히려 친구들 쪽에서 골드문트로 인해 곤경에 처하게 되었고 어떻게 보면 배반당했다는 느낌마저 갖게 되었다. 그와 나르치스의 우정을 달갑게 여기는 친구는 아무도 없었다. 앙심을 품은 친구들은 둘의 우정이 자연의 이치에 어긋나는 것이라는 추문을 퍼뜨렸는데, 특히 두 친구 가운데 어느 한쪽에 애정을 품은 적이 있는 친구들이 그러했다. 그런데 두 친구의 우정이 전혀 불미스러운 의혹을 살 만한 게 아니라는 것을 익히 알고 있는 친구들조차도 고개를 가로젓기는 마찬가지였다. 두 친구의 사이가 좋아지도록 마음을 써 주는 친구는 아무도 없었다. 그들이 보기에는 두 사람이 단합하여 마치 귀족이라도 되는 양, 둘의 성에 차지 않는 여타의 친구들을 따돌리는 것처럼 보였던 것이다. 그런 태도는 동료의 의리를 저버리는 것이요, 수도원의 관습에도 어긋나는 것일뿐더러, 기독교 정신에도 위배되는 것이라 여겨졌다.

두 사람에 관한 갖가지 소문과 뒷말, 탄원과 비방이 다니엘 수도원장의 귀에까지 들어갔다. 그는 사십 년이 넘는 수도원 생활을 하면서 젊은이들 사이의 우정을 지켜보아 왔다. 그런 우정은 곧 수도원의 분위기를 상징하는 것으로서, 수도원 생활에서 덤으로 누릴 수 있는 멋진 미담이었다. 어떤 경우엔 가벼운 농담이었고, 때로는 심각한 위험이기도 했다. 이번에 수도원장은 자제하는 태도를 취하면서 눈을 크게 뜨고 지켜보기 시작했지만, 직접 나서서 개입하지는 않았다. 그렇게 격렬하고도 배타적인 우정이란 보기 드문 것이며, 위험한 구석이 없지 않다는 것은 분명했다. 그렇지만 그는 두 친구의 순수함을 한순간도 의심해 본 적이 없었기에 이 문제가 순리대로 풀려 가도록 내버려 두었다. 나르치스가 생도들과 선생님들 사이에서 예외적인 존재만 아니었어도 수도원장은 주저 없이 둘을 떼어 놓기 위해 몇 가지 조처를 취했을 것이다. 골드문트가 동료 생도들과 거리를 두면서 유독 연장자인 선생하고만 가까이 사귀려는 것은 좋지 않았다. 그렇지만 나르치스는 모든 선생이 정신적인 동료로, 아니 더 우월한 존재로 여길 만큼 뛰어난 재능을 지닌 비범한 친구였다. 그렇다면 나르치스의 유망

한 앞길을 방해하거나 가르치는 일을 다시 그만두게 하는 것이 과연 온당한 일일까? 나르치스가 교사로서의 능력을 입증하지 못했다거나 우정에 현혹되어 나태해지거나 편파적으로 행동했다면 당장 교단에서 물러나게 했을 것이다. 그러나 나르치스에게 흠잡을 데라곤 전혀 없었다. 단지 다른 생도들의 뒷말과 시샘에서 비롯된 불신 말고는 아무런 문제도 없었다. 게다가 수도원장은 나르치스가 어쩌면 주제넘게 보일 만큼 사람을 꿰뚫어 보는 특별한 재능을 타고났다는 것을 잘 알고 있었다. 물론 그는 나르치스의 그러한 재능을 결코 과대평가하지 않았으며, 차라리 다른 재능이 돋보이기를 바랐다. 그렇긴 하지만 나르치스가 골드문트라는 생도한테서 뭔가 특별한 점을 찾아냈으며 수도원장 자신이나 다른 어떤 선생보다도 골드문트를 더 잘 파악하고 있다는 것은 믿어 의심치 않았다. 수도원장 자신은 골드문트가 사람의 마음을 끄는 우아한 성품을 지녔다는 것 말고는 특별한 점을 찾지 못했다. 그 밖에 골드문트의 특이한 점은 애늙은이같이 다소 조급한 열성을 보이며 한낱 생도이자 손님의 처지에 지나지 않는 지금, 이미 자기가 수도원의 식구요, 거의 한 형제라 느끼고 있다는 사실이었다. 비록 감동적이긴 해도 아직 무르익지 않은 이러한 열성을 나르치스가 장려하고 부추길 수도 있겠으나 전혀 우려할 필요는 없다고 생각했다. 골드문트를 위해서 오히려 우려할 게 있다면 혹시 나르치스가 모종의 정신적 오만이나 학자연하는 지만을 골드문트에게 감염시키지나 않을까 하는 점이었다. 하지만 그런 위험도 다름 아닌 이 생도에겐 대수롭지 않아 보였기에 그대로 내버려 두어도 무방할 것 같았다. 윗사람 입장에서는 평범한 사람 쪽이 대범하고 강인한 천성의 사람보다 다루기가 편하고 수월하다는 데까지 생각이 미치자 수도원장은 한숨이 나오면서도 미소를 짓지 않을 수 없었다. 그래, 나는 불신의 감정에 물들지 않으리라, 두 사람의 예외적 존재가 내게 맡겨진 것에 감사하리라고 다짐했다.

나르치스는 친구에 대해 수없이 생각해 보았다. 사람의 성격과 운명을 직관하고 정서적으로도 이해하는 특별한 능력에 힘입어 그는 이미 오래전부터 골드문트에 관해 소상히 알게 되었다. 이 소년에게서 빛나는 그 모든 생명의 기운이 무엇을 뜻하는지는 분명했다. 골드문트는 풍부한 감성과 영혼을 타고난 강한 인간에게서 볼 수 있는 온갖 특성을 지니고 있었다. 그것은 어쩌면 예술가의 기질과도 통하는 것이었다. 어떻든 골드문트는 위대한 사랑의 힘을 타고난 존재였기에 쉽사리 불붙고 자신을 내줄 수 있다는 것이야말로 그의 운명이자 행운이었다. 그는 사랑을 위해 태어난 존재인 것이다. 섬세하고 풍부한 감성을 타고난 그는 꽃향기라든가 떠오르는 태양, 한 마리의 말, 새의 비상, 음악 같은 것을 너무나 깊이 체험하고 사랑할 줄 알았다. 그런 존재인 골드문트가 어째서 정신의 세계를 추구하고 금욕의 길을 가야 하는 수도사가 되겠다는 집념에 사로잡혀 있는 것일까? 나르치스는 이 문제에 관해 곰곰이 따져보았다. 골드문트의 아버지가 그러한 집념을 조장했다는 것은 알 수 있었다. 그렇지만 그런 집념을 심어 준 이도 과연 부친일까? 어떤 마술로 아들을 홀려서 그런 운명과 사명을 믿도록 한 것일까? 아버지라는 사람은 과연 어떤 인물일까? 나르치스가 일부러 틈만 나면 골드문트의 아버지 쪽으로 화제를 돌리고 골드문트 역시 아버지에 관해 적지 않게 얘기하긴 했지만, 나르치스는 그의 아버지가 대체 어떤 사람인지 짐작할 수 없었으며 그의 모습이 떠오르지 않았다. 그렇다면 뭔가 기이하고 수상쩍지 않은가? 골드문트는 어릴 적에 송어를 잡던 이야기를 하거나 나비를 묘사하거나 새소리를 흉내 내기도 했으며, 또 어떤 친구나 개 혹은 거지에 관해 이야기하기도 했다. 그럴 때면 생생한 모습이 그려지고 뭔가 떠오르는 게 있었다. 그런데 골드문트가 아버지에 관해 이야기할 때면 아무것도 연상되지 않았던 것이다. 그럴 수는 없었다. 아버지가 골드문트의 삶에 정말 중요하고 막강한 주도권을 행사하는 인물이었다면 그는 아버지를 다른 식으로 묘사했을 것이며, 아버지의 이미지를 다르게 제시했어야 옳을 것이다! 나르치스는 골드문트의 아버지가 대단한 존재라고는 생각지 않았으며, 그가 왠지 마음에 들지 않았다. 때로는 그가 정말 골드문트의 친아버지일까 하는 의심마저 들었다. 그는 공허한 우상일 뿐이었다. 그런데 그는 어떤 연유로 아들에게 이처럼 막강한 힘을 행사하게 된 것일까? 어떻게 골드문트의 영혼을 몽상으로 가득 채울 수 있었을까? 그것은 이 영혼의 진수와는 너무나 동떨어진 몽상이 아닌가?

골드문트 역시 생각에 골몰했다. 친구의 진심 어린 애정을 너무나 분명히 느낄 수 있었지만, 그럼에도 늘상 친구가 자기를 진지하게 대하지 않으며 다소간 어린애 취급을 하고 있다는 불쾌감을 떨칠 수 없었다. 그리고 자신은 골드문트와 같은 부류가 아니라는 것을 자꾸만 이해시키려고 하는 것은 대체 무슨 영문일까?

하지만 골드문트는 매일 이런 생각에만 빠져 있지는 않았다. 오래도록 어떤 생각에 골몰한다는 것은 그의 기질상 불가능한 일이었다. 그러기엔 하루가 너무 길어서 다른 할 일들이 생기곤 했다. 그는 곧잘 문지기 아저씨한테도 남몰래 찾아가곤 했는데, 그 아저씨와는 썩 좋은 사이였다. 또 틈만 나면 애걸을 하거나 잔꾀를 부려서 한두 시간가량 점박이 말을 탈 수 있는 기회를 얻어 내기도 했다. 그런가 하면 골드문트는 수도원에 딸린 몇몇 작업장 인부들을 아주 좋아했는데, 방앗간 주인도 그중 한 사람이었다. 골드문트는 곧잘 그와 함께 수달을 잡으려고 숨어서 지켜보기도 했으며, 또 둘이서 고운 밀가루에 고급 포도주를 발효제로 넣어 말랑말랑한 빵을 구워 먹기도 했다. 골드문트는 눈을 감고 냄새만으로도 온갖 종류의 밀가루를 식별할 줄 알았다. 물론 나르치스와 함께 있는 시간도 많았지만, 어릴 적부터 맛 들인 여러 습관이나 재미에 빠져드는 시간도 만만치 않았던 것이다. 그에겐 예배도 대개는 그런 재미난 놀이 가운데 하나였다. 그는 생도들의 합창을 곧잘 따라 불렀고, 자기가 좋아하는 제단 앞에서 묵주 기도를 드리는 것도 즐겼다. 또 미사 때의 장엄하고도 멋진 라틴어를 듣거나, 향기를 내며 피어오르는 촛불에 갖가지 집기며 장식물이 금빛으로 반짝이는 광경, 기둥들 위로 영광된 성상들이 조용히 서 있는 모습, 이를테면 온갖 동물들을 거느리고 있는 복음의 사도들이며 모자를 쓰고 순례자의 행낭을 걸친 야곱의 모습 등을 흥겹게 지켜보곤 했다.

골드문트는 그러한 형상들에 마음이 끌렸다. 돌이나 나무로 깎아 만든 그런 인물상들이 골드문트 자신과 신비로운 관계를 맺고 있다고 생각하면 기분이 좋았다. 그런 인물상들은 말하자면 전지전능한 불멸의 성부(聖父)이자 보호자요, 길잡이로서 골드문트 자신의 삶을 비춰 주는 것만 같았다. 창문이나 출입문의 둥근 기둥과 기둥 윗머리의 장식들, 제단의 갖가지 장식들에서도 그는 똑같은 애정과 은밀하고도 숭고한 연관성을 느꼈다. 막대기나 화환 모양으로 건물의 기둥을 멋지게 두른 장식 조각들 역시 그러했다. 배춧잎처럼 소담스러운 잎사귀 무늬와 꽃무늬 장식들이 둥근 석조 기둥마다 마치 뭔가를 간절히 말하려는 듯이 펼쳐져 있었다. 그런 것들이 골드문트에겐 소중하고도 내밀한 비밀처럼 여겨졌다. 그 비밀이란 동식물의 자연 세계 외에도 인간이 만들어 낸 제2의 말 없는 자연이 존재한다는 것, 돌과 나무로 만든 사람과 동식물이 존재한다는 것이었다. 골드문트는 종종 이러한 동물의 머리나 꽃다발 모양의 형상들을 스케치하면서 여가 시간을 보내곤 했으며, 때로는 살아 있는 꽃이나 말 그리고 사람의 얼굴을 그려 보곤 했다.

골드문트는 또한 찬송가, 특히 성모 찬미가를 매우 좋아했다. 이 노래의 엄격하게 짜인 흐름과 되풀이되는 애원, 찬미의 노랫말이 좋았다. 그는 기도하는 마음으로 이 노래의 숭고한 의미를 따라갈 줄 알았으며, 또 의미는 잊은 채 시구(詩句)

의 장엄한 함축미를 그 자체로 사랑하면서 긴 호흡의 심오한 음조와 모음의 충만한 음색, 반복 구절의 경건한 울림 등에서 마음의 충만함을 얻을 줄도 알았다. 그가 마음속 깊이 좋아한 것은 학문이나 어학이나 논리가 아니었다. 그것들도 나름의 매력은 있었지만 그가 정작 좋아한 것은 미사 의식 때 직접 보고 들을 수 있는 형상과 소리의 세계였다.

골드문트는 자신과 동료 생도들 사이에 생겨난 거리감을 잠시 동안은 지울 수 있었다. 하지만 시간이 흐를수록 친구들의 거부와 냉대를 겪어야 한다는 사실이 화가 나고 견디기 힘들었다. 투덜거리는 옆자리 친구를 웃게 만들고, 말이 없는 침실 동료에게 수다를 떨게 하는 일은 언제나 가능했다. 한 시간 정도만 노력하면 잠시나마 몇몇 친구들이 자기한테 눈길을 돌리고 반색을 하며 마음을 터놓게 할 수 있었다. 그는 그런 식으로 친구들에게 접근하는 데 두 번쯤 성공했다. 하지만 그럴 때마다 그의 의도와 달리 몹시 거슬리는 결과가 발생하곤 했다. 친구들이 여전히 함께 마실을 가자고 졸라 댔기 때문이다. 그러면 골드문트는 질겁하고 다시 금방 움츠러들곤 했다. 그것은 말도 안 되는 요구였다. 그는 다시는 마실을 가지 않았다. 그는 머리 땋은 소녀를 잊고 그녀에 대해 생각하지 않는 데 성공했다. 완전히는 아니지만 거의 성공했다.

4장

　나르치스는 한동안 골드문트의 비밀을 알아내려고 치밀한 탐색을 시도했지만 비밀의 문은 좀처럼 열리지 않았다. 오랜 시간을 두고 골드문트를 일깨워 주고 비밀이 드러날 만한 말을 끌어내려 애써 보았지만 아무런 효과도 없어 보였다.

　골드문트가 자신의 출신이나 고향에 관해 얘기해 주어도 구체적으로 상이 잡히지 않았다. 아버지의 상은 아무런 형체도 없이 그림자처럼 희미하기만 했다. 다만 골드문트가 아버지를 존경하고 있다는 것을 알 수 있었다. 그러고는 이미 오래전에 작고하셨거나 어쩌면 실종되었을지도 모를 어머니에 관해 남들로부터 들은 이야기들이 있었다. 골드문트에게 어머니란 그저 기억에도 희미한 이름일 뿐이었다. 사람의 영혼을 잘 읽어 내는 나르치스는 이 친구가 자기 인생의 한 토막을 잃어버린 인간이라는 사실을 점차 깨닫게 되었다. 골드문트는 모종의 궁지에 몰리거나 무언가에 홀려서 지나온 삶의 어떤 부분을 망각하기로 작정할 수밖에 없었을 것이다. 따라서 그저 캐묻는다거나 가르치려는 방식은 아무 소용이 없다는 것도 알게 되었다. 또한 자신이 지나치게 이성의 힘을 믿고 쓸데없이 말을 많이 했다는 것도 깨달았다.

그렇지만 두 친구를 묶어 준 사랑과 둘이서 함께 보내는 시간이 마냥 헛된 것만은 아니었다. 두 친구는 비록 각자의 본성이 너무나 다르긴 했지만 서로에게서 많은 것을 배웠다. 둘 사이에는 이성적인 말 외에도 점차 서로의 영혼과 미세한 신호로도 이해되는 말이 생겨났다. 그런 식으로 두 친구의 거처 사이에는 마차나 말을 탄 기사들이 달릴 수 있는 통행로 이외에 놀이를 할 수 있는 길이나 사잇길, 몰래 숨어들 수 있는 길들도 수없이 생겨났다. 아이들이 다니는 길이 있는가 하면 연인들을 위한 오솔길도 있고 개나 고양이가 다니는, 거의 눈에 안 띄는 길도 있었다. 영혼에서 우러나오는 골드문트의 상상력은 여러 갈래의 마법의 길을 거쳐 서서히 친구의 생각과 언어 속으로 스며들었다. 나르치스 역시 골드문트의 감성이나 태도를 상당 부분 말 없이도 이해하고 공감할 수 있게 되었다. 영혼과 영혼으로 맺어진 새로운 관계가 사랑의 빛을 받으며 서서히 무르익어 갔으며, 그런 뒤에야 비로소 말문이 트이기 시작했다. 그러던 어느 날 정말 예기치 않게 두 친구는 대화다운 대화를 갖게 되었다. 수업이 없던 어느 날 도서실에서 이루어진 그 대화를 통해 두 친구는 그들 사이에 맺어진 우정의 가장 깊은 속내를 공감하게 되었고 그때부터 서광이 비치기 시작했다.

두 친구는 점성술에 관한 이야기를 나누고 있었다. 수도원에서 점성술은 다루지도 않았을뿐더러 금지되어 있었다. 나르치스는 점성술이란 수없이 다양한 인간들과 그들의 운명 및 사명에 질서와 체계를 부여하려는 시도라고 말했다. 그러자 골드문트가 끼어들었다. "너는 늘 다양성에 관해 말하곤 해. 나는 그런 어법이 너의 가장 독특한 속성이라는 것을 조금씩 알게 되었지. 네가 가령 너와 나 사이에 존재하는 커다란 차이점에 관해 이야기할 때면 나로서는 그 차이란 다른 게 아니라 차이점을 찾아내고야 말겠다는 너의 기묘한 집념 이외의 아무것도 아닌 것 같거든!"

나르치스가 말했다. "바로 그거야. 핵심을 찌르는 말이야. 사실 너한테는 차이라는 것이 그다지 중요하지 않지만, 나에게는 오직 차이만이 중요한 것 같아. 나는 본성상 학자이고 내 소명은 학문이야. 그런데 학문이라는 것은 네 말을 빌리자면 '차이를 찾아내겠다는 집념' 이외에 아무것도 아니지. 학문의 본질을 이보다 더 훌륭하게 정의하기도 힘들 거야. 나처럼 학문을 하는 사람한테는 다양성을 확인하는 것만큼 중요한 일은 없어. 학문이란 분류술이라고도 할 수 있지. 이를테면 어떤 사람이 여타의 사람들과 구별되는 특징이 무엇인가를 찾아내면 곧 그 사람을 안다고 말하거든."

골드문트가 말했다. "좋아. 어떤 사람은 농사꾼 신발을 신고 있으니 농사꾼이고 또 어떤 사람은 왕관을 쓰고 있으니 왕이라는 식이지. 물론 그런 것도 차이라고 할 수는 있겠지. 하지만 그런 차이는 어린아이도 알아보잖아. 굳이 온갖 학문을 끌어댈 필요도 없지."

나르치스가 말했다. "그렇지만 농사꾼과 왕이 똑같은 옷을 입고 있다면 어린아이는 도저히 분간을 못 하겠지."

"그것은 학문으로도 분간하지 못해."

"과연 그럴까? 물론 학문이 어린아이보다 영리하다고 할 수는 없겠지. 그건 인정해야겠군. 하지만 학문은 어린아이보다 참을성이 있어. 단지 가장 거칠게 드러나는 특징만을 알아차리는 것은 아니야."

골드문트가 말했다. "영리한 어린아이도 마찬가지야. 영리한 어린아이라면 눈매나 거동을 보고도 왕이라는 것을 알아차린단 말이야. 요컨대 너 같은 학자들은 오만해. 우리 같은 사람들을 늘 우매하다고 여기거든. 온갖 학문을 끌어대지 않고도 얼마든지 현명할 수 있는데 말이야."

나르치스가 말했다. "네가 그 점을 통찰하기 시작해서 기뻐. 내가 너와 나 사이의 차이를 말할 때는 현명함을 따지는 게 아니라는 사실을 너도 곧 알아차리게 될 거야. 내가 말하려는 것은 네가 더 현명하다거나 어리석다는 것도 아니고 더 잘났다거나 못났다는 것도 아니야. 내가 말하려는 것은 다만 네가 나와는 다른 종류의 사람이라는 것뿐이야."

골드문트가 말했다. "그건 쉽게 이해되지. 그런데 너는 어떤 특징들의 차이만이 아니라 곧잘 운명이나 소명의 차이까지도 말하거든. 그렇다면 어째서 너의 소명이 나와는 다르다는 거지? 너도 나처럼 하느님을 믿고 나처럼 수도원에서 일생을 보내기로 결심했잖아. 나와 똑같이 하늘에 계시는 자비로운 하느님 아버지의 자식이란 말이야. 우리 둘의 목표도 똑같아. 영원히 복된 삶을 찾는 거지. 우리의 소명 역시 똑같아. 하느님께 귀의하는 거야."

나르치스가 말했다. "그 말 잘했어. 교리 학습서에 따르면 물론 인간은 모두 똑같은 존재이지. 하지만 삶은 그런 게 아니야. 십자가에 못 박힌 예수를 품에 안고 있는 애제자와 예수를 배반한 또 다른 제자를 생각해 보자고. 두 제자의 소명은 똑같지 않잖아?"

골드문트가 말했다. "나르치스, 너는 궤변론자야! 이런 식으로는 우리가 서로 가까워질 수 없어."

나르치스가 말을 받았다. "우리는 어떤 식으로도 가까워질 수 없어."

골드문트가 말했다. "그런 말 하지 마!"

나르치스가 다시 말을 이었다. "진심으로 하는 말이야. 우리는 가까워질 수 없어. 마치 해와 달, 바다와 육지가 가까워질 수 없듯이 말이야. 이봐, 우리 두 사람은 해와 달, 바다와 육지처럼 떨어져 있는 거야. 우리의 목표는 상대방의 세계로 넘어 들어가는 것이 아니라 서로를 인식하는 거야. 상대방을 있는 그대로 지켜보고 존중해야 한단 말이야. 그렇게 해서 서로가 대립하면서도 보완하는 관계가 성립되는 것이지."

골드문트는 상심하여 고개를 떨궜고 슬픈 표정이 되었다.

이윽고 골드문트가 말했다. "네가 내 생각을 대부분 진지하게 받아들이지 않는 것도 그 때문이니?"

나르치스는 잠시 대답할 말을 찾지 못하다가 밝고도 단호한 어조로 말하기 시작했다. "맞아, 그 때문이야. 골드문트, 너도 틀림없이 언젠가는 나의 이런 태도에 익숙해질 거야. 나는 네 목소리의 어조, 네 몸짓과 미소 하나하나까지도 진지하게 받아들이고 있어. 내 말을 믿어 줘. 그렇지만 너의 생각을 그만큼 진지하게 받아들이진 않아. 나는 다른 누구도 보여 줄 수 없는 너의 본질적인 모습을 진지하게 받아들인단 말이야. 너한테는 다른 재능이 많은데 어째서 유독 너의 생각이 주목받기를 바라는 거지?"

골드문트는 씁쓸한 미소를 지었다. "그것 보라고. 너는 나를 애송이로 취급하고 있잖아!"

그러나 나르치스의 태도에는 변함이 없었다. "너의 생각 중에 어떤 부분은 정말 어린애 같아. 앞서 말했듯이 영리한 어린이가 반드시 학자보다 어리석다는 법은 없어. 그렇지만 어린아이가 학문에 관한 이야기에 끼어들려고 하면 학자 입장에서는 진지하게 받아들일 수 없는 법이지."

골드문트가 격한 어조로 소리쳤다. "우리의 화제가 학문이 아닐 때도 넌 나를 비웃잖아! 이를테면 내가 아무리 경건한 태도를 취하고 배움을 진척시키고자 애쓰고 수도사의 길을 가겠다고 소망해도 너는 언제나 그런 나를 유치하다고 생각한단 말이야!"

나르치스는 정색을 하고 골드문트를 쳐다보았다. "네가 골드문트라는 한 인간의 모습을 보여 줄 때면 나는 너를 진지하

게 대해. 그런데 네가 늘 골드문트다운 것은 아냐. 제발 네가
순수하게 골드문트였으면 좋겠어. 너는 학자도 아니고 수도사
도 아니란 말이야. 너보다 못한 재목도 얼마든지 학자나 수도
사는 될 수 있어. 너는 나에 비해 학문이나 논리나 신앙이 형
편없이 뒤진다고 생각하는 모양인데, 천만의 말씀이야. 문제는
너 자신이 어떤 존재인가를 나한테 제대로 보여 주지 못한다
는 점이야."

이 대화로 인해 골드문트는 기분이 상했고 심지어 마음의
상처까지 받으며 움츠러들었다. 그렇지만 불과 며칠이 지나지
않아 골드문트 쪽에서 대화를 계속하자고 요구했다. 이번 대
화에서 나르치스는 두 사람의 천성이 어떻게 다른가를 좀 더
근사한 가설을 세워 구체적으로 보여 줄 수 있었다.

나르치스는 따뜻한 말씨로 이야기했다. 오늘은 골드문트가
자신의 말을 이전보다 열린 자세로 흔연히 받아들인다고 느
꼈기에 이제 골드문트를 쉽게 다룰 수 있을 것 같았다. 이러한
성공에 우쭐해진 나르치스는 원래 마음먹었던 것보다 더 많
은 말을 하게 되었으며, 자제심을 잃고 스스로의 말에 도취되
었다.

나르치스가 말했다. "자, 보라고. 내가 너보다 나은 점이라
곤 단 한 가지밖에 없잖아. 그러니까 나는 말짱하게 깨어 있
는데 너는 반쯤은 졸고 있거나 때로는 완전히 잠을 자고 있단
말이야. 내가 깨어 있다고 일컫는 사람이란 정신을 바짝 차리
고 자기 자신, 즉 자신의 가장 내면적이고 비합리적인 정열이
나 충동 혹은 약점까지도 인식하고 처리할 줄 아는 그런 사람

이야. 네가 나를 만나는 데 어떤 의미가 있다면 바로 그런 태도를 배운다는 것이겠지. 골드문트 너한테는 정신과 본능, 의식과 꿈의 세계가 매우 복잡하게 뒤섞여 있어. 너는 어린 시절을 잊어버렸지만, 네 영혼의 깊은 바닥에는 어린 시절을 그리워하는 갈망이 꿈틀대고 있지. 너는 그 때문에 괴로워하고 있지만 언젠가는 그 영혼의 소리를 듣게 될 거야. 그런 이야기는 그만하자. 말했다시피 깨어 있는 상태에서는 내가 너보다 더 강해. 그런 면에서는 너보다 우월하고 너에게 도움을 줄 수 있어. 하지만 다른 모든 면에서는 네가 나보다 더 우월해. 아니, 스스로 너 자신을 발견하기만 한다면 나보다 우월해질 거야."

골드문트는 어안이 벙벙해서 가만히 귀를 기울이고 있었다. 그러다 자기가 어린 시절을 잊어버렸다는 말을 들었을 때는 마치 화살에라도 맞은 듯이 움찔했다. 나르치스는 이야기를 할 때면 흔히 한참씩 눈을 감고 있거나 자기 앞쪽만 응시하는 버릇이 있었는데, 그 때문에 골드문트가 깜짝 놀라는 것을 알아차리지 못했다. 골드문트의 안면에 일순간 경련이 일고 어두운 그늘이 지기 시작하는 것을 그는 미처 보지 못했던 것이다.

"우월하다니! 내가 너보다!" 골드문트는 말을 더듬었다. 뭔가를 말하려 했지만, 마비 증세에 걸린 환자처럼 입이 떼어지지 않았다.

"물론이지." 나르치스가 말을 이었다. "너 같은 기질의 사람들, 그러니까 강렬하고도 섬세한 감성을 지녀서 영혼으로 느낄 줄 아는 몽상가나 시인들, 혹은 사랑에 빠진 사람들은 우리 같은 정신적 인간보다는 거의 예외 없이 더 우월한 존재라고 할 수 있지. 그런 사람들은 말하자면 모성(母性)의 풍요로움을 타고난 존재들이야. 그들의 삶은 충만하고, 사랑의 힘과 체험의 능력을 부여받은 존재들이지. 그 반면 우리 같은 정신적 인간들은 너 같은 사람들을 곧잘 이끌어 가고 다스리는 것처럼 보이지만 실은 충만한 삶을 전혀 모르고 메마른 삶을 살게 마련이야. 과일의 단물처럼 넘쳐흐르는 삶의 풍요로움, 사랑의 정원과 예술의 땅은 바로 너희들의 것이지. 너희들의 고향이 대지라면 우리의 고향은 이념이야. 너희들이 감각의 세계에 익사할 위험이 있다면 우리는 진공 상태의 대기에서 질식할 위험에 처해 있지. 너는 예술가고 나는 사상가야. 네가 어머니의 품에 잠들어 있다면 나는 황야에서 깨어 있는 셈이지. 나에겐 태양이 비치지만 너에겐 달과 별이 비치고, 네가 소녀를 그리워한다면 나는 소년을 그리워해……."

골드문트는 눈을 크게 뜬 채 나르치스가 마치 연설가처럼 자기도취에 빠져들어 이야기에 열중하는 모습을 지켜보고 있었다. 나르치스의 말 가운데 상당수는 마치 비수처럼 그의 폐부를 파고들었다. 마지막 대목에 이르러서는 창백한 얼굴로 눈을 감고 말았다. 나르치스가 그것을 알아채고는 놀라서 왜 그러냐고 묻자 하얗게 질린 골드문트는 다 꺼져 가는 목소리로 말했다. "언젠가 네 앞에서 내가 완전히 무너져 내려 울음을 터뜨린 적이 있었지. 너도 기억날 거야. 그런 일은 두 번 다시 일어나선 안 돼. 그러면 아마 나 자신을 용서하기 힘들 거야. 그런 내 모습을 네가 지켜보는 것도 용서하기 힘들 테고!

이 자리를 어서 떠나 줘. 제발 나를 혼자 있게 해 줘. 너는 나한테 끔찍한 말들을 했어."

나르치스는 몹시 당혹스러웠다. 그는 스스로의 말에 말려들고 말았다. 그는 평소보다 더 멋지게 말했다고 느꼈다. 그런데 자신의 말 가운데 어떤 부분이 친구에게 깊은 충격을 주었는지 갈피를 잡을 수 없었다. 어느 대목에선가 급소를 건드린 게 분명했다. 이런 순간에 친구를 홀로 내버려 둘 엄두가 나지 않았다. 나르치스는 잠시 주저했지만 골드문트의 이마에 잡힌 주름은 어서 떠나라고 경고하고 있었다. 뒤숭숭한 심경으로 나르치스는 친구가 혼자 있을 수 있도록 황급히 자리를 떴다. 골드문트에게는 혼자 생각할 시간이 필요했다.

이번에는 골드문트의 영혼에 형성된 과도한 긴장이 눈물로 터져 나오지도 않았다. 그는 마음속 깊이 절망적인 상처를 입은 느낌이었다. 친구가 갑자기 칼을 들이대어 가슴 한가운데를 찌른 것만 같았다. 멍하니 서 있는 골드문트는 숨쉬기조차 힘이 들었다. 금방 숨이 넘어갈 듯 가슴이 죄여 왔으며, 얼굴은 납처럼 창백해졌고 양손은 완전히 마비된 것 같았다. 한때의 비참한 심경이 되살아났다. 이번에는 다만 그 정도가 좀 더 심할 뿐이었다. 이번에도 목을 조르듯이 속이 갑갑했고, 뭔가 끔찍스러운 것, 도저히 참을 수 없는 것을 똑바로 쳐다보아야만 한다는 느낌이 들었다. 그렇지만 이번에는 답답한 마음을 풀기 위해 훌쩍거려 본들 비참한 심경을 견디는 데에 아무런 도움이 될 것 같지 않았다. 아, 어찌 된 일인가? 대체 무슨 일이 벌어진 것일까? 누가 그를 죽이기라도 한단 말인가? 아니면 그가 누구를 죽이기라도 했단 말인가? 그 끔찍한 말은 대체 무엇이란 말인가?

골드문트는 헐떡이며 숨을 몰아쉬었다. 마치 독약에 중독된 사람처럼 그는 몸속 깊숙이 감염된 치명적인 독에서 벗어나야 한다는 조바심으로 안간힘을 썼다. 헤엄이라도 치듯이 허우적거리며 방 밖으로 뛰쳐나온 그는 자기도 모르게 수도원에서 가장 한적하고 인적이 드문 장소로 도망쳤다. 복도와 층계를 지나 트인 곳에 다다르자 그제야 겨우 숨통이 트이는 것 같았다. 그는 수도원에서 가장 으슥한 안식처인 안뜰의 회랑(回廊)으로 들어섰다. 두어 개의 푸른 화단을 지나는 동안 맑은 하늘에는 햇살이 가득했고, 서늘하다 못해 냉랭한 지하실 공기를 가르며 달콤한 장미 향기가 은근히 번져 왔다.

한편 이 시각에 나르치스는 이런 사정을 전혀 모른 채 이미 오래전부터 결행하기로 마음먹어 온 일을 하고 있었다. 그는 친구를 홀리고 있는 악마의 이름을 호출하고 자기 면전에 불러냈다. 악마의 입에서는 골드문트의 가슴에 묻어 둔 비밀을 건드리는 말이 미칠 듯이 고통스럽게 새어 나왔다. 나르치스는 한참 동안 수도원 곳곳을 쏘다니며 친구를 찾았지만 친구는 어디에도 보이지 않았다.

골드문트는 육중한 돌로 지어진 둥근 천장 아래쪽에 서 있었다. 그 천장은 복도에서 시작하여 조그만 십자형 정원 쪽으로 이어져 있었고, 천장을 떠받치는 둥근 기둥마다 세 개씩의 짐승 머리 형상이 눈을 번득이고 있었다. 돌에 조각된 개 또는 이리 모양의 그 형상들은 눈을 부라리며 그를 내려다보고 있었다. 소름 끼치는 전율과 함께 그의 마음속에서 상처가 쑤셔 왔다. 빛을 찾아가는 길, 이성을 찾아가는 길은 어디에도 보이지 않았다. 죽을 것만 같은 불안이 그의 목과 오장을 옥죄어 왔다. 그는 세 마리의 짐승 머리가 조각된 기둥의 꼭대기 쪽을 무심코 올려다보았다. 그러자 세 마리의 사나운 짐승들이 마치 그의 내장 속에 들어앉아 눈을 부라리며 짖어 대는 것만 같았다.

'나는 이제 죽고 말 거야.' 그는 공포에 휩싸이며 그렇게 느꼈다. 그러고는 금방 불안에 몸을 떨며 생각했다. '이렇게 정신이 나가는구나. 저 짐승들의 아가리에 잡아먹힐 테지.'

그는 경련을 일으키며 둥근 기둥의 발치에 주저앉았다. 너무나 고통스러워서 더 이상 견딜 수 없었다. 그는 완전히 맥이 풀렸다. 고개가 스르르 기울면서 그는 바라던 대로 자신의 존재가 아득히 사라지는 듯한 상태에 빠져들었다.

다니엘 수도원장은 오늘 기분이 그다지 좋지 않았다. 중년의 수도사 둘이 오늘 그를 찾아와서는 까마득히 오래전부터 서로 간의 질투심에서 비롯된 하찮은 시빗거리를 다시 끄집어내어 격앙된 어조로 서로를 헐뜯으며 말다툼을 벌였던 것이다. 수도원장은 두 사람의 말을 잠자코 듣고 있다가 이야기가 너무 길어지자 경고를 했지만 아무 소용이 없었다. 그래서 결국은 엄격하게 두 사람의 직위를 박탈하고 각자에게 상당히 무거운 벌칙을 부과했지만, 마음속에서는 자신의 조처가 아무런 효과가 없다는 느낌이 지워지지 않았다. 기진맥진한 상태에서 그는 작은 예배당의 기도실로 들어가 기도를 드렸지만 개운치 않은 마음으로 다시 일어섰다. 그러고는 그윽하게 실려 오는 장미 향기에 이끌려 잠시 숨을 돌릴 요량으로 회랑 쪽으로 걸어갔다. 거기서 그는 생도 골드문트가 정신을 잃고 바닥에 쓰러져 있는 것을 발견했다. 그는 평소에는 너무나 싱싱하게 아름다운 이 젊은이의 얼굴이 빛을 잃고 초췌해진 모습에 깜짝 놀라며 골드문트를 슬프게 바라보았다. 이런 일까지 벌어지다니! 오늘은 일진이 좋지 않았다. 그는 젊은이를 일으켜 세워 보려 했지만 몸무게를 감당할 수 없었다. 노인은 깊은 한숨을 내쉬며 그 자리를 떴다. 그러고는 젊은 수도사 둘을 불러 골드문트를 부축하여 옮기게 하고서 다시 의술에 능한 안젤름 신부를 보냈다. 아울러 나르치스를 찾아 오게 했다. 나르치스는 금방 그의 앞에 모습을 나타냈다.

"자네도 알고 있었나?" 노인이 그에게 물었다.

"골드문트 말인가요? 예, 원장님. 골드문트가 아프다고도 하고 사고를 당한 것 같기도 하다는 이야기를 방금 들었습니다. 사람들이 그 친구를 옮겨 놓았다고 하더군요."

"그래. 회랑에 쓰러져 있는 것을 내가 발견했지. 대체 거기에 무슨 볼일이 있었는지 모르겠어. 사고를 당한 게 아니고 기절을 했더군. 느낌이 석연치 않아. 내 생각에는 자네가 틀림없이 이 사건과 관계가 있을 것 같아. 관계는 없더라도 뭔가를 알고는 있을 거야. 그 친구는 자네의 단짝이니까. 그래서 자네를 부른 걸세. 말해 보게나."

나르치스는 언제나 그렇듯이 절제된 태도와 어조로 오늘 골드문트와 나누었던 이야기를 간단히 보고하고, 오늘의 대화가 놀랍게도 이 친구에게 얼마나 격렬한 동요를 일으켰는가를 설명했다. 수도원장은 고개를 가로저으며 언짢은 내색을 굳이 숨기려 하지 않았다.

"거 참 묘한 대화로군그래." 그는 마음의 평정을 지키려고 애썼다. "자네가 얘기하는 대화란 다른 사람의 영혼에 간섭하는 것이라 해도 무방할 그런 내용이야. 말하자면 영적 보호자와 나누는 대화라 할 수 있지. 그런데 자네는 골드문트의 영적 보호자가 아니잖아. 자넨 아직 영적 보호자가 될 자격도 없어. 아직 사제 서품도 받지 않았으니까. 그런데 영적 보호자나 다룰 수 있을 그런 문제에 대해 조언자의 입장에서 생도와 이야기하는 일이 대체 어떻게 가능하지? 그 결과 보다시피 좋지 않은 일이 발생하지 않았나."

나르치스는 부드러우면서도 단호한 어조로 말했다. "결과가 어떻게 될지는 아직 모릅니다, 신부님. 골드문트가 격심한 동요를 일으키는 것을 보고 다소 놀라긴 했습니다. 하지만 우리의 대화가 골드문트에게 좋은 결과를 가져오리라는 것은 믿어 의심치 않습니다."

"결과는 두고 봐야겠지. 지금 내가 말하려는 것은 결과가 아니고 자네의 행동이야. 어떤 동기에서 자네는 골드문트와 그런 대화를 나누게 되었나?"

"아시다시피 골드문트는 저의 친구입니다. 저는 그 친구한테 각별한 애정을 갖고 있고, 그 친구를 특별히 잘 이해한다고 생각합니다. 신부님께서는 그 친구를 대하는 저의 태도가 마치 영적 보호자 같다고 하십니다. 하지만 저는 어떤 식으로도 주제넘게 성직자의 권위를 내세운 적이 없습니다. 다만 그 친구가 자기 자신을 이해하는 것보다는 제가 그를 좀 더 잘 이해할 수 있다고 믿었던 것입니다."

수도원장은 어깨를 으쓱했다.

"바로 그것이 자네의 특기라는 것은 나도 알아. 자네의 영향으로 나쁜 일이 생기지 않기를 바랄 뿐이네. 그러리라고 믿어. 그렇지만 대체 골드문트가 무슨 병에라도 걸렸단 말인가? 그 친구한테 뭔가 잘못된 것이라도 있는가 말일세. 그 친구가 허약 체질인가? 불면증에 시달리기라도 하나? 아무것도 먹지 못하는 건가? 어디 아픈 데라도 있나?"

"그렇진 않습니다. 바로 오늘까지도 건강했습니다. 육체적으로는 말입니다."

"그러면 어디 다른 데가 아프단 말인가?"

"물론입니다. 그 친구는 마음의 병을 앓고 있습니다. 신부님께서도 아시겠지만, 그 친구는 성적인 충동과의 싸움이 막 시작되는 나이에 접어들었습니다."

"그건 나도 아네. 열일곱 살이던가?"

"열여덟입니다."

"열여덟 살이라. 좋아. 충분히 그러고도 남을 나이지. 하지만 그런 갈등은 누구나 겪어야만 하는 자연스러운 것이야. 그렇다고 해서 그 친구가 마음의 병을 앓는다고 할 수는 없지."

"물론입니다, 신부님. 그 친구가 아프다는 것은 단지 그 문제 때문만은 아닙니다. 골드문트는 일찍부터 마음의 병을 앓아 왔습니다. 아주 오래된 일이지요. 그렇기 때문에 다른 친구들에 비해 이 친구에겐 성적인 갈등이 더 위험하다는 것입니다. 제 생각에 이 친구는 자신의 과거 중 일부분을 잊어버렸다는 사실 때문에 괴로워하고 있습니다."

"그래? 어떤 부분을 잊어버렸다는 말인가?"

"그의 어머니입니다. 그리고 어머니와 결부된 모든 기억도 함께 잊어버렸습니다. 저도 자세한 내용은 전혀 모릅니다만, 병의 근원이 거기에 있다는 것만은 분명합니다. 그러니까 골드문트는 어릴 적에 어머니를 여의었다는 사실 말고는 어머니에 대해 아무것도 모른다고 잡아떼고 있습니다. 그런데 제 느낌으로는 그가 어머니를 부끄러워하는 것 같아요. 하지만 그가 재능을 대부분 어머니한테서 물려받은 것도 분명합니다. 이 친구가 아버지에 관해 얘기하는 내용으로 판단할 때 아버지 되는 분이 이렇게 사랑스럽고 풍부한 재능을 가진 개성적인 아들에게 어울리는 사람이라고는 생각되지 않기 때문입니다. 이 모든 사실은 그 친구의 입에서 나온 말을 들어서 알아낸 것이 아니고 몇 가지 암시를 토대로 추론해 본 것입니다."

수도원장은 애초에는 노인다운 지혜와 높은 안목에서 이런 이야기를 우습게 여겼고 또 이 모든 문제를 성가시고 신경이 쓰이는 일로 생각했지만 이제는 심사숙고하기 시작했다. 그는 골드문트의 아버지를 떠올려 보았다. 그의 기억으로 골드문트의 아버지는 어딘지 모르게 속이 뒤틀려 있고 믿음이 가지 않는 사람이었다. 이제 수도원장은 기억을 더듬어 당시 골드문트의 아버지가 부인에 관해 털어놓은 몇 마디 말도 불현듯 다시 떠올렸다. 그는 부인이 자기한테 수모를 주고는 자기 곁에서 달아났노라고 말했다. 그리고 그의 귀여운 아들한테서 어머니의 기억을 지우고 또 어머니로부터 물려받은 모종의 부도덕한 기질을 억누르기 위해 애썼다고 했다. 그의 뜻은 성공을 거두어 이 아이는 기꺼이 어머니가 못다 한 속죄를 위해 일생을 하느님께 바치기로 결심했다는 것이었다.

수도원장은 나르치스가 오늘처럼 밉게 보인 적도 없었다. 그렇지만 이 사색가의 추론은 얼마나 훌륭한가! 이 친구는 정말로 골드문트를 너무 잘 알고 있지 않은가!

오늘 벌어진 일들에 대해 마지막으로 한 번 더 심문을 받자 나르치스는 이렇게 답했다. "오늘 골드문트를 덮친 격렬한 충격은 저로 인한 것이 아닙니다. 저는 그 친구가 자기 자신을 모르고 있으며 어린 시절과 더불어 어머니를 잊어버렸다는 사실을 상기시켜 주었을 뿐입니다. 제가 한 말 중에 어떤 부분이 그에게 충격을 주어서 암흑 속으로 몰아넣은 것이 틀림없습니다. 제가 그토록 오래전부터 맞서 싸우고 있는 바로 그 암흑 말입니다. 그 친구는 넋이 나간 사람 같았습니다. 마치 나는 알아보겠는데 정작 자기 자신은 누구인지 모르겠다는 식으로 저를 멀거니 쳐다보았습니다. 저는 그 친구에게 너는 잠을 자고 있다, 정말 깨어 있는 것이 아니라는 말을 종종 했습니다. 이제 그 친구는 깨어난 것입니다. 저는 그렇게 확신합니다."

면담이 끝났다. 나르치스는 질책은 받지 않았지만 당분간 환자를 만나선 안 된다는 경고를 받았다.

그러는 사이에 안젤름 신부는 기절한 골드문트를 침대에 눕히고 그의 곁을 떠나지 않았다. 충격 요법을 써서 정신이 들게 하는 것은 적절치 않을 것 같았다. 젊은이의 상태가 너무 나빠 보였던 것이다. 주름진 얼굴의 선량해 보이는 이 노인은 따뜻한 눈길로 젊은이를 지켜보고 있었다. 그는 우선 맥박을 짚어 보고 심장박동을 들어 보았다. 그는 이 친구가 뭔가 먹어선 안 될 것을 먹은 게 틀림없다고 생각했다. 애기괭이밥[2]을 한 움큼 뜯어 먹었거나 뭔가 엉뚱한 것을 먹었다는 것을 알 수 있었다. 혓바닥은 볼 수가 없었다. 안젤름 신부는 골드문트를 좋아했다. 그러나 조숙하고 새파랗게 젊은 나이에 선생이 된 그의 친구 나르치스는 견딜 수 없이 못마땅했다. 결국 이런 일이 터지고 만 것이다. 이 어처구니없는 사건에 나르치스가 연루되어 있는 게 틀림없었다. 골드문트는 자연의 축복으로 태어난 듯 너무나 싱싱하고 눈이 맑은 소년이다. 그런데 어째서 이 사랑스러운 소년이 하필이면 그 오만한 선생 녀석한테 마음을 터놓은 것일까. 이 허황한 어학 선생한테는 이 세상에 살아 있는 무엇보다도 희랍어가 더 중요하지 않은가!

한참이 지나자 문이 열리고 수도원장이 들어왔다. 그런 줄도 모르고 안젤름 신부는 마냥 자리를 지키고 앉아서 기절한 소년의 얼굴을 들여다보고 있었다. 이 얼마나 사랑스럽고 젊고 천진무구한 얼굴인가. 이렇게 자리를 지키고 앉아서 뭔가 도와주어야 할 것만 같은데 어쩌면 그건 불가능할지도 모를 일이었다. 확실히 대장염 때문일 공산이 컸다. 꿀을 탄 붉은

---

2) 괭이밥과에 속하는 다년생 풀.

포도주나 대황(大黃)[3] 같은 처방이면 들을 것 같았다. 그렇지만 파리할 정도로 창백하고 시르죽은 얼굴을 들여다볼수록 그는 대장염보다 더 우려되는 다른 쪽으로 의심이 갔다. 안젤름 신부는 노련한 의사였다. 오랜 세월을 살아오는 동안 그는 무엇인가에 홀린 환자들을 여러 번 보아 왔다. 하지만 그런 혐의는 혼잣말로도 발설하기가 꺼려졌기에 좀 더 기다리며 지켜보기로 했다. 그런데 이 불쌍한 소년이 정말로 귀신에 씌웠다면 범인은 멀리서 찾을 필요가 없을 것이다. 그렇게 생각하니 화가 치밀었다. 그 범인은 따끔한 맛을 봐야 할 것이다.

수도원장이 가까이 다가와서 환자를 살펴보더니 한쪽 눈꺼풀을 살짝 들춰 보았다.

"깨워도 되겠습니까?" 수도원장이 물었다.

"좀 더 기다려 보는 것이 좋겠습니다. 심장은 건강합니다. 아무도 이 아이 곁에 오지 못하게 해야 합니다."

"위중한 상태인가요?"

"그렇지는 않을 겁니다. 상처도 전혀 없고, 맞거나 넘어진 흔적도 없습니다. 기절한 상태인데, 아마 대장염인 듯합니다. 통증이 너무 심하면 정신을 잃게 되지요. 중독되었으면 고열이 있게 마련인데, 그렇진 않습니다. 걱정 마십시오. 다시 깨어나서 기운을 차릴 겁니다."

"심리적인 요인 때문일 가능성은 없습니까?"

"그럴 가능성을 부인하지는 않겠습니다. 전혀 아무것도 모

---

3) 대소변 장애, 신열, 헛소리 등에 잘 듣는 약초.

르십니까? 혹시 심한 충격을 받지는 않았나요? 혹시 부고라도 들었습니까? 심하게 다투었거나 수모를 당하지는 않았습니까? 만일 그렇다면 모든 게 분명해집니다."

"우리는 잘 모릅니다. 아무도 가까이 오지 못하도록 신경을 써 주세요. 아이가 깨어날 때까지 선생이 곁에 있어 주었으면 합니다. 상태가 악화하면 저를 불러 주세요. 한밤중이라도 상관없습니다."

노인은 자리를 뜨기 전에 한 번 더 환자를 굽어보았다. 아이의 아버지가 생각났으며, 이 아름답고 쾌활한 금발의 소년이 자기한테 맡겨지던 날이 생각났다. 그리고 모두 어떻게 이 소년을 금방 좋아하게 되었던가를 떠올렸다. 수도원장 자신도 이 소년을 기쁜 마음으로 맞이했었다. 확실히 나르치스의 말이 옳았다. 이 소년에게서 아버지를 연상시키는 구석이라고는 추호도 찾아볼 수 없었던 것이다! 아, 어딜 가도 근심 걱정이 태산이로구나! 우리 인간의 행동은 얼마나 부족한가! 혹시 내가 이 불쌍한 소년을 소홀히 보살폈던가? 고해 신부를 제대로 만나지 못한 것은 아닐까? 우리 수도원에서 이 생도에 대해 아무도 나르치스만큼 소상히 알지 못한다는 것이 대체 정상일까? 아직 수련 과정을 밟고 있는 친구가 대체 이 아이를 도와줄 수 있단 말인가? 그 친구는 아직 수도사도 아니고 사제 서품도 받지 않은 상태가 아닌가. 그리고 그 친구의 모든 생각이나 직관에는 왠지 기분 나쁜 우월감이나 심지어 적의 같은 것이 배어 있지 않은가. 어쩌면 나르치스도 오래전부터 잘못된 일을 당해 왔을지 누가 알겠는가? 또 하느님의 말씀에 순종하는 듯한 태도의 이면에 사악한 마음을 감추고 있을지 누가 알겠는가? 어쩌면 이단일지도? 어떻든 이 두 젊은이한테 닥쳐 올 모든 문제에 대해 수도원장은 책임감을 느꼈다.

골드문트가 정신을 차렸을 때는 벌써 날이 어두웠다. 머리가 어질어질하면서 텅 빈 느낌이었다. 침대에 누워 있다는 느낌은 들었지만 여기가 어딘지는 알 수 없었다. 어딘지 알려고 하지도 않았다. 여기가 어디든 상관없는 일이었다. 그런데 여기로 오기 전에는 어디에 있었던 것일까? 어디에서 온 것일까? 대체 어떤 낯선 체험을 겪었던 것일까? 그는 아주 멀리 떨어져 있는 어디선가 왔다. 뭔가를 보았던 기억이 났다. 아주 특별한 것, 장엄한 것, 두려우면서도 잊을 수 없는 어떤 것을 보았었다. 그런데도 그는 그게 무엇인가를 잊어버렸다. 어디서 벌어진 일일까? 너무나 거대하고 고통스러우면서도 신성한 그 무엇이 눈앞에 떠올랐다가 다시 사라졌건만 그게 무엇인지 도무지 생각나지 않았다.

그는 자신의 내면 깊은 곳에 귀를 기울여 보았다. 그의 마음속 깊은 곳에서는 오늘 무엇인가가 터져 나왔다. 분명히 어떤 사건이 벌어졌던 것이다. 그게 무엇이었을까? 어지럽게 뒤엉킨 형상들이 엎치락뒤치락 요동치며 떠올랐다. 개의 머리들이 보였다. 세 마리였다. 장미 향기도 맡았다. 아, 그때는 얼마나 슬펐던가! 그는 눈을 감았다. 얼마나 끔찍스럽게 슬펐던가! 그는 다시 잠이 들었다.

그는 다시 깨어났다. 여전히 잽싸게 달아나는 꿈의 세계가 아련히 가물거리는 와중에 다시 어떤 형상이 보였다. 그러자 고통스러운 욕망을 느낄 때처럼 다시 온몸이 움츠러들었다. 그는 보았다. 보면서 서서히 의식이 돌아왔다. 그녀가 보였다. 환하게 빛나는 그녀의 커다란 존재, 입가에는 함박꽃처럼 웃음이 피어오르고, 머리칼은 눈이 부셨다. 어머니였다. 동시에 어떤 목소리가 들려오는 것 같았다. "너는 어린 시절을 잊어버렸어." 이건 대체 누구의 목소리일까? 귀를 기울이고 곰곰이 생각해 보았다. 그렇다. 나르치스였다. 나르치스? 바로 다음 순간 몸을 한 번 뒤척이면서 모든 것이 되살아났다. 이제 생각이 났다. 또렷이 알 수 있었다. 아, 어머니, 어머니였다! 산더미처럼 쌓였던 망각의 더께가 걷혔다. 망망대해 같은 망각의 바다가 갈라졌다. 잃어버렸던 어머니가 파랗게 빛나는 위엄 어린 시선으로 다시 그를 바라보고 있었다. 말할 수 없이 사랑했던 그 어머니가.

　침상 곁의 안락의자에서 살짝 졸음에 빠져 있던 안젤름 신부가 눈을 떴다. 환자가 움직이는 기척이 들려왔다. 숨소리도 들렸다. 그는 조심스레 몸을 일으켰다.

　"누구 계세요?" 골드문트가 물었다.

　"나일세. 걱정하지 말게나. 불을 켜 주지."

　신부는 등에 불을 붙였다. 그의 주름지고 선량해 보이는 얼굴에 불빛이 어렸다.

　"제가 정말 아픈 건가요?" 소년이 물었다.

　"자넨 기절을 했더랬지. 어디, 손을 내밀어 보게. 맥을 짚어 볼 테니까. 기분이 어떤가?"

　"좋아요. 안젤름 신부님, 이렇게 호의를 베풀어 주셔서 감사

합니다. 이제 아픈 데는 없어요. 그저 피곤할 뿐이에요."

"물론 피곤할 테지. 곧 다시 잠이 올 거야. 먼저 따끈한 포도주를 한 모금 들게나. 여기 준비되어 있네. 젊은이, 우리의 우애를 위해 한 잔씩 하자고."

신부는 꿀을 탄 붉은 포도주를 작은 잔에 조심스럽게 따르더니 뜨거운 물그릇에 담갔다.

"우리 둘 다 한참 동안이나 잠을 잤군그래." 의사 신부는 너털웃음을 웃었다. "자네는 내가 기분도 낼 줄 모르는 꽁생원 의사라고 생각하겠지. 그렇지 않아. 우리는 인간일세. 어디 이 멋진 술을 좀 마셔 보자고. 이렇게 한밤중에 몰래 하는 조촐한 술자리보다 신나는 것은 없지. 자, 건배!"

골드문트는 웃으며 잔을 부딪치고는 맛을 보았다. 계피와 말린 패랭이꽃을 향료로 첨가하고 설탕으로 단맛을 낸 이런 따끈한 포도주는 생전 처음 마셔 보았다. 언젠가 아팠을 때의 일이 생각났다. 그때는 나르치스가 자기를 돌보아 주었다. 이번에는 자기를 좋아하는 안젤름 신부님이 돌봐 준 것이다. 기분이 무척 좋았다. 한밤중에 희미한 등불 아래 누워서 나이든 신부님과 달콤하고 따끈한 포도주 잔을 기울인다는 것이 너무나 아늑하고도 신기한 느낌이 들었다.

"배가 아픈가?" 노인이 물었다.

"아닙니다."

"그래? 골드문트, 자네가 틀림없이 대장염에 걸렸다고 생각했지. 그렇다면 장에는 아무 이상이 없군. 어디, 혓바닥을 좀 보여 주게. 정말 괜찮은데. 이 늙은이가 또 잘못짚었군. 아침까

지 얌전하게 누워 있으면 다시 와서 진찰하겠네. 그런데 포도
주 잔은 벌써 비웠나? 그렇지, 자네 입에 잘 맞을 거야. 어디,
아직 더 남아 있나 볼까. 각자 반 잔씩은 족히 더 마실 수 있
겠구먼. 정직하게 나눈다면 말이야. 그런데 자넨 정말 우리를
놀라게 했어, 골드문트! 회랑에 마치 아이 송장처럼 뻗어 있었
지 뭔가. 정말 배는 아프지 않은가?"

그들은 웃으면서 남아 있던 환자용 포도주를 공평하게 나
눠 마셨다. 신부는 농담을 곧잘 했고, 골드문트는 다시 눈에
생기를 띠며 고맙고도 흥겨운 마음으로 신부를 바라보았다.
그러고서 노인은 잠자리에 들기 위해 자리를 떴다.

골드문트는 그러고도 잠시 뜬눈으로 누워 있었다. 다시금
그의 마음속에서 서서히 형상들이 떠오르고 친구가 한 말들
이 불꽃처럼 가물거리며 피어올랐다. 그리고 다시 환하게 빛
나는 금발의 여인이, 어머니가 그의 영혼에 나타났다. 어머니
의 모습은 뜨거운 바람처럼 그를 스치고 지나갔다. 마치 생기
와 따스함과 다정함과 은밀한 경고를 실은 구름처럼. 아, 어머
니! 제가 당신을 잊다니, 아, 어찌 그런 일이 있을 수 있단 말
입니까!

5장

지금까지 골드문트는 어머니에 관해 몇 가지 이야기를 들은 적은 있지만 언제나 다른 사람들의 입을 통해 들은 소문이었다. 그에게 어머니의 모습은 전혀 남아 있지 않았다. 그나마 자기가 알고 있다고 생각하는 내용마저도 나르치스에겐 대부분 숨겨왔다. 그에게 어머니란 함부로 발설해선 안 될 존재였으며, 사람들이 창피하게 여기는 존재였다. 어머니는 원래 무희(舞姬)였다. 어머니가 태어난 집안은 비록 지체가 높긴 했지만 상서롭지 못하게도 이교도 집안이었다. 골드문트의 아버지는 그녀를 가난과 수모의 수렁에서 구해 주었다고 했다. 아버지는 그녀가 이교도라는 것을 몰랐기에 세례와 더불어 신앙교육을 받도록 했다. 그렇게 해서 아버지는 그녀와 결혼하여 그녀를 조신한 아내로 만들었다. 그렇게 몇 년 동안은 얌전하게 절도 있는 생활을 했지만 그녀는 다시 예전에 춤추던 시절의 기질이 되살아나서 남편의 근심을 사고 남자들을 유혹했다. 몇 날 몇 주씩 집을 비우기도 했고, 마녀라는 소문에 휩싸이기도 했으며, 남편이 몇 차례나 다시 데려와서 곁에 붙들어 두었지만 결국 영영 사라지고 말았다는 것이었다. 그러고도 한동안은 그녀에 관한 소문이 들려왔다. 그 고약한 소문은 마치 별똥별의 꼬리처럼 깜박이다가 완전히 사그라들었다. 남편은 그녀가 안겨 준 불안과 경악, 치욕과 지울 수 없는 충격 속에서 몇 해를 보내다가 서서히 회복되었다. 잘못되고 만 부인 대신에 이제 그는 귀여운 아들을 키우는 데에 마음을 쏟았다. 아들의 용모는 어머니를 빼닮았다. 아버지는 한을 삭이지 못한 채 신앙에 빠져들어 골드문트에게 어머니의 죄를 씻으려면 평생을 하느님께 바쳐야 한다는 믿음을 키워 주었다.

　골드문트의 아버지가 잃어버린 아내에 관해 곧잘 이야기하는 내용은 대충 이런 것이었다. 그는 이런 이야기를 하는 것이 내키지 않았지만, 골드문트를 수도원에 맡기면서 수도원장에게 대강의 암시를 주었다. 그리고 이 끔찍한 전설 같은 이야기가 아들이 어머니에 관해 알고 있는 전부이기도 했다. 그렇지만 골드문트는 그런 이야기를 의식 한쪽으로 밀쳐 내고 거의 잊어버리도록 교육을 받아 왔다. 그런데 그는 어머니의 진짜 모습까지도 까맣게 망각하고 상실해 버렸다. 어머니의 진짜 모습은 전혀 달랐다. 아버지나 하인들의 입에 오르내리는 이야기들, 혹은 음험하고 악의에 찬 추문으로 꿰어 맞춰진 어머니의 또 다른 모습과는 판이했던 것이다. 그는 자기만이 겪은 어머니에 대한 진짜 기억을 잊어버리고 있었다. 그런데 아주 어린 시절 별처럼 빛났던 그 진짜 모습이 다시 떠오르는 것이었다.

"내가 어떻게 그분을 잊을 수 있었는지 모르겠어." 그는 친구에게 말했다. "살아오면서 내가 어머니처럼 사랑했던 사람은 아무도 없어. 너무나 무조건적이고 뜨거운 사랑이었어. 그토록 존경하며 마음속에 모셨던 분은 아무도 없었어. 어머니는 나에게 해와 달 같은 존재였지. 내 영혼 속에서 빛나던 그 모습은 어둠 속으로 사라지고, 서서히 이처럼 아무 형체도 없이 사악하고 창백한 마녀로 변해 버리고 말았어. 어떻게 그런 일이 있을 수 있는지 정말 영문을 모르겠어. 아버지와 나에게 어머니는 여러 해 전부터 그런 모습으로 변해 있었던 거야."

나르치스는 얼마 전에 수련 과정을 마치고 정식으로 사제복을 입게 되었다. 그러면서 골드문트를 대하는 태도가 눈에 띄게 변하기 시작했다. 이전까지는 나르치스의 신호나 경고가 시건방지게 잘난 척하는 성가신 행동이라며 곧잘 거부감을 느껴 오던 골드문트도 지난번의 커다란 체험 이후로는 이 친구의 지혜로움에 경탄해 마지않는 존경의 태도를 보이기 시작했다. 그 친구의 말 가운데 얼마나 많은 부분이 마치 예언처럼 들어맞았던가! 또 자기 인생의 비밀을, 숨겨져 있던 상처를 얼마나 정확하게 알아맞혔던가! 그리고 얼마나 지혜롭게 자신의 마음을 치유해 주었던가!

골드문트는 마음의 병이 다 나은 것처럼 보였다. 기절한 사건 뒤에도 아무런 후유증이 없었다. 그뿐만 아니라 그의 천성으로 자리 잡고 있던 장난기나 나이에 걸맞지 않은 영악스러움과 진지하지 못한 태도가 마치 다 녹아 없어진 듯했다. 조숙하게 수도사의 티를 낸다거나 하느님께 특별히 봉사해야 한다는 의무감 같은 것이 사라진 것이다. 이 젊은이는 자기 자신을 발견한 이후부터 그 나이에 걸맞은 젊음을 되찾은 동시에 나이에 어울리게 성숙해진 것 같았다. 그는 이 모든 것이 나르치스 덕분이라고 감사했다.

그렇지만 이상하게도 나르치스는 얼마 전부터 친구에게 조심스러운 태도를 보이기 시작했다. 그는 대단히 겸손해졌으며, 더 이상 무엇을 가르치려는 듯한 우월감을 갖고 친구를 바라보지 않게 되었다. 그 반면 친구는 나르치스한테 경탄해 마지않았다. 나르치스는 그 어떤 신비로운 근원으로부터 길어 올린 힘을 친구에게 불어넣어 주었다. 그것은 골드문트가 여태껏 느껴 보지 못했던 힘이었다. 나르치스는 친구의 비밀에 관여하지 않고도 그의 성숙을 촉진해 줄 수 있었다. 그는 친구가 자신의 주도권에서 벗어나는 것을 기쁜 마음으로 지켜보았지만, 그러면서 때로는 마음이 서글퍼지기도 했다. 골드문트에게 자기는 이제 거쳐 간 어떤 단계, 벗어 던진 허물 같은 존재가 되었다고 느꼈던 것이다. 그는 너무나 소중했던 이 우정의 종말이 가까워졌다는 것을 알았다. 그렇지만 아직까지도 골드문트에 관해서는 당사자보다 더 많이 알고 있었다. 그도 그럴 것이 골드문트는 자신의 영혼을 되찾았고 영혼의 부름에 따를 각오가 되어 있었지만 그러면서도 자신의 영혼이 자기 자신을 어디로 이끌고 갈지는 여전히 모르고 있었기 때문이다. 나르치스는 친구의 영혼이 어느 방향으로 나아가려는지 예감은 하고 있었지만 그를 도와줄 힘은 없었다. 이 사랑하는 친구가 나아갈 길은 그 자신도 아직 전혀 밟아 보지 못한 땅으로 이어져 있었던 것이다.

학문에 대한 골드문트의 욕심은 현저히 줄어들었다. 친구들과의 대화에서 논쟁을 즐기는 태도 역시 사라져서, 한때 친구들과 나누었던 이야기의 상당 부분을 부끄러운 심정으로 회상하곤 했다. 그사이에 나르치스한테는 얼마 전부터 모종의 변화가 일어나기 시작했다. 수련 과정을 마쳤기 때문인지 아니면 골드문트와의 체험을 겪은 탓인지는 알 수 없지만, 어떻든 그는 혼자 틀어박혀서 고행하고 정신적으로 단련할 필요성에 눈뜨기 시작했던 것이다. 금식하면서 오랫동안 기도를 드리고 자주 참회하고 자발적으로 고해를 하고픈 충동이 일기 시작했다. 골드문트 역시 그런 충동을 이해했을 뿐 아니라 거의 공유하게 되었다고 해도 과언이 아니다. 마음의 병을 고치고부터 그의 본능은 매우 예민해졌다. 비록 장래의 목표에 관해서는 털끝만치도 알 수 없었지만, 이제 자신의 운명이 준비되고 있다는 사실을, 천진난만함과 평온함으로 가득 찼던 모종의 보호 기간이 끝나고 자신의 내면에서 모든 것이 팽팽하게 긴장한 채 준비되어 있다는 사실을 곧잘 마음이 초조해질 만큼 너무나 명확하게 감지하고 있었던 것이다. 그러한 예감은 흔히 축복받은 느낌을 동반하는 것이어서, 거의 잠까지 설칠 정도로 마치 사랑에 빠졌을 때의 달콤한 느낌처럼 그의 마음을 사로잡았다. 그런가 하면 그 예감은 때때로 그의 마음을 어둡게 옥죄어 오기도 했다. 어머니가 다시 자기를 찾아오신 것이다. 오래도록 잃어버렸던 어머니가. 그것은 숭고한 행복이었다. 그렇지만 그의 마음을 유혹하는 어머니의 소리는 그를 과연 어디로 데려갈 것인가? 어디인지 알 수 없는 그곳에는 어떤 불확실한 것, 미로(迷路)처럼 얽힌 것, 견디기 힘든 것, 어쩌면 죽음이 기다리고 있을지도 모를 일이었다. 어머니의 부름은 아늑하고 평온한 곳, 안전한 곳, 그러니까 수도사의 독방이나 평생을 함께할 수도원 공동체 같은 곳으로는 그를 데려갈 것 같지 않았다. 그녀의 부름에는 아버지의 명령과는 전혀 아무런 공통점도 없었다. 그런데 그는 아버지의 명령을 자기 자신의 소망과 혼동해 오지 않았던가. 마치 심하게 몸살을 앓듯이 강렬하고도 불안하게, 뜨겁게 달아오르는 이러한 느낌은 골드문트의 경건함을 굳건하게 만들었다. 성모 마리아에게 드리는 장시간의 기도를 거듭하노라면 그를 어머니 쪽으로 끌어당기던 복받치는 감정은 마치 홍수가 빠져나가듯이 잦아드는 것이었다. 그렇지만 그의 기도가 다시금 저 이상야릇하고도 장엄한 몽상으로 끝나는 경우도 많았다. 이제는 너무나 자주 체험하는 그 백일몽 같은 몽상은 어머니에 관한 몽상이었다. 그의 모든 감각은 비몽사몽의 상태에서도 그 몽상에 매달리곤 했다. 그러면 어머니의 세계가 그를 향기롭게 감싸면서 불가사의한 사랑의 눈길로 그를 지켜보고, 마치 넓은 바다나 낙원처럼 저 깊은 곳에서 속삭였다. 어머니의 세계는 또 아무런 감각도 없이, 아니 넘쳐흐르는 감각으로 그를 어루만지며 흥얼거리듯 속삭여 왔다. 그곳에서는 달콤한 맛이 느껴지는가

하면 소금기가 느껴지기도 했다. 그리고 비단결 같은 머리칼이 그의 목마른 입술과 눈가에 스치기도 했다. 어머니는 사랑에서 우러나오는 모든 것을 갖고 있었다. 달콤한 사랑의 푸르른 눈길, 행복을 약속하는 사랑스러운 미소, 사랑으로 어루만져 주는 위로, 이 모든 것이 있었다. 그러나 그것만은 아니었다. 우아한 베일로 감싸여 있는 그 어딘가에는 무섭고 어두운 것, 욕망과 불안, 죄악과 고통, 탄생과 피할 수 없는 죽음, 이 모든 것도 함께 있었다.

골드문트는 이러한 몽상에 깊이 빠져들었다. 그 몽상은 감각의 혼이 살아 움직이며 짜 낸 직물처럼 수많은 가닥으로 얽혀 있었다. 그 몽상 속에서는 사랑했던 과거의 기억들, 유년시절과 어머니의 사랑, 황금빛으로 빛나는 인생의 아침이 다시금 매혹적으로 되살아났다. 하지만 그 속에는 뭔가를 약속하며 이제 막 닥쳐올 유혹적이고도 위태로운 미래도 잉태되어 있었다. 어머니와 성모 마리아와 사랑하는 연인이 하나로 녹아 있는 그 몽상은 나중에 다시 생각해 보면 끔찍스러운 범죄나 신성 모독처럼, 도저히 속죄할 길 없는 죽을죄처럼 여겨질 때도 있었다. 그런가 하면 때로는 거기에 일체의 구원과 조화로움이 깃들어 있는 것처럼 생각되기도 했다. 신비에 가득 찬 삶이 그를 지켜보고 있었다. 그것은 그 근원을 캘 수 없는 음울한 세계인가 하면, 또 동화에서나 나올 법한 위태로운 일들로 가득 찬 거친 가시덤불처럼 여겨지기도 했다. 그렇지만 그것이 어머니의 신비인 것만은 분명했다. 그것은 어머니로부터 와서 어머니에게로 돌아가는 신비였다. 어머니의 밝은 눈길에 깃들어 있는 작고 어두운 그늘, 언제 닥쳐올지 모를 작은 심연이었다.

어머니에 관한 이러한 몽상에 빠져들다 보면 잊혔던 유년시절이 수없이 떠올랐다. 끝없이 깊은 곳에 가라앉아 있던 상실의 기억들이 수많은 작은 기억의 꽃잎으로 피어나면서 황금빛으로 반짝이고 예감에 가득 찬 향기를 실어 왔다. 어쩌면 직접 겪은 체험 같기도 하고 또 어쩌면 꿈만 같은 유년시절의 감정들이 되살아났다. 때로는 물고기에 관한 몽상이 떠오르기도 했다. 등이 검거나 은빛인 물고기 떼가 시원스럽고도 미끈하게 그에게로 헤엄쳐 와서 그의 몸속에서 뛰놀기도 하고 그의 몸을 통과해 가기도 했다. 그리고 복된 행운을 알려 주는 전령처럼 더 아름다운 현실의 도래를 예고해 주는가 하면, 또 꼬리를 살랑대며 그림자처럼 저 멀리 사라지면서 행운의 기별 대신에 새로운 신비를 남겨 놓기도 했다. 이렇게 그는 곧잘 헤엄치는 물고기와 날아다니는 새를 꿈꾸곤 했다. 그러노라면 물고기와 새 한 마리 한 마리는 모두 그의 피조물이 되어 그의 뜻대로 움직이고 마치 그 자신의 호흡처럼 조절할 수 있었으며, 그 어떤 시선이나 생각처럼 그의 내면에서 찬연히 우러나와 다시 그의 내면으로 되돌아가는 것이었다. 그의 몽상에서는 꽃동산도 곧잘 떠올랐다. 그 마법의 꽃동산에는 동화에 나오는 나무들과 흐드러진 꽃들, 그리고 깊고 검푸른 동굴도 보였다. 수풀 사이로는 이름 모를 짐승들이 눈을 번득였고, 나뭇가지에서는 거죽이 매끈하고도 억세 보이는 뱀들이 스르르 미끄러져 나오기도 했다. 그런가 하면 포도 덩굴과 키 작은 나무 덤불에서는 큼직한 야생 딸기들이 촉촉한 습기를 머금고 반짝였다. 딸기를 따자 그의 손에 들어온 딸기들은 크게 부풀어 오르면서 피처럼 따뜻한 즙을 흘리는가 하면, 뭔가를 애타게 찾으며 교활하게 눈망울을 굴리기도 하는 것이었다. 골드문트는 손을 더듬어 어느 나무에 기대어 서서 나뭇가지를 움켜잡았다. 그러자 나무줄기와 가지 사이에 마치 겨드랑이 털처럼 곱슬곱슬한 수염이 마구 뒤엉킨 채 빽빽하게 자라나 있는 것이 보였고 촉감으로도 느껴졌다. 언젠가 그는 자기 자신에 대하여, 아니 그의 세례명을 준 성자(聖者)인 골드문트에 대하여 꿈꾼 적이 있다. 골드문트라고도 불리는 크리소스토무스 성자는 황금의 입을 가진[4] 존재였다. 그는 황금의 입으로 말을 했고, 그러면 그가 하는 말들은 꿈꾸는 작은 새가 되어 날개를 파닥이며 떼 지어 날아가곤 했다.

또 한번은 이런 꿈을 꾼 적도 있었다. 그는 이미 다 커서 어른이 되었지만 마치 어린애처럼 땅바닥에 앉아 찰흙을 손에 들고서 말이나 황소, 꼬마 신랑과 꼬마 신부 따위의 여러 가지 형상들을 만들고 있었다. 그렇게 흙을 주무르는 놀이가 그에겐 재미있었다. 그는 동물이나 남자의 형상에다 우스꽝스럽게 커다란 성기(性器)를 달아 주기도 했는데, 꿈속에서도 그것이 매우 재치 있다는 생각이 들었다. 그러다가 장난에 싫증이 나서 그 자리를 뜨기도 했다. 그러면 등 뒤에서 아무 소리도 없는 커다란 무엇인가가 살아 움직여 그를 뒤따라오는 기척이

---

4) '골드문트(Goldmund)'는 독일어로 '황금의 입'이라는 뜻이다.

느껴졌다. 그래서 뒤를 돌아보면 정말 기절초풍할 광경이 펼쳐져 있었다. 그가 만들었던 자그마한 찰흙 형상들이 몸집이 커져서 살아 움직이고 있었던 것이다. 골드문트는 그 광경에 질겁하면서도 기분이 나빠지는 않았다. 그가 만든 형상들은 엄청나게 커져서 말 없는 거인들처럼 그의 곁을 지나 행진하고 있었다. 갈수록 커지는 그 형상들은 말없이 거구들을 이끌고 탑처럼 우뚝 솟은 채 계속 앞으로, 이 세상 속으로 나아가는 것이었다.

골드문트는 실제 현실보다도 오히려 이러한 꿈속에서 자기가 살아 있다는 느낌을 가질 수 있었다. 현실의 세계에는 교실이나 수도원 앞마당, 도서실, 침실, 예배당 같은 것들뿐이었고, 그런 것들은 피상적인 것에 지나지 않았다. 말하자면 현실의 세계는 이 현실 너머에 꿈으로 가득 차 있는 형상들의 세계를 감싸고 있는 얄팍하고 불안한 표피에 지나지 않았던 것이다. 그 얄팍한 표피는 한 번만 딴마음을 먹고 찌르면 금방 구멍이 뚫릴 것 같았다. 무미건조한 수업 시간에 읽는 희랍어의 발음에 알 수 없는 예감이 섞여 든다거나, 생물을 가르치는 안젤름 신부님의 건초(乾草) 자루에서 풍겨 나오는 한 줄기의 향기를 느낀다거나, 또 창문 위쪽의 아치형 석조 장식 기둥에 무성하게 새겨진 덩굴손 잎사귀 무늬들을 흘낏 쳐다본다거나 하는 따위의 사소한 자극만으로도 능히 현실의 표피에 구멍을 뚫을 수 있을 것 같았다. 그러면 평온해 보이지만 황량한 이 현실의 이면에서 광란하는 심연이 모습을 드러내고, 영혼 속에 심어진 형상들의 세계가 고삐에서 풀려나 은하수처럼 강물로 쏟아져 내릴 것만 같았다. 그런 몽상 속에서 어떤 라틴어 낱말의 첫 글자는 성모 마리아의 화사한 얼굴이 되었고, 성모 찬송가의 길게 뽑는 음조는 천국의 문이 되었다. 또 어떤 희랍어 글자는 달리는 말이나 나무에 기어오르는 뱀으로 둔갑하여 꽃잎 아래에서 몸을 뒤척였으며, 그러다가 어느새 이 모든 것들은 사라지고 문법책의 딱딱한 책장만 남아 있는 것이었다.

골드문트는 이런 몽상을 거의 입 밖에 내지 않았다. 다만 나르치스에게 이러한 꿈의 세계에 관해 어쩌다 약간의 암시만 해 주었을 뿐이다.

언젠가 골드문트가 말했다. "내 생각에는 길가에 피어 있는 꽃 한 송이나 기어 다니는 작은 벌레 한 마리가 도서관을 가득 채운 모든 책보다 더 많은 것을 말하고 더 많은 것을 함축하고 있지 않을까 싶어. 글자나 낱말들을 가지고는 아무것도 말할 수 없어. 간혹 어떤 희랍어 글자, 가령 세타(θ)나 오메가(Ω) 같은 글자를 쓰면서 펜을 약간 돌려서 써 보면 글자가 꼬리를 치면서 물고기가 될 때가 있어. 그러면 순식간에 이 세상의 모든 개천과 강물이 마음속에 떠올라. 시원하고 물기가 있는 모든 것이 떠오르기도 하지. 호메로스의 태양과 고기잡이 베드로가 예수님의 제자로 거듭나던 그 호수도 생각나지. 그런가 하면 글자가 새로 둔갑하여 꼬리를 치켜세우고, 깃털을 비비고, 몸통을 부풀리고, 지저귀고, 날아가기도 해. 그런데 나르치스 너는 아마도 그런 글자들을 대수롭지 않게 생각하겠지? 그렇지만 바로 그런 글자들을 가지고 하느님께서는 이 세상을 창조하셨다는 말을 너한테 해 주고 싶어."

"나도 그런 것들을 소중히 여겨." 나르치스가 슬픈 어조로 말했다. "그건 마법의 글자들이지. 그런 글자들로 모든 악령을 불러낼 수 있어. 그렇긴 하지만 그런 글자들은 학문을 하는 데에는 물론 적합하지 않지. 인간의 정신이란 확고한 것, 형체가 분명한 것을 좋아하게 마련이라, 학문의 세계에서 정해 놓은 기호들에 의지할 수 있기를 원하거든. 인간의 정신은 변해 가는 것보다는 고정되어 있는 것을, 가능성보다는 현실성을 더 좋아하지. 오메가라는 활자가 뱀이나 새로 둔갑하는 것은 참지 못한단 말이야. 그러니까 정신이란 자연 속에서는 살 수 없는 것이지. 오로지 자연에 맞서서, 자연의 맞수로서만 살아갈 수 있단 말이야. 골드문트, 이제 너는 결코 학자가 되지 않을 거라는 결심을 나한테 털어놓고 싶은 거지?"

골드문트는 당연히 오래전에 이미 그런 결심이 섰노라고 동의했다.

"나는 이제 너처럼 집요하게 정신의 길을 추구할 생각은 없어." 골드문트는 반쯤 웃는 표정으로 말했다. "나한테 정신의 세계나 학문의 세계라는 것은 내가 겪은 아버지의 세계와 흡사해. 나는 아버지를 너무나 사랑한다고 생각했고 또 내가 아버지와 비슷한 존재라고 생각했지. 그래서 아버지 말씀이라면 무조건 믿고 따랐지. 그런데 어머니가 다시 나타나시기 무섭게 비로소 사랑이란 무엇인지 새로이 깨닫게 되었어. 그와 동시에 어머니의 상에 비하면 아버지의 상은 갑자기 작아지고 불쾌해지고 거부감마저 느껴졌어. 그래서 지금 나는 정신과 관계되는 모든 것은 아버지와 결부된 것으로, 그러니까 어머니와는 무관하며 어머니한테 적대적인 것으로 보게 되었고 어느 정도는 얕잡아 보게 되었어."

골드문트는 농담조로 말했지만 친구의 슬픈 표정을 밝게 바꾸지는 못했다. 나르치스는 말없이 그를 바라보고 있었다. 상대방을 사랑으로 어루만지는 그런 시선이었다. 그러다가 나르치스는 입을 열었다. "네 마음을 잘 알겠어. 이젠 더 이상 언쟁을 벌일 필요는 없어. 말하자면 너는 이제 깨어난 거야. 이제는 너와 나 사이의 차이가 무엇인지도 깨닫게 된 것이지. 모성의 피를 타고난 사람과 부성의 피를 타고난 사람의 차이, 영혼과 정신의 차이 말이야. 넌 아마 수도원에서 생활하고 수도사의 일생을 추구하려는 네 노력이 잘못이었다는 것도 곧 깨닫게 될 거야. 그건 네 아버지가 꾸며 낸 믿음일 뿐이야. 이런 믿음을 불어넣어 어머니를 그리워하는 네 마음을 속죄하듯이 씻어 내려고 하셨던 거야. 아니, 어머니한테 복수를 하시고 싶었을지도 모르지. 그런데도 여전히 평생을 수도원에 바치겠다는 결심이 너의 소명에 따른 것이라고 생각하진 않겠지?"

골드문트는 골똘히 생각에 빠져 친구의 손을 관찰하고 있었다. 가냘프고 하얗고 잘생긴 그의 손에서는 엄격함과 부드러움이 동시에 느껴졌다. 금욕 생활을 하는 학자의 손이라는 것을 누구도 의심할 수 없는 그런 손이었다.

"잘 모르겠어." 골드문트는 마치 노래를 부르듯이 왠지 망설이면서 한 음절 한 음절 길게 끄는 어조로 말하기 시작했다. 얼마 전부터 새로 생긴 말투였다. "정말 모르겠어. 너는 우리 아버지를 다소 가혹하게 평가하고 있어. 아버지도 견디기 힘드셨거든. 그렇지만 이 문제에 관해서는 네 말이 옳을 지도 몰라. 내가 이곳 수도원 학교에 들어온 지도 벌써 삼 년 째인데 아버지는 아직 한 번도 찾아오지 않으셨으니까. 아버 지는 내가 언제까지고 이곳에 눌러살기를 바라고 계셔. 어쩌 면 그게 최선의 길일지도 모르지. 나 자신도 늘상 그러길 원 했으니까. 그런데 오늘은 정말 모르겠어. 내가 도대체 뭘 하겠 다는 것인지, 뭘 하고 싶은 것인지 모르겠어. 이전까지는 모든 것이 단순했지. 교과서 속 글자들처럼 단순했단 말이야. 그런 데 지금은 단순하지가 않아. 글자들 역시 단순하지 않아. 모 든 것이 수많은 의미와 얼굴을 갖게 되었어. 내가 뭐가 되어 야 할지 모르겠어. 지금은 그런 문제를 생각하고 싶지 않아."

"억지로 생각할 필요는 없어." 나르치스가 자기 생각을 말했 다. "네가 가야 할 길이 어느 쪽인지는 저절로 밝혀질 거야. 그 길은 이미 시작되었어. 너를 다시 어머니에게로 이끌어 주고 좀 더 가까이 데려다주는 길이지. 네 아버지 문제에 관해 내 가 그렇게 가혹하게 평가하는 것은 아니야. 설마 다시 아버지 한테로 돌아가려는 것은 아니겠지?"

"그래, 나르치스. 확실히 그건 아냐. 그런 거라면 학교를 졸 업하는 대로 돌아가려고 생각했겠지. 아니, 지금 당장이라도 돌아갈 수 있을 거야. 학자가 될 생각은 없으니 라틴어나 희랍 어나 수학 같은 것은 이 정도면 충분히 배운 셈이잖아. 그래, 아버지한테 돌아가지는 않을 거야……."

골드문트는 뭔가를 생각하며 멍하게 앞만 보다가 갑자기 소 리쳤다. "그런데 너는 언제나 나한테 말을 시키거나 질문을 던지거나 해서 내 속을 환하게 비춰 주고 또 나 스스로를 깨닫게 하는데, 대체 그 비결이 뭐지? 이번에도 아버지한테로 돌아갈 생각인지 네가 물어보니 불현듯 그럴 생각은 없다는 것이 분명해졌잖아? 너는 어떻게 내 속을 꿰뚫어 보지? 너는 모든 것을 다 아는 것 같아. 너는 너 자신이나 나에 관해 여러 가지 말을 해 주는데, 나는 그 말을 듣는 순간에는 무슨 영문인지도 모르다가 나중에야 너무나 중요한 말이라는 걸 깨닫게 돼! 내가 어머니의 피를 이어받았다고 지목한 것도 너고, 또 내가 뭔가에 홀려 있고 어린 시절을 망각했다는 것을 발견한 것도 바로 너야! 너는 어떻게 사람을 그렇게 잘 이해하지? 나도 그런 비결을 배울 수는 없을까?"

나르치스는 미소를 띠며 고개를 가로저었다.

"그럴 수는 없어, 이 친구야. 너는 그러지 못해. 많은 것을 배워서 익히는 사람들이 있는데, 너는 그런 사람이 아니야. 너는 결코 배우는 사람이 되지 못할 거야. 어째서 너도 그런 것을 배워야 한다는 거지? 너는 그럴 필요가 없어. 너에겐 다른 재능이 있단 말이야. 너는 나보다도 많은 재능을 타고났어. 나보다 풍요로운 동시에 나약하기도 하지. 그래서 나보다 더 아름답고 더 힘든 길을 가게 될 거야. 때로는 네가 도무지 나를 이해하려 들지 않은 적도 있고, 곧잘 망아지처럼 까닭 없이 뻗대기도 했지. 너를 대하기가 늘 편했던 것만은 아니야. 그리고 나도 종종 네 마음을 아프게 했지. 정말이지 네가 미몽에 사로잡혀 있다는 것을 일깨워 주어야만 했으니까. 네 어머니의 기억을 일깨워 주었을 때도 처음에는 네 마음이 아팠을 거야.

아니, 몹시 괴로웠을 테지. 마치 죽은 사람처럼 회랑에 쓰러진 채로 발견되었으니까. 그럴 수밖에 없었어. 아니, 왜 이러는 거야! 내 머리칼 쓰다듬지 말라고! 이거 놓으라니까! 이런 행동은 참을 수 없어."

"그래, 나는 아무것도 배울 수 없단 말이지? 그러니까 나는 언제까지고 멍청하고 어린애밖에 안 된단 말이지?"

"너에게 배움을 줄 수 있는 사람들은 내가 아닌 다른 사람들이야. 네가 나한테서 뭔가를 배울 수 있었다면 그것으로 우리 사이는 끝난 거야."

"아냐, 그렇지 않아!" 골드문트가 소리쳤다. "우리가 그러자고 친구가 된 것은 아니잖아. 짧은 구간을 지나서 목표에 도달했다고 간단히 그만둘 수 있다면 그게 대체 무슨 우정이야! 이젠 나한테 싫증이 나는 모양이지?"

나르치스는 거친 걸음으로 왔다 갔다 했다. 시선은 바닥을 떠나지 않았다. 그러고는 다시 친구 앞에 섰다.

"마음대로 생각해." 나르치스가 부드럽게 말했다. "너한테 마음이 식지 않았다는 것은 너 자신이 잘 알고 있잖아."

나르치스는 의아스러운 표정으로 친구를 뜯어보았다. 그러고선 다시 이러저리 움직이더니 다시금 걸음을 멈추고는 골드문트를 바라보았다. 다부지고 깡마른 얼굴에 확고한 시선이었다. 낮은 목소리로, 그러나 확고하고 단호한 어조로 그가 말했다. "내 말 잘 들어, 골드문트! 우리는 좋은 친구였어. 우리의 우정에는 목표가 있었고, 그 목표는 달성되었어. 말하자면 너를 일깨워 주는 일이었지. 나는 우리의 우정이 끝나지 않았으면 해. 우리의 우정이 늘 거듭 새로워져서 새로운 목표를 향해 나아가길 원해. 지금 당장은 목표가 보이지 않아. 너의 목표는 불확실해. 또 내가 너를 인도해 줄 수도 없고 너의 동반자가 될 수도 없어. 너의 어머니에게 물어봐! 떠오르는 어머니의 상에게 물어보고 귀를 기울이란 말이야! 그렇지만 그런 불확실한 세계에서 나의 목표를 찾을 수는 없어. 내가 찾은 목표는 바로 이곳 수도원 안에 있으니까. 그 목표는 쉴 새 없이 나에게 뭔가를 요구하고 있어. 나는 수도사야. 수도사가 되기로 서약했단 말이야. 사제 서품을 받기 전에 나는 가르치는 일에서 물러나 여러 주일 동안 칩거하면서 금식과 피정을 할 생각이야. 그 기간에는 세속적인 이야기는 하지 않을 작정이고. 물론 너하고도 이야기하지 않을 거야."

골드문트는 이해했다. 그는 슬픈 어조로 말했다. "그러니까 너는 이제 바로 그 일을 결행하는구나. 나도 평생 교단에 몸담을 생각이었다면 아마 그랬을 테지. 그럼 피정을 마치고 금식과 기도와 각성을 충분히 거치고 나서, 그다음에는 너의 목표가 뭐지?"

"너도 알잖아." 나르치스가 말했다.

"그래, 너는 몇 년 후면 최고의 스승이 되겠지. 어쩌면 교장 선생님이 될 수도 있고. 교과 내용을 개선하고 도서실도 더 넓힐 수 있겠지. 어쩌면 직접 책을 써 낼 수도 있을 거야. 아니라고? 그래, 아니라고 해 두자. 그럼 네 목표는 어디에 있단 말이야?"

나르치스는 힘없이 미소를 지었다. "목표라고? 어쩌면 교장 선생님이나 수도원장 혹은 주교가 된 채로 죽을 수도 있겠지. 그런 직책은 아무런 상관도 없어. 내 목표는 언제나 내가 가장 잘 봉사할 수 있는 터전, 나의 기질이나 개성, 재능을 가장 잘 펼칠 수 있는 터전을 찾아가는 거야. 다른 목표는 없어."

골드문트가 말했다. "수도사에게 다른 목표가 없다고?"

나르치스가 말했다. "그래, 목표라면 얼마든지 있겠지. 히브리어를 배우고 아리스토텔레스의 책에 주석을 달거나 수도원 교회를 잘 꾸미고 형제들끼리 서로 돈독한 유대를 맺고 명상을 하고 그 밖에도 수백 가지 할 일들이 있지. 수도사에게 그런 것들은 평생을 바쳐도 못다 할 목표가 되겠지. 그렇지만 나한테는 그런 것들이 목표가 될 수 없어. 나는 수도원의 재산을 늘리는 일, 교단이나 교회를 개혁하는 일에는 뜻이 없어. 나는 내 능력으로 가능한 범위 안에서 내가 이해하는 방식대로 정신의 길에 정진할 생각이야. 그 밖의 다른 어떤 목표도 없어. 그런 것은 목표가 될 수 없나?"

골드문트는 한참 동안 대답할 말을 생각했다.

"네 말이 옳아. 너의 목표를 찾아가는 도정에서 내가 그렇게도 방해가 되었니?"

"방해라니? 오, 골드문트, 너만큼 나를 북돋워 준 사람은 아무도 없어. 너는 나한테 힘든 문제를 안겨 주긴 했지만, 나는 힘든 문제를 결코 외면하지 않아. 그런 어려운 문제들을 통해 오히려 배움을 얻었고, 더러는 어려운 문제의 극복까지도 가능했단 말이야."

골드문트가 말을 가로막았다. 그의 말은 반쯤은 농담조였다. "정말 놀랍게 극복했지! 그렇지만 말해 보라고. 네가 나를 도와주고 이끌어 주고 자유롭게 해방시켜서 내 영혼을 건강하게 해 주었다면, 그런 일이 정말 정신의 정진을 위한 것일까? 사실 너는 수도원에서 열성적이고 호의적인 생도 한 사람을 꾀어내어 어쩌면 네가 말하는 정신에 대립하는 사람으로 키워 오지 않았나 싶어. 그러니까 네가 선하다고 여기는 것과 정반대되는 것을 행하고 믿고 추구하는 사람을 만든 것이지."

"그게 어떻다는 거야?" 나르치스는 매우 심각하게 말했다. "이봐, 너는 여전히 나를 너무나 모르고 있어! 어쩌면 내가 장차 수도사가 될 사람의 앞날을 망쳐 놓고 범상치 않은 운명의 길을 활짝 터놓았는지도 모르지. 그렇지만 설령 네가 내일 당장 우리 아름다운 수도원을 모조리 불살라 무너뜨린다거나 터무니없이 그릇된 학설을 세상에 퍼뜨린다 하더라도 나는 네가 가야 할 길을 가도록 도와준 것을 한순간도 후회하지 않을 거야."

그는 친구의 어깨 위에 두 손을 정답게 올려놓았다.

"자, 골드문트, 나의 목표가 어떤 것인지 한번 들어 보라고. 내가 교사나 수도원장이나 고해 신부 혹은 그 무엇이 된다 하더라도 강인하고 소중하고 특별한 어떤 사람을 만났을 때 그를 이해하지 못한다거나 문제를 풀어 주지도 못하고 도와주지도 못하는 그런 처지가 되고 싶지는 않아. 그리고 분명히 말하는데, 너나 내가 어떤 직책을 맡게 되든 간에, 또 우리의 형편이 어떻게 되든 간에, 네가 나를 진지하게 불러 주고 필요로 하는 순간에 내가 너에게 침묵하지는 않을 거야. 결단코 그런 일은 없을 거야."

　나르치스의 말은 작별 인사처럼 들렸다. 실제로 그것은 작별의 전주곡이었다. 친구를 마주한 골드문트는 그의 단호한 표정과 목표를 응시하는 눈길을 지켜보면서 이제부터 둘 사이가 신앙의 형제나 동료 혹은 그 비슷한 어떤 것도 아니라는 것을, 각자의 갈 길이 이미 갈라졌다는 것을 또렷이 느낄 수 있었다. 지금 자기 앞에 서 있는 이 친구는 결코 몽상가가 아니며 그 어떤 운명의 부름 따위를 고대하지도 않았다. 그는 어디까지나 수도사였던 것이다. 그는 이미 자신을 바치기로 결심했으며, 움직일 수 없는 어떤 질서와 의무에 매인 몸이었다. 교단과 교회 그리고 정신이 요구하는 일에 헌신하는 존재였던 것이다. 그러나 오늘에야 분명해진 사실이지만, 골드문트 자신은 그 세계에 속하는 사람이 아니었다. 그에겐 고향도 없었고, 미지의 세계가 그를 기다리고 있을 뿐이었다. 일찍이 그의 어머니도 그랬다. 집과 농장, 남편과 자식, 공동체와 질서, 의무와 명예, 이 모든 것을 버리고 어머니는 불확실한 세계 속으로 달아났던 것이다. 어머니는 아마 아득히 오래전부터 이미 그 불확실한 세계 속에 침잠해 있었을 것이다. 골드문트 자신에게 목표가 없듯이 어머니에게도 목표는 없었다. 목표를 갖는다는 것은 다른 사람들의 몫이지 그의 몫은 아니었다. 그런데 나르치스는 이 모든 사태를 오래전부터 얼마나 훌륭하게 통찰하고 있었던가! 정말 그의 판단이 옳았다.

　그날 이후 얼마 되지 않아 나르치스는 잠적하다시피 했다. 그는 갑자기 실종된 것처럼 보였다. 다른 선생이 그가 가르치던 과목들을 맡았고, 도서실에서 그가 앉던 자리는 계속 비어 있었다. 그렇지만 나르치스가 완전히 사라진 것은 아니었다. 때로는 회랑을 지나가는 모습이 눈에 띄기도 했고, 예배당 한쪽에서 무릎을 꿇고 중얼거리며 기도 드리는 소리가 들리기도 했다. 그가 엄격한 피정에 들어갔다는 것을 알 수 있었다. 그는 금식 기도를 올리고 밤에도 묵상을 위해 세 번씩이나 잠자리에서 일어났다. 그는 사라진 것은 아니지만 이미 다른 세계로 넘어가 있었던 것이다. 아주 드물게 그의 모습이 눈에 띄긴 했지만 그에게로 다가갈 수는 없었으며, 그와 뭔가를 공유한다거나 대화를 한다는 것은 불가능했다. 그렇지만 골드문트는 그가 다시 나타나리라는 것을 알고 있었다. 나르치스는 다시 자기 책상에 자리를 잡고 식당의 자기 자리에 앉을 것이며 다시 이야기를 하게 될 것이다. 그렇지만 지난 일이 그대로 되풀이되지는 않을 것이다. 나르치스가 다시 그의 친구가 될 수는 없을 것이다. 생각이 거기에 미치자 골드문트는 수도원과 수도 생활, 어학과 논리학, 공부와 정신의 세계를 중시하고 좋아하게 된 것도 전적으로 나르치스 덕분이라는 사실을 분명히 깨닫게 되었다. 나르치스의 모범이 그를 유혹했으며, 나르치스의 미래는 곧 그의 이상과 직결되었던 것이다. 물론 수도원장님도 있었다. 골드문트는 그분도 존경하고 사랑하며, 그분에게서 숭고한 이상을 발견하기도 했다. 그러나 다른 사람들, 선생들이나 동료 생도들, 침실, 식당, 학교, 묵상 시간, 기도, 수도원의 이 모든 것들은 만일 나르치스가 없다면 전혀 관심을 둘 이유가 없었다. 이곳 수도원에서 골드문트가 한 일이 무엇일까? 그는 뭔가를 기다리고 있었다. 비가 오는 날 갈 길을 정하지 못한 방랑자처럼 수도원 지붕 아래 혹은 어느 나무 밑에 서 있었다. 그는 마냥 기다릴 따름이었다. 그는 길손에 불과했고, 낯선 사람을 재워 주지 않을까 봐 불안했을 뿐이었다.

이 무렵 골드문트의 생활은 작별을 앞두고 잠시 뜸 들이는 것뿐이었다. 그는 좋아했거나 의미가 있었던 장소들을 모조리 찾아가 보았다. 작별하며 자신의 마음이 무거워질 사람이 거의 없다는 사실을 확인하자 야릇하고 생소한 느낌이 들었다. 나르치스와 나이 드신 다니엘 수도원장님, 사람 좋은 안젤름 신부님, 그리고 더 꼽는다면 친절한 문지기 아저씨와 낙천적 이웃인 방앗간 주인 아저씨 정도가 마음에 걸리는 전부였다. 하지만 이들 역시 이제는 골드문트의 현실과 거의 상관없는 존재가 되고 말았던 것이다. 그들보다는 차라리 예배당의 커다란 석조 마리아 상이나 현관에 줄지어 서 있는 열두 제자 상들과의 작별이 오히려 더 서운할 것 같았다. 그는 이 성상(聖像)들 앞에서 한참 동안 서 있었다. 성가대석의 멋진 조각품들이나 회랑에 둘러싸인 분수대, 세 마리의 동물 머리들이 새겨진 둥근 기둥들 앞에서도 그랬다. 그리고 앞마당에 서 있는 보리수나무들과 입구의 밤나무에 몸을 기대어 보기도 했다. 이 모든 것이 언젠가는 추억으로 남을 것이다. 그의 가슴에 아로새겨진 작은 그림책으로 남을 것이다. 이 모든 것의 한가운데에 있는 지금도 벌써 그들은 그에게서 달아나기 시작해 현실성을 잃고 있으며, 마치 허깨비처럼 과거지사로 변모하고 있지 않은가. 골드문트는 자기를 데리고 다니기 좋아하는 안젤름 신부님과 함께 약초를 캐러 간 적도 있었다. 수도원 방앗간에서 일꾼들의 작업을 구경하다가 그들에게서 이따금 포도주와 구운 물고기를 대접받기도 했다. 그런데 이 모든 일이 벌써 낯설어지고 반쯤은 추억이 되어 버린 것이다. 물론 저 위쪽의 노을에 싸인 교회와 고해실에서는 친구 나르치스가 피정을 하고 있었지만 이미 골드문트에겐 그림자나 다름없는 존재가 되었듯이, 그를 둘러싸고 있던 모든 것이 현실에서 멀어져 갔으며 가을날의 무상한 기운만이 감돌고 있었던 것이다.

골드문트의 마음속에서는 그 무엇도 삶 자체만큼 생생한 현실성을 갖지 못했다. 그에게는 심장의 불안한 고동, 가슴 아픈 그리움, 꿈속의 기쁨과 불안들이 곧 삶이었다. 그는 그런 세계에 속해 있었고 그 세계에 자신을 바치고 있었다. 책을 읽거나 공부를 할 때도, 동료 생도들과 함께 있을 때도 그는 자기 자신 속으로 침잠하여 모든 것을 잊은 채 오직 내면의 흐름과 소리에만 자신을 내맡길 수 있었다. 그 내면의 흐름과 소리는 그를 저 멀리로 데려가서 그윽한 선율이 넘쳐흐르는 깊은 샘물을 보여 주기도 했고, 동화 같은 체험으로 가득 찬 형형색색의 심연들을 보여 주기도 했다. 그 소리는 한결같이 어머니의 목소리로 울려왔으며, 그 눈들은 모두가 어머니의 눈길이었다.

6장

어느 날 안젤름 신부님이 골드문트를 약제실로 불렀다. 그 방에는 멋지고 신기한 약초 향기가 가득했다. 골드문트는 이 방을 속속들이 잘 알고 있었다. 신부님은 그에게 바싹 말린 식물 한 포기를 보여 주었다. 책갈피에 깨끗이 보존되어 있던 식물을 꺼내 놓고 신부님은 그에게 이 식물 이름을 아는지, 또 들판에 피어 있을 때의 모습을 정확히 묘사할 수 있는지 물었다. 골드문트는 잘 알고 있었다. 그 식물의 이름은 꼬리솔나물[5]이었다. 골드문트는 이 식물의 모든 특징을 분명하게 묘사해야만 했다. 노(老) 수도사는 흡족해하면서 이 젊은 친구에게 한 가지 부탁을 했다. 오후에 이 식물을 넉넉하게 한 다발 채집해

---

5) 고추나물 속의 작은 초목.

오라는 것이었다. 그러면서 이 식물이 잘 자라는 곳도 일러 주었다.

"그 대신 오후 수업은 면제해 주겠네. 반대하지는 않겠지. 손해 볼 것도 없잖아. 자연을 아는 것도 학문의 일부니까. 고지식하게 문법만 따진다고 되는 게 아니거든."

골드문트는 교실에 앉아 있는 대신에 몇 시간씩 화초를 채집하는 일이 너무나 반가워서 신부님께 감사드렸다. 이 기쁨을 더욱 완벽하게 맛보기 위해 마구간지기 아저씨한테 사정하여 점박이 말을 타고 가기로 했다. 점심 식사를 마치자마자 마구간에서 말을 끌고 나왔다. 점박이는 펄쩍 뛰며 반갑게 인사를 했다. 골드문트는 안장에 뛰어올라 따스하고 청명한 날씨를 즐기면서 아주 흡족한 기분으로 수도원 바깥으로 말을 몰아갔다. 한 시간 남짓 산책을 하듯이 말을 타고 가면서 그는 신선한 공기와 들판의 향기를 즐겼다. 무엇보다 즐거운 것은 역시 말타기였다. 그러고는 맡은 일을 떠올리며 신부님이 일러 주신 장소 가운데 한 곳을 찾아갔다. 그늘진 단풍나무 아래에 말을 매어 놓고 말과 몇 마디 주고받으며 빵 한 조각을 먹이고는 그 식물을 찾아 나섰다. 밭 몇 뙈기가 휴경지(休耕地)로 방치되어 있었다. 밭에는 온갖 잡초가 무성했다. 말라비틀어진 살갈퀴 덩굴과 하늘색 꽃이 피어 있는 치커리 그리고 시르죽은 여뀌풀 사이사이로 제대로 자라지 못한 키 작은 양귀비도 보였다. 양귀비에는 창백한 색깔의 마지막 꽃잎과 잔뜩 여문 수많은 씨주머니들이 달려 있었다. 밭 사이의 경계선에 쌓아 올린 몇몇 돌무더기 틈새에는 도마뱀이 살고 있었고, 그곳에 노란 꽃을 피운 꼬리솔나물 무리도 자라고 있었다. 골드문트는 나물을 캐기 시작했다. 넉넉히 한 움큼을 캐고 나서 그는 돌에 걸터앉아 휴식을 취했다. 햇살이 뜨거웠다. 그는 저 멀리 숲 언저리의 짙은 그늘 쪽을 갈망의 눈길로 바라보았다. 그렇지만 채집할 풀이 자라는 곳이나 말을 매어 둔 곳에서 그렇게 멀리 떨어진 곳까지 갈 생각은 없었다. 그래도 여기서는 말이 보였다. 그는 따뜻한 자갈 더미에 그대로 눌러앉아, 도망친 도마뱀이 다시 나타나는 것을 보겠다는 심산으로 꼼짝 않고 있으면서 꼬리솔나물 냄새를 맡아 보기도 하고 또 조그만 이파리를 쳐들어 햇살에 비춰 보기도 했다. 그러자 수백 개의 자잘한 가시털이 눈에 들어왔다.

신기하다는 생각이 들었다. 수많은 작은 이파리들 하나하나에 마치 수를 놓은 것처럼 하늘이 한 조각씩 와서 박혀 있는 것이었다. 모든 것이 신기하고 불가사의하기만 했다. 도마뱀과 온갖 식물들이며 돌멩이들까지도, 모든 것이 그랬다. 골드문트를 무척이나 아끼는 안젤름 신부님은 이제 꼬리솔나물을 직접 채집하지 못할 형편이 되고 말았다. 신부님은 벌써 다리가 마비되어 여러 날째 외출을 못 하고 있었는데, 그의 의술로도 고칠 수가 없었다. 어쩌면 머지않아 돌아가실지도 모를 일이었다. 방 안의 약초들은 여전히 향기를 내고 있었지만, 방 안 어디서도 노신부의 기운은 더 이상 느껴지지 않았다. 어쩌면 십 년이나 이십 년 정도는 더 살아 계실지도 모르지만, 그렇더라도 듬성듬성한 백발이며 눈가에 기이하게 불거진 주름살들은 여전하실 것이다. 그런데 골드문트 자신은 어떻게 될

까? 이십 년이 지나면 어떤 모습일까? 아, 모든 것이 불가사의
했다. 아름다우면서도 슬프기만 했다. 사람은 아무것도 모르
는 존재인 것이다. 사람은 인생을 살면서 이 땅을 누비고 다
니기도 하고, 숲을 가로질러 말을 달리기도 한다. 그런가 하면
뭔가를 요구하고 약속하고 그리움을 불러일으키기도 하는 여
러 가지 것들과 마주치기도 한다. 저녁 하늘의 별, 한 송이의
푸른 초롱꽃, 갈대숲 같은 초록빛의 호수, 어떤 사람이나 소의
눈동자, 이런 것들과 마주치는 것이다. 그러면 때로는 여태껏
한 번도 보지 못했지만, 오래전부터 그려 오던 어떤 일이 바야
흐로 벌어지는 듯한 확신과 함께 모든 것을 뒤덮은 베일이 벗
겨져 내리는 느낌이 드는 것이다. 그러다가 그런 순간도 지나
가 버리고, 아무 일도 없었던 것처럼 되고 만다. 여전히 수수
께끼는 풀리지 않고, 비밀의 마법도 풀리지 않으며, 결국 사람
은 늙어서 안젤름 신부님처럼 노회해 보이거나 다니엘 수도원
장님처럼 지혜로워 보이더라도 여전히 아무것도 모르기는 마
찬가지일 것이며, 여전히 무엇인가를 기다리며 귀를 기울이고
있어야만 하는 존재인 것이다.

골드문트는 속이 텅 빈 달팽이 껍질 하나를 집어 들었다. 달
팽이 껍질은 돌멩이들 사이에 부딪혀 희미하게 달각거리는 소
리를 냈으며, 햇볕으로 인해 따뜻하게 달궈져 있었다. 골드문
트는 둘둘 말린 껍질의 모양새며 나선형으로 새겨진 곡선, 익
살맞은 모양으로 점점 가늘어지는 관, 속이 텅 빈 구멍, 그 속
에서 반짝이는 진줏빛 광택을 넋을 잃고 관찰했다. 그는 또
눈을 감고 손끝의 촉감만으로 달팽이 껍질의 생김새를 느껴

보기도 했다. 그것은 그의 오랜 버릇이자 장난이었다. 헐거운 손가락 사이로 달팽이 껍질을 돌려 가며 누르지 않고서 미끄러지듯 촉감을 느끼고 껍질의 생김새를 어루만지며 그대로 그려 보았다. 그런 형태가 창조되기까지의 경이와 그런 형태에 몸통이 갖춰지기까지의 마술적 신비에 희열을 느끼면서. 그는 꿈꾸는 듯한 기분으로 학교 교육과 학문 연구의 문제점이 바로 이런 데 있다고 생각했다. 그러니까 인간의 정신이란 모든 것을 마치 이차원의 평면처럼 보고 묘사하려는 경향이 있지 않은가 하는 생각이 들었던 것이다. 모든 이성적 존재의 결함과 무가치함도 아마 그와 비슷한 문제로 정리될 수 있을 것 같았다. 그렇지만 골드문트는 이런 생각을 명확하게 정리할 수 없었고, 달팽이 껍질은 그의 손가락에서 미끄러져 떨어졌다. 피곤하고 졸음이 왔다. 시들면서 점점 더 짙은 향기를 내기 시작하는 약초 다발 위로 머리를 숙이다가 그는 햇살 아래 그대로 잠이 들었다. 그의 신발 위로 도마뱀이 달려갔고, 무릎 위에서는 캐 놓은 약초가 시들어 갔다. 단풍나무 아래에서 기다리고 있던 점박이는 점점 초조해졌다.

  숲 저쪽에서 누군가가 걸어왔다. 색이 바랜 파란 치마를 입은 젊은 여성이었다. 그녀는 빨간색의 조그만 두건으로 검은 머리를 묶고 있었고, 얼굴은 여름 햇살에 갈색으로 그을어 있었다. 그녀는 가까이 다가왔다. 손에는 보자기로 싼 꾸러미를 들고 입에는 작고 새빨간 패랭이꽃 한 송이를 물고 있었다. 그녀는 앉은 채 잠든 사람을 바라보았다. 약간 떨어져서 한참 동안 관찰하는 모습에는 호기심과 미심쩍은 기색이 역력했다.

그렇게 자는 사람을 지켜보던 그녀는 조심스럽게 좀 더 가까이 다가섰다. 그녀의 갈색 맨발이 드러났다. 골드문트의 바로 앞에 멈춰 선 그녀는 다시 그를 바라보기 시작했다. 미심쩍어하는 기색은 사라졌다. 잠들어 있는 잘생긴 젊은이는 위험해 보이기는커녕 호감을 주는 인상이었다. 이 사람은 어떻게 이곳 휴경지까지 오게 되었을까? 꽃을 채집하고 있었구나, 하고 그녀는 미소를 띠며 그를 바라보았다. 꽃은 이미 시들어 있었다.

골드문트는 눈을 뜨면서 꿈속의 숲에서 되돌아왔다. 머리의 촉감이 부드러웠다. 어떤 여성의 품에 누워 있었던 것이다. 아직 잠이 덜 깬 그의 놀란 눈을 어느 낯선 여인의 따뜻한 갈색 눈동자가 가까이에서 들여다보고 있었다. 그는 당황하지 않았다. 결코 위태로운 상황은 아니었다. 따뜻한 갈색의 별 두 개가 다정하게 내려다보고 있는 것 같았다. 이윽고 골드문트의 놀란 눈초리에 여인은 미소로 응답했다. 너무나 다정한 미소였다. 그 역시 서서히 미소를 짓기 시작했다. 그의 미소 짓는 입술 위로 그녀의 입이 내려왔다. 두 사람은 부드러운 입맞춤으로 인사를 나누었다. 그러는 동안 어느새 골드문트에겐 마실을 나갔던 날 저녁의 일이며 머리를 길게 땋은 어린 소녀의 모습이 떠올랐다. 하지만 아직 입맞춤은 끝나지 않았다. 여인의 입은 그의 입에서 떨어지지 않은 채 유희를 계속했다. 그의 입술을 핥고 유혹하다가 마침내 드세고도 탐욕스럽게 깨물었다. 그의 피를 달아오르게 하고, 그의 몸속 가장 깊은 곳에 흐르는 피까지도 잠에서 깨어나게 했다. 그렇게 오래도록 말없이 유희를 계속하면서 갈색 피부의 여인은 골드문트를 부드럽게 가르치며 자기 자신을 소년에게 바치는 것이었다. 그로 하여금 탐색하고 발견하게 해주었으며, 그를 달아오르게 했다가는 다시금 이글거리는 불꽃을 식혀 주기도 했다. 행복하고도 짧은 사랑의 축복이 골드문트에게 무지개처럼 피어나 황금빛으로 타올랐다가는 다시 서서히 사그라들었다. 골드문트는 눈을 감고 누워 있었다. 얼굴은 여인의 가슴에 파묻은 채였다. 두 사람은 아무 말도 하지 않았다. 여인은 조용히 움직임을 멈추고는 살며시 그의 머리칼을 쓰다듬어 주면서 서서히 정신이 들게 했다. 그는 마침내 눈을 떴다.

그가 말했다. "당신, 당신은 대체 누구죠?"

"리제라고 해요." 그녀가 말했다.

"리제." 그는 그녀의 말을 따라 하며 그녀의 이름을 음미했다. "리제, 당신은 사랑스러워요."

그녀는 그의 귀에다 입을 갖다 대며 속삭였다. "당신은 이번이 처음인가요? 저 말고는 이전에 아무도 사랑하지 않았나요?"

그는 고개를 가로저었다. 그러고는 갑자기 벌떡 일어나 주위를 둘러보고 또 들판 건너편에 걸려 있는 하늘을 바라보았다. 그러면서 소리쳤다.

"아니, 벌써 해가 완전히 기울었잖아. 돌아가야 해."

"대체 어디로요?"

"수도원으로, 안젤름 신부님께 돌아가야 해요."

"마리아브론 수도원 말인가요? 그곳에 계세요? 저와 함께 더 머물고 싶지 않으세요?"

"물론 그러고 싶어요."

"그럼 가지 마세요!"

"그건 안 돼요. 옳지 않아요. 게다가 약초도 더 캐야만 해요."

"정말 수도원에 계신가요?"

"그래요, 저는 수도원 학생입니다. 하지만 앞으로는 그곳에 있지 않을 거예요. 당신을 찾아가도 될까요, 리제? 당신이 사는 곳은 어디지요? 집이 어딘가요?"

"이봐요, 내게는 집이 없답니다. 그런데 이름도 가르쳐 주지 않을 거예요? 아, 골드문트라고요? 귀여운 골드문트 씨, 저에게 한 번만 더 키스해 주실래요? 그러면 보내드리죠."

"집이 없다고요? 그럼 잠은 어디서 잡니까?"

"당신이 원한다면, 숲속이나 짚더미에서 당신과 함께 자면 되지요. 오늘 밤 오실래요?"

"그럼요. 어디로 가면 되지요? 어디 가면 당신을 만날 수 있지요?"

"새끼 부엉이 소리를 낼 수 있겠어요?"

"한 번도 해 보지 않았어요."

"그럼 지금 해 봐요."

그는 부엉이 소리를 흉내 내 보았다. 그녀는 소리 내 웃으며 흡족해했다.

"그러면 오늘 밤 수도원을 빠져나와 부엉이 소리를 내세요. 저는 근처에 있을게요. 귀여운 골드문트 씨, 제가 마음에 드세요?"

"아, 당신이 너무 맘에 들어요, 리제. 이따가 올게요. 조심히 가세요. 저는 떠나야 합니다."

숨을 헐떡이도록 말을 몬 골드문트는 저녁노을이 질 무렵 수도원으로 돌아왔다. 안젤름 신부님이 몹시 바쁜 것을 보고는 안심이 되었다. 동료 학생 하나가 맨발로 개천에서 놀다가 깨진 병 조각을 밟았던 것이다.

이제 나르치스를 찾아갈 때가 되었다고 생각했다. 식당에 대기하면서 봉사하는 수도사에게 물어보니 나르치스는 저녁을 먹으러 오지 않을 거라고 대답했다. 오늘이 금식일인 데다 밤에는 성무일도[6]가 있기 때문에 지금은 아마 자고 있을 거라는 대답이었다. 골드문트는 달려갔다. 그 친구가 긴 피정 기간 동안 쉬면서 잠자는 곳은 수도원 안쪽의 어느 고해실이었다. 그는 깊이 생각할 겨를도 없이 그리로 달려갔다. 문가에 귀를 기울여 보았다. 아무 소리도 들리지 않았다. 골드문트는 살며시 안으로 들어갔다. 출입이 엄하게 금지되어 있다는 사실도 지금은 전혀 문제가 되지 않았다.

좁다란 간이침대 위에 나르치스가 누워 있었다. 희미한 불빛에 비친 그의 모습은 창백하고 깡마른 얼굴에다 두 손을 가슴에 모으고 반듯이 누워 있는 것이 마치 죽은 사람 같았다. 그런데 나르치스는 눈을 뜨고 있었다. 잠을 자는 것이 아니었다. 그는 말없이 골드문트를 쳐다보았다. 나무라는 기색은 보이지 않았지만, 그렇다고 마음의 움직임이 느껴지는 것도 아니었다. 깊은 명상에 잠겨 있다는 것을 한눈에 알아볼 수 있었다. 마치 다른 시간대와 다른 세상에서 사는 사람처럼 그는

---

6) 매일 정해진 시간에 하느님을 찬미하는, 교회의 공적이고 공통적인 기도.

간신히 친구를 알아보고 겨우 말을 알아들었다.

"나르치스! 미안해, 방해해서 정말 미안. 하지만 괜히 호기를 부리는 것은 아니야. 원래는 지금 나하고 말을 해선 안 된다는 것도 잘 알아. 그렇지만 말을 해 줬으면 해. 간절한 부탁이야."

나르치스는 생각을 가다듬더니 한순간 눈을 심하게 깜박이며 잠에서 깨어나기 위해 안간힘을 쓰는 것 같았다.

"꼭 그래야만 해?" 나르치스가 꺼져 가는 듯한 목소리로 말했다.

"그래, 꼭 그래야만 해. 작별하러 온 거야."

"그럼 어쩔 수 없군. 헛걸음을 시켜서는 안 되겠지. 자, 이리 와서 내 옆에 앉아. 시간은 십오 분뿐이야. 그 뒤에는 첫 번째 성무일도가 시작되거든."

나르치스는 몸을 일으켜 세우더니 아무것도 깔려 있지 않은 침상 위에 힘없이 앉았다. 골드문트가 그 옆에 자리를 잡았다.

"용서해 줘!" 골드문트는 자책감을 느끼며 말했다. 이 좁은 방과 이부자리도 없는 침상, 과도한 정신 집중과 과도한 긴장의 기색이 역력한 나르치스의 얼굴, 반쯤은 꺼진 눈빛, 이 모든 것이 지금 자기가 그에게 얼마나 방해가 되는가를 분명히 말해 주고 있었다.

"방해 될 것 없어. 내 걱정은 하지 마. 나는 아무렇지도 않으니까. 작별을 하러 왔다고 했지? 그럼 이제 떠나려고?"

"오늘 중으로는 떠날 거야. 아, 너한테 어떻게 이야기해야 할지 모르겠어! 모든 문제가 갑자기 결정됐어."

"아버지가 오셨니? 아니면 아버지의 심부름꾼이라도?"

"아니야, 전혀 그런 게 아니야. 인생 자체가 나에게로 다가온 거야. 나는 떠나겠어. 아버지 없이, 누구의 허락도 없이 말이야. 너한테는 부끄러워. 나는 달아나는 셈이지."

나르치스는 그의 길쭉하고 하얀 손가락을 내려다보았다. 가냘픈 손가락이 수도복 소맷자락에서 허깨비처럼 삐져나와 있었다. 그의 표정은 여전히 엄숙하고 몹시 지쳐 있었지만 그의 목소리에서는 엷은 미소를 느낄 수 있었다. 그가 말했다. "이봐, 시간이 너무 없어. 핵심만 말해 봐. 간단명료하게 말이야. 아니면 너한테 벌어진 일을 내가 말해 볼까?"

"말해 봐." 골드문트가 간청했다.

"너는 사랑에 빠졌어. 어떤 여자를 알게 되었지."

"어떻게 그걸 알아맞히지?"

"너를 보면 금방 알 수 있어. 지금 너의 상태는 사람들이 사랑에 빠졌다고 할 때의 도취를 말해 주는 모든 징표를 드러내고 있어. 그럼 이제 네가 말해 봐."

골드문트는 부끄러워하며 친구의 어깨에 손을 올려놓았다.

"네가 말한 그대로야. 하지만 이번에는 정확하진 못했어. 올바른 진단은 아니야. 아니, 전혀 달라. 나는 들판에 나갔다가 무더운 날씨에 잠이 들었어. 그런데 깨고 보니 어느 아름다운 여자의 무릎을 베고 있는 거야. 그때 이제야 어머니가 오셨구나 하는 느낌이 퍼뜩 들었지. 나를 당신이 계신 곳으로 데려가기 위해서 말이야. 아니, 그 여자가 어머니라고 생각했던 것은 아냐. 그녀의 눈은 어두운 갈색이었고 머리칼은 검었거든.
어머니는 나처럼 금발이었으니까. 그녀의 모습은 전혀 달랐어.
그렇지만 나는 어머니를 본 거야. 어머니가 부르는 소리를 들
었어. 그녀는 어머니가 보낸 전령이었다고. 내 가슴에 피어난
꿈처럼 갑자기 낯모르는 아름다운 여인이 다가온 거야. 그녀
는 내 머리를 품에 안고 있었지. 나에게 꽃다운 미소를 지어
보였고, 나를 사랑해 주었지. 첫 입맞춤에 나는 금방 몸속이
녹아내리는 듯한 야릇한 통증을 느꼈지. 여태껏 느껴온 모든
그리움과 꿈, 내 속에 잠자고 있던 온갖 달콤한 불안과 비밀이
깨어나서 모든 것이 변모하고 마치 마술에 걸린 것처럼 새로
운 의미를 갖게 되었지. 그녀는 여성이란 어떤 존재이며 어떤
비밀을 간직한 존재인가를 나에게 가르쳐 주었어. 그녀 덕분
에 나는 불과 반 시간 사이에 나이를 몇 살은 더 먹은 셈이야.
이제 나는 많은 것을 알게 되었어. 이제 이 수도원에 단 하루
도 더 머무를 이유가 없다는 것도 불현듯 알게 되었지. 어두워
지는 대로 떠날 거야."

나르치스는 이야기를 듣더니 고개를 끄덕였다.

"급작스러운 일이긴 해." 나르치스가 말했다. "하지만 어쩌
면 내가 예상했던 일일지도 몰라. 네 생각이 많이 날 거야. 너
도 내가 그리울 테지. 도와줄 일이 없을까?"

"할 수 있다면 수도원장님께 한 말씀만 드려줘. 나를 완전
히 막돼 먹은 놈으로 생각하시지 않도록 말이야. 그분은 너를
제외하면 수도원에서 나를 생각해 주신 유일한 분이야. 그분
과 너뿐이었어."

"내 생각에는…… 그 밖에도 용무가 있을 텐데?"

"그래, 한 가지 부탁이 있어. 나중에 내 생각이 나면 나를 위해 기도해 줘. 그리고…… 그동안 고마웠어."

"뭐가 고맙다는 것이지, 골드문트?"

"너의 우정과 인내심, 그 모든 것이 고마워. 그리고 힘든 형편인데도 오늘 내 이야기를 들어 주었잖아. 또 나를 제지하지 않은 것도 고마워."

"내가 어떻게 네 결심을 막을 수 있겠니? 이 문제에 관해 내 생각이 어떤지는 네가 잘 알 거야. 그런데 어디로 갈 생각이지, 골드문트? 갈 데라도 있는 거야? 그녀한테로 가려는 거야?"

"그래, 그녀와 함께 가겠어. 딱히 목표는 없어. 그녀는 이방인이고 집도 없어. 아마 집시인가 봐."

"그럴지도 모르지. 그렇지만 그녀와 함께 가는 길은 금방 끝날 수도 있다는 거 알지? 그녀한테 너무 의지하지 않았으면 좋겠어. 그녀에겐 친지도 있을 테고, 어쩌면 남편이 있을지도 몰라. 그쪽에서 너를 어떻게 받아들일지는 아무도 모르는 일이야."

골드문트는 친구에게 몸을 기대었다.

"알고 있어." 골드문트가 말했다. "아직 거기까지 생각해 보지는 않았지만, 말했듯이 나는 목표가 없어. 나한테 너무 잘해 주었던 그 여자 역시 내 목표는 아니야. 그녀에게 가긴 하지만, 그녀 때문에 가는 것은 아니야. 가야만 하기 때문에, 나를 부르는 소리가 들리기 때문에 가는 거야."

골드문트는 입을 다물고 한숨을 쉬었다. 두 사람은 서로 몸

을 기대고 앉아 있었다. 누구도 파괴할 수 없는 우정이 느껴지
자 슬프면서도 행복했다. 이윽고 골드문트가 말을 이었다.

"내가 아무것도 모르고 눈이 멀었다고 생각하지는 마. 그렇
지는 않아. 나는 가야만 한다고 느끼기에, 그리고 오늘 너무
나 놀라운 일을 경험했기에 기꺼이 떠나는 거야. 그렇지만 순
전히 행복감과 만족감에 젖어 달려가는 건 아니야. 힘든 길이
될 거라고 생각해. 그럼에도 멋진 길이 되기를 바라고 있어. 한
여자에게 속한다는 것, 자기 자신을 바친다는 것은 정말 멋진
일이잖아! 내가 하는 말이 어이없게 들리더라도 비웃지는 마.
그런데 보라고. 한 여자를 사랑하고 그 여자에게 자신을 바친
다는 것, 그녀를 온전히 내 안에 감싸고 또 그녀에게 감싸여
있다고 느끼는 것은 네가 '사랑에 빠진 상태'라고 하면서 다소
비웃는 그런 상태와는 달라. 그건 비웃을 일이 아니야. 나에게
는 사랑이 곧 삶으로 이어지는 길이고 삶의 의미로 통하는 길
이야. 아, 나르치스, 나는 네 곁을 떠나야만 해! 나르치스, 너
를 사랑해. 그나마 잠잘 시간도 없는데 오늘 이렇게 시간을 내
주어서 고마워. 네 곁을 떠나려니 마음이 무거워. 나를 잊지
않을 거지?"

"힘들어하지 마. 나도 그러지 않을 테니까. 결코 너를 잊지
않을 거야. 너는 다시 돌아올 거야. 제발 그러길 바라. 형편이
힘들어지면 나한테 돌아오든지 아니면 나를 불러 줘. 잘 가,
골드문트. 하느님의 가호가 있기를!"

나르치스는 몸을 일으켰다. 골드문트는 그를 포옹했다. 이
친구는 몸으로 하는 애정 표현을 쑥스러워한다는 것을 잘 알

왔기에 입맞춤은 하지 않고 다만 두 손을 잡고 어루만져 주었다.

어느덧 날이 어두워졌다. 나르치스는 방문을 닫고 예배당 쪽으로 올라갔다. 돌바닥에 슬리퍼 끄는 소리가 달그락거렸다. 골드문트는 애정 어린 눈길로 이 깡마른 친구의 뒷모습을 지켜보았다. 이윽고 복도 저쪽 끝에서 친구의 모습은 그림자처럼 사라지고, 예배당 입구의 어둠이 그를 집어삼켰다. 수련과 의무와 미덕의 세계가 그를 빨아들이고, 들어오기를 요구하는 것 같았다. 아, 이 모든 것이 얼마나 기이했던가! 얼마나 끝없이 기묘하고 혼란스러웠던가! 이번에도 얼마나 기묘하고 소스라칠 일이었던가. 넘쳐흐르는 마음을 주체하지 못하고 막 꽃피는 사랑에 도취되어 친구를 찾아오지 않았던가. 그것도 하필 친구가 명상을 하면서 금식과 불면으로 여위어 있는 때가 아닌가. 친구는 자신의 젊음과 가슴과 감성을 십자가에 못 박아 제물로 바치고, 순종을 요구하는 엄격한 가르침에 따르지 않았던가. 오직 정신에만 봉사하고 온전히 하느님 말씀을 받드는 종이 되기 위하여! 그는 거기에 그렇게 누워 있었지. 죽은 듯이 지쳐서 다 꺼진 불처럼. 창백한 얼굴에 비쩍 마른 손으로, 마치 죽은 사람처럼 나를 쳐다보았지. 그런데도 금세 해맑고 친절한 태도로 나를 맞아 주었지. 아직도 여자 냄새가 묻어나는, 사랑에 빠진 친구에게 귀를 빌려주었고, 참회의 수련 시간 사이에 얼마 안 되는 휴식 시간을 나를 위해 바쳤던 것이다! 이런 부류의 사랑도 있다는 사실이 신기하고 놀랍도록 아름다운 일이었다. 그것은 자기를 버린 사랑, 전적으로 정신적인 사랑이었다. 오늘 햇살 가득한 들판에서 나눈 사랑과는 얼마나 다른가. 앞뒤를 재지 않고 도취 상태에서 즐긴 감각의 유희가 아니었던가! 그럼에도 두 경우 모두 사랑이었다. 아, 이제 나르치스는 그에게서 사라졌다. 이 마지막 순간에도 두 사람이 서로 얼마나 다르며 얼마나 닮지 않았는지 다시금 명백히 드러난 셈이었다. 나르치스는 지금 제단 앞에서 지친 무릎을 꿇고 기도와 묵상으로 지새울 밤을 위해 정갈하게 마음의 준비를 하고 있을 것이다. 밤새 그에겐 단 두 시간의 휴식과 수면밖에 허용되지 않을 것이다. 그 반면 골드문트 자신은 이곳에서 도망쳐 그 어딘가에 있을 나무 밑에서 사랑을 찾아 그녀와 달콤한 동물적 유희를 다시금 즐길 것이다! 어쩌면 나르치스는 그럴 마음만 있었다면 이 문제에 관해 경청할 만한 조언을 해 줄 수도 있었을 것이다. 그러나 이제 골드문트는 나르치스와는 다른 존재가 되어 있다. 골드문트로서는 이 멋지고 전율스러운 수수께끼와 혼란을 규명하고 이 문제에 대한 결론을 도출할 필요도 없어진 것이다. 이제는 오직 자기 앞에 놓인 불확실하고도 어리석은 골드문트만의 길을 가는 도리밖에 없다. 한밤의 교회를 지키는 이 최고의 친구를, 자기를 기다리고 있을 그 아름답고 따뜻한 젊은 여성 못지않게 자신을 바쳐 사랑하는 수밖에 없는 것이다.

오만 가지 감정들이 서로 다투느라 흥분된 가슴을 안고 수도원 앞마당의 보리수나무 아래를 살며시 벗어나 물레방앗간을 통해 바깥으로 빠져나가는 길을 찾으면서 골드문트는 미소를 짓지 않을 수 없었다. 일찍이 콘라트와 함께 바로 이 샛길

을 통해 수도원을 빠져나가 마실을 나갔던 일이 갑자기 생각
났던 것이다. 당시에는 잠깐 동안의 금지된 나들이가 얼마나
흥분되고 또 은근히 겁이 났던가. 그런데 오늘은 이곳을 아주
떠나 훨씬 더 엄하게 금지되고 더 위험스러운 길을 가는데도
전혀 두렵지 않았고, 문지기 아저씨나 수도원장님 또는 선생
님들이 생각도 나지 않는 것이다.

개울가에 놓여 있던 널빤지가 이번에는 보이지 않았기에
다리도 없이 개울을 건너야만 했다. 그는 옷을 벗어서 개울 건
너편으로 던져 놓고서 벌거벗은 채로 수심이 깊고 물살이 센
개울을 건너갔다. 차가운 물이 가슴까지 차올랐다.

건너편에 당도하여 옷을 입고 있는 동안 골드문트의 생각
은 다시 나르치스에게 가 있었다. 너무나 부끄럽게도 지금 이
순간에 자기가 하는 행위는 일찍이 나르치스가 예견하고 또
이끌어 주었던 그대로일 뿐이라는 사실을 골드문트는 명확히
깨달았다. 영리하지만 자기를 비웃는 듯한 나르치스의 얼굴이
다시 한번 너무나 또렷이 눈에 들어왔다. 나르치스는 자신의
어처구니없는 이야기들을 숱하게 들어 주었으며, 또 언젠가는
자신이 고통에 처한 중대한 순간에 눈을 뜨게 해 주었다. 당시
에 나르치스가 그에게 했던 말 가운데 일부가 이제 골드문트
의 귀에 다시 한번 똑똑히 들려왔다. "네가 어머니의 품에 잠
들어 있다면 나는 황야에서 깨어 있는 셈이지. 네가 소녀를
그리워한다면 나는 소년을 그리워해."

한순간 골드문트의 가슴은 얼어붙는 듯 움츠러들었다. 그
는 이 밤중에 끔찍할 만큼 고독했다. 그의 뒤에 서 있는 수도

원은 허울뿐인 고향이긴 했지만 그래도 오래 기거하면서 정이
든 고향이었다.

그러면서도 동시에 골드문트는 또 다른 느낌이 들었다. 그러
니까 이제 더 이상 나르치스는 자기보다 박식하고, 충고하면
서 자기를 이끌어 주고 깨우쳐 주는 존재가 아니라는 느낌이
었다. 오늘은 전혀 새로운 나라에 발을 들여놓은 기분이었다.
여기서는 혼자서 길을 찾을 것이며, 나르치스 같은 친구가 더
이상 이끌어 줄 수 없을 터였다. 이런 자각이 들자 골드문트는
기뻤다. 누군가에게 의존하던 시절을 돌이켜 보니 답답하고
부끄러웠기 때문이다. 그런 사실을 깨닫자 기분이 좋았다. 하
지만 헤어진다는 것은 얼마나 힘든 일인가! 친구가 저 건너 예
배당에서 무릎을 꿇고 있다는 사실을 알면서도 아무것도 도
와줄 수 없고 아무런 역할도 못 하다니! 그리고 이제 오래도
록, 어쩌면 영원히 친구와 헤어져서 아무런 소식도 듣지 못하
고 그의 목소리도 듣지 못하며 그의 고결한 눈을 더 이상 볼
수 없을지도 모르는 것이다!

골드문트는 그 자리를 떠나 돌멩이가 박혀 있는 좁은 길을
따라갔다. 수도원 담장에서 백 걸음 정도 멀어지자 그는 숨을
몰아쉬고는 재주껏 부엉이 소리를 흉내 냈다. 그러자 개울 아
래쪽 저 멀리서 똑같은 부엉이 소리가 화답해 왔다.

"우리도 동물들처럼 번갈아 외치기로 해요."라고 했던 말이
생각났으며, 사랑을 나누었던 오후 시간이 떠올랐다. 골드문트
는 리제와 함께 있으면서 애무가 끝나 가던 맨 마지막 순간에
야 처음으로 말을 주고받았다는 사실을 깨달았다. 게다가 대

수룝지 않은 짤막한 몇 마디에 지나지 않았던 것이다! 그런데 나르치스와는 얼마나 긴 대화를 나누곤 했던가! 하지만 이제는 다른 세계에 들어선 느낌이었다. 말을 하지 않는 세계, 부엉이의 울음소리로 서로를 유혹하는 세계, 말이 아무 의미도 없는 세계에 들어선 느낌이었다. 그는 이런 상태가 마음에 들었다. 오늘은 말이나 생각을 할 필요도 없는 것이다. 오직 리제를 향한 갈망뿐이었다. 눈이 멀어 말없이 더듬고 헤집는 상태, 신음과 함께 녹아들어 가는 그 상태가 그리울 뿐이었다.

리제가 보였다. 그녀는 벌써 숲을 벗어나 다가와 있었다. 그는 손을 내뻗어 그녀를 더듬었다. 부드럽게 더듬는 손길로 그녀의 머리와 머리카락, 목덜미와 뺨, 날씬한 몸과 탄탄한 엉덩이를 어루만졌다. 한쪽 팔로 그녀를 감싸 안고서 그는 말없이 계속 길을 걸었다. 어디로 가는지도 묻지 않았다. 그녀는 능숙하게 어두운 숲속으로 들어갔지만 그는 함께 따라가기가 힘들었다. 마치 여우나 담비처럼 밤눈이 밝은 듯 그녀는 더듬거나 비척거리지도 않고 가는 것이었다. 그는 그녀에게 이끌려 갔다. 밤 속으로, 숲속으로, 말도 없고 생각도 없는 깜깜하고 신비로운 땅으로. 그는 더 이상 아무 생각도 하지 않았다. 떠나 온 수도원도, 나르치스도 생각하지 않았다.

그들은 말없이 캄캄한 숲길을 날려갔다. 때로는 보드라운 털 같은 이끼가 밟히기도 했고, 때로는 단단하게 갈비뼈처럼 튀어나온 나무뿌리에 걸리기도 했으며, 또 때로는 높다란 나무 꼭대기들 사이로 희뿌연 하늘이 살짝 드러나는가 하면 그러다가 칠흑처럼 깜깜해지기도 했다. 나무 덤불이 얼굴을 치기도 하고 산딸기 덩굴에 옷자락이 걸리기도 했다. 그녀는 어디든 속속들이 알고 있어서 거침없이 헤쳐 나갔으며, 좀처럼 멈추거나 머뭇거리지도 않았다. 한참 만에 그들은 소나무가 듬성듬성 서 있는 탁 트인 공터에 다다랐다. 저 멀리 창백한 밤하늘이 드러났다. 숲이 끝나고 비탈진 초원이 그들을 맞아 주었다. 말린 풀 내음이 달콤하게 풍겨 왔다. 그들은 소리 없이 흐르는 작은 개울을 건넜다. 탁 트인 이곳은 숲보다 오히려 더 조용했다. 바스락거리는 덤불이나 잽싸게 날아오르는 밤짐승도 없었고 마른 나무가 부러지는 소리도 들리지 않았다.

커다란 건초 더미 옆에서 리제는 걸음을 멈추었다.

"여기서 쉬어요." 리제가 말했다.

그들은 건초 더미 속에 자리를 잡았다. 이제 겨우 긴 숨을 몰아쉬며 휴식을 즐겼다. 둘은 다소 지쳐 있었다. 그들은 몸을 쭉 뻗고서 정적에 귀를 기울였다. 땀에 젖은 이마가 마르고, 달아올랐던 얼굴이 서서히 식는 것이 느껴졌다. 골드문트는 나른한 상태에서 몸을 웅크리고는 장난을 하듯이 무릎을 끌어당겼다가 다시 펴곤 하면서 밤공기와 건초 내음을 길게 들이마셨다. 지난날도 앞날도 생각하지 않았다. 오직 사랑하는 여인에게서 전해 오는 향기와 온기에 서서히 빠져들어, 황홀한 상태에서 그녀가 쓰다듬는 손길에 그때마다 응답할 뿐이었다. 곁에서 그녀가 차츰 달아오르기 시작해 몸을 자꾸만 밀착시켜 오는 것이 느껴지자 행복했다. 그렇다. 여기서는 말도 생각도 필요 없었다. 소중하고 아름다운 모든 것이 또렷이 느껴졌다. 여인의 육체에서 발산되는 젊음의 기운과 소박하고 건강한 아름다움이 느껴졌고, 그녀의 몸이 달아오르고 갈망하는 것이 느껴졌다. 또한 그녀가 이번에는 처음과는 다른 방식으로 사랑받고 싶어 한다는 것도 분명히 느껴졌다. 이번에는 그녀가 그를 유혹하고 가르쳐 주는 식이 아니라, 그가 달려들어 욕망을 드러내길 기다렸다. 그는 욕망의 물결이 자기 몸을 통과하도록 가만히 내버려 두었다. 소리 없이 조용히 타오르는 불길을 느끼며 그는 행복에 젖어 들었다. 불길은 두 사람 속에서 활활 타오르며 이 보잘것없는 잠자리를 온통 침묵에 잠긴 밤의 살아 숨 쉬며 타오르는 중심으로 만들어 주었다.

리제의 얼굴 위로 몸을 숙이고 어둠 속에서 그녀의 입술에 입맞춤을 하려던 순간 갑자기 그녀의 눈과 이마에 부드러운 빛이 어른거리는 것이 보였다. 놀라서 시선을 돌리자 어스름한 빛이 떠오르며 금방 환해지는 것이었다. 왜 그런지 알아차린 그는 몸을 돌렸다. 길게 펼쳐진 우거진 숲 언저리로 달이 떠오르고 있었다. 은은한 달빛이 그녀의 이마와 뺨을 스치고 동그랗고 하얀 목덜미 쪽으로 흘러내리는 것을 그는 경이롭게 바라보았다. 그러고는 황홀한 어조로 나직이 말했다. "당신은 정말 아름다워!"

그녀는 선물이라도 받은 사람처럼 수줍게 미소 지었다. 그는 그녀의 상체를 일으켜 세우고 그녀를 도와 목덜미에서부터 살며시 옷을 벗겼다. 이윽고 그녀의 어깨와 가슴이 서늘한 달빛에 어슴푸레 맨살로 드러났다. 그는 섬세한 그늘을 따라 눈과 입술로 넋을 잃고 바라보고 입 맞추었다. 그녀는 마치 마술에 걸린 듯이 가만히 있었다. 눈길을 떨군 그녀의 황홀한 표

정은 마치 그녀 자신도 몰랐던 아름다움이 바로 이 순간 처음
으로 발견되어 드러난 것만 같았다.

7장

들녘의 공기가 서늘해지고 시간이 흐를수록 달이 높이 오르는 동안 사랑하는 연인들은 보잘것없지만 포근한 잠자리에서 애정의 유희를 즐기며 쉬고 있었다. 함께 선잠에 빠지기도 했으며, 또 깨어났을 때는 다시 서로에게 몸을 돌려 새로이 불이 붙어 뒤엉켰다가 다시 잠이 들곤 했다. 마지막으로 껴안고 나서 그들은 지쳐 누워 있었다. 리제는 마른 풀 속에 깊숙이 몸을 박은 채 가쁜 숨을 몰아쉬었고, 골드문트는 꼼짝 않고 드러누운 자세로 희미한 달빛이 가득한 하늘을 한참 동안 쳐다보고 있었다. 두 사람의 마음속에 커다란 슬픔이 복받쳐 올랐고, 그 슬픔을 피해 그들은 다시 잠에 빠져들었다. 그들은 절망을 못 이겨 깊은 잠에 빠졌다. 마치 이번이 잠잘 수 있는 마지막 기회인 양, 영원히 깨어 있어야 하는 형벌이라도 받은 양, 지금 이 시간에 미리 세상의 모든 밤을 들이마셔야만 하는 양.

골드문트가 잠에서 깨어나자 리제는 검은 머리를 손질하고 있었다. 잠이 덜 깬 상태에서 그는 얼마 동안 그녀를 멀거니 바라보고 있었다.

"벌써 깼어요?" 이윽고 그가 입을 열었다.

그녀는 흠칫 놀라 그를 향해 몸을 홱 돌렸다.

"저는 지금 가야 해요." 다소 침울하고 당황한 어조로 그녀가 말했다. "당신을 깨우고 싶지 않았거든요."

"그런데 이렇게 깨어 있잖아요. 벌써 가야 합니까? 우리에게는 집이 없잖아요."

"그래요, 저에겐 집이 없어요." 리제가 말했다. "하지만 당신에게는 수도원이 있잖아요."

"이제는 수도원 소속이 아닙니다. 당신처럼 완전히 혼자고 어떤 목적지도 없습니다. 그러니까 당연히 당신과 함께 가려는 겁니다."

그녀는 시선을 옆으로 돌렸다.

"골드문트, 당신은 저와 함께 갈 수 없어요. 저는 지금 남편한테 가야만 해요. 아마 저를 두들겨 팰 거예요. 밖에서 밤을 보냈으니까요. 길을 잃었다고 말하겠지만, 물론 믿지 않을 거예요."

이 순간 골드문트는 나르치스가 이런 사태를 예견했다는 사실이 떠올랐다. 결국 이런 사태가 벌어지고 만 것이다.

그는 일어서서 그녀에게 악수를 청했다.

"제가 잘못 생각했군요." 그가 말했다. "우리가 함께 지낼 수 있을 거라고 생각했거든요. 그렇지만 정말로 나를 재워 놓고 작별 인사도 없이 떠나려 했나요?"

"아마 당신이 화를 내고 어쩌면 저를 때릴 거라고 생각했어요. 제 남편은 저를 때리거든요. 그런 거예요. 그건 견딜 수 있어요. 하지만 당신한테까지 맞고 싶지는 않았어요."

그는 그녀의 손을 꽉 잡았다.

"리제, 나는 당신을 때리지 않아요. 오늘은 물론 언제까지고 그런 일은 없을 겁니다. 남편이 당신을 팬다면 남편한테 가지 말고 차라리 나와 함께 가면 어떻겠어요?"

그녀는 손을 빼내려고 몸을 심하게 뒤틀었다.

"아니, 안 돼요, 안 된다고요." 그녀가 울먹이는 소리로 외쳤다. 그녀가 자기한테서 마음을 돌리려고 애쓰고 있으며 또 자기한테 좋은 말을 듣는 것보다는 차라리 다른 사람한테 매 맞는 쪽을 원한다는 사실을 잘 알았기에 그는 손을 놓아주었다. 그러자 그녀는 울기 시작했다. 그와 동시에 그녀는 달음질 쳤다. 눈물 젖은 눈을 두 손으로 가린 채 그녀는 떠나갔다. 그는 말없이 그녀의 뒷모습을 바라보았다. 벌초 된 풀밭을 힘겹게 달려가는 그녀의 모습에 마음이 아팠다. 그녀는 그 어떤 힘의 부름에 이끌려 가는 것만 같았다. 그 알 수 없는 힘에 관해서 그는 생각하지 않을 수 없었다. 그녀의 처지가 그의 마음을 아프게 했으며, 그 자신의 처지 역시 얼마간 그러했다. 사실 그 자신 역시 행복했던 적은 없다는 생각이 들었다. 그는 버림받은 사람처럼 혼자 멍하니 앉아 있었다. 그러는 사이에 그는 지칠 대로 지쳐서 졸음이 몰려왔다. 이렇게 기진맥진하기는 처음이었다. 여전히 불행의 시간은 끝나지 않았다. 다시 잠이 들었다가 깨어나 보니 벌써 해가 중천에 떠올라 햇볕이 따가웠다.

이제 그는 충분히 휴식을 취했다. 그는 잽싸게 일어나 개울로 달려가 세수를 하고 목을 축였다. 이제 수많은 기억이 떠올랐다. 간밤에 나누었던 사랑의 시간에서 수많은 영상이, 다정하고 섬세한 수많은 느낌이 마치 이름 모를 꽃처럼 떠올랐다. 활기차게 산책을 시작하면서 그는 그 느낌들을 되새겨 보고 그 모든 것을 다시 느껴 보았으며 몇 번이고 맛보고 냄새 맡고 더듬어 보았다. 갈색 머리의 그 낯선 여인은 그에게 얼마나 많은 꿈을 충족시켜 주었으며 또 얼마나 많은 봉오리가 꽃으로 피어나게 했던가! 그리고 얼마나 많은 호기심과 동경을 가라앉혀 주고 또 얼마나 많은 새로운 호기심과 동경을 일깨워 주었던가!

이제 그의 앞에는 거친 들판이 펼쳐져 있었다. 메마른 휴한지(休閑地)와 어두운 숲, 그 너머에는 어쩌면 농장과 방앗간, 촌락과 도시가 있을 것이다. 처음으로 이 세상이 그의 앞에 열려 있었다. 열린 채 무엇인가를 기다리면서, 그를 받아들이고 그에게 기쁨과 슬픔을 안겨 줄 준비가 되어 있었다. 그는 이제 창문을 통해 세상을 바라보는 풋내기가 아니었다. 이제 그의 방황은 어쩔 수 없이 집에 되돌아오는 것으로 끝나는 그런 산책이 아니었다. 이 거대한 세계가 이제는 현실이 되었으며, 그는 이 세상의 일부가 된 것이다. 그 속에 그의 운명이 조용히 기다리고 있었고 이 세상을 굽어보는 하늘은 곧 그의 하늘이었으며, 이 세상의 날씨는 그의 날씨였다. 이 거대한 세상에서 그는 작은 존재였다. 끝없이 푸르게 펼쳐진 숲속을 왜소한 그는 한 마리의 토끼처럼 달리고 또 한 마리의 딱정벌레처럼 기어갔다. 여기서는 기상을 알리고 예배와 수업과 점심시간을 알리는 종도 울리지 않았다.

그는 너무나 배가 고팠다. 보리빵 반 조각과 우유 한 병, 밀가루 수프만이라도 있었으면 하는 생각이 간절했다. 마치 굶주린 이리처럼 그의 위장은 맹렬한 반응을 보였다. 길가의 밭에서는 곡식 이삭이 반쯤 여물고 있었다. 그는 손가락과 손톱으로 낱알을 훑어 내어 반들거리는 알갱이들을 열심히 비벼 댔다. 그렇게 자꾸 새 이삭을 따서 마침내 주머니를 이삭으로 가득 채웠다. 그러고는 개암나무 열매가 눈에 띄었다. 열매는 아직 진한 녹색이었지만 바삭거리는 껍질을 신나게 깨물었다. 개암나무 열매 역시 여분을 비축해 두었다.

이제 다시 숲이 시작되었다. 사이사이로 떡갈나무와 물푸레나무가 섞여 있는 가문비나무 숲이었다. 숲에는 산딸기가 지천으로 열려 있었다. 여기서 그는 휴식을 취하면서 허기를 달래고 땀을 식혔다. 듬성듬성하고 거친 수풀 사이로는 파란 초롱꽃이 피어 있었고, 갈색으로 빛나는 나비들이 날아올랐다가 기분 좋게 나풀거리며 사라졌다. 제노베바 성녀도 이런 숲에 살았을 것이다. 그 이야기를 그는 언제나 좋아했다. 그 성녀를 얼마나 만나고 싶었던가! 어떻든 이런 숲속에는 은거지가 있었을 것이다. 동굴이나 보리수나무로 엮은 오두막에는 수염을 기른 나이 드신 신부님도 계셨을지 모른다. 이 숲에는 어쩌면 숯 굽는 사람도 있었을 것이다. 그런 사람을 만난다면 얼마나 반가울 것인가. 어쩌면 도적들도 있을지 모르지만 그에게 나쁜 짓은 하지 않을 것이다. 누구라도 좋으니 사람을 만났으면 싶었다. 그렇지만 물론 아무도 만나지 못하고 이 숲속을 한참 계속 갈 수도 있다는 것을 그는 잘 알고 있었다. 오늘도 내일도, 그리고도 며칠씩을. 일단 작정했다면 그런 상황도 감수해야만 했다. 이것저것 생각할 여유가 없었다. 어떤 일이든 닥쳐 오는 대로 맞닥뜨려야 할 판이었다.

딱따구리가 나무를 쪼는 소리가 들려왔다. 그는 딱따구리가 있는 곳으로 몰래 다가가려고 애썼다. 한참 동안 애썼지만, 딱따구리는 보이지 않았다. 그러다가 마침내 딱따구리를 찾아냈다. 그는 딱따구리가 나무줄기에 달라붙어 부리로 쪼아 대며 바지런히 머리를 흔드는 모습을 잠시 지켜보았다. 사람이 짐승들과 얘기를 나눌 수 없다는 것은 얼마나 애석한 일인가! 딱따구리에게 말을 걸어서 뭔가 다정한 말을 해 주고 나무들 속에서 살아가는 그의 생활에 대해, 그의 일과 기쁨에 관해 알아낼 수 있다면 얼마나 좋을까. 아, 사람이 변신할 수만 있다면!

한가할 때면 이따금 그림을 그렸던 기억이 떠올랐다. 칠판에다 분필로 꽃이며 잎사귀, 나무, 동물, 사람의 머리를 그리곤 했다. 그런 놀이를 즐길 때면 흔히 시간 가는 줄도 몰랐다. 그리고 때로는 마치 작은 조물주라도 된 것처럼 자신의 뜻대로 피조물들을 창조하곤 했다. 꽃잎에다 눈과 입을 그려 넣기도 했고, 가지에서 움터 나오는 잎사귀들을 가지고 갖가지 형상을 만들어 내기도 했으며, 또 나무에 머리를 달아 주기도 했다. 이런 장난을 하고 있으면 한 시간은 족히 마술에 걸린 양 행복에 잠길 수 있었다. 그리고 그는 마술을 부릴 수 있었다. 갖가지 선을 그리며 이제 막 형체를 갖추기 시작하는 형상에서 나뭇잎이나 물고기 주둥이, 여우 꼬리나 사람의 눈썹이 만들어지는 것을 보고 스스로 놀라기도 했다. 지금 그는 사람도 그렇게 변신할 수 있어야 하지 않을까 하는 생각을 하고 있었다. 그 시절에 장난으로 그린 선들이 그의 화폭 위에서 그러했듯이! 골드문트는 기꺼이 딱따구리가 되고 싶었다. 어쩌면 하루, 아니 한 달이라도 나무 꼭대기에 둥지를 틀고 매끈한 나뭇가지 사이를 높이 날아다니며 단단한 부리로 보리수 속을 쪼아 대고 꼬리의 깃털로 비벼 대고 싶었다. 딱따구리의 언어로 말하고 보리수나무에서 멋진 것들을 물어 오고 싶었다. 딱따구리가 나무속을 울리며 쪼아 대는 소리가 달콤하고도 야무지게 울려왔다.

숲길을 가면서 골드문트는 많은 동물과 마주쳤다. 토끼도 여럿 보았다. 토끼들은 나무 덤불 속에서 갑자기 튀어나왔다. 그가 가까이 다가가면 그를 빤히 쳐다보다가 몸을 돌려 내빼곤 했는데, 그럴 때면 귀를 늘어뜨린 채 꼬리가 보이지 않을 정도로 달음질치는 것이었다. 조그만 공터에서는 기다란 뱀을 보았다. 뱀은 도망치지 않았다. 그것은 살아 있는 뱀이 아니라 뱀의 허물이었다. 그는 뱀 허물을 집어 들고 관찰했다. 등줄기를 따라 회색과 갈색이 교차하는 아름다운 무늬가 보였고, 허물 속으로 햇살이 투명하게 비쳐 들었다. 허물은 마치 거미줄처럼 성글었다. 귀여운 노란색 부리가 달린 까만 지빠귀도 보았다. 지빠귀는 불안해 보이는 까만 눈망울을 가만히 깜박이다가 지표면 위로 낮게 날아올랐다. 울새와 되새는 수없이 많았다. 숲속 어느 곳에는 웅덩이에 초록색 물이 가득 차 있었다. 수면 위로는 긴 다리의 거미들이 서로 뒤엉켜 알 수 없는 장난에 몰입하여 정신없이 분주하게 움직이고 있었으며, 그 위로는 감청색 날개가 달린 물잠자리 몇 마리가 날아다니고 있었다. 그리고 저녁 무렵이 되자 갑자기 어떤 물체가 보였다. 아니, 어떤 물체가 보였다기보다는 정확히는 수북한 나뭇잎이 움직이는 모습을 보았다. 이어서 나뭇가지가 부러지는 소리와 축축한 땅이 철벅거리는 소리가 들리더니 눈에 띄지는 않지만 엄청나게 육중한 짐승이 우거진 관목을 부러뜨리며 지나가는 소리가 들렸다. 사슴 같기도 하고 멧돼지 같기도 했지만 정확히는 알 수 없었다. 그는 놀란 숨을 고르며 한참 동안 그렇게 서 있었다. 매우 흥분된 상태에서 그는 짐승이 지나간 쪽에 귀를 기울였다. 온 사방이 조용해진 뒤에도 한참 동안 두근거리는 가슴으로 귀를 기울였다.

골드문트는 아직 숲을 벗어나지 못했기에 여기서 밤을 지내야만 했다. 잠자리를 찾고 이끼로 깔개를 만드는 동안 그는 만일 이 숲에서 영원히 벗어나지 못하고 머물러야만 한다면 어떻게 될까 생각해 보았다. 그러자 그것은 엄청난 불행이라는 생각이 들었다. 어떻든 산딸기로 연명하고 이끼 위에서 잠을 잘 수는 있을 것이다. 오두막을 짓고 불을 피우는 것도 틀림없이 가능할 것이다. 그러나 언제까지고 혼자 지내야 하고 또 조용히 잠든 나뭇가지들 사이에서 기거하고 말도 못 붙이고 달아나 버리는 짐승들 사이에서 살아간다면 견딜 수 없이 슬플 것이다. 어떤 사람도 볼 수 없고 아침저녁으로 인사를 나눌 사람도 없으며 어떤 사람의 얼굴이나 눈도 바라볼 수 없다는 것, 어떤 소녀나 여자도 보지 못하고 입맞춤을 느낄 수 없으며 입술과 팔다리로 은밀하고 달콤한 유희를 즐길 수도 없다는 것은 생각도 할 수 없는 일이었다! 하지만 그렇게 사는 것이 그의 운명이라면 한 마리의 짐승이 되도록 애쓸 생각이었다. 영원한 행복을 단념하는 한이 있어도 곰이나 사슴이 될 것이다. 곰이 되어서 암곰을 사랑하는 것도 과히 나쁘지 않을 것 같았다. 적어도 이성과 언어와 그 모든 것을 갖고 있으면서도 사랑받지 못하고 고독하고 슬프게 살아가는 것에 비하면 훨씬 나을 것 같았다.

이끼가 깔린 잠자리에서 잠이 들기 전에 그는 호기심과 불안을 동시에 느끼며 숲에서 수수께끼처럼 불가사의하게 들려오는 밤의 소리를 들었다. 그 소리는 이제 그의 동료가 되었다. 그들과 함께 살아가야만 하는 것이다. 그들에게 적응하고 그들과 부대끼며 지내야만 하는 것이다. 이제 그는 여우나 노루, 전나무나 가문비나무와 한 무리가 되었다. 그들과 더불어 살아가야 하며, 공기도 햇살도 그들과 함께 나누고 그들과 함께 날이 밝기를 기다리고 함께 배고프고 그들의 손님이 되어야 하는 것이다.

그러다가 골드문트는 잠이 들었다. 갖가지 짐승과 사람들이 꿈에 나타났다. 그는 곰이 되어 암곰 리제를 잡아먹을 듯이 애무했다. 한밤중에 그는 깜짝 놀라 잠에서 깨어났다. 무슨 영문인지 가슴이 몹시 불안하게 뛰는 것을 느끼며 그는 한참 동안 갈피를 잡을 수 없는 생각에 잠겼다. 그러자 어제도 오늘 도 저녁 기도를 하지 않고 잠이 들었다는 사실이 떠올랐다. 그 는 일어나 잠자리 옆에 무릎을 꿇고서 저녁 기도문을 두 번 반복했다. 어제와 오늘 이틀이 빠졌던 것이다. 그러고는 금방 또 잠이 들었다.

숲속의 아침이 밝아오자 골드문트는 놀라서 두리번거렸다. 이제는 잠자리가 어디였는지도 생각나지 않았다. 숲에 대한 불안이 가라앉기 시작하면서 그는 새로운 희열을 느끼며 숲 속의 생활이 미더워졌다. 하지만 계속 정처 없는 길을 가야만 했다. 햇살이 비치는 쪽으로 방향을 잡았다. 그러다가 키 작은 관목도 거의 없이 아주 고른 키로 자란 나무들이 가득한 숲 지대가 나왔다. 숲은 대단히 굵고 곧게 자란 독일 가문비나무 로 온통 우거져 있었다. 기둥처럼 우뚝 솟은 나무들 사이를 한동안 걸어가자 수도원의 큰 예배당 기둥들이 생각나기 시작 했다. 바로 얼마 전 친구 나르치스가 그 예배당의 검은 문 속 으로 사라지는 것을 보았던 것이다. 그런데 그게 언제쯤이었 던가? 불과 이틀 전 일이란 말인가?

이틀 밤낮이 지나서야 골드문트는 숲을 벗어났다. 그는 사 람이 가까이 있다는 징표들을 알아차리고는 기뻤다. 경작지 가 나왔다. 호밀과 귀리를 키우는 밭고랑이 보였으며, 풀밭을 따라 여기저기 조금씩 간격을 두고 좁다란 보행로가 나 있었다. 골드문트는 귀리를 훑어서 씹었다. 예정된 땅이 그를 다정하게 마주보고 있었다. 숲의 오랜 황량함이 끝나고 모든 사물이, 오솔길과 귀리, 한창때가 지나 빛이 바랜 패랭이꽃들이 사람 냄새를 풍기는 정겨운 분위기로 그를 맞아 주었다. 이제 골드문트는 사람들이 사는 곳으로 돌아갈 것이다. 얼마 후 밭을 지나자 밭 모서리에 십자가가 세워져 있었다. 그는 무릎을 꿇고 기도를 드렸다. 튀어나온 언덕 끄트머리를 돌아선 그는 그늘진 보리수 아래에서 갑자기 걸음을 멈추고는 물 흐르는 소리에 넋을 잃고 귀를 기울였다. 물은 목재 홈통에서 흘러나와 길쭉한 나무 함지박으로 떨어져 내리고 있었다. 시원한 단물을 들이켠 그는 라일락 사이로 초가지붕 두엇이 눈에 들어오자 반가웠다. 라일락 열매는 벌써 까맣게 익어 있었다. 이 모든 정겨운 신호들보다도 더 깊은 감동을 안겨 준 것은 소 울음소리였다. 소가 우는 소리는 마치 환영 인사처럼 너무나 편안하고 따뜻하고 아늑하게 들려왔다.

골드문트는 소 울음소리가 들려온 쪽으로 정탐이라도 하듯이 가만히 다가갔다. 대문 앞에는 어린 소년이 흙먼지를 뒤집어쓴 채 앉아 있었다. 소년의 머리는 불그스레했고 눈은 밝은 갈색이었다. 소년은 물을 가득 채운 질그릇 항아리를 옆에 놓고 흙과 물로 반죽을 하고 있었으며, 맨살을 드러낸 다리는 벌써 흙 반죽으로 뒤범벅이 되어 있었다. 질척한 흙덩이를 양손으로 꽉 눌러 손가락 사이로 삐져나오는 모양을 지켜보는 소년의 표정에는 행복감과 진지함이 배어 있었다. 소년은 흙덩이로 구슬을 만들기도 하고 또다시 반죽해 턱까지 동원해 가며 모양을 만들었다.

"안녕, 꼬마야." 골드문트는 아주 다정한 어투로 말을 붙여 보았다. 그러나 소년은 위를 올려다보고 낯선 사람을 발견하자 귀여운 입을 실룩거리고 통통한 얼굴을 찡그리더니 울음을 터뜨리며 쏜살같이 대문 안으로 내달았다. 골드문트는 꼬마를 뒤쫓아 부엌으로 들어갔다. 부엌 안은 너무 어둠침침해서 눈부시게 밝은 한낮의 햇살을 받다가 안으로 들어오자 처음에는 아무것도 보이지 않았다. 그는 어떤 상황에서도 통할 경건한 인사말을 했지만 아무 대답도 없었다. 하지만 놀란 꼬마의 비명이 점차 잦아들면서 희미하게 쉰 목소리가 들려왔다. 그것은 꼬마를 달래는 목소리였다. 마침내 어둠 속에서 작은 체구의 노파가 몸을 일으키더니 다가왔다. 노파는 한 손을 눈가에 대고 손님을 쳐다보았다.

"안녕하세요, 할머니." 골드문트가 인사했다. "하느님과 모든 자비로운 성인들이 할머니의 인자하신 얼굴에 축복을 내리실 거예요. 사흘 동안이나 사람의 얼굴이라곤 구경도 못 했거든요."

아직 눈이 밝아 보이는 노파는 어안이 벙벙해서 그를 쳐다보았다.

"여기서 대체 뭘 하려는 거유?" 노파는 미심쩍은 듯 물어왔다.

골드문트는 손을 내밀어 노파의 손을 잡고 가볍게 쓰다듬어 주었다.

"할머님께 축복의 인사를 드리려는 거예요. 여기서 조금 쉬면서 불을 지피실 때 도와드렸으면 합니다. 괜찮으시면 빵 한 조각이라도 주시면 사양하지 않겠습니다. 하지만 급한 것은 아닙니다."

벽 쪽에 긴 의자가 놓여 있는 것이 보였다. 골드문트가 의자에 앉아 있는 동안 노파가 꼬마에게 빵 한 조각을 잘라 주자 꼬마는 이제 긴장과 호기심을 감추지 못하면서도 여전히 언제라도 울음을 터뜨리고 달아날 태세로 이 낯선 인물을 뚫어지게 쳐다보고만 있었다. 노파는 빵을 한 조각 더 잘라 골드문트에게 건네주었다.

"고맙습니다." 골드문트가 말했다. "하느님께서 보답해 주실 거예요."

"배를 곯았수?" 노파가 물었다.

"그렇지 않아요. 산딸기로 배를 채웠거든요."

"저런, 어서 드시구려! 어디서 왔수?"

"마리아브론 수도원에서요."

"신부님이신가요?"

"아뇨. 아직 학생입니다. 여행 중이지요."

노파는 비웃는 듯하기도 하고 어리둥절한 듯하기도 한 표정으로 골드문트를 가만히 바라보더니, 여위고 주름진 목덜미 위로 머리를 살짝 저었다. 노파는 그가 빵을 몇 조각 씹도록 내버려 두고는 꼬마를 다시 바깥으로 내보냈다. 다시 들어온 노파는 호기심 어린 어조로 물었다.

"뭔가 새로운 소식이라도 알고 있수?"

"잘 모릅니다. 안젤름 신부님을 아세요?"

"아니, 몰라요. 그분이 어쨌다는 거유?"

"편찮으세요."

"편찮으시다고? 돌아가실 정도유?"

"잘 모르겠어요. 다리가 불편하시답니다. 걸음을 제대로 못 걸으시지요."

"돌아가실 정도유?"

"모르겠습니다. 어쩌면 그럴지도 모릅니다."

"그럼 돌아가시게 내버려 두구려. 수프를 끓여야겠군. 톱밥 만드는 일을 좀 도와주구려."

노파는 난롯가에서 잘 말린 전나무 장작개비 하나와 칼을 내주었다. 골드문트는 노파가 원하는 만큼 톱밥을 썰어 주고는 노파가 톱밥을 잿더미 속에 집어넣고 몸을 구부리더니 불이 피어오를 때까지 서둘러 불어 대는 모습을 바라보았다. 노파는 정확하고도 신기한 순서에 따라 전나무와 너도밤나무 장작개비를 차곡차곡 쌓아 올렸다. 열려 있는 아궁이에서는 불이 환하게 타올랐다. 노파는 커다란 검은색 냄비를 불꽃 속으로 밀어 넣어 연통과 이어진 그을음투성이 솥 받침에 걸쳐 놓았다.

골드문트는 노파가 시키는 대로 우물에서 물을 길어 오기도 하고 우유 통에서 위에 떠 있는 우유 기름을 걷어 내기도 했다. 연기로 가득 찬 어스름 빛 속에서 골드문트는 불꽃이 날름거리는 모습과 그 위로 노파의 앙상하고 주름진 얼굴이 비쳤다가 사라지곤 하는 모습을 바라보고 있었다. 그러는 사이에 판자벽 뒤에서는 소가 용을 쓰느라 흙을 파 엎고 벽에 머리를 치받는 소리가 들려왔다. 골드문트는 기분이 무척 좋았다. 보리수와 샘물, 냄비 아래에서 활활 타오르는 불꽃, 소가 콧김을 식식거리며 여물을 씹는 소리와 벽에 둔탁하게 부딪히는 소리, 식탁과 긴 의자가 놓여 있는 어둑어둑한 부엌, 몸집이 작은 백발 노파의 손놀림, 이 모든 것이 아름답고 좋았다. 이곳에는 먹을 것이 있고 평화로운 분위기가 느껴졌으며, 사람과 온기 그리고 고향 냄새가 났다. 염소도 두 마리 있었다. 또 골드문트는 노파의 말을 통해 집 뒤쪽에 돼지우리가 있다는 것, 노파는 이 집 주인인 농부의 할머니이고 꼬마한테는 증조할머니가 된다는 사실도 알게 되었다. 꼬마의 이름은 쿠노였다. 꼬마는 이따금 부엌에 들어오곤 했다. 여전히 말은 하지 않았고 다소 불안한 눈초리를 보내긴 했지만 그래도 더 이상 울지는 않았다.

주인 농부가 그의 아내와 함께 들어왔다. 그들은 집 안에서 낯선 사람과 마주치고는 깜짝 놀랐다. 농부는 대뜸 욕이라도 퍼부을 기세였다. 그는 미심쩍은 듯이 젊은이의 팔을 끼고 문밖으로 나가 밝은 데서 얼굴을 찬찬히 뜯어보았다. 그러더니 너털웃음을 터뜨리고 사람 좋게 골드문트의 어깨를 툭 치며 그를 식사에 초대했다. 모두 자리를 잡았다. 온 식구가 함께 쓰는 우유 통에 모두 빵을 적셔 먹다가 우유 통이 거의 바닥이 나자 농부가 나머지를 남김없이 비웠다.

골드문트는 하룻밤 잠자리를 신세 지고 내일까지 머물러도 좋을지 물어보았다. 주인 남자는 곤란하다고 대답했다. 그러기에는 방이 비좁다는 것이었다. 그렇지만 바깥에는 짚 더미가 얼마든지 널려 있으니 잠자리를 찾아볼 수는 있겠다고 했다.

안주인은 꼬마를 옆에 앉혀 놓고 대화에는 끼어들지 않았다. 하지만 식사를 하는 동안 그녀의 호기심 어린 시선은 줄곧 이 낯선 청년을 떠나지 않았다. 골드문트의 곱슬머리와 눈매는 금방 그녀에게 좋은 인상을 주었으며, 귀여운 흰 목덜미와 우아하고 매끈한 손, 거침없고 멋진 동작 역시 그녀에게 호감을 주었다. 이 낯선 사람은 당당하고, 품위 있고, 게다가 너무나 젊었던 것이다! 하지만 무엇보다 마음을 끌었던 것은 이 낯선 청년의 목소리였다. 그의 목소리는 은근히 노래하는 듯하고 따뜻하게 빛나는, 부드럽게 구애하는 듯한 젊은 남자의 목소리였던 것이다. 그의 목소리는 마치 애무의 감촉처럼 울려 퍼졌다. 이런 목소리라면 얼마든지 더 오래 들어 줄 용의가 있었다.

식사가 끝나자 농부는 외양간에서 일을 보았다. 골드문트는 집 밖으로 나와 샘물가에서 손을 씻고 야트막한 샘물 가장자리에 걸터앉아 몸을 식히며 물소리에 귀를 기울였다. 그는 마음을 정하지 못한 채 앉아 있었다. 이제 여기서는 더 이상 볼일이 없어진 셈이지만 다시 길을 떠나야 한다니 왠지 서글퍼졌다. 바로 그때 농부의 아내가 두레박을 들고 나와서 물줄기 아래로 두레박을 내려 가득 채웠다. 나지막한 소리로 그녀가 말했다. "저, 오늘 저녁에 이 근처에 머무르시면 제가 먹을 것을 갖다 드릴게요. 저 건너편 기다란 보리밭 뒤편에 낟가리가 있는데, 아마 내일쯤에나 치울 거예요. 거기에 계실 거지요?"

그는 주근깨가 난 그녀의 얼굴을 들여다보았다. 그리고 기운찬 팔뚝으로 두레박을 끌어 올리는 모습과 따뜻하게 빛나는 밝고 커다란 눈을 보았다. 그는 미소를 지으며 고개를 끄덕였고, 그녀는 어느새 물을 가득 채운 두레박을 들고 자리를 떴다. 그녀는 출입문의 어둠 속으로 사라졌다. 그는 고마움을 느끼며 썩 흡족한 기분으로 앉아서 물 흐르는 소리에 귀를 기울였다. 조금 더 있다가 집 안으로 들어간 그는 농부와 할머니에게 작별의 악수를 청하며 고마움을 표했다. 오두막집 안에서는 연기와 그을음 그리고 우유 냄새가 풍겨 왔다. 조금 전까지도 그의 안식처요, 고향이었던 오두막이 금세 낯선 곳이 되고 말았다. 그는 인사를 하며 집 밖으로 나왔다.

오두막 건너편에 예배당이 보였다. 그리고 예배당 근처에는 아름다운 수목이 자라고 있었다. 수령이 오래되고 튼튼해 보이는 떡갈나무 무리였다. 그 아래에는 잔디가 짧게 자라고 있었다. 나무 그늘에서 발길을 멈춘 그는 우람한 나무줄기 사이를 산책하며 이리저리 거닐었다. 여자와 사랑은 얄궂다는 생각이 들었다. 여자와 사랑은 사실 그 어떤 말도 필요로 하지 않았다. 여자는 단 한마디로 그에게 밀회의 장소를 지정해 주었고 다른 모든 것은 말로 하지 않았다. 그럼 대체 무엇으로 말한 것일까? 그래, 눈으로 말했다. 그리고 다소 쉰 목소리에 깃든 모종의 울림으로, 어쩌면 향기인지도 모를 그 무엇으로 말했다. 살결에서 은근히 풍겨 오는 그 부드러운 향기는 여자와 남자가 서로를 원할 때면 금방 알아차릴 수 있는 그 무엇이었다. 얼마나 섬세한 비밀의 언어인가! 그런데 이 언어를 그렇게 빨리 터득하다니 얼마나 신기한 일인가! 그는 저녁이 몹시도 기다려졌다. 커다란 체격의 이 금발 여성은 과연 어떤 사람일지 호기심을 누를 길이 없었다. 어떤 눈길과 어조로 말할까. 팔다리를 어떻게 움직이고 어떻게 몸을 놀리며 또 어떻게 입맞춤을 할까. 확실히 리제와는 전혀 다를 것이다. 지금쯤 리제는 어디에 있을까? 탄력 있는 검은 머릿결과 갈색 살결의 리제, 짧은 한숨을 짓는 리제. 남편이 그녀를 때렸을까? 아직도 자기를 생각하고 있을까? 내가 오늘 새로운 여성을 발견했듯이 그녀 역시 벌써 새 애인을 찾았을까? 이 모든 것이 이렇게 순식간에 지나갈 수 있을까! 어떻게 가는 곳마다 행운이 도처에 깔린 것일까! 얼마나 아름답고 뜨거웠던가! 그런데 얄궂게도 이렇게 덧없이 지나갈 수 있단 말인가! 그것은 죄악이었다. 간통이었다. 얼마 전까지만 해도 그는 이런 죄를 짓느니 차라리 스스로 목숨을 끊었을 것이다. 그런데 지금은 벌써 두 번째 여자를 기다리고 있지 않은가. 그런데도 그의 양심은 평온한 것이다. 어쩌면 평온하다고는 할 수 없을 것이다. 하지만 이따금 양심이 찔리고 부담이 느껴지는 것은 간통과 육욕 때문은 아니었다. 딱히 뭐라고 할 수는 없지만, 뭔가 다른 이유가 있었다. 그것은 죄를 저질러서 생기는 죄책감이 아니라 이미 세상에 태어나면서부터 생겨난 그런 죄책감이었다. 신학에서 원죄라고 일컫는 것이 어쩌면 바로 이런 것일까? 그럴지도 몰랐다. 사실 삶 자체에는 죄악 비슷한 것이 깃들어 있는 것이다. 그렇지 않다면 나르치스처럼 너무나 순수하고 높은 식견을 가진 사람이 어째서 마치 죄인처럼 참회해야 한단 말인가? 어째서 골드문트 자신 또한 마음속 깊은 어디에선가 이러한 죄책감을 느껴야 한단 말인가? 골드문트 자신은 정말로 행복하지 않았던가? 그는 젊고 건강했으며, 하늘을 나는 새처럼 자유롭지 않았던가? 여자들이 그를 사랑하지 않았던가? 사랑하는 사람으로서 자기가 느낀 것과 똑같은 깊은 쾌감을 상대방에게도 줄 수 있었다면 그런 느낌이야말로 얼마나 멋진 것인가? 그런데도 어째서 그는 온전히 행복하지는 못했던 것일까? 그 자신의 젊은 날의 행운과 나르치스의 미덕과 지혜 속에는 어째서 때때로 이 기묘한 고통이 스며드는 것일까? 이 은밀한 불안이, 덧없음에 대한 비탄이 스며드는 것일까? 그 자신이 사색가는 아니라는 것을 잘 알고 있으면서도 어째서 때때로 회의하고 깊은 생각에 빠지게 되는 것일까?

어떻든 산다는 것은 그럼에도 불구하고 아름다운 것이었다. 그는 풀밭에서 키 작은 오랑캐꽃 한 송이를 꺾어서 눈앞에 바짝 갖다 대고는 작고 오목한 꽃받침 속을 들여다보았다. 거기엔 엽맥(葉脈)들이 지나가고 머리털처럼 섬세한 미세 기관들이 있었다. 마치 여성의 품속이나 생각하는 사람의 뇌처럼 거기에도 생명이 약동하고 욕망이 꿈틀대고 있었던 것이다. 아, 사람들은 어째서 그토록 아무것도 몰랐던 것일까? 어째서 이 꽃과는 이야기를 나누지 못했던 것일까? 하지만 사람끼리도 둘이서 진정으로 이야기를 나누긴 힘들었다. 그러기 위해서는 이미 행운과 특별한 우정과 마음의 준비가 갖춰져 있어야만 하는 것이다. 그렇다. 사랑에는 어떤 말도 필요 없다는 것이야말로 다행스러운 일이었다. 그렇지 않으면 사랑은 오해와 어리석은 짓의 연속이 될 것이다. 아, 반쯤 감긴 리제의 눈은 환희에 겨워 초점이 풀리고 바르르 떠는 눈꺼풀 사이로 흰자위만이 드러나지 않았던가. 그것은 제아무리 유식한 말이나 시적인 말로도 형언할 길이 없었다! 아무것도, 전혀 아무것도 어떤 식으로든 표현하거나 생각할 수 없었던 것이다. 그럼에도 마음속에서는 말하려는 욕구가 자꾸만 몰려오고, 그 영원한 충동에 관해 사고하려는 욕구가 몰려오지 않았던가!

골드문트는 작은 식물들의 잎사귀를 관찰해 보았다. 잎사귀들은 줄기 둘레에 너무나 예쁘고 신기할 정도로 알맞게 배열되어 있었다. 베르길리우스의 시구들은 아름다웠고, 그는 그 시구들을 좋아했다. 그렇지만 베르길리우스의 시구조차 식물의 줄기에 붙어 있는 이 보잘것없는 작은 잎사귀의 원추형 질서에 비하면 그 명징함이나 지혜로움, 아름다움이나 의미심장함이 절반에도 못 미쳤다. 인간이 유일무이한 이런 꽃을 창조할 수만 있다면 그것은 얼마나 큰 기쁨과 행운일 것이며, 감격적이고 숭고하고 의미심장한 행위일 것인가! 하지만 그 누구도 그런 일을 해내지는 못했다. 그 어떤 영웅도, 황제도, 교황이나 성자도 해내지 못했다.

해가 뉘엿뉘엿 기울자 골드문트는 자리에서 일어나 농부의 아내가 일러 준 장소를 찾아갔다. 그는 그곳에서 기다렸다. 그렇게 기다린다는 것, 어떤 여자가 이리로 오고 있다는 것, 넘치는 사랑을 주기 위해 오고 있음을 안다는 것은 멋진 일이었다.

그녀는 삼베 보자기 속에 커다란 빵 하나와 베이컨 조각을 싸 들고 왔다. 그녀는 보자기를 풀어헤치고는 그의 앞에 먹을 것을 내놓았다.

"당신한테 드리는 거예요." 그녀가 말했다. "드세요."

"이따가 먹겠습니다." 그가 말했다. "저는 배가 고픈 게 아니고 당신한테 굶주려 있어요. 아, 저에게 어떤 멋진 선물을 가져왔는지 보여 주세요!"

그녀는 그에게 멋진 것을 잔뜩 안겨 주었다. 갈증에 타는 강렬한 입술, 불꽃이 이는 강한 이, 튼튼한 팔뚝. 그녀의 팔은 햇살에 발갛게 타 있었지만 목덜미 아래쪽의 속살은 희고 부드러웠다. 그녀는 말이 거의 없었지만 아름답고 유혹적인 교성을 낼 줄 알았다. 그리고 그녀가 일찍이 느껴 보지 못한 너무나 부드럽고 섬세하고 예민한 손길이 와 닿는 것이 느껴지자 그녀의 살결은 바르르 떨렸다. 그러면 그녀의 목에서는 마치 고양이 울음소리 같은 신음이 새어 나왔다. 그녀는 사랑의 유희는 잘 몰랐다. 리제에 비하면 거의 몰랐다. 하지만 그녀에겐 놀라운 힘이 있었다. 그녀는 마치 애인의 목이라도 부러뜨릴 듯이 으스러지게 껴안았다. 그녀의 사랑은 어린아이처럼 꾸밈없고 탐욕적이었다. 단순하고 너무나 힘차면서도 수줍어했다. 골드문트는 그녀와 함께 보낸 시간이 너무나 행복했다.

그러고서 그녀는 떠나갔다. 한숨을 토하며, 무거운 걸음걸이로 그녀는 자리를 떴다. 여기에 머물러 있어서는 안 되었던 것이다.

혼자 남게 된 골드문트는 행복하면서도 슬펐다. 나중에서야 빵과 베이컨이 생각난 그는 외로운 식사를 했다. 벌써 캄캄한 밤중이었다.

8장

골드문트의 방랑은 한동안 계속되었다. 같은 장소에서 두 번 밤을 지내는 일은 드물었으며, 어디를 가도 여자들은 그를 탐했고 또 행복하게 해 주었다. 그의 피부는 햇볕에 갈색으로 그을었고, 정처 없는 방랑과 알량한 끼니 때문에 몸은 여위어 있었다. 수많은 여자가 동틀 녘에 그와 작별 인사를 나누며 그의 곁을 떠나갔다. 그중 상당수의 여자는 눈물을 보였으며, 그럴 때마다 그는 흔히 이런 생각을 하곤 했다. '어째서 아무도 내 곁에 머무르지 않는 것일까? 분명히 나를 좋아하고 사랑의 밤을 위해 불륜까지 범하면서 어째서 내 곁에 머무르지 않는 것일까? 대개는 매를 맞을까 겁내면서도 어째서 모두 금방 남편한테 되돌아가는 것일까?' 그에게 떠나지 말라고 진지하게 애원하는 여자는 아무도 없었다. 자기를 데려가 달라고 애원하는 여자도 없었다. 그러면서도 사랑에서 우러나오는 마음으로 방랑의 애환을 함께 나눌 각오가 되어 있었던 것이다. 물론 그가 누구에게도 그런 권유를 한 적은 없었고, 그런 생각을 종용한 적도 없었다. 가슴에 손을 얹고 생각해 보면 그에겐 자유로운 상태가 좋다는 것을 알 수 있었다. 어떤 여자를 떠올려 보아도 예외 없이 한 여자가 떠나가면 바로 다음 여자의 품이 그리워졌던 것이다. 그렇긴 하지만 어디에서나 사랑이 그토록 덧없이 사라지는 것은 기이했고 다소 슬프기도 했다. 여자들의 사랑이든 그 자신의 사랑이든 그토록 빨리 충족되었다가 그토록 빨리 사그라들었던 것이다. 그것이 과연 옳은 행동이었을까? 사랑은 언제 어디서나 늘 이런 식인 걸까? 아니면 그 자신에게 문제가 있는 것일까? 여자들이 그를 원하고 좋아하면서도 짚 더미 속이나 이끼 위에서 잠깐 말 없는 시간을 보내는 것 이상으로는 함께 있기를 원하지 않는 것도 어쩌면 그 자신의 성향 때문이 아닐까? 그가 방랑 생활을 하기 때문일까? 집이 없는 사람들의 삶을 대할 때면 집이 있는 사람들은 그 어떤 두려움을 느끼기 때문일까? 아니면 여자들이 그를 귀여운 인형처럼 가지고 싶어 하고 껴안아 주면서도, 그리고 나서는 매 맞을 일이 뻔히 예견되는데도 모두 남편에게로 되돌아간다면 오직 그 자신에게, 그 자신의 인격에 문제가 있는 것은 아닐까? 그는 판단을 내릴 수 없었다.

그는 여자들한테 배우는 일에 싫증이 나지 않았다. 물론 그는 처녀들이 더 좋았다. 아직 남자가 없고 아무것도 모르는 어린 처녀들이 더 좋았다. 그런 여자들에게는 진심으로 빠져들 수 있었다. 그렇지만 대개 그런 처녀들에겐 접근하기 힘들었다. 그들은 사랑스럽긴 하지만 수줍어하고 잘 보호받아 왔던 것이다. 하지만 부인네들한테 뭔가를 배운다는 것도 즐거웠다. 누구나 그에게 뭔가를 남겨 주었다. 어떤 몸짓이나 입맞춤, 특별한 유희, 몸을 허락하거나 거부할 때의 특징 같은 것을 남겼다. 골드문트는 모든 것을 받아들였다. 그는 마치 어린아이처럼 배부른 줄도 몰랐고, 어린아이처럼 다루기 쉬운 존재였다. 그는 어떠한 유혹에도 마음을 열어 놓고 있었다. 그런데 그럼으로써 그 자신이 유혹적인 존재가 되어 갔다. 그의 외모에서 풍기는 아름다움만으로는 여자들이 그렇게 쉽게 그에게 접근해 오지 않았을 것이다. 그의 어린아이 같은 천진함과 개방적인 태도, 순진한 호기심에서 솟구치는 욕망이 문제였으며, 여자가 그에게 무엇을 원하든 모든 것을 완벽하게 받아들일 태세가 되어 있는 것이 문제였다. 그는 자신도 모르게 매번 여자들이 그에게 원하고 꿈꾸는 그대로의 모습으로 여자들에게 다가갔다. 어떤 여자에게는 부드럽게 기다려 주듯이 대하는가 하면 어떤 여자에게는 재빨리 낚아채듯이 대했으며, 어떤 때에는 처음 동정을 바치는 소년처럼 순진한가 하면 어떤 때에는 교묘하고 능숙했다. 언제라도 유희나 싸움, 한숨이나 웃음에 응할 준비가 되어 있었으며, 부끄러워하는가 하면 부끄러움을 모르기도 했다. 그는 여자가 그에게 원하는 것, 그를 유혹하여 얻어 내려는 것 말고는 아무것도 하지 않았다. 감각이 예민한 여자라면 누구나 그의 성향이 그렇다는 것을 금방 눈치챘으며, 그가 여자들에게 사랑받는 이유도 그 때문이었다.

하지만 그의 배움은 계속되었다. 그가 단기간에 배운 것은 수많은 부류의 사랑과 사랑의 기술만이 아니었다. 그리고 수많은 애인의 경험을 받아들이기만 했던 것도 아니었다. 그는 또한 여자들을 그들의 다양한 성향에 따라 관찰하고 느끼고 접촉하고 냄새 맡게 되었다. 그는 갖가지 부류의 목소리를 알아들을 수 있는 섬세한 귀를 갖게 되었으며, 목소리의 울림만 듣고도 여자들이 지닌 사랑의 능력이 어느 정도이며 어떤 성향인가를 어김없이 알아맞힐 수 있게 되었다. 갈수록 새로운 황홀감을 느끼면서 그는 머리를 목덜미에 기대거나 이마에 흘러내린 머릿결을 쓸어 올리거나 또 무릎뼈를 움직일 수 있는 온갖 다양한 방법을 관찰하게 되었다. 그는 어둠 속에서 눈을 감고 섬세하게 감식하는 손가락만으로 어떤 여자의 머리칼이 다른 여자의 머리칼과 어떻게 다르며 또 어떤 여자의 살결과 솜털이 다른 여자의 그것과 어떻게 다른가를 알게 되었다. 그는 바로 여기에 방랑 생활의 의미가 있다는 것, 즉 어쩌면 이처럼 식별과 구분 능력을 갈수록 더 섬세하고 다양하게 그리고 깊이 있게 터득하고 단련하기 위해 한 여자로부터 다른 여자한테로 떠밀려 다닌다는 것을 진작부터 직감하고 있었다. 어쩌면 그런 방랑이 그의 운명인지도 몰랐다. 마치 상당수의 음악가가 한 가지 악기만 다룰 줄 아는 게 아니라 셋, 넷, 혹은 그 이상의 많은 악기를 다루듯이, 완벽의 경지에 이를 때까지 온갖 방식으로 수없이 다양한 여자들과의 사랑을 경험해야 할지도 모를 일이었다. 물론 이런 경험이 무엇에 도움이 되고 또 그 결과가 어떻게 될지는 그 자신도 알 수 없었다. 다만 그가 느낄 수 있는 것은 자신이 어딘가로 가는 길 위에 있다는 사실뿐이었다. 그에게 비록 라틴어나 논리학을 공부할 능력이 있다고는 해도 놀라울 만큼 비범한 재능을 타고나지는 못한 반면, 사랑의 문제 혹은 여자들과의 유희에서는 그렇지 않았다. 이 문제는 힘들이지 않고 익혔으며, 아무것도 잊어버리지 않았고, 경험들이 저절로 축적되고 정돈되었던 것이다.

방랑 생활도 어언 한두 해가 지난 어느 날 골드문트는 한 유복한 기사(騎士)의 저택에 당도하게 되었다. 이 집에는 젊고 예쁜 딸이 둘이 있었다. 때는 초가을이어서, 이제 곧 밤이 되면 날이 쌀쌀해질 것이었다. 지난해 가을과 겨울에 그는 그런 추운 밤들을 익히 겪었기에 앞으로 다가올 몇 달간을 생각하니 걱정이 없지 않았다. 겨울에는 떠돌이 생활이 힘들어졌다. 그는 이 집에서 먹을 것과 잠자리를 부탁했고 친절한 접대를 받았다. 그리고 이 낯선 손님이 학교에서 공부한 적이 있고 라틴어를 할 줄 안다는 이야기를 들은 집주인은 일꾼들 식탁에 앉아 있던 골드문트를 자기가 앉은 식탁으로 옮겨 오게 하더니 거의 자기와 같은 위치의 사람으로 대해 주었다. 두 딸은 다소곳이 시선을 떨구고 있었다. 큰딸은 열여덟, 작은딸은 열여섯 살이었다. 이름은 뤼디아와 율리에였다.

다음 날 골드문트는 길을 떠날 생각이었다. 이 아름다운 금발의 소녀들 가운데 어느 쪽도 차지할 수 있는 가망은 없어 보였다. 다른 부인네들이라도 있다면 더 머무를 수도 있었겠지만 부인네들은 보이지 않았다. 그런데 아침 식사를 마치고 집주인은 그를 어느 방으로 데려갔다. 그 방은 집주인이 특별한 목적으로 만든 것이었다. 노인은 젊은이에게 자기가 학문과 책을 좋아한다고 겸손하게 말하면서 그가 수집한 글들로 가득 찬 작은 궤를 보여 주었고, 또 자기가 사용하기 위해 주문 제작한 필기대, 그리고 근사한 종이와 양피지도 보여 주었다. 나중에 차츰 알게 된 사실이지만 이 경건한 기사는 어린 시절에 학교를 다녔으나 그 후로는 순전히 전쟁과 세속 생활에만 젖어 들었으며, 그러다가 결국 중병을 앓게 되면서 하느님의 경고를 받고 순례의 길을 떠나 죄 많은 젊은 시절을 뉘우치게 되었다. 그는 로마뿐 아니라 콘스탄티노플까지도 갔었는데, 다시 고향에 돌아와 보니 부친은 돌아가시고 집은 텅 비어 있었다고 했다. 그는 고향에 정착하여 결혼했고, 부인을 잃은 후에 딸들을 키워 왔으며, 노령에 접어들기 시작한 지금은 지난날의 순례 여행에 관한 상세한 보고문을 작성하는 일에 착수했다. 그는 벌써 여러 장(章)을 써 놓았지만, 그가 골드문트에게 고백한 바에 따르면, 그의 라틴어 실력이 너무 부족해 곳곳에서 집필이 막힌다는 것이었다. 그는 이제 골드문트에게 지금까지 자기가 써 놓은 것을 고치고 정서하는 일을 맡아 주고 또 집필을 계속할 수 있도록 도와줄 의향이 있다면 새 옷을 지어 줄 것이며 이 집에 마음껏 머물러도 좋다고 제의했다.

계절은 벌써 가을이었다. 골드문트는 이런 계절이 떠돌이 나그네한테 얼마나 힘든가를 잘 알고 있었다. 그리고 새 옷 역시 근사한 제안이었다. 그렇지만 무엇보다 이 젊은이의 마음이 끌렸던 것은 앞으로도 오랫동안 같은 집에서 아리따운 두 자매와 함께 지낼 수 있다는 사실이었다. 그는 생각할 것도 없이 그 제의를 수락했다. 불과 며칠 되지 않아 관리인 할머니가 옷감을 넣어 두는 상자를 열었다. 그 안에는 멋진 갈색 옷감이 들어 있었다. 그 옷감으로 골드문트를 위해 옷 한 벌과 모자를 짓게 할 작정이었다. 집주인은 검은색 천으로 학생복 비슷한 것을 지었으면 했지만, 정작 그의 손님이 막무가내로 주인을 만류했다. 드디어 멋진 의복이 만들어졌다. 그것은 옛날 귀족의 자제들이 입는 옷차림 같기도 하고 사냥복 같기도 했는데, 어떻든 골드문트의 얼굴에 썩 잘 어울렸다.

라틴어 문제도 별 어려움 없이 해결되어 갔다. 두 사람은 지금까지 써 놓은 것을 함께 읽어 내려갔다. 골드문트는 부정확하거나 빠져 있는 어휘들을 수없이 바로잡아 주었을 뿐 아니라, 여기저기 기사의 어색한 단문들을 근사한 라틴어 문장으로 고쳐 주었다. 그렇게 고친 문장들은 그 구문이 짜임새가 있었고 시간상의 순서가 깔끔하게 정리되어 있었다. 기사는 매우 흡족해하며 칭찬을 아끼지 않았다. 두 사람은 매일 적어도 두 시간씩은 이 일로 보냈다.

기사의 성은 웬만큼 기반이 잡힌 널찍한 농장이었는데, 그 안에서 골드문트는 여러 가지 소일거리들을 발견했다. 사냥에 가담하여 사냥꾼 힌리히 씨한테 석궁 쏘는 법을 배우기도 했으며, 개들과 친해지기도 하고 또 마음껏 말을 달릴 수도 있었다. 그가 혼자 있는 모습이 눈에 띄는 경우는 드물었다. 개나 말한테 말을 걸기도 했고, 힌리히 씨나 관리인 레아 할머니의 말벗이 되기도 했다. 레아 할머니는 몸집이 뚱뚱하고 목소리가 남자처럼 걸걸하며 틈만 나면 농담을 하거나 폭소를 터뜨렸다. 개를 돌보는 소년이나 양치기도 그의 말동무가 되었다. 바로 이웃에 사는 방앗간 주인의 부인과는 마음만 먹으면 쉽게 애인 사이가 될 수도 있겠지만, 그는 자제하면서 순진한 척했다.

기사의 두 딸한테는 완전히 매료되었다. 작은딸이 얼굴은 더 예뻤지만 워낙 수줍음을 타서 골드문트와는 거의 한마디도 하지 않았다. 그는 두 여성에게 극도로 신중하고도 정중하게 대했지만, 두 여성은 그가 가까이 있다는 사실 자체를 끊임없는 유혹으로 느끼고 있었다. 작은딸은 완전히 마음의 문을 닫고 있었으며, 수줍음 때문에 더 반항적으로 굴었다. 큰딸 뤼디아는 그에게 특이한 태도를 보였는데, 어느 정도는 그를 존경하고 어려워하는 듯하면서도, 어찌 보면 조롱이라도 하듯이 그를 괴짜 학자 취급하며 호기심 어린 질문들을 수없이 해댔다. 수도원 생활에 관해 묻기도 했지만, 늘상 다시 조롱하는 듯한 태도로 돌아와 여성 특유의 우월감을 과시하곤 했던 것이다. 골드문트는 두 여성의 그 모든 태도를 있는 그대로 받아들였다. 뤼디아는 숙녀로 대했으며, 율리에는 꼬마 수녀처럼 대했다. 그리고 저녁 식사를 마치고 대화를 통해 두 여성을 평소보다 더 오래 식탁에 붙잡아 두는 데 성공한다거나 마당이나 정원에서 뤼디아가 그에게 어쩌다 말이라도 걸어오고 익살맞은 농담에 반응해 주면 그는 그것으로 만족했고 뭔가 한 걸음 더 진척된 느낌이었다.

그해 가을에는 마당에 서 있는 키 큰 물푸레나무에 늦게까지 낙엽이 지지 않았고, 과꽃과 장미도 철이 늦도록 피어 있었다. 그러던 어느 날 손님이 찾아왔다. 인근의 농장 주인이 그의 아내와 말몰이 하인을 데리고 말을 타고 왔다. 그들은 따뜻한 날씨에 이끌려 이례적으로 먼 곳까지 소풍을 나왔다가 이 집에 찾아와 하룻밤 유숙을 부탁했던 것이다. 그들은 매우 상냥한 접대를 받았으며, 골드문트의 잠자리는 금방 객실에서 서재로 옮겨지고 손님들을 위한 방이 마련되었다. 닭도 몇 마리 잡고 방앗간에 사람을 보내 물고기를 구해 오게 했다. 골드문트는 잔치처럼 흥분된 분위기에 흥겹게 끼어들면서, 이 낯선 부인이 그에게 관심을 두고 있다는 사실을 금세 느낌으로 알아챘다. 그리고 그녀의 목소리나 모종의 눈빛에서 호감과 욕망을 알아차리기 무섭게 그는 또한 뤼디아의 태도가 변하고 있음을 알아차리고는 갈수록 긴장하게 되었다. 뤼디아가 입을 다문 채 조용해지더니 그와 부인을 관찰하기 시작했던 것이다. 성대한 저녁 식사 시간에 부인은 식탁 아래쪽에서 발로 골드문트의 발을 건드리며 추파를 던지기 시작했는데, 골드문트를 황홀하게 했던 것은 단지 이러한 유희만이 아니었다. 어두운 침묵의 긴장 속에서 뤼디아가 호기심과 흥분이 뒤섞인 시선으로 이 유희를 지켜보았기 때문에 그는 훨씬 더 큰 황홀감에 빠져들었다. 드디어 골드문트는 나이프 하나를 일부러 바닥에 떨어뜨리고는 몸을 숙여 애무의 손길로 부인의 발과 다리를 만졌다. 그러자 뤼디아가 얼굴이 하얗게 질리면서 입술을 깨무는 것이었다. 골드문트는 수도원에서 있었던 에피소드들을 계속 얘기했다. 그러면서 골드문트는 낯선 여인이 자기의 이야기보다는 구애하는 듯한 목소리에 더 내밀하게 마음이 끌리고 있다는 것을 느낄 수 있었다. 다른 사람들도 그의 이야기에 귀를 기울였다. 그의 후원자인 집주인은 그의 이야기에 호감을 느꼈고, 손님인 농장 주인은 꼼짝 않고 있었지만 이 젊은이의 마음속에서 타오르는 불길은 그의 마음도 감동시켰다. 뤼디아는 골드문트가 이렇게 이야기하는 것을 들어본 적이 없었다. 그는 꽃처럼 활짝 피어올랐고, 식탁의 공기는 흥분으로 달아올랐으며, 그의 눈에선 불꽃이 일고 그의 목소리에서는 행복의 노래와 사랑의 애원이 울려 퍼졌다. 세 여성 모두 그것을 느꼈지만 느끼는 방식은 저마다 달랐다. 어린 율리에는 격한 방어 심리와 거부감을 느꼈고, 농장 주인의 부인은 만족감을 발산했으며, 뤼디아는 심장의 고통스러운 요동을 느꼈다. 뤼디아의 가슴속에서는 내밀한 그리움과 나직한 저항감 그리고 격렬한 질투심이 뒤섞였고, 그로 인해 그녀의 얼굴은 초췌해지고 눈빛은 이글거렸다. 골드문트는 이 모든 동요를 느꼈다. 그의 구애에 대한 은밀한 응답처럼 그 감정의 물결은 다시 그에게로 몰려왔으며, 그의 주위에는 사랑의 상념들이 마치 새처럼 날아들어 서로에게 서로를 바치는가 하면 서로 뻗대기도 하고 또 서로 싸우기도 했다.

식사가 끝나자 율리에는 자리에서 물러났다. 벌써 밤이 깊었다. 율리에는 질그릇으로 된 촛대에 촛불을 켜 들고 발코니를 떠났다. 그녀의 모습은 마치 어린 수녀처럼 쌀쌀맞았다. 다른 사람들은 한 시간은 더 자리를 지켰다. 그리고 집주인과 손님이 곡물 수확이나 황제 혹은 주교(主教)에 관한 이야기를 나누는 동안 뤼디아는 이글거리는 심정으로 골드문트와 부인

사이의 대화에 귀를 기울이고 있었다. 두 사람 사이의 느긋한 잡담은 아무것도 엮어 내는 것 같지 않았지만, 그 대화를 잇는 느슨한 가닥 사이사이에는 마치 촘촘하고도 달콤한 그물을 짜듯이 시선이나 억양이나 사소한 몸짓으로 오고 가는 무엇이 있었다. 그 가닥 하나하나에는 의미가 가득 실려 있었고, 따스한 열기가 피어올랐다. 소녀는 관능과 동시에 혐오감을 느끼면서 그 분위기를 빨아들였다. 그리고 골드문트의 무릎이 식탁 아래에서 낯선 부인의 몸에 닿는 것을 보거나 느낄 때면 뤼디아는 마치 자기 몸에라도 닿은 것처럼 화들짝 놀라곤 했다. 그 후로도 그녀는 잠을 이루지 못하고 자정이 넘도록 가슴 두근거리며 귀를 곤두세웠다. 그녀는 두 사람이 함께 있을 거라고 확신했다. 그녀는 두 사람이 이루지 못한 일을 상상 속에서 완결 지었다. 두 사람이 서로 껴안는 것을 보았고, 그들의 입맞춤 소리를 들었다. 그러면서 그녀 자신도 흥분에 몸을 떨었다. 그리고 배신당한 농장 주인이 두 연인을 급습하여 혐오스러운 골드문트의 심장에 비수를 찌르지나 않을까 두려우면서도 다른 한편으로는 그러기를 바라기도 했다.

다음 날 아침 하늘은 잔뜩 찌푸려 있었고, 습한 바람이 불어왔다. 손님은 좀 더 머물러 달라는 온갖 권유를 뿌리치고 황급히 길을 떠날 채비를 했다. 손님들이 말에 오르는 동안 뤼디아는 옆에 서서 악수를 청하고 작별의 인사를 나누었다. 하지만 그녀의 관심은 전혀 엉뚱한 데에 있었다. 그녀의 모든 감각은 그녀의 눈에 들어오는 어떤 광경에만 쏠려 있었다. 기사의 부인은 말에 오르는 동안 골드문트가 받쳐 주는 손 위에 발을 얹어 놓고 있었으며, 골드문트는 오른손을 쭉 펴서 부인의 신발을 꽉 잡고 한순간 부인의 발을 힘 있게 움켜쥐었던 것이다.

낯선 손님들은 말을 타고 길을 떠났고, 골드문트는 서재에서 작업을 해야만 했다. 반 시간가량이 지나자 아래층에서 뤼디아가 명령하는 소리에 이어 말을 대령시키는 소리가 들려왔다. 집주인은 창가로 다가가서 아래쪽을 내려다보고는 미소를 띠며 고개를 설레설레 저었다. 그러고 나서 두 사람은 뤼디아가 말을 타고 저택 밖으로 나가는 모습을 뒤에서 지켜보았다. 라틴어로 문장을 다듬는 작업에 오늘은 별로 진척이 없었다. 골드문트는 오늘따라 주의가 산만했다. 주인은 친절하게도 평소보다 일찍 일을 쉬게 해 주었다.

사람들이 눈치채지 않게 골드문트는 말을 끌고 집 밖으로 나왔다. 쌀쌀하고 습기 찬 가을바람을 맞받으며 그는 단풍이 물든 경치 속으로 말을 달렸다. 점점 빨리 말을 몰아 대자 말 잔등이 훈훈해지고 자신의 피도 뜨거워지는 것이 느껴졌다. 수확이 끝난 들판과 휴경지, 쇠뜨기와 갈대숲이 우거진 황무지를 지나 그는 흐릿한 공기를 가르며 숨 가쁘게 말을 몰았다. 오리나무로 뒤덮인 작은 골짜기와 퀴퀴한 냄새가 나는 가문비나무 숲을 지나자 발아래로 다시 엷은 갈색으로 뒤덮인 텅 빈 황무지가 내려다보였다.

희뿌연 회색 구름이 뒤덮인 하늘과 선명한 대조를 이루며 어느 언덕배기에 뤼디아의 모습이 보였다. 그녀는 느릿하게 걸어가는 말 위에 우두커니 앉아 있었다. 그는 그녀를 향해 질주했다. 자기를 뒤쫓는 것을 알아차리기 무섭게 그녀는 말에 박차를 가하여 달아났다. 그녀는 금방 사라졌다가는 다시 머리칼을 나부끼며 모습을 드러내곤 했다. 마치 사냥감을 쫓듯이 그는 그녀를 뒤쫓았다. 그는 웃음이 터져 나왔다. 작은 소리로 다정하게 말의 기운을 북돋우면서 그는 날 듯이 달리며 즐거운 시선으로 낮게 웅크리고 있는 벌판, 오리나무 숲, 단풍나무 무리, 웅덩이의 질퍽한 가장자리 등 자연 경치의 특징들을 읽어 냈다. 그러면서 그는 그의 목표물인 달아나는 미인 쪽으로 거듭 시선을 돌렸다. 그녀를 금방 따라잡을 터였다.

뤼디아는 골드문트가 가까워진 것을 알자 도망을 포기하고 말이 보통 걸음으로 걷도록 내버려 두었다. 그녀는 추적자를 향해 몸을 돌리지 않았다. 그녀는 당당하게, 겉보기에는 침착하게, 마치 아무 일도 없었다는 듯이 혼자인 것처럼 홀로 말을 타고 갔다. 그는 자신의 말을 그녀의 말 곁으로 몰았다. 두 마리의 말은 바짝 붙어서 평화롭게 걸어가고 있었지만, 짐승이나 말을 탄 사람들이나 모두 달리느라 몸에 열이 올라 있었다.

"뤼디아!" 그가 나직하게 불렀다.

그녀는 아무런 대답도 하지 않았다.

"뤼디아!"

그녀는 여전히 말이 없었다.

"뤼디아, 당신이 말을 달리는 모습을 멀리서 보니까 정말 멋지던데요. 당신의 머릿결이 황금빛으로 휘날리더라고요. 정말 멋졌어요! 아, 당신이 내 앞에서 달아나다니 참 이상한 일이지요. 그때 비로소 저는 당신이 나를 조금은 좋아한다는 걸 알게 되었지요. 저는 몰랐어요. 어젯밤에만 해도 긴가민가했지요. 당신이 나한테서 도망치려 할 때야 비로소 불현듯 깨달았답니다. 나의 아름다운 사랑, 피곤할 테니 말에서 내립시다.”

그는 잽싸게 말에서 내리면서, 뤼디아가 다시 달아나지 않도록 그녀의 말 고삐를 잡았다. 눈처럼 흰 그녀의 얼굴이 그를 내려다보고 있었다. 그리고 그에게 안겨서 말에서 내리자 그녀는 왈칵 울음을 터뜨렸다. 그는 조심스럽게 그녀를 이끌고 몇 걸음을 옮겨 그녀를 마른 풀밭 위에 앉히고는 그 옆에 무릎을 꿇었다. 그녀는 그렇게 앉은 채 흐느낌을 억누르느라 안간힘을 썼다. 그리고 당당하게 자신과 싸워 이겼다.

“당신은 정말 나쁜 사람이에요!” 말을 할 수 있게 되자 그녀는 그렇게 말문을 열었다. 그녀의 말이 떨어지기 무섭게 골드문트가 말했다.

“제가 그렇게 나쁜가요?”

“골드문트, 당신은 바람둥이예요. 조금 전에 저한테 했던 말은 잊겠어요. 그런 말은 파렴치해요. 저한테 그런 식으로 이야기하는 건 당신한테는 어울리지 않아요. 어떻게 제가 당신을 좋아한다고 생각할 수 있는 거죠? 잊어버려요. 어제저녁에 제 눈으로 보아야만 했던 일을 제가 잊을 수 있을 거라 생각하세요?”

“어제저녁이라고요? 대체 뭘 보았다는 말인가요?”

“아, 제발 그러지 마세요. 그렇게 거짓말하지 말아요! 제 눈앞에서 그 여자한테 추파를 던지다니, 추악하고 파렴치한 짓이었어요. 당신은 부끄러움도 모르나요? 심지어 다리로 그 여자를 건드리기까지 했잖아요! 식탁 아래에서, 우리가 함께 있던 그 식탁 아래에서! 내 앞에서, 내 눈앞에서! 그래 놓고는 이제 그 여자가 떠나고 없으니까 저한테 추근대잖아요! 당신은 정말 수치심이 무엇인지 모르는 사람이에요."

이미 한참 전부터 골드문트는 그녀가 말에서 내리기 전에 그녀에게 했던 말을 후회하고 있었다. 얼마나 어리석은 짓이었던가. 사랑에는 말이 필요 없지 않은가. 입을 다물고 있어야만 했는데.

골드문트는 더 이상 아무 말도 하지 않았다. 그는 그녀의 곁에 무릎을 꿇고 있었다. 그녀에겐 그가 너무나 아름다우면서도 불행해 보였으며, 그녀의 동정심은 그에게도 전달되었다. 그 자신 역시 뭔가 억울하다는 느낌이 들었다. 하지만 그녀가 방금 아무리 심한 말을 했다 하더라도 그녀의 눈에서는 사랑이 느껴졌다. 실룩거리는 입술에 어린 고통 또한 사랑이었다. 그는 그녀의 말보다는 눈을 믿었다.

그렇지만 그녀는 대답을 기다리고 있었다. 하지만 대답의 말이 나오지 않자 뤼디아는 입술을 더욱 굳게 앙다물고는 울어서 다소 부은 눈으로 그를 쳐다보면서 다시 물었다. "당신은 정말로 아무런 수치심도 못 느끼나요?"

"미안해요." 그가 겸손하게 말했다. "우리는 말해선 안 되는 문제에 관해 이야기하고 있습니다. 제 잘못입니다. 용서해 주세요. 당신은 제가 부끄럽지도 않은지 묻고 있습니다. 물론 부끄럽지요. 하지만 저는 당신을 좋아하고, 당신도…… 사랑이란 부끄러움을 모른답니다. 화내지 마세요."

그녀는 그의 말을 거의 듣고 있지 않은 것 같았다. 그녀는 앉은 채로 쓰디쓴 표정을 지으며, 마치 완전히 혼자 있는 사람처럼 먼 곳을 응시하고 있었다. 그는 일찍이 이런 상황을 겪어 본 적이 없었다. 말이 화근이었다.

그는 그녀의 무릎 위에 부드럽게 얼굴을 묻었다. 접촉은 금세 마음을 편안하게 해 주었다. 그렇지만 다소 당혹스럽고 슬프기도 했다. 그녀 역시 여전히 슬픈 것 같았다. 그녀는 꼼짝 않고 앉아서 말없이 먼 곳을 바라보고 있었다. 얼마나 당황했던가! 얼마나 슬펐던가! 하지만 그녀의 무릎은 그의 뺨이 달라붙는 것을 물리치지 않고 다정하게 받아 주었다. 그는 눈을 감고 그녀의 무릎에 얼굴을 묻은 채 그녀 무릎의 길고 우아한 곡선을 그려 보고 있었다. 잘생기고 아직 소녀티가 나는 그녀의 무릎이 그녀의 동그랗고 갸름한 손톱과 얼마나 닮았는가를 떠올리며 골드문트는 흐뭇한 감동에 젖어 들었다. 그는 고마운 마음으로 그녀의 무릎에 몸을 밀착시키고 자신의 뺨과 입이 그녀의 무릎과 대화를 나누도록 내버려 두었다.

이제 그녀의 손길이 느껴졌다. 그녀의 손은 조심스러워하면서도 새처럼 가볍게 그의 머리 위에 놓여 있었다. 사랑스러운 손길이었다. 그는 그녀의 손이 어린아이처럼 조용히 자신의 머리를 쓰다듬는 것을 느끼고 또 느꼈다. 그는 이미 종종 그녀의 손을 자세히 관찰하고 경탄한 적이 있다. 그는 그녀의 손을 자기 손처럼 잘 알고 있었다. 그녀의 손가락은 길고 갸름했으며, 예쁜 곡선의 긴 손톱은 발그스레했다. 이제 그녀의 갸름하고 섬세한 손가락은 수줍게 그의 머리칼과 대화를 나누고 있었다. 손가락의 언어는 어린아이처럼 순진하고 불안했지만, 그것은 사랑이었다. 그는 고마운 마음으로 자신의 머리를 그녀의 손에 내맡겼으며, 목덜미와 뺨에 그녀의 손바닥이 와 닿는 것을 느꼈다.

그러다가 그녀가 말했다. "이제 돌아갈 시간이 됐어요."

그는 머리를 들어 그녀를 다정하게 바라보았다. 그리고 그녀의 갸름한 손가락에 부드럽게 입을 맞췄다.

"어서 일어나세요." 그녀가 말했다. "집에 돌아가야 해요."

그는 곧장 그녀의 말에 따랐다. 두 사람은 일어나서 말을 타고 달려갔다.

골드문트의 가슴은 행복으로 벅찼다. 뤼디아는 얼마나 아름다운가! 얼마나 어린아이처럼 순수하고 여린가! 아직 그녀에게 입맞춤도 한 적이 없다. 그런데도 그렇게 기쁜 선물을 받았으며, 마음은 온통 그녀로 가득 차 있는 것이다. 두 사람은 신속하게 말을 몰았다. 그런데 거의 집에 다 와서 마당으로 들어서려던 뤼디아가 깜짝 놀라 말했다.

"우리 둘이 함께 오지 말았어야 했어요. 이렇게 멍청할 수가!" 그들이 말에서 내리고 말을 돌봐 주는 하인이 달려오고 있는 마지막 순간에도 그녀는 뜨거운 입김을 뿜으며 그의 귀에 대고 재빨리 속삭였다. "대답해 주세요. 어제저녁에 그 여자와 함께 있었지요?" 그는 몇 번이나 고개를 가로젓고는 말을 씻겨 줄 채비를 했다.

저녁이 되어 아버지가 외출하자 뤼디아는 서재에 나타났다.

“정말이에요?” 그녀는 대뜸 격정적으로 물어 왔다. 그는 그녀가 무슨 말을 하는지 금방 알아차렸다.

“그렇다면 어째서 그 여자와 그런 식으로 장난을 쳤지요? 정말 혐오스러웠다고요. 그리고 어째서 그 여자한테 반한 척했지요?”

“제 마음은 당신한테 있었어요.” 그가 말했다. “믿어 주세요. 제가 정말 쓰다듬고 싶었던 것은 그 여자의 발이 아니라 당신의 발이었어요. 그런데 당신의 발은 식탁 아래에서 저에게 오지 않았고, 제가 당신을 좋아하는지 물어 오지도 않았던 겁니다.”

“정말로 저를 좋아하세요, 골드문트?”

“그야 물론이지요.”

“그럼 어떻게 되는 거예요?”

“그건 모르겠어요, 뤼디아. 저에게 그런 문제는 걱정도 되지 않아요. 당신을 좋아하는 것만으로 행복합니다. 그다음에 어떻게 될지는 생각해 보지 않았습니다. 당신이 말을 타고 가는 것을 보고, 당신의 목소리를 듣고, 당신의 손가락이 내 머리를 쓰다듬어 주면 그것으로 기쁠 거예요.”

“입맞춤은 자기 신부한테나 하는 거예요. 골드문트. 그런 문제는 전혀 생각도 해 보지 않았나요?”

“예, 그런 생각은 전혀 해 보지 않았습니다. 왜 그런 생각을 해야 합니까? 당신이 저의 아내가 될 수 없다는 것은 당신도 나처럼 잘 알고 있잖아요.”

“그래요. 당신은 제 남편이 될 수 없고 늘 제 곁에 있을 수도 없기 때문에 저에게 사랑이란 말을 하는 것은 터무니없이 부당해요. 저를 유혹할 수 있을 거라고 생각했나요?"

"저는 아무런 생각도, 고려도 하지 않았습니다, 뤼디아. 저는 당신이 생각하는 것만큼 그렇게 많은 생각을 하지 않습니다. 저는 당신이 언젠가 저에게 키스를 해 주었으면 하는 소망뿐입니다. 우리는 너무 많은 이야기를 하고 있습니다. 사랑하는 사람들끼리는 그렇게 하지 않습니다. 제 생각에 당신은 저를 좋아하지 않는 것 같군요."

"오늘 아침에는 그 반대로 말했잖아요."

"그리고 당신도 반대로 행동했지요!"

"제가요? 그게 무슨 뜻이죠?"

"당신은 제가 다가오는 것을 보고 저를 피해서 달아났습니다. 그때 저는 당신이 저를 좋아한다고 생각했습니다. 그러고서 당신은 또 눈물을 흘리고야 말았지요. 그때도 저는 당신이 저를 좋아한다고 생각했습니다. 그다음엔 제가 당신 무릎에 머리를 묻었는데 당신은 저를 어루만져 주었습니다. 그래서 저는 그것이 사랑이라고 생각했지요. 그런데 지금 당신이 저를 대하는 태도는 사랑과는 무관해요."

"저는 당신이 어제 발을 쓰다듬어 주었던 그런 여성과는 달라요. 당신은 그런 여성들한테 익숙한 것 같군요."

"그렇지 않습니다. 천만다행으로 당신은 그 여자보다 훨씬 더 아름답고 우아해요."

"제 말은 그런 뜻이 아니에요."

"아, 하지만 결국 같은 얘기인 셈이죠. 당신은 자신이 얼마나 아름다운지 알고나 있습니까?"

"저한테도 거울은 있어요."

"거울에 비친 자신의 이마를 들여다본 적이나 있어요, 뤼디아? 또 당신의 어깨나 손톱 혹은 무릎은? 그리고 그 모든 것이 서로 똑같이 닮았고 절묘한 조화를 이루며, 똑같은 형태라는 것은 아세요? 갸름하고, 쭉 뻗어 있고, 단단하면서도 아주 가냘픈 형태라는 것을 아세요? 자신의 그런 모습을 본 적이 있나요?"

"어쩜 그렇게 말할 수 있어요! 그런 식으로는 본 적 없어요. 하지만 지금 당신이 그렇게 말하니까 당신 말이 무슨 뜻인지는 알겠어요. 보세요, 당신은 유혹자예요. 지금 당신은 저를 들뜨게 만들려고 애쓰고 있잖아요."

"당신한테 제 본심을 제대로 전달할 수 없다니 유감이군요. 대체 제가 어째서 당신을 들뜨게 만들려고 애쓰겠습니까? 당신은 아름답고, 저는 그 아름다움에 대해 감사하고 있다는 것을 보여 주려는 것입니다. 당신은 이것을 꼭 제 입으로 말하지 않을 수 없게 만드는군요. 말로 하지 않으면 백배 천배 더 멋지게 그 마음을 표현할 수 있을 텐데. 말로는 당신한테 드릴 게 아무것도 없다고요! 말로는 당신한테 아무것도 배울 게 없고, 또 당신이 저한테 배울 것도 없습니다."

"그럼 제가 당신한테 대체 뭘 배워야 하지요?"

"저는 당신한테 배우고, 뤼디아, 당신은 저한테 배우는 겁니다. 그런데 당신은 원하지 않잖아요. 당신은 남편이 될 사람만 좋아하려는 겁니다. 그런데 남편 될 사람이 당신을 보면 웃을 겁니다. 아무것도 배운 게 없으니 말입니다. 키스도 할 줄 모르니까요."

"그래요? 그럼 제게 키스하는 법을 가르치시겠다는 말씀이군요, 가정교사 나리?"

그는 그녀에게 미소를 지었다. 그녀의 말이 마음에 들지는 않았지만, 다소 격하고 가식적인 말솜씨의 이면에서 처녀다운 면모를 느낄 수 있었다. 그녀의 처녀다운 순수함은 육욕이 엄습하자 불안하게 저항했던 것이다.

그는 더 이상 대답하지 않았다. 그는 그녀에게 미소를 보냈고, 그녀의 불안한 시선을 자신의 눈길로 단단히 붙잡고 놓아주지 않았다. 그리고 그녀가 얼마간 저항하며 그의 마력에 굴복하는 동안 그는 천천히 그녀의 얼굴에 자기 얼굴을 밀착시켜 마침내 입술이 맞닿게 되었다. 그는 조용히 그녀의 입을 더듬었고, 그러자 그녀의 입술은 어린아이의 입맞춤처럼 짧게 응답해 왔다. 그가 그녀의 입술을 다시는 놓아주지 않자 마치 고통스러운 놀라움에 휩싸인 듯 그녀의 입이 벌어졌다. 그가 부드럽게 구애하면서 주춤하고 달아나는 그녀의 입을 쫓아가자 이윽고 그녀의 입은 머뭇거리며 다시 다가왔다. 그는 마법에 걸린 이 여자에게 키스를 주고받는 법을 무리 없이 가르쳤다. 그러자 그녀는 마침내 기진맥진해서 그의 어깨에 얼굴을 묻었다. 그는 그녀의 얼굴을 편하게 내버려 둔 채 행복한 기분으로 그녀의 탄력 있는 금발에서 풍겨 오는 냄새를 맡으며 마음을 진정시켜 주는 섬세한 어조로 그녀의 귀에 대고 뭐라고 중얼거렸다. 그 순간 그는 자기가 한때 아무것도 모르는 풋내기였을 적에 집시 여인 리제를 통해 이러한 비밀에 어떻게 입문하게 되었는지 떠올랐다. 그녀의 머리숱은 얼마나 검었으며 또 살결은 얼마나 아름다운 갈색이었던가! 태양은 얼마나 이글거렸으며, 시들어 가는 물레나물의 향기는 또 어떠했던가! 그런데 그 모든 것이 다시 이렇게 아득히 멀어지다니! 그 추억은 어느 먼 곳에서 반짝이고 있는가! 이토록 빨리 모든 것이 시들다니, 채 피어나기도 전에 시들어 가는 것이다!

뤼디아는 천천히 몸을 일으켰다. 그녀의 얼굴색은 바뀌어 있었다. 사랑이 담긴 그녀의 눈길은 진지하고 크게 빛났다.

"이제 저를 보내 주세요, 골드문트." 그녀가 말했다. "너무 오랫동안 당신 곁에 있었어요. 아, 당신, 내 사랑 당신!"

두 사람은 날마다 말이 필요 없는 시간을 가졌다. 골드문트는 사랑하는 여인이 자신을 이끌도록 완전히 내버려 두었다. 이 순수한 처녀의 사랑은 그에게 놀라운 행복과 감동을 안겨 주었다. 때때로 그녀는 꼬박 한 시간 동안 그의 손을 잡고 그의 눈을 들여다보기만 하고는 어린아이 같은 입맞춤으로 작별 인사를 하기도 했다. 또 어떤 때에 그녀는 완전히 자신을 잊은 채 지칠 줄 모르고 키스를 하면서도 정작 몸이 닿는 것만은 허용치 않았다. 한번은 그에게 커다란 기쁨을 선사할 작정으로 얼굴이 새빨개진 채 용기를 내서 그에게 한쪽 가슴을 보여 주기도 했다. 그녀는 수줍어하며 자그맣고 흰 열매를 옷속에서 꺼내 보였던 것이다. 그가 무릎을 꿇고 가슴에 입을 맞추자 그녀는 다시 조심스레 그 열매를 감추었지만 여전히 목덜미까지 빨갛게 달아올라 있었다. 두 사람은 말도 나누었지만, 이제는 첫날과는 다른 새로운 방식이었다. 그들은 서로를 위한 이름들을 지어 냈으며, 그녀는 어린 시절에 대해, 어린 시절의 꿈과 놀이에 대해 즐겨 들려주었다. 또 그녀는 골드문트가 자기와 결혼할 수 없으니 그들의 사랑은 옳지 않다는 이야기도 종종 했다. 그런 이야기를 할 때면 그녀는 슬퍼하면서 체념하는 듯했으며, 자신의 사랑을 검은 면사포 같은 비애의 비밀로 둘러 장식했다.

골드문트가 여자에게 욕정의 대상이 되지 않고 사랑을 받아 보기는 이번이 처음이었다.

한번은 뤼디아가 이렇게 말했다. "당신은 너무 사랑스럽고 쾌활해 보여요. 그런데 당신의 눈을 들여다보면 쾌활함이라곤 찾아볼 수 없고 온통 슬픔뿐이에요. 당신의 눈은 마치 행복이란 존재하지 않으며, 아름답고 사랑스러운 모든 것은 우리 곁에 오래 머무르지 않는다는 것을 알고 있는 듯한 표정이거든요. 당신의 눈은 세상에서 가장 아름답고도 가장 슬퍼 보여요. 당신한테는 고향이 없기 때문일 거예요. 당신은 숲속에서 나타나 저를 찾아왔어요. 그리고 언젠가는 다시 길을 떠나 이끼 위에서 잠을 자며 방황을 계속할 테죠. 그런데 저의 고향은 대체 어디일까요? 당신이 떠나가더라도 물론 저한테는 아버지도 계시고 여동생도 있죠. 제가 들어앉아 당신을 생각할 수 있는 방과 창문도 있기는 하죠. 하지만 마음의 고향은 사라지고 말 거예요."

그는 그녀의 말을 가만히 듣고만 있었다. 때로는 그녀의 말에 미소를 짓기도 했고 때로는 슬퍼지기도 했다. 그는 결코 말로 그녀를 위로하지 않았으며, 오직 조용히 어루만져 주기만 했다. 그녀의 머리를 자기 가슴에 갖다 댄 채 가만히 있었다. 그리고 그녀가 울면 마치 유모(乳母)가 애들을 달래느라 흥얼거리듯 아무런 뜻도 없는 묘한 음조로 나직이 흥얼거릴 따름이었다. 언젠가 뤼디아는 이렇게 말했다. "골드문트, 당신은 장차 무엇이 되려는지 알고 싶어요. 종종 그런 생각에 골몰할 때가 있답니다. 당신은 평범하거나 수월한 인생을 살 것 같지는 않아요. 제발 당신이 잘되었으면 좋겠어요. 때때로 당신은 틀림없이 시인이 될 거라는 생각도 들어요. 자기만의 표정과 꿈을 지녔고 그것을 아름답게 표현할 줄 아는 그런 시인 말이에요. 아, 당신은 온 세상을 두루 방랑하겠지요. 모든 여성이 당신을 좋아할 테지만, 그래도 당신은 여전히 고독할 거예요. 차라리 다시 수도원으로 돌아가세요. 저한테 그토록 많이 얘기했던 그 친구를 찾아가세요. 저는 당신이 언젠가 숲속에서 고독하게 죽어 가지 않도록 기도드릴게요."

초점 잃은 눈빛과 진지한 말투로 그녀는 그런 이야기를 할 수 있었다. 하지만 그러고 나서 그녀는 다시 웃으며 골드문트와 함께 말을 타고 늦가을의 들판을 달리거나 그에게 우스꽝스러운 수수께끼를 내든지 아니면 시든 나뭇잎이나 도토리 껍질을 그에게 던지며 장난을 치기도 했다.

어느 날 골드문트는 그의 방 침대에 누워 잠이 오기를 기다리고 있었다. 그는 마음이 무거웠다. 가슴속에서 심장이 터질 듯이 무겁게 고동치면서 그는 달콤하고도 고통스러운 기분에 젖어 들었다. 그의 가슴은 사랑과 슬픔으로 미어지는 듯했고,

어찌할 바를 몰랐다. 11월의 바람이 지붕을 스치는 소리가 들려왔다. 잠들기 전에 한참씩 이렇게 드러누워 잠을 못 이루는 것이 어느덧 습관이 되고 말았다. 저녁 시간의 습관대로 그는 성모 마리아 찬송가 하나를 나직이 불러 보았다.

아름다운 성모 마리아여,
당신 안에는 원죄의 흔적도 없나이다.
당신은 이스라엘의 기쁨,
당신은 죄지은 자들의 보호자이시니!

부드러운 음악과 함께 노래는 그의 영혼 속에 가라앉았다. 그런데 동시에 밖에서도 바람이 부르는 노랫소리가 들려왔다. 그것은 불안과 방황, 숲과 가을, 고향이 없는 이들의 인생에 관한 노래였다. 그는 뤼디아를 생각했고, 나르치스를 생각했으며, 또한 어머니를 생각했다. 평정을 잃은 그의 가슴은 터질 듯이 무거웠다.

바로 그때 그는 깜짝 놀라 일어나서 믿기지 않는 광경을 멍하니 바라보았다. 방문이 열려 있었고, 어둠 속에서 길고 하얀 잠옷을 걸친 한 인물이 들어왔던 것이다. 뤼디아는 돌로 만들어진 타일을 소리 없이 맨발로 밟고 들어와서 조용히 문을 닫고 그의 침상에 앉았다.

"뤼디아." 그가 속삭였다. "나의 귀여운 사랑, 나의 순결한 꽃! 뤼디아, 당신 지금 뭘 하는 거지?"

"당신한테 온 거예요." 그녀가 말했다. "잠시 동안만요. 나의 골드문트가 잠자리에서 어떻게 누워 있는지 꼭 한번 보고 싶었거든요."

그녀는 그의 곁에 눕더니 잠자코 있었다. 심장이 몹시 뛰고 있었다. 그녀는 그의 입맞춤을 받아들였고, 그의 손길이 경탄하며 자신의 팔다리를 애무하도록 내버려 두었다. 하지만 그 이상은 허용하지 않았다. 잠시 후 그녀는 골드문트의 손을 자기 몸에서 부드럽게 떼어 내더니 그의 눈에 입을 맞추고는 말없이 일어나 사라졌다. 문이 덜커덩 닫혔고, 지붕의 골조에 바람이 부딪혀 달그락거리는 소리가 들려왔다.

모든 것이 마술에 걸린 듯 신비한 불안, 약속과 위협의 기운이 가득했다. 골드문트는 자기가 무슨 생각을 하는지, 무엇을 하는지 알 수 없었다. 불안한 선잠에서 다시 깨어났을 때는 베개가 눈물에 젖어 있었다.

며칠 후 그녀는 다시 찾아왔다. 달콤하고도 순결한 유령처럼 나타난 그녀는 지난번과 마찬가지로 십오 분가량 그의 곁에 누워 있었다. 그녀는 그의 팔에 안겨 그의 귀에 대고 속삭이며 말했다. 그녀에겐 할 말도 많았고 하소연할 것도 많았다. 그는 세심하게 그녀의 얘기를 들어 주었다. 그녀는 그의 왼팔을 베고 누워 있었고, 그는 오른손으로 그녀의 무릎을 어루만졌다.

그녀는 아주 온화한 목소리로 그의 뺨에 입술을 바싹 들이대고 말했다. "골드문트, 제가 영영 당신의 사람이 될 수 없다니 너무 슬퍼요. 우리의 작은 행복, 작은 비밀은 이제 오래가지 못할 거예요. 율리에가 벌써 의심하는 눈치예요. 조만간 나를 다그쳐서라도 비밀을 캐내려 할 거예요. 그렇지 않더라도 아버지께서 눈치채고 계세요. 아버지께서 제가 당신 곁에 누워 있는 것을 아시는 날엔 당신의 뤼디아는 불행해질 거예요. 그러면 저는 아마 울어서 퉁퉁 부은 눈으로 나무를 쳐다보게 될 거예요. 사랑하는 당신이 나무에 목매달려 바람에 흔들리는 모습을 봐야만 할 거예요. 아, 차라리 도망치세요. 지금 당장 달아나세요. 아버지가 당신을 묶어서 나무에 목매달기 전에 말이에요. 저는 전에 그렇게 목매달린 사람을 본 적이 있어요. 도둑이었지요. 당신이 목매달리는 꼴은 볼 수 없어요. 차라리 저를 잊고 달아나세요. 골드문트, 당신은 죽어선 안 돼요. 새들이 당신의 파란 눈을 쪼아 대는 모습은 너무나 끔찍해요! 아니, 아니에요. 내 사랑, 당신은 떠나면 안 돼요. 아, 당신이 저를 홀로 내버려 두면 저는 어떡해요."

"나와 함께 가지 않겠어요, 뤼디아? 함께 달아나는 겁니다. 세상은 넓다고요!"

"그럴 수만 있다면 얼마나 좋겠어요!" 그녀가 하소연했다. "당신과 함께 온 세상을 돌아다닐 수 있다면 얼마나 좋겠어요! 하지만 전 그럴 수 없어요. 저는 숲에서 잘 수 없어요. 집도 없이 떠돌아다니며 머리칼에 지푸라기를 묻히고 다닐 수는 없다고요. 전 그렇게 할 수 없어요. 또 아버지한테 수모를 안겨 드릴 수도 없어요. 그러니 안 돼요. 그런 말 마세요. 공상과 현실은 달라요. 저는 못 해요! 더러운 접시로 식사를 할 수 없거나 나병 환자의 잠자리에서 잠을 잘 수 없는 것과 같은 거예요. 아, 우리에겐 선하고 아름다운 것은 모두 금지되어 있어요. 우리 두 사람은 고뇌하며 살아갈 운명을 타고났어요. 골드문트, 불쌍한 내 사랑, 결국은 당신이 목매달리는 것을 보고야 말 것 같아요. 그리고 저는 감금되었다가 수녀원으로 보내질 거예요. 당신은 내 곁을 떠나야만 해요. 그러면 다시 집시 여인들이나 농부의 아낙네 곁에서 잠을 자겠지요. 아, 제발 사람들이 당신을 잡아서 묶기 전에 어서 떠나세요. 우리는 결코 행복할 수 없어요. 결코."

골드문트는 그녀의 무릎을 부드럽게 쓰다듬었다. 그리고 너무나 섬세하게 그녀의 치부(恥部)를 건드리면서 애원했다. "이봐요, 우리는 너무나 행복할 수 있어요. 그러면 안 될까요?"

그녀는 화를 내지는 않았지만 힘차게 그의 손을 밀치면서 그에게 다소 거리를 두고 몸을 빼냈다.

"안 돼요." 그녀가 말했다. "아니, 그건 안 돼요. 저는 그럴 수 없어요. 당신 같은 방랑자는 아마 이해하지 못할 거예요. 그러면 제가 잘못을 저지르는 거예요. 행실 나쁜 처녀가 되고, 온 집안에 수치를 안겨 주게 돼요. 제 마음속 어디에선가 저는 여전히 자부심을 갖고 있어요. 누구도 그건 건드릴 수 없다고요. 저를 이대로 내버려 두세요. 그렇지 않으면 절대로 당신 방에 들어오지 않을 거예요."

골드문트는 그러한 금기(禁忌)와 그녀의 소망이나 암시를 결코 무시하지 않았다. 그녀가 얼마나 막강한 힘으로 자신을 압도하고 있는가를 깨닫고 그는 새삼 놀랐다. 그렇지만 마음은 괴로웠다. 그의 관능은 여전히 진정되지 않았고, 그의 가슴은 곧잘 그러한 의존 상태에 격렬하게 저항했다. 때로는 그러한 의존 상태로부터 벗어나기 위해 애를 썼다. 때로는 어린 율리에한테 심사숙고해서 깍듯이 대하기도 했다. 당연히 이 중요한 인물과 좋은 관계를 유지하고 되도록 그녀의 눈을 속이는 일이 절실히 필요했던 것도 사실이다. 율리에와의 관계는 묘했다. 율리에는 곧잘 어린애처럼 굴면서도 모든 것을 다 아는 듯한 태도를 보이곤 했던 것이다. 의문의 여지 없이 그녀는 뤼디아보다 더 아름다웠다. 그녀는 빼어난 미인이었다. 그리고 바로 그 미모야말로 다소 영악하면서도 어린애 같은 순진함과 더불어 골드문트에겐 커다란 매력이었다. 그리하여 그는 곧잘 율리에한테 마음이 심하게 쏠리곤 했다. 동생이 그의 관능을 자극하는 바로 그 매력을 통해 그는 종종 욕망과 사랑의 차이를 깨닫고 놀라곤 했다. 처음에는 두 자매를 똑같은 눈으로 지켜보았었다. 두 자매 모두 욕망을 품어 볼 만한 존재였지만, 율리에가 더 아름답고 유혹할 만한 대상이라고 느꼈었다. 그래서 차이를 두지 않고 두 사람의 환심을 사려고 했으며, 언제나 두 사람을 동시에 주목했었다. 그런데 이제 뤼디아가 그를 압도한 것이다! 이제 그녀를 너무나 사랑한 나머지, 사랑 때문에 그녀에 대한 완벽한 소유를 단념하게까지 된 것이다. 그는 그녀의 영혼을 깊이 알고 사랑하게 되었으며, 그녀의 어린아이 같은 순진함과 부드러움 그리고 곧잘 슬픔에 잠기는 성향은 바로 그 자신의 성격과 흡사했다. 그리고 그녀의 영혼이 얼마나 그녀의 육체와 서로 어울리는가를 알게 되면서 그는 깊이 놀라고 열광했다. 그녀가 어떤 행동이나 말로 자신의 소망이나 판단을 표현하면 그녀의 영혼에서 우러나오는 말과 태도는 눈의 표정이나 신체의 자태와 완벽하게 똑같은 형태를 띠었던 것이다.

그녀의 본성, 그녀의 영혼과 육체를 빚어낸 기본 형식과 법칙들을 목격했다고 생각되는 그런 순간이 오면 골드문트는 곧잘 그 형태를 포착하여 재현해 보고픈 욕구에 휩싸였다. 그럴 때면 아주 은밀하게 간직해 둔 몇 장의 종이에 그녀 머리의 윤곽이나 눈썹의 선, 손이나 무릎을 기억해 내어 펜으로 그려 보곤 했다.

율리에와의 관계는 다소 힘들게 되었다. 그녀는 언니가 빠져든 사랑의 파도를 눈에 띠게 염탐하고 있었다. 그녀의 관능은 호기심과 욕망에 들떠 사랑의 낙원을 넘보고 있었지만, 그녀의 완강한 이성은 그것을 용인하려 들지 않았다. 그녀는 골드문트에게 과장된 냉담함과 거부감을 드러내면서도 무의식 중에 놀라움과 탐욕스러운 호기심을 보이면서 그를 주시하곤 했다. 율리에는 뤼디아에게는 종종 아주 부드러운 태도를 보였고, 이따금 잠자리까지 찾아와서는 욕망을 감추면서 사랑과 성(性)의 영역을 호흡해 보았으며, 갈망하면서도 금지된 비밀의 언저리를 용기 있게 슬쩍 건드려 보기도 했다. 그리고 나서 다시 그녀는 뤼디아의 은밀한 행실을 알고 있으며 경멸한다는 내색을 드러내기도 했는데, 그럴 때면 뤼디아는 거의 마음의 상처를 입을 지경이었다. 이 아름답고 변덕스러운 소녀는 두 연인 사이에서 불안하게 자극을 가하는가 하면 훼방을 놓기도 했으며, 갈망 어린 몽상 속에서 그들의 은밀한 사연을 냄새 맡으면서 때로는 아무것도 모르는 척하다가도 때로는 내막을 알고 있다는 암시를 주어 연인을 위태롭게 했다. 그리하여 율리에는 삽시간에 어린 소녀에서 막강한 권력자로 부상하게 되었다. 그로 인해 뤼디아는 골드문트보다 더 큰 고통을 겪어야 했다. 골드문트는 식사 때를 제외하면 율리에와 대면할 기회가 드물었기 때문이다. 또한 골드문트가 율리에의 자극에 둔감하지 않다는 사실을 뤼디아 역시 모를 수는 없었다. 때때로 뤼디아는 골드문트가 사태를 인정한다는 식의 즐기는 듯한 시선으로 율리에를 물끄러미 바라보곤 하는 것을 목격했다. 뤼디아는 아무 말도 할 수 없었다. 모든 것이 너무 힘들었고, 너무 위험천만했다. 요컨대 율리에가 기분이 상하거나 모욕당하는 일이 벌어져서는 곤란했다. 아, 그녀가 간직하고 있는 사랑의 비밀은 언제 어느 순간에라도 들통날 수 있었으며, 그렇게 되면 아마 끔찍한 일이 벌어질 터였다.

때때로 골드문트는 얼마 전부터 자신이 자유롭지 못하다는 사실을 깨닫고 의아해하곤 했다. 지금처럼 이렇게 살아간다는 것은 힘든 일이었다. 사랑하지만 희망은 없었다. 허락을 얻어 길게 지속될 행복의 가망도 없었고, 지금까지 익히 그래 왔듯이 가볍게 욕망을 충족시킬 가망도 없었다. 영원히 자극만 받고 목말라 있지만 결코 해소할 길이 없는 충동을 견뎌 내야 하며, 그러자면 항상 위험을 감수해야만 하는 것이다. 어째서 이곳에 눌러앉아 이 모든 것을, 이 모든 갈등과 혼란스러운 감정을 감수해야 한다는 말인가? 그것은 자기 집이 있고 정상적인 생활을 하는 사람들, 잠자리가 따뜻한 사람들한테나 어울릴 체험이요, 감정이며 양심의 상태가 아닌가? 이렇게 아늑하고 복잡다단한 생활에서 벗어나 그런 생활을 비웃어 주는 것이야말로 자기처럼 집도 없고 아무런 의무도 없는 사람의 권리가 아닌가? 그렇다. 그에겐 그럴 권리가 있다. 그런데 여기서 고향 비슷한 것을 찾다니, 더구나 엄청난 고통과 당혹스러움까지도 감수하면서 고향을 찾다니 바보짓이 아닌가. 하지만 그러면서도 골드문트는 그렇게 행동했고 그 결과를 감수했다. 기꺼이 견뎌 냈다. 그러면서 은근히 행복했다. 이런 식으로 사랑한다는 것은 어리석고 힘든 일이었으며, 복잡하고 긴장된 일이었다. 하지만 놀라웠다. 이 사랑에 동반되는 어두우면서도 아름다운 비애, 그 어리석음과 절망조차도 놀라웠다. 온갖 상념으로 잠 못 이루는 밤들이 아름다웠다. 뤼디아의 입술에 감도는 번민의 기색처럼, 그녀가 자신의 사랑과 근심에 관해 얘기할 때 자기를 잊고 자기를 바치는 그 목소리의 울림처럼 이 모든 것은 아름답고 소중한 것이었다. 불과 몇 주가 지나지 않아 뤼디아의 어린 얼굴에는 그러한 번민의 기색이 친숙한 표정으로 자리 잡았으며, 그 표정의 선(線)들을 펜으로 그리는 일이 골드문트에겐 너무나 아름답고 중요한 일이 되었다. 그러면서 골드문트는 지난 몇 주 사이에 그 자신 역시 달라졌으며 성큼 나이가 들었다는 것을 느꼈다. 그렇다고 이전보다 더 지혜로워진 것은 아니지만 더 노련해졌으며, 그의 영혼이 더 행복해진 것은 아니지만 훨씬 더 성숙하고 풍요로워졌다는 것이 느껴졌다. 이제 그는 소년이 아니었다.

뤼디아는 자기를 잊은 듯한 부드러운 목소리로 이렇게 말했다. "저 때문에 슬퍼하지 마세요. 저는 오직 당신이 기쁘고 행복한 모습만을 보고 싶어요. 당신을 슬프게 해서 미안해요. 저의 불안과 근심을 당신한테 옮겼나 봐요. 저는 밤이면 너무나 이상한 꿈을 꿔요. 꿈속에서 저는 황야로 걸어간답니다. 엄청나게 넓고 어두운 들판이에요. 거기서 저는 당신을 찾아다니지만 당신은 보이지 않는 거예요. 그러면 저는 당신을 잃어버렸으며 언제까지고 그렇게 혼자서 가야만 한다는 걸 깨닫게 되지요. 그러고 나서 잠이 깨면 이런 생각이 들어요. 아, 그 사람이 아직 여기에 있고 그 사람을 볼 수 있으니 얼마나 좋은가, 얼마나 신나는가! 몇 주가 될지 며칠이 될지 모르지만, 어떻든 그 사람은 지금 여기에 있다!"

어느 날 막 동이 터 올 무렵 골드문트는 잠에서 깨어나 잠시 깊은 생각에 잠겨 누워 있었다. 꿈속의 영상들이 아직도 그의 주위에 어른거렸지만 갈피를 잡을 수 없었다. 어머니와 나르치스에 관한 꿈을 꾸었다. 두 사람의 모습이 아직도 생생했다. 꿈결에서 벗어나자 어떤 특이한 빛이 비쳐 왔다. 그 빛은 창의 작은 구멍을 통해 비쳐 들었다. 그는 벌떡 일어나 창가로 달려갔다. 창을 둘러싸고 있는 장식과 마구간의 지붕, 앞마당 입구가 눈에 들어왔고, 그 건너편으로는 시골 풍경이 고스란히 푸르스름한 흰색으로 빛나고 있었다. 이번 겨울 첫눈이 온 사방을 뒤덮고 있었던 것이다. 가슴속에 꿈틀대는 불안과 그윽한 정적이 감도는 겨울 풍경 사이의 대조는 그를 흠칫 놀라게 했다. 저 밭과 숲, 언덕과 들판은 얼마나 조용한가. 해가 뜨나 바람이 부나, 비가 오나 가뭄이 들거나 눈이 오거나 감동적으로, 경건하게 자신을 내맡기고 있지 않은가! 단풍나무나 물푸레나무는 너무나 아름답고 부드럽게 겨울의 짐을 감내하며 견디고 있지 않은가! 사람도 저들처럼 될 수 없을까? 저들로부터 배울 수 없을까? 그는 깊은 생각에 잠겨 마당 쪽으로 나가 보았다. 눈길을 밟으며 손으로 눈을 만져 보았고, 정원 쪽으로 건너가서 눈이 높게 쌓인 울타리 너머 눈의 무게 때문에 아래로 휘어 있는 장미 덩굴을 바라보았다.

아침 식사로 밀가루 수프가 나왔다. 모두 첫눈을 화제에 올렸다. 모두—소녀들까지도—벌써 바깥에 나갔다 온 모양이었다. 올해는 눈이 늦게 내렸다. 벌써 크리스마스가 다가오고 있었다. 주인은 눈이 내리지 않는 남쪽 나라들에 관해 이야기했다. 그런데 골드문트가 이번 겨울의 본격적인 첫날을 잊을 수 없게 만든 사건은 밤이 이슥해서야 발생했다.

이날 두 자매는 말다툼을 벌였는데, 골드문트는 그걸 전혀 모르고 있었다. 밤이 되어 집 안이 조용해지고 어두워지자 평소대로 뤼디아가 그를 찾아왔다. 그녀는 말없이 그의 곁에 누워 머리를 그의 가슴에 묻고는 심장 박동을 들으며 그의 곁에서 마음을 달랬다. 그녀는 침울하고 초조해했다. 율리에가 배반할까 봐 겁이 났던 것이다. 하지만 그녀는 애인한테 이 문제를 거론해서 근심을 안겨 줄 엄두가 나지 않았다. 그래서 그녀는 조용히 그의 가슴에 기대고 누워서 때때로 그가 속삭이는 말을 듣고 그의 손이 자신의 머리를 쓰다듬는 것을 느끼고만 있었다.

그런데 그녀가 누운 지 오래되지 않아서 갑자기 그녀는 질겁해서 눈을 치뜨며 벌떡 일어났다. 방문이 열리고 어떤 형체가 방 안으로 들어서는 것을 보았을 때는 골드문트 역시 적잖이 놀랐다. 놀란 그는 그 형체가 누구인지 금방 알아보지 못했다. 그 인물이 침대로 바싹 다가와 침대 위로 몸을 숙였을 때야 비로소 율리에라는 것을 알고는 마음을 졸였다. 그녀는 잠옷 위에 아무렇게나 걸치고 온 외투를 벗어 방바닥에 떨어뜨렸다. 그러자 뤼디아는 칼에 찔리기라도 한 듯 외마디 비명을 지르고는 털썩 쓰러져서 골드문트한테 매달렸다.

고소하다는 듯이 냉소가 섞인 어조로, 그러면서도 불안한 목소리로 율리에가 말했다. "나는 방에 그렇게 혼자서 누워 있고 싶지 않아. 나도 받아들여서 셋이 함께 눕게 해 줘. 그렇지 않으면 가서 아버지를 깨울 테야."

"그래, 그렇다면 어서 와." 그렇게 말하면서 골드문트는 담요를 걷어 주었다. "정말 발이 시리겠는데." 율리에가 침대로 올라왔다. 뤼디아가 베개에 얼굴을 파묻은 채 꼼짝 않고 누워 있었기에 골드문트는 좁은 잠자리에 조금이나마 공간을 확보해 주기 위해 애썼다. 마침내 세 사람이 함께 눕게 되었다. 골드문트의 양쪽에 소녀가 한 명씩 자리 잡았다. 한순간 골드문트는 얼마 전까지만 해도 이런 상황을 얼마나 고대해 왔던가 하는 생각을 떨칠 수 없었다. 기묘한 불안감 속에서도 은밀히 환희를 맛보면서 그는 율리에의 허리가 옆에 와 닿는 것을 느꼈다.

율리에가 다시 말했다. "언니가 그렇게 즐겨 찾아오는 당신 침대에 나도 한번 누워 보면 기분이 어떤지 꼭 알고 싶었어요."

골드문트는 율리에를 진정시키기 위해 자신의 뺨으로 그녀의 머리를 부드럽게 비비면서 마치 고양이를 예뻐할 때 그러 듯이 은근한 손길로 그녀의 허리며 무릎을 어루만져 주었다. 그러자 율리에는 말없이 호기심을 갖고 그가 더듬는 손길에 자신을 내맡긴 채 도취와 몰입의 상태에서 아무런 저항 없이 그 마법을 느꼈다. 그렇게 마술을 걸면서 골드문트는 동시에 뤼디아한테도 신경을 썼다. 그녀의 귀에 대고 친숙한 사랑의 말을 나직이 속삭여서, 그녀가 서서히 얼굴을 들고 자기 쪽으로 몸을 돌리게 만들었다. 그는 소리 없이 뤼디아의 입과 눈에 키스했고, 그러는 동안 그의 손은 저쪽 편의 동생을 마술로 홀려 놓았다. 그는 이 모든 상황이 고통스럽고 비정상적이라는 사실을 또렷이 의식했다. 그에게 뭔가를 깨우쳐 준 것은 그의 왼손이었다. 그의 왼손이 조용히 기다리고 있는 율리에의 아름다운 팔다리를 알아 가는 동안 처음으로 뤼디아에 대한 자신의 사랑이 아름답고도 너무나 절망적일 뿐만 아니라 우스꽝스럽기까지 하다는 것이 느껴졌던 것이다. 그의 입술이 뤼디아에게 머무르고 손은 율리에한테 머무르는 동안, 그는 뤼디아한테 진작 몸을 허락하도록 강요하거나 아니면 다시 길을 떠나야만 했다고 생각했다. 적어도 지금의 생각은 그랬다. 그녀를 사랑하면서도 단념해야 한다는 것은 어불성설이며 부당한 일이었다.

골드문트는 뤼디아의 귀에 대고 속삭였다. "이봐요, 우리는 쓸데없이 고통을 감수하고 있어요. 우리 셋 모두가 얼마든지 행복할 수 있잖아요! 우리의 피가 원하는 대로 하자고요!"

그러자 뤼디아가 화들짝 놀라며 몸을 빼냈기 때문에 골드문트의 욕망은 다른 여성한테로 달아났다. 그의 손길이 너무나 기분 좋았기에 율리에는 길게 떨리는 탄성을 내지르며 욕망의 쾌락에 응답했다.

그 탄성을 들은 뤼디아는 마치 독약이라도 마신 것처럼 질투심에 가슴이 오그라들었다. 그녀는 갑자기 일어나 앉아 담요를 걷더니 벌떡 일어서며 이렇게 외쳤다.

"율리에, 돌아가자!"

율리에는 몸을 움츠렸다. 뤼디아가 외친 소리는 그들 모두의 비밀을 들통나게 할 수 있을 만큼 격렬했기에 율리에는 위험을 알아차리고는 말없이 몸을 일으켰다.

하지만 자신의 모든 욕망이 모욕당하고 기만당한 골드문트는 일어서는 율리에를 재빨리 껴안고는 그녀의 양쪽 가슴에 키스하면서 불타는 가슴으로 그녀의 귀에 대고 속삭였다. "내일, 율리에, 내일 다시 봐!"

뤼디아는 잠옷 바람에 맨발로 서 있었다. 돌바닥의 냉기에 발가락이 곱았다. 그녀는 율리에의 외투를 방바닥에서 주워 율리에한테 걸쳐 주었다. 뤼디아의 몸짓에는 고통을 참아 내는 겸손함이 배어 있었고, 어두운 가운데서도 그런 모습을 알아챈 율리에는 가슴이 찡해지면서 화해했다. 두 자매는 조용히 방에서 빠져나갔다. 골드문트는 상충하는 온갖 감정에 휩싸인 채 그들이 사라져 가는 소리에 귀를 기울이다가 집 안이 쥐 죽은 듯 고요해지자 긴 한숨을 토해 냈다.

그리하여 세 젊은이는 기묘하고 부자연스러운 공존 상태로부터 벗어나 다시 근심 어린 고독에 빠져들었다. 두 자매 역시 그들의 침실로 돌아간 뒤에도 대화를 나누지 못하고 제각기 외롭게 입을 다문 채 오기를 부리느라 잠을 이루지 못하고 누워 있었다. 불행과 갈등을 몰고 오는 유령이, 무의미와 고독을 불러들이고 영혼을 혼란에 빠뜨리는 악령이 이 집을 장악하고 있는 것만 같았다. 골드문트는 자정이 지나서야, 율리에도 새벽녘이 되어서야 잠이 들었다. 뤼디아는 쌓인 눈 위로 희뿌옇게 동이 터 올 무렵까지도 잠을 못 이루며 괴로워했다. 그녀는 곧바로 일어나 옷을 입고 나무로 만든 작은 그리스도 상 앞에 무릎을 꿇고 기도했다. 그러다가 층계에서 아버지의 발소리가 들려오자 그녀는 밖으로 나가서 아버지에게 상담을 요청했다. 율리에의 순결에 대한 걱정과 자신의 질투심을 분간하지도 못하고 그녀는 이 사태를 매듭짓기로 결심했다. 뤼디아가 충분한 근거들을 들어 이야기한 모든 내용을 주인이 알게 되었을 때까지도 골드문트와 율리에는 아직 잠을 자고 있었다. 하지만 뤼디아는 율리에가 이 모험에 가담했다는 말은 입 밖에 내지 않았다.

골드문트가 평소대로 서재에 나타났을 때 주인은 실내화를 신고 조끼를 걸친 채 집필에 매달려 있곤 하던 여느 때의 모습과는 달리 장화를 신고 기사복을 입은 채 칼을 차고 있었다. 골드문트는 그런 차림새가 무엇을 뜻하는지 금방 알아차렸다.

"모자를 쓰게." 주인이 말했다. "자네하고 결판 지을 일이 있어."

골드문트는 걸려 있던 모자를 집어 들고는 주인을 따라 층계를 내려가서 앞마당을 지나 대문 밖으로 나갔다. 살짝 얼어붙은 눈길에 발소리가 상쾌하게 울렸고, 하늘에는 아직 아침 노을이 물들어 있었다. 주인은 말없이 앞장서서 걸었고, 젊은 이는 그 뒤를 따르면서 수시로 집 마당 쪽을 뒤돌아보았다. 그의 방 창문과 눈 덮인 가파른 지붕이 마침내 가물거리며 시야에서 사라졌다. 저 지붕과 창문을 이제 다시는 보지 못할 것이다. 서재와 침실도, 두 자매도. 갑자기 이별하게 되리라는 생각은 이미 오래전부터 해 왔다. 그럼에도 그의 가슴은 고통으로 저며 왔다. 이번 작별은 그에게 쓰디쓴 고통을 안겨 주었다.

그들은 그렇게 한 시간가량을 걸었다. 주인이 앞장섰고, 피차 아무 말도 없었다. 골드문트는 자신의 운명에 대해 생각하기 시작했다. 주인은 무장하고 있었고, 어쩌면 자기를 죽일지도 몰랐다. 하지만 그러지는 않을 거라고 믿었다. 위험은 크지 않았다. 노인이 칼을 가지고 있더라도 달아나 버리면 속수무책일 것이다. 그렇다. 그의 생명이 위태로운 것은 아니었다. 하지만 모욕당한 엄숙한 사내의 뒤에서 이렇게 말없이 걸어간다는 것, 말없이 이끌려 간다는 것이 갈수록 고통스러워졌다. 드디어 주인이 걸음을 멈췄다.

갈라진 목소리로 주인이 입을 열었다. "이제부터 혼자 가게. 이 방향으로만 가야 하네. 그리고 자네 몸에 밴 방랑 생활을 계속하게나. 만일 다시 내 집 근처에 얼씬했다가는 총에 맞을 각오를 하게. 자네한테 복수할 생각은 없네. 내가 좀 더 현명했어야 하는 건데. 이렇게 젊은 사람이 내 딸들 가까이에 오지 못하게 했어야 하는 건데. 하지만 자네가 감히 되돌아온다면 목숨을 잃게 될 걸세. 자, 떠나게. 하느님께서 자네를 용서

하시길."

　기사는 그 자리에 서 있었다. 흰 눈에 반사되는 창백한 아침 햇살 속에서 희끄무레한 수염이 난 그의 얼굴은 생명의 기운이 다 꺼진 것처럼 보였다. 그는 마치 유령처럼 서서 골드문트가 바로 다음 언덕배기 너머로 사라질 때까지 그 자리에서 꼼짝도 하지 않았다. 구름 낀 하늘의 불그스레한 미광(微光)이 사라지더니 해도 자취를 감췄다. 성긴 눈발이 머뭇머뭇 떨어지기 시작했다.

9장

골드문트는 여러 번 말을 타고 와 보았기에 이 지역을 잘 알고 있었다. 얼어붙은 갈대밭 건너편에는 기사 소유의 창고가 있다는 것을 알고 있었으며, 거기서 더 가면 그와 안면이 있는 농부의 집이 있었다. 이런 장소 중 어느 한 곳에서 휴식을 취하고 밤을 보낼 수도 있을 것이다. 그다음 일은 내일 생각하면 그만이었다. 서서히 다시 자유롭다는 느낌과 이방인의 감정이 되살아났다. 한동안 그는 그런 감정을 잊고 지냈던 것이다. 이렇게 춥고 황량한 겨울날에는 이방인 신세가 결코 달갑지 않았다. 이방인 신세란 고달프고, 배고프고, 궁색하기 짝이 없었다. 그렇지만 낯선 땅이 광대하게 펼쳐져 있고 가혹한 시련을 단호히 견뎌야 한다는 생각이 들자 잠시 안온한 생활에 젖어 혼란스러웠던 마음이 오히려 차분히 가라앉고 위안을 받을 지경이었다.

그는 지칠 때까지 달렸다. 말을 타고 왔으면 진작에 지나갔을 거리인데 하는 생각이 스쳤다. 아, 넓은 세상이여! 눈발도 거의 그쳤고, 저 멀리 숲의 능선과 구름이 회색으로 서로 뒤엉켜 있었다. 정적은 마치 세상 끝까지라도 이어질 듯 끝없이 계속되었다. 지금쯤 뤼디아는, 불안에 떨고 있을 가련한 그녀는 어떻게 되었을까? 그녀에 대한 근심으로 마음이 쓰라렸다. 텅 빈 갈대밭 한가운데 홀로 서 있는 키 작은 물푸레나무 아래에 앉아 쉬면서 그는 그녀를 생각하며 달콤한 기분에 젖어 들었다. 그러다가 추위가 엄습해 오자 자리에서 일어나 서서히 잰 걸음을 옮겼다. 흐린 날씨에 변변치 않던 볕이 벌써 줄어드는 것 같았다. 텅 빈 들판을 느릿느릿 걸어가는 동안 이런저런 상념도 달아났다. 지금은 생각이나 감정에 빠져 있을 때가 아니었다. 아무리 달콤하고 아름다운 생각이나 감정이라 하더라도. 몸을 따뜻하게 유지하고 제때 잠자리를 찾는 것이 급선무였다. 담비나 여우처럼 이렇게 춥고 황량한 세상을 헤쳐 가야 했고, 될 수 있으면 이 광활한 들판에서 몸이 상하지 않도록 해야 했다. 다른 모든 것은 중요하지 않았다.

멀리서 말발굽 소리가 들리는 것 같아서 그는 놀라 두리번거렸다. 누군가 자기를 쫓아오는 일이 있을 수 있단 말인가? 그는 주머니 속에 들어 있던 사냥용 단검을 움켜쥐고 나무로 된 칼집을 풀었다. 이제 말 탄 사람이 시야에 들어왔다. 멀리서도 그 기사의 마구간에 있던 말이라는 것을 알 수 있었다. 말은 집요하게 그를 향해 달려오고 있었다. 도망쳐 봤자 소용없는 일이었다. 그는 걸음을 멈추고 기다렸다. 두렵지는 않았지만, 몹시 긴장되고 호기심이 발동해서 심장이 점점 빨리 뛰기 시작했다. 한순간 어떤 생각이 그의 뇌를 스쳐 갔다. '말 탄 사람을 쓰러뜨릴 수만 있다면 내 형편이 좋아지지 않을까. 그렇게 되면 말도 생기고, 세상이 내 것이 되는 것이다!' 하지만 말 탄 사람이 누구인지 알아보고는 웃음을 터뜨리지 않을 수 없었다. 그는 말을 돌보는 나이 어린 하인 한스였다. 그의 물기 어린 눈은 푸르게 빛났으며, 아직 소년티를 못 벗고 난처해하는 얼굴은 선량한 인상을 주었다. 이 귀엽고 착한 녀석을 죽일 생각을 하다니, 심장이 돌처럼 무딘 사람도 그런 짓은 못 할 터였다. 골드문트는 한스에게 다정하게 인사했고, 한니발이라는 이름을 가진 말한테도 인사를 했다. 말은 금방 골드문트를 알아보았고, 그는 말의 따뜻하고 촉촉한 목덜미를 쓰다듬었다.

"한스, 어디 가는 거야?" 그가 물었다.

"당신을 찾아 온 거죠." 소년은 이를 반짝이며 웃었다.

"그새 굉장한 거리를 달려왔군요. 지체할 여유가 없어요. 그냥 인사만 전할게요. 전 이걸 주러 온 거예요."

"대체 누가 인사를 전하던?"

"뤼디아 아가씨죠. 당신 때문에 우리는 아주 심란한 하루를 보내야 했어요. 그래도 잠시나마 이렇게 함께 있는 시간을 가져서 기뻐요. 내가 이렇게 와서 심부름하고 있다는 것을 주인 나리께서 아시면 안 돼요. 까딱하면 내 목이 달아날 테니까요. 자, 받으세요."

그는 골드문트에게 작은 꾸러미를 건네주었다. 골드문트는 그것을 받아 들었다.

"한스, 자네 호주머니에 빵조각 같은 거라도 있나? 있으면 좀 주게."

"빵이라고요? 빵 껍질 정도는 있을 거예요." 그는 주머니 속을 뒤지더니 검은 빵 한 조각을 꺼냈다. 그러고서 그는 다시 말을 달려 떠나려고 했다.

"아가씨는 대체 뭘 하고 있지?" 골드문트가 물었다. "자네한테 아무런 부탁도 하지 않았나? 편지 같은 거라도 받지 않았어?"

"아무것도 받지 않았어요. 저도 아가씨를 잠깐 보았을 뿐이에요. 당신도 알다시피 집안 공기가 험악하잖아요. 주인 나리는 마치 사울 왕처럼 사납게 돌아다니고 계세요. 그러니까 나는 이 물건만 전해 주고 빨리 돌아가야만 해요."

"그래도 잠깐만! 한스, 자네 사냥용 칼을 넘겨줄 수 없겠나? 나한테는 작은 것밖에 없거든. 늑대라도 다가오면 그래도 손에 뭔가 든든한 것을 잡고 있어야 하지 않을까 해서."

하지만 한스는 절대로 그럴 수 없다고 했다. 골드문트한테 무슨 일이 생기면 자기도 마음이 괴롭겠지만 그래도 공격용 칼만은 절대로 내줄 수 없다는 것이었다. 돈이나 그 어떤 물건과도 바꿀 수 없다고, 설령 성녀 주느비에브가 몸소 그에게 부탁하더라도 안 된다고 막무가내였다. 그리고 그는 지금 빨리 돌아가야 한다며, 잘 지내라는 말과 함께 자기도 마음이 아프다고 했다.

두 사람은 악수했고, 소년은 떠나갔다. 야릇하게 슬픈 심경으로 골드문트는 그의 뒷모습을 지켜보았다. 그러고서 그는 짐을 풀어 보았다. 소가죽으로 만든 근사한 허리띠로 짐 꾸러미가 동여매어져 있는 것을 보니 흐뭇했다. 그 속에는 질긴 회색 양털로 짠 셔츠가 들어 있었다. 수를 놓은 그 셔츠는 손으로 직접 지은 것이 분명했다. 뤼디아가 그를 생각하며 손수 만들었을 것이다. 그 옷 속에는 다시 잘 포장된 단단한 물건이 들어 있었다. 소시지 덩어리였다. 그리고 소시지에는 칼자국 틈새가 벌어져 있었는데, 그 속에는 반짝거리는 금화 한 닢이 숨겨져 있었다. 편지 쪽지 같은 것은 보이지 않았다. 뤼디아의 선물을 손에 들고서 그는 마음의 갈피를 잡지 못한 채 눈속에 서 있었다. 그러다가 그는 겉옷을 벗고 양털 셔츠를 입었다. 옷은 편안하고 따뜻했다. 재빨리 겉옷을 다시 걸치고서 금화를 가장 안전한 주머니에 갈무리하고는 허리띠를 찬 다음 계속해서 들판을 가로질러 달려갔다. 쉴 만한 데를 찾아야 할 때가 되었다. 그는 너무 지쳐 있었다. 그러나 농부의 집으로 가고 싶지는 않았다. 그리로 가면 따뜻한 잠자리와 우유를 얻을 수 있겠지만, 그는 사람들과 잡담을 나누거나 자신의 신상에 관한 질문을 받고 싶지 않았다. 그날 밤을 헛간에서 보낸 그는 아직 얼음도 녹지 않고 바람이 매서운 이른 아침에 다시 길을 서둘렀다. 추위 때문에 오히려 강행군을 하지 않을 수 없었던 것이다. 꿈속에서 기사와 그의 칼과 두 자매가 나타나는 날이 많았다. 그리고 여러 날 동안 고독과 우울함이 마음을 짓눌렀다.

골드문트는 어느 마을에 당도했다. 가난한 농부들이 사는 이 마을에서는 빵은 구경도 못 했고 그 대신 기장으로 쑨 죽을 한 그릇 얻어먹을 수 있었다. 이 마을에서 그는 앞으로 며칠 밤을 묵을 만한 농가를 찾았다. 여기서는 새로운 체험들이 그를 기다리고 있었다. 그를 손님으로 맞게 된 농부의 아낙은 밤에 아기를 해산했다. 골드문트는 때마침 그 자리에 있게 되었다. 사람들이 그에게 도움을 청하며 짚 더미에서 자고 있던 그를 데려왔던 것이다. 하지만 산파가 출산을 돕는 동안 등불을 들어 주는 것 말고는 할 일이 아무것도 없었다. 출산을 구경하기는 난생 처음이었다. 그는 놀라움에 눈을 번쩍 뜨고 산모의 얼굴을 정신없이 바라보고 있었다. 그런 새로운 체험을 통해 그의 세계가 갑자기 더 풍요로워진 느낌이었다. 적어도 산모의 얼굴에서 감지한 그 무엇은 대단히 주목할 만한 것이라 여겨졌다. 그가 지대한 호기심을 품고 고통스럽게 누워 산고에 시달리는 부인의 얼굴을 응시하고 있는 동안 관솔 등불의 희미한 빛 속에서 전혀 예상하지 못한 모습이 떠올랐다. 신음하고 있는 여인의 찡그린 얼굴에 나타난 여러 갈래의 표정은 그가 사랑의 절정에 도달한 여자들의 얼굴에서 보았던 표정과 거의 구별되지 않았던 것이다! 물론 얼굴에 나타나는 엄청난 고통의 표현은 엄청난 쾌감의 표현보다 훨씬 더 격렬하고 더 일그러져 있었다. 그렇지만 그 두 가지 표정은 근본적으로 서로 다르지 않았다. 어쩌면 히죽 웃는 듯이 몸을 움츠리고 불처럼 타올랐다가 꺼져서 식는 것까지 모두가 똑같았다. 그 까닭이 무엇인지는 알 수 없었지만 어쨌든 신기했다. 고통과 쾌락이 마치 자매처럼 서로 비슷할 수 있다는 깨달음이 놀

라 왔던 것이다

그는 이 마을에서 또 다른 것도 체험했다. 산고의 밤을 보낸 다음 날 아침 이웃집 아낙과 얼굴이 마주쳤을 때 아낙은 자기한테 반해 있는 골드문트가 눈길로 물어 오자 금방 응답해 주었다. 그렇게 해서 골드문트는 마을에서 이틀째 밤을 보내게 되었고, 그 아낙을 아주 행복하게 해 주었다. 최근 몇 주 동안 사랑 때문에 잔뜩 달아올랐으면서도 매번 환멸을 맛보았던 상태에서 실로 오랜만에 자신의 성욕을 풀 수 있었던 것이다. 그리고 이런 식으로 머뭇거리는 사이에 그는 또 새로운 체험을 하게 되었다. 이곳을 떠나지 않고 머뭇거린 덕분에 그는 둘째 날 이 농촌 마을에서 자신과 처지가 비슷한 인물과 마주치게 되었던 것이다. 빅토르라는 이름의 그 친구는 키가 크고 막돼먹은 녀석이었다. 그는 어찌 보면 수도승 행세를 하는 떠돌이 같기도 했고 어찌 보면 술주정뱅이 같기도 했다. 그는 라틴어 나부랭이를 주워섬기며 말을 걸어 왔는데, 학교에 다닐 나이는 훨씬 넘어 보였는데도 유랑 중인 학생이라고 신원을 밝혔다.

뾰족한 수염을 기른 그 사내는 모종의 친근감을 보이며 골드문트에게 인사를 했다. 떠돌이 생활을 하는 사람 특유의 유머는 연하의 동료를 단번에 사로잡았다. 대체 어느 학교에 다녔으며 여행의 목적지가 어디냐는 질문에 이 기묘한 친구는 일장 연설을 늘어놓았다.

"내가 비록 정신력은 빈약하지만 높은 학교까지 다녔지. 쾰른과 파리에도 가 봤어. 돼지 간으로 만든 소시지의 형이상

학에 관해서라면 내가 라이든[7] 대학에 제출한 학위 논문만큼 알찬 내용을 담은 글은 찾아보기 힘들 거야. 이봐, 그때부터 나는 불쌍한 개처럼 독일 제국을 떠돌아다니고 있어. 견딜 수 없는 허기와 갈증으로 내 사랑스러운 영혼은 학대당하고 있지. 나는 농사꾼들한테 공포의 인물로 통하지. 내 직업은 젊은 여자들한테 라틴어를 가르쳐 주고, 굴뚝에 숨겨 둔 소시지에 마술을 걸어 그걸 내 배 속에 처넣는 일이야. 내 목표는 시장 사모님의 침대지. 그리고 까마귀한테 잡아먹히지만 않는다면 어쩔 수 없이 주교(主敎)라는 성가신 직업에 봉직해야만 할 것 같아. 이봐, 닥치는 대로 사는 편이 그 반대의 생활보다 더 낫다고. 토끼 구이가 어디에 간들 내 불쌍한 위장 속에서보다 환영받겠나. 보헤미아의 왕이 내 형님인데, 우리 모두의 아버지 하느님께서 나와 그 작자를 먹여 살리고 있지. 그렇지만 먹고 사는 방책을 강구하는 일은 나더러 직접 하라고 시키지. 그런데 그저께는 마치 여느 아버지들처럼 모질게 나더러 거의 굶어 죽을 지경인 늑대의 목숨을 구해 주라며 당치 않은 요구를 하지 뭐야. 내가 그 짐승을 쳐 죽이지 않았더라면 자네는 나하고 이렇게 유쾌하게 사귀는 영광을 누리지도 못했을 거야. 인 세쿨라 세쿨로룸,[8] 아멘."

이런 억지 유머와 유랑 학생들이 즐겨 쓰는 라틴어를 아직 잘 알지 못하는 골드문트는 천방지축으로 노는 이 키다리 건

---

7) Leyden, 네덜란드의 도시 이름.
8) '영원한 축복을 빈다.'라는 뜻의 라틴어.

달이 약간 무서웠다. 그가 농담할 때마다 터뜨리는, 전혀 유쾌하다고 할 수 없는 폭소에도 다소 겁이 났다. 그렇지만 방랑기가 푹 밴 이 나그네가 왠지 마음에 들었기에 선뜻 그의 제안을 받아들여 함께 여행을 계속하기로 했다. 늑대를 쳐 죽였다는 얘기는 허풍일 테지만, 어떻든 둘이서 힘을 합치면 두려움도 덜할 것 같았던 것이다. 그런데 빅토르는 길을 떠나기 전에 그의 표현에 따르면 농부들과 라틴어로 대화하고 싶다며 어느 조그만 농가에서 하룻밤을 묵자고 했다. 빅토르는 지금까지 골드문트가 방랑 생활 내내 농장이나 촌락에서 손님으로 묵을 때 취했던 태도와는 사뭇 다른 모습을 보여 주었다. 그는 이 집 저 집을 기웃거리고 여자만 보면 시시덕거리기 시작했으며, 마구간이나 부엌마다 코를 들이대고 뭔가 냄새를 맡으려 했다. 집집마다 그에게 세금과 공물을 바치기 전까지는 마을에서 떠날 생각이 없어 보였다. 그는 농부들에게 남쪽 나라에서 있었던 전쟁 이야기를 해 주었고, 부엌에서는 파비아 전투[9]에 관한 노래를 들려주었으며, 할머니들한테는 관절염이나 풍치(風齒)에 잘 듣는 처방을 추천해 주기도 했다. 그는 모르는 것이 없고 가 보지 않은 곳이 없는 것처럼 보였으며, 허리띠 위로 말아 올린 셔츠 속에 선물로 받은 빵 조각이나 호두 알맹이, 배 조각 따위를 가득 담아 오곤 했다. 골드문트는 그가 지칠 줄 모르고 출정해서 어떤 때에는 사람들을 놀라게

---

9) 1525년 2월 24일 이탈리아 파비아에서 벌어진 전투로, 프랑스의 프랑수아 1세가 이끄는 군대가 신성로마제국의 카를 5세가 이끄는 군대에 패배했다.

했다가 또 어떤 때에는 아부로 사람들의 마음을 사로잡는 모양을 놀란 눈으로 지켜보았다. 빅토르는 그럴싸한 연기로 사람들을 놀라게 하는가 하면 때로는 서투른 라틴어로 학자 행세를 했으며, 또 때로는 현란하고 뻔뻔스러운 사기꾼 말투로 강한 인상을 주기도 했다. 또한 뭔가를 이야기하거나 학자풍의 일장 연설을 늘어놓는 와중에도 날카로운 눈길로 좌중의 얼굴을 한 사람씩 뜯어보았고, 식탁 서랍이 열릴 때마다 그릇부터 빵 조각까지 일일이 확인했다. 골드문트는 빅토르의 이러한 태도가 쓴맛 단맛 다 겪은 떠돌이의 교활한 태도라는 것을 알 수 있었다. 빅토르는 많은 것을 보고 겪었으며, 추위와 배고픔에도 이골이 난 사내였다. 그는 궁색하고 위태로운 목숨이나마 부지하기 위해 쓰라린 싸움을 치르느라 영리해지고 뻔뻔스러워진 그런 인물이었다. 오랫동안 방랑 생활을 한 자들은 저렇게 되는 것이다. 골드문트 자신도 언젠가는 저런 모습이 되지 않을까?

다음 날 두 사람은 길을 떠났다. 골드문트는 처음으로 둘이서 방랑 생활을 하게 된 셈이었다. 그들은 사흘 동안 동행했다. 그러면서 골드문트는 빅토르한테 이런저런 것들을 배우게 되었다. 모든 것을 방랑자에게 필수적인 세 가지 커다란 욕구와 연관시키는 것은 이젠 본능이나 다름없는 습관이 되었다. 그러니까 생존의 위협에 맞서 자신을 지켜 내고, 잠자리를 구하고, 먹을 것을 구하는 일이 그렇게 여러 해 동안 떠돌아다니는 사람한테는 많은 것을 가르쳐 주었던 것이다. 겨울철이든 밤이든, 전혀 상관없을 듯한 신호로도 사람들 사는 곳이 가깝다는 것을 알아냈고, 숲이나 들판의 구석구석에서 휴식처나 잠자리로 적합한 곳을 정확하게 찾아냈다. 그런가 하면 방에 들어서는 순간 집주인의 생활 형편이 유복한지 아니면 가난한지, 마음씨가 얼마나 좋은지, 호기심은 어느 정도인지, 또 겁이 많은 사람인지 여부까지 냄새로 알아냈다. 빅토르는 이런 재주를 완벽하게 터득하고 있었다. 그는 연하의 동료인 골드문트에게 풍부한 교훈이 될 만한 것들을 여러 가지 가르쳐 주었다. 한번은 골드문트가 그렇게 의도적인 속셈을 가지고 사람들한테 접근하지 말았으면 좋겠다면서, 자기는 비록 그런 재주가 없지만 친절하게 부탁해서 손님으로서의 권리를 누리지 못한 적은 거의 없었다고 말하자 키다리 빅토르는 웃으면서 이렇게 대꾸했다. "그래, 골드문트, 너는 그렇게 해도 통할지 모르지. 너는 너무나 젊고 잘생긴 데다 정말 순진해 보이니까. 그런 외모는 훌륭한 숙박권이 될 수 있어. 여자들한테는 호감을 주고, 남자들은 이 친구는 정말 순진무구하니까 아무한테도 나쁜 짓을 하지 않을 거라고 생각하거든. 하지만 보라고. 사람이란 나이를 먹게 마련이고, 해맑은 얼굴에도 언젠가는 수염이 나고 주름이 생기지. 바지에 구멍도 나고. 그러다 보면 자기도 모르는 사이에 환영받지 못하는 추한 손님이 되고 말지. 눈에는 젊음과 순진함 대신 허기진 기색만 드러나게 돼. 그렇게 되면 마음이 모질어지고 이 세상에서 뭔가를 배울 수밖에 없게 된단 말이야. 그렇게라도 하지 않으면 두엄 더미에 드러누워야 하고, 개들이 오줌을 갈기니까. 그런데 내 생각에 너는 괜히 오래도록 이렇게 떠돌아다니지 않아도 될 것 같아.

네 손은 너무 곱고, 네 곱슬머리는 근사하니까. 너는 틀림없이 지금보다 살기 편한 데로 다시 기어들어 가게 될 거야. 멋지고 따뜻한 부부 침대나 기름진 음식을 먹을 수 있는 근사한 수도원, 난방이 잘 된 서재 같은 데로 찾아갈 수 있을 거야. 너는 그렇게 말쑥한 옷도 입고 있잖아. 그런 차림새면 사람들이 너를 신사 나리로 볼 수도 있겠어."

빅토르는 줄곧 웃으면서 골드문트가 입고 있는 옷을 손으로 만지작거렸다. 골드문트는 그의 손길이 자기 옷에 달린 모든 주머니와 솔기들을 찾아서 더듬는 것이 느껴졌다. 골드문트는 몸을 빼내면서 금화를 생각했다. 그는 기사의 집에 머물렀던 이야기며 라틴어를 정서해 준 대가로 이 멋진 옷을 얻어 입게 된 내막을 들려주었다. 그런데 빅토르는 이 엄동설한에 대체 어떤 이유로 그렇게 따스한 보금자리를 떠나게 되었는가를 알아내려 했고, 골드문트는 거짓말에 익숙지 않았기에 기사의 두 딸에 관해 약간 이야기해 주었다. 그러고 나서 두 사람은 처음으로 다투게 되었다. 빅토르는 골드문트가 둘도 없는 바보라고 생각했다. 그런 일로 무작정 도망을 치고, 그 성(城)과 처녀들을 자애로운 하느님께 맡겨 두다니. 그 문제에 관해서는 보상을 받아야 하니, 두고 보자고 했다. 그는 둘이서 성을 찾아가자고 우겼다. 물론 골드문트는 모습을 드러내지 말아야 하며, 빅토르의 뒤만 살펴 주면 된다는 것이었다. 골드문트가 뤼디아 앞으로 보내는 이런저런 내용의 짤막한 편지를 써 주면 빅토르는 그 편지를 가지고 성을 찾아갈 것이며, 무엇이든 돈이나 재물이 될 만한 것을 챙겨 나오지 못하면 죽어도 그 성에서 돌아오지 않겠다고 했다. 빅토르의 말은 그런 식으로 이어졌다. 골드문트는 만류를 하다가 마침내 화가 났다. 그는 이 문제에 관해서는 더 이상 한마디도 들으려 하지 않았으며, 기사의 이름이나 성으로 가는 길에 관해서는 한마디도 발설하지 않으려 했다.

골드문트가 너무나 화를 내는 것을 본 빅토르는 다시 웃음을 터뜨리며 선량한 척 연기를 했다. "자, 너무 사납게 굴지 말라고. 나는 단지 네가 근사한 노획물을 그냥 놓아주었다는 얘기를 하는 것뿐이야. 그렇다고 네가 그런 식으로 나오면 그다지 친절한 것도 아니고 친구 간의 의리를 지키는 것이라 할 수도 없지. 네가 내키지 않는다는 걸 보니 너는 고상한 신사야. 그러니까 말을 타고 그 성으로 돌아가서 그 아가씨와 결혼하겠다 이거지! 이봐, 네 머릿속은 고상하지만 멍청한 생각들로 가득 차 있다고! 좋아, 내 탓이야. 그럼 계속 길을 가면서 발가락이 얼어붙도록 추위에 떨어 보자고."

골드문트는 기분이 상해서 저녁때까지 아무 말도 하지 않았다. 하지만 이날은 쉴 만한 곳이나 사람들의 흔적을 전혀 찾지 못했기에 빅토르가 잠자리가 될 만한 데를 찾도록 내버려 두면서 고마운 생각이 들었다. 빅토르는 숲 가장자리에서 두 그루의 나무 기둥 사이에다 간이 움막을 짓고는 풍성한 전나무 가지를 깔아서 잠자리를 만들었다. 두 사람은 먹을 것이 가득한 빅토르의 가방에서 빵과 치즈를 꺼내어 먹었다. 골드문트는 화를 냈던 것이 부끄러워서 싹싹하게 무엇이든 도와주고 싶었다. 그는 동료에게 밤에 입으라고 털옷을 벗어 주었다. 그들은 짐승들 때문에 번갈아 불침번을 서기로 합의했고, 빅토르가 전나무 가지 위에 누워 자는 동안 골드문트가 먼저 보초를 섰다. 골드문트는 한참 동안 가문비나무 줄기에 기대어 서서 친구가 잠이 드는 것을 방해하지 않으려고 가만히 있었다. 그러다가 몸이 싸늘해졌기 때문에 이리저리 거닐기 시작했다. 골드문트는 점점 더 먼 거리까지 이리저리 달려가 보았다. 전나무 꼭대기가 창백한 하늘을 향해 뾰족하게 솟아 있는 것이 보였고, 겨울밤의 깊은 정적이 장엄하면서도 다소 불안하게 느껴졌으며, 아무 대답도 없는 차가운 정적 속에서 따뜻하게 살아 있는 자신의 심장이 뛰는 소리가 들렸다. 그리고 조용히 돌아오는 길에 잠자고 있는 동료의 숨소리에 귀를 기울였다. 자기가 집도 없는 떠돌이라는 사실이 그 어느 때보다 더 강하게 실감됐다. 그 자신과 그를 둘러싸고 있는 커다란 불안 사이에 그는 집의 담장도, 성의 성벽도, 수도원의 담장도 쌓아놓지 않은 채 이해할 수 없는 적대적인 세상을 무작정 혼자서 돌아다니고 있는 것이다. 싸늘하게 비웃는 별들 사이로, 뭔가를 노리는 짐승들 사이로, 꿋꿋이 인내하는 나무들 사이로 혼자 떠돌아다니고 있는 것이다.

골드문트는 다짐했다. 평생토록 떠돌이 생활을 계속하더라도 결코 빅토르처럼 되지는 않을 것이다. 두려움에 대해 이런 식으로 맞서는 법은 결코 터득할 수 없을 것이다. 도둑처럼 교활하게 살금살금 접근한다거나, 떠들썩하게 주제넘은 바보짓을 한다거나, 허풍선이처럼 수다스러운 억지 유머를 구사하는 것도 그에겐 불가능할 것이다. 어쩌면 이 영리하고 뻔뻔스러운 사내의 말이 옳을지도 모른다. 아마도 골드문트는 결코 그와 같은 부류의 사람, 온전한 방랑자가 되지는 못할 것이며, 언젠가는 어느 담장 안으로 다시 기어들어 갈 것이다. 하지만 그렇게 해도 그에겐 여전히 마음의 고향도, 목표도 없을 것이다. 진정으로 보호받고 안전하다는 느낌은 결코 갖지 못할 것이다. 세상은 언제나 수수께끼처럼 아름답게, 또 수수께끼처럼 섬뜩하게 그를 에워싸고 있을 것이다. 언제까지고 이 같은 정적에 귀를 기울여야만 할 것이며, 그 정적의 한가운데에서 그의 심장은 이토록 불안하게 그리고 덧없이 고동칠 것이다. 별도 거의 보이지 않았다. 바람은 잠잠했지만 하늘 높이 구름이 움직이고 있는 것 같았다.

한참이 지나서 빅토르가 눈을 떴다. 골드문트는 그를 깨우고 싶지 않았지만 그가 먼저 불렀다.

"이리 와. 이젠 너도 자야지. 그렇지 않으면 아침에 맥을 못 출 거야."

골드문트는 그의 말대로 잠자리에 누워 눈을 감았다. 어지간히 피곤했지만 잠은 오지 않았다. 이런저런 생각에 잠을 이룰 수 없었다. 생각 말고도 어떤 감정 때문에 잠이 오지 않았다. 그 스스로도 인정하고 싶지 않았지만 그것은 그의 동료에 대한 불안과 불신의 감정이었다. 큰 소리로 웃어 젖히는 막돼먹은 인간, 황당하고 뻔뻔스러운 비렁뱅이 인간한테 뤼디아에 대해 이야기하다니! 이젠 그 자신도 납득이 되지 않았다. 골드문트는 그와 자기 자신에게 화가 났다. 그리고 다시 그와 헤어질 최선의 방책과 기회가 무엇일지 근심스레 곰곰이 생각해 보았다.

그런데 골드문트는 선잠에 빠져 있다가 소스라치게 놀랐다. 빅토르의 손이 자기 옷에 와 닿는 것이 느껴졌기 때문이다. 그는 조심스럽게 골드문트의 옷을 더듬고 있었다. 골드문트는 한쪽 주머니에는 칼을, 다른 쪽 주머니에는 금화를 넣어 두고 있었다. 빅토르는 그것을 찾아내기만 하면 틀림없이 훔칠 것이다. 골드문트는 자는 척하며 잠에 취한 듯이 몸을 이리저리 뒤척이면서 빅토르의 팔을 건드렸다. 그러자 빅토르는 물러났다. 골드문트는 그에게 단단히 화가 나서 아침이 되면 그와 헤어지기로 결심했다.

그런데 한 시간가량 뒤에 빅토르가 다시 자기 쪽으로 몸을 구부리고 수색을 시작하자 골드문트는 격분한 나머지 냉정해졌다. 골드문트는 꼼짝도 않은 채 눈을 뜨고 경멸스럽게 말했다. "꺼져. 훔쳐 갈 것도 없으니까."

그 소리에 깜짝 놀란 도둑은 두 손으로 골드문트의 목덜미를 움켜쥐고 눌렀다. 골드문트가 저항하며 버둥거리자 빅토르는 더 완강하게 압박을 가하면서 그의 가슴을 무릎으로 짓눌렀다. 골드문트는 숨이 막혀 온몸을 격렬하게 버둥거렸으나 빠져나올 수 없었다. 불현듯 죽음의 공포가 그를 스치자 머리가 영리하게 돌아가면서 빠져나갈 방법이 떠올랐다. 상대방이 계속 목을 조르는 동안 그는 주머니에 손을 넣어 사냥용 단검을 꺼내 무릎으로 자기를 누르고 있는 상대방을 잽싸게 여러 번 찔렀다. 잠시 후 빅토르의 손이 풀렸고, 골드문트는 숨통이 트였다. 거친 숨을 길게 몰아쉬면서 골드문트는 목숨을 건진 기분을 만끽했다. 골드문트가 몸을 일으키려 하자 그의 위로 키다리 친구가 끔찍스러운 신음을 내면서 맥없이 스르르 고꾸라졌으며, 그의 피가 골드문트의 얼굴에 떨어졌다. 골드문트는 그제야 일어날 수 있었다. 밤의 어스름 속에 키다리가 쓰러져 있는 모습이 보였다. 그의 몸을 잡자 피가 만져졌다. 골드문트는 그의 머리를 들어 올려 보았다. 그의 머리는 자루처럼 무겁게 다시 털썩 떨어졌다. 가슴과 목덜미에서는 여전히 피가 흘러나오고 있었으며, 입에서는 고르지 못한 신음이 벌써 약해지면서 생명이 떠나가고 있었다.

'이제 나는 사람을 죽였다.' 죽어 가는 사람 위로 몸을 구부린 채 얼굴의 핏기가 점점 사라지는 것을 지켜보면서 골드문트는 이 생각을 반복했다. '성모 마리아여, 제가 살인을 저질렀나이다.' 자신의 말소리가 귀에 울려왔다.

그 자리에 머무르는 것이 갑자기 견딜 수 없이 싫어졌다. 그는 칼을 집어 들어 털옷에 문질러 닦았다. 빅토르가 입고 있던 그 옷은 뤼디아가 사랑하는 사람을 위해 손수 뜬 것이었다. 골드문트는 나무로 된 칼집 속에 칼을 꽂아 다시 주머니 속에 넣고는 있는 힘을 다해 그 자리에서 달아났다.

쾌활한 방랑객의 죽음은 골드문트의 영혼에 무거운 짐이 되었다. 날이 밝아 오자 그는 자기 몸에 묻은 핏자국을 눈으로 모조리 씻어 냈다. 그러고서 하룻낮 하룻밤 동안 정처 없이 불안하게 헤매고 다녔다. 마침내 그를 흔들어 깨우고 불안한 후회에 종지부를 찍은 것은 육체의 궁핍이었다.

눈 덮인 황량한 지역을 헤매면서 쉬지도 못하고 길을 잃은 채 아무것도 먹지 못한 데다 거의 한숨도 못 잤던 골드문트는 엄청난 곤경에 빠지고 말았다. 몸속에서는 굶주림이 들짐승처럼 울부짖었고, 기진맥진해서 수시로 들판 한가운데에 널브러져 눈을 감으면 정신이 아득했다. 그대로 잠이 들어 눈 속에서 죽었으면 하는 생각밖에 없었다. 하지만 그럴 때마다 자기도 모르게 몸을 일으켜 세워 절망적인 상태에서도 살기 위해 악착같이 뛰었다. 너무나 혹독한 곤경 속에서도 죽지 않으려는 욕망에서 나오는 느닷없는 기운과 야생적 본능, 적나라한 생의 충동에서 나오는 엄청난 강인함이 그에게 원기를 불어넣고 그를 도취시켰다. 눈이 덮인 키 작은 두송나무에서 파랗게 언 손으로 작고 마른 열매를 따서 거칠고 씁쓸한 그 열매를 씹어 먹었다. 거기에 전나무 잎을 섞어서 씹자 톡 쏘는 맛이 났다. 갈증을 달래기 위해 눈을 한 움큼씩 퍼먹기도 했다. 숨이 막힐 듯한 상태에서 그는 뻣뻣하게 굳은 손에 입김을 불어대며 언덕에 앉아 잠깐 휴식을 취했다. 그는 게걸스러운 눈초리로 사방을 둘러보았다. 황야와 숲 말고는 아무것도 보이지 않았다. 어디서도 사람의 자취라곤 찾아볼 수 없었다. 머리 위로 까마귀 한 쌍이 날아갔고, 골드문트는 화가 나서 그들을 쳐다보았다. 아니, 저놈들이 나를 잡아먹을 리는 없을 것이다. 다리에 그나마 힘이 남아 있고 핏속에 한 가닥의 온기라도 남아 있는 한 그러지는 못할 것이다. 그는 일어서서 다시 죽음과의 단호한 경주를 시작했다. 그는 달리고 또 달렸다. 마지막 남은 기운을 다해 안간힘을 쓰느라 몸에 열이 오르자 기묘한 생각이 그를 사로잡았다. 그는 때로는 알아들을 수도 없게, 또 때로는 큰 소리로 혼자서 횡설수설했다. 그는 자기가 찔러 죽인 빅토르와 이야기를 했다. 무뚝뚝하고 경멸적인 어조로 그와 얘기했다. "자, 이 교활한 친구야, 기분이 어때? 내장 속에도 달빛이 비치나? 이봐, 여우들이 자네 귀를 물어뜯고 있나? 늑대를 죽였다고 우겼었지? 목덜미를 물어뜯었나? 아니면 꼬리를 뽑아 버렸나? 이 늙다리 주정뱅이야, 내 금화를 훔치려고 했지? 그런데 덩치도 작은 애송이 골드문트가 자네를 놀라게 했나? 이 늙은 놈아, 나 때문에 늑골이 근질거렸겠지! 그런데 너는 주머니마다 빵과 소시지와 치즈를 잔뜩 넣어 두고 있었지. 이 돼지 같은 놈아! 식충아!" 이런 혼잣말을 주절대면서 그는 죽은 자에게 욕설을 퍼부었다. 이제 그를 이긴 셈이었다. 그 녀석 스스로 제 무덤을 판 것이라고 비웃어 주었다. 얼간이, 멍청한 사기꾼 녀석!

하지만 그러고 나서 그의 생각과 말은 불쌍한 키다리 빅토르에게서 벗어났다. 이제는 율리에의 모습이 떠올랐다. 그날 밤 그의 곁을 떠났던 모습 그대로 아름답고 작은 율리에가 떠올랐다. 그는 수없이 많은 유혹의 말로 그녀를 불러 보았다. 정신이 혼미한 상태에서 부끄러움도 모르고 달콤한 말로 그녀를 유혹하려 했다. 그녀가 자기한테로 와서 속옷을 벗어 버리고 자기와 함께 천국으로 가기를 바랐다. 죽기 전에 한 시간만이라도, 비참하게 뻗기 전에 한순간만이라도. 때로는 애걸하는 어조로, 때로는 도발적인 어조로 그는 그녀의 봉긋하고 작은 가슴, 그녀의 다리 그리고 겨드랑이 아래의 곱슬거리는 금색 털과 이야기를 나누었다.

그러고는 뻣뻣해져서 비틀거리는 다리를 이끌고 눈 덮인 메마른 히스10)를 헤치며 바삐 걸으면서도 그는 다시 슬픔에 취하고 또 깜박거리는 생의 욕구에 들떠 의기양양하게 뭐라고 속삭이기 시작했다. 이제 그가 말을 거는 대상은 나르치스였다. 그는 나르치스에게 새로운 생각과 지혜와 농담을 전해 주었다.

"나르치스, 두렵니?" 그는 나르치스에게 물었다. "무섭니? 뭔가를 알아냈어? 그래, 이봐, 세상은 죽음으로 가득 차 있어. 온통 죽음뿐이야. 울타리마다 죽음이 걸터앉아 있고, 모든 나무 뒤엔 죽음이 도사리고 있지. 그러니 너희들이 담장을 쌓아 올리고, 기숙사와 예배당과 교회를 지어도 아무 소용없다고. 죽음은 창문 안쪽을 훤히 들여다보면서 웃고 있지. 죽음은 너희들 한 사람 한 사람을 모두 알고 있어. 너희들은 한밤중에 창밖에서 죽음이 웃으며 너희들 이름을 부르는 것을 듣지. 어디, 찬송가를 부르고, 제단에 예쁜 촛불을 켜 두고, 저녁 예배와 기도를 드리고, 약제실에 약초를 모아 두고, 도서실에 책을 모아 보라고! 이봐, 금식 기도를 드리고 있나? 졸음을 쫓아내고 있나? 사신(死神)이야말로 확실한 도움을 줄 거야. 사신은 너에게서 모든 것을 쫓아내 줄 거야. 뼈만 남을 때까지 말이야. 여보게 친구, 도망쳐 보게나. 잽싸게 도망쳐 보라고. 저기 들판에 죽음이 걸어가고 있군. 도망치면서도 뼈는 잘 간수하라고. 뼈가 자꾸만 해체되려고 할 테니까, 우리 몸에 붙어 있

10) 겨울과 봄 사이에 꽃이 피는 관목의 일종.

으려고 하지 않으니 말이야. 오, 우리의 불쌍한 뼈들이여! 불쌍한 목구멍과 위장이여! 한 줌도 안 되는 불쌍한 뇌수와 두개골이여! 모든 것이 사라지려 하는군. 모든 것이 악마한테 몰려가려고 해. 나무 위에는 까마귀가, 검은 신부님이 앉아 있군.”

　제정신이 아닌 골드문트는 이미 오래전부터 자기가 어디로 달려가는지, 어디에 있는지, 무슨 말을 하고 있는지, 누워 있는지 서 있는지도 분간하지 못하고 있었다. 그는 덩굴에 걸려 넘어지기도 했고, 달리다 나무에 부딪히기도 했으며, 쓰러지면서 눈이나 가시를 움켜쥐기도 했다. 그렇지만 마음속의 충동은 드셌다. 충동은 자꾸만 그를 낚아챘고, 맹목적으로 도망치는 그를 자꾸만 몰아붙였다. 마지막으로 탈진하여 드러누웠을 때는 며칠 전에 유랑 학생을 만났던 바로 그 마을로 되돌아와 있었다. 아이를 낳는 부인을 위해 등불을 들어 주었던 바로 그 마을이었다. 그는 뻗은 채로 누워 있었다. 그러자 사람들이 달려와 그의 주위에 둘러서서 뭐라고 지껄였지만 그는 알아듣지 못했다. 당시 그에게 사랑의 기쁨을 베풀었던 부인이 그를 알아보고는 그의 행색에 깜짝 놀랐다. 그녀는 가여운 생각이 들어 남편으로 하여금 사람들을 꾸짖게 하고는 반쯤 죽어 있는 골드문트를 질질 끌어서 마구간으로 데려갔다.

　오래지 않아 골드문트는 다시 제 발로 일어나서 걸을 수 있게 되었다. 마구간의 온기와 수면, 그리고 그 부인이 마시라고 갖다준 염소젖 덕분에 그는 다시 정신을 차리고 기운을 얻었다. 다만 바로 얼마 전까지 겪었던 모든 것이 마치 그사이에

긴 시간이 흐른 것처럼 멀어져 갔다. 빅토르와 함께 길을 떠나고, 전나무 아래에서 춥고 불안한 겨울밤을 보낸 일이며 잠자리에서 있었던 끔찍스러운 싸움, 동행의 소름 끼치는 죽음, 추위와 굶주림과 착란 상태로 보낸 낮과 밤들, 그 모든 것이 거의 잊힌 듯한 과거가 되었다. 하지만 잊은 것은 아니었다. 단지 견뎌 내고 지나갔을 뿐이었다. 뭐라 말할 수 없는 무엇이 그대로 남아 있었다. 그것은 뭔가 끔찍하면서도 소중한 것, 깊이 가라앉아 있으면서도 결코 잊을 수 없는 것, 어떤 경험, 혀 끝에 남은 맛, 심장을 옥죄는 고리와 같은 것이었다. 2년이 채 못 되어 그는 집 없이 떠도는 생활의 애환을 거의 밑바닥까지 알게 되었다. 홀로 있다는 것, 자유롭다는 것, 숲과 짐승의 소리에 귀 기울이는 것, 방탕하고 불성실한 사랑, 죽을 것만 같은 쓰디쓴 궁핍이 무엇인지 알게 된 것이다. 여러 날 동안 여름 들판의 손님이 되어 보기도 했고, 몇 주일씩 숲속에서 지내기도 했으며, 여러 날을 눈 속에서 보내기도 했고, 며칠씩 죽음의 불안에 시달리고 죽음 언저리까지 가 보기도 했다. 그런데 죽음에 맞서 저항했던 것이야말로 가장 강렬하고 기묘한 체험이었다. 자기 자신이 왜소하고 비참하며 위협당하고 있다는 것을 알면서도 막상 죽음에 맞서 최후의 각오로 절망적인 싸움을 벌일 때면 생명의 아름답고도 놀라운 힘과 끈질김이 몸속에서 느껴졌던 것이다. 그 체험은 여운을 남겼다. 그 체험은 쾌락의 몸짓이나 표정과 마찬가지로 그의 가슴속에 새겨졌다. 쾌락의 몸짓이나 표정은 아이를 낳는 산모나 죽어 가는 사람의 그것과 너무나 흡사했다. 산모가 신음하며 얼굴을 찡

그리는 모습은 얼마나 신기했던가! 동료 빅토르가 고꾸라지면서 너무나 조용히, 너무나 빨리 피를 흘리는 모습은 또 얼마나 신기했던가! 그 자신은 또 어떠했던가. 굶주리던 며칠 동안 죽음이 주위에서 기회를 엿보는 것이 느껴지지 않았던가! 굶주림은 얼마나 고통스러웠던가! 얼마나 추위에 떨고 또 떨었던가! 그리고 어떻게 맞서 싸웠던가! 죽음의 콧잔등을 후려갈기고, 엄청난 죽음의 공포에 격렬한 쾌감을 느끼며 저항하지 않았던가! 도무지 이보다 더 엄청난 일은 겪을 성싶지 않았다. 아마도 나르치스와는 이런 체험에 대해 이야기할 수 있겠지만, 그 밖에는 누구와도 이야기할 수 없을 것 같았다.

골드문트는 마구간의 짚 더미에서 다시 정신을 차린 후 주머니 속에 들어 있던 금화가 없어진 것을 알았다. 굶주림에 지쳤던 마지막 날 반쯤 정신을 잃은 채 비틀거리며 끔찍스러운 행군을 하는 사이에 잃어버린 것일까? 그는 한참 동안 골똘히 생각했다. 그 금화는 아끼던 것이기에 잃고 싶지 않았다. 물론 돈 자체는 대수롭지 않았으며, 그 금화의 값어치도 거의 몰랐다. 그렇지만 그 금화는 두 가지 이유에서 그에게 소중한 것이었다. 그것은 뤼디아한테 받은 선물 가운데 그에게 남아 있는 유일한 물건이었다. 털 셔츠는 빅토르와 함께 숲속에 버려진 채 그의 피로 흥건히 젖어 있었던 것이다. 그리고 무엇보다 그 문제의 금화 때문에 그는 절도를 용납하지 않으려 했고, 그 금화 때문에 빅토르에게 저항했으며, 그 금화 때문에 어쩔 수 없이 빅토르를 죽여야만 했다. 그런데 그 금화를 잃어버렸다면 그 무시무시한 밤에 겪었던 모든 체험이 무의미해지고 그 가치가 훼손되고 마는 것이다. 한참 생각한 끝에 그는 농부의 아내를 몰래 불렀다.

그는 그녀에게 속삭이듯이 말했다. "크리스티네, 내 주머니에 금화 한 닢이 있었는데 지금 보니 없어졌네요."

"그럼, 알아차렸군요?" 그렇게 묻는 그녀는 묘하게 사랑스럽고도 꾀 많은 사람처럼 영악한 미소를 짓고 있었다. 골드문트는 그녀의 미소에 너무나 황홀해져서 아직 허약한 몸에도 불구하고 팔로 그녀를 껴안았다.

"당신은 정말 별난 양반이에요." 그녀가 다정하게 말했다. "너무나 영리하고 섬세하면서도 너무나 멍청해요! 채우지도 않은 주머니에 아무렇게나 금화를 넣고서 온 세상을 헤매고 다니는 사람이 대체 어디 있어요? 순진하기도 하셔라, 귀여운 얼간이 나리! 당신을 짚 더미에 눕힐 때 바로 금화를 발견했었다고요."

"당신이 가지고 있소? 그럼 지금 어디에 있소?"

"찾아보세요." 그녀는 웃으면서 골드문트가 정말로 한참 동안 찾도록 내버려 두었다. 그러다가 그녀는 그의 웃옷을 가리켰다. 그녀는 금화를 웃옷 안에 보이지 않게 꿰매어 놓았던 것이다. 이어서 그녀는 어머니처럼 자상하게 마음에서 우러나온 수많은 조언을 덧붙였다. 골드문트는 그 조언들은 금방 잊어버렸지만, 그녀가 베풀어 준 사랑과 그녀의 순박한 얼굴에 피어오른 영악스럽고도 호의적인 웃음은 결코 잊지 않았다. 그는 그녀에게 고마움을 표시하려고 애썼다. 그리고 얼마 지나지 않아 그가 다시 걸을 수 있을 정도가 되어 길을 떠나려 하자 그녀는 그를 가지 못하게 붙잡았다. 며칠 사이에 달이 바뀔 테니 틀림없이 날씨가 더 따뜻해질 거라고 했다. 과연 그랬다. 다시 길을 떠날 즈음에는 눈도 녹아 회색으로 질척거렸고 공기에는 습기가 가득했다. 공중에선 부드러운 봄바람 소리가 들려왔다.

10장

다시 얼음이 녹아 하천이 흘러내리고 썩은 나뭇잎 밑에서
는 다시 제비꽃 향기가 피어올랐다. 골드문트는 다시금 다채
로운 계절을 누비고 다니면서 싫증을 모르는 눈길로 숲과 산
과 구름을 마음껏 즐겼다. 그는 이 농장에서 저 농장으로, 이
마을에서 저 마을로 떠돌며 뭇 여자들을 편력했다. 서늘한 저
녁때면 어느 집 창문 아래에 답답하고 슬픈 심정으로 쪼그리
고 앉아 있었던 적도 여러 날 되었다. 창 안쪽에선 붉은 등불
이 타올랐고, 불빛은 이 지상에서 행복과 고향과 평화를 안겨
줄지도 모르는 모든 것을 비추었다. 그 모든 것은 다정스러우
면서도 골드문트에겐 다다를 수 없는 어떤 것이었다. 그가 이
미 잘 알고 있다고 생각한 모든 것이 자꾸만 떠올랐다. 들판과
황무지 또는 돌길을 따라서 오래도록 떠돌던 기억이나 여름날

숲에서 잠을 잤던 기억, 어슬렁거리며 이 마을 저 마을 기웃거렸던 일, 건초를 만들거나 호밀을 추수한 후 손에 손을 잡고 귀가하는 젊은 처녀들의 무리를 뒤따라가던 기억, 가을의 첫 추위에 떨던 기억, 첫서리가 내렸을 때의 고약한 추위, 이 모든 것이 반복해서 떠올랐고, 매번 다르게 다가왔다. 그 다채로운 그림들은 한두 번에 그치지 않고 끝없이 그의 눈앞에 되살아나는 것이었다.

눈과 비를 어지간히 맞은 어느 날 골드문트는 듬성듬성 서 있는 너도밤나무에서 벌써 연녹색 새싹이 움트고 있는 숲을 가로질러 산 위에 오르게 되었다. 산마루에서 내려다보니 눈앞에 새로운 풍경이 펼쳐져 있어서 보기에도 즐거웠고, 그의 가슴속에서는 넘쳐흐르는 예감과 욕망과 희망이 홍수처럼 넘실댔다. 여러 날 전부터 그는 이 지역에 가까워지고 있음을 알고 있었기에 기대가 되었다. 그런데 지금 이 한낮에 이 지역이 갑자기 나타나 그를 놀라게 한 것이다. 이 지역을 처음으로 대면하면서 한눈에 들어온 풍경은 그의 기대가 옳았다는 것을 확인시켜 주었으며, 또한 그의 기대를 한층 강화시켜 주었다. 회색의 나무줄기와 바람에 살랑대는 나뭇가지들 사이로 갈색과 초록이 어우러진 골짜기가 내려다보였다. 그 골짜기 한가운데로는 넓은 강물이 파르스름한 유리처럼 반짝이고 있었다. 이제 길도 없이 헤매던 방황은 실로 오랜만에 끝났다는 생각이 들었다. 아주 간혹 농장이나 가난한 촌락을 마주치긴 했어도 지금까지 거쳐 온 지역들은 온통 허허벌판과 숲과 고독뿐이었던 것이다. 저 아래로는 강물이 흘러내렸고, 독일 땅에서

가장 아름답고 가장 유명한 길이 강을 따라 이어졌다. 강가에
는 풍요롭고 비옥한 땅이 펼쳐져 있었고, 강에는 뗏목과 거룻
배들이 다니고 있었다. 그리고 그 길은 아름다운 마을과 성들,
수도원과 풍요로운 도시들로 이어져 있었다. 마음만 먹으면
누구나 이 길을 따라 몇 날 몇 주씩이고 여행할 수 있었으며,
궁색한 시골길을 걸을 때처럼 숲이나 습지대의 갈대밭 같은
데서 갑자기 길을 잃을 염려도 없었다. 뭔가 새로운 것이 펼쳐
진 것이다. 그는 그것이 기뻤다.

이날 저녁 골드문트는 벌써 어느 아름다운 마을에 들어섰
다. 마을은 마차가 다니는 도로 길섶의 붉은 포도밭과 강 사
이에 자리 잡고 있었다. 합각머리 지붕의 집마다 예쁜 발코니
가 빨갛게 칠해져 있었고, 마을로 들어가는 아치형 성문과 돌
계단으로 된 작은 골목길들이 보였다. 대장간에서는 빨간 불
빛이 길거리로 새어 나왔고, 모루에 쇠가 부딪히는 맑은 소리
가 연이어 울려 퍼졌다. 이 마을이 초행인 골드문트는 호기심
에 온갖 골목과 구석구석을 기웃거렸고, 주점 문 앞에서는 킁
킁거리며 술통과 포도주 냄새를 맡아 보고 강가에서는 비린
내가 묻어나는 서늘한 강물의 향기를 맡아 보았다. 또 예배당
과 공동묘지를 관찰했으며, 어쩌면 밤에 기어들어 갈 수 있을
법한 헛간을 물색하는 일도 빠뜨리지 않았다. 그러기 전에 그
는 우선 사제관(司祭館)을 찾아가서 고행 중인 수도사에게 베
푸는 양식을 부탁해 볼 작정이었다. 사제관에는 통통하게 살
이 찌고 얼굴이 불그레한 신부님이 있었다. 신부님은 그에게
이것저것 물어보았다. 그는 신부님에게 어떤 대목은 감추고 어

떤 대목은 그럴싸하게 꾸며 대는 식으로 자신의 신상을 이야기해 주었다. 그렇게 골드문트는 친절한 접대를 받았다. 이날 밤 내내 그는 좋은 식사와 포도주를 제공받고서 집주인과 긴 대화를 나누어야만 했다. 다음 날 그는 길을 따라 여행을 계속했다. 길은 물줄기를 따라가고 있었다. 뗏목들과 조그만 짐배들이 다니는 것이 보였다. 그는 탈것들을 따라잡기도 했는데, 그중 상당수는 그를 일정한 구간씩 태워다 주기도 했다. 그림 같은 풍경들로 넘쳐나는 봄날은 쏜살같이 지나갔다. 마을들과 소읍들은 그를 받아들여 주었다. 여자들은 정원 울타리 뒤에서 미소를 짓거나 꿇어앉아서 갈색의 비옥한 토양에 화초를 심었고, 소녀들은 저녁 골목길에서 노래를 불렀다.

어느 방앗간에서 만난 젊은 하녀가 썩 마음에 들어서 이틀 동안 그 지역에 머물며 일대를 둘러보기도 했다. 그녀는 곧잘 웃으면서 그와 농담을 주고받았는데, 그는 기꺼이 방앗간지기가 되어 그곳에 눌러앉고 싶을 지경이었다. 낚시꾼들과 자리를 함께하기도 했고, 마부들을 도와 말에게 먹이를 주고 털을 빗겨 주어서 그 대가로 빵과 생선을 얻기도 하고 마차를 얻어 탈 수도 있었다. 오래도록 혼자만 있다가 이렇게 즐거운 동반자와 어울려 여행하고, 오래도록 노심초사하다가 대화를 즐기는 쾌활한 사람들 틈에서 명랑함을 되찾고, 오래도록 굶주리다가 날마다 풍성한 식사로 배를 채우게 되자 그는 기분이 좋아져서 이 즐거운 물결에 자신을 내맡겨 두었다. 그 물결은 그를 계속 실어 갔다. 주교(主敎)가 있는 도시가 가까워질수록 길거리는 더 북적대고 쾌활해졌다.

막 땅거미가 질 무렵 어느 마을에 당도한 그는 벌써 잎이 돋아나는 나무들 아래 물가로 산책을 나갔다. 강물은 조용하면서도 힘차게 흐르고 있었다. 나무뿌리 아래로는 물살이 쏴 하며 한숨짓는 소리가 들려왔다. 언덕 위에 달이 떠오르면서 강물을 환하게 비추고 나무들 아래로는 그림자를 드리웠다. 그때 골드문트는 한 소녀가 울면서 앉아 있는 모습을 발견했다. 그녀는 애인과 다투었는데, 이제 애인은 그녀를 홀로 내버려 둔 채 자리를 뜨고 말았던 것이다. 골드문트는 그녀 곁에 앉아 하소연을 들어주었다. 그는 그녀의 손을 쓰다듬어 주고 숲과 노루에 관한 이야기를 들려주면서 그녀를 얼마간 진정시켰다. 그녀는 살짝 웃기까지 했으며, 그가 키스해도 가만히 있었다. 그런데 그때 그녀의 짝이 그녀를 찾으러 되돌아왔다. 그 친구는 마음을 가라앉히고 다투었던 일을 뉘우쳤던 것이다. 골드문트가 그녀와 함께 앉아 있는 것을 보자 그는 대뜸 골드문트에게 달려들어 두 주먹으로 치기 시작했다. 골드문트는 힘들게 방어한 끝에 마침내 그를 꼼짝 못 하게 만들었다. 그 총각은 욕을 퍼부으며 마을로 달아났고 소녀 역시 달아난 지 오래였다. 그러나 골드문트는 사태가 평화롭게 해결될지 믿을 수 없었기에 안심하고 잠자리에 들 수 없었다. 그는 한밤중까지 달빛을 받으며 말 없는 은빛 세상을 가로질러 계속 발길을 옮겼다. 기분이 매우 흡족했다. 힘센 두 다리가 아직 건재하다는 사실이 기뻤던 것이다. 마침내 밤이슬이 신발에 묻은 뿌연 먼지를 씻어 줄 즈음 갑자기 피로가 몰려오자 그는 바로 옆에 있는 나무 밑에 드러누워 그대로 잠이 들었다. 얼굴이 간지러워서 눈을 떠 보니 벌써 날이 밝은 지 오래였다. 그는 잠에 취한 채 손으로 얼굴을 철썩철썩 치면서 간지러움을 쫓고는 다시 잠이 들었지만, 이내 똑같은 간지러움에 다시 잠이 깼다. 그의 곁에 어느 농가의 하녀가 서 있었다. 그녀는 그를 물끄러미 바라보면서 버드나무 가지 끝으로 그를 간지럽히고 있었던 것이다. 골드문트는 뒤척이며 몸을 일으켰다. 두 사람은 미소를 지으며 서로 고개를 끄덕였다. 그녀는 그를 어느 집 헛간으로 데려갔다. 거기가 잠을 자기에는 더 낫다는 것이었다. 두 사람은 함께 나란히 누워서 얼마 동안 잠을 잤다. 그러고서 그녀는 자리를 뜨더니 우유를 한 통 가득 들고 다시 돌아왔다. 소한테서 방금 짜낸 따끈한 우유였다. 그는 그녀에게 파란색 목도리를 선사했다. 그 목도리는 얼마 전에 골목길에서 주워 챙겨 둔 것이었다. 그가 다시 길을 떠나기 전에 두 사람은 한 번 더 입을 맞췄다. 그녀의 이름은 프란치스카였다. 골드문트는 그녀에게서 떠나가는 것이 슬펐다.

그날 저녁 골드문트는 어느 수도원에서 하룻밤을 묵고, 다음 날 아침에는 미사에 참석했다. 신기하게도 수많은 추억으로 가슴이 일렁댔다. 예배당의 둥근 천장에서 배어 나오는 서늘한 돌 냄새는 고향의 정취로 그를 사로잡았고, 타일이 깔린 바닥에서 달그락거리는 슬리퍼 소리가 들려왔다. 미사가 끝나고 수도원 예배당 안이 조용해지자 골드문트는 무릎을 꿇은 채 그대로 있었다. 그의 가슴은 기묘하게 울렁거렸다. 간밤에는 많은 꿈을 꾸었다. 어떻게든 과거를 청산하고 싶었다. 어떻게든 삶을 바꾸어 보고 싶었다. 왜 그런지 까닭은 알 수 없었다. 아마도 마리아브론 수도원의 추억과 경건하게 보낸 어린 시절 때문에 마음이 흔들렸을 것이다. 고해성사를 하고 마음을 깨끗이 하고 싶은 충동이 느껴졌다. 수없이 많은 자잘한 죄와 패륜을 고백해야 했다. 하지만 그의 손에 죽은 빅토르의 죽음이 무엇보다 마음을 무겁게 짓눌렀다. 그는 신부님을 찾아갔다. 이런저런 잘못에 대해, 특히 불쌍한 빅토르의 목덜미와 등허리에 칼을 찌른 일에 대해 고백했다. 아, 얼마나 오랫동안 고해성사를 드리지 않았던가! 그가 저지른 죄의 수효와 무게는 상당한 정도인 것 같았다. 그 대가로 그는 톡톡히 벌을 받을 각오가 되어 있었다. 그런데 고해 신부는 떠돌이의 생활을 잘 알고 있는 것 같았다. 그는 놀라지 않고 조용히 귀를 기울였으며, 진지하고도 친절하게 꾸짖고 경고는 했지만 그 어떤 저주를 내릴 생각은 하지 않았다.

골드문트는 홀가분한 마음으로 몸을 일으켜 신부님이 시킨 대로 제단 앞에서 기도했다. 그러고는 막 예배당에서 나가려고 하는데 창문으로 햇살이 비쳐 들었다. 햇살이 비쳐 드는 쪽으로 시선을 돌리자 측면의 예배실에 인물 상(像)이 서 있는 것이 보였다. 그 입상이 너무나 강한 인상을 주면서 마음을 사로잡았기에 골드문트는 그쪽으로 사랑스러운 눈길을 돌려 경건한 마음과 깊은 감동으로 쳐다보았다. 그것은 나무로 조각한 성모 마리아 상이었다. 마리아 상은 너무나 우아하고 부드럽게 몸을 숙인 자세로 서 있었다. 가냘픈 어깨에서 푸른 옷자락이 흘러내리는 모습이나 소녀처럼 고운 손을 내미는 모습, 괴로워하는 입 모양과 그 위에서 바라보고 있는 시선, 그리고 자애로운 이마가 동그랗게 솟아 나온 모습, 그 모든 것이 여태껏 한 번도 본 적 없다는 생각이 들 정도로 너무나 생기 있고 아름다웠으며 또 너무나 다정해 보이고 마치 영혼이 깃들어 있는 것 같았다. 골드문트는 마리아 상의 입을, 그리고 목덜미의 사랑스럽고 다정한 움직임을 지칠 줄 모르고 쳐다보았다. 그는 자신이 곧잘 동경해 왔고 또 이미 꿈과 예감으로 종종 보아 왔던 어떤 존재가 서 있는 것처럼 여겨졌다. 그는 몇 번씩이나 발걸음을 떼려고 했지만, 그때마다 입상은 그를 가지 못하게 끌어당기는 것이었다.

그러다가 마침내 자리를 뜨려고 하는데 앞서 그가 고해성사를 드렸던 신부님이 그의 뒤에 와 있었다.

"저 마리아 상이 아름답지?" 신부님이 다정하게 물었다.

"형언할 수 없이 아름답습니다." 골드문트가 말했다.

"그렇게 말하는 사람들이 제법 있다네." 성직자가 말했다. "그런데 또 어떤 사람들은 제대로 된 마리아 상이 아니라고도 한다네. 최신 양식과 세속적인 요소가 너무 많이 가미되었다는 거야. 그리고 모든 것이 과장되어 있고 사실적이지 않다는 거지. 이 문제를 둘러싼 논쟁을 많이 듣곤 한다네. 그런데 자네는 마음에 든다니 나도 기분이 좋구먼. 이 마리아 상을 우리 교회에 모신 지는 일 년이 되었네. 우리 교회의 후원자 가운데 한 분이 기증한 것일세. 명인(名人) 니클라우스가 제작했다네."

"명인 니클라우스라고요? 그분이 누굽니까? 어디에 있는 분인가요? 그분을 아세요? 제발, 그분에 관해 이야기 좀 해 주세요. 이런 작품을 창조할 능력이 있는 분이라면 훌륭하고 은총 받은 분이 틀림없을 거예요."

"그 사람에 대해 많이 알지는 못하네. 그는 주교님이 계시는 시에 사는 조각가일세. 여기서 한나절쯤 걸리지. 그는 예술가로서 명성이 대단하다네. 예술가가 성자(聖者)인 경우는 드물게 마련이지. 그 사람도 결코 성자는 아니지만, 재능이 있고 훌륭한 생각을 가진 것만은 틀림없어. 그 사람을 여러 번 보았는데……"

"아, 그분을 보셨다고요! 아, 어떤 모습이던가요?"

"자네는 그 사람한테 완전히 매료된 것 같군. 그렇다면 그 사람을 찾아가서 보니파치우스 신부가 안부 묻더라고 전해 주게나."

골드문트는 머리가 땅에 닿도록 고맙다는 인사를 했다. 신부님은 미소를 지으며 자리를 떴다. 하지만 골드문트는 그러고도 한참 동안 이 신비로운 입상 앞에 서 있었다. 마리아 상의 가슴은 마치 숨을 쉬는 것 같았으며, 그 얼굴에는 너무나 큰 고통과 너무나 그윽한 달콤함이 공존하고 있었기에 골드문트는 가슴이 미어지는 것 같았다.

골드문트는 전혀 딴사람이 되어 교회 밖으로 나왔다. 그의 발걸음이 스쳐 가는 세상 역시 전혀 딴 세상 같았다. 달콤하고도 성스러운 그 목각 입상 앞에 서 있던 짧은 순간 이래로 골드문트는 여태껏 갖지 못했던 어떤 목표를 갖게 되었다. 이전에 골드문트는 다른 사람들이 어떤 목표를 세우면 곧잘 비웃거나 부러워하곤 했다. 그런데 이제 그 자신이 목표를 갖게 된 것이다. 어쩌면 그 목표를 이룰 수도 있을 것 같았다. 그렇게 되면 자신의 망가진 삶 전체가 숭고한 의미와 가치를 얻을 수 있을지도 모르는 일이었다. 이 새로운 감정은 골드문트를 온통 희열과 전율에 휩싸이게 했으며, 그의 발걸음은 날개라도 달린 듯 가벼웠다. 그가 걸어가고 있는 이 아름답고 쾌적한 시골길은 그가 어제 걸어가던 그 길과는 전혀 딴판이었다. 이 길은 이제 든든한 놀이터나 편안한 휴식처가 아니었다. 그저 도시로 가는 길, 그 명인에게로 가는 길일 뿐이었다. 그는 서둘러 달려갔다. 해가 떨어지기 전에 그는 목적지에 닿았다. 성벽 뒤로 보이는 탑들이 위용을 자랑하고 있었다. 성문 위에는 이 도시의 문장(紋章)이 채색되어 새겨져 있었다. 골드문트는 두근거리는 가슴을 안고 거리를 지나갔다. 거리의 왁자지껄한 소리와 즐거운 소동, 말을 탄 기사들, 관용 마차 따위에는 거의 마음이 끌리지 않았다. 기사나 마차들, 시가지나 주교님은 그에게 중요하지 않았다. 골드문트는 성문 밑에서 처음 마주친 사람한테 대뜸 니클라우스가 어디에 사는지 물어보았지만, 그 사람이 명인 니클라우스에 대해 아는 바가 없어서 무척 실망했다.

골드문트는 웅장한 집들이 늘어서 있는 어느 광장에 다다랐다. 많은 집들이 색칠이 되어 있거나 조형 예술품으로 장식되어 있었다. 어느 집 현관 위에는 거대하고 당당한 병정의 조각상이 세워져 있었다. 호방하게 웃는 표정이었다. 그 상은 수도원 예배당의 마리아 상만큼 아름답지는 않았지만, 서 있는 자세가 그 나름의 품격을 갖추고 있었다. 장딴지는 앞으로 돌출해 있었고, 수염을 기른 턱은 세상을 향해 뻗어 있었다. 골드문트는 이 입상 역시 같은 명인이 만들었을지 모른다는 생각이 들었다. 그는 집 안으로 들어가 문을 두드렸다. 계단을 올라 안으로 들어서자 드디어 가죽옷을 입은 남자가 나타났다. 골드문트는 명인 니클라우스를 어디서 만날 수 있느냐고 그에게 물었다. 사내는 대체 그 사람한테 무슨 볼일이 있느냐고 되물었다. 골드문트는 화가 치미는 것을 가까스로 억누르고 그분에게 심부름을 간다고 말했다. 그제야 주인은 명인이 사는 골목길을 가르쳐 주었다. 골드문트가 길을 물어서 그 골목까지 찾아갔을 때는 벌써 밤이 되어 있었다. 가슴을 졸이면서도 기쁜 마음으로 골드문트는 명인의 집 앞에서 창문을 쳐다보았다. 하마터면 그대로 집 안으로 달려 들어갈 뻔했다. 하지만 시간이 너무 늦었고 또 온종일 달려오느라 땀과 먼지로 범벅이 되어 있다는 생각이 퍼뜩 들었다. 그래서 그는 조바심을 억누르고 기다리기로 했다. 하지만 그러고도 그는 한참 동안 집 앞에 그대로 서 있었다. 한쪽 창문에 불이 켜지는 것이 보였고, 막 돌아서서 가려던 참에 누군가가 창가로 다가서는 것이 보였다. 매우 아름다운 금발의 소녀였다. 소녀의 머리카락 사이로 뒤쪽으로부터 은은한 불빛이 흘러나왔다.

다음 날 아침 다시 도시가 깨어나서 시끌벅적해지자 골드문트는 간밤에 묵었던 수도원에서 세수를 하고 옷과 신발에서 먼지를 털어 냈다. 그러고는 그 골목으로 다시 찾아가 대문을 두드렸다. 하녀가 나왔다. 그녀는 그를 선뜻 명인에게 데려다주려 하지 않았지만 골드문트는 노파를 구슬리는 데 성공했고 노파는 그를 안으로 안내했다. 작업장으로 쓰이는 작은 홀에 작업용 앞치마를 걸친 명인이 서 있었다. 수염을 기르고 체격이 좋은 사내였다. 골드문트가 보기에는 마흔이나 쉰 살쯤 되어 보였다. 그는 날카로운 연푸른색 눈매로 낯선 손님을 바라보면서 무엇이 필요하냐고 짤막하게 물었다. 골드문트는 보니파치우스 신부님의 안부를 전했다.

"그 밖에 다른 용무는?"

골드문트는 받은 숨을 몰아쉬며 말했다. "선생님, 저는 수도원에서 선생님께서 만든 마리아 상을 보았습니다. 아, 저를 그렇게 무뚝뚝하게 쳐다보지 마시기 바랍니다. 저는 오로지 사랑과 존경심에서 선생님을 찾아왔습니다. 저는 불안해하지 않습니다. 저는 오랫동안 떠돌이 생활을 하면서 숲과 눈과 배고픔을 맛보았으며, 제가 무서워할 사람은 아무도 없습니다. 하지만 선생님 앞에서 저는 두렵습니다. 아, 저에겐 단 하나 크나큰 소원이 있기 때문입니다. 제 가슴은 그 소원으로 가득차 있기에 마음이 아프답니다."

"대체 어떤 소원인가?"

"저는 선생님 밑에서 견습생이 되어 배움을 얻고자 합니다."

"젊은이, 그런 소망을 품은 사람이 자네 혼자만은 아닐세. 그렇지만 나는 견습생을 두고 싶지 않아. 게다가 벌써 두 명의 조수가 있다네. 그런데 자네는 어디 출신인가? 자네 부모님은 뉘신가?"

"저에겐 부모님이 안 계십니다. 저에겐 고향도 없습니다. 어느 수도원의 학생이었지요. 거기서 라틴어와 희랍어를 배우고 도망쳐 나왔습니다. 그러고는 오늘에 이르도록 몇 해째 떠돌고 있습니다."

"그런데 어째서 조각가가 되기로 작정했는가? 전에도 비슷한 일을 해 본 적이 있나? 그림을 가지고 왔나?"

"그림을 많이 그리긴 했지만 가진 것은 없습니다. 하지만 어째서 이 예술을 배우고자 하는지 그 이유는 말씀드릴 수 있을 것 같습니다. 저는 많은 생각을 해 왔고, 많은 얼굴과 많은 형상을 보아 왔으며, 그들에 대해 곰곰이 생각해 보았습니다. 그 생각들 가운데 일부는 저를 끊임없이 괴롭혔고, 저를 가만히 내버려 두지 않았습니다. 특이한 것은, 어떤 형상을 보면 모종의 형식과 곡선이 도처에서 반복해 나타난다는 것입니다. 이마는 무릎에 대응되고, 어깨는 허리에 대응되는 식입니다. 그리고 그 모든 것은 가장 깊은 데까지 들어가 보면 결국 인간의 본성이나 감정과 완벽하게 일치합니다. 인간은 바로 그런 무릎과 어깨, 이마를 가지고 있습니다. 그리고 어느 날 밤 산모(産母)를 도와주며 발견한 사실인데, 가장 큰 고통은 최고의 쾌감과 아주 흡사하게 표현된다는 사실도 저에겐 이채로웠습니다."

명인은 낯선 청년을 뚫어지게 바라보고 있었다. "자네가 방금 한 말이 무슨 뜻인지 알고 있나?"

"예, 선생님. 알 듯합니다. 선생님께서 만든 마리아 상에 표현되어 있는 것도 바로 그런 상태입니다. 저는 그것을 발견하고 너무나 기쁘면서도 놀랐습니다. 제가 찾아온 것도 그 때문입니다. 아, 그 마리아 상의 아름답고 사랑스러운 얼굴에는 너무나 많은 고뇌가 서려 있었고, 그와 동시에 모든 고뇌는 순연한 행복과 미소로 바뀌었습니다. 그 모습을 목격하자 마리아상은 마치 불길처럼 제 속을 스쳐 갔습니다. 몇 해 동안 품어온 모든 생각과 꿈들이 입증되는 것 같았으며, 갑자기 이제는 그 꿈들이 더 이상 무용지물이 아니라는 생각이 들었습니다. 그리고 제가 무엇을 해야 하고 어디로 가야 하는지 금방 알게 되었습니다. 니클라우스 선생님, 진심으로 부탁드리니 선생님 밑에서 배우게 해 주십시오."

니클라우스는 여전히 굳은 표정으로 주의 깊게 이야기를 듣고 있었다. 그가 말했다.

"젊은이, 자네는 예술에 대해 놀라우리만치 훌륭하게 말할 줄 아는군. 그리고 쾌감과 고통에 대해 그렇게 많은 이야기를 할 줄 알다니, 자네가 떠돌아다닌 지난 몇 해 동안이 나에게는 신기하기도 하다네. 언제 저녁 시간에 술이라도 한잔하면서 이 문제에 대해 편안하게 이야기를 나누었으면 좋겠네. 하지만 분명히 해 둘 것이 있네. 서로 편안하게 교양 있는 이야기를 나누는 것과 몇 년씩이고 함께 생활하면서 작업을 한다는 것은 별개의 문제야. 이곳은 작업장이고 일을 하는 곳이지 잡담을 나누는 곳이 아닐세. 이곳에서는 이를테면 생각과 말로 할 수 있는 것은 통하지 않는단 말일세. 여기서는 오직 손으로 만들어 낼 줄 아는 것만이 통하지. 자네가 진지해 보이니까 이대로 그냥 돌려보내지는 않겠네. 자네가 무엇을 해낼 수 있을지 두고 봄세. 찰흙이나 밀랍으로 뭔가를 만들어 본 적이 있나?"

골드문트는 금방 어떤 꿈이 생각났다. 그것은 언젠가 오래 전에 꾸었던 꿈이었다. 꿈에서 그는 찰흙을 반죽하여 작은 인물 상들을 만들었다. 그 인물 상들은 벌떡 일어나 거인들로 변모했다. 하지만 그 꿈에 대해서는 입을 다물고 아직 그런 작업을 해 본 적이 없노라고 대답했다.

"좋아. 그럼 어디 그림을 한번 그려 보게나. 보다시피 저기에 탁자가 있고 종이와 연필이 있네. 앉아서 그림을 그리게. 시간은 충분히 주겠네. 점심때나 저녁때까지 있어도 좋아. 그러고 나면 자네가 어디에 쓸모가 있을지 알 수 있을 것 같네. 자, 이제 이야기는 그만하면 됐고, 나는 작업을 하러 가겠네. 자네도 작업을 시작하게."

골드문트는 이제 니클라우스가 일러 준 의자에 앉아 이젤 앞에 자리를 잡았다. 그는 작업을 서두르지 않았다. 우선 그는 초조한 학생처럼 기다리는 자세로 조용히 앉아서 호기심과 애정을 담은 눈길로 스승 쪽을 쳐다보았다. 그는 반쯤 등을 돌린 채 흙으로 작은 인물 상을 만드는 작업을 계속하고 있었다. 골드문트는 이 사내를 주의 깊게 바라보았다. 벌써 희끗희끗해지기 시작한 그의 근엄한 머리와 굳은살이 박혔지만 영혼이 숨 쉬는 듯 기품 있는 장인(匠人)의 손길에는 숭고한 마력(魔力)이 서려 있었다. 그는 골드문트가 상상했던 것과는 다른 모습이었다. 나이도 더 들어 보였고, 생각보다 겸손하고 냉정했으며, 마음을 휘어잡을 듯한 빛나는 광채는 훨씬 덜했으며, 전혀 행복해 보이지도 않았다. 가차 없이 날카롭게 사물을 찬찬히 훑어보는 그의 시선은 이제 작업에 쏠려 있었고, 그의 시선에서 벗어나자 골드문트는 이제 명인의 전모를 조심스레 마음속으로 떠올려 보았다. 이 사내는 어쩌면 학자가 될 수도 있었겠다는 생각이 들었다. 그는 조용하고 엄격한 탐구자였다. 그는 수많은 선구자가 자기보다 먼저 시작했고 또 언젠가는 후진들에게 넘겨주어야 할 작업에 몰두해 있었다. 그것은 집요한 노력을 요구하는 작업, 오래도록 살아남을 작업, 결코 마무리되지 않을 작업이었다. 그 작업 속에는 수많은 세대에 걸친 노동과 헌신이 집약되어 있었다. 관찰자는 이 명인의 머리에서 적어도 그 정도는 읽어 냈다. 그의 머리에는 엄청난 인내, 방대한 지식과 사고, 그리고 인간이 행하는 모든 일의 가치가 의문스럽다는 것을 아는 사람 특유의 지극한 겸손함, 그러면서도 자신의 과업을 존중하는 믿음이 서려 있었다. 그런데 그의 손이 사용하는 언어는 또 달라서, 그의 손과 머리 사이에는 모종의 모순이 생겨났다. 그의 손은 단호하면서도 매우 섬세한 손가락으로 흙을 주물러 조형을 하고 있었는데, 흙을 주무르는 손놀림은 마치 자기한테 몸을 맡긴 여인을 다루는 애인의 손길 같았다. 사랑에 빠져 사뿐히 비상하는 감각으로 충만해 있고 뭔가를 갈구하는 손길, 하지만 주고받음의 분간도 없이 뭔가를 탐하면서도 경건한 손길, 마치 태초의 심오한 경험에서 우러나온 듯 확실하고 장인다운 손길이었다. 골드문트는 이 은총 받은 손을 바라보면서 황홀하고 놀라울 따름이었다. 얼굴과 손길 사이의 모순만 없다면, 그 모순이 그를 마비시키지만 않았더라면 이 명인을 그리고 싶을 지경이었다.

자기 앞에서 일하고 있는 예술가를 족히 한 시간가량 지켜보면서 골드문트는 이 사내의 비밀에 대해 뭔가를 탐색하느라 골똘히 생각에 잠겼다. 그러고 나서 그의 마음속에서는 또 다른 형상이 형체를 갖추면서 그의 영혼에 어른거리기 시작했다. 그것은 그가 누구보다 잘 알고 있는 사람, 너무나 사랑했고 마음속으로 경탄해 마지않았던 사람의 모습이었다. 이 형상 역시 다양한 특징을 갖고 있었고 수많은 투쟁을 상기시키긴 했지만 이 형상에는 단절이나 모순이 없었다. 그것은 친구 나르치스의 모습이었다. 그의 모습은 점점 더 밀도 있게 응축되어 통일성과 전체성을 갖추었다. 그 사랑스러운 사람의 내면을 다스리는 법칙은 갈수록 또렷하게 그의 모습으로 드러났다. 정신에 의해 형성된 기품 있는 머리, 정신적인 일에 자신을 바쳐 온 사람 특유의 긴장과 품격이 느껴지는 아름답고 절제된 입, 다소 슬픈 눈, 정신적인 것을 위한 싸움으로 인해 생기가 도는 메마른 어깨, 기다란 목과 우아하고 기품 있는 손으로 드러났다. 수도원을 떠나온 이래로 친구의 모습이 이렇게 또렷이 떠오른 적은 한 번도 없었다. 이제 그의 모습을 완벽하게 간직하게 된 것이다.

마치 꿈을 꾸듯이, 의지와 상관없이 마음속에 차오르는 불가항력에 이끌려 골드문트는 조심스레 그림을 그리기 시작했다. 그는 외경심을 느끼며 가슴에 간직한 형상을 애정 어린 손길로 그려 갔다. 그러면서 명인과 자기 자신, 자기가 있는 장소도 잊어버렸다. 작업실에 햇살이 천천히 옮겨 가는 것도 보지 못했으며, 명인이 여러 번 그를 건너다보는 것도 알아채지 못했다. 오직 봉헌의 자세로 자신의 숙명이 된 과제, 그의 가슴이 명하는 과제를, 그러니까 오늘 그의 영혼에 살아 있는 그대로 친구의 모습을 부각하고 간직하는 과제를 완수했다. 처음에는 딱히 그런 생각을 하지 않았지만 골드문트는 차차 자신의 행위가 마치 고마움의 빚을 갚는 일처럼 느껴졌다.

니클라우스가 그의 이젤 곁으로 다가와서 말했다. "점심때가 되었네. 나는 식사하러 가는데, 괜찮다면 함께 가도 무방하네. 자, 어디 볼까? 뭔가를 좀 그렸나?"

그는 골드문트의 뒤로 다가와서 커다란 도화지를 바라보았다. 그는 골드문트를 옆으로 비키게 하더니 노련한 손으로 도화지를 신중히 집어 들었다. 골드문트는 꿈에서 깨어나 이제 두근거리는 기대를 품고서 명인을 쳐다보았다. 명인은 두 손으로 도화지를 받쳐 들고서 연푸른 색깔의 엄격한 눈에서 나오는 다소 날카로운 눈초리로 아주 꼼꼼히 들여다보았다.

"자네가 여기에 그린 사람이 누구인가?" 잠시 후 명인이 물었다.

"제 친구입니다. 젊은 수도사 겸 학자지요."

"좋아. 손을 씻게나. 저쪽 뜰에 샘물이 흐르네. 그러고서 식사하러 가자고. 조수들은 여기에 없네. 외부에서 작업하고 있지."

골드문트는 공손하게 걸어갔다. 뜰과 샘물이 보였다. 손을 씻으면서도 명인의 의중을 알아내려고 온갖 궁리를 해 보았다. 다시 돌아오니 명인은 자리를 비우고 없었다. 그가 대기실에서 분주하게 손을 놀리는 소리가 들려왔다. 다시 모습을 나타낸 명인 역시 세수를 마치고 작업용 앞치마 대신 멋진 천으로 만든 겉옷을 입고 있었다. 그런 차림을 하니 근사하고 화려해 보였다. 그가 앞장서서 층계를 하나 올라갔다. 너도밤나무로 만들어진 층계 난간에는 작은 천사의 머리 상이 조각되어 있었다. 오래되거나 새것인 인물 상들이 즐비한 복도를 지나 아름다운 방으로 들어갔다. 방바닥과 벽과 천장은 단단한 재질의 나무로 짠 것이었고, 창문 쪽 구석에는 식탁보를 씌운 식탁이 놓여 있었다. 한 젊은 여인이 달려왔다. 골드문트는 그녀가 낯익었다. 어제저녁에 보았던 그 아름다운 소녀였던 것이다.

"리즈베트." 명인이 말했다. "식기를 한 벌 더 가져와야겠구나. 손님을 데려왔단다. 이 사람은…… 이런, 아직 이름도 모르고 있었군."

골드문트가 그에게 이름을 일러 주었다.

"그래, 골드문트라는구나. 식사는 준비됐니?"

"바로 드실 수 있어요. 아버지."

그녀가 접시를 가져오더니 다시 나가서 하녀를 데리고 왔다. 하녀가 먹을 것을 담아 주었다. 돼지고기와 삶은 콩과 흰 빵이 나왔다. 식사하는 동안 아버지는 소녀와 이것저것 이야기를 나누었고, 골드문트는 말없이 앉아 있었다. 식사를 조금 하긴 했지만 매우 불안하고 갑갑했다. 소녀는 그의 마음에 쏙 들었다. 근사한 미모였다. 키는 거의 아버지만큼 컸지만 얌전하게 앉아 있었다. 그녀는 마치 유리벽 뒤에 있는 사람 같아서 감히 범접할 엄두도 나지 않았으며, 낯선 손님한테는 말 한마디 눈길 한 번 주지 않았다.

식사가 끝나자 명인이 말했다. "반 시간쯤 쉬어야겠네. 작업장으로 가든지, 아니면 바깥바람이라도 좀 쐬게나. 그다음에 우리 문제를 이야기하도록 하세."

골드문트는 인사를 하고 밖으로 나갔다. 명인이 그의 그림을 본 지 한 시간은 족히 지났다. 그런데 그는 그림에 대해 아무 말도 하지 않았다. 그러고서 또다시 반 시간을 기다려야 한단 말인가! 어쨌든 선택의 여지가 없었기에 그냥 기다렸다. 그는 작업장으로 가지 않았다. 지금은 자신의 그림을 다시 보고 싶지 않았다. 그는 뜰로 나가서 샘가에 앉아 물줄기를 바라보았다. 물은 관(管)을 통해 쉴 새 없이 흘러나와 깊은 돌 함지박 속으로 떨어져 내리고 있었다. 물이 떨어지면서 미세한 물결이 일었고, 얼마 안 되는 공기가 계속해서 깊은 데까지 파고들어 진주처럼 하얀 공기 방울을 되밀어 올리고 있었다. 컴컴한 거울처럼 비치는 샘물 속 자신의 모습을 바라보면서 그는 생각했다. 물속에 보이는 이 골드문트는 수도원 시절 또는 뤼디아를 좋아하던 시절의 골드문트와는 다른 사람이 된 지 이미 오래라고. 숲속을 헤매던 골드문트와도 판이했다. 그 자신과 다른 모든 사람이 물처럼 흐르고 계속 변화하다가 마침내 해체된다는 생각이 들었다. 그 반면 예술가에 의해 창조된 자신의 모습은 영원히 변치 않는 똑같은 모습으로 그대로 남아 있을 것이다.

그는 생각했다. 어쩌면 모든 예술의 뿌리는, 또한 어쩌면 모든 정신의 뿌리는 죽음에 대한 두려움일 것이다. 우리는 죽음을 두려워하고, 덧없이 사라져 가는 것 앞에서 몸서리를 치며, 꽃이 시들고 잎이 떨어지는 것을 보노라면 슬픔에 빠지는 것이다. 그럴 때면 우리 자신의 가슴속에서도 우리 역시 덧없이

스러져 갈 것이며 조만간 시들 것이라는 확신이 느껴지는 것이다. 그런데 우리가 예술가로서 어떤 형상을 창조하거나 사상가로서 어떤 법칙을 탐구하고 생각을 정리할 때면 우리는 그 무엇인가를 거대한 죽음의 무도(舞蹈)로부터 구해 내려고 애쓴다. 우리 자신보다 더 오래 지속될 무엇인가를 세우기 위해 애쓰는 것이다. 명인이 창조한 아름다운 마리아 상의 실제 모델이 되었던 여성은 아마도 벌써 시들었거나 죽었을 것이며, 예술가 자신도 조만간 죽음을 맞을 것이다. 그러면 그의 집에는 다른 사람들이 들어와 살게 될 것이고, 그가 앉던 식탁에는 다른 사람들이 앉아 식사하게 될 것이다. 그러나 그의 작품은 그대로 남을 것이며, 조용한 수도원 예배당 안에서 그 예술 작품은 몇백 년 혹은 그보다 훨씬 오래도록 남아서 언제나 꽃처럼 아름답고도 슬퍼 보이는 똑같은 그 입으로 미소 짓고 있을 것이다.

명인이 층계를 내려오는 소리를 들은 골드문트는 작업장으로 달려갔다. 니클라우스 명인은 방 안을 오락가락하면서 골드문트의 그림을 자꾸만 바라보았다. 그러다가 마침내 창가에서 걸음을 멈추더니 다소 머뭇거리며 무미건조한 어조로 말했다. "견습생이 되면 적어도 사 년 동안 배워야 하고, 아버지 되는 사람은 스승에게 수업료를 내는 것이 우리의 관습일세."

그러고는 잠시 말을 중단했기에 골드문트는 명인이 자기한 테서 수업료를 받지 못할까 봐 걱정하는 것이 아닐까 하는 생각이 들었다. 그는 번개같이 호주머니에서 칼을 꺼내어 바느질을 뜯어내고 금화를 꺼냈다. 니클라우스는 깜짝 놀라 골드문트를 바라보더니 골드문트가 금화를 내밀자 웃어 대기 시작했다.

"아, 그런 뜻이었나?" 그가 웃으며 말했다. "아닐세. 젊은 친구. 그 돈은 그대로 가지고 있게나. 내 말을 들어 보게. 나는 우리 조합에서 견습생을 다루는 관습을 말해 준 것일세. 하지만 나는 보통의 스승과 다르고 자네도 보통의 견습생과는 달라. 그러니까 견습생은 대개 13세나 14세, 늦어도 15세에는 수업을 받기 시작하지. 그러면 수업 기간의 절반 동안은 줄곧 조수 노릇을 하면서 온갖 잔시중을 들어야 하네. 그런데 자네는 벌써 다 큰 성인이니, 나이로 치자면 진작 도제(徒弟)가 되고도 남았을 것이고, 어쩌면 장인이 되었을지도 모르지. 우리 조합에는 수염이 난 견습생은 일찍이 없었다네. 게다가 내 집에는 견습생을 들이지 않겠다고 벌써 말하지 않았나. 자네 관상을 보아도 다른 사람이 시키는 대로 심부름이나 할 사람으로는 보이지 않거든."

골드문트는 잔뜩 조바심이 났다. 명인의 신중한 말 한마디 한마디는 그에게 형틀로 조이는 듯한 고통을 안겨 주었으며, 끔찍스럽게 지루하고 판에 박힌 교장 선생님의 훈시 같았다. 골드문트는 격렬하게 소리쳤다. "저를 견습생으로 받아 줄 생각도 없으면서 어째서 그렇게 시시콜콜 다 이야기하시는 겁니까?"

명인은 흐트러짐 없이 바로 전과 똑같은 어조로 말을 이었다. "나는 자네 문제에 대해 한 시간 동안이나 곰곰이 생각해 보았네. 그러니 자네도 인내심을 갖고 내 말을 좀 들어 보게. 나는 자네가 그린 그림을 보았네. 그 그림에는 실수가 있지만 그런데도 아름다워. 만약 그렇지 않았더라면 나는 자네한테 수고비나 한 닢 쥐서 내보내고 그대로 잊어버렸을 걸세. 그 그림에 대해서 더 이상은 이야기하고 싶지 않네. 자네가 예술가가 될 수 있도록 도와주고 싶어. 어쩌면 자네는 그럴 운명을 타고났는지도 몰라. 그렇지만 견습생은 될 수 없단 말일세. 그리고 견습생의 자격으로 견습 기간을 마치지 않은 사람은 우리 조합에서는 도제나 장인이 될 수 없어. 그건 아까 말한 그대로일세. 그렇지만 한 가지 시도를 해 볼 수는 있지. 자네가 한동안 이 도시에 머무를 수 있다면 나한테 와서 몇 가지를 배울 수는 있네. 의무도 없고 계약도 필요 없어. 자네는 언제라도 다시 떠날 수 있네. 자네가 내 조각칼을 몇 개쯤 부러뜨려도 그만이고, 나무 막대기를 몇 개쯤 망가뜨려도 상관없어. 그렇게 해서 목공에는 소질이 없다는 것이 판명되면 곧장 다른 일을 해도 좋아. 이런 조건에 만족할 수 있겠나?"

골드문트는 이야기를 들으면서 부끄러웠고 감동했다.

"진심으로 감사드립니다." 그가 소리쳤다. "저는 집도 없는 몸입니다. 그러니 바깥 숲에서 지내는 것이나 이 도시에서 지내는 것이나 다를 게 없습니다. 저를 받아들이면 견습생을 들인 것과 마찬가지이니 그런 근심과 책임을 떠맡길 원치 않으신다는 것도 잘 알겠습니다. 저는 선생님께 배울 수 있다는 것만으로 크나큰 행운입니다. 저한테 그런 배려를 해 주시다니 진심으로 감사드립니다."

11장

이 도시에서는 골드문트 주위에 새로운 풍경들이 펼쳐졌고, 그에게 새 인생이 시작되었다. 이 나라와 이 도시가 그를 유쾌하게, 유혹적으로 그리고 풍성하게 맞아 주었듯이 이 새로운 생활은 즐거움과 수많은 약속을 동반하면서 그를 맞아 주었다. 그의 영혼 속에는 비록 슬픔의 바닥과 지식의 바닥이 들춰지지 않은 채 그대로 남아 있었지만, 표면적인 생활은 온갖 다채로운 색깔로 연출되었다. 골드문트의 생애에서 가장 즐겁고 가장 부담 없는 시절이 이제 막 시작되었다. 바깥 생활의 측면에서 보면 이 풍족한 주교좌(主敎座)의 도시는 온갖 예술과 여자들, 수많은 유쾌한 유희와 풍경들로 그에게 다가왔다. 그의 내면에서는 이제 막 깨어나는 예술가 기질이 그에게 새로운 느낌과 경험들을 선사했다. 그는 스승의 도움을 받아 생선 시장 언저리에 위치한 어느 연금술사의 집에 잠자리를 마련했으며, 스승과 연금술사에게서 목재와 석고, 물감, 니스와 금박(金箔)을 다루는 기술을 배웠다.

　골드문트는 대단한 재능을 가졌으면서도 자기 재능을 표현할 올바른 수단을 찾지 못하는 그런 불행한 예술가들 축에 들지는 않았다. 사실 이 세상의 아름다움을 심대하게 느끼고 자신의 영혼 속에 고귀한 형상들을 담아 내는 재능을 타고났으면서도 정작 그런 형상들을 다시 밖으로 표현하여 창조하고 전달함으로써 다른 사람들을 즐겁게 하는 길을 찾지 못하는 사람들이 상당수 있다. 하지만 골드문트는 그런 재주의 결핍을 괴로워하지 않았다. 그는 손을 놀리고 손으로 무엇을 만드는 재주와 솜씨를 익히는 것이 쉽고 재미있었다. 또한 주말이면 몇몇 동료들과 어울려 류트[11] 연주법을 익히고 일요일이 되면 마을의 무도장에서 춤을 배우는 일도 쉬웠다. 그런 것은 익히기 쉬웠고, 저절로 진척되어 갔다. 물론 목각(木刻)만큼은 여전히 진지하게 애를 써야 했고, 어려움과 실망도 맛보아야 했다. 이런저런 재질의 멋진 나무 조각을 형편없이 절단하기도 했고 손가락을 호되게 베기 일쑤였다. 그렇지만 그는 금방 초보 수준을 넘어서서 숙련된 기술을 습득했다. 그럼에도 불구하고 스승은 곧잘 그에게 매우 불만족하여 이렇게 말하곤 했다. "골드문트, 자네가 나의 견습생이나 도제가 아니긴 다행

---

11) 가장 오래된 현악기의 하나. 이집트와 아라비아를 거쳐 중세에 유럽에 들어와 18세기 말까지 독주 및 합주용으로 쓰였다.

이네. 자네가 시골길과 숲에서 와서 언젠가는 다시 그리로 되돌아갈 예정이라는 것을 우리가 알고 있으니 다행일세. 자네가 여느 시민이나 기술자가 아니라 집도 없는 뜨내기라는 사실을 모르는 사람 같으면 아마 스승이 자기 제자들한테나 요구하게 마련인 이런저런 것들을 자네한테 요구하고 싶은 유혹에 빠지기 십상일 거야. 자네는 신명이 날 때는 정말 훌륭한 일꾼일세. 그런데 지난주에는 이틀이나 결석을 했더군. 또 어제는 야외 작업장에서 두 개의 천사 상에 광을 내야 했는데 반나절 동안 잠을 잤지."

스승의 꾸지람은 옳았다. 그래서 골드문트는 변명하지 않고 잠자코 듣고만 있었다. 자기가 믿을 만하고 부지런한 사람이 아니라는 것은 스스로 잘 알고 있었다. 어떤 일감이 그를 꼼짝 못 하게 붙들어 매고 그에게 힘든 과제가 주어지거나 자신의 능숙한 솜씨를 깨닫고 기뻐하는 경우에는 그는 열성적인 일꾼이었다. 하지만 힘든 수작업은 싫어했으며, 힘들지 않아도 시간과 근면이 요구되는 일 역시 싫어했다. 그가 배우는 일은 대개 수작업을 요구했고 성실하고 참을성 있게 수행되어야만 했는데, 골드문트는 그런 일을 도저히 견디기 힘들 때가 많았다. 그는 이따금 그런 사실에 스스로 놀라곤 했다. 지난 몇 해 동안의 방랑 생활 때문에 게을러지고 믿지 못할 사람이 되어 버린 것일까? 아니면 어머니한테 물려받은 기질이 그의 속에서 자라나서 그를 압도하기에 이른 것일까? 그것도 아니라면 대체 무엇이 문제란 말인가? 그는 수도원에서 지냈던 처음 몇 년을 또렷이 기억했다. 당시의 그는 너무나 부지런하고 착실한 생도였다. 대관절 어째서 당시에는 그토록 엄청난 인내심을 발휘했으면서 지금은 그 인내심이 없어진 것일까? 어떻게 지칠 줄 모르고 라틴어 구문을 익히는 데 몰두할 수 있었으며, 속으로는 소중히 여기지도 않은 까다로운 희랍어 문법을 모두 익힐 수 있었던 것일까? 이따금 이런 생각들이 두서없이 떠올랐다. 그 무렵 그를 단련시켜 주고 그에게 날개를 달아 준 것은 사랑이었다. 그의 공부라는 것은 끊임없이 나르치스의 마음을 사려고 애쓰는 것 외에 아무것도 아니었으며, 나르치스의 사랑은 오직 존중과 인정을 통해서만 얻을 수 있었다. 그 무렵 골드문트는 사랑하는 선생이 자기를 인정해 주는 눈길을 보내기만 하면 몇 날 며칠이고 노력을 아끼지 않았다. 결국 그가 바라 마지않던 목표를 이루어서 나르치스는 그의 친구가 되었다. 그런데 골드문트가 학자로서는 자질이 없다는 것을 보여 주고 그의 마음속에 잃어버린 어머니의 모습을 생생히 되살려 낸 사람은 학자인 나르치스 바로 그였다. 그리하여 공부와 수도승 생활과 덕성을 쌓는 일 대신에 그의 본성에서 솟구치는 막강한 원초적 충동에 사로잡히게 되었다. 성적 욕망과 여성에 대한 사랑, 독립심, 방랑벽이 그를 지배하게 된 것이다. 그런데 이제 골드문트는 명인이 만든 마리아 상을 보면서 자기 속에 숨어 있던 예술가 기질을 발견하였고, 새로운 길로 접어들어 다시 한곳에 머무르게 되었다. 그렇다면 이제 어떻게 될 것인가? 그가 들어선 길은 어디로 이어질 것인가? 어디에서 장애물이 생기는 것일까?

처음에는 그 이유를 알 수 없었다. 그가 알 수 있는 사실은 다만 자기가 니클라우스 명인을 대단히 존경하기는 하지만 한 때 나르치스를 좋아했던 방식으로 좋아하지는 않는다는 것, 명인을 실망시키고 화나게 하는 일이 때로는 즐겁기조차 하다 는 것뿐이었다. 니클라우스의 손으로 만들어진 인물 상들은, 적어도 그의 작품 가운데 최고의 것들은 골드문트가 숭배하 는 모범들이었다. 하지만 명인 자신은 결코 그의 모범이 아니 었다.

입매가 너무나 고통스럽고도 아름다운 성모 마리아 상을 조각한 예술가 정신, 그리고 마술을 부리듯 심오한 경험과 예 감들을 가시적인 형상으로 만들어 내는 재주를 가진 혜안의 통찰력 외에도 니클라우스 명인의 내면에는 또 다른 기질이 숨어 있었다. 그것은 다소 엄격하고 성마른 아버지의 기질, 조 합의 우두머리다운 기질, 또는 홀아비다운 어떤 기질이었다. 니클라우스는 딸 그리고 못생긴 하녀와 함께 한적한 집에서 조용하고 다소 순종적인 삶을 영위하고 있었다. 그는 골드문 트의 너무나 강렬한 충동에 드세게 저항했다. 그에게는 조용 하고 절도 있는 생활, 정돈되고 점잖은 생활이 편안할 정도로 몸에 익어 있었던 것이다.

골드문트는 스승을 존경했기에 감히 다른 사람들한테 그에 대해 캐묻는다거나 다른 사람 앞에서 그에 대해 판단할 엄두 도 못 내었다. 하지만 일 년이 지나자 니클라우스에 관해 알 만한 것은 사소한 것까지도 죄다 알게 되었다. 명인은 골드문 트에게 중요한 존재가 되었다. 스승은 골드문트를 사랑하는 것 만큼이나 미워했다. 그는 골드문트를 가만히 내버려 두지 않았다. 그리하여 제자는 애정과 불신을 동시에 느끼면서, 갈수록 깨어나는 지식욕에 이끌려 스승의 은둔 생활 속으로 파고들었다. 집 안에 충분한 공간적 여유가 있는데도 니클라우스가 견습생이나 도제를 집에 두지 않는 이유도 알게 되었다. 좀처럼 외출도 하지 않고 손님을 초대하지 않는 이유도 알게 되었다. 그가 아리따운 딸을 열성을 다해 감동적으로 사랑하고 그 누구에게도 보여 주길 꺼린다는 것도 알아챘다. 또 이 홀아비의 엄격하고 조로한 금욕주의의 이면에는 아직도 생생한 충동이 꿈틀대고 있다는 것, 그리고 가끔 출장 부탁을 받고 여행을 하게 되면 때로는 신기하게도 딴사람처럼 젊어질 수 있다는 것도 알게 되었다. 언젠가 한번은 니클라우스가 목각 설교 연단 제작을 의뢰받고 방문한 어느 낯선 소도시에서 밤에 몰래 창녀를 찾아갔다 온 후로 며칠 동안 불안해하며 기분이 좋지 않았던 일도 목격했다.

시간이 지나면서 골드문트를 스승의 집에 묶어 두고 뭔가 의욕을 갖게 만든 계기가 하나 더 생겼다. 그것은 다름 아닌 명인의 아리따운 딸 리즈베트였다. 그녀는 그의 마음에 쏙 들었다. 그녀의 얼굴을 볼 기회는 드물었다. 그녀는 작업장에 들어오는 법이 없었는데, 그녀의 수줍음과 남자를 꺼리는 태도가 단지 아버지의 강요에 의한 것인지 아니면 그녀 자신의 천성이 원래 그런 것인지는 도무지 알아낼 도리가 없었다. 스승은 골드문트를 두 번 다시 식탁에 함께 앉히지 않았고 또 어떻게든 그녀와 마주치지 못하게 하려고 애쓴다는 사실을 골드문트는 알고 있었다. 리즈베트는 매우 귀하게 보호받으며 자란 처녀라는 걸 알 수 있었고, 그녀에겐 결혼을 전제로 하지 않은 연애란 전혀 가망이 없어 보였다. 그녀와 결혼할 수 있는 남자는 틀림없이 좋은 집안 자식이어야 할 것이고 수준 높은 직종의 동업자 조합에 소속된 청년이어야 할 것이며, 가능하다면 재산과 집도 있어야 할 터였다.

집시 여자나 농사꾼 여인네들과 달리 리즈베트의 미모는 첫날부터 골드문트의 눈길을 끌었다. 그 독특한 인상은 그를 격렬하게 끌어당기면서도 쉬이 친근감을 갖지 못하게 만들었으며, 불안하게 하기까지 했다. 그녀는 대단한 평온함과 천진무구함, 얌전함과 순결함을 지녔지만 그렇다고 결코 유치하지는 않았으며, 그 모든 단정한 품행의 이면에는 냉담함과 오만함이 감춰져 있었다. 그래서 그녀의 천진무구함이 그에게 감동을 주어 마음을 무기력하게 만드는 것이 아니라——어떤 경우에도 어린아이를 유혹할 수는 없을 테니까——오히려 그를 자극하고 도발했다. 그녀의 자태가 그에게 마음속의 심상으로 얼마간 친숙해지자마자 그는 그녀를 모델로 인물 상을 만들고 싶다는 생각이 들었다. 하지만 지금의 모습 그대로가 아니라 각성되고 감각적이며 고뇌하는 모습으로, 평범한 여느 처녀가 아니라 마리아 막달레나와 같은 모습으로 만들고 싶었다. 이 조용하고 아름답고 흐트러짐 없는 얼굴이 쾌락 때문이든 고통 때문이든 언젠가는 찡그려져 꽃잎처럼 벌어지고 그 속의 비밀이 드러나는 모습을 보고픈 욕구가 곧잘 치밀었다.

골드문트의 영혼 속에 살고 있으면서도 결코 온전히 그의 것이 되지 못한 또 다른 얼굴이 있었다. 그는 언젠가는 예술가로서 그 얼굴을 포착하여 표현하기를 소망해 마지않았지만, 그 얼굴은 자꾸만 그에게서 달아나 모습을 감추었다. 그것은 어머니의 얼굴이었다. 한때 나르치스와 대화를 나눈 이래로 잃어버린 기억의 심층으로부터 어머니의 얼굴이 다시 떠올랐지만, 이미 오래전부터 어머니의 얼굴은 더 이상 그때의 모습이 아니었다. 방랑하던 나날들, 사랑을 나누던 밤들, 그리움에 목말랐던 시간들, 목숨의 위협을 느끼고 죽음 언저리까지 갔던 시간들을 거치면서 어머니의 얼굴은 서서히 바뀌고 더 풍요로워졌다. 더 깊어지고 다양한 모습으로 변화했다. 그리하여 그것은 더 이상 그가 원래 알던 어머니의 모습이 아니었다. 원래의 모습에 깃들어 있던 특색은 점차 한 개인을 넘어선 어머니 상으로, 인류의 어머니인 이브의 모습으로 바뀌었다. 스승 니클라우스는 그의 마리아 상에서 고통받는 성모의 형상을 완벽하고도 강렬한 표현으로 묘사했고, 골드문트가 보기에 그 완벽함과 강렬함은 감히 누구도 따를 수 없는 것이었다. 그와 마찬가지로 언젠가 좀 더 성숙하고 자기 능력에 좀 더 확신을 갖게 되면 골드문트 자신도 이브로 떠오르는 세속적인 어머니 상을, 그의 마음속에 자리한 가장 오래되고 가장 큰 사랑의 대상인 신성한 존재로 형상화하고 싶었다. 그런데 한때는 단지 자신의 어머니에 대한 기억과 사랑의 추억으로부터 떠올랐을 뿐인 이 내면의 형상이 끊임없이 바뀌며 성숙해 가고 있었다. 집시 여인 리제가 남긴 인상, 기사의 딸 뤼디아가 남긴 인상, 그리고 또 다른 여러 여자의 얼굴이 저 근원적인 형상에 섞여 들었다. 사랑했던 모든 여자들의 얼굴이 그 형상에 더해져 새로운 모습이 만들어졌을 뿐 아니라, 일체의 충격과 체험들이 그 형상으로 녹아들어 특색을 이루었다. 만일 언젠가 이 형상을 시각적으로 그려 내는 데 성공한다면 그것은 특정한 여자를 묘사한 것이 아니라 근원의 어머니인 삶 자체를 형상화한 것이어야 할 터이기 때문이다. 골드문트는 종종 그 형상을 정말 본 것처럼 느끼기도 했고, 때로는 그 형상이 꿈에 나타나기도 했다. 그렇지만 그 이브의 얼굴이나 스스로 표현해야 할 얼굴에 대해 골드문트는 다만 삶의 쾌락이 고통 및 죽음과 내밀하게 연관되어 있음을 드러내는 모습으로 그려야 한다는 것 말고는 아무것도 설명할 수 없었다.

일 년이 지나는 동안 골드문트는 많은 것을 배웠다. 그림에는 빠른 속도로 대단한 자신감을 갖게 되었고, 니클라우스는 그에게 목각 말고 흙을 사용한 본뜨기 작업도 가르쳐 주었다. 그의 첫 성공작은 흙으로 만든 인물 상이었다. 높이가 족히 두 뼘이 넘는 그 작품은 뤼디아의 동생인 귀여운 율리에의 달콤하고 유혹적인 자태를 담은 것이었다. 스승은 이 작품을 칭찬해 주었다. 그렇지만 이 작품을 금속 주형(鑄型)으로 만들고 싶다는 골드문트의 소원을 들어주지는 않았다. 스승의 입장에서 이 작품은 그가 대부(代父)가 되어 주기에는 너무나 정숙하지 못하고 세속적이었던 것이다. 그러고 나서 골드문트는 나르치스의 인물 상을 만드는 목각 작업에 착수했다. 그것은 사도 요한의 형상이었다. 니클라우스는 이 작업이 성공하면 골드문트가 만든 사도 요한 상을 자신이 의뢰받은 십자가 수난 상에 포함시킬 생각이었다. 두 명의 조수가 오래전부터 전적으로 이 일에만 매달려 왔고 니클라우스는 최종 마무리 작업만 맡을 예정이었다.

골드문트는 깊은 애정을 가지고 나르치스 상에 매달렸다. 이 작업을 하는 동안 그는 정상 궤도에서 벗어날 때마다 자기 자신을, 자신의 예술가 정신과 영혼을 재발견했다. 그런 일은 드물지 않게 생겼다. 연애 사건, 무도회, 동료와의 다툼, 주사위 놀이라든가 싸움까지도 흔히 그의 마음을 거세게 뒤흔들어 놓아서 그는 하루 또는 며칠씩 작업장을 피하곤 했고, 설령 일을 하더라도 마음이 뒤숭숭하고 짜증이 났다. 그렇지만 사랑스럽고 생각에 잠긴 사도 요한의 목재 조각상은 갈수록 더 순수하게 모습을 드러냈다. 그는 마음의 준비가 되어 있는 시간에만 전적으로 몰입하여 겸허한 마음으로 작업에 임했다. 그런 시간에는 기쁘지도 슬프지도 않았고, 삶의 쾌락이나 덧없음도 의식되지 않았다. 그럴 때면 그의 마음속에 한때 친구에게 빠져들어 그의 인도에 기뻐했던 바로 그 경이롭고 밝고 순수하게 조율된 감정이 되살아나는 것이었다. 이 자리에 서서 자신의 의지대로 하나의 형상을 창조하는 존재는 더 이상 그 자신이 아니었다. 그의 예술가 손을 빌려 삶의 무상함과 가변성에서 벗어나 삶의 본질에 관한 순수한 형상을 빚어 내는 주체는 또 다른 존재, 바로 나르치스였다.

이러한 방식으로 진정한 작품들이 탄생한다는 것을 느끼며 골드문트는 때때로 전율했다. 스승이 만든 불멸의 마리아상도 그렇게 탄생했을 것이다. 골드문트는 일요일이면 이따금 수도원에 있는 마리아 상을 다시 찾아가곤 했다. 또 스승이 문간 위쪽에 세워 둔 오래된 인물 상들 가운데 최고의 걸작 두 점도 이러한 신비롭고 성스러운 방식을 거쳐 만들어졌을 것이다. 그에겐 더 신비롭고 경이로운 또 다른 작품, 인류의 어머니 이브를 형상화할 그 둘도 없는 작품 역시 언젠가는 이렇게 탄생할 것이다. 아, 인간의 손에 의해 오직 그런 예술 작품만이, 어떤 욕망이나 허영에 의해서도 더럽혀지지 않은 그런 신성하고도 없어선 안 될 형상들만이 창조될 수 있다면 얼마나 좋을까! 하지만 그렇게 되지 않는다는 것을 골드문트는 이미 오래전부터 알고 있었다. 인간은 다른 형상들도 만들어 낼 수 있다. 예쁘고 매혹적인 대상들이 위대한 장인의 솜씨로 만들어져서 예술 애호가들을 즐겁게 해 주고, 교회나 관청의 홀을 장식할 수도 있는 것이다. 그런 것들도 아름답기는 하지만, 진정으로 영혼이 살아 있는 신성한 작품은 아니었다. 골드문트는 니클라우스와 다른 명인들의 작품 가운데서도 그런 작품들을 상당수 찾아볼 수 있었다. 그런 작품들은 아무리 착상이 우아하고 작업이 정교해도 그저 한낱 유희에 지나지 않았다. 골드문트는 자신의 마음속에도 그런 작품을 만들고픈 욕구가 도사리고 있다는 것을 알고는 부끄럽고 서글펐다. 보통의 예술가가 그런 예쁜 물건을 세상에 내보낼 수 있듯이 골드문트 역시 자신의 재주를 즐기려고, 명예욕과 장난기가 발동하여, 제 손으로 그런 작품을 만들어 냈던 것이다.

처음으로 이런 사실을 깨달았을 때 골드문트는 죽고 싶을 만큼 비참한 심경이었다. 예쁘장한 천사의 상 혹은 여타의 장난감이나 만들 바에는, 그런 것들이 아무리 예쁘다 한들, 굳이 예술가가 될 이유가 없었다. 다른 사람들, 그러니까 평범한 기능공이나 일반 시민, 조용히 자기 생활에 만족하는 사람들에겐 어쩌면 그런 일도 보람이 있겠지만 골드문트에겐 그렇지 않았다. 그에겐 예술과 예술가 정신이 태양처럼 빛나고 폭풍처럼 힘찬 것이 아니라면, 단지 평온함과 아늑함만을 안겨 주는 것이라면, 아무 가치도 없고 그저 하찮은 행운에 지나지 않았다. 그는 다른 무엇인가를 추구했다. 레이스 세공처럼 우아하게 만들어진 마리아 상의 화관에 반짝이는 금박을 입히는 일 따위는 비록 후한 보수를 받는다 하더라도 그가 할 일이 아니었다. 그런데 어째서 니클라우스 명인은 이 모든 주문에 응하는 것일까? 어째서 조수를 두 명이나 데리고 있는 것일까? 어째서 관리들이나 고위 성직자들이 건물의 현관 장식이나 설교 연단을 주문할 때면 손에 자를 들고서 몇 시간씩 그들의 말을 경청하는 것일까? 거기엔 두 가지 이유, 그것도 옹색한 이유가 있었다. 하나는 니클라우스가 주문이 쇄도하는 유명한 예술가라는 데서 자부심을 느꼈기 때문이고, 또 하나는 돈을 모으려고 했기 때문이다. 사업 확장이나 향락을 위해서가 아니라 자기 딸을 위해 돈을 모았던 것이다. 그의 딸은 벌써 오래전부터 부유한 아가씨가 되어 있었다. 그녀의 결혼 지참금, 레이스 깃, 비단 옷, 그리고 값진 장식과 아마포(亞麻布) 제품으로 장식된 호두나무 침대를 위해 돈이 필요했던 것이다! 마치 그 아름다운 소녀는 짚더미가 깔린 맨바닥에서는 멋진 사랑을 경험할 수 없다는 듯이!

그런 생각을 하고 있으면 골드문트의 마음속 깊은 곳에서 어머니의 피가 꿈틀댔다. 그것은 한곳에 안주해 사는 사람들에 대한 뜨내기의 자부심과 경멸감이었다. 이따금 일과 스승이 짜증 날 정도로 싫었으며, 달아나고 싶을 때도 종종 있었다.

스승 역시 이처럼 다루기 힘들고 믿음이 가지 않는 녀석을 받아들인 것을 몇 번이나 후회하며 속을 태웠다. 이 녀석은 곧잘 그의 인내심을 시험하곤 했다. 골드문트의 인생 유전(流轉)이나 금전과 소유에 대한 무관심, 낭비벽과 허다한 연애사, 잦은 싸움질 따위에 관해 알고 나서도 마음을 누그러뜨릴 수 없었다. 어쨌든 못 믿을 뜨내기 직공을 받아들인 셈이기 때문이다. 이 방랑자가 자기 딸 리즈베트를 어떤 눈길로 바라보고 있는가도 놓치지 않았다. 그럼에도 불구하고 그가 골드문트에 대해 힘에 부칠 정도로 과도한 인내심을 발휘했다면, 그것은 의무감이나 조바심 때문이 아니라 사도 요한의 상을 완성하겠다는 일념 때문이었다. 그는 그 작품이 탄생하는 과정을 지켜보고 있었다. 골드문트는 숲을 헤매다가 자신에게 굴러와서 너무나 감동적이고 아름답지만 아직은 서툴기 짝이 없는 그림을 그려 보였고, 그 때문에 당시에 이 뜨내기를 곁에 붙잡아 두었던 것이다. 온전히 시인하고 싶지는 않았지만, 니클라우스는 사랑과 영적 친화성을 일깨우는 그 어떤 감정을 느끼면서 이 뜨내기가 서서히 기분 내키는 대로, 그러면서도 집요하고 빈틈없이 목조 사도 상을 만들어 가는 것을 지켜보고 있었다. 온갖 변덕과 중단에도 불구하고 이 인물 상이 언젠가는 완성될 것임을 믿어 의심치 않았다. 그러면 그것은 지금까지 그 어떤 제자도 해내지 못한 작품이 될 것이다. 그런 일은 명망 있는 장인들에게도 결코 흔치 않은 행운이었다. 제자에겐 스승의 마음에 들지 않는 구석이 허다했고, 여러 차례 제자를 꾸짖고 곧잘 화를 냈지만 요한 상에 대해서만큼은 한마디도 하지 않았다.

한때 골드문트에겐 젊은이다운 단아함과 소년 같은 천진함이 남아 있어서 많은 사람의 호감을 샀다. 하지만 근래 몇 해 사이에 그런 소년티는 점차 사라져 갔다. 그는 아름답고 강건한 사나이가 되었고, 여자들이 무척이나 그를 탐하는 한편 남자들 사이에서는 거의 인기가 없어졌다. 나르치스가 수도원 시절의 단잠에서 그를 깨워 주고 세상과 방랑 생활이 그를 주물러 놓은 이래로 그의 정서와 내면도 상당히 변했다. 수도원 생도 시절의 그는 귀엽고 부드러웠으며, 모든 이에게 사랑받는 독실하고 봉사심 강한 소년이었다. 그러나 이미 오래전부터 그는 완연히 딴사람이 되어 있었다. 나르치스는 그를 각성시켜 주었고, 여자들은 그에게 앎을 주었으며, 방랑 생활은 그에게서 앳된 티를 없애 주었다. 그에겐 친구가 없었다. 그의 마음은 여자들한테 쏠려 있었다. 여자들은 쉽사리 그의 마음을 사로잡을 수 있었다. 갈망의 눈빛 하나로 충분했다. 그는 여자의 유혹에 맞서기 힘들었고, 아무리 조용한 유혹에도 응답을 보냈다. 그는 아름다움에 대해 남달리 섬세한 감수성을 지녔고 또 늘 이제 막 청춘의 봄을 맞이한 꽃다운 나이의 처녀를 가장 좋아했지만, 그러면서도 별로 아름답지도 않고 젊지도 않은 여자들의 접촉과 유혹에도 응했다. 춤판 같은 데서 그는 나이가 차고 용기도 없어서 아무도 원하지 않는 그런 처녀한테 매달리기도 했다. 그는 그런 여성에게 일단 동정심을 느끼면서 호감을 가졌지만, 그것은 단지 동정심 때문만은 아니고 영원히 식을 줄 모르는 호기심 때문이기도 했다. 그가 어떤 여자한테 빠져들기 시작하면—몇 주 동안 좋아하든 단 몇 시간 동안 좋아하든 간에—그 순간부터 그 여자는 그에게 아름다운 존재가 되었고, 그는 자신의 모든 것을 바쳤다. 그리고 경험으로 알게 된 사실이지만, 여자는 누구나 아름다운 존재이며 다른 사람을 행복하게 해 줄 능력이 있었다. 또 남자들한테 주목받지 못하고 눈에 띄지 않는 여자도 엄청난 정열을 불사르며 자신을 바칠 수 있고, 꽃다운 시절을 넘긴 여자도 단순히 모성애 이상의 슬프고도 달콤한 애틋함을 보여 줄 수 있었다. 여자는 누구나 나름의 비밀과 매력을 지니고 있으며, 그것이 펼쳐지면 상대방을 행복하게 해 주는 것이다. 젊음이나 아름다움이 모자라더라도 그 어떤 독특한 몸짓에 의해 상쇄될 수 있는 것이다. 그렇지만 물론 누구나 골드문트를 오랫동안 붙잡아 두지는 못했다. 그는 아주 젊고 아름다운 여자라고 해서 아름답지 않은 여자를 대할 때보다 조금이라도 더 많은 애정을 베푼다거나 더 고마워하는 법이 없었다. 그는 결코 절반의 사랑은 하지 않았던 것이다. 그렇지만 사흘 또는 열흘 밤 동안 사랑을 나누고서야 제대로 결합하는 여자가 있는가 하면 또 단번에 싫증이 나고 잊히는 여자도 있었다.

골드문트에게 사랑의 쾌락은 진정으로 인생을 따뜻하게 해 주고 가치로 가득 채워 주는 유일한 계기였다. 명예욕을 몰랐기에 그에겐 주교(主敎)나 거지나 아무 차이가 없었다. 장사나 재산이 그의 마음을 끌지도 못했다. 그는 그런 것을 경멸했다. 그는 할 수만 있다면 털끝만치도 돈벌이에 자기 인생을 허비하고 싶지 않았으며, 가끔 풍족하게 버는 돈을 아무 생각 없이 탕진했다. 여자들의 사랑, 이성(異姓) 간의 유희, 그것이 그에겐 가장 소중했다. 그리고 그가 곧잘 슬픔과 권태에 빠져드는 성향이 생긴 것도 그 핵심을 따져 보면 쾌락의 무상함과 덧없음을 경험한 데서 비롯되었다. 사랑의 쾌감은 순식간에 피어올라 황홀경에 빠지게 하고는 짧게 갈망에 불탔다가 금방 꺼지고 말았다. 골드문트는 그러한 과정 속에 모든 체험의 핵심이 들어 있다고 생각했다. 그것이 골드문트에겐 인생의 모든 환희와 고뇌를 말해 주는 상징이 되었다. 그는 사랑할 때와 마찬가지로 그런 비애와 무상함에서 느끼는 전율에 자신을 내맡길 수 있었다. 그러한 비애도 곧 사랑이요, 쾌감이었던 것이다. 더없이 행복한 절정의 최고조에 다다른 순간에 사랑의 환희가 확실해졌다가는 순식간에 사라지고 다시 사멸할 수밖에 없듯이, 너무나 내밀한 고독과 슬픔에 잠겨 있는 순간도 다시금 인생의 밝은 측면에 새로이 몰입하고픈 욕구에 의해 느닷없이 삼켜지고 마는 것이다. 죽음과 쾌락은 하나였다. 사랑과 욕망을 인생의 어머니라 부를 수 있다면 무덤과 사멸 또한 그렇게 부를 수 있을 것이다. 골드문트의 어머니는 이브였다. 그녀는 행복의 원천인 동시에 죽음의 원천이기도 했다. 그녀는 영원히 낳고 또 영원히 죽이는 존재인 것이다. 그녀에게 사랑과 공포는 하나였다. 그녀를 마음속에 품고 있으면 있을수록 그녀의 모습은 그에게 뭔가를 말해 주는 비유가 되었고 신성한 상징이 되었다.

골드문트는 자기가 가고 있는 길이 어머니에게로, 쾌락과 죽음으로 이어지고 있다는 것을 알고 있었다. 비록 말이나 각성된 의식으로 표현하지는 못했지만, 그보다 더 깊은 차원에서 피의 직감으로 그것을 알 수 있었다. 삶에서 아버지의 요소인 정신과 의지는 그의 고향이 아니었다. 그것은 나르치스의 고향이었다. 이제 비로소 골드문트는 친구가 했던 말들을 온전히 이해하게 되었고, 그 친구에게서 대립적인 기질을 발견하게 되었다. 그는 이러한 깨달음도 사도 요한의 형상에 담아 시각적으로 그려 냈다. 나르치스가 눈물 나도록 보고 싶기도 하고 그에 대해 신기한 꿈을 꾸기도 했다. 하지만 그럴 수는 있어도 그를 따라간다거나 그와 같은 사람이 된다는 것은 불가능했다.

모종의 알 수 없는 감각에 의해 골드문트는 자신의 예술가 기질의 비밀이 무엇인지도 어렴풋이 예감했다. 그는 마음속으로 예술을 사랑하면서도 때로는 거칠게 증오했다. 그는 의식적인 생각을 거치지 않은 채 심정적으로 수많은 비유를 떠올렸다. 이를테면 예술은 아버지의 세계와 어머니의 세계, 정신과 피가 합일된 세계였다. 또 예술은 가장 감각적인 것에서 출발하여 가장 추상적인 것으로 나아갈 수 있었고, 혹은 순수한 이념 세계에서 시작하여 가장 원초적인 육신의 세계에서 끝날 수도 있었다. 진정으로 숭고한 모든 예술 작품, 마술을 부린 듯 훌륭한 작품뿐 아니라 영원한 비밀로 가득 차 있는 작품, 이를테면 명인이 창조한 성모 마리아 상처럼 의문의 여지가 없는 진짜 예술 작품은 모두 미소처럼 알다가도 모를 위태로운 양면성을 지니고 있었다. 거기엔 남성적인 것과 여성적인 것, 충동적인 것과 순수한 정신성이 공존했다. 하지만 언젠가 어머니 이브의 상을 형상화하는 데 성공한다면 그것은 이러한 이중성을 무엇보다 잘 드러낸 작품이 될 것이다.

골드문트가 보기에 예술과 예술가야말로 자신의 가장 깊은 갈등이 화해할 가능성을 간직한 존재였다. 그것은 그의 본성의 분열이 장엄하게, 늘 새롭게 균형을 유지할 수 있는 가능성이기도 했다. 그렇지만 예술은 결코 거저 주어지는 선물 같은 것은 아니었다. 예술은 결코 공짜로 가질 수 있는 게 아니라 대단히 많은 대가를 요구했고, 희생을 요구했다. 삼 년이 넘도록 골드문트는 사랑의 쾌락 말고 그가 알고 있는 최고의 것, 없어선 안 될 것을 예술에 바쳤다. 그것은 다름 아닌 자유였다. 자유로운 상태, 어떤 경계선도 마음대로 넘나드는 분방함, 방랑 생활의 방종함, 홀로 서서 누구에게도 의존하지 않는 삶, 이 모든 것을 그는 단념했다. 그가 가끔 화가 나서 작업장과 일거리를 팽개칠 때면 다른 사람들 눈에는 너무도 변덕스럽고 반항적이고 자만심에 빠진 것처럼 보일지 몰라도 그 자신에겐 이런 생활이 노예 노릇이나 다름없었고, 종종 그를 견딜 수 없이 비참하게 만들었던 것이다. 그가 복종해야 했던 대상은 스승도 미래도 아니었고, 궁핍한 처지에 굴복한 것도 아니었다. 그는 예술 자체에 복종했다. 예술은 얼핏 보면 정신계의 여왕 같지만, 실은 하찮은 것들을 너무 많이 필요로 했다. 예술을 하려면 안정된 작업 공간이 있어야 했고, 작업 도구와 목재, 흙, 물감, 금 따위가 필요했으며, 노동과 인내가 요구되었다. 그는 숲에서 누리던 거친 자유를 예술에 바쳤다. 넓은 세상을 만끽하는 자유, 위험을 즐기는 짜릿한 쾌감, 안빈낙도의 자부심을 모두 바쳤다. 그러고도 그는 숨을 죽이고 화를 삭이며 자꾸만 새 제물을 바쳐야만 했다.

골드문트는 자기가 그렇게 바친 것 가운데 일부를 되찾았다. 지금 자신의 생활을 꼼짝 못 하게 묶어 놓고 있는 질서와 고정된 틀에 대항해 그는 연애로 얽혀 있는 모종의 모험과 여자를 차지하려는 경쟁자들끼리의 싸움질로 복수를 시도했다. 그의 본성 깊숙이 갇혀 있던 일체의 야성과 억눌려 있던 힘이 바로 그러한 비상구로 뿜어져 나왔다. 그는 싸움꾼으로 이름이 났고 사람들이 겁내는 존재가 되었다. 어떤 아가씨를 찾아가는 길에, 혹은 춤판에서 돌아오는 길에 어두운 골목길에서 갑자기 기습을 당해 몽둥이로 몇 대 얻어맞고는 번개같이 몸을 돌려 방어에서 공격으로 전환하여 헐떡거리는 상대를 역시 헐떡거리며 제압해서 주먹으로 턱을 날리고 머리끄덩이를 잡거나 꼼짝 못 하게 목을 조르곤 했다. 그러면 기분이 좋아져서 침울하던 마음이 잠시 가시곤 했다. 그것은 여자들에게도 환심을 살 만한 일이었다.

골드문트의 나날은 이 모든 일로 넘쳐났고, 사도 요한 상 작업이 계속되는 동안에는 그 모든 것에 나름의 의미가 있었다. 그 작업은 오래 걸렸다. 얼굴과 손의 본을 뜨는 마지막 섬세한 작업은 엄숙하고도 참을성 있게 이루어졌다. 도제들의 작업장 뒤쪽에 있는 목재 창고에서 그는 작업을 마무리했다. 입상이 완성되는 날 아침이 밝아 왔다. 골드문트는 비를 가져와서 창고를 조심스럽게 청소하고 요한의 머리카락에서 마지막 나무 먼지를 세심하게 붓으로 털어 냈다. 그러고서 골드문트는 오랫동안 입상 앞에 서 있었다. 한 시간 혹은 그 이상이 지나도록 그는 좀처럼 접하기 힘든 위대한 체험을 했다는 엄숙한 감정에 휩싸여 있었다. 인생에서 한 번쯤 더 이런 체험을 할 수도 있겠지만, 어쩌면 이번이 끝내 전무후무한 체험으로 남을지도 모를 일이었다. 결혼식 날이나 기사 서품식 날을 맞은 남자 혹은 첫 출산 후의 여자 정도라면 아마도 이와 비슷한 감동을 느낄지 모른다. 그것은 숭고한 성스러움과 깊은 엄숙함이 함께하는 감동이었다. 또한 이 숭고하고 유일무이한 체험도 일단 겪고 지나가면 기존의 질서에 편입되어 하루하루의 진부한 흐름에 파묻히고 마는 순간이 닥쳐올지 모른다는 은밀한 불안감도 함께 작용했다.

골드문트는 일어서서 친구 나르치스를 바라보았다. 소년 시절 그를 이끌어 주었던 친구는 뭔가에 귀를 기울이듯 얼굴을 쳐들고 있었고, 준수한 용모에 그리스도가 아끼는 제자의 복장을 하고 있었다. 이제 막 꽃봉오리처럼 피어날 듯한 미소에는 차분함과 독실함과 외경심이 나타나 있었다. 경건하고 이지적이고 아름다운 얼굴, 떠다닐 듯 호리호리한 모습, 우아하고도 경건하게 들어 올린 갸름한 손에는 젊음과 내면의 음악이 넘쳐흘렀지만, 그렇다고 고통과 죽음의 그늘을 모르지 않는 그런 모습이었다. 이 고귀한 용모 뒤에 감춰진 영혼은 기쁠 때나 슬플 때나 순수하게 조율되어 있었고, 그 어떤 불협화음에도 시달리지 않았다.

골드문트는 자신의 작품을 바라보며 서 있었다. 그의 관찰은 청춘의 첫 시절과 우정을 기념하는 이 작품에 대한 경건한 묵상으로 시작되었으나, 결국은 질풍처럼 몰려드는 근심과 무거운 상념으로 끝나고 말았다. 이제 이곳에 그의 작품이 서 있다. 아름다운 사도는 그대로 남게 될 것이고, 섬세하게 피어나는 그 아름다움은 결코 끝나지 않을 것이다. 그러나 이 작품을 만든 그 자신은 이제 작품과 작별해야 한다. 아침이 되면 이 작품은 더 이상 그의 것이 될 수 없다. 더 이상 그의 손길을 기다리지도 않을 것이며, 그의 손길로 보살핌을 받으며 성장하고 피어나지도 못할 것이다. 더 이상 그에게 삶의 도피처나 위안이나 의미도 되지 못할 것이다. 그는 허전하게 남게 될 것이다. 그렇다면 오늘 이 요한 상과 작별할 뿐 아니라 스승과 이 도시 그리고 예술과도 작별하는 것이 상책이 아닐까 싶었다. 여기에 더 이상 볼일이 없어진 것이다. 그의 영혼 속에는 자신이 만들어 낼 수 있는 그 어떤 형상도 남아 있지 않았다. 그가 선망하는 최고의 형상인 이브의 형태는 아직 만들 수 없었고, 앞으로도 오래도록 그럴 것이다. 이제 다시 보잘것없는 천사 상에 금박이나 입히고 장신구 따위를 조각해야 한단 말인가?

골드문트는 몸을 돌려 스승의 작업장으로 건너갔다. 그는 조용히 안으로 들어가서 니클라우스가 알아차리고 부를 때까지 문가에 그대로 서 있었다.

"무슨 일인가, 골드문트?"

"제가 만들던 입상이 완성되었습니다. 식사하러 가시기 전에 한번 건너가 살펴보셨으면 합니다."

"기꺼이 가지. 지금 당장 가자고."

두 사람은 함께 건너가 실내가 조금이라도 더 환하게 보일 수 있도록 문을 열어 놓았다. 니클라우스는 한참 동안 이 입상을 보지 못한 상태였다. 골드문트의 작업이 방해받지 않게 내버려 두었던 것이다. 이제 니클라우스는 말없이 주의 깊게 작품을 관찰했고, 그의 무표정하던 얼굴이 환하게 밝아졌다. 골드문트는 니클라우스의 엄하기만 하던 파란 눈에 희열이 감도는 것을 보았다.

"훌륭해." 스승이 말했다. "대단히 훌륭해. 도제 시절을 마감하는 작품이 될 걸세, 골드문트. 자넨 이제 더 배울 것이 없어. 자네의 입상을 조합 사람들한테 보여 주고 자네에게 장인(匠人) 증서를 수여하도록 요청하겠네. 자넨 그만한 자격이 있어."

골드문트는 조합을 대수롭지 않게 여겼지만, 스승의 말이 얼마나 엄청난 인정을 뜻하는지 알았기에 기뻤다.

니클라우스는 다시 한번 천천히 요한 상 주위를 둘러보더니 외마디 탄성을 지르며 말했다. "이 인물 상에는 경건함과 명료함이 넘쳐흐르고 진지하면서도 행복과 평화가 가득 차 있군. 마음이 무척이나 밝고 쾌활한 사람이 만들었다고들 하겠는걸."

골드문트는 미소를 지었다.

"잘 보셨습니다. 이 인물상의 모델은 저 자신이 아니고 제가 가장 아끼는 친구입니다. 이 형상에 명료함과 평화로운 분위기를 불어넣는 것도 제가 아니라 바로 그 친구죠. 이 형상은 제가 만든 것이 아닙니다. 그 친구가 저의 영혼에 이러한 형상을 심어 준 것입니다."

"그럴 수도 있겠지." 니클라우스가 말했다. "이런 형상이 어떤 방식으로 탄생하는지는 비밀에 싸여 있지. 나는 겸손한 사람은 아니지만 고백하자면 내 작품 중에는 자네 것에 훨씬 뒤지는 게 많아. 기술과 정성이 뒤지는 게 아니라 진실성이 뒤진단 말일세. 자네 스스로도 잘 알겠지만 이런 작품은 두 번 다시 만들지 못하는 법이지. 신비로운 일이야."

"그렇습니다." 골드문트가 말했다. "인물 상이 완성되자 저는 이런 작품은 두 번 다시 만들지 못할 거라는 생각이 들었습니다. 그래서 저는 조만간 다시 방랑 생활로 돌아갈 생각입니다."

니클라우스는 깜짝 놀라면서 달갑지 않은 기색으로 골드문트를 쳐다보았다. 그의 눈은 다시 엄한 모습으로 돌아가 있었다.

"그 문제는 차차 이야기하기로 하세. 자네는 이제부터 본격적인 작업을 시작해야 하네. 정말이지 지금은 떠날 때가 아닐세. 오늘은 쉬게나. 점심에 초대하겠네."

정오 무렵 골드문트는 세수하고 머리도 빗고서 외출복 차림으로 들어섰다. 스승에게 식사 초대를 받는다는 것이 얼마나 뜻깊은 일이며 얼마나 드문 호의인가를 이번에는 잘 알았다. 그렇지만 조형물이 가득 들어차 있는 복도를 따라 층계를 올라가는 골드문트의 마음은 일찍이 두근거리는 가슴을 안고 이 아름답고 조용한 공간에 처음 발을 들여놓던 당시와 달리

한참 전부터 이미 경외심으로 가득 차 있지도 않았고, 불안한 기쁨에 들떠 있지도 않았다.

리즈베트 역시 말쑥한 차림에 보석 목걸이를 목에 걸고 있었다. 식탁에는 잉어 요리와 포도주 외에도 깜짝 놀랄 물건이 놓여 있었다. 스승은 골드문트에게 가죽 지갑을 선사했는데, 그 안에는 금화 두 닢이 들어 있었다. 완성된 인물 상에 대한 보수로 골드문트에게 주는 것이었다.

아버지와 딸이 이야기를 주고받는 동안 이번에는 골드문트도 가만히 있지 않았다. 두 사람은 그에게 말을 걸었고, 서로 잔을 부딪치기도 했다. 골드문트의 눈은 부지런히 움직였다. 그는 기회를 포착하여 고상한 표정에 다소 오만해 보이기도 하는 이 아름다운 아가씨를 자세히 관찰했고, 그녀를 향한 관심의 시선을 굳이 숨기지 않았다. 그녀는 그에게 싹싹하게 대하긴 했지만, 그렇다고 얼굴을 붉히거나 따뜻한 태도를 보인 것은 아니었기에 그는 실망했다. 골드문트는 전혀 동요하지 않는 그녀의 표정이 뭔가를 말하게 하고 억지로라도 그 표정의 비밀을 털어놓게 하고 싶은 마음이 다시 간절해졌다.

식사가 끝나자 골드문트는 고맙다는 인사를 하고 복도에 진열된 조각품들 곁에서 잠시 서성대다가 오후에는 마음의 갈피를 잡지 못한 채 건달처럼 도시를 이리저리 쏘다녔다. 그는 명인으로부터 기대 이상의 대단한 칭찬을 받았다. 그런데도 어째서 기쁘지 않은 것일까? 이 모든 존중에도 불구하고 어째서 조금도 신이 나지 않는 것일까?

문득 상념에 빠진 그는 말을 한 필 빌려 타고 수도원을 찾아 나섰다. 거기서 그는 처음으로 명인의 작품을 구경했고 그의 이름을 들었다. 그것은 불과 몇 해 전의 일이지만 아득히 오래전 일인 것만 같았다. 당시 그는 수도원 예배당에서 마리아 상을 관찰했었고, 오늘도 이 작품은 그를 꼼짝 못 하게 매료시켰다. 이 작품은 그가 만든 요한 상보다 더 아름다웠다. 말하자면 더 은근하고 신비로웠고, 무겁지 않게 자유로이 떠다니는 듯한 모습이나 솜씨의 측면에서 그의 작품을 능가했다. 이제 그는 이 작품의 개별적인 요소들을 관찰해 보았다. 그런 것은 예술가만이 볼 줄 안다. 살짝 부드럽게 움직이는 듯한 옷의 질감이나 갸름한 손과 손가락의 대담한 조형, 나뭇결의 우발적인 굴곡들을 섬세하게 활용한 것 등 이 모든 아름다움은, 단순하고 소박하면서도 내면의 아름다움이 우러나오는 작품 전체의 가치와 비교하면 물론 아무것도 아니었지만 그럼에도 엄연히 그 자체로 대단히 아름다웠으며, 손기술을 철저히 터득한 은총 받은 사람한테만 가능한 경지였다. 이런 작품을 만들어 낼 수 있으려면 단지 자신의 영혼 속에 어떤 형상들을 간직하고 있는 것만으로는 부족하며, 시각(視覺)과 손의 기술 역시 이루 말할 수 없는 훈련과 연습을 거쳐야만 하는 것이다. 어쩌면 평생을 예술에 바치는 것도 해 볼 만한 일인지도 몰랐다. 그런 아름다움은 체험과 직관을 거쳐 사랑으로 받아들일 뿐 아니라 마지막 순간까지 확고한 장인적 정신으로 밀고 갈 때만 가능한 것이다. 자유를 포기하고, 위대한 체험들을 단념하고, 오직 단 한 번 그런 아름다운 작품을 만들어 내는 것도 해 볼 만한 일이 아닐까? 이것은 대단히 어려운 문제였다.

골드문트는 밤늦게서야 지친 말을 타고 시내로 돌아왔다. 술집 하나가 아직 열려 있었다. 골드문트는 거기서 빵을 시켜 포도주를 한잔했다. 그러고는 생선 시장 근처에 있는 거처로 기어들어 갔다. 여전히 마음은 혼란스러웠고, 의문과 의혹투성이였다.

12장

다음 날 골드문트는 작업장에 갈 결심이 서지 않았다. 재미 없는 날이면 으레 그랬듯이 그는 시내를 돌아다녔다. 장을 보러 나온 부인네들과 아가씨들을 구경했고, 특히 생선 시장의 분수대 주변에 한참 멈춰 서서 생선 장수들과 우악스러운 아낙네들이 물건을 싸게 내놓고 손님을 부르는 광경을 구경했다. 그들은 차가운 은빛 생선을 통에서 꺼내어 펼쳐 놓았다. 물고기들은 고통스럽게 아가리를 벌린 채 불안으로 굳어 버린 금빛 눈으로 조용히 죽음을 기다리거나 절망적으로 버둥거리며 죽음에 저항하고 있었다. 전에도 곧잘 그랬지만 골드문트는 이 물고기들에 대한 연민에 사로잡혔으며, 인간들에게는 씁쓸한 불쾌감을 느꼈다. 어째서 인간들은 이토록 무지막지하고 거칠며 생각할 수 없을 만큼 멍청하고 어리석은 것일까. 어째서 인간들은 모두 아무것도 보지 못하는 것일까. 고기잡이 어부들과 그들의 아낙들, 시장 상인들은 어째서 아무것도 보지 못하는 것일까. 이렇게 벌어진 입들을, 죽음의 공포에 휩싸인 이 눈들을, 거칠게 파닥거리는 꼬리들을 어째서 보지 못하는 것일까. 소름 끼치지만 아무 소용도 없는 이 절망의 몸부림을, 놀랄 만큼 아름답고도 신비로운 이 동물들의 변신을 어째서 못 보는 것일까. 물고기들의 죽어 가는 살갗 위로 소리 없는 최후의 경련이 스쳐 가고, 그러고는 죽음과 함께 생명의 빛이 꺼지고, 마침내는 식도락가들의 식탁을 위해 보잘것없는 고깃덩어리로 널브러져 있는 것을 어째서 보지 못하는 것일까? 인간들은 아무것도 보지 못하고, 아무것도 알아차리지 못하는 것이다! 물고기들에게 아무 말도 하지 않는 것이다! 불쌍하고 사랑스러운 동물이 그들이 보는 앞에서 뻗어 버려도, 혹은 예술의 명인이 성자(聖者)의 얼굴 상(像)에 인생의 모든 희망과 고귀함, 모든 고통과 가슴을 죄는 어두운 불안을 전율이 느껴지도록 드러내 보여도 인간들은 아무것도 보지 못하고 아무것도 이해하지 못하는 것이다! 인간들은 모두 자족감에 빠져 있거나 일로 분주했으며, 잘난 체하면서 바쁘게 살아갔다. 또 서로 고함을 지르고, 비웃고, 무례하게 굴고, 소동을 일으키고, 익살을 떨고, 푼돈 때문에 실랑이를 벌였다. 그러고도 사람들은 모두 잘 지내고 있으며, 순조롭게 살면서 자기 자신과 이 세상에 매우 만족하고 있었다. 인간들은 돼지나 다름없었다. 아니, 차라리 돼지만도 못하고 돼지보다 더 조악했다! 그런데 골드문트 자신도 너무나 자주 그런 인간들 틈에서 놀았으며, 그들과 같은 부류의 인간이라는 데서 희열까지 느끼곤 했다. 아가씨들 꽁무니를 쫓아다녔으며, 쟁반에 담긴 생선 요리를 아무런 전율도 없이 웃으면서 먹어 치우곤 했다. 그러나 마치 마술에 걸린 것처럼 불현듯 기쁨과 평온이 자꾸만 달아나는 것이었다. 그런 느끼고 배부른 망상, 자족감과 우쭐함, 나태함에서 오는 안일함은 그에게서 떨어져 나갔다. 그러고는 고독과 번민에 빠져들고, 떠돌이가 되고, 고통과 죽음을 응시하고, 모든 활동의 덧없음을 관찰하고, 심연을 들여다보게 되었다. 그러면 때로는 무의미하고 두려운 대상을 바라보며 절망적인 체념 상태에 빠져 있다가도 갑자기 기쁨이 솟구치곤 했다. 그럴 때면 격렬한 사랑에 빠졌을 때처럼 아름다운 노래를 부르거나 그림을 그리고 싶은 욕구가 치솟곤 했다. 혹은 꽃향기를 맡거나 고양이를 데리고 놀 때면 어린아이처럼 소박하게 인생을 이해하고 받아들이는 마음이 되살아나기도 했다. 이제 또다시 그런 기분이 되살아날 것이다. 내일이나 모레쯤이면 다시 세상은 좋아질 것이고, 훌륭해 보일 것이다. 바로 그런 기분을 되찾을 때까지는 슬픔과 번민이 계속될 것이며, 죽어 가는 물고기와 시들어 가는 꽃들에 대한 절망적이고 가슴 답답한 사랑이 이어질 것이다. 그리고 사람들이 무지막지하게 돼지처럼 아무렇게나 살면서 멍청하게 입을 벌리고 아무것도 보지 못한다는 사실에 경악할 것이다. 그럴 때면 언제나 고통스러운 호기심에 빠져서 가슴 깊이 불안을 느끼며 떠돌이 학생 빅토르를 생각하지 않을 수 없었다. 당시 골드문트는 빅토르의 갈비뼈 사이를 칼로 찔렀고, 피가 흥건한 그의 시체를 너도밤나무 가지 위에 눕혀 두었다. 그리고 이제서야 골드문트는 도대체 빅토르가 지금쯤 어떻게 되었을지 골똘히 생각하는 것이다. 짐승들이 완전히 먹어 치웠을지, 그의 시신 중 일부라도 남아 있을지 궁금했다. 그래, 어쩌면 뼛조각이나 몇 줌의 머리카락은 남아 있을지도 모른다. 그렇다면 그 뼈들은 어떻게 되었을까? 그 뼈들이 형체를 잃어버리고 흙이 되기까지는 얼마나 걸릴까? 몇십 년일까, 아니면 몇 년 정도일까?

오늘 불쌍한 마음으로 물고기들을 구경하고 또 구역질을 느끼며 시장 사람들을 구경하는 동안 골드문트의 가슴은 불안한 우울증에 시달렸고, 이 세상과 자기 자신에 대한 씁쓸한 적의로 가득 찼다. 그러면서 그는 빅토르를 생각하지 않을 수 없었다. 어쩌면 그가 발견되어 매장되지 않았을까? 그랬다면 지금쯤 벌써 모든 살이 뼈에서 떨어져 나오고 모든 것이 썩지 않았을까? 벌레들이 다 먹어 치우지 않았을까? 두개골의 머리카락과 움푹 들어간 눈 위의 눈썹은 아직 남아 있을까? 모험과 사건, 기이한 농담과 익살로 가득 찬 빅토르의 인생 중에서 무엇이 남아 있는 것일까? 자신을 죽인 자가 간직하고 있는 몇 가지 느슨한 기억 말고 전혀 평범하다고 할 수 없는 이 인간의 삶에서 또 어떤 것이 살아남아 있는 것일까? 그가 한때 좋아했던 여성들의 몽상 속에 빅토르라는 인간이 아직 남아 있을까? 아, 모든 것이 흔적도 없이 어디론가 사라지고 말았다. 모든 인간, 모든 사물이 그렇게 사라지고 마는 것이다. 순식간에 꽃처럼 피어났다가 어느새 시들어 사라지고, 그러고는 그 위로 눈이 내린다. 몇 해 전 이 도시에 들어섰을 때만 해도 그 자신의 마음속에는 온갖 꽃다운 꿈들이 가득하지 않았던가! 예술을 향한 열망이 차올랐고, 니클라우스 명인에 대해 가슴 두근거리는 깊은 존경심이 가득 차 있지 않았던가! 그 가운데 어떤 것이 살아남아 있을까? 아무것도 남아 있지 않았다. 키다리 노상 강도 빅토르의 불쌍한 몰골 외에는 아무것도 남아 있지 않았다. 니클라우스가 자기를 동료로 인정하고 그에게 장인(匠人) 증서를 발급하도록 조합에 요청하는 날이 오리라고 그 당시에 누군가 말해 주었더라면 아마 이 세상의 모든 행운을 움켜쥘 수 있으리라고 믿었을 것이다. 그런데 이제는 시든 꽃만 남아 있을 뿐이다. 무미건조하고 기쁨도 없는 어떤 것만 남아 있을 뿐이다.

이런 생각이 들자 골드문트는 갑자기 어떤 얼굴이 떠올랐다. 한순간 번개처럼 언뜻 스쳐 간 그것은 태초의 어머니의 얼굴이었다. 그녀는 인생의 심연 위로 몸을 숙인 채, 미소를 잃고 아름답고도 섬뜩한 시선을 보내고 있었다. 그녀의 얼굴은 출생과 죽음을 향해, 꽃들과 바스락거리는 가을 잎새를 향해, 예술을 향해, 썩어 없어지는 것들을 향해 미소를 보내고 있었다.

태초의 어머니인 그녀에겐 모든 사물이 동등했다. 그녀의 신비로운 미소는 마치 달처럼 만물을 비추었고, 그녀에겐 우울한 상념에 빠져 있는 골드문트와 마찬가지로 생선 시장의 길바닥에서 죽어 가는 잉어 역시 사랑스러운 존재였다. 콧대 높고 차가운 아가씨 리즈베트와 마찬가지로 한때 골드문트의 돈을 훔치려고 안달하다가 지금은 숲에 흩어진 빅토르의 유골 역시 사랑스러운 존재였다.

어느새 다시 빛이 꺼지고 신비로운 어머니 얼굴은 사라졌다. 하지만 어머니의 얼굴에서 빛나던 창백한 광채는 골드문트의 영혼 속에 계속 살아 있었다. 생명의 물결, 고통의 물결, 숨 막히는 그리움의 물결이 그의 가슴을 헤집고 지나갔다. 그렇다. 그가 원하는 것은 여타의 사람들, 생선 장수나 보통 사람들, 분주한 사람들이 누리는 그런 행복이나 배부름 따위는 아니었다. 그런 인간들은 꼴도 보기 싫었다. 아, 경련이라도 일으킬 듯한 창백한 얼굴이여! 늦여름처럼 무르익은 입이여! 그 무거운 입술 위로 바람처럼, 달빛처럼 스쳐 가는 이름 모를 죽음의 미소여!

골드문트는 스승의 집을 찾아갔다. 시간은 정오 무렵이었다. 집 안에서 니클라우스가 일을 마치고 손을 씻는 소리가 들릴 때까지 그는 기다렸다. 그러고서 그는 니클라우스가 있는 곳으로 들어갔다.

"선생님, 몇 말씀만 드리고자 합니다. 선생님이 손을 씻고 상의를 입을 정도의 시간이면 충분합니다. 저는 진실을 애타게 갈구해 왔습니다. 제가 드리고자 하는 말씀은 지금이 아니면 다시는 드리지 못할 것 같습니다. 저는 지금 한 인간과 이야기하지 않으면 안 될 형편에 처해 있고, 선생님은 아마 제 말을 이해할 수 있는 유일한 분일 것입니다. 제가 선생님께 말씀을 드리려는 것은, 선생님이 유명한 작업장을 가지고 있고 또 여러 도시와 수도원들에서 온갖 영예로운 주문을 받고 있거나 두 명의 조수와 멋지고 풍족한 저택을 소유하고 있어서가 아닙니다. 선생님은 시외에 있는 수도원에 제가 아는 가장 아름다운 작품인 성모 마리아 상을 만들어 놓으신 분이기 때문에 선생님께 이런 말씀을 드리는 것입니다. 저는 그런 선생님을 좋아하고 존경해 왔으며, 선생님처럼 되는 것이야말로 저에겐 최고의 목표였습니다. 이제 저는 하나의 인물 상을, 사도 요한 상을 만들었습니다. 물론 선생님의 마리아 상만큼 완벽하게 만들지는 못했습니다. 하지만 지금 보이는 그대로가 이 작품의 전부입니다. 다른 인물 상은 만들 필요도 없습니다. 정말 마음이 내켜서 만들지 않을 수 없는 그런 인물 상은 저에게 존재하지도 않으니까요. 아니, 제 마음속에 있는 형상은 아득히 멀리 있는 성스러운 형상이라 할 수 있습니다. 언젠가는 반드시 그것을 작품으로 만들어야겠지만, 지금은 그럴 수 없습니다. 그런 작품을 만들려면 아직도 훨씬 더 많은 경험과 체험을 쌓아야만 하겠지요. 어쩌면 삼사 년 후에 만들 수 있을 것도 같고, 어쩌면 십 년 혹은 그 이상이 걸릴지도 모르겠습니다. 아니면 아예 불가능할지도 모릅니다. 그런데 선생님, 그때까지는 손으로 만드는 일을 하고 싶지 않습니다. 조각상에 니스 칠을 하고, 나무를 깎아서 설교 연단을 만들고, 작업실에서 기능공 생활을 하면서 돈을 벌고, 그래서 다른 기술자처럼 되는 것은 원치 않습니다. 제가 원하는 것은 생생한 삶을 맛보고 마음대로 떠돌아다니는 것입니다. 여름과 겨울을 느끼고, 세상을 구경하고, 세상의 아름다움과 혐오스러움을 맛보는 것입니다. 배고픔과 목마름의 고통을 겪고 싶고, 선생님 밑에서 생활하며 배운 모든 것을 다시 잊고 벗어나고 싶습니다. 언젠가는 선생님의 마리아 상처럼 아름답고 가슴 깊이 감동을 주는 작품을 만들고 싶습니다. 그렇지만 선생님처럼 되어 그렇게 살고 싶지는 않습니다."

스승은 손을 씻고 물기를 닦았다. 이제 그는 몸을 돌려 골드문트를 바라보았다. 그의 표정은 엄했지만 화가 난 기색은 아니었다. 그가 말했다.

"자네는 할 말을 했고, 나는 자네 말을 들었네. 좋도록 하게. 나도 자네가 일에 매달릴 거라고 기대하는 않아. 물론 할 일은 많지만 말이야. 자네를 조수로 생각하는 것도 아닐세. 자네한테는 자유가 필요해. 골드문트, 나도 자네하고 이런저런 얘기를 나누고 싶어. 하지만 지금은 아닐세. 며칠 후로 미루도록 하지. 그동안 편하게 내키는 대로 시간을 보내게. 알다시피 나는 자네보다 훨씬 나이가 많고 이런저런 경험이 있지. 내 생각은 자네와 달라. 하지만 자네의 말뜻은 이해하겠네. 며칠 안으로 자네를 부르도록 하지. 자네의 장래에 대해 이야기해 보세. 나한테는 온갖 계획이 있다네. 그때까지만 참아 주게. 마음에 소중히 품어 온 작품을 완성했을 때의 기분이 어떤 것인지는 나도 알 만큼 아네. 그 허전함 말일세. 그런 허전함은 지나가게 마련일세. 내 말을 믿게."

골드문트는 불만을 안고 자리를 떴다. 스승이 자기한테 호의를 가지고 있긴 하지만 어떻게 자신을 도울 수 있단 말인가?

강가에는 골드문트가 잘 아는 장소가 있었다. 그곳은 물이 깊지 않았고, 강바닥에는 온갖 쓰레기가 쌓여 있었다. 시 변두리의 어부들 집에서 내다 버린 온갖 잡동사니가 그곳으로 흘러들고 있었다. 골드문트는 그곳으로 가서 강둑에 앉아 물속을 내려다보았다. 그는 물을 무척 좋아했고, 어떤 물이든 그의 마음을 끌었다. 이곳에서 수정처럼 반짝이는 결을 이루며 흐르는 수면 아래로 어두컴컴해서 분명하게 드러나지 않는 강바닥을 들여다보고 있노라면 여기저기에 희미한 금빛 물체가 보는 사람을 유혹하듯 반짝거리는 것이 눈에 띄곤 했다. 무엇인지 식별되지 않는 그런 물체는 어쩌면 오래된 도자기 조각이나 날이 휘어 내다 버린 낫, 혹은 밝은 빛이 나는 돌멩이나 유약을 입힌 기와인지도 몰랐다. 어쩌면 아미아[12]라든가 통통하게 살이 오른 베도라치인지도 몰랐다. 황어가 강바닥에서 몸을 틀어 한순간 배지느러미와 은빛 비늘을 드러내며 한 줄기 빛을 발한 것일 수도 있었다. 어떤 경우에도 그 물체가 무엇인지 정확히 알 수는 없었지만, 검은 강바닥에 가라앉은 보물이 순간적으로 은은하게 반짝이는 모습은 언제 보아도 마법처럼 아름다웠고 유혹적이었다. 골드문트에게는 물속의 이 작은 신비와 마찬가지로 모든 참된 신비, 진짜 신비는 영혼이 담긴 참된 형상이었다. 그러한 신비는 윤곽도 없고 형태도 없으며, 다만 어떤 아련하고 아름다운 가능성처럼 그 형태를 예감케 할 뿐이었다. 그 신비는 비밀의 베일에 싸여 있었고, 다양한 의미를 함축하고 있었다. 푸른빛이 감도는 저 깊은 강바닥의 어스름 속에서 짧은 순간 뭐라 말할 수 없는 금빛과 은빛의 섬광이 빛났고, 그것은 아무것도 아닌 듯하면서도 더없

---

12) 겨울에는 물밑 진흙 속에 몸을 묻은 채 지내다가 여름철에 왕성하게 활동하는 민물고기.

이 복된 약속을 담고 있는 것만 같았다. 그와 마찬가지로 한 인간의 잃어버린 모습 역시 반쯤 뒤에서 바라보면 때로는 끝없는 아름다움 혹은 더없는 슬픔을 알리는 것만 같았다. 그것은 마치 야간 짐마차에 매달린 등불이 계속해서 돌아가는 거대한 바큇살의 그림자를 담벼락에 비출 때, 그 그림자 유희가 잠시 동안은 마치 베르길리우스의 전 작품처럼 구경거리와 사건과 이야기를 연출해 내는 것과도 같았다. 밤이 되면 그와 마찬가지로 비현실적이고 마술적인 소재를 가지고 꿈이 만들어졌다. 그것은 이 세상의 모든 형상을 품고 있는 무(無)요, 또한 모든 인간과 동물, 천사와 악마의 형태를 그 수정 빛 속에 언제나 깨어 있는 가능성으로 품고 있는 물과 같았다.

골드문트는 다시 유희에 빠져들어 흐르는 강물을 넋을 잃은 채 응시했다. 형태도 알 수 없는 반짝이는 빛이 강바닥에서 뜨는 모양을 지켜보면서 화려한 왕관을 떠올리기도 하고 여인의 눈부신 어깨를 떠올리기도 했다. 한때 마리아브론 수도원에서 라틴어와 그리스어 문자를 가지고 이와 비슷한 형태의 몽상과 변신의 매혹을 체험했던 기억이 되살아났다. 그 당시에는 나르치스와 함께 그런 것을 가지고 이야기하지 않았던가? 아, 그게 언제 일이던가? 몇백 년이 지난 것처럼 아득한 옛날 일이던가? 아, 나르치스! 그를 볼 수만 있다면, 그와 함께 한 시간만 이야기할 수 있다면, 그의 손을 잡을 수 있다면, 골드문트는 금화 두 닢도 기꺼이 내주었을 것이다.

이 사물들은 어째서 이렇게 아름다운 것일까? 물속에서 비치는 황금빛 광채, 이 그림자와 알 수 없는 예감들, 이 모든 비현실적이고 허깨비 같은 현상들, 그런 것들은 예술가가 만들어 낼 수 있는 아름다움과는 정반대의 것인데도 어째서 이토록 말할 수 없이 아름답고 행복감을 안겨 주는 것일까? 뭐라 일컬을 수도 없는 저 사물들의 아름다움이 아무런 형태도 없이 순전히 신비에 싸여 있다면 예술 작품은 전혀 딴판이었다. 예술 작품은 어느 모로 보아도 형식이 중요했고, 너무나 명료하게 말을 걸어 오지 않았던가. 그림으로 그린 혹은 나무로 조각한 머리나 입의 선(線)보다 더 가차 없이 명료하고 확고한 것은 없었다. 골드문트는 마음만 먹으면 니클라우스가 만든 마리아 상의 아랫입술이나 눈썹을 한 치의 오차도 없이 그대로 베껴 그릴 수도 있었다. 거기엔 불확실한 것, 현혹적인 것, 유동적인 것은 아무것도 없었던 것이다.

골드문트는 이 문제를 골똘히 생각해 보았다. 인간이 생각할 수 있는 가장 확실하고도 명확한 형식을 가진 작품이 어떻게 가장 불가사의하고 애매모호한 형태를 가진 대상과 너무나 비슷한 효과를 발휘할 수 있는지 도무지 납득이 되지 않았다. 그렇지만 이런 생각에 골몰하는 동안 한 가지 깨달은 것이 있었다. 말하자면 흠잡을 데 없이 잘 만들어진 수많은 예술 작품들이 어째서 전혀 마음에 들지 않고 어지간히 아름다운데도 불구하고 지루하게만 느껴지고 혐오스럽기까지 했는지 깨닫게 되었다. 작업실과 교회와 궁전들은 그런 구제 불능의 예술 작품들로 가득 차 있었고, 골드문트 자신도 그런 작품을 만드는 데 일조했다. 그런 작품들은 최고의 것에 대한 욕구를 일깨우면서도 정작 충족시켜 주지는 못했기에 너무나 실망스러웠다. 그런 작품들에는 중요한 것이 빠져 있었다. 꿈과 최고의 예술 작품이 똑같이 가지고 있는 그것은 다름 아닌 신비였다.

골드문트는 생각을 계속했다. 내가 사랑하고 또 찾고자 하는 것은 다름 아닌 신비이다. 나는 이따금 그 신비가 번개처럼 스치는 것을 목격했다. 나는 예술가로서 언젠가 가능하다면 그 신비를 그려 내고 싶고, 그 신비로 하여금 말하게 하고 싶다. 그것은 위대한 산모(産母)의 모습, 태초의 어머니의 모습으로 드러난다. 여타의 형상이 간직한 신비와 달리 태초의 어머니가 간직한 신비는 이런저런 개별적인 모습으로는 드러나지 않는다. 그 신비는 충만하거나 빈약한 모습, 투박하거나 세련된 모습, 힘차거나 우아한 모습 따위로 그 본질이 드러나지 않는다. 태초의 어머니 상이 갖는 신비는 통합될 수 없는 이 세상의 가장 위대한 대립물이 평화롭게 공존하는 것으로 드러난다. 그 신비는 탄생과 죽음, 자비와 공포, 생명과 소멸을 동시에 포용하고 있다. 만일 이러한 신비의 형상이 내 머릿속에서 쥐어짜 낸 것이라 해도, 그것이 단지 내 머릿속에서 벌어지는 유희에 불과하거나 명예욕에 들뜬 일개 예술가의 소망에 지나지 않는다 해도, 그 신비가 훼손될 일은 전혀 없다. 그렇다 해도 나는 그 신비로운 형상의 결함을 통찰할 것이고, 그러한 형상을 잊어버릴 것이기 때문이다. 그런데 태초의 어머니의 모습은 결코 내 머릿속에서 상상해 낸 것이 아니다. 나는 그것을 생각해 낸 것이 아니라 눈으로 보았으니 말이다! 태초의 어머니는 내 마음속에 살아 있으며, 나는 거듭 그녀와 마주치곤 한다. 어느 겨울밤 어느 마을에서 아이를 낳고 있는 농사꾼 아낙의 침상을 지켜야만 했을 때 나는 처음으로 그런 신비의 형상을 예감했다. 그때 내 마음속의 어떤 형상이 살아 움직이기 시작했던 것이다. 그때의 기억은 아득히 잊힌 일, 오래된 일로 여겨졌다. 그런데 갑자기 그 기억이 꿈틀댔고, 오늘역시 그랬다. 한때 내가 누구보다 사랑했던 내 어머니의 모습이 이 새로운 형상으로 완전히 바뀌었으며, 마치 버찌의 씨앗처럼 그 형상 속에 들어앉았다.

골드문트는 지금 이 순간 자신의 처지를 분명히 느낄 수 있었다. 그것은 결단을 앞둔 순간의 불안감이었다. 그는 나르치스와 수도원을 떠나던 순간 못지않게 중요한 길목에 서 있었다. 그것은 어머니를 찾아가는 길이었다. 언젠가는 어머니가 모든 사람의 눈에 보이는 모습으로, 그가 손수 만든 작품으로 형상화될지도 모른다. 어쩌면 바로 거기에 그의 목표와 일생의 의미가 숨어 있는지도 몰랐다. 하지만 정말 그런 것인지는 확신할 수 없었다. 한 가지 그가 알고 있는 것은 어머니를 뒤따라가고 있다는 사실, 어머니에 의해 길러지고 어머니의 부름을 받았다는 사실뿐이었다. 그것이 좋았고, 그것이 곧 삶이었다. 어쩌면 어머니의 모습을 영영 형상화할 수 없을지도 몰랐다. 어쩌면 언제까지고 꿈과 예감과 유혹으로, 성스러운 비밀의 황홀한 광채로만 남을지도 몰랐다. 어떻든 이제 그는 어머니를 따라가야만 한다. 그는 어머니에게 자신의 운명을 맡겼으며, 어머니는 그의 별이었다.

이제 결단이 임박했고, 모든 것이 명확해졌다. 예술은 아름다운 것이지만 그의 삶을 인도해 줄 운명의 여신이나 목표는 될 수 없었다. 적어도 골드문트에겐 아니었다. 그가 따라야 할 것은 예술이 아니라 어머니의 부름이었다. 손재주를 더욱더 노련하게 갈고 닦는 것이 대체 무슨 소용이란 말인가? 그렇게 해서 어떤 결과에 이를지는 니클라우스 명인을 보면 알 수 있었다. 그렇게 하면 명예와 명성, 돈과 안락한 생활은 얻을 수 있을 것이다. 하지만 신비에 도달하는 유일한 통로인 내면의 감각은 메마르고 위축될 것이다. 예쁘고 값비싼 장난감들과 온갖 풍요로운 제단과 연단들이 만들어질 것이다. 성(聖) 세바스티안을 본뜬 인형들과 귀여운 소리로 딸랑거리는 곱슬머리 꼬마 천사 인형들이 한 개에 은화 네 닢씩 팔릴 것이다. 아, 잉어의 눈에 비치는 황금빛과 나비 날개의 가장자리에 은은하게 비치는 감미로운 은빛이 그러한 예술 작품들이 가득 찬 강당보다 훨씬 더 아름답고 생기 있고 값질 것이다.

한 소년이 노래를 부르며 강변길을 따라 내려오고 있었다. 이따금 소년의 노래가 끊기곤 했는데, 소년은 커다란 흰 빵 덩어리를 손에 들고서 한 입씩 베어 물고 있었다. 골드문트는 그 소년을 보면서 빵을 한 조각만 나눠 달라고 부탁했다. 골드문트는 부드러운 빵 조각을 두 손가락으로 돌돌 말아 작은 구슬 모양을 만들었다. 성벽 난간 너머로 몸을 구부린 채 골드문트는 동그란 빵 조각을 하나씩 천천히 물속으로 내던지고는 어두운 물속으로 하얗고 동그란 물체가 가라앉는 모양을 지켜보았다. 빵 조각 주위로 잽싸게 물고기 머리들이 몰려들었다. 그러다가 빵 조각은 그중 한 마리의 주둥이 속으로 사라져 버

렸다. 하나씩 차례로 빵 조각이 가라앉아 사라지는 것을 지켜
보면서 그는 기분이 매우 흡족해졌다. 그러고 나서 시장기를
느낀 골드문트는 애인들 가운데 한 사람을 찾아갔다. 그가 찾
아간 여성은 어느 푸줏간 집의 하녀였는데, 골드문트는 그녀
를 '소시지와 햄의 여왕'이라 부르곤 했다. 그는 익숙한 휘파람
소리로 그녀를 꼬드겨서 창가로 불러내어 아무거나 요기가
될 만한 것을 달라고 할 참이었다. 그러고는 요깃거리를 챙겨
서 강 건너편에 있는 포도밭 언덕으로 가 먹어 치울 생각이었
다. 그곳의 붉은색 옥토는 우거진 포도 덩굴 아래에서 너무나
신선한 기운을 발산했고, 봄철이면 키 작은 푸른색 히아신스
가 활짝 피어 그윽한 핵과(核果) 향기가 물씬 풍겼다.

그런데 오늘은 결단의 날인 동시에 분별심이 생기는 날이기
도 한 모양이었다. 카트리네가 창가에 나타나 강직하고 다소
우직해 보이는 표정으로 아래를 향해 미소 짓고 그가 손을 내
뻗어 그녀에게 늘 하던 대로 신호를 보내려 하는데 갑자기 이
렇게 서서 그녀를 기다리곤 하던 다른 때의 기억이 떠올랐다.
그와 동시에 바로 다음 순간에 벌어질 모든 일이 지루할 만큼
명료하게 떠오르는 것이었다. 그녀는 그의 신호를 알아차리고
는 창가에서 물러나 훈제 요깃거리를 챙겨서 금방 뒷문 쪽에
나타날 것이고, 그러면 그는 그것을 받아 들고 그녀를 얼마간
어루만져 주고는 그녀가 고대하던 대로 끌어안을 것이다. 그
런데 이 모든 것이 갑자기 견딜 수 없이 어리석고 역겹게 느껴
졌다. 소시지를 받아 들고, 풍만한 가슴이 안겨 오는 것을 느
끼고, 답례로 적당히 안아 주는 식으로 늘 겪는 일을 다시 기

계적으로 되풀이하면서 자기한테 맡겨진 역할을 한다는 것이
견딜 수 없었다. 그러자 갑자기 그녀의 선량하고 우직한 얼굴
에서 영혼이 비어 버린 타성(惰性)의 기미가 느껴졌으며, 그녀
의 다정한 미소에서는 너무 흔하게 보아 온 어떤 것, 다소 기
계적이고 신비로움이 사라진 어떤 것, 한마디로 그의 품위에
어울리지 않는 그 무엇이 느껴졌다. 골드문트는 손으로 보내
던 신호를 도중에 멈췄고, 그의 얼굴에서는 미소가 싸늘하게
식었다. 아직도 그녀를 좋아하는 것일까? 아직도 진지하게 그
녀를 원하는 것일까? 아니다. 이곳에는 이미 너무 자주 왔었
고, 늘 똑같은 그 미소를 너무 자주 보아 왔고, 마음이 내키지
않는데도 응대를 했었다. 어제까지만 해도 아무 생각 없이 하
던 대로 할 수 있었을 텐데 오늘은 갑자기 할 수 없게 된 것이
다. 하녀는 아직도 그대로 서서 눈길을 보내고 있었지만, 그때
이미 골드문트는 두 번 다시 이곳에 나타나지 않으리라 결심
하고서 몸을 돌려 골목길로 사라진 뒤였다. 다른 누군가가 그
녀의 가슴을 어루만져 주겠지! 누군가 다른 사람이 그 좋은
소시지를 먹어 주겠지! 아무튼 이렇게 흥청망청 풍족한 도시
에서 매일같이 먹어 대고 즐기지 못할 게 뭐가 있겠는가! 이곳
의 배부른 시민들은 얼마나 게으르고, 막돼먹고, 까다롭게 구
는가! 그들을 위해 날마다 얼마나 많은 돼지와 소들이 도살되
고 얼마나 많은 아름다운 물고기들이 강에서 낚이는가! 그러
면 골드문트 자신은 어떠한가. 그 자신 또한 얼마나 막돼먹고
타락했는가! 그 자신 역시 이 배부른 시민들과 역겨울 만큼
흡사해지지 않았는가! 떠돌이 생활을 하던 당시 눈 덮인 벌판

에서는 말라 빠진 자두 한 톨이나 오래된 빵 껍질 한 조각도 이곳에서 안락하게 지내며 먹는 조합의 한 끼 식단 전부보다 더 맛있었다. 아, 그리운 방랑 시절이여! 자유여! 달이 비치는 황야여! 이슬이 촉촉한 아침 잔디밭에 조심스레 찍힌 짐승의 발자국이여! 그런데 이곳 도시의 붙박이들 사이에 끼어들면서 모든 것이 너무나 편해지고 너무나 값싼 것이 되었다. 심지어 사랑조차도. 이젠 이런 생활에 질렸고, 갑자기 그것이 역겨워졌다. 이곳 생활은 이제 의미를 잃었고, 골수 없는 뼈나 다름 없었다. 스승이 모범이 되어 주고 리즈베트가 공주가 되어 주었던 동안에는 견딜 만했다. 이제는 그런 생활도 끝장났다. 향기는 사라졌고, 꽃은 시들었다. 종종 그에게 너무 깊은 고통을 안겨 주고 또 때로는 너무 깊이 매료시켰던 무상한 감정이 거센 파도처럼 그를 덮쳤다. 모든 것은 빨리 시들었고, 어떤 욕망도 순식간에 고갈되었다. 남은 것은 뼈와 먼지밖에 없었다. 그렇지만 한 가지가 남아 있었다. 영원한 어머니, 태초의 어머니이면서 영원히 젊은 어머니, 슬프고도 두려운 사랑의 미소를 머금은 어머니였다. 골드문트는 잠시 어머니의 모습을 다시 보게 되었다. 머리칼에서 별들이 빛나는 거대한 어머니상은 마치 꿈결처럼 이 세상의 한쪽 언저리에 앉아서 구부정한 손으로 한 송이씩 생명의 꽃을 따서 천천히 심연으로 떨어뜨리고 있었다.

골드문트가 한 송이씩 시든 생명이 창백하게 메말라 가는 것을 뒤돌아보며 슬픈 석별의 정에 휩싸여 친숙하던 장소를 헤매던 지난 며칠 동안 니클라우스 명인은 골드문트의 장래를 돌봐 주고 이 불안한 길손이 한곳에 자리를 잡을 수 있게 하기 위해 무진 애를 썼다. 니클라우스는 골드문트에게 장인 증서를 교부하도록 조합을 움직였고, 골드문트가 하급자가 아닌 동료로서 지속적으로 자기 곁에서 일하고 규모가 큰 주문을 함께 상의하여 일을 진행하고 그 수익도 함께 나누어 가질 수 있도록 계획을 짰다. 그것은 대담한 시도였다. 리즈베트를 위해서도 그랬다. 그렇게 되면 이 젊은이는 당연히 조만간 그의 사위가 될 것이기 때문이었다. 그렇지만 니클라우스가 지금까지 고용했던 조수들 가운데 제아무리 뛰어난 청년도 결코 요한 상 같은 작품은 만들지 못할 터였다. 그리고 니클라우스 자신도 이젠 늙었으니 발상이나 창의력이 빈약해질 것이고, 자신의 이름난 작업실이 평범한 기능 업소로 전락하는 꼴을 보고 싶지는 않았다. 골드문트 같은 친구를 다루기는 만만치 않겠지만, 모험을 감행하지 않을 수 없었던 것이다.

스승은 그런 식으로 세심하게 계산했다. 골드문트를 위해서라면 뒤뜰에 있는 작업실을 증축할 것이고, 그를 위해 맨 위층에 방도 꾸며 줄 것이며, 조합에 입회하는 기념으로 멋진 새 옷도 선물해 줄 생각이었다. 그는 조심스럽게 리즈베트의 생각도 들어 보았는데, 리즈베트 역시 지난번 오찬 이후로 뭔가 그 비슷한 배려를 기대하고 있었기에 반대하지 않았다. 이 총각이 붙박이 생활을 시작하고 장인 소리를 듣게 된다면 리즈베트한테 썩 어울리는 신랑감이 될 터였다. 이런 점에서도 장애는 없었다. 그리고 니클라우스 자신이 아직까지는 이 뜨내기를 얌전하게 길들이는 데 완전히 성공하지 못했지만 리즈베트라면 완벽하게 해낼 것이었다.

　이런 식으로 모든 계산을 끝내고 올가미 뒤에 근사한 미끼도 걸어 놓은 셈이 되었다. 그러던 어느 날 골드문트한테 사람을 보냈다. 그동안 모습을 보이지 않던 골드문트는 다시 식사에 초대를 받았고, 이번에도 말쑥한 차림새에 단정한 용모로 나타났으며, 약간 지나치다 싶을 만큼 화려하게 꾸며진 멋진 방에 자리를 잡았다. 함께 마주 앉아 있던 리즈베트가 마침내 자리를 뜨자 니클라우스는 거창한 계획과 제안을 털어놓았다.

　"내 말을 잘 알아들었을 것으로 믿네." 니클라우스가 그 놀라운 발언에 덧붙여 말했다. "굳이 설명할 필요도 없겠지만, 아마 일찍이 그 어떤 젊은이도 규정된 수업 연한도 마치지 않고서 이렇게 빨리 장인의 지위에 오르고 안정된 기반을 마련하지는 못했을 걸세. 자네는 행운을 잡은 거야, 골드문트."

　골드문트는 어안이 벙벙해서 가슴을 조이며 스승을 바라보고 있었다. 그의 술잔에는 아직 절반 넘게 술이 남아 있었지만 그는 잔을 앞으로 밀어 냈다. 애초에 예상하기로는 여러 날을 허비한 것 때문에 니클라우스한테 꾸지람을 듣고 조수로 머물러 달라는 제안을 듣게 될 거라 짐작했다. 그런데 일이 이렇게 된 것이다. 이 사나이와 이렇게 마주 앉아 있어야만 한다는 것이 슬프고도 당혹스러웠다. 얼른 대답이 나오지 않았다.

　자신의 극진한 제안이 즉각 흔쾌하고도 겸허하게 받아들여지지 않자 스승은 다소 긴장되고 실망스러운 표정을 짓더니 일어서서 이렇게 말했다. "그래, 나의 제안이 자네한테는 뜻밖일 테니 먼저 생각을 해 봐야 하겠지. 사실 나로서는 약간 자존심이 상하는군. 자네가 무척 기뻐할 거라 생각했거든. 그렇지만 그건 어디까지나 내 맘이었으니까 생각할 시간을 갖게나."

골드문트는 할 말을 찾느라 애쓰면서 말했다. "선생님, 노여워 마시기 바랍니다. 선생님의 호의에 진심으로 감사드립니다. 더구나 인내심을 가지고 저를 제자로 대해 주신 데 대해서는 더욱 감사드립니다. 선생님께 엄청난 신세를 진 일은 결코 잊지 못할 것입니다. 하지만 생각할 시간은 필요 없습니다. 저는 이미 오래전에 결심했습니다."

"어떻게 하기로 결심했단 말인가?"

"선생님의 부름에 응하기 전부터, 그리고 선생님의 극진한 제안을 어렴풋이 예감하기 전부터 결심이 서 있었습니다. 저는 더 이상 이곳에 머무르지 않겠습니다. 방랑 생활을 계속할 생각입니다."

니클라우스는 안색이 창백해져서 침통한 눈길로 그를 바라보고 있었다.

"선생님!" 골드문트가 간곡히 말했다. "선생님께 수모를 안겨 드리려는 게 아니라는 걸 믿어 주시기 바랍니다. 저의 결심은 말씀드린 그대로입니다. 제 결심은 바꿀 수 없습니다. 저는 떠나야 합니다. 길을 떠나야만 합니다. 저는 자유로워져야만 합니다. 다시 한번 진심으로 감사드립니다. 그리고 서로 다정하게 작별을 했으면 합니다."

골드문트는 스승에게 악수를 청했다. 금방이라도 눈물이

쏟아질 것 같았다. 니클라우스는 그의 손을 잡지 않았다. 그는 창백한 얼굴로 방안을 왔다 갔다 하고 있었는데, 갈수록 발걸음이 빨라졌고 다리는 분노로 덜덜 떨리고 있었다. 골드문트는 스승의 그런 모습을 여태껏 본 적이 없었다.

그러다가 스승은 갑자기 발걸음을 멈추더니 안간힘을 써서 간신히 자제하면서, 골드문트 쪽으로 눈길을 돌리지 않은 채 이빨 사이로 새어 나오는 소리로 말을 꺼냈다. "좋아, 그럼 떠나게! 하지만 당장 떠나야 해! 다시는 자네를 보고 싶지 않으니까. 나중에 후회하게 될 말이나 행동은 하고 싶지 않네. 떠나게!"

골드문트는 다시 한번 손을 내밀었다. 스승은 골드문트가 내민 손을 흘겨보는 듯한 표정을 지었다. 골드문트는 몸을 돌렸다. 그 역시 창백한 얼굴이었다. 그는 조용히 방을 나와 문 밖에서 모자를 쓰고는 나무를 깎아 만든 층계 장식을 쓰다듬으며 소리 없이 계단을 내려왔다. 그러고는 뒤뜰에 있는 작은 작업실에 들어가 자기가 만든 요한 상 앞에 서서 잠시 작별의 인사를 나누고는 쓰라린 가슴을 안고 이 집을 떠났다. 일찍이 기사의 성을 떠나면서 가련한 뤼디아를 생각할 때보다도 더 마음이 아팠다.

어떻든 오래 끌지는 않았다! 적어도 불필요한 말은 하지 않았다! 골드문트가 그 집 문턱을 막 벗어나자 그에게 위안이 되었던 유일한 생각은 그것이었다. 골목길과 도시가 갑자기 이전과 다른 낯선 표정으로 시야에 들어왔다. 우리의 마음이 떠나갈 때면 그동안 낯익은 사물들이 갑자기 낯선 표정을 짓는 것이다. 그는 대문을 한번 뒤돌아보았다. 이제 그에게는 닫혀 있는, 낯선 집으로 들어가는 문이었다.

거처로 돌아온 골드문트는 자리에 앉을 새도 없이 떠날 채비를 차렸다. 사실 딱히 채비랄 것도 없었다. 작별하는 것 말고는 아무것도 할 일이 없었던 것이다. 벽에는 그가 직접 그린 그림이 하나 걸려 있었다. 온유한 마리아 상이었다. 그리고 그의 소지품이 이리저리 널려 있었다. 나들이용 모자 하나, 무도회용 신발 한 켤레, 그림들을 묶어 놓은 두루마리 하나, 소형 류트, 진흙으로 만든 조소(彫塑) 소품 몇 점, 그리고 애인들한테 선물 받은 조화(造花) 꽃다발과 홍옥색 물잔 따위였다. 꿀이 든 케이크는 오래되어서 딱딱하게 굳어 있었다. 그 밖의 고만고만한 물건들 역시 제각기 나름의 사연과 의미를 간직하고 있어서 아끼던 것들이긴 했지만, 그 어느 것도 챙겨 갈 수 없었기에 이제는 모두가 성가신 잡동사니에 지나지 않았다. 홍옥색 물잔은 집주인과 흥정해서 튼튼하고 좋은 품질의 사냥용 단검과 맞바꿔 뜰에 있는 숫돌로 예리하게 갈아 두었다. 또 꿀이 든 케이크는 바스러뜨려 이웃집 뜰에서 노는 닭들에게 모이로 주었고, 마리아 상 그림은 안주인에게 선사했다. 오래된 가죽 배낭과 여행에 대비한 풍성한 먹거리를 그 답례로 받아 유용하게 챙겼다. 골드문트는 가지고 있던 속옷가지와 빗자루에 둘둘 말아 감은 소품 그림 몇 점, 그리고 식기류를 배낭에 챙겨 넣었다. 그 밖의 잡동사니는 그대로 남겨 둘 수밖에 없었다.

그 도시에는 작별 인사를 나누어야 마땅할 여자들이 여럿 있었다. 그중 한 여자와는 어젯밤에도 잠자리를 같이했지만 그녀에게 자신의 계획을 말하지는 않았다. 길을 떠나기로 작정하면 으레 이것저것 마음에 걸리는 게 있게 마련이었다. 그런 사정들을 진지하게 받아들여선 곤란했다. 골드문트는 한집에 살던 식구들 말고도 누구한테도 작별 인사를 하지 않았는데, 이른 새벽에 길을 떠날 요량으로 전날 저녁에 미리 인사를 해 두었다.

그런데도 다음 날 아침 조용히 막 집을 나가려고 하는데 누군가가 일어나 골드문트가 우유 수프라도 한술 뜨도록 부엌으로 불러들였다. 주인집 딸이었다. 열다섯 살의 그 소녀는 다소곳하고 병약한 체질에 눈이 아름다웠지만, 허리 관절에 이상이 있어서 다리를 저는 아이였다. 그녀의 이름은 마리였다. 밤을 지새운 탓인지 얼굴이 창백했지만 정성스럽게 옷단장을 하고 머리를 빗은 그녀는 부엌에서 골드문트에게 따뜻한 우유와 빵을 대접해 주었고, 그가 떠난다는 사실에 무척 슬퍼하는 것 같았다. 그는 그녀에게 고맙다는 말을 하고는 작별 인사로 그녀의 엷은 입술에 동정 어린 입맞춤을 해 주었다. 그녀는 경건한 태도로 눈을 감은 채 입맞춤을 받아들였다.

13장

방랑 생활을 새로 시작한 처음 얼마 동안 골드문트는 되찾은 자유를 게걸스럽게 만끽하면서도 정처 없이 불규칙하게 살아가는 떠돌이 생활을 다시 익혀야만 했다. 누구한테도 순종하지 않고 오직 날씨와 계절에만 의존하며, 앞날에 어떤 목표도 없이 하늘을 지붕 삼아 아무것도 소유하지 않고 그때그때 닥치는 온갖 우발적 상황에 자신을 내맡긴 채 정처 없이 떠도는 나그네들은 순진하고도 용감한, 가련하고도 굳센 삶을 영위한다. 그들은 낙원에서 추방된 아담의 후예들이며, 순진무구한 동물들의 형제인 것이다. 그들은 하늘이 직접 주시는 것들을 시시각각으로 받아들인다. 그들에게 주어지는 태양과 비, 안개와 눈, 따스함과 추위, 평온함과 곤경 따위는 때를 맞추어 찾아오지 않는 법이다. 거기엔 그 어떤 역사도 인위적 노력도 없으며, 집을 가진 사람들이 너무나 절망적으로 매달리는 발전과 진보라는 기이한 우상(偶像)도 존재하지 않는다. 방랑자 가운데는 섬세한 사람도 있고 거친 사람도 있다. 솜씨가 좋은 사람이 있는가 하면 아둔한 사람도 있게 마련이다. 또 용감한 사람도 있고 불안해하는 사람도 있을 수 있다. 그렇지만 어느 경우든 그들은 하나같이 마음속으로는 어린아이와 같다. 언제나 세상에 처음 태어난 날의 어린아이처럼, 태초의 인간처럼 살아가는 것이다. 방랑자는 언제나 최소한의 단순한 욕구와 필요에 따라 살아간다. 그는 영리한 사람일 수도 있고 어리석은 사람일 수도 있다. 또 일체의 삶이 얼마나 부서지기 쉽고 덧없는 것인가를, 또 살아 있는 모든 존재가 얼음장처럼 차가운 우주 공간 속에서 얼마나 가련하고 불안하게 자신의 얼마 안 되는 따뜻한 피를 순환시키고 있는가를 깊이 체득할 수도 있고, 그렇지 않으면 유치하고 탐욕스럽게 주린 배의 명령에만 따를 수도 있다. 어느 경우든 방랑자는 뭔가를 소유하면서 정착해 있는 사람에 맞서는 적대자이다. 뭔가를 소유하면서 정착해 살아가는 사람들은 방랑자를 미워하고 경멸하며 두려워한다. 그런 사람들은 모든 존재가 덧없고 일체의 생명이 끊임없이 시들어 간다는 사실을 상기하고 싶지 않고, 우리를 둘러싼 우주를 가득 채우고 있는 가차 없이 냉혹한 죽음을 상기하고 싶지 않기 때문이다.

방랑 생활의 천진함과 모성적 근원, 법칙과 정신으로부터의 일탈, 그리고 자기 자신을 버리고 늘 은밀하게 죽음에 가까워지려는 속성은 이미 오래전부터 골드문트의 영혼에 깊이 각인되어 있었다. 그럼에도 그의 내면에 정신과 의지가 살아 있었고 또 그가 예술가라는 사실은 그의 삶을 풍요롭고도 고단하게 만들었다. 사실 모든 생명은 분열과 모순을 통해 풍요로워지고 꽃을 피운다. 도취의 상태를 알지 못한다면 이성과 냉철함이 무슨 소용이 있으며, 그 뒤에 죽음이 도사리고 있지 않다면 관능적 욕망이 무슨 의미가 있단 말인가. 이성 간의 영원한 대립이 없다면 사랑이란 또 무슨 의미가 있겠는가.

여름이 가고 또 가을이 저물었다. 골드문트는 몇 달에 걸쳐 척박한 겨울을 간신히 넘겼으며, 달콤한 향기를 풍기는 봄철에는 황홀경에 빠져 사방을 떠돌아다녔다. 계절은 너무나 빨리 흘러갔고, 언제나 그랬듯이 여름날의 높은 태양은 너무나 빨리 떨어졌다.

그렇게 해가 바뀌고 또 바뀌었다. 골드문트는 마치 이 세상에는 굶주림과 사랑, 그리고 조용히 은밀하게 바뀌는 계절의 순환 말고도 또 다른 것들이 존재한다는 사실을 까맣게 잊어버린 사람 같았다. 그는 충동대로 살아가는 원초적인 모성(母性)의 세계에 흠뻑 빠져 있는 것 같았다. 그렇지만 꽃이 피고 지는 골짜기를 내려다보며 꿈을 꾸거나 생각에 잠겨 휴식을 취할 때마다 그는 직관으로 충만한 예술가로 되돌아가 자신을 어디론가 몰아붙이는 친숙한 삶의 무의미를 정신의 힘으로 몰아내고 의미 있는 것으로 바꾸어 보고픈 고통스러운 열망에 시달렸다.

빅토르와 혈투를 벌인 후로는 늘 혼자서만 다녔던 골드문트였지만 한번은 어떤 남자를 만나게 되었다. 그 친구는 골드문트가 의식하지 못하는 사이에 동행이 되어 한동안은 그에게서 벗어날 수 없었다. 하지만 그 친구는 빅토르와 같은 부류는 아니었고 로마 순례자였다. 두건 달린 수도복에 순례자 모자를 쓴 그의 이름은 로베르트였고, 보덴 호[13) 부근이 고향이었다. 목수의 아들로 태어나 한동안은 성(聖) 갈루스 수도원 학교에 다닌 적도 있는 이 사람은 일찍이 소년 시절부터 로마 순례를 꿈꾸어 왔는데, 늘 그 소망을 이루기를 염원하다가 마침내 실행에 옮길 첫 기회를 포착했다. 그 기회란 아버지의 죽음이었다. 그는 아버지의 공방에서 목수 일을 도와주고 있었던 것이다. 노인네의 장례식을 치르자마자 로베르트는 모친과 누이에게 당장에 자신의 충동을 달래고 또 자신과 부친이 지은 죄를 속죄하기 위해 로마로 순례를 떠나기로 결심했다고 선언했다. 여인들은 애원도 해 보고, 꾸짖어 보기도 했지만 소용이 없었다. 그는 고집을 꺾지 않았다. 그리하여 어머니의 축복도 받지 못한 채 누이한테는 성난 욕설을 들으며, 두 여인을 돌보는 대신 순례길에 올랐던 것이다. 그를 충동질한 것은 무엇보다도 방랑심이었고, 아울러 피상적인 신앙심도 가세했다. 말하자면 교회의 유적지와 종교 시설들이 가까이 있는 곳에 머물고 싶었던 것이며, 예배와 세례, 무덤과 미사, 성스러운 향기와 촛불에서 희열을 맛보고 싶었던 것이다. 그는 라틴어를 약간 할 줄 알았지만 그의 소박한 영혼이 갈구하던 만큼의 학식은 얻지 못했고, 다만 예배당의 둥근 천장 그늘 아래에서

─────────────

13) 스위스 접경지대에 있는 독일 최대의 호수.

조용히 명상에 잠겨 신앙에 몰두할 따름이었다. 그는 소년 시절에는 미사를 도와주는 일에 열성을 다해 헌신했다. 골드문트는 그 친구를 진지하게 대하지는 않았지만 호감을 가지고 있었다. 방랑 생활과 낯선 곳에 충동적으로 빠져드는 기질이 친숙하게 느껴졌던 것이다. 그 무렵 로베르트는 만족스러운 방랑을 마치고 로마까지도 다녀온 참이었다. 수많은 수도원과 사제관에 들러 손님으로 받아 주기를 요구하기도 했고, 산악 지대와 남쪽 나라를 구경하기도 했다. 로마에서는 온갖 교회와 종교 시설들에 파묻혀 대단히 만족했고, 수백 번이나 미사에 참석했으며, 성스러운 장소로 이름난 곳에서는 예배를 드리고 성사(聖事)의 기쁨을 맛보았다. 그리하여 젊은 시절에 지은 보잘것없는 죄와 부친의 죄를 속죄하는 데 필요한 것보다 훨씬 많은 신앙의 향기를 들이마셨다. 그렇게 일 년 넘게 바깥 세상을 떠돌다가 마침내 다시 고향 집에 돌아왔으나 아무도 그를 돌아온 탕아처럼 반겨 주지 않았다. 그 사이에 누이는 집안의 책무와 권한을 완전히 떠맡았고, 부지런한 목수 조수를 고용하여 결혼까지 하고는 집안 살림과 공방을 너무나 완벽하게 꾸려 가고 있었기에 귀향자는 잠깐 집에 머물고 나서 자기가 필요 없다는 것을 알게 되었다. 곧 다시 집을 떠나겠다고 말했을 때에도 남아 있으라고 만류하는 사람이 아무도 없었다. 그는 심각하게 받아들이지 않았고, 모친이 저금해 둔 푼돈을 받아 내어 다시 순례자의 차림을 하고서 새로운 순례길에 올랐다. 그리하여 아무런 목표도 없이 독일 땅을 떠돌아다니는 어정쩡한 떠돌이 수도자가 되었던 것이다.

그렇게 해서 로베르트는 골드문트를 만나게 되었다. 그는 하루 동안 골드문트와 동행하면서 방랑 생활의 추억담을 주고 받더니 바로 다음 소도시에서는 자취를 감추었다가 다시 여기저기서 마주치면서 마침내는 골드문트의 곁에 눌러앉게 되었다. 그는 붙임성이 있고 호의를 곧잘 베푸는 동반자였다. 골드문트는 그에게 무척 호감을 샀다. 그는 사소한 호의를 베풀어서 골드문트의 환심을 사려 했고, 골드문트의 지식과 대담함과 정신에 감탄했으며, 골드문트의 건강과 힘과 정직함을 좋아했다. 두 사람은 서로 친숙해졌다. 골드문트 역시 붙임성이 있었던 것이다. 그렇지만 단 한 가지만은 견뎌 내지 못했다. 그러니까 골드문트는 슬픔이나 골똘한 생각에 빠져들면 완강하게 입을 다물고는 옆 사람을 마치 없는 사람처럼 취급했던 것이다. 그럴 경우에는 잡담이나 질문이나 위로의 말도 허용되지 않았으며, 그대로 침묵하도록 내버려 두어야만 했다. 로베르트는 이것을 금방 터득하게 되었다. 로베르트는 골드문트가 라틴어 시와 노래를 무척 많이 외우고 있다는 것을 알아차렸고 또 어느 성당의 연단 앞에서 석상(石像)들에 대해 해박하게 설명해 주는 것을 들었으며, 둘이서 기대어 쉬고 있던 주인 없는 담장에다 붉은 물감으로 실물 크기의 인물들을 일필휘지의 솜씨로 그리는 것을 보기도 했다. 그때부터 로베르트는 자기 동료를 하느님의 사랑을 입은 사람으로 간주했으며 거의 마술사처럼 여기게 되었다. 골드문트가 여자들에게 사랑을 받고 한 번의 눈길과 미소로 여러 여자를 차지하는 것도 로베르트는 목격했다. 그런 면모는 그다지 마음에 들지 않았지만 어떻든 놀라운 일이 아닐 수 없었다.

두 사람의 동반 여행은 어느 날 뜻밖의 방식으로 중단되고 말았다. 그들은 어느 마을 가까이에 들어서게 되었는데, 그때 한 무리의 농부들이 채찍과 몽둥이와 도리깨로 무장을 하고서 그들을 맞았다. 인솔자가 멀리서부터 두 사람을 향해 고함을 질러 대는 통에 둘은 곧장 방향을 돌려 줄행랑을 놓아야 할 판국이었다. 그러지 않으면 맞아 죽을지도 몰랐다. 골드문트가 그 자리에 서서 대체 무슨 영문인지 알아보려고 하는데 벌써 돌멩이 하나가 날아와 그의 가슴을 맞추었다. 주위를 둘러보니 로베르트는 이미 혼비백산해서 달아나고 있었다. 농부들은 위협을 가하면서 다가왔고, 골드문트는 도망치는 친구를 그보다 느린 속도로 뒤따라가는 수밖에 없었다. 로베르트는 들판 한복판에 서 있는 예수 십자가 상 아래에서 벌벌 떨면서 기다리고 있었다.

"정말 대장부답게 달아나더군." 골드문트가 웃으면서 말했다. "그런데 이 무지막지한 작자들이 대체 무슨 꿍꿍이속일까? 전쟁이라도 터졌나? 동네 앞에 무장한 보초들을 세워 놓고 아무도 못 들어오게 하다니! 무슨 영문인지 알다가도 모르겠어."

두 사람 모두 영문을 몰랐다. 다음 날 아침이 되어서야 어느 외딴 농가에서 모종의 사건을 경험한 두 사람은 진상을 알아차리기 시작했다. 오두막과 마구간과 낟가리로 이루어져 있는 이 농가는 풀이 길게 자란 초록색 뜰과 수많은 과일나무에 둘러싸여 있었는데, 이상하게도 쥐 죽은 듯 고요했다. 사람의 목소리나 발소리, 아이의 울음소리나 낫질 소리, 그 어떤 소리도 들리지 않았다. 뜰에는 암소 한 마리가 풀을 뜯으면서 울고 있었는데, 살펴보니 젖을 짤 때가 지났다는 것을 알 수 있었다. 두 사람은 집 앞으로 다가가서 문을 두드렸지만 대답이 없었다. 외양간 쪽으로 가 보니 텅 빈 채로 문이 열려 있었다. 낟가리 쪽으로 가 보았더니 짚으로 엮어 지붕 삼아 덮어 놓은 꼭대기에 연두색 이끼가 햇살을 받아 반짝이고 있었다. 그곳에도 인기척은 없었다. 두 사람은 집 쪽으로 돌아왔다. 이 농가 주위가 황량한 것에 놀라서 질린 두 사람은 다시 한번 주먹으로 문을 두드렸지만 이번에도 대답은 없었다. 골드문트는 문을 열려고 했는데, 놀랍게도 문은 잠겨 있지 않았다. 그는 문을 안쪽으로 밀어서 어둠침침한 실내로 들어섰다. "계십니까?" 그는 큰 소리로 소리쳤다. "안에 아무도 안 계세요?" 사방이 고요했다. 로베르트는 문 앞에 그대로 서 있었다. 호기심이 발동한 골드문트는 계속 앞으로 가 보았다. 오두막 안에서는 고약한 냄새가 났다. 기묘하게 역한 냄새였다. 난로에는 재가 가득했는데, 입으로 바람을 불었더니 숯이 된 장작에서 아직 불꽃이 가물거리고 있었다. 그때 난로 뒤쪽의 어스름한 곳에 누군가가 앉아 있는 것이 보였다. 누군가가 안락의자에 앉아 자고 있었는데, 노파인 듯했다. 불러 봤자 소용없을 것 같았다. 이 집은 마술에 걸려 있는 것 같았다. 그는 잠들어 있는 노파의 어깨를 다정하게 톡톡 쳐 보았지만 노파는 꼼짝도 하지 않았다. 그제야 노파가 거미줄 한가운데에 앉아 있는 것이 눈에 들어왔다. 거미줄은 부분적으로 노파의 머리카락과 무룹에 달라붙어 있었다. '이 노파는 죽었군.' 골드문트는 그런 생각이 들자 살짝 오싹해졌다. 확인을 하기 위해 그는 난로의 불을 살려 보았다. 불꽃이 일고 길쭉한 장작개비에 불이 붙을 때까지 그는 불씨를 보듬어 바람을 불어 넣었다. 장작개비를 집어 든 그는 앉아 있는 노파의 얼굴을 비추어 보았다. 흰 머리카락 아래로 푸르스름하게 검은빛이 도는 주검의 얼굴이 보였다. 뜨고 있는 한쪽 눈에는 공허하고 흐린 빛이 감돌았다. 여인은 의자에 앉은 채로 이렇게 죽어 갔던 것이다. 그러니 이젠 도와줄 수도 없었다.

불이 붙은 장작개비를 들고 골드문트는 계속해서 방 안을 뒤져 보았다. 같은 공간에서 뒤쪽 방으로 통하는 문지방 위에 또 하나의 시체가 누워 있는 것을 발견했다. 여덟이나 아홉 살쯤 되어 보이는 소년이었다. 얼굴은 부어올라 일그러져 있었고, 속옷은 걷어붙인 채였다. 소년은 발코니로 이어지는 문지방 위에 배를 깔고 숨져 있었으며, 고통을 못 이긴 듯 두 손을 꼭 움켜쥐고 있었다. 두 번째 시신이로구나, 하고 골드문트는 생각했다. 마치 악몽을 꾸듯이 그는 계속 걸음을 옮겨 뒷방으로 들어섰다. 그곳에는 덧문이 열려 있었고, 밝은 햇살이 비쳐 들었다. 골드문트는 조심스레 장작불을 끄고는 바닥에 떨어진 불씨를 밟아서 껐다.

뒷방에는 세 개의 침대가 놓여 있었다. 그중 하나는 비어 있었고, 거친 회색 아마포 시트 아래로는 밀짚이 비쭉 나와 있었다. 두 번째 침대에는 턱수염이 난 사내가 등을 바닥에 대고 뻣뻣하게 누워 있었는데, 고개를 뒤로 젖힌 채 턱수염이 난 턱을 치켜들고 있었다. 농부가 틀림없어 보였다. 그의 움푹 꺼진 얼굴은 낯선 죽음의 색깔로 흐릿해져 있었으며, 한쪽 팔은 바닥으로 늘어뜨린 채였다. 방바닥에는 질그릇 물주전자가 아무렇게나 나뒹굴고 있었고, 흘러나온 물은 아직 완전히 바닥으로 스며들지도 않은 채 기울어진 쪽으로 흘러가 조그만 웅덩이를 이루고 있었다. 두 번째 침대에는 아마포와 거친 담요에 둘둘 말린 채로 체격이 크고 억세어 보이는 부인이 누워 있었다. 그녀의 얼굴은 침대 속에 처박혀 있었고, 엷은 금발의 억센 머리카락은 밝게 빛나고 있었다. 그 부인 옆에는 미성년으로 보이는 소녀가 마치 찢긴 아마포에 묶여 목이 졸린 듯이 부인과 몸이 뒤엉킨 채로 누워 있었다. 소녀 역시 엷은 금발이었고, 죽은 얼굴에는 회청색 반점이 돋아 있었다.

골드문트는 죽은 사람들을 한 명씩 차례로 훑어보았다. 소녀의 얼굴은 이미 상당히 일그러져 있었지만 아직도 절망적인 죽음의 공포가 서려 있었다. 어머니의 뺨과 머리카락은 너무나 거칠게 침대 깊숙이 파묻혀 있었지만, 거기서도 분노와 불안, 그리고 필사적으로 달아나려고 했던 흔적을 엿볼 수 있었다. 말하자면 드센 머리카락은 죽음에 결코 순응하려 들지 않았던 것이다. 농부의 얼굴에는 저항의 기색과 꾹 눌러 참은 고통의 기색이 역력했다. 그는 힘들게, 그러나 대장부답게 죽음을 맞았던 것으로 보였다. 그의 수염 난 얼굴은 마치 싸움터에서 전사한 병사의 그것처럼 꼿꼿하고도 뻣뻣하게 허공으로 치켜져 있었다. 차분하고 당당한 데다 고통을 참아 낸 흔적마저 엿보이는 그의 자세는 아름다웠다. 이렇게 죽음을 맞은 사람이라면 쩨쩨하거나 비겁한 인간은 아니었을 것이다. 그런데 배를 문지방에 깔고 누워 있는 어린 소년의 주검은 가슴을 쩡하게 했다. 소년의 얼굴은 아무것도 말해 주지 않았지만 문지방 위에 누워 있는 자세나 꼭 움켜쥔 작은 주먹은 많은 것을 말해 주고 있었다. 의지할 데 없는 고통의 흔적과 극한의 고통에 맞선 절망적인 저항의 흔적이 엿보였던 것이다. 소년의 머리가 바짝 닿아 있는 문짝에는 고양이가 이빨로 물어뜯은 구멍이 나 있었다. 골드문트는 모든 것을 주의 깊게 관찰했다. 물어볼 것도 없이 이 오두막집은 대단히 끔찍스러워 보였고, 시체에서 풍기는 냄새도 지독했다. 그럼에도 이 모든 것은 골드문트를 강하게 사로잡았다. 이 모든 것에는 거대한 숙명의 분위기가 감돌았던 것이다. 있는 그대로가 거짓 없는 진실이었으며, 이 모든 것에서 풍기는 모종의 분위기가 그에게 애정을 불러일으켰고 그의 영혼 깊숙이 파고들었다.

그러는 사이 바깥에 있던 로베르트는 초조하고 불안했던지 골드문트를 부르기 시작했다. 골드문트는 로베르트를 좋아했지만, 이 순간만큼은 불안과 호기심과 온갖 유치한 작태에서 벗어나지 못하는 살아 있는 인간이란 죽은 자들과 비교하면 얼마나 쩨쩨하고 보잘것없는 존재일까 하는 생각이 들었다. 그는 로베르트에게 대답하지 않았다. 그는 예술가들이 그러하듯이 진심 어린 연민과 냉정한 관찰 정신이 기묘하게 뒤섞인 상태에서 넋을 잃고 죽은 자들을 바라보고만 있었다. 누워 있는 인물들과 앉아 있는 인물을, 그들의 머리와 손과 죽던 당시의 동작을 면밀히 관찰했다. 마술에 걸려 있는 이 오두막은 얼마

나 고요한가! 이 얼마나 기이하고 끔찍스러운 냄새인가! 인간
의 이 작은 보금자리에는 아직도 화톳불의 흔적이 가물거리
고 있건만 너무나 괴기스럽고 슬프게도 주검들의 거처가 되고
있으며, 완전히 죽음으로 가득 차 있는 것이다! 이제 곧 이 고
요한 형상들의 뺨에서 살이 떨어져 나갈 것이며, 쥐들이 그들
의 손가락을 뜯어 먹을 것이다. 관과 무덤 속에 누워 있는 다
른 인간들이 잘 갈무리된 채 보이지 않게 수행하는 최후의 처
참한 작업, 부패와 소멸을 여기 누워 있는 다섯 사람은 자기
집 자기 방에서 수행하고 있는 것이다. 그것도 환한 대낮에,
문도 잠그지 않은 채, 초조해하거나 부끄러워하지도 않고, 가
리지도 않고서. 골드문트는 죽은 사람을 이미 여럿 본 적이 있
지만, 이렇듯 가차 없는 죽음의 광경은 접한 적이 없었다. 그는
이 광경을 마음속 깊이 새겨 두었다.

　문밖에 있던 로베르트의 고함이 마침내 골드문트의 생각을
방해했다. 그는 밖으로 나가 보았다. 로베르트는 불안한 표정
으로 동료를 쳐다보았다.

　"무슨 일이야?" 로베르트가 잔뜩 겁먹은 소리로 나직이 물
었다. "이 집에는 아무도 없는 거야? 아니, 자네 눈초리가 왜
그렇지? 말 좀 해 봐!"

　골드문트는 냉정한 시선으로 그를 찬찬히 바라보며 말했다.

　"직접 들어가 보게나. 기이한 농가야. 농가를 둘러보고 나
서 저 멋진 암소의 젖을 짜 주자고. 자, 어서!"

　로베르트는 주저하면서 오두막 안으로 들어섰다. 난롯가를
향해 다가가던 로베르트는 앉아 있는 노파를 발견했고, 노파

가 죽어 있는 것을 알아차리고는 큰 소리로 비명을 질렀다. 그는 허겁지겁 되돌아왔다. 눈을 치켜뜨고 있었다.

"이럴 수가! 저기 난롯가에 죽은 노파가 앉아 있어. 대체 어떻게 된 거지? 어째서 노파 말고는 아무도 없는 거야? 어째서 노파를 묻어 주지 않느냐 말이야? 맙소사, 벌써 썩는 냄새가 나는군."

골드문트는 슬며시 웃었다.

"자네는 역시 대장부다워, 로베르트. 그런데 너무 급하게 되돌아왔군. 죽은 노파가 저렇게 의자에 앉아 있는 것은 물론 이상한 광경이지. 그런데 몇 걸음만 더 가 보면 훨씬 더 얄궂은 광경을 목격하게 될 걸세. 다섯 명이야, 로베르트. 침대에 세 명이 누워 있고, 죽은 소년 하나가 문지방 한가운데에 누워 있지. 모두 죽어 있어. 온 식구가 죽은 채 누워 있지. 이 집은 죽은 집이야. 그래서 아무도 소젖을 짜 주지 못한 걸세."

동료는 기겁하고 골드문트를 쳐다보니 갑자기 숨이 넘어갈 듯한 소리로 외쳤다. "아, 이젠 농부들이 왜 그랬는지도 알겠어. 그들은 어제 우리를 동네에 들여놓으려 하지 않았잖아. 맙소사, 이제 모든 것이 분명해졌어. 흑사병이야! 아무리 생각해도 흑사병이야, 골드문트! 그런데 자네는 꽤 오랫동안 저 안에 있었잖아! 아마도 자넨 죽은 사람들을 건드리기도 했겠지! 물러서! 나한테 가까이 오지 마! 자넨 틀림없이 감염되었어. 골드문트, 미안하지만 나는 떠나야겠네. 자네와 함께 있을 수 없다고."

로베르트는 벌써 달아나려 했지만, 순례자의 옷자락을 붙잡혔다. 골드문트는 무언의 질책을 하듯이 그를 매섭게 바라보면서 버둥거리는 친구를 꽉 붙들었다. 그는 다정하면서도 비웃는 어조로 말했다.

"이보게, 자네는 사람들이 생각하는 것보다는 영리하군. 아마도 자네 말이 옳겠지. 그럼 이제 다음번 농가나 마을에서 확인해 보기로 하세. 아마 이 일대에 흑사병이 번진 모양이야. 우리가 무사히 이곳을 빠져나갈 수 있는지 두고 보자고. 그렇지만 자네가 달아나게 놓아줄 수는 없어. 보다시피 나는 인정 많은 사람일세. 나는 너무 마음이 약하다고. 자네가 안에 들어갔다가 감염되었을 경우를 생각해 보라고. 그런데도 자네가 달아나도록 놓아준다면 들판 어디에선가 뻗어 있다가 죽고 말겠지. 완전히 홀로 말이야. 아무도 자네 눈을 감겨 주지 못할 테고, 묘지를 쓰고 흙을 뿌려 주지도 못할 것 아닌가. 그래선 안 되지. 만일 그렇게 된다면 나는 비통해서 숨이 막힐 걸세. 그러니 정신 차리고 내 말을 명심하게. 두 번 말하지 않겠네. 우리 두 사람은 똑같은 위험에 처해 있어. 자네가 걸릴 수도 있고 내가 걸릴 수도 있단 말이야. 그러니 함께 움직이자고. 그래서 함께 죽든가 아니면 이 저주받을 흑사병으로부터 도망치자고. 자네가 병에 걸려 죽는다면 내가 묻어 줄 걸세. 틀림없이 그럴 거야. 그리고 만일 내가 죽게 된다면 자네 좋을 대로 하게나. 나를 묻어 줘도 좋고 달아나도 그만일세. 상관하지 않겠어. 그런데 그 전에 슬쩍 달아나면 안 돼! 명심하라고! 우리는 서로를 필요로 하게 될 걸세. 지금은 주둥이 닥치고 있어. 무슨 말을 해도 듣지 않을 테니까. 외양간 같은 데서 두레박을 찾아 보라고. 이제 소젖을 짜야 하니까."

일은 그렇게 되었다. 그 순간부터 골드문트는 명령을 내리고 로베르트는 명령에 따르게 되었으며, 그런 관계는 순조로웠다. 로베르트는 이제 더 이상 달아나려고 하지 않았다. 그는 다만 달래듯이 이렇게 말했을 뿐이다. "나는 잠시 자네가 걱정이 됐을 뿐이야. 이 죽음의 집에서 나왔을 때 자네 안색이 좋지 않아 보였거든. 그래서 흑사병을 옮겨 왔다고 생각했지. 그렇지만 흑사병에 걸리지 않았더라도 자네 안색은 바뀌었을 거야. 안에서 본 광경이 그렇게 고약했나?"

"고약하지 않았어." 골드문트가 머뭇거리며 말했다. "내가 집 안에서 보았던 것은 우리가 흑사병에 걸리지 않더라도 나와 자네 그리고 만인 앞에 기다리고 있는 것일 뿐이야."

다시 길을 떠난 두 사람은 도처에서 이 지역을 뒤덮고 있는 흑사병과 마주쳤다. 상당수의 마을에서는 낯선 사람을 아예 들여놓지 않았고, 또 어떤 마을에서는 아무런 방해도 받지 않고 모든 길거리를 활보할 수 있었다. 많은 농가가 인적도 없이 버려져 있었고, 장례를 치르지 못한 수많은 주검이 들판이나 방 안에서 썩어 가고 있었다. 젖을 짜 주지 못했거나 굶주린 소들이 외양간에서 울고 있거나 들판에서 사납게 뛰어다니고 있었다. 두 사람은 많은 소와 염소의 젖을 짜 주고 먹이를 주었으며, 또 숲 언저리에서 새끼 염소와 돼지를 여러 마리 잡아 구워 먹으면서 임자 없는 집의 광에서 꺼내 온 포도주와 과실주를 마시기도 했다. 두 사람은 넘칠 만큼 풍족해졌다. 하지만 그런 풍요를 만끽할 수만은 없었다. 로베르트가 갈수록 흑사병을 겁냈기 때문이다. 그는 시체를 보면 구역질을 해 댔고, 곧잘 공포심 때문에 완전히 정신을 잃곤 했다. 그는 자꾸만 자기가 감염되었다고 생각했으며, 모닥불 연기 속에 자신의 머리와 손을 길게 늘어뜨리곤 했다. 그렇게 하면 효험이 있다고 믿었던 것이다. 심지어 잠자리에서도 자기 몸을 만져 보곤 했는데, 다리나 팔 혹은 겨드랑이에 종양이 생기지 않았나 불안했던 것이다.

골드문트는 그를 여러 번 꾸짖기도 하고 비웃어 주기도 했다. 그는 친구처럼 겁도 내지 않았고 구역질도 하지 않았다. 그는 긴장되고 음울한 기분으로 이 죽음의 땅을 통과해 가면서 이 엄청난 죽음의 광경에 섬뜩하게 끌렸다. 그의 영혼은 마치 한창때의 가을날 같은 조락(凋落)의 분위기에 휩싸였으며, 그의 가슴은 커다란 낫이 풀을 베듯 생명을 베는 소리로 무거웠다. 때때로 영원한 어머니의 모습이 나타났다. 그 커다랗고 창백한 얼굴에는 메두사의 눈[14]이 달려 있었고, 온통 고뇌와 죽음뿐인 무거운 미소가 흘렀다.

두 사람은 어느 소도시에 다다랐다. 그 도시는 요새처럼 단단히 방비가 되어 있었다. 집 높이의 방호(防護) 도로가 성문에서부터 성벽 전체를 빙 둘러 만들어져 있었지만, 성루 위나 열려 있는 성문 어디에도 보초병은 보이지 않았다. 로베르트는 이 도시에 들어서기를 주저했으며, 친구한테도 그러지 말자고 애원했다. 그러는 사이에 종소리가 들려왔다. 사제가 성

---

14) 그리스 신화에 나오는 괴물로 그 시선과 마주치면 돌이 된다고 한다.

문 쪽으로 올라오고 있었는데, 손에는 십자가를 들고 있었다. 그의 뒤에는 짐수레 세 대가 따라오고 있었다. 그중 두 대는 말이 끌었고 한 대는 황소 두 마리가 끌고 있었다. 수레는 꼭 대기까지 시체로 가득 차 있었다. 기이한 외투를 걸친 인부 몇 명이 성직자용 두건 속에 얼굴을 숨긴 채 그 옆에서 따라 걸으며 마소를 채근하고 있었다.

로베르트는 얼굴이 하얗게 질리면서 정신을 차리지 못했고, 골드문트는 약간 거리를 두고 장의 수레를 따라갔다. 일행은 이삼백 걸음 정도를 갔다. 거기는 공동묘지가 아니었고, 텅 빈 황무지 한가운데에 구덩이가 파여 있었다. 구덩이의 깊이는 세 삽 정도밖에 되지 않았지만, 넓이는 강당만 했다. 골드문트는 인부들이 막대기와 선박용 갈고리로 죽은 자들을 수레에서 끌어 내려 거대한 구덩이 속으로 내던져 쌓아 올리는 모양을 지켜보고 있었다. 그러는 사이에 사제는 뭐라고 중얼거리며 구덩이 위로 십자가를 흔들고는 자리를 떴다. 이윽고 인부들은 평평한 무덤 주위에 사방팔방으로 불을 질러 놓고는 말없이 서둘러 시내로 돌아갔다. 아무도 무덤에다 흙을 뿌릴 생각조차 하지 않았다. 골드문트는 아래를 내려다보았다. 무덤 속에는 쉰 구 이상의 시체가 들어 있을 것 같았다. 서로 마구 포개어져 있고, 대다수는 옷도 입지 못한 상태였다. 이곳저곳에서 팔이나 다리가 애원하듯이 뻣뻣하게 허공으로 치솟아 있었고, 속옷 자락이 힘없이 바람에 너풀거렸다.

골드문트가 돌아오자 로베르트는 거의 무릎을 꿇다시피 하면서 한시 바삐 여기를 떠나자고 애원했다. 로베르트가 그렇게 통사정을 하는 데는 그럴 만한 이유가 있었다. 그는 골드문트의 초점 잃은 눈에서 익히 잘 아는 눈빛, 넋 나간 듯이 멍한 표정을 읽어 냈다. 그것은 친구가 무서운 것에 빨려들었다는 뜻이요, 끔찍스러운 호기심이 발동했다는 뜻이었다. 그는 친구를 제지하지 못했다. 골드문트는 혼자서 시내로 들어갔다.

골드문트는 아무도 지키지 않는 성문을 통과했다. 길바닥에 깔린 돌에 자신의 발소리가 되울리는 소리를 들으면서 그는 지금까지 거쳐 온 수많은 소도시와 성문들의 기억을 되살렸다. 그리고 어린아이가 외치는 소리와 꼬마들이 뛰노는 소리, 아녀자들이 다투는 소리, 모루에 부딪혀 맑게 울리는 대장간의 망치질 소리, 마차 바퀴가 굴러가는 소리, 또 그 밖의 수많은 소리가 자신을 맞아 주었던 기억이 되살아났다. 섬세한 소리와 거친 소리가 그렇게 뒤섞여서 인간의 노동과 기쁨, 작업과 친교의 다양한 모습을 하나의 그물로 엮어 놓은 것 같았다. 그런데 이 텅 빈 성문과 텅 빈 거리에서는 아무 소리도 들리지 않았다. 웃는 소리도 고함도 없었고, 모든 것이 죽음의 침묵 속에 굳어 있었다. 그 죽음의 정적 속에서 어디선가 샘물이 흘러가며 내는 재잘대는 듯한 멜로디만 너무나 크게 들려와서 거의 소음처럼 들릴 지경이었다. 열려 있는 어느 빵 가게 창문 뒤쪽으로 주인이 온갖 빵들에 둘러싸여 있는 모습이 눈에 들어왔다. 골드문트가 그중에 질이 좋은 빵 하나를 가리키자 빵집 주인은 빵 주걱을 조심스럽게 내밀고는 골드문트가 주걱 위에 돈을 올려놓기를 기다렸다. 그러다 낯선 사람이 값도 치르지 않고 빵을 물어뜯으며 자리를 뜨자 화가 나서 창문을 쾅 닫았지만, 소리를 지르지는 않았다. 어느 멋진 집의 창문 앞에는 질그릇 화분이 즐비하게 놓여 있었는데, 여느 때 같으면 화분에 꽃이 만발했을 테지만 지금은 말라빠진 잎사귀들이 텅 빈 화분 위로 늘어져 있었다. 또 다른 집에서는 어린아이들이 흐느끼는 소리와 비통하게 절규하는 소리가 들려왔다. 그런데 바로 다음 골목에 접어들자 위층 창문 안쪽에 예쁜 아가씨가 서서 머리를 빗고 있는 모습이 보였다. 골드문트는 그녀가 자신의 시선을 의식하고 아래를 내려다볼 때까지 그녀를 쳐다보고 있었다. 그녀는 얼굴을 붉히며 그를 바라보았고, 그가 다정한 미소를 지어 보이자 그녀의 붉게 물든 얼굴에도 서서히 엷은 미소가 번지는 것이었다.

"금방 다 빗을 거지요?" 골드문트가 위를 향해 소리쳤다. 아가씨는 몸을 구부려 창밖으로 환한 얼굴을 내밀었다.

"아직 병에 걸리지 않았소?" 그가 묻자 그녀는 고개를 저으며 그렇다고 대답했다. "그럼 저와 함께 이 죽음의 도시에서 빠져나갑시다. 우리는 숲으로 가서 잘 살 수 있을 거요."

그녀의 눈초리는 미심쩍다는 표정이었다.

"오래 생각할 것 없어요. 진심으로 하는 말이니까." 골드문트가 소리쳤다. "양친과 함께 사시오? 아니면 남의 집에서 일해 주고 있소? 아, 남의 집에서 일하고 있군요. 자, 어서 갑시다, 귀여운 아가씨. 노인네들은 죽게 내버려 둡시다. 우리는 젊고 건강하니 얼마간은 잘 지낼 수 있을 거요. 갑시다, 갈색 머리 아가씨. 진심이오."

그녀는 뭔가를 탐색하듯이 그를 바라보면서 머뭇거리고 놀라는 눈치였다. 골드문트는 계속 걸음을 옮겼다. 인적이 없는 골목길을 어슬렁거리며 지나서 다음 골목까지 갔다가 천천히 되돌아왔다. 그때까지도 아가씨는 여전히 창가에 서 있었다. 몸을 굽히고 있던 그녀는 골드문트가 돌아오자 기뻐했다. 그녀는 그에게 신호를 보내왔다. 그는 천천히 걸어갔고, 금방 그녀가 뒤따라왔다. 성문 앞에 다다르기 전에 그녀는 골드문트를 따라잡았다. 그녀는 손에 작은 꾸러미를 들고 목에는 빨간 목도리를 감고 있었다.

"이름이 뭐요?" 그가 그녀에게 물었다.

"레네라고 해요. 당신과 함께 가겠어요. 이 도시는 너무 끔찍해요. 모두 죽어가고 있어요. 어서 가요, 어서!"

성문 근처에는 로베르트가 불쾌한 기색으로 땅바닥에 웅크리고 앉아 있었다. 골드문트가 돌아오자 그는 벌떡 일어섰고, 아가씨를 보더니 눈꼬리가 치켜 올라갔다. 로베르트는 이번에는 금방 승복하지 않고 불평과 비난을 늘어놓았다. 이 저주받은 흑사병 구덩이에서 사람을 꺼내 와서 함께 가더라도 참아줄 거라 생각하는 모양인데, 그것은 세상에 둘도 없는 미친 짓이며 하느님이라도 참지 못할 것이라고 우기는 것이었다. 자기는 망설여지며, 함께 가지 않을 거라고, 이제는 인내심이 한계에 도달했다고 말했다.

골드문트는 그가 욕설과 불평을 늘어놓도록 내버려 두었다가 잠잠해지자 이렇게 말했다.

"자, 그만하면 우리한테 들려줄 노래는 실컷 한 셈이야. 이제 자네는 우리와 함께 가게 될 거야. 그리고 이렇게 멋진 길동무가 생겨서 기뻐하게 될 거야. 이 여성의 이름은 레네라고 해. 나와 함께 있기로 했지. 자네한테도 기쁜 소식을 전해 주겠네, 로베르트. 자, 들어 보라고. 지금부터 한동안 우리는 조용히 건강한 생활을 하면서 흑사병을 피할 생각이야. 이제 빈 집이 있는 멋진 장소를 찾으려고 하네. 아니면 우리가 직접 집을 지어도 좋지. 그 집에서 나와 레네는 집주인과 안주인이 되는 걸세. 그리고 자네는 우리의 친구가 되어 우리와 함께 사는 거야. 이제 좀 산뜻하고 정다운 생활을 해 보자고. 동의하겠지?”

아무렴, 로베르트는 기꺼이 동의했다. 다만 레네의 손을 잡으라거나 그녀의 옷을 만지라는 요구는 하지 말라고 단서를 붙였다.

“물론이지.” 골드문트가 말했다. “그런 요구는 하지 않겠네. 절대 레네의 손가락 하나라도 건드리면 안 돼. 그런 생각조차 해선 안 된다고!”

세 사람은 함께 행진을 계속했다. 처음에는 말이 없다가 차츰 아가씨가 말을 꺼내기 시작했다. 그녀는 다시 하늘과 나무와 초원을 보게 되어 너무나 기쁘다고 했고, 흑사병의 도시에서는 말을 할 수 없어서 너무나 끔찍했다고도 했다. 이야기를 하기 시작하면서 그녀는 자기가 목격해야만 했던 슬프고 혐오스러운 장면들의 중압에서 벗어나 기분이 풀렸다. 그녀는 여러 가지 이야기를 들려주었다. 모두 안 좋은 이야기들이었다. 그 작은 도시는 지옥이 틀림없었다. 두 명의 의사 가운데 한 명은 죽었는데, 또 다른 의사는 부자들한테만 왕진을 간다고 했다. 그리고 아무도 치워 주지 않기 때문에 수많은 집에서 시체가 썩어 가고 있다고 했다. 그런가 하면 다른 집들에서는 시체를 치우는 인부들이 도둑질을 하고 방탕한 짓거리와 간음을 일삼았으며, 시체뿐 아니라 아직 숨이 붙어 있는 환자들까지도 침대에서 끌어내 동물 사체 운반 수레에 던지고 죽은 자들과 함께 구덩이에 처넣었다고 했다. 그녀는 온갖 흉흉한 이야기를 했지만 아무도 그녀의 말을 가로막지 않았다. 로베르트는 경악과 흥미를 동시에 느끼며 귀를 기울였고, 골드문트는 덤덤하게 조용히 듣고만 있었다. 그는 끔찍스러운 사건들에 대한 이야기가 끝날 때까지 내버려 두었고, 거기에 대해 아무 말도 하지 않았다. 이런 판국에 대체 무슨 할 말이 있단 말인가? 드디어 레네도 지쳤는지 흥분의 물결이 가라앉고 말수가 줄어들었다. 그러자 골드문트는 더 천천히 걸으며 아주 낮은 목소리로 노래를 부르기 시작했다. 그 노래는 여러 소절로 이루어져 있었는데, 한 소절씩 부를 때마다 그의 목소리는 더욱 충만해졌다. 레네는 미소를 짓기 시작했고, 로베르트는 행복한 기분으로 놀라워하면서 노래에 귀를 기울였다. 그는 여태껏 골드문트가 노래 부르는 것을 들은 적이 없었던 것이다. 골드문트라는 친구는 못하는 게 없구나. 이렇게 걸어가면서 노래를 부르다니, 정말 괴짜로구나! 골드문트는 정교하고 곱게 노래를 불렀지만, 목소리는 부드럽게 가라앉아 있었다. 두 번째 노래를 부를 때에는 이미 레네가 흥얼거리며 나직이 따라 불렀고, 금방 온전한 목소리로 음을 맞추었다. 날이 저물고 있었다. 저 멀리 황야 뒤로는 울창한 숲이 보였고, 다시 그 뒤로는 파랗게 낮은 산들이 이어져 있었다. 산들은 속에서부터 점점 더 푸른빛을 발산하는 것 같았다. 때로는 흥겹게, 때로는 장엄하게 발걸음의 박자와 노래가 어우러졌다.

"자네 오늘은 무척 흥겨워 보이는군." 로베르트가 말했다.

"그래, 흥겨워. 당연히 오늘은 흥겨운 날이지. 이렇게 어여쁜 애인을 구했으니 말이야. 아, 레네, 시체를 치우는 인부들이 나를 위해 당신을 남겨 두었다니 정말 잘된 일이야. 내일이면 조그만 보금자리를 찾을 테고, 좋은 시간을 가질 수 있을 거야. 우리가 뼈와 살을 맞대고 함께 있을 수 있다니 생각만 해도 기뻐. 레네, 당신은 가을날 숲에서 통통한 버섯을 본 적이 있소? 그런 버섯은 달팽이가 너무 좋아하고 사람이 먹을 수도 있지."

"그럼요." 그녀가 웃으며 말했다. "그런 버섯은 여러 번 본 적이 있죠."

"레네, 당신 머리카락은 그 버섯과 똑같은 갈색이구려. 냄새도 똑같이 좋아. 한 곡 더 부를까? 아니면 배가 고프오? 내 배낭에는 아직 괜찮은 먹거리가 남아 있거든."

다음 날 그들은 원하던 장소를 찾았다. 작은 자작나무 숲속에 통나무로 지은 오두막 한 채가 있었는데, 언젠가 벌목꾼이나 사냥꾼들이 지어 놓은 것인 듯했다. 오두막은 비어 있었고, 문짝은 간신히 열렸다. 로베르트 역시 이것이 근사한 오두막이며 여기가 감염되지 않은 장소라는 것을 알 수 있었다. 도중에 그들은 주인 없이 돌아다니는 염소들과 마주쳤는데, 그중 잘생긴 암컷을 끌고 왔다.

"그런데 로베르트." 골드문트가 말했다. "자네가 정식 목수는 아니어도 한때 소목 일은 하지 않았나. 우리는 여기에 거처를 정하려고 하니까 우리의 성 안에 칸막이벽을 좀 만들어 주게나. 그래야 방이 둘이 되지. 하나는 레네와 나를 위한 방이고, 하나는 자네와 암염소를 위한 방이야. 이젠 먹을 것도 많지 않아. 오늘 저녁에는 많든 적든 염소젖으로 만족해야겠군. 자, 그럼 벽을 만들게나. 우리 둘은 우리 모두를 위한 잠자리를 준비하겠네. 내일은 먹을 것을 구하러 나갈 걸세."

모두 곧장 일하기 시작했다. 골드문트와 레네는 잠자리를 위해 짚과 고사리와 이끼 따위를 구하러 나갔고, 로베르트는 벽을 세울 나무를 자르기 위해 잔돌에다 칼을 갈았다. 그렇지만 한나절에 일을 마치지 못해서 로베르트는 저녁이 되자 바깥으로 잠을 자러 나갔다. 골드문트는 레네가 달콤한 유희의 짝이라는 것을 알게 되었다. 그녀는 수줍어하고 남자 경험이 없었지만 애정이 넘쳐흘렀다. 그는 부드럽게 그녀를 품에 끌어안고는 그녀가 지쳐서 푹 잠이 든 뒤에도 늦도록 잠을 못 이루고 그녀의 가슴이 두근거리는 소리를 들었다. 그는 그녀의 갈색 머리카락 냄새를 맡으며 그녀에게 바싹 몸을 밀착시키고 있었다. 그와 동시에 그는 변장한 악마들이 수레마다 가득한 시체를 내다 버린 저 거대하고 평평한 구덩이를 떠올렸다. 생명은 아름다운 것이고, 행복은 아름답지만 덧없는 것이며, 젊음 역시 아름답지만 금방 시들고 마는 것이다.

오두막의 칸막이벽은 아주 멋지게 완성되었다. 마지막에는 세 사람 모두 그 일에 매달렸다. 로베르트는 자기가 해낼 수 있는 실력을 보여 주려 했고, 대패질 판과 연장과 꺾쇠와 못만 있으면 지을 수 있는 것들에 대해 열심히 설명했다. 그렇지만 칼과 손 말고는 아무것도 없었기 때문에 자작나무 기둥을 열 개쯤 잘라서 오두막 바닥 위에 거칠지만 견고한 칸막이 벽 기둥을 세우는 것으로 만족했다. 기둥 사이의 공간은 금작화(金雀花) 줄기를 엮어서 잇도록 했다. 그 일은 시간이 걸렸지만 즐겁고 신나는 일이었기에 모두 합심해서 일했다. 레네는 짬짬이 딸기를 따러 나가거나 염소를 돌보러 나갔고, 골드문트는 가까운 곳을 정찰하면서 그 일대를 탐색하여 먹거리를 찾거나, 인근에 문의하여 이것저것을 가져오곤 했다. 오두막 가까이에는 사람의 그림자도 보이지 않았다. 특히 로베르트가 그 점에 만족했다. 감염될 염려가 전혀 없었고, 사람들의 적대적인 행동도 피할 수 있었던 것이다. 하지만 좀처럼 먹을 것을 구하기 힘들다는 단점도 있었다. 근처에 농부들이 살다가 버려둔 오두막이 한 채 있었는데, 이번에는 그 안에 죽은 사람은 없었기에 골드문트는 가설 오두막 대신에 그곳을 거처로 삼자고 제안했다. 그렇지만 로베르트는 떨면서 주저했고, 골드문트가 빈집에 출입하는 것을 달가워하지 않았다. 그리고 골드문트가 그 집에서 가져온 물건이면 무엇이든 로베르트가 집어 들기 전에 불에 그을리거나 씻어야만 했다. 골드문트가 거기서 구해 온 것은 많지 않았지만, 걸상 두 개와 우유 통, 질그릇 몇 개, 손도끼 따위가 들어 있었다. 또 어느 날에는 들판에서 길 잃은 닭 두 마리를 잡아 왔다. 레네는 사랑을 받았고 행복했다. 그리고 작은 보금자리를 짓고 날마다 조금씩 아름답게 꾸미는 일은 세 사람 모두에게 재미있는 일거리가 되었다. 빵은 없었지만 그 대신 염소를 한 마리 더 끌고 왔으며, 작은 포도밭도 발견했다. 그렇게 하루하루가 지나갔고, 줄기를 엮어 벽을 세우는 일도 마무리되었다. 잠자리도 개선되었고, 난로도 만들어졌다. 개울은 멀리 떨어져 있지 않았으며, 물은 맑고 달콤했다. 종종 작업 장단에 맞추어 노래도 부르곤 했다.

어느 날 그들이 함께 우유를 마시며 집안 생활을 예찬하고 있는데 갑자기 레네가 몽상적인 어조로 이렇게 말했다.

"그런데 겨울이 오면 어떻게 되지요?"

아무도 대답을 못 했다. 로베르트는 웃어넘겼고, 골드문트는 기묘한 표정으로 앞만 바라보고 있었다. 레네는 아무도 겨울을 넘길 걱정은 하지 않고 있다는 것을 차츰 깨닫게 되었다. 정말 진지하게 같은 장소에서 오래도록 머무를 생각은 아무도 하지 않는다는 것을, 집이 있어도 보금자리는 아니라는 것을, 자기가 방랑자들 사이에 끼어 있다는 것을 알아차린 것이다. 그녀는 힘없이 고개를 떨구었다.

그러자 골드문트가 입을 열었다. 마치 어린아이한테 말하듯이 장난스럽고 활기찬 어조였다. "당신은 농부의 딸이로군, 레네. 먼 앞날까지 미리 걱정하니 말이야. 조금도 걱정하지 말아요. 이 흑사병 시기를 넘기면 다시 집을 찾아갈 수 있을 거요. 흑사병이 영원히 계속되지는 않을 테니까. 흑사병이 끝나면 부모님이나 다른 친지한테라도 찾아가구려. 아니면 다시 시내로 돌아가서 남의 일을 해 주면 끼니 걱정은 하지 않아도 되지. 지금은 아직 여름이고, 이 일대는 어디를 가도 죽음뿐이지만 이곳은 괜찮아요. 더구나 우리끼리 잘 지내고 있지 않소. 그래서 우리는 여기에 머무는 것이오. 우리가 내키는 만큼 오래 있을 수도 있고 짧게 있을 수도 있지.”

“그럼 그다음에는요?” 레네가 격앙된 어조로 소리쳤다. “그러고는 모든 것이 끝장인가요? 당신은 떠나가나요? 그럼 저는 어떡하지요?”

골드문트는 그녀의 땋은 머리를 잽싸게 거머쥐고는 부드럽게 끌어당기며 말했다.

“이 얼간이 아가씨야, 시체 치우는 인부들을 벌써 잊으셨나? 사람들이 죽어간 집들도? 성문 앞의 커다란 구덩이가 불타는 것도? 당신은 그 구덩이에 드러누운 채 속옷에 비를 맞지 않고 있는 것만으로도 기뻐해야 한다고. 당신은 간신히 빠져나왔고, 팔다리에 아직 생명이 붙어 있고 아직도 웃고 노래 부를 수 있다는 사실을 명심해야 한다고.”

그녀는 여전히 만족하지 않았다.

“하지만 저는 다시 떠나고 싶지 않아요.” 그녀가 애원했다. “당신을 떠나보내고 싶지 않아요. 그럴 순 없어요. 조만간 모든 것이 끝나 버리고 지나가고 말 것을 알고 나면 기뻐할 수 없어요!”

골드문트는 다시 한번 답변을 해 주었다. 그의 목소리는 다정했지만 은근히 위협적인 어조를 담고 있었다.

“귀여운 레네, 벌써 세상의 모든 현인과 성인들이 그런 문제 때문에 머리를 싸매고 생각했었지. 오래 지속되는 행복이란 존재하지 않아. 그렇지만 지금 우리가 누리는 행복이 당신한테 흡족하지 못하고 기쁨을 안겨 주지 못한다면 바로 지금 이 오두막을 불살라 버리고 말겠어. 그리고 우리 모두 자기 길을 가는 거야. 잘 생각해 봐, 레네. 얘기는 이것으로 충분하니까."

이야기는 거기서 중단되었고, 그녀는 승복했다. 하지만 그녀의 기쁨에는 모종의 그늘이 드리워지게 되었다.

14장

　여름이 완전히 물러가기도 전에 오두막 생활은 그들이 생각했던 것과는 다른 방식으로 끝이 났다. 어느 날 골드문트는 한참 동안 새총을 들고 그 일대를 돌아다니고 있었다. 먹을 것이 매우 궁색해진 탓에 혹시 자고새나 다른 야생 조류를 잡을 수 있을까 하는 기대 때문이었다. 레네는 가까운 데서 딸기를 따고 있었다. 간혹 그는 그녀가 있는 구역을 슬쩍 지나치면서, 아마포 셔츠 바깥으로 드러난 갈색 살결의 목덜미와 머리를 덤불 너머로 넘겨보거나 노래 부르는 소리를 듣곤 했다. 그러다가 어떤 때에는 그녀의 옆에서 딸기 몇 개를 슬쩍 따고는 계속 길을 더듬어 가노라면 한동안 그녀가 시야에서 사라지기도 했다. 그는 그녀를 생각했다. 정겹기도 하고 짜증이 나기도 했다. 그녀는 다시 한번 다가올 가을철과 장래에 대해 이야기를 꺼냈고, 아이를 가진 것 같다는 말과 함께 그를 떠나보내지 않겠다는 말도 했다. 골드문트는 생각했다. '이제 곧 끝이다. 금방 싫증이 날 테고, 그러면 나는 로베르트도 남겨 놓고 홀로 방랑길에 오를 것이다. 두고 보면 알겠지만 나는 겨울이 오면 다시 니클라우스 명인이 사는 큰 도시로 돌아가서 그곳에서 겨울을 보내고, 이듬해 봄이 되면 근사한 새 신발을 사 신고서 어떻게든 길을 떠날 것이다. 그리하여 마리아브론을 향해 우리의 수도원을 찾아갈 것이며, 나르치스한테 인사를 할 것이다. 그를 보지 못한 지도 어언 십 년이 넘은 것 같다. 그를 다시 만나야만 한다. 단 하루든 이틀이든 간에.'

어떤 낯선 소리가 깊은 상념에 빠져 있던 그를 깨웠다. 그리고 온갖 상념과 소망을 쫓아 자기는 이미 이곳을 멀찌감치 벗어나 있으며 이곳은 더 이상 자기가 있을 곳이 아니라는 것을 불현듯 깨닫게 되었다. 그는 귀를 쫑긋 세웠다. 방금 들려온 불안한 소리가 반복되었고, 레네의 목소리라는 것을 알아차린 골드문트는 그녀가 자기를 부르는 것이 달갑지 않았지만 그 목소리를 따라가 보았다. 금방 아주 가까운 데까지 다다랐다. 과연 레네의 목소리였다. 그녀는 아주 위급한 상황에 처한 듯 큰 소리로 그의 이름을 부르고 있었다. 그는 더 급히 달렸다. 여전히 약간 짜증이 나긴 했지만, 그녀가 거듭 비명을 질러 대자 동정심과 근심이 짜증을 압도하게 되었다. 드디어 그녀가 시야에 들어왔을 때 그녀는 벌판에 엉거주춤 주저앉아 있었다. 속옷은 완전히 찢겨 있었고, 비명을 지르며 어떤 사내와 실랑이를 벌이고 있었는데, 사내는 레네를 겁탈하려 했던 것이다. 골드문트는 펄쩍 내달려 갔다. 그의 마음속에 잠복해 있던 짜증과 불안과 슬픔이 낯선 불한당에 대한 걷잡을 수 없는 분노로 폭발했다. 낯선 사내가 레네를 완전히 땅바닥에 뉘려던 참에 골드문트는 사내를 덮쳤다. 그녀의 맨가슴에서는 피가 흘렀고, 낯선 사내는 탐욕스럽게 그녀를 껴안고 있었다. 골드문트는 사내한테 몸을 던져 성난 두 손으로 그의 목을 졸랐다. 손에 잡힌 사내의 목은 마르고 강단이 있어 보였으며 양털 같은 턱수염이 덥수룩했다. 상대방이 여자를 놓아주고 축 늘어져서 자기 손에 매달릴 때까지 골드문트는 쾌감을 느끼며 목을 졸랐다. 계속 목을 조르면서 그는 힘없이 늘어진 사내를 질질 끌고 갔다. 이미 반쯤은 숨이 넘어간 사내를 맨땅에 비쭉 솟아 있는 회색빛 바위 모서리가 있는 곳까지 얼마간 끌고 갔다. 그곳에서 패자를 일으켜 세웠다. 사내의 몸은 무거웠다. 골드문트는 사내의 머리를 모서리 진 바위에다 두 번 세 번 내리쳤다. 그러고는 목덜미가 부러진 몸뚱어리를 내던졌지만 아직도 분이 가라앉지 않았다. 계속해서 그 몸뚱어리를 절단 내고 싶었다.

레네는 눈부신 듯이 바라보고 있었다. 그녀의 가슴에는 피가 흘렀고, 아직도 온몸을 떨면서 가쁜 숨을 몰아쉬고 있기도 했지만 금방 기운을 차리고는 황홀한 시선으로 환희와 감탄에 겨워 자신의 힘센 애인이 침입자를 저쪽으로 끌고 가서 목을 조르고 부러뜨리더니 시체를 내던지는 광경을 바라보았다. 죽은 사내는 맞아 죽은 뱀처럼 뼈마디가 풀어진 채 축 늘어져 있었다. 회색빛이 도는 얼굴에 수염이 덥수룩하고 머리카락이 듬성듬성한 머리는 뒤로 젖혀진 채 처참하게 매달려 있었다. 레네는 환호성을 지르며 몸을 일으켜 세우고는 골드문트의 가슴에 쓰러지듯이 안겼다. 그런데 그녀는 갑자기 얼굴이 창백해졌다. 아직도 팔다리에는 공포가 가시지 않았고, 속이 메스꺼웠다. 그러더니 그녀는 탈진하여 딸기덩굴 위로 풀썩 쓰러지고 말았다. 하지만 그녀는 금방 골드문트와 함께 오두막으로 갈 수 있었다. 골드문트는 그녀의 가슴을 씻어 주었다. 가슴에는 긁힌 상처가 나 있었고, 한쪽 젖가슴에는 악한이 이빨로 깨문 상처가 나 있었다.

로베르트는 이 모험에 대단히 흥분해서 열을 올리며 싸움의 자초지종을 물어 왔다.

"목덜미를 부러뜨렸다고? 그렇게 말했나? 굉장하군! 골드문트, 확실히 자네는 무서운 존재야."

그렇지만 골드문트는 더 이상 그 얘기를 하고 싶지 않았고, 이제는 냉정을 되찾았다. 죽은 사내를 떠나오면서 그는 불쌍한 노상강도 빅토르를 생각하지 않을 수 없었다. 그의 손에 죽어 간 사람이 벌써 두 명째였던 것이다. 로베르트한테서 벗어날 요량으로 그는 이렇게 말했다. "이제 자네도 뭔가를 할 수 있을 거야. 저쪽에 가서 시체를 치워 주게나. 구덩이에 파묻기에 너무 무거우면 갈대 늪 속에 밀어 넣든지 돌과 흙으로 덮어 두어도 괜찮아." 하지만 이 제안은 거절당했다. 로베르트는 시체 근처에는 얼씬도 하지 않으려 했는데, 어떤 시체에 흑사병 균이 들어 있을지 알 수 없다는 게 그 이유였다.

레네는 오두막 안에 누워 있었다. 가슴을 깨물린 상처에 통증이 있었지만 금방 상쾌해졌기에 다시 일어나서 불을 켜고 저녁 식사로 우유를 준비했다. 그녀는 기분이 무척 좋았지만 일찍 잠자리에 들어야 했다. 그녀는 어린 양처럼 순종했고, 골드문트를 너무나 우러러보았다. 골드문트는 침울하고 말이 없었다. 그것을 알아차린 로베르트는 그를 쉬게 해 주었다. 늦게야 잠자리를 찾아간 골드문트는 몸을 숙이고 레네한테 귀를 기울였다. 그녀는 자고 있었다. 그는 마음이 편치 못했다. 빅토르가 생각났고, 불안과 방랑의 충동을 느꼈다. 그는 이 보금자리 놀이도 끝났다는 것을 직감했다. 그렇지만 한 가지 특별히 신경이 쓰이는 것이 있었다. 죽은 녀석을 내던질 때 레네가 그를 바라보던 시선이 뇌리에 박혀 있었다. 그것은 기묘한 시선이었다. 그는 그 시선을 결코 잊지 못하리라는 걸 알고 있었다. 경악과 황홀감이 뒤섞여 치켜뜬 눈에서 자부심과 승리감이 빛났고, 복수와 살인에 공감하는 깊은 열정적 쾌감의 빛이 떠올랐다. 여자의 얼굴에서 그런 표정은 일찍이 본 적이 없었고, 여자가 그런 표정을 지을 수 있으리라고는 상상조차 못 했던 것이다. 이 시선을 못 보았더라면 나중에 세월이 흐르고 난 뒤 레네의 얼굴을 잊어버렸을 것이다. 그 시선은 농부의 딸 같은 그녀의 얼굴을 크고 아름다우면서도 두려워 보이게 만들었다. 몇 달째 골드문트의 눈은 '바로 저런 것을 그려야지!' 하는 소망을 불러일으킬 만한 것을 아무것도 체험하지 못했다. 그런데 그녀의 시선을 바라볼 때마다 그는 일종의 경악과 함께 그런 소망이 솟는 것을 느꼈다.

골드문트는 잠을 못 이루고 결국 일어나 오두막 밖으로 나갔다. 공기가 서늘했고, 자작나무 틈새로 바람이 솔솔 불어왔다. 그는 캄캄한 데서 오락가락하다가 바위 위에 자리를 잡고는 상념과 같은 슬픔에 잠겼다. 빅토르가 불쌍했고, 오늘 쳐 죽인 사내가 불쌍했으며, 자신의 영혼이 순진함을 잃어버린 것이 슬펐다. 이렇게 허허벌판에 몸을 뉘고, 달아난 가축을 호시탐탐 노리고, 불쌍한 작자를 쳐 죽여 돌멩이 속에 파묻는 따위의 짓거리를 위해 수도원에서 도망치고, 나르치스를 떠나오고, 스승 니클라우스를 모독하고, 아리따운 리즈베트를 무시했단 말인가? 이 모든 짓거리가 무슨 의미가 있단 말인가? 대체 이런 생활이 무슨 가치가 있단 말인가? 황당무계함과 스스로에 대한 모멸감 때문에 그는 가슴이 답답해졌다. 그는 몸을 젖혀 등허리를 바닥에 대고 길게 드러누워 어슴푸레한 밤하늘의 구름을 응시했다. 그렇게 한참을 쳐다보고 있자니 이런저런 상념들이 사라졌다. 하늘의 구름을 올려다보고 있는 것인지 아니면 그 자신의 침울한 내면 세계를 들여다보고 있는 것인지 분간이 되지 않았다. 바위 위에서 살짝 잠이 드는 순간 흘러가는 구름 속에서 갑자기 커다란 얼굴이 번개처럼 언뜻 스쳐 갔다. 그것은 이브의 얼굴이었다. 이브의 얼굴은 무겁게 내리깐 눈길을 보내다가 갑자기 눈을 번쩍 치켜떴다. 커다란 눈에는 정욕과 살기가 가득했다. 이슬이 몸을 적시기 전에 골드문트는 잠이 들었다.

다음 날 레네는 아프기 시작했다. 두 사람은 레네를 자리에 누워 있게 했다. 할 일이 많았다. 로베르트는 아침에 작은 숲에서 양 두 마리와 마주쳤는데, 양들은 금방 도망치고 말았다. 그는 골드문트를 데려갔고, 두 사람은 한나절 동안이나 몰이를 한 끝에 그중 한 마리를 잡았다. 저녁 무렵 그 짐승을 메고 돌아왔을 즈음에는 두 사람은 무척 지쳐 있었다. 레네의 상태는 몹시 좋지 않았다. 골드문트가 그녀의 상태를 관찰하고 맥을 짚어 보았다. 흑사병 종양이 나타났다. 골드문트는 그 사실을 숨겼지만, 레네가 여전히 아프다고 하자 로베르트는 미심쩍어하면서 오두막 안으로 들어오지 않았다. 그는 바깥에서 잠잘 데를 찾아보겠다면서 감염될 우려가 있으니 암염소도 데려가겠다고 했다.

"그래 네 걱정이나 해라, 이 빌어먹을 놈아!" 골드문트는 화가 나서 고함을 질렀다. "네 놈은 다시는 보고 싶지 않아." 로베르트는 암염소를 칸막이벽 뒤로 끌고 갔다. 로베르트는 소리 없이 사라졌다. 염소는 그대로 둔 채였다. 로베르트는 겁을 먹은 나머지 상태가 좋지 않았다. 흑사병이 겁났고, 골드문트가 겁났으며, 고독과 밤이 겁났다. 그는 오두막 가까이에 드러누웠다.

골드문트는 레네에게 말했다. "나는 당신 곁에 있을 거야. 걱정하지 마. 금방 나을 거야."

그녀는 고개를 가로저었다.

"당신도 전염되지 않도록 조심하세요. 이젠 이렇게 제 곁에 와서는 안 돼요. 저를 위로하려고 애쓰지 마세요. 저는 죽을 거예요. 어느 날 당신의 잠자리가 비어 있고 당신이 저를 버리고 떠난 것을 보게 되느니 차라리 죽는 편이 나아요. 저는 아침마다 그런 생각을 하면서 겁이 났어요. 그래요, 차라리 죽는 편이 좋아요."

아침이 되자 벌써 그녀의 상태는 악화되었다. 골드문트는 이따금 그녀에게 물을 한 모금씩 주었고, 그사이에 한 시간가량 잠이 들었다. 날이 밝자 그녀의 얼굴에서 죽음이 임박했다는 것을 분명히 알아볼 수 있었다. 그녀의 얼굴은 어느새 너무나 시들고 짓물러 있었다. 골드문트는 잠시 오두막 밖으로 나가서 공기를 들이마시고 하늘을 바라보았다. 숲 언저리에 있는 몇 그루의 꾸부정한 붉은색 자작나무 줄기에 벌써 햇살이 비쳤다. 공기는 신선하고 달콤했으며, 멀리 있는 언덕은 아침 안개 때문에 아직도 제대로 보이지 않았다. 그는 조금 걸으면서 지친 팔다리를 죽 펴고 심호흡을 했다. 이 슬픈 아침에도 세상은 아름다웠다. 이제 곧 방랑 생활이 다시 시작될 것이다. 작별할 때가 된 것이다.

숲에서 로베르트가 그를 불렀다. 병세가 호전되었느냐고 묻는 소리였다. 흑사병이 아니면 거기에 그대로 있겠다고 하면서, 자기는 그사이에 양을 지켰으니 화내지 말라는 것이었다.

"양이고 뭐고 지옥에나 떨어져라, 이놈아!" 골드문트가 그에게 소리쳤다. "레네는 죽어 가고 있고, 나도 감염되었어."

마지막 말은 거짓말이었다. 그에게서 벗어나기 위해 일부러 그랬던 것이다. 로베르트가 선량한 녀석이라 해도 이젠 싫증이 났다. 그는 너무 비겁하고 쩨쩨했으며, 운명이 엇갈리고 충격이 줄을 잇는 이 시기에는 도저히 어울리기 힘든 친구였던 것이다. 로베르트는 자취를 감추었고 두 번 다시 나타나지 않았다. 태양이 밝게 떠올랐다.

다시 레네한테 돌아와 보니 그녀는 잠들어 있었다. 그 역시 다시 잠이 들었다. 꿈속에서 그가 한때 데리고 있던 점박이 말과 수도원의 아름다운 밤나무가 보였다. 그는 마치 끝없이 멀리 떨어져 있는 황야에서 잃어버린 따사로운 고향을 뒤돌아보고 있는 듯한 기분이 들었다. 꿈에서 깨어났을 때에는 금발의 수염이 자란 뺨 위로 눈물이 흘러내리고 있었다. 레네가 말하는 소리가 희미하게 들렸다. 그는 레네가 자기를 부른다고 생각하고 잠자리에서 안간힘을 다해 벌떡 일어났다. 하지만 그녀는 누구에게도 말하고 있지 않았다. 그녀는 단지 혼잣말을 중얼거리고 있을 따름이었다. 애교스러운 말을 하다가 욕을 하기도 했고, 살짝 웃다가 깊은 탄식을 하기도 했으며, 침을 꿀꺽 삼키다가 다시 서서히 잠잠해졌다. 골드문트는 일어나 몸을 숙여 이미 흉하게 이지러진 그녀의 얼굴을 바라보았다. 비통한 가운데도 호기심을 억제하지 못하고 그의 시선은 타들어 가는 죽음의 숨결 아래에 애통하다 못해 어지러이 뒤틀려 있는 얼굴선을 쫓아갔다. 그는 가슴속으로 외쳤다. 사랑하는 레네, 착한 여인이여, 당신마저 벌써 나를 떠나려는 거요? 벌써 나한테 싫증 난 거요?

골드문트는 달아나고 싶은 생각이 간절했다. 방랑에 방랑을 계속하고 그렇게 자꾸만 가다 보면 바람도 쐬고 피로도 몰려올 것이다. 그러면서 새로운 형상들을 보게 되면 기분이 좋아질 것이고, 아마도 이 심한 압박감이 누그러질 것이다. 하지만 그럴 수는 없었다. 이 소녀가 여기에 홀로 누워 죽어 가게 내버려 둘 수는 없었다. 그건 있을 수 없는 일이었다. 그는 큰 마음을 먹고 두 시간마다 잠깐씩 밖에 나가 신선한 바람을 쐬었다. 레네가 더 이상 우유를 마시지 못했기 때문에 골드문트는 우유를 물리도록 마시게 되었다. 그것 말고는 먹을 것도 없었다. 그는 염소도 몇 번 밖으로 끌고 나갔다. 염소가 풀을 뜯고 물을 마시고 운동을 할 수 있도록 하기 위해서였다. 그러고는 다시 레네의 침대 곁에 서서 그녀에게 다정한 말도 중얼거리고, 피하지 않고 그녀의 얼굴을 들여다보기도 했다. 그는 절망적인 심정으로, 그러나 주의 깊게 그녀가 죽어 가는 모습을 지켜보았다. 그녀는 아직 의식이 있었고, 이따금 잠이 들기도 했다. 그러다가 다시 깨어나면 눈을 반쯤만 떴고, 지친 눈꺼풀을 내리깔고 있었다. 어린 아가씨의 눈과 코 언저리가 시간이 흐를수록 늙어 보였고, 싱싱하게 젊은 목덜미 위에 금방 시들어 가는 할머니의 얼굴이 얹혀 있는 형국이었다. 그녀가 말을 하는 경우는 아주 드물었다. "골드문트." 혹은 "사랑하는 당신." 이라고 부르면서 그녀는 푸르스름하게 부풀어 오른 입술을 혀로 축이려고 애를 썼다. 그러면 골드문트는 그녀에게 물을 한두 방울 주었다.

그날 밤 레네는 숨을 거두었다. 그녀는 아무 원망도 없이 죽어 갔다. 다만 짧게 한 번 움찔하더니 숨이 멎었고, 살갗 위로 한 가닥 숨결 같은 파동이 지나갔다. 그 모습을 지켜보면서 골드문트는 마음이 가라앉았다. 그리고 죽어 가던 물고기가 떠올랐다. 그는 생선 시장에서 죽어 가는 물고기들을 보며 곧잘 슬퍼하곤 했다. 그녀도 꼭 그렇게 숨이 꺼졌다. 한 번 움찔하더니 한 가닥 미풍처럼 잔잔한 전율이 그녀의 살갗을 스쳐 가면서 목숨을 거두어 갔던 것이다. 그러고도 한동안 골드문트는 레네의 곁에 무릎을 꿇고 있었다. 그러고는 야외로 나가서 히스 덤불에 주저앉았다. 염소가 생각나서 다시 안으로 들어가 데리고 나왔다. 염소는 잠시 주위를 두리번거리더니 바닥에 드러누웠다. 골드문트는 염소의 옆구리를 베고 누워 그대로 잠이 들었다. 깨어 보니 날이 밝아 있었다. 그는 오두막 안으로 들어가 엮어 놓은 벽 뒤로 가서 마지막으로 죽은 자의 가련한 얼굴을 바라보았다. 이 죽은 여인을 그대로 두기가 꺼림칙했다. 그는 밖으로 나가서 마른나무와 시든 덤불을 한 아름 끌어모아 오두막 안에 던져 넣고는 불을 질렀다. 그가 오두막 안에서 가지고 나온 것이라곤 성냥이 전부였다. 건조한 자작나무 벽은 순식간에 활활 타올랐다. 그는 바깥에 서서 얼굴을 불에 그슬리며 집이 불타는 광경을 지켜보았다. 마침내 지붕 전체가 화염에 휩싸이고 첫 번째 서까래가 무너져 내렸다. 염소가 불안한 듯 하소연하듯 팔짝팔짝 뛰었다. 길을 떠날 기운을 내려면 이 짐승도 죽여 고기 한 덩어리라도 그슬려서 요기하는 편이 나을지 몰랐다. 하지만 차마 그럴 수는 없었다. 그는 염소를 들판으로 쫓아 보내고는 그 자리를 떴다. 불탄 자리의 냄새가 숲속까지 그를 따라왔다. 일찍이 이렇게 삭막한 심정으로 길을 떠난 적은 한 번도 없었다.

그런데 그를 기다리고 있는 상황은 생각보다 훨씬 험악했다. 맨 먼저 마주친 농가와 마을들을 시작으로 길을 갈수록 사태는 더 처참했다. 이 지역 전체가, 이 넓은 땅덩어리 전체가 죽음의 구름으로 뒤덮여 있었고, 공포와 불안과 침통한 분위기에 휩싸여 있었다. 사람이 죽어 나간 집들이나 울타리에 매인 채 굶어 죽어 썩어 가는 농가의 개들, 묻지도 못한 채 나뒹구는 시체들, 구걸하는 아이들, 성문 밖의 집단 매장 따위는 차라리 최악의 경우는 아니었다. 최악의 사태를 맞은 쪽은 살아 있는 사람들이었다. 그들은 공포와 죽음의 불안에 짓눌려 눈에 초점을 잃고 넋이 나간 것처럼 보였다. 어디를 가도 기이하고 소름 끼치는 사건을 듣고 또 목격하게 되었다. 아녀자들이 병에 걸리면 부모가 자식을 버렸고, 남편이 아내를 버렸다. 흑사병으로 죽은 시체를 나르는 인부들과 구호 기관의 인부들은 마치 형리(刑吏)처럼 위세를 부리고, 사람이 죽어 나간 빈집들을 노략질했으며, 자기네 멋대로 시체를 묻지도 않고 내다 버리는가 하면 죽어 가는 사람이 채 숨을 거두기도 전에 침대에서 끌어내어 시체 수레에다 싣기도 했다. 겁에 질린 도망자들은 외롭게 이리저리 떠돌아다녔다. 그들은 폐인이 되어 사람들과의 접촉을 피했으며, 죽음의 공포에 쫓기고 있었다. 또 어떤 사람들은 흥분과 경악의 와중에 패거리를 지어 방탕한 생활에 탐닉했으며, 술잔치를 벌이고 춤판과 성애의 축제를 벌였다. 그런 놀음에서는 죽음이 오히려 흥을 돋우었다. 또 다른 사람들은 친지를 모두 잃고 슬퍼하거나 하늘을 원망하면서 눈에 초점을 잃고 공동묘지나 흉가 앞에 웅크리고 앉아 있었다. 그리고 이 모든 일보다 더 고약했던 것은 누구나 이견딜 수 없는 참상의 책임을 뒤집어씌울 속죄양을 찾으려 했다는 사실이었다. 누구나 흑사병을 퍼뜨린 사악한 원흉을 알고 있노라고 우겼다. 그들의 주장에 따르면 악마와 결탁한 자들이 흑사병으로 죽은 시체에서 독을 뽑아내어 담벼락과 문고리에 바르고 우물이나 가축에 주입하여 죽음이 확산하도록 조장하고 있으며, 그런 식으로 남의 불행을 즐기고 있다는 것이었다. 이 흉악한 범행의 혐의를 받는 사람은 미리 경고를 받아서 도망치지 못하면 목숨을 잃었다. 재판관이나 폭도들에 의해 그런 사람에게 죽음의 형벌이 가해졌다. 그 밖에도 부자들이 가난한 사람들한테 죄를 씌우거나 그 반대의 경우도 있었다. 또 유대인이나 이방인 혹은 의사들이 죄인으로 지목되기도 했다. 어느 도시에서 골드문트는 집들이 다닥다닥 붙어 있는 유대인 거리 전체가 불타는 것을 목격하고 가슴이 미어지는 것 같았다. 그 주위에는 고함을 질러 대는 무리가 있었고, 울부짖으며 도망치던 사람들은 무력에 의해 불구덩이 속으로 되쫓겨 갔다. 사람들은 불안과 격분으로 제정신이 아니었기 때문에 곳곳에서 죄 없는 사람들이 맞아 죽고, 화형에 처해지고, 고문당했다. 그런 살풍경을 지켜보면서 골드문트는 분노와 역겨움을 느꼈다. 세상은 파괴되고 있었고 독에 물들고 있었다. 이 세상에는 이제 그 어떤 기쁨도 결백함도 사랑도 남아날 성싶지 않았다. 그는 곧잘 쾌락에 탐닉하는 무리의 격렬한 파티로 도피하곤 했다. 어디서나 죽음의 반주가 울려 퍼졌다. 그는 그 반주 소리를 금방 익히게 되었다. 절망적인 술판에도 곧잘 끼어들었고, 그런 데서 종종 류트를 연주하거나 열에 들뜬 밤을 지새우며 횃불의 불빛 아래에서 함께 춤을 추기도 했다.

골드문트는 두려움은 느끼지 못했다. 그는 진작에 죽음의 공포를 맛본 적이 있었다. 겨울밤 전나무 아래에서 빅토르의 손길이 그의 목젖을 누르고 있을 때도 그러했고, 또 모진 방랑의 나날 동안 여러 번 눈사태나 굶주림 때문에 그러기도 했다. 그런 것은 싸워 볼 만도 하고 막아 낼 수도 있는 죽음이었다. 실제로 그는 손발을 부들부들 떨면서, 꼬르륵 소리가 나는 배를 움켜쥐고서, 사지에 힘이 빠져도 버텨서 이겨 내고 위기를 벗어났었다. 그러나 흑사병으로 인한 죽음과는 도저히 싸움이 되지 않았다. 미친 듯이 날뛰게 내버려 두고 처분을 기다리는 수밖에 없었다. 골드문트 역시 진작부터 처분을 기다리고 있었다. 그는 두렵지 않았다. 레네를 불타는 오두막에 남겨 두고 떠나온 이후 죽음이 휩쓸어 가는 땅을 매일같이 통과하게 되고부터는 인생에 더 이상 아무런 미련도 없었다. 그런데 억누를 수 없는 호기심이 그를 충동질하고 깨어 있게 했다. 그는 지칠 줄 모르고 시체 치우는 인부들을 구경하면서 허무의 노래를 들었으며, 어떤 상황도 회피하지 않았다. 어디를 가도 늘 그 현장에 있고 싶었고, 두 눈을 번쩍 뜨고 이 지옥을 통과해 가고 싶은 은밀한 격정에 사로잡혔다. 식구들이 죽어 나간 집에서 곰팡이가 핀 빵을 먹었으며, 다들 미쳐 날뛰는 술자리에서 노래를 부르며 포도주를 퍼마시기도 했다. 빨리 시드는 쾌락의 꽃을 꺾었으며, 여자들의 멍하게 취한 눈길과 취한 자들의 멍청한 눈길, 죽어 가는 사람들의 꺼져 가는 눈빛을 바라보기도 했다. 또 절망의 나락에서 열에 들뜬 여자들을 사랑했고, 수프 한 접시를 얻어먹기 위해 시체들을 끌어내는 일을 돕기도 했으며, 동전 두 닢을 받기 위해 벌거벗은 시체들 위에 흙을 덮는 일을 거들기도 했다. 세상은 거친 암흑천지가 되었다. 죽음의 노랫소리가 흐느꼈고, 골드문트는 귀를 열고 불타는 격정에 휩싸여 그 소리를 들었다.

그의 목적지는 니클라우스 선생이 사는 도시였다. 마음의 소리에 이끌려 발길이 그리로 향했다. 길은 멀었고, 어디를 가도 온통 죽음뿐이었다. 모든 것이 시들어 죽어 가고 있었다. 골드문트는 슬픔을 가누며 발길을 옮겼다. 죽음의 노래에 취하고, 세상이 부르짖는 고통에 자신을 내맡겼다. 슬프면서도 속은 이글거렸고, 감각은 활짝 열려 있었다.

어느 수도원에서 새로 그려진 벽화를 구경하게 되었다. 그는 이 그림에서 한참 동안 눈을 떼지 못했다. 죽음의 무도(舞蹈)를 그린 벽화였다. 창백하게 뼈만 앙상한 죽음이 춤을 추며 인간들을 이승의 삶으로부터 몰아내고 있었다. 제왕과 주교, 수도원장, 백작, 기사, 의사, 농부, 머슴을 가릴 것 없이 모조리 끌려가고 있었고, 해골뿐인 악사들이 속이 빈 뼈다귀를 악기 삼아 장단을 맞추고 있었다. 골드문트의 호기심 어린 눈길은 이 그림을 깊이 빨아들였다. 이 미지의 동료 예술가는 흑사병을 목격한 체험에서 교훈을 끌어내고 있었다. 누구나 죽을 수밖에 없노라고 인간들의 귀에 쟁쟁하게 쓰라린 설교를 하고 있었다. 그것은 좋았다. 이 그림은 훌륭한 교훈을 담고 있었다. 이 낯선 동료는 사태를 틀리지 않게 보고 그림으로 옮겨 놓았다. 그의 거친 그림에서는 섬뜩하고 오싹한 느낌이 전해져 왔다. 하지만 그것은 골드문트 자신이 보고 체험한 것과는 달랐다. 여기에 그려져 있는 것은 누구나 죽을 수밖에 없다는 엄혹하고 가차 없는 교훈이었다. 그러나 골드문트 자신은 다른 그림을 그리고 싶었다. 황량한 죽음의 노래는 그의 내면에 전혀 다르게 울려 퍼졌다. 그것은 스산하고 살벌한 울림이 아니라 차라리 달콤하고 유혹적인 울림, 고향 생각이 나게 하는 어머니 같은 울림이었다. 죽음이 삶 속에 손길을 뻗치는 곳에는 살벌한 분위기만 있는 것이 아니라 그윽하고 사랑스러운, 가을날처럼 흡족한 분위기도 있는 것이다. 죽음이 임박하면 삶의 작은 등불은 그만큼 더 밝고 절실하게 타오르는 것이다. 다른 사람들에겐 죽음이 전사(戰士)나 재판관, 형리나 엄격한 아버지를 연상케 하는지 몰라도 그에게는 죽음이 어머니이자 애인이기도 했으며, 죽음의 부름은 사랑의 유혹이요 죽음의 손길은 달콤한 사랑의 전율처럼 다가왔다. 죽음의 무도를 그린 그림을 보고 길을 계속 가면서 골드문트는 하루빨리 스승을 찾아가 창작을 해야겠다는 기운이 새롭게 솟았다. 하지만 어디를 가도 발길이 멎었고, 새로운 풍경과 체험이 잇따랐다. 그는 떨리는 후각으로 죽음의 공기를 호흡했으며, 어디를 가도 동정심이나 호기심 때문에 한 시간 혹은 하루씩 길을 멈춰야만 했다. 한번은 칭얼대는 꼬마 아이를 데리고 사흘을 지내야 했다. 몇 시간씩 아이를 등에 업고 있기도 했다. 대여섯 살쯤 되어 보이는 아이는 굶어 죽기 직전의 불쌍한 녀석으로 무척 애를 먹였는데 간신히 떼어 놓을 수 있었다. 결국에는 어느 숯쟁이 마누라가 아이를 맡았다. 남편이 죽은 그 여자는 뭔가 살아 있는 것을 곁에 두고 싶었던 것이다. 또 한번은 주인 잃은 개가 며칠 동안 길동무가 되기도 했다. 개는 그의 손바닥에 있는 먹이를 받아먹었고 잠자리에서는 그의 몸을 따뜻하게 해 주었지만, 어느 날 일어나 보니 그 개 역시 어디론가 사라졌다. 골드문트는 슬펐다. 그는 개하고 이야기를 나눌 만큼 친밀한 사이가 되었던 것이다. 그는 반 시간가량 그 짐승한테 불평의 말을 늘어놓은 적도 있었다. 인간들의 사악함에 대해, 신의 존재에 대해, 예술에 대해 이야기했다. 또 젊은 시절 언젠가는 율리에라는 이름을 가진 어느 기사의 딸을 알게 되었는데, 그녀의 가슴과 허리가 어땠는지에 대해 이야기해 주었다. 흑사병 지역에 있는 사람들이 모두 약간은 제정신이 아니었듯이, 죽음의 방랑을 하고 있는 골드문트 역시 당연히 약간 제정신이 아니었다. 많은 사람들이 완전히 미쳐 있었다. 유대인 소녀 레베카 역시 어쩌면 약간은 돌았을지도 몰랐다. 이글거리는 눈매를 가진 검은 머리의 그 아리따운 소녀와 함께 그는 이틀을 허비했다.

그 소녀를 발견한 곳은 들판 한가운데에 자리 잡은 어느 소도시였다. 검게 불타 버린 폐허 더미 위에 웅크리고 앉아 울부짖으며 소녀는 제 손으로 자기 뺨을 때리고 검은 머리카락을 쥐어뜯고 있었다. 소녀의 머리카락은 골드문트에게 측은한 느낌을 주었다. 머리카락이 너무 아름다웠던 것이다. 그는 분을 못 이겨 날뛰는 소녀의 손을 꼼짝 못 하게 잡고는 소녀에게 말을 걸었다. 그러면서 소녀의 얼굴과 몸매가 눈부시게 아름답다는 것을 알게 되었다. 소녀는 아버지를 원망하고 있었다. 소녀의 아버지는 열네 명의 다른 유대인과 함께 당국의 명령에 따라 화형에 처해져 재만 남았던 것이다. 그녀는 도망을 칠 수 있었지만 이제는 절망에 빠져 되돌아와 자기도 함께 타죽지 않은 것을 원망하고 있었다. 골드문트는 인내심을 가지고 그녀의 뻗대는 어깨를 붙잡고서 부드럽게 말을 걸었고 위로와 안심이 될 만한 말을 중얼거리며 도와주겠노라고 했다. 그녀는 아버지의 장례를 도와 달라고 요청했다. 두 사람은 아직 뜨거운 잿더미를 뒤져서 뼛조각들을 모조리 찾아내어 들판의 외진 곳으로 가져가 묻어 주었다. 그러는 사이에 저녁때가 되었다. 골드문트는 잠잘 곳을 찾아 작은 떡갈나무 숲속에 소녀를 위해 잠자리를 만들어 주고는 자기는 잠을 자지 않고 지켜 주겠노라고 약속했다. 그녀는 누워서도 계속 흐느끼다가 마침내 잠이 들었다. 그 역시 잠시 눈을 붙였다. 날이 새자 골드문트는 소녀를 구슬리려고 애쓰기 시작했다. 그녀에게 혼자 다니면 안 된다고 일러 주었다. 유대인이라는 것이 발각되면 맞아 죽을 수도 있고, 사나운 부랑아한테 못된 짓을 당할 수도 있으며, 또 숲에는 늑대와 집시들이 득실댄다고 타일렀다. 하지만 자기는 그녀를 데리고 다니면서 늑대와 인간들로부터 지켜 줄 것이라고 했다. 이런 도움을 제안하는 것은 마음이 아프기 때문이라고, 그녀에게 아주 잘해 줄 것이라고 말했다. 자기는 사람을 제대로 볼 줄 알며, 아름다움이 무엇인지도 안다고, 이 아리땁고 총명해 보이는 눈썹과 이 사랑스러운 어깨가 짐승들에게 잡아먹히거나 장작더미 위에 세워지는 것은 참을 수 없노라고 했다. 소녀는 침울하게 그의 말을 듣더니 벌떡 일어나 달아나기 시작했다. 그는 소녀를 쫓아가서 붙들지 않을 수 없었다. 그러기 전에는 이곳을 떠날 수 없었다.

"레베카." 그가 말했다. "너도 봐서 알겠지만 나는 너한테 나쁜 마음을 품지 않았잖아. 너는 실의에 빠져 있고, 아버지를 생각하고 있어. 그러니 지금은 사랑 따위는 안중에도 없겠지. 하지만 내일이나 모레 혹은 더 나중에 너한테 다시 물을 거야. 그때까지는 너를 보호해 주고 먹을 것만 구해 주고, 너를 건드리지 않을 거야. 필요하다면 얼마든지 슬퍼하렴. 너는 내 곁에서 슬퍼해도 좋고 기뻐해도 좋아. 네 마음이 내키는 대로만 하면 돼."

하지만 아무리 해도 소귀에 경 읽기였다. 소녀는 요지부동이었다. 그녀는 울분을 못 이겨 기쁠 일이 뭐가 있냐고 하면서 고통을 안겨 주는 것만을 행할 것이며 앞으로는 절대로 기쁨 따위는 생각도 않겠노라고, 늑대한테 잡아먹히면 그 이상 바랄 게 없다고 말했다. 그러니 이제는 가 달라고, 아무런 도움도 필요 없다고, 벌써 말이 너무 많았다고 하는 것이었다.

골드문트가 말했다. "그런데 온 사방에 죽음이 도사리고 있다는 것을 모르는구나. 어느 집 어느 도시를 가도 모두 죽어 가고 있고, 온통 비탄에 잠겨 있어. 네 아버지를 태워 죽인 어리석은 자들의 분노 역시 궁지에 몰린 자들의 발악일 뿐이야. 단지 고통이 너무 크니까 그런 것이지. 자, 보라고. 우리도 곧 죽음이 데려갈 테고, 들판에서 썩어 갈 테고, 두더지가 우리의 해골을 가지고 놀겠지. 그러기 전에 살아 있는 동안에는 서로를 사랑하며 지내자는 거야. 아, 네 하얀 목덜미와 귀여운 발을 보면 너무 안타깝단다! 사랑스럽고 아리따운 아가씨, 나와 함께 가자고. 네 몸에 손대지 않을 테니까. 그냥 너를 보기만 하고 보살펴 주기만 할 거야."

그러고도 한참 동안 애원을 하다 보니 갑자기 이렇게 조리를 따져 말로 구애를 하는 것이 무슨 소용이 있을까 하는 생각이 들었다. 그는 입을 다물고 슬픈 표정으로 그녀를 바라보았다. 그녀의 여왕처럼 당당한 표정은 거부감으로 딱딱하게 굳어 있었다.

그녀는 마침내 증오심과 경멸감이 가득한 어조로 말했다. "당신네 기독교인들은 그런 식이에요! 처음에는 당신네들이 죽인 아버지를 장사 지내는 딸을 도와주고는 장례가 끝나기 무섭게 그 딸을 차지하려 들지요. 그 딸한테 창녀 노릇을 하라고 덤비는 거예요. 당신은 우리 아버지의 손톱만도 못한 인간이에요. 당신네들은 그런 식이라고요! 처음에는 당신이 선량한 사람이라고 생각했어요. 그런데 당신 같은 인간이 어떻게 선량할 수 있겠어요! 아, 당신네들은 돼지만도 못한 족속들이에요."

그녀가 말을 하는 동안 골드문트는 그녀의 눈을 바라보고 있었다. 그녀의 눈길에서는 증오의 표정 뒤로 그를 감동케 하고 부끄럽게 하는, 깊이 가슴에 와 닿는 무엇인가가 이글거리고 있었다. 그녀의 눈에서도 죽음이 보였다. 그것은 어쩔 수 없이 죽어야 한다는 표정이 아니라 제발 죽기를 원하는 표정, 어머니인 대지의 부름에 조용히 따르고 응하겠다는 표정이었다.

골드문트가 조용히 말했다. "레베카, 어쩌면 네 말이 옳을지 몰라. 나는 선량한 사람이 아냐. 너한테는 선의를 가지고 대했지만 말이야. 용서해 다오. 이제야 네 마음을 이해하겠어."

그는 모자를 쓴 채 깊숙이 몸을 숙여 마치 여왕을 대하듯이 그녀에게 작별의 인사를 하고는 길을 떠났다. 마음이 무거웠다. 그녀가 파멸하도록 내버려 둘 수밖에 없었던 것이다. 그러고는 한동안 실의에 빠져 누구하고도 말을 하고 싶지 않았다. 서로 닮은 데라고는 거의 없었지만 이 자존심 세고 불쌍한 유대인 소녀는 왠지 기사의 딸 뤼디아를 생각나게 했다. 이런 여성들을 좋아하면 마음의 고통만 따를 뿐이었다. 하지만 얼마 동안은 이 두 여성, 가련하고 소심한 뤼디아와 사람을 꺼리고 앙심을 품은 유대인 소녀 말고는 다른 누구도 사랑한 적이 없는 듯한 심정이었다.

그 후로도 여러 날씩 검은 머리에 불타는 눈길의 그 소녀가 생각났고, 밤이면 종종 그 날씬하고 눈부신 아름다운 몸매를 꿈꾸곤 했다. 그녀의 아름다움은 원래는 행복하게 피어날 운명을 타고난 듯이 보였지만 벌써 죽음에 내맡겨져 있었다. 아, 그 입술과 가슴이 돼지 같은 인간들의 제물이 되어 들판에서 썩어 가야 하다니! 이 소중한 꽃을 구해 줄 어떤 힘도 마술도 없단 말인가? 물론 그런 마술이 있기는 있었다. 그녀는 그의 영혼 속에 계속 살아남아 예술로 형상화되어 지켜질 것이다. 자신의 영혼이 얼마나 많은 형상으로 가득 차 있는지 느껴지자 놀라우면서도 감개무량했다. 이 죽음의 땅을 이렇게 오래도록 떠돌아다니는 동안 그의 마음속에 얼마나 많은 형상이 새겨졌던가! 가슴속에 가득한 이 충만함은 얼마나 긴장된 것인가! 차분히 그 모습들을 떠올려서 흘러가도록 내버려 두었다가 변치 않는 형상으로 옮길 수 있기를 얼마나 갈망했던가! 골드문트는 더 뜨겁게 타오르는 열정과 의욕을 가지고 계속 나아갔다. 눈을 더욱더 번쩍 뜨고 호기심 어린 감각으로 느꼈다. 그러면서도 종이와 붓, 물감과 목재, 작업실과 창작을 다시 찾기를 더없이 맹렬하게 갈망했다.

여름이 지나갔다. 가을이 되면, 혹은 겨울이 시작되면 흑사병이 그칠 거라고 많은 사람이 확신하고 있었다. 즐거움이 사라진 가을이었다. 골드문트는 과일을 수확하는 사람들이 전혀 눈에 띄지 않는 지역들을 지나갔다. 과일은 나무에서 떨어져 풀밭에서 썩어 가고 있었다. 어떤 곳에서는 도시에서 몰려온 사나운 도적 떼들이 과일을 마구잡이로 약탈해 가거나 먹어 치우고 있었다.

골드문트는 서서히 목적지를 향해 다가갔다. 최근 들어서는 때때로 목적지에 닿기도 전에 흑사병에 걸려 어느 마을 구간에선가 죽게 되지 않을까 겁이 났다. 이제는 죽고 싶지 않았다. 다시 한번 작업실에 서서 창작에 전념할 수 있는 행운을 맛보기 전에는 결코 죽고 싶지 않았다. 그의 생애에서 처음으로 이 세상이 너무나 광활해 보이고 독일 땅이 너무나 크다는 생각이 들었다. 아무리 마음이 끌리는 도시에서도 유혹에 넘어가 쉬었다 가지 않았다. 아무리 어여쁜 시골 아가씨도 그를 하룻밤 이상 붙잡아 두지는 못했다.

한번은 어느 성당 옆을 지나가게 되었다. 성당의 정문 현관에는 자그마한 장식용 둥근 기둥으로 떠받쳐진 움푹 들어간 발코니에 아주 오래된 석상들이 여럿 서 있었다. 천사와 사도와 순교자들을 조각한 상들이었는데, 그와 비슷한 석상들은 이미 종종 보아 온 터였다. 마리아브론 수도원에도 이런 종류의 석상들이 여럿 있었다. 일찍이 소년 시절에는 이런 석상들을 좋아하긴 했지만 열정을 가지고 관찰하지는 않았다. 이런 석상들은 아름답고 품위가 있어 보이긴 했으나 다소 지나치게 엄숙하고 어쩐지 경직되고 구태의연한 느낌을 주었다. 그 후 첫 번째 기나긴 방랑 생활이 끝나 가던 무렵 니클라우스 선생의 달콤하고도 슬퍼 보이는 마리아 상에 너무나 매료되고 열광한 이후로는 고대 게르만 시대의 이 엄숙한 석상들이 지나치게 무겁고 경직되고 낯설다는 것을 알게 되었고, 이 석상들을 관찰할 때면 모종의 우월감이 느껴졌으며 스승의 새로운 창작 방식이 훨씬 더 생동감 넘치고 내밀하고 영혼이 살아 있는 예술이라는 것을 알게 되었다. 이제 마음속에 형상이 가득하고 격렬한 모험과 체험의 상흔이 영혼에 아로새겨진 상태에서 생각을 가다듬고 새로이 창작에 전념하고픈 갈망에 괴로워하며 세속으로부터 되돌아오는 오늘에 와서는 이 아득히 오래된 엄격한 석상들이 불현듯 그의 마음을 막강한 힘으로 사로잡았다. 그는 경건한 마음으로 이 장엄한 석상 앞에 섰다. 그 석상들에는 아득한 옛날 사람들의 마음이 여전히 살아 있었고 아득히 오래전에 사라진 종족들의 불안과 열광이 수백 년이 지난 뒤에도 그대로 돌이 되어 남아 시간의 무상함을 견디고 있었다. 전율이 일며 겸손해진 골드문트의 황폐해진 마음속에는 경외감과 더불어 인생을 허송세월로 살았다는 두려움이 일었다. 그는 까맣게 오래전에 그만두었던 하나의 의식을 행했다. 그는 자신의 잘못을 고해하고 벌을 받기 위해 고해실을 찾아갔다.

이 성당에 고해실은 있었지만 고해실 어디에도 신부님은 보이지 않았다. 신부님들은 죽었거나 병상에 누워 있거나 도망을 쳤고, 감염을 두려워하여 아예 모습을 드러내지 않았던 것이다. 성당 안은 텅 비어 있었다. 골드문트의 발소리가 둥근 돌기둥에 반사되어 공허하게 울렸다. 그는 텅 비어 있는 고해실 가운데 어느 한 곳에 들어가 무릎을 꿇고는 눈을 감은 채 문살 틈새로 속삭이듯 고백하기 시작했다. "사랑하는 주님, 제가 어떤 인간이 되었는지 보소서. 저는 사악하고 쓸모없는 인간이 되어 세속 생활에서 돌아왔나이다. 저는 젊은 시절을 허송세월하며 허비했고, 남아 있는 것이라곤 거의 아무것도 없습니다. 저는 살인을 하고, 도둑질하고, 간음했습니다. 무위도식하면서 다른 사람의 빵을 빼앗아 먹었나이다. 사랑하는 주님, 어째서 저희 인간을 이렇게 만드셨나이까? 어째서 저희를 이런 길로 인도하시옵니까? 저희가 당신의 자식이 아니란 말입니까? 당신의 아들이 저희 인간을 위해 죽지 않았던가요? 저희를 이끌어 줄 성인이나 천사는 없는 것인가요? 아니면 이 모든 것이 그럴싸하게 꾸며 낸 이야기에 지나지 않는 것일까요? 아이들한테나 들려줄 이야기, 신부님들 자신도 비웃는 그런 이야기인가요? 하느님 아버지, 저는 당신으로 인해 길을 잃었나이다. 당신은 이 세상을 악하게 만드셨고, 세상의 질서를 잘못 세우셨나이다. 집마다 거리마다 온통 시체가 나뒹구는 것을 보았습니다. 부자들은 자기 집에 숨어 있거나 달아나고,

가난한 사람들은 형제들을 묻지도 않은 채 버려두고 서로를 의심하며 유대인들을 짐승처럼 살육하는 것을 목격했습니다. 너무나 많은 순진무구한 사람들이 고통받고 파멸하는 것을 보았고, 너무나 많은 악한이 복에 겹도록 잘사는 것을 보았습니다. 당신은 저희를 완전히 잊어버린 것인가요? 당신의 피조물에 더 이상 관심이 없으신가요? 저희 모두를 멸망케 하시려는 건가요?"

이어서 그는 탄식하며 높다란 정문 입구 쪽으로 올라가 말 없는 석상들을 바라보았다. 메마른 체격에 뻣뻣하게 주름진 의복을 걸치고 우뚝 서 있는 천사와 성인들은 아무런 느낌도 없고 범접할 수 없는 초인적인 존재로 보였지만 그럼에도 인간의 손에 의해 만들어지고 인간의 정신에 의해 창조된 존재였다. 그들은 아무 소리도 들리지 않는 듯 꼿꼿하게 입구 위쪽의 비좁은 공간에 서 있었다. 그들에겐 어떤 애원이나 질문도 들리지 않는 것 같았지만 골드문트에겐 그들이 엄청난 위안이 되었다. 그들은 죽음과 절망을 이겨 낸 당당한 승리자였고, 그들은 위엄과 아름다움을 지키며 차례로 죽어 가는 인간들보다 더 오래 살아남았던 것이다. 아, 불쌍하고 아름다운 유대인 소녀 레베카, 오두막과 함께 불타 버린 불쌍한 레네, 사랑스러운 뤼디아 그리고 니클라우스 선생을 이곳에 함께 세울 수 있다면 얼마나 좋을까! 어떻든 이들은 언젠가는 이곳에 서게 될 것이며 언제까지고 살아남을 것이다. 이들을 여기에 세울 것이다. 오늘은 이들이 사랑과 고통, 불안과 격정만 안겨 주지만 언젠가는 이들이 후세 사람들 앞에 모습을 드러낼 것이다. 그

이름도 내력도 모르지만 인간의 삶을 보여 주는 말 없는 상징
으로서 여기에 세워질 것이다.

15장

드디어 목적지에 도달했다. 골드문트는 꿈에 그리던 도시의 땅을 다시 밟게 된 것이다. 그는 일찍이 여러 해 전에 스승을 찾아가기 위해 처음으로 통과했던 바로 그 성문을 지나갔다. 이리로 오는 도중에 목적지가 가까워지면서 그는 주교좌가 있는 이 도시에서 들려오는 여러 가지 소문들을 이미 접할 수 있었다. 그래서 흑사병이 여기도 휩쓸었다는 것을 알게 되었고, 어쩌면 아직도 흑사병이 기승을 부리고 있을지도 모를 일이었다. 사람들은 그에게 이 도시의 불안한 사태와 민중들의 폭동에 관해서도 이야기해 주었으며, 질서를 되찾기 위해 황제의 칙사가 와서 비상 법령을 선포하고 시민들의 안녕과 생명을 지키는 일을 수행 중이라는 이야기도 들렸다. 주교는 흑사병이 발생한 직후 이미 도시를 떠나 멀리 시골에 있는 어느

성에 은거하고 있었던 것이다. 골드문트는 이 모든 소문에 별 관심이 없었다. 골드문트는 이 도시와 함께 그가 일하던 작업실이 남아 있기만 하다면 더 이상 바랄 게 없었다. 그 밖의 모든 것은 그에게 중요하지 않았다. 그가 도착했을 때는 이미 흑사병이 사그라들었고, 사람들은 주교가 돌아오고 황제의 칙사가 물러가서 평화로운 일상생활을 되찾기를 바라고 있었다.

도시를 다시 보게 되자 골드문트는 고향을 되찾은 것만 같은 감회에 가슴이 뭉클해졌다. 그것은 생전 처음 느껴 보는 감정이었다. 그는 흥분을 가라앉히기 위해 평소와 다르게 엄한 표정을 지어 보기도 했다. 성문, 아름다운 분수, 구 성당의 오래된 둥근 탑, 새로 지어진 날렵한 모양새의 마리아 교회, 성(聖) 로렌츠 교회의 맑은 종소리, 휘황찬란하고 거대한 시장, 이 모든 것이 아직 그대로 남아 있었다! 이 모든 것이 여전히 그를 기다리고 있었다니 얼마나 뿌듯한 일인가! 이곳으로 오는 도중에는 여기에 도착하면 모든 것이 낯설게 변해 있을 거라고 상상하지 않았던가. 더러는 파괴되어 잔해만 남고, 더러는 신축 건물과 불쾌감을 주는 괴상한 모양새 때문에 알아보지도 못하게 변했을 거라고 상상하지 않았던가. 골목길을 지나가면서 집을 하나씩 다시 알아볼 수 있게 되자 그는 거의 눈물이 나올 지경이었다. 그러고 보면 결국 한 곳에 뿌리내리고 사는 사람들이 부러웠던 게 아닐까. 그들의 멋지고 안정된 집들, 보통 사람들의 느긋한 생활, 고향이 있다는 데서 오는 안정감과 자신감이 부러웠던 것이 아닐까. 가정과 일터에서, 아내와 자식들, 일꾼과 이웃들 틈새에서 편안하게 살고 싶었던 것은 아닐까.

　때는 늦은 오후였다. 길가에는 볕이 잘 드는 쪽으로 집들이 늘어서 있었다. 상점과 공방의 간판들이 걸려 있었고, 나무를 깎아 만든 문짝과 화분들에는 햇살이 따스하게 비치고 있었다. 이 도시를 노여운 사신(死神)이 휩쓸었다거나 사람들이 광란의 공포에 휩싸였던 흔적은 어디서도 찾아볼 수 없었다. 소리가 울리는 아치형의 다리 아래로는 맑은 강물이 시원하게 밝은 초록빛과 푸른빛을 내며 흘러가고 있었다. 골드문트는 잠시 강둑에 걸터앉았다. 초록빛 수정처럼 반짝이는 강물 속에서는 여전히 검은 그림자 같은 물고기들이 미끄러지듯이 헤엄쳐 다니거나 물살과 반대쪽으로 주둥이를 돌린 채 꼼짝 않고 가만히 있었다. 또 바닥이 잘 보이지 않는 깊은 곳 여기저기에는 여전히 희미한 금빛이 반짝였다. 너무나 많은 기약이 담겨 있고 꿈에 부풀게 했던 바로 그 금빛이었다. 물론 다른 강들에서도 그런 것은 보았고 다른 다리나 도시들도 아름다웠지만, 아주 오래전부터 이 강물과 똑같은 것은 본 적이 없고 이 비슷한 느낌은 가져 보지 못한 듯한 생각이 들었다.

　푸줏간의 인부 둘이 큰 소리로 웃어 대며 송아지 한 마리를 몰아가고 있었다. 그들은 건물 위층 난간에 나와서 빨래를 널고 있는 어떤 하녀와 눈길을 주고받으며 장난을 치고 있었다. 이 모든 것이 얼마나 빨리 지나가고 마는가! 얼마 전까지만 해도 이곳에는 흑사병이 기승을 부렸고 혐오스러운 장의사들이 판을 쳤건만, 지금은 다시 생기가 돌면서 사람들이 웃고 장난을 치는 것이다. 골드문트 자신도 사정이 다르지는 않았다. 그 역시 여기 이렇게 앉아서 재회의 감격을 맛보며 감사하고 있으며, 더구나 한 곳에 뿌리내리고 사는 사람들한테도 마음이 열리고 있는 것이다. 마치 참상과 죽음이, 레네와 아리따운 유대인 소녀가 언제 있었냐는 식이었다. 골드문트는 빙그레 웃으며 자리에서 일어나 가던 길을 계속 갔다. 스승 니클라우스가 사는 골목이 가까워지고 한때는 몇 년 동안이나 날마다 일터로 향하던 바로 그 길에 접어들자 비로소 그는 가슴이 조이고 불안해지기 시작했다. 그는 걸음을 재촉했다. 오늘 중으로 스승을 찾아가 인사를 올리고 싶었다. 잠시도 미룰 일이 아니었다. 내일까지 기다린다는 것은 도저히 불가능할 것 같았다. 스승이 아직도 화를 내실까? 이미 세월이 한참 흘렀고, 이렇게 찾아가 보았자 이젠 아무 소용이 없을지도 몰랐다. 설령 그럴지라도 극복할 작정이었다. 스승이 아직 살아 계신다면, 그분과 작업실만 그대로 있다면 아무래도 그만이었다. 마지막 순간에 뭔가를 놓쳐 버릴지 모른다는 조바심 때문에 그는 발걸음을 재촉했고 마침내 눈에 익은 집 앞에 다다랐다. 문고리를 잡다 말고 그는 소스라치게 놀랐다. 문이 잠겨 있던 것이다. 나쁜 징조일까? 예전 같으면 환한 대낮에 이 집 대문이 잠겨 있는 일은 없었다. 초인종을 울리고 기다렸다. 마음이 덜컥 불안해졌다.

이 집에 처음 발을 들여놓을 때 그를 맞아 주었던 나이 든 하녀가 나왔다. 노파는 몰골이 볼썽사납게 변하지는 않았지만 이제 더 늙었고 더 무뚝뚝해져 있었다. 게다가 골드문트를 알아보지도 못했다. 그는 떨리는 목소리로 스승의 안부를 물었다. 노파는 뚱한 표정으로 미심쩍은 듯이 그를 쳐다보았다.

"스승이라고? 여기엔 그런 사람 없어요. 딴 데로 가 보시우. 이 집에는 아무도 들어오지 못해요."

노파는 골드문트를 문밖으로 몰아내려 했다. 그는 노파의 팔을 잡고는 노파를 향해 소리를 질렀다. "마그리트 할멈, 어디 한번 말해 보라고! 나는 골드문트요. 대체 나를 모른단 말이오? 나는 니클라우스 선생을 만나야겠소."

그러나 노안(老眼)이 다 되어 흐릿하게 꺼져 가는 눈에서는 전혀 반가운 기색이 떠오르지 않았다.

"이 집에는 이제 니클라우스 선생이란 사람은 없소이다." 노파가 쌀쌀맞게 말했다. "그분은 돌아가셨지. 딴 데로 가 보도록 하시우. 이렇게 죽치고 서서 입씨름할 겨를 없어요."

억장이 무너지는 심정을 가누지 못한 골드문트는 노파를 옆으로 밀쳐 내고 안으로 들어섰다. 노파는 소리를 지르며 그를 뒤쫓아 달려왔고, 그는 어두운 복도를 지나 작업실로 달려갔다. 작업실은 잠겨 있었다. 불평과 욕설을 퍼부으며 쫓아오는 노파를 내버려 두고 그는 계단을 올라갔다. 어스름한 빛이 들어오는 낯익은 공간에 니클라우스가 모아 두었던 조각상들이 서 있는 것이 보였다. 그는 큰 소리로 리즈베트 아가씨를 불렀다.

방문이 열리고 리즈베트가 나타났다. 두 번씩이나 쳐다보고 나서야 그녀를 알아본 골드문트는 그녀의 모습에 가슴이 오그라들었다. 대문이 잠겨 있는 것을 보고 소스라치게 놀란 순간부터 시작해서 이 집안의 모든 것은 마술에 걸린 것처럼 괴기스러운 분위기를 풍겼고, 그는 악몽을 꾸고 있는 것만 같았다. 이제 리즈베트를 바라보면서 그는 정말 등골이 오싹해지는 기분이었다. 그 아름답고 당당하던 리즈베트는 간데없고 구부정하게 등허리가 굽은 소심한 아가씨가 나타났던 것이다. 그녀의 얼굴은 누렇게 떠서 병색이 짙었고, 아무 장식도 없는 검은색 옷을 걸치고 있었으며, 눈초리는 불안하고 안절부절못하는 태도를 보였다. 그가 말했다. "실례합니다. 마그리트 할멈이 들여보내지 않으려 하더군요. 저를 몰라보겠습니까? 골드문트입니다. 부친께서 돌아가셨다니 정말인가요?"

그녀의 눈초리를 보고서 그제야 자기를 알아본다는 것을 알 수 있었다. 그리고 그 자신이 이 집에서 결코 좋은 추억으로 남아 있지 않다는 것도 알 수 있었다.

"그래요? 골드문트 씨라고요?" 그녀가 말했다. 목소리에서 이전의 오만한 어투가 약간 느껴졌다. "괜히 힘들여 오셨군요. 아버지는 돌아가셨어요."

"그러면 작업실은 어떻게 되었습니까?" 그가 대뜸 물었다.

"작업실이라고요? 폐쇄했지요. 일거리를 찾으시려면 다른 데로 가 보세요."

골드문트는 마음을 추스르려고 애를 썼다.

그가 다정한 어조로 말했다. "리즈베트 아가씨, 일거리를 찾으려는 게 아닙니다. 그저 인사만 드리려고 했던 겁니다. 선생님과 당신에게 말입니다. 이런 소식을 듣게 되다니 가슴이 미어지는군요. 당신도 힘든 시절을 보낸 것 같군요. 선친의 은혜를 입은 제자로서 당신을 도울 일이 있다면 말씀해 주십시오.

그러면 제 마음이 조금이나마 풀릴 것 같습니다. 아, 리즈베트 아가씨, 가슴이 찢어지는 심정입니다. 이렇게 깊은 고통을 겪으시다니."

그녀는 방문 안쪽으로 물러섰다.

"고마워요." 그녀가 머뭇거리며 말했다. "이제 와서 아버지를 도와드릴 수도 없고, 저에게도 마찬가지예요. 마그리트가 문간까지 배웅해 드릴 거예요."

그녀의 목소리는 좋지 않았다. 화가 난 것도 같고, 초조한 것도 같았다. 그녀가 용기만 있다면 욕설을 퍼부으며 자기를 내쫓을 수도 있겠다는 느낌이 전해져 왔다.

그는 어느새 아래층에 내려와 있었고, 노파는 이미 그의 뒤에서 대문을 닫고 빗장을 질렀다. 두 개의 빗장이 딱 하고 닫히는 소리가 그의 귓전에 맴돌았다. 그것은 마치 관 뚜껑을 닫는 소리처럼 들렸다.

골드문트는 천천히 강둑 쪽으로 발길을 되돌려 다시 강물이 내려다보이는 추억의 장소에 자리를 잡았다. 이미 날은 저물었고, 강에서 찬 기운이 올라왔다. 앉아 있는 돌도 차가웠다. 강변의 거리는 조용해졌고, 강물이 교각을 철썩철썩 때리고 있었다. 이제 강물 속은 깜깜해졌고, 더 이상 금빛도 반짝이지 않았다. 아, 차라리 지금 강둑 아래로 뛰어들어 물속으로 사라지면 좋으련만! 세상은 다시 죽음으로 가득 차 있는 것이다. 한 시간이 지나자 저녁놀은 사라지고 깜깜한 밤이 되었다. 그제야 울음이 복받쳤다. 그는 앉아서 울었다. 손등과 무릎 위로 따스한 눈물방울이 떨어져 내렸다. 그는 세상을 뜬 스승을 생각하며 울었고, 리즈베트의 잃어버린 아름다움을 생각하며 울었다. 레네를 생각하며, 로베르트를 생각하며, 유대인 처녀를 생각하며, 허망하게 일찍 시든 리즈베트의 청춘을 생각하며 울었다.

늦은 시각이 되어 그는 술집을 찾아갔다. 한때 동료들과 곧잘 드잡이를 벌이곤 하던 곳이었다. 여주인은 그를 알아보았다. 그는 빵을 주문했고, 여주인은 포도주 한 잔을 곁들여 빵을 내왔다. 그러나 그는 빵에도 포도주에도 손대지 않은 채 술집 안에 있는 긴 의자에 드러누워 그대로 잠이 들었다. 아침이 되자 여주인은 그를 깨웠고, 그는 고맙다는 말을 하고는 술집에서 나왔다. 길을 걸으면서 그는 빵 조각을 씹었다.

그는 생선 시장 쪽으로 걸음을 옮겼다. 거기에는 예전에 살던 집이 있었다. 분수대 옆에는 생선 가게 아줌마들 몇이 살아 있는 물고기를 팔려고 내놓고 있었고, 골드문트는 통 속에서 아름답게 반짝이는 물고기들을 들여다보았다. 이런 광경은 전에도 종종 구경한 적이 있었다. 종종 물고기들이 불쌍해 보여서 가게 아줌마들과 상인들한테 화를 내곤 하던 기억이 떠올랐다. 또 어느 날 아침엔가는 이곳을 배회하면서 넋을 잃고 물고기를 바라보며 불쌍해서 무척 마음 아파하던 기억도 떠올랐다. 그 후 많은 세월이 흘렀고, 저 강으로 많은 물이 흘러내렸다. 그때는 무척 마음이 아팠다. 그 사실만은 분명히 기억났지만 그때 왜 마음이 아팠었는지는 이제 알 수 없게 되어 버렸다. 그렇다. 슬픔도 지나가 버렸고, 기쁨과 마찬가지로 고통과 절망도 지나가 버렸다. 그런 감정들은 흘러가 버렸고, 퇴

색해 버렸다. 그 감정들의 깊이와 가치도 상실되었고, 이제 드디어 과거에 무슨 일이 있었는지도 생각하지 않는 그런 시절이 온 것이다. 한때는 그토록 마음 아픈 기억이었건만, 이젠 고통도 꽃잎처럼 떨어져 시들고 말았다. 오늘 느낀 고통 역시 언젠가는 보잘것없이 시들고 말까? 스승이 자기를 원망하며 죽어 갔고, 작업실이 폐쇄되어 창작의 행복감도 맛볼 수 없고 영혼에 떠오르는 수많은 형상을 펼쳐 보일 수도 없게 되었다는 이 절망감 또한 언젠가는 그렇게 시들까? 그렇다. 틀림없이 이 고통과 처참한 심경 역시 언젠가는 아득한 옛적의 일이 되고 말 것이다. 언젠가는 지쳐서 이런 감정 역시 잊히고 말 것이다. 영원히 남아 있는 것은 아무것도 없다. 고뇌조차도.

물고기를 바라보며 이런 생각에 잠겨 있는데 나지막한 목소리로 누군가가 이름을 부르는 소리가 들렸다.

"골드문트." 수줍어하는 듯한 목소리를 듣고 주위를 둘러보았더니 병약해 보이는 가냘픈 소녀가 서 있었다. 하지만 아름다운 검은 눈은 그에게 뭔가를 말하려는 것 같았다. 골드문트는 소녀가 누구인지 몰라보았다.

"골드문트! 맞지요?" 수줍은 어조로 소녀가 말했다. "언제부터 다시 이 도시에 와 계세요? 이젠 저도 몰라보세요? 마리잖아요."

하지만 골드문트는 소녀가 누구인지 알 수 없었다. 소녀는 골드문트가 한때 하숙했던 주인집의 딸이라고 일러 주어야만 했다. 그리고 그가 이 도시를 떠나던 날 아침에 부엌에서 그에게 우유를 데워 준 이야기까지 해야만 했다. 이야기하는 동안 소녀는 얼굴을 붉혔다.

그래, 마리였다. 허리 디스크를 앓던 왜소한 몸매의 소녀였다. 그 당시 너무나 수줍어하면서 정성껏 그를 보살펴 주지 않았던가. 이제 모든 것이 선명하게 떠올랐다. 서늘한 아침 녘에 그가 일어나기를 기다렸다가 그가 떠나는 것을 그토록 슬퍼하면서 그에게 우유를 데워 주었고, 그가 입맞춤하자 마치 종교 의식처럼 조용히 그리고 엄숙하게 그 입맞춤을 받아들이지 않았던가. 그 후로는 한 번도 그 소녀를 생각해 본 적이 없었다. 그때만 해도 소녀는 어린아이였던 것이다. 이제 그 소녀는 아름다운 눈을 가진 처녀로 자랐다. 하지만 여전히 절룩거리는 것 같았고, 등허리가 다소 구부정해 보였다. 그는 소녀에게 손을 내밀었다. 이 도시에서 그래도 누군가가 아직 자기를 알아보고 좋아한다는 사실이 기뻤다.

마리는 그를 데리고 앞장섰다. 그는 못 이기는 시늉을 했다. 그녀의 부모 집 거실에는 그가 그린 그림이 아직 그대로 걸려 있었고, 그가 선물했던 홍옥색 물잔이 벽난로 위의 선반에 그대로 놓여 있었다. 거기서 그는 점심을 먹어야 했고, 며칠 동안 이 집에 묵어 달라는 초대를 받았다. 식구들은 그와의 재회를 기뻐했다. 여기서 그는 스승의 집에서 어떤 일이 있었는지 듣게 되었다. 니클라우스는 흑사병으로 죽은 것이 아니었다. 흑사병에 걸린 것은 그의 아름다운 딸 리즈베트였고, 아버지는 거의 죽은 거나 다름없이 병상에 누워 있는 딸을 곁에서 보살피다가 딸이 완전히 회복되기 전에 세상을 떠났던 것이다. 리즈베트는 목숨을 구하긴 했지만 아름다움은 잃고 말았다.

"작업실은 임자 없이 비어 있다오." 집주인이 말했다. "누군가 건실한 조각가가 나서서 인수한다면 멋진 집을 꾸밀 수도 있을 테고 돈도 제법 벌릴 거요. 골드문트, 이 문제를 고려해 보시오. 리즈베트도 아마 거절하지는 않을 거요. 이젠 달리 어쩔 도리가 없을 테니까."

이런 이야기 말고도 흑사병이 휩쓸던 시절의 이런저런 이야기를 전해 들을 수 있었다. 폭도들이 처음에는 빈민구호소를 불 지르고 나중에는 부잣집들을 습격해서 노략질했으며, 주교가 달아나는 바람에 한동안은 이 도시에 질서와 치안이 유지되지 않았다고 했다. 그러자 바로 인근에 와 있던 황제는 하인리히 백작을 칙사로 급파했다. 백작은 과감한 군주여서 불과 몇 명의 기사들과 병졸들을 데리고 이 도시의 질서를 회복했다. 그렇지만 이젠 백작의 비상 통치가 끝날 때도 되었고, 사람들은 주교가 되돌아오기를 기다리고 있다는 것이었다. 백작은 시민들에게 여러 가지 상납을 요구해 왔고, 그의 애첩 또한 악평이 자자했다. 아그네스라는 이름을 가진 그의 애첩은 둘도 없는 요부라는 것이었다. 그렇지만 그 사람들도 조만간 물러갈 테고, 시의회에서도 선량한 주교 대신에 궁궐에서 놀아먹던 군인을 모시는 데에 진력이 났고, 황제의 총애를 받는 백작은 자기가 군주 행세를 하며 수시로 황제의 사절을 접견하고 칙령을 접수하고 있다는 것이었다.

이제 손님인 골드문트가 겪은 일에 대해 질문이 쏟아졌다. 골드문트가 서글픈 어조로 말했다. "그런 얘기는 하고 싶지 않습니다. 마냥 떠돌아다녔지요. 어디를 가도 흑사병뿐이었고 시체들이 나뒹굴었지요. 어디서나 사람들은 공포에 질려서 제정신이 아니었습니다. 나는 그래도 목숨을 건지긴 했지만, 이모든 일도 언젠가는 다시 잊히고 말겠지요. 이제 돌아와 보니 스승이 돌아가신 겁니다! 며칠 묵으면서 푹 쉬었으면 합니다. 그러고 나서 다시 길을 떠날 생각입니다."

그렇지만 휴식을 취하기 위해 머물려고 했던 것은 아니었다. 낙담하여 마음의 갈피를 잡을 수 없었기에, 행복했던 시절의 추억 때문에 이 도시가 좋아졌고, 가련한 마리의 사랑이 그의 마음을 풀어 주었기에 그대로 머물러 있기로 했던 것이었다. 그는 마리의 사랑에 아무런 응답도 할 수 없었다. 그녀에게 줄 수 있는 거라고는 우정과 동정심뿐이었지만, 그녀의 묵묵하고 겸손한 정성은 그의 마음을 따뜻하게 녹여 주었다. 그렇지만 그런 사정보다도 더 강하게 그를 이곳에 붙잡아 두었던 것은 언젠가는 다시 예술가가 되겠다는 절박한 욕구였다. 작업실이 없어도 그만이었고, 궁여지책이라 해도 그만이었다. 며칠 동안은 그림 그리기 말고는 아무것도 하지 않았다. 마리가 종이와 붓을 구해 주었고, 방에 틀어박혀 몇 시간이고 그림만 그렸다. 커다란 도화지가 때로는 급하게 휘갈기고 때로는 정성스레 그린 형상들로 채워졌다. 그렇게 해서 그의 마음 속에 가득 차 있던 그림책이 도화지 위에 펼쳐졌다. 그는 레네의 얼굴을 여러 번 그렸다. 부랑아를 죽이고 나서 온통 만족과 사랑과 살기가 뒤섞인 미소를 짓던 레네의 얼굴. 숨을 거두던 날 밤 이미 형체도 없이 녹아내리며 다시 흙으로 돌아가던 레네의 얼굴. 그는 또 시체를 가득 실은 수레도 그렸다. 세 명의 인부가 힘들게 수레를 끌고 있었고, 기다란 막대기를 든 무두장이들이 검은 방역 마스크 틈새로 음울한 눈초리를 번득이고 있었다. 검은 눈에 날씬한 몸매의 유대인 소녀 레베카 역시 여러 번 그렸다. 그녀의 야무지게 다문 작은 입, 탈진한 상태에서 고통으로 일그러진 얼굴, 너무나 사랑스럽고 귀여운 젊은 자태, 쓰라린 표정이 어려 있는 오만한 입술. 그는 또 자기 자신의 모습도 그려 보았다. 방랑자의 모습, 사랑에 빠진 모습, 신음하는 죽음 앞에서 도망치던 모습, 흑사병의 와중에 생을 갈망하는 사람들의 술자리에서 춤추던 모습. 그는 하얀 도화지에 정신없이 매달려서 전에 알고 있던 리즈베트 아가씨의 오만하고 굳은 표정과 늙은 하녀 마그리트의 찌푸린 표정, 그리고 사랑과 동시에 두려움의 대상이었던 스승 니클라우스의 얼굴을 그렸다. 또 때로는 어렴풋한 윤곽의 여성상으로 대지의 어머니를 암시하는 형상을 그리기도 했다. 가슴에 두 손을 모으고 앉아 슬픈 눈길 아래로 미소가 살짝 스쳐 가는 얼굴이었다. 이렇게 물결처럼 흘러가는 형상들은 그에게 무한한 충족감을 안겨 주었다. 그림을 그리는 손끝에 느껴지는 촉감이 좋았고, 그 얼굴들이 주인이 되었다는 느낌이 좋았다. 불과 며칠 사이에 그는 마리가 구해 준 화첩을 모두 그림으로 채웠다. 마지막 도화지의 일부를 잘라 내어 간결한 필치로 마리의 얼굴을 그렸다. 아름다운 눈과 체념한 듯한 입을 그렸다. 그 그림을 그는 마리에게 선물했다.

그림 그리기를 통해 그의 마음을 짓누르던 우울함과 정체감 그리고 복잡한 심사가 풀리고 누그러졌다. 그림을 그리는

동안만큼은 자기가 어디에 있는지 잊을 수 있었고, 그의 세계
는 제도판과 하얀 종이 그리고 밤중의 촛불로만 이루어져 있
었다. 이젠 그러한 도취 상태에서 깨어나자 최근에 겪은 일들
이 다시 생각났고, 어쩔 수 없이 방랑벽이 새로이 솟구쳐서 도
시를 배회하기 시작했다. 재회의 느낌과 이별의 느낌이 절반
씩 뒤섞여 분열을 일으키는 기묘한 심정이었다.

그렇게 쏘다니다가 우연히 어떤 여자와 마주치게 되었다.
그녀를 바라보고 있으면 뒤죽박죽으로 헝클어져 있던 그의
감정에 새로운 중심이 생기는 것이었다. 그녀는 말을 타고 있
었다. 밝은 금발에 키가 컸고, 파란 눈에서는 호기심과 함께
다소 쌀쌀맞은 느낌이 전해 왔다. 팔다리는 팽팽한 탄력이 넘
쳐 보였고, 화사한 얼굴에는 쾌락과 권력을 즐기려는 욕망과
자신감 그리고 관능적 쾌락을 맛보려는 호기심이 역력했다.
어쩌면 남자 같은 인상을 풍길 만큼 당당하게 그녀는 갈색 말
위에 걸터앉아 있었다. 말한테 명령을 내리는 일에 익숙해 보
였지만, 그렇다고 마음을 닫아 두거나 뭔가를 거부하는 태도
는 아니었고, 다소 쌀쌀맞아 보이는 눈가에는 이 세상의 모
든 향기를 맡아 보겠다는 욕구가 꿈틀대고 있었다. 그리고 살
짝 벌어진 커다란 입은 감정을 주고받는 일에 아주 능숙할 거
라는 느낌을 주었다. 그녀를 보는 순간 골드문트는 정신이 번
쩍 들면서 이 당당한 여성과 한번 겨뤄 보고 싶은 욕구가 솟
구쳤다. 이 여성을 정복하는 것은 고귀한 목표라 생각되었고,
이 여성한테 돌진하다가 목이 부러진다 해도 결코 욕된 죽음
은 아닐 것 같았다. 골드문트는 이 금발의 당당한 여성이 자기

와 같은 기질의 사람으로 감성과 영혼이 풍요롭고 어떤 모험도 불사하며, 야성적인가 하면 섬세한 데도 있고, 대대로 물려받은 핏줄의 내력으로 정열의 모험에 통달해 있다는 것을 금방 알아차릴 수 있었다.

그녀는 말을 타고 지나갔고, 그는 그녀의 뒷모습을 지켜보았다. 곱슬곱슬한 금발과 파란색 명주로 짠 옷깃 사이로 팽팽한 목덜미가 드러나 보였다. 그 목덜미는 강인하고 당당해 보이면서도 어린아이처럼 여리디여린 살결이었다. 그녀는 일찍이 그가 보았던 여성 가운데 가장 아름다운 여성이 아닌가 싶었다. 그 목덜미를 만져 보고 또 그녀의 눈에서 신비로운 비밀을 낚아채고 싶었다. 그녀의 신원은 어렵지 않게 알아낼 수 있었다. 그녀가 궁정에 사는 황제 칙사의 애첩 아그네스라는 것을 금방 알게 되었다. 하지만 골드문트는 그런 사실에 전혀 놀라지 않았다. 능히 황제의 비(妃)도 될 만한 여성으로 보였던 것이다. 어느 우물가에서 걸음을 멈춘 골드문트는 거울을 찾았다. 거울에 비친 자신의 모습은 금발 여성의 모습과 남매지간처럼 어울렸고, 단지 몹시 거칠어져 있을 뿐이었다. 그는 지체 않고 아는 이발사를 찾아가서 그럴싸한 말을 둘러대어 머리와 수염을 깎고 말쑥한 용모를 되찾았다.

골드문트는 이틀 동안 아그네스의 뒤를 밟았다. 아그네스가 궁정에서 나오면 금발의 낯선 청년이 벌써 정문 옆에 서서 감탄해 마지않으며 그녀의 눈을 들여다보는 것이었다. 또 아그네스가 성루 모퉁이를 돌아가면 역시 그 청년이 오리나무 숲에서 튀어나왔다. 아그네스는 대장간에 들렀다가 떠나갈 때도 그 청년과 마주쳤다. 그녀는 당당한 눈길로 그를 힐끗 쳐다보았다. 그럴 때면 그녀의 콧날이 가볍게 떨리는 것이었다. 다음 날 아침 첫 외출을 할 때 다시 골드문트가 기다리고 있는 것을 보자 그녀는 그에게 도발적인 미소를 보냈다. 칙사인 백작도 보였다. 그는 우람한 체격의 대담한 사나이로 결코 만만해 보이지 않았다. 그렇지만 백작은 머리가 희끗했고 얼굴에 수심이 어려 있었다. 골드문트는 백작에 대해 우월감을 느꼈다.

그 이틀 동안 골드문트는 행복했다. 그에게는 되찾은 청춘의 광채가 넘쳐흘렀다. 이 여성에게 자기 모습을 보이고 도전의 의사를 내비친 것이 기뻤다. 자신의 자유를 이 아름다운 여성에게 바칠 수 있다는 것이 기뻤다. 둘도 없는 이 모험에 목숨을 걸 수 있다는 느낌이 들자 기쁘고 짜릿한 전율이 일었다.

세 번째 날 아침이 되자 아그네스는 말을 탄 시종을 이끌고 성문에서 나왔다. 어느새 그녀의 눈길은 자기 뒤를 쫓던 사나이를 찾고 있었다. 도전적이고 약간 불안해 보이는 눈길이었다. 과연 그 사나이가 벌써 와 있었다. 그녀는 시종에게 심부름을 시키고는 혼자 말을 타고 다리로 통하는 성문을 통과하여 천천히 다리 위로 올라갔다. 그러는 동안 단 한 번 뒤를 돌아보았다. 낯선 사나이가 여전히 따라오고 있었다. 성지 순례 기념 교회인 성(聖) 바이트 교회로 접어드는 길에 이르러 그녀는 그를 기다렸다. 이 무렵이면 이 길은 매우 한적했다. 그녀는 반 시간가량을 기다려야 했다. 낯선 사나이가 천천히 걸어오고 있었다. 그는 숨이 가쁘지 않도록 일부러 천천히 걸었던 것이다. 그는 미소를 지으며 활달하게 다가왔다. 연붉은색 들장미 가지를 입에 물고 있었다. 그녀는 말에서 내려 말을 매어 놓고는 가파른 축벽에 달라붙은 담쟁이덩굴에 몸을 기댄 채 뒤쫓아 오는 사내를 마주 보고 있었다. 바로 그녀의 눈앞에 다다르자 그는 걸음을 멈추고 모자를 벗어 예를 갖추었다.

"왜 날 따라다니는 거지요?" 그녀가 물었다. "나한테 뭘 원하나요?"

그가 대답했다. "아, 당신한테 뭘 받기보다는 오히려 선물할 생각입니다. 아름다운 아가씨, 나 자신을 당신한테 선물로 바칠 테니 뭐든 맘대로 하시지요."

"좋아요. 당신을 어떻게 해야 할지 생각해 보겠어요. 하지만 이렇게 바깥에서 아무런 위험도 감수하지 않고 예쁜 꽃을 꺾을 수 있다고 생각했다면 오산이에요. 나는 위험이 닥치면 목숨도 바칠 수 있는 남자만 좋아하거든요."

"명령만 내리시지요."

그녀는 목에서 가는 금목걸이를 천천히 벗더니 그에게 건네주었다.

"대체 당신은 이름이 뭐지요?"

"골드문트요."

"골드문트라, 멋진 이름이군요. 당신의 입술이 정말 황금처럼 황홀한지 맛볼 거예요. 내 말을 잘 들어요. 당신은 저녁이 되면 이 목걸이를 들고 궁정에 나타나서 목걸이를 주웠노라고 말하는 거예요. 그러면서 그 목걸이를 그냥 넘겨주지 말고 직접 나에게 전해 주겠다고 하세요. 궁성 사람들이 당신을 거지라고 생각하도록 지금 모습 그대로 오세요. 시종 가운데 누군 가가 당신한테 호통을 치더라도 잠자코 있어야 해요. 궁성 안에서 확실하게 나를 따르는 사람은 둘밖에 없다는 걸 아셔야 해요. 말을 돌보는 시종 막스와 몸종 베르타예요. 둘 가운데 한 사람이 당신을 만나서 나한테 데려올 거예요. 백작을 포함해서 궁성 안에 있는 다른 모든 사람은 조심해서 대해야 해요. 그들은 적이거든요. 경고를 잊지 마세요. 당신의 목이 달아날 수도 있어요."

그녀는 그에게 악수를 청했다. 그는 미소를 지으며 그녀의 손을 잡고는 부드럽게 입을 맞추고 자신의 뺨을 살짝 문질렀다. 그러고서 그는 목걸이를 챙기고 그 자리를 떠나 산 아래쪽으로 강과 시가지를 향해 걸음을 옮겼다. 벌써 포도 수확이 끝나 있었고, 누렇게 마른 나뭇잎들이 스치는 소리가 들려왔다. 시가지 쪽을 내려다보자 그녀가 너무나 다정하고 사랑스러운 모습으로 시야에 들어왔기에 골드문트는 빙그레 웃으며 고개를 가로저었다. 불과 며칠 전만 해도 그는 깊은 슬픔에 잠겨 있었다. 고통과 번민 역시 덧없이 흘러가고 만다는 사실이 너무나 슬펐었다. 그런데 지금은 정말로 슬픔이 사라졌다. 황금빛 잎새가 나뭇가지에서 떨어지듯이 그렇게 깊이 가라앉아 사라진 것이다. 이 여자를 대할 때처럼 사랑의 광채가 황홀하게 빛났던 적은 없는 것 같았다. 그녀의 고귀한 자태와 생기 넘치는 금발과 웃음소리는 소년 시절 마리아브론 수도원에서 가슴에 품었던 어머니의 모습을 떠올리게 했다. 그저께만 해도 두 번 다시 이 세상이 이토록 기쁘게 그를 반겨 주리라고는 상상도 못 했다. 다시 한번 생명과 희열과 청춘의 물결이 이렇게 뿌듯하고도 간절하게 그의 핏줄을 타고 흘러내릴 수 있으리라고는 상상도 못 했다. 아직 살아 있다는 것이, 그토록 끔찍한 몇 달 동안 죽음이 그를 비껴갔다는 것이 얼마나 큰 행운인가!

날이 저물자 골드문트는 궁성에 모습을 나타냈다. 궁성 안은 활기차게 돌아가고 있었다. 말에서 안장을 내리고 전령들이 분주하게 오가는 모습이 보였고, 단출한 성직자 일행이 하인들의 안내를 받으며 내궁(內宮) 문을 통과하여 계단을 올라가고 있었다. 골드문트는 그들을 뒤따라가려고 했지만 문지기가 그를 제지했다. 그는 목걸이를 꺼내 보이며 이 목걸이는 그주인 되시는 분이나 몸종이 아니면 누구한테도 건네줄 수 없다고 말했다. 그러자 문지기는 시종을 한 명 붙여서 그를 들여보냈지만, 그러고 나서도 한참 동안 복도에서 기다려야 했다. 드디어 약삭빨라 보이는 예쁜 여인이 나타나 그의 곁을 스쳐가면서 "골드문트 씨지요?"라고 나지막이 묻더니 자기를 따라오라는 시늉을 했다. 그녀는 소리 없이 어느 문 안쪽으로 모습을 감추더니 잠시 후 다시 나타나 안으로 들어오라고 손짓을 했다.

골드문트는 어느 작은 방으로 안내되었다. 방 안에는 가죽 냄새와 달콤한 향수 냄새가 가득했고, 외투를 비롯한 온갖 옷가지들이 잔뜩 널려 있었다. 목재 옷걸이에는 여성용 모자들이 걸려 있었고, 열려 있는 신발장 안에는 온갖 신발들이 가득 들어 있었다. 그는 방 안에 서서 기다렸다. 그렇게 반 시간

쯤을 기다리면서 골드문트는 향수 냄새가 묻어나는 옷가지의 냄새를 맡아 보고 모피를 쓰다듬으면서 주위에 가득 널려 있는 온갖 예쁜 물건들을 호기심 어린 눈으로 바라보며 빙그레 웃었다.

드디어 안쪽 문이 열렸다. 들어온 사람은 몸종이 아니라 바로 아그네스 자신이었다. 그녀는 연푸른색 옷을 입고 흰색 모피 목도리를 목에 두르고 있었다. 그녀는 자기를 기다리던 사람을 향해 천천히 걸어왔다. 서늘한 파란색 눈으로 진지하게 그를 마주 보면서 한 걸음씩 다가왔다.

"오래 기다리게 했군요." 그녀가 조용히 말했다. "이젠 안심해도 될 것 같아요. 백작은 성직자들을 접견하고 있어요. 성직자들과 식사를 하면서 한참 동안 협상을 해야 할 거예요. 성직자들과의 접견은 늘 오래 걸리게 마련이지요. 지금부터 우리 둘만의 시간을 갖는 거예요. 반가워요, 골드문트."

그녀는 그에게 몸을 기울였다. 뭔가를 갈망하는 그녀의 입술은 그의 입술에 점점 가까워졌고, 두 사람은 말없이 첫 키스를 나누었다. 그는 천천히 그녀의 목덜미를 감싸 안았다. 그녀는 안쪽 문을 지나 그를 침실로 안내했다. 침실은 천장까지 촛불로 환하게 밝혀져 있었다. 식탁에는 식사가 준비되어 있었고 두 사람은 식탁에 자리를 잡았다. 그녀는 버터 바른 빵과 약간의 고기를 조심스럽게 그의 앞으로 내밀고는 파르스름한 빛깔의 예쁜 잔에다 백포도주를 따라 주었다. 두 사람은 식사하면서 똑같이 파르스름한 잔으로 포도주를 마셨고, 그들의 손길은 뭔가를 탐색하듯이 서로의 몸을 더듬었다.

"이봐요, 당신은 대체 어디에서 흘러들어 온 거예요?" 그녀가 물었다. "군인인가요? 아니면 떠돌이 악사? 그도 저도 아니면 그냥 불쌍한 나그네인가요?"

"나는 당신이 원하는 모든 것이지요." 그가 조용히 웃었다. "나는 완전히 당신의 것입니다. 당신이 원한다면 악사가 되어 드리지요. 그러면 당신은 나의 귀여운 악기가 되는 겁니다. 내가 당신의 목에 손가락을 대고 당신을 연주하면 우리는 천사의 노랫소리를 들을 수 있어요. 자, 이리 와요. 당신이 내주는 맛있는 과자를 먹고 백포도주나 마시려고 온 게 아닙니다. 오로지 당신 때문에 왔다고요."

그는 소리 없이 그녀의 목덜미에서 흰색 모피 목도리를 벗기고 그녀의 몸에서 살며시 옷을 벗겨 내리기 시작했다. 밖에서는 대신들과 성직자들이 한창 회담 중이고, 하인들은 살금살금 다니고 희미한 초승달이 완전히 나무 뒤로 숨어 버렸지만 연인들은 그런 줄은 까맣게 모르고 있었다. 두 사람 앞에는 낙원의 꽃이 만발했고, 서로가 서로에게 깊숙이 끌리고 빠져들었다. 낙원의 향기로운 밤에 길을 잃은 두 사람은 낙원에서 피어나는 하얀 꽃이 비밀스럽게 가물거리는 것을 바라보면서 섬세하고 감사하는 손길로 애타게 그리던 열매를 땄다. 악사는 여태껏 이토록 멋진 악기를 연주해 본 적이 없었고, 악기 또한 이렇게 강렬하고도 정통한 악사의 연주를 들어 본 적이 없었다.

그녀가 뜨거운 숨을 몰아쉬며 그의 귀에 대고 말했다. "골드문트, 당신은 황홀한 마술사예요! 귀여운 당신, 당신의 아이를 갖고 싶어요. 더 간절한 소망이 있다면 당신을 위해 죽는 거예요. 저를 들이마셔요! 저를 녹여 주세요! 죽여 주세요!"

아그네스의 서늘한 눈매에서 초점이 흩어지고 눈동자가 풀리는 것을 보면서 골드문트의 목구멍 깊숙한 데서는 행복의 탄성이 울려 나왔다. 그녀의 그윽한 눈동자에는 마치 단말마의 미세한 전율처럼 가벼운 떨림이 스쳐 갔다. 마치 죽어 가는 물고기의 살갗에 은빛 떨림이 잦아들듯이, 저 깊은 강 속에서 마술의 광채가 은은하게 황금빛으로 반짝이듯이. 인간이 체험할 수 있는 모든 행복이 바로 이 순간 속으로 모조리 흘러든 것만 같았다.

그녀가 눈을 감은 채 몸을 떨며 누워 있는 동안 골드문트는 지체 없이 조용히 일어나 살며시 옷을 입기 시작했다. 그는 한숨을 내쉬며 그녀에게 귓속말로 이야기했다. "사랑하는 당신, 이제 가야 합니다. 여기서 죽고 싶지는 않아요. 백작한테 맞아 죽을 수는 없어요. 그러기 전에 먼저 우리 두 사람의 행복한 시간을 다시 한번 갖고 싶어요. 오늘처럼 말이오. 한 번만 더, 아니 수없이!"

그가 옷을 다 입을 때까지 그녀는 말없이 누워 있었다. 이제 그는 살며시 이불을 덮어 주고는 그녀의 눈에 입을 맞추었다.

"골드문트." 그녀가 말했다. "아, 가야만 하나요! 내일 다시 오세요. 위험한 조짐이 보이면 미리 기별할게요. 다시 오세요. 내일 다시 오세요."

그녀는 종을 울려 몸종을 불렀다. 의상실로 통하는 문에서 몸종이 그를 맞더니 궁성 앞으로 안내해 주었다. 몸종한테 금화 한 닢이라도 쥐여 주고 싶었던 그는 잠시 자신의 가난이 부끄러웠다.

자정 무렵 그는 생선 시장에 당도하여 주인집을 올려다보았다. 시간은 늦었고, 아직 잠들지 않은 식구는 아무도 없을 터였다. 어쩌면 노숙을 하게 될지도 몰랐다. 그런데 놀랍게도 대문이 열려 있었다. 그는 소리 없이 들어가서 대문을 잠갔다. 그의 방으로 가는 길은 부엌을 통과하게 되어 있었다. 부엌에는 불이 켜져 있었다. 가물거리는 기름 등불 아래 마리가 식탁에 앉아 있었다. 두 시간, 세 시간을 기다리다 지친 그녀는 깜박 졸던 참이었다. 골드문트가 들어서자 그녀는 깜짝 놀라 벌떡 일어섰다.

그가 말했다. "아, 마리, 아직 안 자고 있었나?"

"자지 않고 있었어요." 그녀가 말했다. "제가 깨어 있지 않았다면 돌아오셨을 때 대문이 잠겨 있었을 거예요."

"기다리게 해서 미안해, 마리. 밤이 너무 깊었군. 화내지 말아요."

"골드문트, 한 번도 당신한테 화낸 적 없어요. 다만 좀 슬플 뿐이에요."

"슬퍼하지 말아요. 어째서 슬픈 거지?"

"골드문트, 저도 건강하고 아름답고 강했으면 좋겠어요. 그러면 당신이 밤중에 남의 집에 가서 다른 여자들과 사랑을 나누지 않을 테니까요. 그러면 당신이 한 번쯤 제 곁에서 저를 조금은 좋아할 수도 있지 않을까 해서요."

그녀의 부드러운 목소리에서는 어떤 희망도 느껴지지 않았
다. 분해하지도 않았고, 단지 슬퍼할 따름이었다. 골드문트는
당황해서 그녀의 옆에 서 있었다. 그녀의 마음을 아프게 했다
니 할 말이 없었다. 그는 조심스러운 손길로 그녀의 머리를 잡
고는 머리카락을 쓰다듬어 주었다. 그러자 그녀는 꼼짝 않고
서서 그의 손길이 자기 머리카락에 와 닿는 느낌에 몸을 떨며
잠시 소리 죽여 울더니 다시 몸을 돌리면서 수줍게 말했다.
"어서 가서 주무세요. 제가 쓸데없는 소리를 했군요. 너무 졸
렸거든요. 안녕히 주무세요."

16장

골드문트는 행복한 조바심에 애를 태우며 언덕 위에 올라가 한나절을 보냈다. 이럴 때 말이라도 있다면 수도원으로 달려가서 스승의 작품인 아름다운 마리아 상을 볼 수 있을 텐데. 그 작품을 다시 한번 보고 싶었다. 간밤의 꿈에 스승 니클라우스가 나타난 것도 같았다. 다음에라도 언젠가는 가 볼 작정이었다. 이 사랑의 행복이 어쩌면 금방 끝나고 혹시 나쁜 결과를 초래할지도 모를 일이었지만, 오늘만은 행복의 절정에 있었고 그 행복의 어느 것 하나도 놓치고 싶지 않았다. 그래서 오늘은 아무도 만나지 않고, 마음을 흐트리지 않기 위해 포근한 가을 나절을 나무와 구름이 있는 야외에서 보낼 생각이었던 것이다. 그는 마리한테 오늘 들판으로 산책하러 나가서 늦게야 돌아올 예정이니 큼직한 빵 한 덩이를 싸 달라고 말하면서, 날이 저물어도 괜히 자기를 기다리지 말라고 일러 두었다. 그녀는 아무런 대꾸 없이 주머니 가득히 빵과 사과를 챙겨 주고 그의 낡은 조끼를 솔로 문질러 손질해 주고는 그를 내보냈다. 조끼가 터진 곳은 이 집에 오던 첫날 이미 꿰매 준 터였다.

그는 강을 건너고 텅 빈 포도밭을 지나 가파른 계단식 길을 따라 언덕을 올라갔다. 그러고는 정신없이 언덕 위의 숲길을 따라 계속 올라가서 마침내 언덕 꼭대기에 다다랐다. 그곳에는 앙상한 나뭇가지 사이로 햇살이 그대로 비쳐들었고, 사람 발소리에 놀란 지빠귀들이 덤불 속으로 달아나더니 겁을 먹고 웅크리고 앉아 움푹 들어간 까만 눈으로 둥지 바깥을 내다보고 있었다. 저 멀리 아래로는 강이 푸른색 활처럼 휘어지며 흐르고 있었고, 도시는 장난감처럼 작아 보였다. 그곳에서는 예배 시간을 알리는 종소리 말고는 아무 소리도 들려오지 않았다. 이곳 산 위에는 이교도들이 살던 아득한 옛적부터 작은 수풀이 뒤덮인 성벽과 언덕들이 있었다. 어쩌면 요새가 있던 자리 같기도 하고 묘지가 있던 자리처럼 보이기도 했다. 언덕들 가운데 한 곳에 자리를 잡은 골드문트는 말라서 바스락거리는 가을 잔디를 깔고 앉아 한눈에 들어오는 넓은 골짜기를 내려다보았다. 강 저쪽으로는 언덕과 산들이 겹겹이 이어지다가 마침내 커다란 산과 하늘이 파르스름하게 맞닿아 어우러져 서로 분간이 되지 않았다. 이 모든 광활한 땅과 그의 시야가 미치는 곳보다 훨씬 넓은 땅까지 그의 발길이 닿았었다. 이제는 아득한 추억으로 밀려난 이 모든 지역이 한때는 눈앞의 생생한 현실이었던 것이다. 이 숲들에서 수없이 잠을 잤고, 산딸기를 따 먹었으며, 때로는 굶주림과 추위에 떨었고, 이 산등성이와 벌판을 누비고 다니며 기쁨과 슬픔을 맛보고 또 때로는 기운을 내고 때로는 지쳐 떨어지기도 했었다. 시야를 벗어난 먼 곳 어디엔가 착한 레네의 뼈가 불에 타 흩어져 버렸을 것이고, 또 어딘가에는 한때의 동료 로베르트가 흑사병에 희생되지 않았다면 아직도 떠돌아다니고 있을지도 몰랐다. 또 저쪽 어디엔가는 죽은 빅토르가 누워 있을 것이고, 아주 멀리에는 소년 시절을 보낸 수도원이 마술의 나라처럼 자리 잡고 있을 것이다. 예쁜 딸들이 있는 기사의 성도 어디엔가 있을 것이고, 불쌍한 레베카는 박해를 피해 달아났거나 어쩌면 죽었을지도 몰랐다. 온 사방에 흩어져 있는 이 모든 수많은 장소—벌판과 숲, 도시와 촌락, 성과 수도원—와 죽었든 살아 있든 이 모든 사람이 그의 마음속에 자리 잡고서 추억과 사랑과 회한과 그리움으로 서로 맺어져 있다는 것을 그는 알고 있었다. 그리고 내일 그에게도 죽음이 찾아온다면 이 모든 것은 다시 해체되어 사라지고 말 것이다. 여자들과 사랑으로 가득하고 여름날의 아침과 겨울밤의 추억들이 가득한 이 그림책 전부가 소실되고 말 것이다. 그렇게 생각하니 아직 뭔가 일을 하고 뭔가를 만들어 자기보다 오래 남을 것을 남겨야 할 때였다.

지나온 인생과 방랑 생활, 이 세상으로 외출 나온 이래 오늘에 이르기까지 지나온 시절을 아무리 돌이켜 보아도 그에겐 거의 아무런 결실도 남아 있지 않았다. 한때 작업실에서 만들었던 몇 점의 인물 상, 그러니까 사도 요한 상 정도가 남아 있을 뿐이고, 그러고는 이 추억의 그림책이 전부였다. 그의 머릿속에 들어 있는 이 비현실의 세계가, 이 아름답고도 고통스러운 추억의 그림책이 전부였다. 이 내면의 세계 가운데 일부라도 건져서 밖으로 내보낼 수 있을까? 아니면 늘 이런 식으로 계속될 것인가? 그러니까 늘 새로운 도시, 새로운 풍경, 새로운 여자, 새로운 체험, 새로운 그림들을 차례로 쌓기만 하다가 결국에는 하나도 펴 보이지 못한 채 고통스럽고도 아름답게 가슴이 미어지게 하는 이 심란한 추억만 남게 되는 것은 아닐까?

인생에 조롱당하고 있다는 느낌은 정말이지 수치스러운 것이었다. 우습기도 하고 슬프기도 했다. 관능의 유희를 즐기며 살아갈 수도 있었다. 영원한 여성인 이브의 품에 안겨 젖을 빨며 살아갈 수도 있었다. 그렇게 살다 보면 온갖 짜릿한 쾌락은 맛볼 수 있어도 덧없이 사라지고 마는 무상감은 막을 길이 없다. 그렇게 되면 숲속의 버섯처럼 오늘 아름다운 색깔을 뽐내다가도 내일이면 썩어 없어지고 말 것이다. 그렇지 않으면 자신을 방어하며 작업실에 틀어박혀 이 덧없는 인생에 하나의 기념비를 세워 볼 수도 있을 것이다. 그러려면 인생은 포기하고 단지 하나의 도구 노릇을 해야 한다. 그러면 물론 불멸의 것에 봉사할 수는 있어도 삶은 메말라 버리고 말 것이다. 자유를, 생의 충만함과 쾌락을 잃고 마는 것이다. 스승 니클라우스의 일생이 그러했다.

그렇다! 모든 사람의 삶은 그 두 가지가 서로 뒤섞일 때만, 이 무미건조한 양자택일로 인해 삶이 분열되지 않을 때만 의미가 있을 것이다! 예술을 창작하면서도 인생을 그 대가로 지불하지 않아야 한다! 인생을 즐기면서도 숭고한 창조 정신을 단념하지 않아야 한다. 그게 진정 불가능한 것일까?

어쩌면 그런 삶을 살았던 사람들도 있을 것이다. 혹시 정조를 지키면서도 관능의 쾌락 또한 놓치지 않은 그런 남편이나 가장도 있지 않았을까? 가정을 지키고 사느라 자유와 아슬아슬한 모험은 경험하지 못했지만 그렇다고 가슴이 메마르지도 않았던 그런 사람은 없는 것일까? 어쩌면 있을지도 몰랐다. 하지만 그런 사람을 직접 본 적은 없었다.

살아 있는 모든 것은 그러한 이원성과 대립에 바탕을 두고 있는 것처럼 보였다. 그러니까 여자 아니면 남자로 태어나고, 방랑자가 아니면 보통 사람이 되어야 하고, 이성적이지 않으면 감정적으로 되는 것이다. 들숨과 날숨을 동시에 쉰다거나, 남자인 동시에 여자이거나, 자유를 누리면서 질서를 찾거나, 충동대로 살면서 이성을 지킨다거나 하는 것은 어디서도 불가능했다. 그중 어느 한쪽을 택하면 반드시 다른 한쪽을 희생시켜야 하고, 어느 한쪽 못지않게 다른 한쪽도 소중하고 갖고 싶은 것이다! 이런 면에서는 여성 쪽이 좀 더 견디기 수월한지도 몰랐다. 여성들은 저절로 쾌락의 열매를 거둘 수 있도록, 사랑의 행복에서 아이를 얻을 수 있도록 타고난 존재인 것이다. 남성의 경우에는 이처럼 소박하게 결실을 거두는 대신에 영원히 충족되지 않는 그리움을 타고났다. 하느님이 만물을 그렇게 창조하신 것은 노여움이나 적개심 때문일까? 혹시 스스로 창조한 피조물의 고통을 즐기시는 것은 아닐까? 아니다. 노루와 사슴, 물고기와 새, 숲과 꽃, 사계절을 만드신 하느님이 노여워했을 리는 없다. 하지만 하느님의 창조에는 균열이 있다. 실패한 작품이든 불완전한 작품이든 간에, 어쩌면 인간 존재의 바로 이러한 균열과 동경에 특별한 의도가 담겨 있든 말든 간에, 이러한 균열이 하느님의 적이 뿌린 원죄의 씨앗 때문이든 아니든 간에. 그런데 어째서 이런 동경과 불완전함이 죄가 되는 것일까? 인간이 만들어 하느님께 되돌려드리는 모든 아름다움과 성스러움은 바로 그런 그리움과 불완전함에서 생겨나지 않는가?

이런 생각에 골몰해 있던 골드문트는 시내 방향으로 눈길을 돌려 시장과 어물전, 다리, 교회, 시청 쪽을 차례로 훑어보았다. 주교가 거주하는 위풍당당한 궁성도 보였다. 지금은 하인리히 백작이 그 궁성의 주인이었다. 궁성의 성탑과 기다란 지붕 아래에는 그의 아름다운 왕실 애인 아그네스가 살고 있었다. 그녀는 그토록 오만해 보였지만 일단 사랑에 빠졌을 때는 자신을 송두리째 바칠 줄 알았다. 그녀를 생각하면 즐거웠다. 골드문트는 기쁜 마음과 감사하는 마음으로 간밤의 일을 다시 떠올렸다. 그 밤의 행복을 맛보기 위해, 이 놀라운 여성을 행복하게 해 주기 위해 그의 삶 전부가 필요했다. 여자들을 거치면서 쌓은 그 모든 단련과 방랑 생활의 위태로운 고비들, 밤중에 눈보라 속에서 헤매던 기억, 동물과 꽃과 나무와 물과 물고기와 나비들과 맺은 친밀한 우정이 모두 필요했다. 게다가 그에겐 쾌락과 위험을 겪으면서 예리하게 단련된 감각이 있었고, 타고난 방랑벽이 있었으며, 여러 해 동안 그의 내면에 쌓아 올린 그림의 세계가 있었다. 아그네스와 같은 마법의 꽃이 그의 인생의 정원에 만발해 있는 동안에는 한탄할 이유가 없었다.

골드문트는 하루 종일 가을날의 언덕에서 시간을 보냈다. 돌아다니다가 휴식을 취하기도 하고, 빵을 먹기도 하고, 아그네스와 간밤의 일을 생각하기도 했다. 날이 저물 무렵 그는 다시 시내로 돌아와 궁성 쪽으로 접근해 갔다. 날씨가 서늘해졌고, 집마다 창문에서 붉은 불빛이 조용히 새어 나왔다. 골드문트는 노래를 부르는 한 무리의 소년들과 마주쳤다. 아이들은 속을 파낸 무를 막대기 끝에 꽂아 치켜들고 있었는데, 그 속에는 가지각색의 얼굴들이 새겨져 있었고 불이 켜진 양초가 꽂혀 있었다. 이 작은 가장무도회 행렬을 보니 어느새 겨울이 가까워진 느낌이었다. 골드문트는 빙그레 웃으며 행렬의 뒷모습을 바라보았다. 성문 앞에 당도해서는 한참 동안 서성거렸다. 성직자 일행은 아직 그대로 있었다. 여기저기 창문으로 성직자들 가운데 누군가가 서 있는 모습이 보였다. 결국 골드문트는 성 안으로 들어가 몸종 베르타를 찾는 데 성공했다. 그는 이번에도 아그네스가 나타나 그녀의 방으로 안내할 때까지 의상실에 몸을 숨기고 있었다. 그녀의 아름다운 얼굴은 그를 다정하게 맞아 주었다. 다정하긴 했지만 그러나 기쁜 표정은 아니었다. 그녀는 슬퍼하고 있었고, 수심에 싸여 초조해하고 있었다. 그가 몹시 애를 쓴 끝에 그녀는 간신히 명랑함을 다소 되찾을 수 있었다. 그가 키스해 주고 사랑의 말을 해 준 덕분에 그녀는 조금씩 안심할 수 있게 되었다.

"당신은 정말로 날 사랑하는군요." 그녀가 고맙다는 뜻으로 말했다. "당신이 새가 지저귀듯 다정하게 대해 줄 때면 당신의 목에서는 너무나 그윽한 소리가 울려 나와요. 사랑해요, 골드문트. 여기서 멀리 달아날 수 있다면 얼마나 좋을까요. 이젠 이곳에 싫증이 났어요. 그렇지 않아도 이 생활은 조만간 끝날 거예요. 백작이 곧 소환되고 멍청한 주교가 돌아오거든요. 오늘은 백작이 화가 나 있어요. 성직자들이 괴롭혔거든요. 당신이 백작의 눈에 띄지 말아야 하는데! 그 사람 눈에 띄면 결코 살아남지 못할 거예요. 당신 때문에 너무나 불안해요."

골드문트의 기억 속에 반쯤은 잊고 있었던 어떤 소리가 다시 떠올랐다. 이런 가락은 예전에도 들은 적이 있지 않은가? 뤼디아도 언젠가 그에게 이렇게 말한 적이 있다. 너무나 사랑하면서도 너무나 불안하다고, 너무나 달콤하고도 너무나 슬프다고. 그런 식으로 그녀는 밤이면 그의 방에 들어오곤 했었다. 그녀는 사랑과 불안, 근심과 걱정과 끔찍하게 두려운 예감에 휩싸여 있었다. 그는 그 달콤하고도 불안한 가락을 즐겨 듣곤 했었다. 비밀 없는 사랑이 무슨 의미가 있단 말인가! 위험 없는 사랑이 무슨 의미가 있단 말인가!

골드문트는 아그네스를 부드럽게 끌어당겨 어루만져 주고는 그녀의 손을 잡고 조용히 사랑의 말을 속삭이고 눈썹에 키스를 해 주었다. 그녀가 자기 때문에 이렇게 불안해하고 걱정하고 있다는 사실이 황홀한 감동을 안겨 주었다. 그녀는 그의 애무를 받아들이면서 고마운 생각이 들었고 거의 겸손해질 지경이었다. 그녀는 그에게 걷잡을 수 없는 애정을 느꼈지만,

그렇다고 기분이 명랑해지지는 않았다.

갑자기 아그네스가 화들짝 놀라며 몸을 떨었다. 가까운 곳에서 문이 닫히는 소리가 들렸고, 다급한 발소리가 이 방 쪽으로 다가오고 있었던 것이다.

"어쩌면 좋아요! 그 사람이에요!" 그녀가 절망적으로 소리쳤다. "백작이에요. 서두르세요. 옆방을 통해 빠져나갈 수 있을 거예요. 어서요! 저를 배신하지 마세요!"

그녀는 벌써 골드문트를 의상실로 밀어 넣었다. 그는 홀로 서서 깜깜한 어둠 속을 더듬어 갔다. 옆에서는 백작이 큰 소리로 아그네스와 이야기하는 소리가 들려왔다. 골드문트는 옷가지 사이를 더듬어서 출구 쪽을 향해 소리 없이 한 발씩 걸음을 옮겼다. 드디어 복도로 통하는 문에 다다르자 조용히 문을 열려고 했다. 그런데 바로 그 순간에야 비로소 문이 바깥에서 잠겨 있다는 것을 알고는 그 역시 소스라치게 놀랐다. 그의 심장은 마구 뛰기 시작했다. 그가 여기에 들어오고 나서 누군가가 이 문을 잠갔다면 불운의 우연일지도 몰랐다. 하지만 그런 가능성은 없어 보였다. 그는 함정에 빠진 것이다. 이대로 당할 수밖에 없었다. 그가 몰래 여기에 들어오는 것을 누군가가 보았음이 틀림없었다. 이제 목이 달아날 판이었다. 그는 어둠 속에 서서 벌벌 떨면서도 방금 아그네스가 한 작별의 말이 떠올랐다. '저를 배신하지 마세요!' 그래, 그녀를 배신하지는 않을 것이다. 심장이 방망이질하는 것 같았지만 결심은 단호하게 서 있었다. 그는 입을 굳게 다물었다.

이 모든 것은 순식간에 일어난 일이었다. 드디어 문이 열리

16장

377

고 아그네스의 방에서 의상실로 백작이 들어왔다. 왼손에는 초롱을 들고 오른손에는 칼을 뽑아 들고 있었다. 바로 그 순간 골드문트는 주위에 걸려 있던 외투며 옷가지 몇 개를 황급히 움켜쥐고는 번쩍 치켜들었다. 자기를 도둑으로 오인하기를 바랐다. 어쩌면 그것이 빠져나갈 방책일지도 몰랐다.

백작은 즉각 그를 발견했다. 그는 천천히 다가왔다.

"너는 누구냐? 여기서 뭘 하는 거냐? 대답해라. 그렇지 않으면 찌르겠다."

"죽을죄를 지었나이다." 골드문트는 기어들어 가는 목소리로 대답했다. "소인은 가난한 사람이옵니다. 대감께선 풍족하신 줄 압니다! 제가 훔친 물건은 전부 돌려드리겠습니다. 자, 보십시오!"

그러고는 외투를 바닥에 내려놓았다.

"그래? 도둑질했다 그 말이렷다? 낡은 외투 때문에 목숨을 걸다니 멍청한 놈이로구나. 이 도시에 사는가?"

"아니올시다. 저는 뜨내기입니다. 불쌍한 놈이오니 통촉해 주시길……."

"닥치거라! 네놈이 감히 귀부인을 농락하겠다고 덤빌 만큼 발칙한 놈인지 알고 싶긴 하다만, 그렇지 않아도 네놈은 교수형에 처할 터인즉 그 문제는 심문하지 않겠다. 도둑질만으로도 교수형은 충분하다."

백작은 잠겨 있던 문을 거칠게 두드리며 소리쳤다. "아무도 없느냐? 문을 열어라!"

문이 밖에서 열리고 세 명의 병졸이 칼을 뽑아 들고 대기하고 있었다.

"이놈을 단단히 묶어라." 백작이 호령했다. 경멸과 오기가 밴 어조였다. "이놈은 도둑질을 한 부랑자다. 놈을 옥에 가두어라. 내일 아침 일찍 죄인을 교수형에 처할 것이다."

골드문트는 저항할 겨를도 없이 두 손을 결박당했다. 그는 결박당한 채 긴 복도를 지나서 계단을 내려가 내궁으로 호송되었다. 하인 한 명이 초롱을 들고 앞장섰다. 철판을 입힌 아치형의 옥문 앞에 이르자 일행은 걸음을 멈추었다. 이야기가 오가더니 야단치는 소리가 들렸다. 옥문을 여는 열쇠가 없던 것이다. 병졸이 초롱을 받아 들고, 하인이 열쇠를 가지러 달려갔다. 세 명의 무장한 병졸과 결박당한 골드문트는 그렇게 문 앞에 서서 기다렸다. 초롱을 들고 있는 병졸은 호기심이 동한 듯 죄수의 얼굴에 초롱을 바짝 들이댔다. 바로 그때 두 명의 성직자들이 그 곁을 지나가고 있었다. 많은 성직자가 성안에 손님으로 묵는 중이었다. 그들은 궁정 예배당에서 돌아오는 길이었는데, 일행 앞에서 걸음을 멈추었다. 두 사람은 밤중에 벌어진 이 광경에 관심이 쏠리는 것 같았다. 세 명의 병졸과 결박당한 사내가 우두커니 서서 대기하고 있었던 것이다.

골드문트는 성직자들이 다가온 것도 알아채지 못했고, 감시병들의 얼굴도 보지 못했다. 그의 눈에는 오직 가물거리는 불빛밖에 보이지 않았다. 그의 얼굴에 바짝 들이댄 등불에 눈이 부셨던 것이다. 그리고 등불 뒤편으로 또 뭔가 형체를 알수 없는 거대한 유령 같은 것이 어슴푸레하게 보이자 그는 두려움에 떨었다. 그것은 나락이요, 종말이요, 죽음이었다. 그의 눈은 겁에 질려 굳어 있었고, 아무것도 보이지 않고 아무 소리도 들리지 않았다. 마침 성직자 가운데 한 명이 병졸들과 뭐라고 수군거리고 있었다. 이자는 도둑질을 해서 죽게 될 거라는 말을 듣자 성직자는 죄인에게 고해 신부가 있냐고 물었다. 병졸은 죄인이 현행범으로 체포되어 그럴 겨를이 없었다고 대답했다.

그러자 성직자가 말했다. "그러면 내가 내일 아침 미사 전에 이 사람한테 와서 성사를 베풀고 고해를 듣도록 하겠네. 그 전에 형장으로 끌려가지 않도록 하게나. 백작님께는 오늘 중으로 이야기를 해 두겠네. 이 사내가 아무리 도둑이라 하더라도 기독교인이라면 누구나 고해 신부를 구하고 성사를 받을 권리가 있지 않은가."

병졸들은 감히 항변할 엄두가 나지 않았다. 그들은 이 성직자가 누군지 잘 알고 있었다. 그는 황실에서 파견된 사절단의 한 사람으로, 그가 백작과 함께 식사하는 광경을 여러 번 목격했던 것이다. 그리고 이 불쌍한 부랑자한테 고해성사를 베풀지 못할 이유도 없었던 것이다.

성직자들은 자리를 떠났다. 골드문트는 멍하게 서 있었다. 드디어 하인이 열쇠를 가지고 와서 문을 열었다. 죄인은 지하 감옥으로 호송되었다. 그는 비틀거리며 몇 계단을 내려갔다. 거기엔 등받이가 없는 세발의자 몇 개와 탁자가 놓여 있었다. 이 공간은 포도주 저장고로 통하는 옆방이었다. 병졸들은 작은 의자 하나를 탁자 곁으로 밀더니 그에게 거기 앉으라고 했다.

"내일 새벽에 신부님 한 분이 오시기로 되어 있으니 고해성사의 기회는 있을 거야." 병졸 가운데 한 명이 그에게 말했다. 그러고서 그들은 방을 나가 육중한 문을 조심스럽게 잠갔다.

"이보시오, 그 등불은 저한테 주시지요." 골드문트가 부탁했다.

"안 돼, 이 친구야. 불을 가지고 무슨 짓을 저지를지 모르잖아. 불이 없어도 지장은 없을 거야. 얌전하게 처박혀 있으라고. 준다고 해도 이런 초롱불이 얼마나 견디겠나? 한 시간이면 다 탄다고. 잘 자게나!"

이제 골드문트는 어둠 속에 혼자 남게 되었다. 그는 작은 의자에 앉아 머리를 탁자에 괴었다. 그런 자세로 앉아 있기는 거북했다. 오랏줄에 결박된 손목이 아팠지만, 그런 통증도 한참 뒤에야 생각이 났다. 처음에는 그렇게 앉아서 머리를 탁자에 괴고 있으니 마치 단두대에 머리를 올려놓은 기분이었다. 이제 그가 마음속으로 다짐했던 일을 육신과 감각으로도 받아들일 수밖에 없다는 생각이 들었다. 이제는 빠져나갈 수 없는 사태에 순응해야만 하는 것이다. 피할 수 없는 죽음을 받아들여야만 하는 것이다.

비통한 심경으로 그렇게 몸을 구부리고 앉아 있는 얼마 동안이 억겁의 시간처럼 길게만 느껴졌다. 그는 닥쳐올 일을 숨을 들이마시듯이 받아들이고 직시하여 온전히 순응하려고 애썼다. 날이 완전히 어두워지고 밤이 시작되었다. 이 밤이 끝나면 그 역시 최후를 맞을 것이다. 그는 이 사실을 납득하려고 애써야만 했다. 내일이면 더 이상 살아 있는 목숨이 아니다. 그는 교수형에 처해져 하나의 사물이 되고 말 것이다. 그 사물 위에 새들이 내려앉아 쪼아 댈 것이다. 스승 니클라우스, 불지른 오두막에 내버려진 레네와 같은 처지가 될 것이다. 온 식구가 죽은 빈집이나 시체로 가득 찬 수레에 드러누워 있던 그 모든 인간과 같은 운명이 될 것이다. 그런 운명을 직시하고 그 운명의 잔을 채우기란 결코 쉽지 않았다. 그런 사실을 직시한다는 것 자체가 불가능했다. 아직 떨치지 못하고 작별하지 못한 것들이 너무 많았다. 오늘 밤의 시간은 그들과의 작별을 위해 그에게 주어져 있었다.

골드문트는 아름다운 아그네스와 작별해야만 했다. 그녀의 훤칠한 자태와 눈부신 금발, 서늘한 눈매와 파란 눈, 그 눈에서 오기가 사그라들고 두려움에 떨던 일, 그녀의 향기로운 살갗에서 일던 달콤하고도 황홀한 사랑의 불꽃은 결코 잊을 수 없을 것이다. 파란 눈의 그대여, 안녕! 촉촉하게 젖어 떨고 있던 입술이여, 안녕! 얼마나 더 그 입에 입 맞추고 싶었던가. 아, 오늘도 언덕 위에서 늦가을의 햇살을 받으며 얼마나 그대를 생각했던가! 그대의 목소리를 들으며 얼마나 그대를 그리워했던가! 하지만 그 언덕에도 작별을 고해야만 했다. 그 햇살에도, 흰 구름이 걸려 있던 그 파란 하늘에도, 나무와 숲에도, 방랑 생활도, 하루의 시간과 사계절에도 작별을 고해야만 했다. 어쩌면 마리는 아직도 잠을 못 이루고 앉아 있을 것이다. 비록 절뚝거리긴 하지만 사랑스럽고 선량한 눈을 가진 마리는 아직도 앉아서 기다리다 지쳐 부엌에서 잠이 들었다가 다시 깨어났을 것이다. 이제는 오지 않을 골드문트를 기다리며.

아, 도화지와 붓이 있다면 얼마나 좋을까! 아직도 그가 그리고 싶은 모든 인물에 대한 미련이 남아 있는 것이다! 제발, 아서라! 그리고 또 나르치스와 사도 요한 상도 다시 보고 싶었지만, 그 희망도 포기해야만 했다.

그리고 그 자신의 손과 눈, 굶주림과 갈증, 음식과 음료, 사랑, 라우테 연주, 취침과 기상, 그 모든 것에 대해서도 작별을 고해야만 했다. 날이 밝아 오자 새 한 마리가 허공으로 날아갔지만 골드문트는 새가 나는 것을 보지 못했고, 어떤 소녀가 창가에서 노래를 불렀지만 그는 노랫소리를 듣지 못했다. 강물이 흐르고 짙은 색깔의 물고기들이 말없이 헤엄쳐 갔고, 바람이 불어 땅바닥에는 낙엽이 뒹굴었다. 별이 총총하던 하늘에 먼동이 터 오고, 젊은이들은 무도회장을 향해 무리 지어 가고, 먼 산에는 첫눈이 내렸다. 모든 것이 제 갈 길을 가고 있었다. 나무들은 곁에 그림자를 드리우고 사람들은 기뻐하거나 혹은 슬퍼하면서 생기에 찬 눈을 반짝였으며, 개들이 짖어 대고 시골 외양간에서는 소들이 음매 하고 울어 댔다. 이 모든 것이 골드문트 없이도 돌아가고 있었고, 이 모든 것이 이젠 그와는 무관하게 되었다. 그 모든 것으로부터 그는 떨어져 나온 것이다.

골드문트는 벌판에서 밀려오는 새벽 냄새를 맡았다. 그는 갓 숙성시킨 달콤한 포도주와 단단한 껍질 속에 들어 있는 싱싱한 호두를 맛보았다. 그 모든 다채로운 세계의 기억이 환하게 떠오르면서 답답한 가슴을 훑고 지나갔다. 이 혼돈 상태의 아름다운 삶 전체가 가라앉으면서 작별을 고하고 다시 한번 그의 모든 감각을 반짝이게 했다. 골드문트는 터져 나오는 슬픔을 가누지 못하고 주저앉았으며, 눈물이 줄줄 흘러내렸다. 그는 흐느끼면서 격한 감정의 물결에 자신을 내맡겼다. 눈물이 마구 흘러내렸다. 그는 이 끝없는 슬픔에 걷잡을 수 없이 무너지고 말았다. 아, 골짜기와 울창한 산들이여! 푸른 오리나무 숲 사이로 흐르는 개울들이여! 달밤에 다리 위를 거닐던 소녀여! 아, 그대 아름답게 빛나는 형상의 세계여! 내 어찌 그대들을 떠나야 한단 말인가! 골드문트는 눈물을 흘리며 오갈데 없는 어린아이처럼 탁자 위에 엎드려 있었다. 비통한 가슴에서 탄식과 함께 애절한 원망의 외침이 터져 나왔다. "아, 어머니! 아, 어머니!"

그 마법의 이름을 부르면서 골드문트의 기억 밑바닥에서는 하나의 형상, 어머니의 형상이 떠올랐다. 그것은 그의 사변이나 예술적 몽상으로 만들어 낸 어머니의 형상이 아니라 바로 생모의 모습이었다. 수도원 시절 이후로는 한 번도 본 적이 없는 아름답고 생생한 모습이었다. 골드문트는 어머니에게 하소연했다. 죽어야 한다는 이 견딜 수 없는 고통을 울면서 하소연했다. 어머니에게 자신을 의탁하고, 숲과 태양을, 두 눈과 양손을, 그의 모든 존재와 삶을 어머니의 손에 되돌려드렸다.

그렇게 눈물을 흘리다가 골드문트는 잠이 들었다. 탈진 상태의 수면이 그를 어머니의 품으로 인도했다. 잠이 든 한두 시간 동안 그는 비참한 고통에서 벗어날 수 있었다.

다시 잠이 깬 골드문트는 심한 고통을 느꼈다. 오랏줄에 묶여 있는 손목의 통증은 에이는 듯했고, 등허리와 목덜미 쪽도 욱신거렸다. 그는 간신히 몸을 일으켜 정신을 가다듬고 새삼 자신의 처지를 확인했다. 주위는 칠흑처럼 깜깜했고, 얼마나 잠을 잤는지, 얼마나 더 이러고 있어야 할지 알 수 없었다. 어쩌면 잠시 후 그들이 와서 형장으로 끌고 갈지도 몰랐다. 그때 어떤 신부님이 오기로 되어 있다는 생각이 떠올랐다. 이 성사가 그에게 무슨 소용이 있을 거라고는 믿기지 않았다. 대속(代贖)과 사죄의 말씀이 아무리 완벽해도 천국에 갈 수 있다고는 생각되지 않았다. 천국이 과연 있기나 한 것인지, 하느님 아버지와 최후의 심판과 영원한 삶이 과연 존재하는 것인지도 알 수 없었다. 이미 오래전부터 이런 문제에 관해서는 모든 신념을 잃은 터였다.

영원한 삶이 있든 없든 그것이 그의 관심사는 아니었다. 그가 바라는 것은 오직 이 불확실하고도 덧없는 삶뿐이었다. 숨을 쉬고, 살아 있음을 피부로 느끼고, 오직 살아 있기만을 바랄 뿐이었다. 그는 벌떡 일어나 어둠 속을 비틀거리며 담장 쪽으로 걸어가서 벽에 몸을 똑바로 기댄 채 곰곰이 생각하기 시작했다. 구원의 길이 있을지도 몰랐다! 신부님이 구해 줄지도 몰랐다. 그의 결백함을 믿으시고 그를 위해 한 말씀 해 주시거나, 아니면 형 집행을 연기시켜 주시거나 탈주를 도와주실지도 모를 일이었다. 그는 허겁지겁 이 생각에 골몰했다. 설령 이 생각이 수포로 돌아갈지라도 포기하지 않을 작정이었다. 게임은 아직 끝나지 않았다. 우선 신부님을 내 편으로 끌어들이도록 시도해 볼 작정이었다. 수단과 방법을 가리지 않고 신부님을 구워삶아 자기편이 되도록 설득하고, 아부라도 할 작정이었다. 이 게임에서는 신부님이 유일하게 자기한테 유리한 카드였고, 다른 모든 가능성은 헛된 꿈에 지나지 않았다. 물론 다른 요행을 바랄 수도 있었다. 형리가 요통을 앓을 수도 있고, 교수대가 부서질 수도 있고, 또 미처 생각지 못한 탈주의 가능성이 생길지도 몰랐다. 그 모든 경우를 떠올리며 골드문트는 이대로 죽고 싶지는 않았다. 이 운명을 받아들이고 순응하려고 애썼지만 아무 소용이 없었던 것이다. 이 운명에 저항하고 수단과 방법을 가리지 않고 끝까지 싸울 작정이었다. 보초의 다리를 걸어 쓰러뜨리고, 형리한테 달려들어 넘어뜨리고, 마지막 순간까지 피 한 방울이라도 더 흘리며 저항하고 살아날 방도를 찾을 것이다. 아, 그렇지만 신부님이 묶인 손을 풀어 주도록 설득할 수 있을까. 그렇게만 할 수 있다면 천군만마를 얻는 셈일 것이다.

그러는 사이에 골드문트는 아픈 것을 참아 가며 이로 오랏줄을 잡아당겨 보았다. 안간힘을 다한 끝에 한참 만에 드디어 오랏줄이 약간 느슨해진 것 같았다. 그는 가쁜 숨을 몰아쉬며 깜깜한 감옥 안에 서 있었다. 부어오른 팔뚝과 손이 몹시 아팠다. 다시 호흡을 가다듬고서 벽을 따라 계속 더듬어 한 걸음씩 옮기면서 습기 찬 지하실 벽에 혹시 돌출된 모서리가 없는지 찾아보았다. 그러다가 이 지하 감옥으로 비틀거리며 내려오던 계단이 생각났다. 찾아보니 계단이 나왔다. 그는 무릎을 꿇고서 튀어나온 층계 모서리에 오랏줄을 문지르려고 애를 썼다. 오랏줄 대신 자꾸만 손목뼈가 돌에 닿았고, 그럴 때마다 살을 베어 내는 것처럼 아팠다. 피가 흘러내리는 것이 느껴졌다. 그렇지만 그는 굴복하지 않았다. 문짝과 벽 사이의 틈새로 어느새 희미하게 밝아 오는 아침의 엷은 미광이 보이기 시작할 무렵 그는 드디어 해냈다. 오랏줄이 끝까지 닳아서 풀어 낼 수 있었다. 이제 손이 자유로워진 것이다! 그렇지만 손가락 하나도 까딱하기 힘들었다. 손이 퉁퉁 부어오르고 거의 마비가 되었고, 팔은 어깻죽지까지 뻣뻣하게 굳어 꼼짝도 할 수 없었다. 억지로라도 손과 팔을 움직여 다시 피가 돌도록 해야만 했다. 이제 근사해 보이는 계획이 떠올랐다.

　신부님이 그를 도와주도록 설득하지 못할 수도 있었다. 신부님과 단둘이 있을 기회는 아주 잠깐만 허용될지도 몰랐다. 만일 그렇게 되면 신부님을 죽이는 수밖에 없다. 의자를 무기로 사용하면 그것은 문제없을 것이다. 손과 팔의 힘이 충분치 않기 때문에 목을 조르기는 힘들 것이다. 그러니까 신부를 내리치고 잽싸게 신부복으로 갈아입고서 위장을 하는 수밖에 없다! 병졸들이 죽은 사람을 발견할 때까지는 성에서 빠져나가 있어야만 한다. 그러고는 무조건 도망치는 것이다. 마리가 그를 맞아들여 숨겨 줄 것이다. 이 모험을 감행해야만 했다. 그것은 가능한 일이었다.

　골드문트는 지금까지 살아오면서 지금 몇 시간처럼 아침이 밝아 오는 것을 바라보며, 기다리고, 고대하면서 동시에 두려워해 본 적은 없었다. 긴장하여 마음을 다져 먹느라 떨면서 그는 마치 사냥꾼과 같은 눈초리로 처연한 빛줄기가 문 아래 틈새로 서서히 밝아 오는 광경을 지켜보았다. 그는 탁자 쪽으

로 돌아와서 두 손을 무릎 사이에 넣어 의자 위에 웅크리고
있는 연습을 했다. 그래야만 그의 손목에 오랏줄이 없는 것을
금방 알아차리지 못할 것이기 때문이다. 손이 자유로워진 이
후로는 더 이상 죽는다는 생각은 하지 않았다. 그는 이 상황
을 뚫고 나갈 각오가 단호했다. 세상이 두 쪽 난다 해도 반드
시 해내고 말 것이다. 어떤 희생을 치르더라도 반드시 살아서
나갈 각오였다. 자유와 생명을 되찾겠다는 욕망으로 코가 떨
렸다. 그리고 어쩌면 도와줄 사람이 나타날지 누가 알겠는가?
아그네스는 비록 여자이고 권세가 대단하진 않지만 용기는 있
을 것이다. 물론 그녀가 그를 포기할 수도 있었다. 그렇지만 그
녀는 그를 사랑했고, 뭔가를 시도할 수도 있을 것이다. 어쩌면
몸종 베르타가 몰래 밖으로 빠져나올 수 있을지도 몰랐다. 게
다가 믿어도 좋다고 했던 시종도 있다고 하지 않았는가. 설령
아무도 나타나지 않고 아무 신호도 보내지 않는다 해도 계획
은 그대로 밀고 갈 것이다. 일이 틀어지면 의자를 가지고 보초
들을 쓰러뜨릴 작정이었다. 두세 명 혹은 아무리 많이 몰려온
다 해도 그렇게 할 것이다. 그에겐 한 가지 이점이 있었다. 그
의 눈은 이미 어두운 공간에 익숙해져 있기 때문에 희미한 새
벽에도 온갖 형체와 거리를 대강은 알아맞힐 수 있지만 다른
자들은 이곳에 들어오면 완전히 장님이나 다름없을 것이다.

이제 골드문트는 열에 들떠서 탁자 옆에 웅크리고 앉아 신
부님한테 할 말을 하나씩 생각해 보았다. 처음에는 도와 달
라고 설득할 것이다. 우선은 그렇게 시작해야만 한다. 그러면
서 그는 문틈 사이로 비쳐 드는 희미한 빛을 열심히 관찰했다.

몇 시간 전만 해도 그토록 두렵던 순간이 이제는 견디기 힘들 만큼 애타게 기다려졌다. 이 끔찍스러운 긴장을 더 이상 지탱하기 힘들 것 같았다. 체력과 주의력, 결심과 경계심도 서서히 약해지는 것 같았다. 반드시 살겠다는 이 긴장된 준비 태세와 단호한 의지가 최고조로 유지되는 동안에 보초가 신부님과 함께 나타나야만 했다.

드디어 바깥세상이 잠에서 깨어났고, 드디어 적이 가까이 오고 있었다. 궁정의 포석(鋪石)을 지나가는 발소리가 울렸고, 열쇠를 꽂아 돌리는 소리가 들렸다. 죽음 같은 오랜 정적 끝에 들려오는 이 모든 소리 하나하나가 천둥소리처럼 크게 울려왔다.

이윽고 육중한 문이 천천히 조금씩 열리면서 돌쩌귀가 삐거덕거리는 소리가 들렸다. 성직자 한 사람이 들어왔다. 옆에는 아무도 없었다. 보초도 보이지 않았다. 성직자 혼자 들어온 것이다. 초가 두 개 꽂힌 촛대를 들고 있었다. 이제 상황은 죄수가 생각하던 것과는 전혀 딴판이 되었다.

그러고는 기이하고도 가슴 두근거리는 일이 벌어졌다. 성직자가 입고 있는 옷은 놀랍게도 마리아브론 수도원의 복장이었다. 눈에 익은 고향의 복장이었던 것이다! 한때 다니엘 수도원장이나 안젤름 신부님, 마르틴 신부님이 입고 있던 바로 그 복장이었던 것이다!

그 광경은 골드문트의 가슴에 야릇한 충격을 주었다. 그는 시선을 돌리지 않을 수 없었다. 이 수도원 복장의 출현은 우호적인 조짐을 말해 주는 것일 수도 있었다. 뭔가 좋은 징조가 될 수도 있었다. 그렇더라도 어쩌면 그를 죽이는 것 외에는 다른 도리가 없을지도 몰랐다. 그는 입을 굳게 다물었다. 같은 종단의 형제를 죽이기는 몹시 힘든 일이 될 것이다.

17장

"예수 그리스도를 찬미할지어다." 기도의 말을 마친 신부는 등불을 탁자에 올려놓았다. 골드문트는 시선을 아래로 떨군 채 기도의 말을 따라서 중얼거렸다.

성직자는 말이 없었다. 그는 뭔가를 기다리듯이 잠자코 서 있었다. 마침내 불안해진 골드문트는 뭔가를 알아내려는 듯이 자기 앞에 서 있는 사내 쪽으로 눈길을 돌렸다.

그런데 어찌 된 영문인지 이제 보니 이 사내는 마리아브론 수도원 복장을 하고 있을 뿐 아니라 수도원장의 패찰도 달고 있었다.

이제 골드문트는 그의 얼굴을 똑바로 쳐다보았다. 깡마른 얼굴에 용모가 단아하고 입술이 아주 얇았다. 그가 아는 얼굴이었다. 마치 무엇에 홀린 듯이 골드문트는 완전히 지성과 의지로 뭉쳐진 그 얼굴을 쳐다보았다. 그는 조심스레 등불을 집어 들어 이 낯선 사람의 얼굴에 갖다 댔다. 그의 눈을 보기 위해서였다. 그의 눈이 보였고, 골드문트는 떨리는 손으로 등불을 다시 내려놓았다.

"나르치스!" 골드문트는 들릴락 말락 한 소리로 말했다. 주위의 모든 것이 빙빙 돌아가기 시작하는 것 같았다.

"그래, 골드문트. 한때는 내 이름이 나르치스였지. 하지만 벌써 오래전에 이름이 바뀌었다네. 자네는 아마 기억이 나지 않을 거야. 서품을 받고부터는 요한이라는 이름을 쓰기 시작했네."

골드문트는 너무나 깊은 충격을 받았다. 갑자기 세상이 노래지는 것 같았다. 인간이 견디기 힘든 극도의 긴장이 갑자기 무너지면서 숨이 막힐 것 같았다. 몸이 떨렸고, 현기증이 나면서 마치 풍선에서 바람이 빠지듯이 머릿속이 텅 비기 시작했으며, 배가 오그라드는 것 같았다. 눈에서는 금방이라도 흐느낌이 터져 나올 것만 같았다. 바로 이 순간 그의 육체는 오로지 실컷 흐느껴 울고 기절하여 쓰러지는 도리밖에 없었다.

하지만 나르치스를 대하자 무엇에 홀린 듯이 어린 시절의 추억 저 깊은 곳에서 모종의 경고가 들려왔다. 일찍이 소년 시절에도 이 준수하고 준엄한 얼굴을 마주 보며, 모든 것을 아는 듯한 이 깊은 눈을 마주 보며 속수무책으로 울었던 적이 있는 것이다. 또다시 그럴 수는 없었다. 이제 그의 인생에서 더없이 기구한 이 순간에 나르치스가 마치 유령처럼 다시 나타난 것이다. 어쩌면 그의 생명을 구하기 위해서인지도 몰랐다.

이제 또다시 그의 앞에서 흐느껴 울어야 한단 말인가? 아니면 기절하고 말 것인가? 아니, 절대로 그럴 수는 없었다. 골드문트는 정신을 가다듬었다. 가슴을 진정시키고, 쓰린 속을 다잡고, 머리에서 현기증을 몰아냈다. 지금 약한 모습을 보이면 안 된다.

골드문트는 드디어 애써 절제된 어조로 나르치스에게 말을 걸 수 있었다. "아직까지 나르치스라고 불러도 양해하게나."

"그렇게 부르게나. 그런데 악수도 청하지 않을 셈인가?"

골드문트는 다시금 자제심을 발휘해야 했다. 생도 시절에 곧잘 그랬듯이 어린아이처럼 뻗대면서 다소 비웃는 듯한 어조로 대꾸했다.

"미안하군, 나르치스." 쌀쌀하고 다소 오만한 어투였다. "그러고 보니 자네 수도원장님이 되셨군. 그런데 나는 아직도 뜨내기라네. 게다가 우리의 면담은 그렇게 바라던 바이지만 애석하게도 오래 끌 수는 없을 것 같군. 나르치스, 난 교수형 언도를 받았거든. 한 시간 후나 어쩌면 그 전에 교수형을 당할 거야. 어떤 상황인지 명확하게 알려 주려는 것일 뿐 다른 뜻은 없네."

나르치스는 인상을 찌푸리지 않았다. 친구의 태도가 약간 어린애 같기도 하고 허풍선이 같기도 해서 아주 우스우면서도 가슴이 찡했다. 하지만 자기 가슴에 털썩 안겨 울음을 터뜨리지 못하는 자존심이 그런 우스운 태도의 이면에서 느껴졌다. 그는 친구의 그런 자존심을 누구보다 진심으로 이해하고 인정했다. 사실 그 역시 다른 방식으로 재회하기를 상상하

긴 했지만 이 작은 희극을 받아들이기로 했다. 그것은 골드문
트가 가장 빨리 그에게 마음의 문을 열 수 있는 방편이기도
했다.

이제 나르치스 역시 무덤덤한 태도를 가장하며 말을 꺼냈
다. "그런데 교수형 문제는 안심해도 좋겠네. 자네는 사면을
받았어. 나는 그 소식을 전달하고 자네를 데리러 왔네. 이 도
시는 자네가 있을 곳이 못 돼. 충분한 시간을 가지고 이런저
런 문제를 상의하기로 하세. 자, 그럼 이제 나한테 악수를 청
하겠나?"

두 사람은 악수했다. 서로의 손을 꼭 잡고 한참 동안 그들
은 깊은 감회에 젖었다. 하지만 그들의 대화에는 어색함과 거
북스러움이 아직 남아 있었다.

"좋아, 나르치스. 그럼 하나도 명예로울 게 없는 이 고장을
떠나기로 하지. 나는 자네 일행을 따라가기로 하겠네. 마리아
브론 수도원으로 돌아갈 건가? 그래? 그거 아주 잘됐군. 그럼
어떻게 가는 거지? 말을 타고 간다고? 신나는군. 그럼 내 몫의
말을 한 필 배당하는 문제만 남았군."

"그렇게 될 걸세. 두 시간 후면 출발할 걸세. 그런데 자네 손
이 어째 그 모양인가. 이런! 온통 긁히고 퉁퉁 부은 데다 피투
성이잖아! 골드문트, 그 자들이 자네한테 심한 짓을 했군그래."

"괜찮아, 나르치스. 나 스스로 손을 그렇게 만든 걸세. 묶인
것을 풀려다 보니 그렇게 된 거지. 견디기 쉽지 않았다는 정도
만 말해 두지. 어쨌든 동행자도 없이 내가 있는 곳에 들어오다
니 자네 용기도 대단해."

"어째서 용기가 필요한가? 전혀 위험한 일도 아닌데."

"아하, 나한테 맞아 죽는 것쯤이야 대단한 위험도 아니겠지. 나는 원래 그럴 작정을 했었거든. 어떤 신부님이 들어올 거라는 말을 들었지. 신부님이 들어오면 죽이고 그의 복장으로 변장해서 달아날 생각이었지. 훌륭한 계획이지."

"그럼 죽기 싫었단 말인가? 죽음에 맞서려 했단 말인가?"

"물론 그렇지. 그런데 자네가 바로 그 신부님일 줄이야. 정말 그러리라고는 상상도 못 했지."

나르치스가 머뭇거리며 말했다. "어떻든 그건 정말 끔찍한 계획이었어. 고해성사 하러 자네를 찾아온 신부를 죽일 생각이었단 말인가?"

"자네는 아닐세, 나르치스. 물론 아니지. 아마 마리아브론 수도원의 복장을 하고 있었으면 자네 동료 가운데 누구라도 해치지 않았을 테지. 그렇지만 다른 성직자라면 달랐겠지. 정말 이건 믿어도 좋아."

갑자기 그의 목소리가 침울하고 어두워졌다.

"그런 일이 벌어졌다 해도 내가 처음으로 사람을 죽이는 것은 아닐세."

두 사람 사이엔 침묵이 흘렀다. 두 사람 모두 처참한 심정이었다.

나르치스가 비교적 차분한 어조로 말했다. "그 일은 나중에 이야기하도록 하세. 원한다면 나중에 나한테 고해를 해도 좋아. 아니면 그 밖에 자네가 살아온 이야기를 해도 좋네. 나도 자네한테 이것저것 이야기할 거리가 있지. 이야기를 나눌 수 있는 시간이 빨리 왔으면 하네. 자, 그럼 이제 나가 볼까?"

"잠깐만, 나르치스! 지금 떠오른 생각인데, 그러니까 나는 자네한테 언젠가 요한이라는 이름을 붙여 준 적이 있어."

"무슨 말인지 모르겠군."

"그야 당연하지. 자넨 아직 아무것도 모르지. 벌써 여러 해 전 일이야. 언젠가 자네한테 요한이라는 이름을 지어 준 적이 있어. 아마 그 이름은 영원할 거야. 예전에 조각가 겸 인물상 제작가로 일한 적이 있는데, 다시 그 일을 하고 싶어. 어떻든 당시 내가 만들었던 가장 훌륭한 인물상이 나무를 깎아 만든 어떤 젊은이의 상이었는데, 실물 크기의 그 조각이 바로 자네를 모델로 한 것이었어. 그런데 그 조각상의 이름은 나르치스가 아니고 요한이었거든. 십자가에 못 박힌 사도 요한 상이었지."

그는 일어나서 문 쪽으로 걸음을 옮겼다.

"그러니까 그때까지도 내 생각을 했단 말인가?" 나르치스가 조용히 물었다.

역시 조용한 어조로 골드문트가 대답했다. "그래, 나르치스. 자네 생각을 했네. 늘, 언제나 생각했지."

그는 육중한 문을 거칠게 열어 젖혔다. 희미한 아침 햇살이 비쳐 들었다. 두 사람은 더 이상 아무 말도 하지 않았다. 나르치스는 골드문트를 자기가 묵고 있던 객실로 데려갔다. 나르치스의 동행자인 젊은 수도사 한 명이 길을 떠날 채비를 하고 있었다. 골드문트는 식사를 하고서 손을 씻고 붕대를 조금 감았다. 어느새 타고 갈 말이 대기 중이었다.

두 사람이 말에 오르자 골드문트가 말했다. "한 가지만 더 부탁할 게 있네. 생선 시장 쪽을 통과해서 가 주게나. 거기서 볼일이 조금 있다네."

두 사람은 말을 타고 떠났다. 골드문트는 궁성의 창문들을 모조리 훑어보았다. 어쩌면 그중 어느 창으로 아그네스가 보일지도 몰랐다. 하지만 이제 그녀의 모습은 보이지 않았다. 두 사람은 생선 시장을 지났다. 마리는 골드문트 때문에 몹시 걱정하고 있었다. 그는 그녀 그리고 식구들과 작별을 하면서 수없이 고맙다는 말을 전했고, 나중에 다시 만날 것을 기약하면서 다시 말에 올랐다. 말을 탄 사람들이 보이지 않을 때까지 마리는 대문간에 서 있다가 천천히 절뚝거리며 집으로 들어갔다.

일행은 네 명이었다. 나르치스와 골드문트 그리고 젊은 수도사 말고도 무장한 말 시종이 동행했다.

"그때 내가 타고 다니던 점박이 말 생각나나?" 골드문트가 물었다. "수도원에 딸린 마구간에서 키웠었지."

"물론이지. 이제는 그 말을 보지 못할 걸세. 볼 거라고 기대하지도 않았겠지만. 그 말이 죽은 지 벌써 칠팔 년이 되지."

"용케 기억하는군그래!"

"기억하다마다."

골드문트는 점박이의 죽음을 슬퍼하지 않았다. 나르치스가 점박이에 대해 그렇게 소상히 알고 있다는 사실이 기뻤다. 나르치스는 원래 동물들에 대해서는 전혀 관심이 없었고 수도원에 있던 다른 말들은 이름도 몰랐던 것이다. 그러기에 골드문트는 너무 기뻤다.

골드문트가 다시 말을 꺼내기 시작했다. "내가 수도원에 관해 처음 물어보는 대상이 고작 보잘것없는 말이라니 자네가 보기엔 우스울지도 모르지. 나도 잘했다는 것은 아냐. 사실은 다른 걸 물어보고 싶었는데. 특히 다니엘 수도원장님 안부가 궁금해. 하지만 돌아가셨을 거라는 생각을 했지. 그러니까 자네가 그분의 후임일 테지. 처음부터 온통 죽은 사람 이야기만 하게 될 것 같아서 피했던 거야. 지금은 죽음을 화제에 올리고 싶지 않아. 간밤의 사건 때문이기도 하고, 흑사병 때문이기도 하지. 흑사병은 신물이 나도록 겪었으니까. 하지만 이왕 내친김에 어차피 한 번은 꺼낼 얘기니까 그 이야기를 하세. 다니엘 수도원장님이 언제 어떻게 돌아가셨는지 들려주게나. 나는 그분을 무척 존경했었지. 그리고 안젤름 신부님과 마르틴 신부님이 아직 살아 계신지도 얘기해 주게나. 어떤 나쁜 소식도 들을 각오가 되어 있네. 적어도 흑사병이 자네는 비켜 간 것만으로도 만족해. 자네가 죽었을 거라고는 생각한 적이 없고 다시 만나게 되리라고 굳게 믿었네. 그렇지만 믿음은 사람을 실망시킬 수도 있는 법이지. 슬프게도 나는 경험으로 그걸 알지. 나의 스승이었던 조각가 니클라우스 역시 죽었을 거라고는 상상도 하지 않았어. 그분을 다시 만나 그분 밑에서 일하게 되리라고 철석같이 믿었거든. 그런데 와서 보니 돌아가셨지 뭔가."

"얼른 이야기해 주지." 나르치스가 말했다. "다니엘 수도원장님은 벌써 팔 년 전에 돌아가셨네. 질병이나 고통도 없으셨어. 나는 그분의 후임이 아니고 작년부터 수도원장직을 맡게 되었어. 그분의 후임은 한때 수도원 학교의 교장이셨던 마르틴 신부님이었지. 그분은 작년에 돌아가셨네. 일흔 살이 채 못 되셨지. 안젤름 신부님도 안 계시네. 그분은 자넬 좋아하셨지. 자네 이야기를 많이 하셨어. 말년에는 걸어 다니지도 못하시고 누워 계시는 것도 엄청난 고통이었지. 그분은 수종(水腫)을 앓다가 돌아가셨네. 우리가 있는 곳에도 물론 흑사병이 덮쳤지. 많은 사람이 죽었어. 그 얘기는 그만두세. 또 궁금한 게 있나?"

"물론, 아주 많지. 무엇보다도 어째서 자네가 주교님이 계신 이 도시까지, 그것도 교단의 대표 자격으로 오게 되었나?"

"얘기하자면 무척 길다네. 자네한테는 지루하기도 할 테고. 요컨대 정치에 관계되는 문제지. 백작은 황제의 총애를 받는 사람이고 많은 문제에 관해 황제의 전권을 위임받은 사람이지. 지금 황제 측과 우리 교단 사이에 담판을 지어야 할 문제가 여러 가지 있어. 그래서 교단에서는 나를 협상 대표로 지명해서 백작과 협상을 하도록 한 것이지. 협상은 그다지 성공적이지 못했어."

그는 입을 다물었고, 골드문트는 더 이상 묻지 않았다. 어젯밤 나르치스가 골드문트의 목숨을 구하기 위해 백작에게 청원하면서 뻗대는 백작한테 그의 목숨을 살려 주는 대신 몇 가지를 양보했음이 틀림없고, 굳이 그런 내용까지 들을 필요는 없었던 것이다.

일행은 계속 말을 달렸다. 골드문트는 금방 피로가 몰려오면서 안장에 앉아 있기도 힘이 들었다.

한참 만에 나르치스가 물었다. "자네가 절도죄로 체포되었다는 게 사실인가? 백작이 주장하기로는 자네가 궁성에 들어와 내실까지 잠입해서 도둑질했다고 하던데."

골드문트는 웃음을 터뜨렸다. "그러니까 내가 정말 도둑이라도 된 기분인걸. 사실은 백작의 애인과 밀회를 했지. 백작은 틀림없이 그런 사실도 알았을 거야. 그런데도 나를 풀어 주다니 정말 신기한 일이야."

"그 양반 얘기는 그만두세."

일행은 오늘 하루 예상한 거리만큼 가지 못했다. 골드문트는 너무 지쳐 있어서 고삐를 잡기도 힘들 지경이었다. 그들은 어느 촌락에 숙소를 정했다. 골드문트는 침대에 눕혀졌고, 미열이 있어서 다음 날 낮까지도 그대로 드러누워 있어야만 했다. 그러고선 다시 말을 탈 수 있었다. 그리고 금세 손이 낫자 말을 타고 가는 여행을 기분 좋게 즐기기 시작했다. 말을 타 본 것이 얼마 만인가! 그는 생기가 살아나서 젊음의 활력을 되찾았다. 그는 한참 동안 말 시종과 앞서거니 뒤서거니 달리기도 했고, 입이 근지러울 때면 참고 참았던 온갖 질문들을 나르치스한테 퍼부어 댔다. 나르치스는 느긋하고도 흔쾌히 그의 질문을 받아 주었다. 나르치스는 다시 골드문트한테 빠져드는 것이었다. 그는 골드문트의 순박하고 거침없는 질문들을 좋아했다. 골드문트의 질문에는 친구의 지성과 지혜에 대한 무한한 신뢰가 담겨 있었던 것이다.

"나르치스, 한 가지 궁금한 게 있네. 자네들도 유대인을 화형에 처한 적이 있나?"

"유대인을 불태운다고? 어떻게 그럴 수가 있나? 우리 수도원에는 유대인이 한 명도 없지 않은가."

"그렇지. 하지만 혹시라도 유대인을 화형에 처할 처지에 있었다면? 그런 일이 가능하다고 생각하나?"

"아닐세. 내가 왜 그런 짓을 해야 하나? 자네는 나를 광신도라 생각하는 건가?"

"내 말을 잘 들어 보게, 나르치스. 내 말뜻은 자네가 혹시 어떤 상황에서 유대인을 죽이라고 명령하거나 동의하는 입장에 설 수도 있다고 생각하느냐는 말일세. 사실 수많은 영주와 시장들, 주교와 여타 관헌들이 그런 명령을 내렸으니까."

"나 같으면 그런 명령은 내리지 않을 걸세. 그렇지만 내가 그런 끔찍한 일을 옆에서 지켜보거나 참고 견디는 경우는 생각할 수 있겠지."

"그럼 자네는 그런 일을 참고 견딜 수도 있단 말인가?"

"물론이지. 그런 일을 막을 권한이 내게 없다면 어쩔 수 없지 않은가. 자네 유대인 화형을 목격한 적이 있군그래?"

"그렇다네."

"그럼, 자네는 그런 일을 막았나? 아니라고? 그것 보게."

골드문트는 레베카의 이야기를 상세히 들려주었다. 이야기하는 동안 그는 열이 오르고 흥분되었다.

그 이야기 끝에 골드문트는 격한 어조로 이렇게 말했다. "우리가 사는 세상이 대체 왜 이 모양인가? 이게 지옥이 아니고 뭔가? 화가 나고 혐오스러운 세상이 아닌가?"

"물론 그렇지. 이 세상은 그럴 수밖에 없어."

"그럴 수밖에 없다니!" 골드문트는 화가 나서 소리쳤다. "예전에는 이 세상이 신성하다고 귀가 따갑도록 주장하지 않았었나. 이 세상 만물이 거대한 조화를 이루고 있고 그 중심에 조물주의 영광이 자리 잡고 있다고, 존재하는 것은 모두 선하다고, 늘 그런 식이었지. 아리스토텔레스 또는 성 아퀴나스의 책 속에 그렇게 쓰여 있다고 했었지. 나는 자네가 이 모순을 어떻게 해명하는지 듣고 싶네."

나르치스는 웃었다.

"자네의 기억력은 놀라워. 그렇지만 약간 혼동을 했군. 나는 늘 조물주를 완벽한 존재로 경배하긴 했지만 피조물이 완벽하다고 한 적은 없네. 이 세상에 존재하는 악을 한 번도 부인한 적은 없어. 진정한 사상가라면 이 세상의 삶이 조화롭고 정의롭다거나 인간이 선하다고 주장하지 않는다네. 오히려 인간의 마음속에서 꾸며 내고 지어 내는 것이 악하다는 것은 성경 말씀에서도 강조하고 있어. 우리는 그 말씀이 옳다는 것을 날마다 경험하고 있지."

"아주 좋아. 자네 같은 학자들이 어떤 생각을 갖고 있는지 이제야 알겠어. 그러니까 인간은 사악하고 이 세상의 삶은 온통 비천함으로 가득 차 있다는 사실을 자네들이 인정한단 말이지. 그런데 자네들의 생각이나 교훈서의 이면에는 어딘지 모르게 정의라든가 완전무결함 같은 것이 감춰져 있어. 그러니까 정의와 완전무결함은 존재하는 것이고 또 증명할 수도 있는 것이지만 결코 활용될 수는 없는 그 무엇이란 말일세."

"이보게, 자네는 우리 같은 신학자들한테 불만이 잔뜩 쌓여 있군그래! 하지만 자네는 여전히 사상가는 아니야. 모든 것을 뒤죽박죽으로 혼동하고 있어. 자네는 좀 더 배워야겠어. 그런데 대체 어째서 우리가 정의의 이념을 활용할 수 없다고 말하는 건가? 매일, 매시간 우리는 그렇게 하고 있지 않은가. 이를테면 나는 수도원장으로서 한 수도원을 이끌어 가야 하고, 이 수도원 역시 저 바깥세상과 똑같이 완벽하지도, 죄가 없지도 않다네. 그런데도 우리는 끊임없이 원죄에 맞서 싸우고 정의의 이념을 세우면서 우리의 불완전한 삶을 그런 이념에 따라 가늠하고 악을 바로잡으면서 늘 하느님과 관계 맺고 살아가려고 애쓴다네."

"그야 그렇지. 자네의 흠을 잡으려는 것은 아니야. 자네가 훌륭한 수도원장이 아니라는 뜻도 아닐세. 그렇지만 레베카와 불타 죽은 유대인들, 시체 구덩이와 엄청난 죽음들, 흑사병으로 죽은 시체들의 악취가 진동하던 거리와 집들, 그 모든 살풍경한 광경, 혼자 남아 고아가 된 아이들, 말뚝에 매인 채로 굶어 죽은 궁성의 개들이 생각나네. 이 모든 것이 생생하게 떠오르면 가슴이 미어지는 것 같네. 그리고 우리의 어머니들은 우리를 아무런 희망도 없이 소름 끼치는 악마적인 세상으로 내보냈다는 생각이 들어. 차라리 우리가 태어나지도 말고, 하느님께서 이 끔찍한 세상을 창조하지도 마시고, 그리스도께서 괜히 십자가에 못 박히지도 말았으면 좋았겠다는 생각이 든단 말일세."

나르치스는 친구의 말을 들으며 다정한 표정으로 고개를 끄덕였다.

"자네 말이 백번 옳아." 나르치스가 부드러운 어조로 말했다. "말을 하게. 나한테 모든 걸 털어놓게. 그렇지만 자네는 한 가지 크게 착각하고 있어. 자네는 지금 하는 말에 어떤 사상이 담겨 있는 줄 알고 있단 말이야. 하지만 그건 느낌일 뿐일세. 인생의 두려움을 맛본 한 인간의 느낌일 뿐이지. 그렇지만 이 슬프고 절망적인 감정의 반대편에는 또 다른 감정이 있다는 것을 잊지 말게. 자네가 이렇게 말을 타고 기분 좋아하거나 아름다운 경치를 구경할 때, 혹은 경솔하게도 밤중에 궁성에 잠입해서 백작의 애인을 넘볼 때는 세상이 전혀 다르게 보일 테지. 흑사병이 뒤덮은 집이나 불타 죽은 유대인이 있다 해도 쾌락을 추구하는 데 아무런 방해가 되지 않았을 거야. 어디, 그렇지 않은가?"

"물론 그렇지. 세상이 온통 죽음과 공포로 가득 차 있으니까 나는 늘 마음을 달래려고 이 지옥의 한가운데에 피어 있는 아름다운 꽃을 꺾었던 것이지. 쾌락을 찾으면 잠시 동안은 공포를 잊을 수 있었지. 그런다고 해서 공포가 줄어드는 것은 아니지만."

"그 말 한번 잘했네. 그러니까 자네가 보기엔 세상이 온통 죽음과 공포로 가득 차 있고, 그래서 쾌락을 도피처로 삼는단 말이로군. 하지만 그런 쾌락은 오래가지 못하는 법일세. 그런 쾌락은 다시 자네를 황폐한 곳으로 몰아낼 걸세."

"그야 그렇지."

"사람들은 대개 그렇게 살아가지. 다만 자네처럼 예민한 사람들은 그토록 강렬하게 고통을 느끼는 법이지. 이런 느낌을 자각할 필요성을 느끼는 사람은 아주 드물어. 그렇지만 이렇

게 쾌락과 공포 사이를 절망적으로 방황하거나 생의 쾌락과
죽고 싶은 심정 사이에서 동요하는 것 말고 또 다른 길을 모
색해 본 적은 없나? 어디 한번 말해 보게나."

"물론 있지. 예술을 통해 모색해 보았지. 자네한테도 말했다
시피 나는 무엇보다 예술가로도 통한다네. 속세에서 줄곧 떠
돌아다니기만 한 지 삼 년쯤 지난 어느 날 어느 수도원 예배
당에서 나무로 깎아 만든 성모 마리아 상을 보게 되었지. 너
무나 아름다운 그 모습에 단번에 사로잡혀 그 조각상을 만든
장인을 수소문하여 찾아갔었지. 만나고 보니 이름 있는 예술
가였네. 나는 그분의 제자가 되어 몇 년 동안 그 밑에서 일을
했었지."

"그 이야기는 나중에 좀 더 해 주게나. 그런데 예술이 자네
한테 뭘 가져다주고 무슨 의미가 있었는가?"

"무상감을 극복하게 해 주었네. 사람들이 벌이는 바보짓과
죽음의 무도 가운데서도 뭔가 오래도록 남는 것이 있다는 것
을 깨닫게 되었지. 그게 바로 예술 작품이었어. 예술 작품 역
시 언젠가는 사라지겠지. 불타거나 망가지거나 파괴되겠지. 그
래도 예술 작품은 인간의 일생보다 훨씬 오래 남고, 덧없는 순
간을 넘어 성스러운 형상이 충만한 조용한 왕국을 이룬단 말
일세. 그런 작업에 일조하는 것이 나에겐 다행히 위로가 되었
던 것 같네. 그것은 덧없이 사라지는 것에 영원의 생명을 부여
하는 것이나 다름없으니까."

"그것 참 마음에 드는군, 골드문트. 앞으로도 아름다운 작
품을 많이 만들기 바라네. 나는 자네의 능력을 크게 믿어. 마

리아브론 수도원에 오래도록 내 손님으로 머물길 바라네. 자네를 위해 작업실을 마련해 주겠네. 우리 수도원에는 예술가를 두지 않은 지 오래됐어. 내 생각에는 자네가 예술의 경이에 대해 정의 내려야 할 게 아직 많이 남아 있을 것 같군. 예술의 본질이 그저 돌이나 나무나 색채를 사용해서 눈앞에 있지만 언젠가는 사라지고 말 것을 죽어 없어지지 않고 좀 더 오래 남도록 하는 데 있지는 않은 것 같아. 나도 성자 상이나 마리아 상을 포함해 많은 예술 작품을 접해 보았지만, 그것들을 단지 어떤 개별 인간이 그대로 옮겨 놓은 것이라고는 생각하지 않아. 한때 이 세상을 살다 간 그런 사람들을 예술가가 단지 형체나 색채로 보존해 둔 것은 아니란 말일세."

"자네 말이 옳아." 골드문트가 들떠서 소리쳤다. "자네가 예술에 대해 그렇게 정통한 줄은 미처 몰랐는걸! 좋은 예술 작품의 원형은 실제로 살아 있는 형체는 아니지. 물론 예술 작품의 단서가 될 수는 있겠지만 말이야. 예술 작품의 원형은 피와 살이 아니라 정신적인 어떤 것이지. 그것은 예술가의 영혼속에 깃들어 있는 형상이라 할 수 있지. 나르치스, 나의 영혼에도 그런 형상들이 살아 움직이고 있다네. 언젠가는 그런 형상들을 표현해서 자네한테 보여 줄 걸세."

"바로 그거야! 이제 자네는 자신도 모르는 사이에 철학의 영역에 들어와 있고, 철학의 비밀 가운데 하나를 이야기한 셈일세."

"자네 나를 놀리는군그래."

"무슨 말인가. 자네는 '원형'이라는 말을 했어. 그러니까 창조적 정신 말고는 그 어디에도 존재하지 않으면서 질료와 결합해 구체적인 모습을 드러내는 바로 그 '원형' 말일세. 하나의 예술적 형상은 구체적인 모습을 드러내기 훨씬 전부터 이미 예술가의 영혼 속에 존재한다 그 말이지! 그러니까 그 형상이야말로 고대의 철학자들이 '이데아'라고 일컬었던 바로 그것일세."

"그래, 아주 그럴듯해."

"이제 자네가 그 이데아와 원형이 존재한다는 걸 믿게 되었으니 자네는 정신의 세계에, 철학자와 신학자들의 세계에 발을 들여놓은 셈일세. 또한 이 혼란스럽고 고통스러운 인생의 전쟁터 한복판에도, 육신적 존재가 끝없이 무의미한 죽음의 춤판을 벌이는 이 와중에도 창조적 정신은 존재한다는 것을 실토한 셈일세. 자, 보게나. 나는 자네의 마음속에 있는 이러한 정신에 늘 관심을 기울여 왔지. 자네가 나에게 다가왔던 소년 시절부터 말이야. 그러한 정신은 사상가의 정신이 아니라 예술가의 정신일세. 그렇지만 그것도 정신이니만큼 자네가 이 감각 세계의 음울한 혼돈에서 벗어나고, 감각적 쾌락과 절망 사이에서 갈피를 못 잡는 끝없는 혼란에서 벗어날 길을 가르쳐 줄 걸세. 이보게, 자네한테 이런 믿음의 고백을 듣게 되다니 정말 기쁘네. 이 순간을 기다려 왔지. 자네가 자네의 스승 나르치스를 떠나 자네 자신을 찾겠다는 용기를 보여 주었을 때부터 기다려 왔네. 이제 우리는 새로이 친구가 될 수 있겠네."

이야기를 나누는 동안 골드문트는 인생의 의미가 새로워지는 느낌이 들었다. 마치 인생을 저 높은 곳에서 굽어보는 느낌이었다. 그리고 지나온 인생이 커다란 세 단계로 분명히 보이는 것 같았다. 나르치스에 의존하고 또 그에게서 벗어났던 시절, 자유를 누리고 방황하던 시절, 그리고 다시 자신의 내면으로 돌아와 성숙과 수확이 시작되는 시절.

아름다운 환상은 다시 사라졌다. 그렇지만 이제 나르치스와 적절한 관계를 회복했다. 더 이상 의존적인 관계가 아니라 서로 자유롭고 대등한 관계가 성립된 것이다. 이제는 모욕감을 느끼지 않고도 나르치스의 우월한 지성에 어울리는 짝이 될 수 있게 되었다. 나르치스가 그의 내면에 깃든 대등한 가치를, 창조성을 인정한 것이다. 이번 여행을 하는 동안 골드문트는 나르치스에게 자기 자신을 보여 주고 자신이 창조한 형상으로 내면의 세계를 보여 줄 수 있게 되기를 고대하면서 갈수록 가슴이 설레었다. 하지만 때로는 걱정이 되기도 했다.

"나르치스." 그가 경고의 말을 했다. "자네가 대체 어떤 인간을 수도원으로 데려가고 있는지 잘 모르는 것 같아 걱정되네. 나는 수도사도 아니고 그럴 생각도 없네. 나는 수도사가 지켜야 할 세 가지 신조를 잘 알고 있네. 가난하게 생활하는 데에는 기꺼이 동의하네. 하지만 정숙한 생활과 순종하는 생활만큼은 곤란해. 내 생각에는 그런 덕목은 과히 사내답지도 않은 것 같아. 게다가 나한테 신앙심이라고는 조금도 남아 있지 않거든. 몇 년째 고해성사도 못 했고, 기도나 성체성사도 전혀 못 했어."

나르치스의 태도는 여전히 느긋했다. "자네는 이교도가 된 것 같네그려. 하지만 전혀 두렵지 않아. 이젠 자네가 많은 죄를 범했다고 대단하게 생각할 필요도 없어. 자네는 보통 사람과 다름없이 세속 생활을 했을 뿐이고, 집을 나간 탕아처럼 시간을 허비했네. 자네는 율법과 질서가 무엇인지도 모르고 지냈어. 자네가 수도사가 된다면 보나 마나 형편없는 수도사가 되겠지. 하지만 내가 자네를 초대하는 것은 교단에 들어오라는 뜻이 아닐세. 내가 자네를 초대하는 것은 단지 손님으로 있게 하고 우리 수도원에 작업실을 차려 주고 싶어서일 뿐이야. 그리고 또 한 가지 명심할 것은 우리의 어린 시절에 자네를 세상에 눈뜨게 하고 세속 생활로 내보낸 사람은 바로 나라는 사실일세. 자네는 잘 될 수도 있고 못 될 수도 있었지. 우선은 나한테 그 책임이 있네. 나는 자네가 어떤 사람이 될지 보고 싶네. 말이나 삶이나 작품으로 자네가 어떤 사람인지 보여주겠지. 자네가 스스로의 모습을 보여 주고 나서 우리의 수도원이 자네한테 합당한 곳이 아니라고 생각되면 나는 누구보다먼저 다시 수도원을 떠나 달라고 부탁할 걸세."

나르치스가 그런 식으로 말할 때마다 골드문트는 번번이 깜짝 놀라곤 했다. 그는 언제나 수도원장의 입장에서 차분한 확신을 가지고 말했고, 세속의 인간과 생활에 대해 모종의 경멸을 나타냈던 것이다. 그럴 때면 나르치스가 어떤 사람이 되어 있는가를 분명히 알 수 있었다. 그 역시 한 사람의 남자였던 것이다. 지성과 신앙으로 뭉쳐 있는 그는 손이 곱고 얼굴에서 학자의 티가 나긴 했지만 확신과 용기에 차 있는 사나이, 스스로 책임질 줄 아는 지도자였다. 나르치스는 이제 그 옛날의 학생이 아니었다. 온유하고 내성적인 사도 요한이 아니었다. 사내답고 늠름한 이 새로운 면모의 나르치스를 그는 자신의 손으로 조각하고 싶었다. 많은 인물의 형상들이 그를 기다리고 있었다. 나르치스, 다니엘 수도원장, 안젤름 신부, 스승 니클라우스, 아름다운 레베카, 아름다운 아그네스와 그 밖의 많은 인물, 친구든 적이든, 살아 있든 죽었든 많은 인물들이 그를 기다리고 있었던 것이다. 물론 그는 교단의 한 형제가 될 생각은 없었다. 신앙의 형제든 학문의 형제든 그럴 생각은 없었다. 그는 다만 작품을 만들고 싶었다. 그리고 한때 어린 시절의 고향이 바로 이 작품들의 고향이기도 하다는 사실이 기뻤다.

일행은 쌀쌀한 늦가을 길을 말을 달려 갔다. 아침에 벌거벗은 나무에 온통 서리가 앉던 어느 날 일행은 붉은빛의 늪지대가 잔잔한 물결처럼 뒤덮여 있는 넓은 벌판을 지나가게 되었다. 기다란 구릉의 능선들이 이상하게 낯익은 모습으로 뭔가를 경고하는 것 같았다. 이윽고 높다란 물푸레나무 숲과 개천이 나오고 오래된 허수아비가 나왔다. 그것을 보면서 골드문트의 가슴은 즐거운 조바심으로 두근거리기 시작했다. 낯익은 언덕이 보였다. 그 언덕 위에서 한때 그는 기사의 딸 뤼디아와 말을 탄 적이 있었다. 그리고 한때 깊은 좌절과 절망을 안고서 막 내리기 시작하는 눈이 쌓인 길을 따라 떠나야만 했던 벌판도 나왔다. 오리나무 숲에 이어 방앗간과 성채가 나타났다. 서재의 창문이 눈에 들어오자 야릇한 고통에 사로잡혔다. 아득한 옛 시절 그는 그 서재에서 기사의 성지 순례 이야기를 들으며 그가 써 놓은 라틴어 문장을 고쳐 주어야만 했다. 그들은 성 안으로 들어갔다. 이 성은 여행 도중에 묵기로 예정된 장소 중 하나였던 것이다. 골드문트는 나르치스에게 이 집에서는 자기 이름을 부르지 말아 달라 부탁하고, 말 시종 옆에서 하인들과 함께 식사하게 해 달라고 부탁했다. 그의 부탁대로 되었다. 이제는 나이 든 기사도, 뤼디아도 보이지 않았지만 사냥꾼들과 하인들 가운데 몇은 그대로 남아 있을 터였다. 안주인은 대단한 미모의 당당하고 씩씩한 귀부인이었다. 그녀가 율리에였다. 그녀는 남편 곁에 앉아 있었다. 그녀는 여전히 놀라울 만큼 아름다웠다. 대단히 아름다우면서도 어딘지 모르게 성마른 인상이었다. 그녀는 물론 하인들도 골드문트를 알아보지 못했다. 날이 저물 무렵 간단한 요기를 마친 그는 혼자 몰래 정원으로 나가 보았다. 울타리 너머로 벌써 겨울 기운이 도는 화단을 구경하고는 마구간 쪽으로 빠져나가서 말들을 들여다보았다. 그는 말 시종과 함께 짚더미 위에서 잠을 청했다. 추억의 무게에 가슴이 답답해졌고, 여러 번 잠이 깨었다. 지나온 인생이 이토록 지리멸렬하고 황폐할 수 있단 말인가. 화려한 추억의 잔상은 풍부해도 수많은 조각으로 낱낱이 쪼개져 있으며 아무 가치도 없는 빈곤한 사랑일 뿐인 것이다! 아침에 길을 떠나면서 그는 불안하게 창문을 올려다보았다. 혹시 율리에의 얼굴을 한 번만 더 볼 수 있을까. 얼마 전 주교의 성을 떠나오면서도 그는 이런 식으로 아그네스가 보이지 않을까 싶어 두리번거렸던 것이다. 하지만 그녀는 보이지 않았고, 지금 율리에 또한 보이지 않았다. 지나온 인생 모두가 이런 식이었다는 생각이 들었다. 이별하고, 달아나고, 잊히고, 빈손에 얼어붙은 가슴으로 우두커니 서 있는 것이다. 이날은 하루 종일 기분이 우울했고, 아무 말도 없이 침울하게 말안장에 앉아 있었다. 나르치스는 골드문트를 가만히 내버려 두었다.

이제 목적지가 가까워지고 있었다. 며칠 후면 목적지에 닿을 예정이었다. 수도원의 성탑과 지붕이 보이기 얼마 전에 일행은 돌이 많은 휴경지(休耕地)를 지나가게 되었다. 아, 얼마나 오래전 일이던가! 여기서 그는 일찍이 안젤름 신부의 부탁으로 꼬리솔나물을 찾고 있었고, 집시 여인 리제에 의해 비로소 남자가 되었던 것이다. 이제 일행은 마리아브론 수도원의 정문을 통과하여 남국의 너도밤나무 아래에 이르러 말에서 내렸다. 골드문트는 부드러운 손길로 나무줄기를 쓰다듬어 보았고, 나무에서 떨어져 갈색으로 말라비틀어진 밤송이 하나를 주워 들었다.

18장

처음 며칠 동안 골드문트는 수도원에만 틀어박혀 있었다. 객실 가운데 하나가 그의 숙소였다. 그러고는 그의 부탁에 따라 널찍한 마당을 마치 시장 광장처럼 빙 둘러싸고 있는 농사용 별채 가운데 한 곳에다 숙소를 정했다. 새 숙소는 대장간 맞은편에 자리 잡고 있었다.

재회의 감회는 그 자신도 때때로 놀랄 만큼 아주 야릇한 감정을 동반했다. 여기서 그를 알아보는 사람은 수도원장 말고는 아무도 없었다. 그가 누구인지 아는 사람은 아무도 없었다. 수도사들이건 일반인이건 이곳 사람들은 꼭 짜인 질서에 따라 생활하고 늘 바빴기 때문에 그를 가만히 내버려 두었다. 하지만 마당의 나무들이나 현관의 기둥과 창문들, 방앗간과 수차(水車), 복도 바닥에 깔린 돌이나 십자가의 길에 있는 메마른 장미 덩굴, 곳간의 황새 둥지나 수도사 식당 등은 모두 낯이 익었다. 모든 구석에서 그의 과거가, 사춘기의 추억이 달콤하고 가슴 뭉클한 향기로 다가왔다. 그는 말할 수 없는 애정을 느끼면서 모든 것을 다시 살펴보고 모든 소리에 다시 귀 기울였다. 저녁 종소리와 일요일의 종소리, 이끼 낀 좁은 둑 사이로 물방아를 돌리는 컴컴한 개울물이 흘러가는 소리, 돌바닥에 슬리퍼가 끌리는 소리, 저녁마다 문지기 동료가 문을 채우러 갈 때면 열쇠 뭉치가 철그렁거리는 소리, 이 모든 소리에 귀 기울였다. 일반인 식당이 있는 건물의 지붕에서 떨어지는 빗물이 흘러 들어가는 석제 하수 구멍 옆에는 여전히 제라늄과 질경이 따위의 키 작은 잡초들이 수북했고, 대장간 뜰에 서 있는 늙은 사과나무에는 여전히 넓게 퍼진 가지들이 휘늘어져 있었다. 하지만 매번 무엇보다 가슴이 뭉클했던 것은 수업 시간을 알리는 작은 종소리가 들리고 쉬는 시간이면 수도원 학생 모두가 와자지껄 떠들어 대며 계단을 따라 마당으로 내려올 때였다. 생도들의 동안(童顔)은 얼마나 어리고 순진하고 귀여워 보이는가. 골드문트 자신도 정말 한때는 저렇게 어리고 서툴렀던가! 저렇게 귀엽고 순진했던 적이 있었던가!

하지만 익히 아는 수도원 공간 말고 거의 몰랐던 것도 새로 알게 되었다. 낯선 대상은 처음 며칠 동안은 눈에 걸리더니 갈수록 더 소중하게 다가오면서 친숙한 것들과 서서히 결합해 갔다. 이곳에서는 그사이에 새로 덧붙여진 게 거의 없고 모든 것이 그의 생도 시절이나 그때보다 훨씬 이전 아득한 옛적부터 존재하던 그대로였지만 옛날 생도 시절과는 다른 안목으로 보게 되었다. 수도원의 건축물들, 예배당의 둥근 천장, 오래된 그림들, 제단 위에 또는 현관에 세워져 있는 석조 또는 목조 인물상들을 새로운 눈으로 보고 느꼈다. 지금 보이는 것들은 모두 원래 생도 시절부터 그 자리에 있었던 것들이지만 이제는 이 작품들의 아름다움을 알아보게 되었고 그 창조자의 정신을 알아보게 되었다. 그는 예배당의 위층에 있는 석조 마리아 상을 관찰했다. 소년 시절에도 즐겨 바라보고 그림으로 그리기도 했지만, 이제야 비로소 깨어 있는 눈으로 보게 되었다. 그리고 그 자신이 아무리 최고도의 솜씨를 발휘하여 잘 만들어도 도저히 능가할 수 없는 걸작품이라는 것을 알게 되었다. 그런 놀라운 작품들이 많았고, 각각의 작품은 아무렇게나 따로 존재하는 것이 아니라 하나의 정신에 의해 만들어져서 오래된 벽과 둥근 기둥 그리고 둥근 천장 사이에 자연스럽게 조화를 이루며 자리 잡고 있었다. 여기서 몇백 년에 걸쳐 지어지고, 조각되고, 그려지고, 보존되고, 고안되고, 가르쳐 온 것들은 하나의 줄기, 하나의 정신에서 탄생했으며 마치 한 나무의 가지들처럼 전체가 유기적인 조화를 이루고 있었다.

이처럼 조용한 가운데 강력한 통일성을 이루고 있는 이 세계의 한복판에서 골드문트는 자신이 너무나 왜소하다는 것을 느꼈다. 그리고 요한 수도원장, 즉 친구인 나르치스가 이처럼 압도적이면서도 조용하고 다정한 질서 속에서 전체를 꾸려 가고 다스리고 있는 것을 볼 때만큼 자신이 왜소하다고 느껴 본 적은 없다. 학식이 높고 의지가 강한 요한 수도원장과 소박하고 선량한 호인이었던 다니엘 수도원장이 서로 아무리 다른 성품의 소유자라 할지라도 두 사람 모두 동일한 통일성과 동일한 사상과 동일한 질서를 위해 봉사하고, 그러한 공동 목표를 통해 두 사람 모두 품위를 얻고 또 그 품위를 지키는 데 몸을 바쳤던 것이다. 그 공동 목표는 마치 수도원의 복장처럼 두 사람을 서로 닮아 보이게 했다.

이 수도원 안에서 나르치스는 골드문트가 보기에는 엄청나게 커다란 존재였지만, 그렇다고 나르치스를 다정한 동료나 주인과 다른 어떤 존재로 대하지는 않았다. 하지만 얼마 되지 않아 나르치스에게 말을 놓거나 그냥 '나르치스'라는 이름을 부르기가 무척 거북하게 되었다.

"요한 수도원장, 들어 보게나." 한번은 그에게 이렇게 말했다. "나도 차츰 자네의 새 이름에 익숙해져야겠군. 여기가 무척 마음에 든다는 말부터 해야겠네. 살아오면서 지은 죄를 자네한테 모조리 털어놓고 고해성사를 마치면 초급 생도로 다시 받아 달라고 간청하고 싶을 지경이라네. 그렇지만 알다시피 그렇게 되면 우리의 우정은 끝나게 되지. 자네는 수도원장인데 나는 초급 생도니까. 하지만 그렇게 자네 곁에서 살아가면서 자네의 일을 지켜보고 나 자신은 아무것도 아닌 존재로, 아무것도 하지 못한다면 도저히 견딜 수 없을 거야. 나도 일을 하고 싶고 내가 할 수 있는 것을 자네한테 보여 주고 싶네. 그래서 교수형을 당하지 않게 나를 사면해 달라고 했던 자네의 청원이 과연 보람 있는 일이었는지 자네 스스로 확인할 수 있게 말일세."

"나도 기대가 된다네." 나르치스는 평소보다 훨씬 더 간결하고 조리 있게 말했다. "자네는 언제라도 작업실을 설치할 수 있네. 당장이라도 대장장이와 목수를 불러 줄 테니 자네가 알아서 일을 시키게나. 여기서 동원할 수 있는 작업 물품은 자네 마음대로 쓰도록 하게. 외부에 주문해야 할 물품은 명세서를 만들어 주면 마부를 시켜서 사 오도록 하겠네. 내가 자네에 대해, 그리고 자네의 의향에 대해 어떤 생각을 가지고 있는지 들어 볼 텐가. 내 생각을 표현할 수 있게 시간을 좀 주게나. 알다시피 나는 학자니까 내가 사고하는 세계 속에 들어 있는 것을 표현하려고 시도해 보아도 결국 학문 세계의 언어를 사용할 수밖에 없지. 그러니까 예전에도 곧잘 참을성 있게 그랬듯이 이번에도 내 생각을 따라와 주게나."

"자네 생각을 따라가도록 노력해 보지. 어디 말해 보게나."

"기억이 날지 모르지만 생도 시절부터 이미 나는 때때로 자네를 예술가로 생각한다고 말했었지. 그때는 자네가 시인이 될지도 모른다고 생각했었지. 자네는 책을 읽거나 글을 쓸 때면 개념적이거나 추상적인 것에는 모종의 거부감을 보이곤 했고, 감각적이고 시적인 특성이 강한 말이나 소리를 각별히 좋아했었지. 그러니까 뭔가를 상상할 수 있는 말을 좋아했단 말일세."

골드문트가 끼어들었다. "그런데 자네가 선호하는 개념적인 언어나 추상적인 말도 결국 상상이나 형상이 아닐까? 혹시 자네가 사고할 때 아무 상상도 불러일으키지 않는 말을 사용하고 좋아하는 것은 아니겠지? 뭔가를 상상하지 않고 사고한다는 것이 대체 가능할까?"

"질문하니까 좋군. 하지만 상상을 하지 않고도 사고할 수 있는 것은 분명하네. 사고는 상상과는 조금도 상관이 없어. 사고는 형상을 통해 이뤄지는 것이 아니라 개념과 정의를 통해 이뤄지지. 형상이 작용하지 않는 바로 그곳에서부터 철학이 시작되지. 우리가 생도 시절에 그토록 자주 다투었던 것도 바로 이 문제 때문이었지. 자네한테는 세상이 형상으로 이루어져 있고, 나한테는 개념으로 이루어져 있었지. 나는 자네가 사상가로는 쓸모가 없다고 늘 말했었지. 그리고 그것은 결점이 아니라는 말도 했네. 자네는 그 대신 형상의 영역에는 능통했으니까. 이 문제를 자네한테 명확하게 밝혀 줄 테니까 잘 들어 보게. 그때 자네가 세속의 세계로 달아나지 않고 학자가 되었더라면 아마 불행해졌을 수도 있어. 그랬더라면 자네는 신비주의자가 되었을 테니까. 신비주의란, 다소 거칠게 요점만 말하자면, 상상의 세계로부터 벗어나지 못하는 사상가라 할 수 있지. 그러니까 사실상 사상가는 아닌 셈이지. 그들은 불행한 예술가들이야. 시를 못 짓는 시인, 붓이 없는 화가, 음을 터득하지 못한 음악가인 셈이지. 그들 중에는 대단히 재능 있고 고귀한 정신의 소유자들이 있긴 하지만, 그들은 예외 없이 모두가 불행한 사람들이라네. 자네는 바로 그런 사람이 될 수도 있었던 거야. 그런데 천만다행으로 자네는 예술가가 되어 형상의 세계를 터득한 것이지. 사상가가 되었다면 불완전한 수준에서 벗어나지 못했겠지만, 형상의 세계에서는 자네가 창조자요 주인이 될 수 있네."

골드문트가 말했다. "나는 상상 없이 사고하는 자네의 그 사고의 세계를 영영 이해하지 못할까 두렵네."

"천만에, 자네는 금방 이해하게 될 거야. 자, 들어 보게. 사상가는 세계의 본질을 논리를 통해 인식하고 표현하려 하지. 사상가는 인간의 이성과 그 이성의 도구인 논리가 불완전한 도구라는 것을 알고 있다네. 마치 지혜로운 예술가가 자기의 붓이나 조각칼로 천사나 성인의 빛나는 본질을 결코 완벽하게 표현할 수는 없다는 사실을 잘 알고 있듯이 말일세. 그럼에도 불구하고 사상가든 예술가든 모두 나름의 방식대로 그런 시도를 하지. 양쪽 다 달리 어떻게 할 수가 없는 것일세. 왜냐하면 인간은 자연의 선물로 받은 자신의 재능을 실현하려고 애씀으로써 인간이 할 수 있는 최고의 것을, 유일하게 의미 있는 것을 행하기 때문이지. 그래서 전에 자네한테 틈만 나면 말하지 않았던가. 사상가나 금욕주의자를 모방하려 애쓰지 말고, 본연의 자아를 되찾고 자아를 실현하도록 애쓰라고 말일세."

"자네 말은 알 듯 말 듯하네. 그런데 자아실현이란 대체 뭘 말하는가?"

"그것은 철학적인 개념이지. 달리 표현할 길이 없네. 우리처럼 아리스토텔레스나 토마스 아퀴나스를 배운 사람들한테는 모든 개념 중에서도 가장 중요한 개념은 '완벽한 존재'라는 것일세. 완벽한 존재는 곧 신이지. 그 밖에 존재하는 모든 사물은 미완의 것이고, 부분적이고, 변화하고, 여러 가지가 섞여 있고, 가능성으로 이루어져 있다네. 그렇지만 신은 여러 가지가 섞여 있는 게 아니라 단일한 존재이고, 가능성이 아니라 순전한 현실성 그 자체지. 하지만 우리 인간은 사라질 존재이고, 변화하는 존재이고, 가능성의 존재지. 우리 인간에게는 완전함도, 완벽한 존재도 있을 수 없어. 그렇지만 잠재적인 것이 실현되고 가능성이 현실성으로 바뀔 때 우리 인간은 참된 존재에 참여하게 된다네. 완전한 것, 신적인 것에 한 단계 더 가까워지는 셈이지. 그것이 곧 자아실현이라 할 수 있겠지. 자네는 이 과정을 스스로의 경험으로 터득해야 하네. 자네는 예술가로서 많은 형상을 만들었네. 이제 정말 그런 형상을 창조하는 데 성공한다면, 한 인간의 형상을 우연으로부터 자유롭게 하여 순수한 형식으로 끌어올릴 수 있다면 자네는 예술가로서 이러한 인간상을 실현하는 셈이지."

"무슨 말인지 알겠네."

"골드문트, 자네가 보고 있는 나는 내 천성에 맞게 자아를 실현하기 용이한 적재적소에 있는 셈일세. 자네가 보다시피 나는 물려받은 공동체적 전통 속에서 살아가고 있고, 그런 생활이 나에게는 어울리고 또 도움이 된다네. 수도원은 결코 천국이 아니야. 여기엔 불완전한 것투성이지. 그럼에도 불구하고 착실한 수도원 생활은 나 같은 기질의 사람한테는 세속 생활보다 훨씬 더 유익하다네. 내가 말하려는 것은 윤리적인 차원이 아닐세. 순전히 실제적인 차원에서만 보더라도 내가 수행하고 가르쳐야 할 순수한 사고는 세속 생활을 차단해 주는 일정한 보호 장치를 필요로 한다네. 그러니까 나는 이곳 수도원에서 자아를 실현하기가 자네보다 훨씬 용이하다고 할 수 있지. 그런데도 자네가 길을 찾아서 예술가가 되었다는 사실이 나로서는 매우 놀라워. 자네는 나보다 훨씬 더 힘든 형편이었을 테니까."

골드문트는 칭찬을 듣고 당황하기도 하고 반갑기도 해서 얼굴을 붉혔다. 화제를 돌리기 위해 그는 친구의 말을 가로막았다. "자네가 말하려는 것을 대개는 이해하겠네. 그런데 한 가지가 머리에 잘 들어오지 않아. '순수한 사고'라는 게 뭔지 모르겠어. 말하자면 형상도 없고, 말을 가지고 만들어 내는 것도 아니고, 아무런 상상도 하지 않는 사고라는 뜻일 텐데."

"예를 들어 보면 분명해지지 않을까 싶네. 수학을 생각해 보게나. 숫자에 무슨 상상이 작용할 여지가 있겠나? 혹은 덧셈 뺄셈 부호에? 방정식에 무슨 형상이 담겨 있겠나? 전혀 아무것도 없지! 산수나 대수 문제를 풀 때는 상상력이 아무 도움이 되지 않잖아. 단지 배워서 익힌 사고방식에 따라 형식적인 문제를 푸는 것일 뿐이지."

"그렇군. 만일 자네가 나한테 일련의 숫자와 기호들을 써 주면 전혀 상상력을 발휘하지 않고도 문제를 풀 수 있겠지. 덧셈과 뺄셈, 제곱셈, 괄호 넣기 따위를 하면서 문제를 풀어 갈 수 있겠지. 다시 말하면 한때는 내가 그럴 수 있었지만 이미 오래전부터 그럴 수 없게 되었다는 이야기지. 그렇지만 그런 형식적인 문제를 풀어 가는 것은 학생들에게 사고의 훈련을 시키는 것 말고는 다른 가치가 있다고 생각되지 않아. 계산을 배우는 것은 물론 아주 유익하지. 그렇지만 한 인간이 평생토록 그런 계산 문제에 매달려 언제까지고 종이에 숫자만 가득 써 내려가야 한다면 무의미하고 유치하다는 생각이 들어."

"골드문트, 자네는 착각하고 있어. 자네는 그 부지런한 수학자가 늘 학교 숙제만 풀고 있을 거라고 생각하는 거야. 하지만 자기 스스로 문제를 낼 수도 있는 것이지. 그렇게 스스로 제기한 문제는 그 사람의 마음속에서 계속 뭔가를 추구하지 않을 수 없게 하는 힘이 될 수도 있겠지. 사상가의 입장에서 공간의 문제에 도전하려면 그 전에 먼저 실제 공간이나 가상 공간을 수학적으로 계산해 보고 측정해 보아야만 하겠지."

"그럴지도 모르지. 그렇지만 순수한 사고의 문제로 공간의 문제에 매달린다는 것이 사실 내가 보기에는 한 남자가 몇 년씩을 바쳐 노력을 들여야 할 만큼 중요한 문제라고는 생각되지 않아. '공간'이라는 말도 나로서는 이를테면 우주 공간과 같은 실제 공간을 떠올리지 않는다면 아무것도 아니고 사고할 가치도 없는 것일세. 우주 공간을 관찰하고 측량하는 것은 물론 보람 없는 일이라고 할 수는 없겠지."

나르치스가 빙그레 웃으며 끼어들었다. "자네가 진짜 하고 싶은 말은 사고 자체는 중요하게 여기지 않지만 사고를 눈에 보이는 실제 세계에 적용하는 것은 중요하게 여긴다는 것이겠지. 자네한테 이렇게 대답할 수 있겠네. 우리의 사고를 적용할 기회나 그럴 용기가 우리한테도 없지는 않아. 가령 나르치스라는 사상가만 해도 사고의 결과를 골드문트라는 친구한테 적용하기도 하고 모든 수도사한테도 수없이 적용해 왔다네. 거의 늘 그렇게 하는 셈이지. 그런데 미리 익히고 단련하지 않았다면 어떻게 뭔가를 '적용'할 수 있겠나. 예술가 역시 시각과 상상력을 늘 단련하게 마련일세. 그러면 우리 같은 학자는 예술가의 단련 과정을 인식하는 것이지. 물론 그러한 단련의 결과가 실제 예술 작품으로 충분히 드러나는 경우는 아주 드물지만 말이야. '적용'은 인정하면서 사고 자체를 배척할 수는 없지 않은가! 모순은 명백해. 차분히 생각해 보자고. 나의 사고를 그 결과에 비추어 판단해 보게나. 내가 자네의 예술 정신을 자네의 작품에 비추어 판단하듯이 말일세. 지금 자네가 마음이 편치 못하고 곤두서 있는 것은 자네 자신과 작품 사이에 여전히 장애가 가로놓여 있기 때문일세. 그것들을 치워 버리게. 작업실을 찾든지 새로 짓든지 해서 작품에 몰두하게나. 그러다 보면 많은 문제가 저절로 풀릴 걸세."

골드문트도 그것이 최상의 방책이라는 생각이 들었다.

그는 대문 옆에 있는 공간을 발견했다. 그 공간은 지금 비어 있고 작업실로 쓰기에 적합해 보였다. 그는 목수에게 제도판과 다른 화구들을 제작하도록 주문하면서, 화구의 생김새를 정확히 그려 주었다. 그러고는 수도원에 고용된 마부를 시켜 인근 도시에서 하나씩 조달해야 할 물품 목록을 정리했는데, 꽤 긴 명세서가 나왔다. 그는 목수의 작업실과 숲속을 뒤지면서 잘린 목재의 비축분을 모조리 조사하여 그중 많은 목재를 골라 작업실 뒤쪽의 잔디밭에다 하나씩 가지런히 쌓아 올리도록 했다. 그는 거기에서 목재를 건조했는데, 비를 막기 위해 직접 목재 더미 위에 지붕을 올렸다. 대장간에도 볼일이 많았다. 대장장이의 아들은 몽상가 기질의 청년으로 단번에 그의 마음을 사로잡았다. 그 청년과 함께 그는 한나절 동안 화덕과 모루, 냉각기와 숫돌 따위를 가지고 작업을 해서 목재를 가공할 때 쓰기 위해 절단용 곧은 칼이나 휜 칼, 끌, 드릴, 철판 따위를 만들어 냈다. 대장장이의 아들 에리히는 스무 살 가량의 청년으로 골드문트의 친구가 되어 무슨 일이든 도와주었고, 열성적인 관심과 호기심을 보였다. 골드문트는 그 청년이 몹시 배우고 싶어 하는 류트 연주를 가르쳐 주겠다고 약속했으며, 조각도 배울 수 있게 해 주겠다고 약속했다. 골드문트는 수도원 구내에 있거나 나르치스와 함께 있을 때면 이따금 정말 자기가 쓸모없는 존재가 아닌지 답답한 느낌이 들기도 했지만 에리히와 함께 있으면 원기가 회복되었다. 에리히는 그를 소박하게 좋아하고 한없이 존경했던 것이다. 에리히는 종종 니클라우스 명인이나 주교좌가 있는 도회지에 관해 이야기해 달라고 조르곤 했다. 간혹 그런 이야기를 들려주면서 골드문트는 불현듯 자기가 이젠 이곳 사람이 되었고 인생을 더 많이 살아온 사람으로서 지난날의 방황과 행적에 대해 이야기해 줄 수 있게 되었다는 사실에 흠칫 놀라곤 했다. 그런데 그의 인생은 이제 막 제대로 된 새 출발을 할 시점이 아닌가.

골드문트가 최근 들어 부쩍 늙었고 실제 나이보다 훨씬 늙어 보인다는 사실을 알아보는 사람은 아무도 없었다. 이전에 그를 알고 지낸 사람이 없었기 때문이다. 방랑과 불안정한 생활의 고초로 인해 그의 몸은 진작에 무척 상했을 것이다. 그리고 나서도 끔찍스러운 일을 수없이 겪은 흑사병 시절과 백작에 의해 감금되어 성의 지하실에서 끔찍한 밤을 보냈기에 그는 극심한 충격을 받았고, 그 고통의 여파가 이것저것 남아 있었다. 수염은 아직 금발이었지만 머리털은 희끗희끗해졌고 얼굴에는 얇은 주름이 잡혔으며, 제대로 잠들지 못할 때가 있는가 하면 때때로 심장에 피로가 몰려왔고 의욕과 호기심도 떨어져 나른한 무력감과 포만감에 빠질 때도 있었다. 일을 준비하면서 에리히와 대화를 나누고 철물과 목공 일을 직접 제 손으로 하기 시작하면서 그는 다시 기운을 차려 생기와 젊음을 되찾았다. 모두가 그에게 감탄하고 그를 좋아했다. 하지만 일을 하는 사이사이에 피곤할 때마다 반 시간 혹은 한 시간가량 앉아 쉬면서 미소를 지은 채 몽롱한 상태에서 모종의 무감각 혹은 무관심 상태에 빠져들곤 했다.

어디서부터 작업을 시작해야 할 것인가는 그에게 중요한 문제였다. 수도원에 신세도 갚을 겸 이곳에 세울 첫 작품은 단지 막연한 호기심이나 자극하는 그런 우발적인 작품이 되어선 안 되며, 이 수도원의 유서 깊은 작품들과 마찬가지로 수도원의 구조나 생활과 완전히 부합되어야 하고 수도원의 일부가 되어야만 했다. 마음 같아서는 제단이나 설교단을 가장 먼저 만들고 싶었지만, 그 둘은 다시 만들 필요도 없고 공간도 충분치 않았다. 그 대신 다른 대상을 물색했다. 신부님들이 이용하는 식당은 벽의 움푹 들어간 공간이 맨바닥보다 높아서 식사 시간이면 언제나 어린 생도가 그 자리에 서서 성인전(聖人傳)을 낭독하도록 되어 있었다. 그런데 그 자리에 아무런 장식이 없었다. 골드문트는 서가(書架)로 이어지는 층계와 서가 자체를 목재 조각으로 장식하기로 결심했다. 거기에다 설교단 비슷하게 인물상들을 조각하되, 그중 절반 정도는 숭고한 느낌이 들게 하고 일부는 거의 자유분방한 느낌이 들게 할 생각이었다. 그는 이 계획을 수도원장에게 알렸고, 수도원장은 이 계획을 칭찬하고 환영했다.

눈이 쌓이고 성탄절이 지나서야 비로소 작업은 시작될 수 있었다. 이때부터 골드문트의 생활은 새로운 모습으로 바뀌기 시작했다. 그는 수도원에서는 사라진 거나 다름없이 되어 거의 보이지 않았다. 이제는 수업 시간이 끝날 무렵 생도들이 몰려나오기를 고대하지도 않았고 숲속을 쏘다니지도 않았으며 회랑에서 배회하지도 않았다. 이제 그는 방앗간에서 식사했는데, 방앗간 주인은 일찍이 생도 시절에 수없이 찾아가곤 했던 그 사람이 아니었다. 그리고 작업실에는 조수 에리히 말고는 아무도 들여보내지 않았다. 에리히조차도 그에게서 말 한마디 듣지 못하는 날이 많아졌다.

첫 작품이 될 강독 연단을 위해 오래 숙고한 끝에 그는 이 작품을 구성하는 두 부분 가운데 한쪽은 세상을, 한쪽은 하느님의 말씀을 나타내도록 구상했다. 아래쪽의 계단은 튼튼한 너도밤나무 줄기를 사용하여 둥그렇게 앞으로 튀어나오게 하고, 여기에 자연과 교부(敎父)들의 소박한 생활을 묘사하여 피조물의 세계를 나타내도록 할 생각이었다. 위쪽의 둥근 벽에는 네 명의 복음 전파자의 형상을 묘사할 예정이었다. 그 가운데 한 명은 작고한 다니엘 수도원장으로, 또 한 명은 그 후임이자 역시 작고한 마르틴 신부님으로 정하고, 성 루카의 형상에는 스승 니클라우스를 재현하여 영원히 기리도록 할 생각이었다.

골드문트는 커다란 난관들에 부딪혔다. 그의 예상보다 어려운 난관이었다. 그로 인해 걱정되긴 했지만, 그런 걱정조차 오히려 달콤할 정도였다. 그는 마치 수줍어하는 여성에게 구애할 때처럼 때로는 열정적으로, 때로는 절망적인 심정으로 작품에 매달렸으며, 마치 거대한 가물치와 씨름하는 낚시꾼처럼 사력을 다해 싸웠다. 난관에 부딪힐 때마다 그는 오히려 뭔가를 깨우쳤으며, 그럴수록 그의 감각은 더 섬세해져 갔다. 다른 모든 것은 잊고 지냈다. 수도원도, 나르치스조차 잊었다. 나르치스는 간혹 들르긴 했지만 그림 말고는 아무것도 볼 수 없었다.

그 대신 골드문트는 어느 날 느닷없이 그에게 고해성사를 하게 해 달라고 간청했다.

"지금까지는 그럴 형편이 못 되었네." 골드문트가 고백했다. "나 자신이 너무 초라하게 느껴졌어. 자네 앞에 가기만 해도 잔뜩 주눅이 들었으니까. 이제는 좀 더 마음이 편안해졌다네. 이젠 내 일거리도 찾았고, 쓸모없는 존재는 아니라고 할 수 있지. 그리고 이왕 같은 수도원에서 함께 생활할 바에야 수도원의 규율을 따르고 싶기도 하네."

골드문트는 이제 충분히 때가 되었다고 느꼈고, 더 이상 미루고 싶지 않았다. 처음 몇 주 동안 조용한 생활을 보내며 재회의 감격과 소년 시절의 감회에 젖기도 하고 또 에리히의 간청으로 지난 시절을 이야기하는 동안 지나온 인생에 대한 회고가 어느 정도 정돈되고 명료해졌다.

나르치스는 거추장스러운 절차를 거치지 않고 골드문트의 고해성사를 받아 주었다. 고해성사는 두 시간 정도 계속되었다. 수도원장은 동요하지 않는 표정으로 친구의 모험과 번민과 죄상을 경청하면서 이것저것 물어보았다. 그는 고해를 한번도 중단시키지 않으면서, 골드문트에게서 하느님의 정의와 자비에 대한 믿음이 사라지게 된 계기도 주의 깊게 들었다. 그는 고해자의 고백 가운데 여러 대목에 깊이 빠져들었고, 또 고해자가 얼마나 큰 충격과 공포를 경험했으며 때로는 거의 파멸 직전까지 갔었는가를 알게 되었다. 그러고는 다시 친구의 여전한 순진함에 가슴이 뭉클해지면서 미소를 띠지 않을 수 없었다. 그가 보기에 고해자는 자신의 불경스러운 생각 때문에 근심하고 뉘우치는 것 같았으며, 그것은 나르치스 자신의 회의와 밑도 끝도 없는 사고에 비하면 차라리 순진한 상태였던 것이다.

골드문트는 고해 신부가 자신의 진짜 죄상을 듣고도 그다지 심각하게 받아들이지 않자 놀랍기도 하고 실망스럽기도 했다. 하지만 고해 신부는 그가 예배와 고해 그리고 영성체를 소홀히 한 것에 대해 사정을 봐주지 않고 타이르고 꾸짖었다. 고해 신부는 그에게 영성체하기 전에 한 달 동안 절제와 금욕의 생활을 할 것과 매일 새벽 미사에 참석하고 또 저녁마다 세 번씩 주기도문과 성모 찬송을 외울 것을 속죄의 벌로 부과했다.

그러고서 그는 골드문트에게 이렇게 말했다. "이 보속을 가볍게 받아들이지 말 것을 엄중히 당부하네. 자네가 미사 때의 기도문을 제대로 기억이나 하는지도 모르겠어. 미사 기도문을 한 글자도 빠뜨리지 말고 짚어 가면서 그 뜻을 깊이 새겨

두게. 주기도문과 성모 찬송은 오늘 당장 내가 함께 읽어 가면서 어떤 말과 어떤 뜻에 특별히 주의를 기울여야 하는가를 일러 주겠네. 성스러운 말씀을 사람의 말처럼 말하고 들어선 안 되네. 자네는 하느님 말씀을 건성으로 흘려듣기 십상일 걸세. 아마 그런 경우가 자네 생각보다는 훨씬 잦을 거야. 그럴 때마다 오늘 이 시간과 나의 충고를 떠올리게나. 처음부터 다시 시작하는 심정으로 말씀을 따라 하고 가슴에 새겨 두어야 하네. 오늘 내가 자네한테 보여 주는 그대로 말일세."

다행히 운이 맞아떨어졌는지 아니면 수도원장이 사람의 마음을 잘 헤아려서 그랬는지 몰라도 어떻든 이날의 고해와 참회는 골드문트에게 충만하고 평화로운 시간이 되었고, 그 시간 동안 골드문트는 깊은 행복감을 맛보았다. 긴장과 걱정과 만족감이 교차하는 바쁜 작업의 와중에도 골드문트는 매일 아침저녁으로 비록 수월하긴 해도 양심적으로 수행하는 신앙 수련을 통해 일상의 번잡으로부터 벗어날 수 있었고, 자신의 전 존재를 바쳐 보다 더 높은 질서에 귀의할 수 있게 되었다. 그 질서는 그로 하여금 예술 창조자의 위태로운 고독으로부터 벗어날 수 있게 해 주었고 또 어린아이의 마음으로 하느님의 나라에 들어갈 수 있게 해 주었다. 작품을 위한 싸움은 외롭게 혼자 감당해야 하고 감각과 영혼의 모든 열정을 그 싸움에 바쳐야 했지만, 예배 시간만큼은 언제나 그를 다시 순진무구한 상태로 인도해 주었다. 일할 때면 곧잘 분통이 터지고 애가 타거나 아찔한 쾌감에 빠지는 수도 있었지만, 경건한 묵상의 시간에는 마치 깊고 시원한 물속에 잠기듯이 마음이 가라앉아 열광으로 인한 오기나 절망으로 인한 오기를 말끔히 씻어 낼 수 있었다.

그렇지만 늘 뜻대로 되지는 않았다. 때때로 정신없이 분주한 작업 시간이 끝나는 저녁에는 마음의 평온과 집중을 이루지 못하기도 했고, 묵상을 잊어버린 적도 몇 번 있었다. 또 종종 마음을 가라앉히려고 애를 써도 기도의 말이 결국 존재하지도 않거나 아무 도움도 되지 않을 하느님을 찾는 유치한 짓이라는 생각이 그를 방해하고 괴롭혔다. 그는 이런 어려움을 친구에게 하소연했다.

그러면 나르치스는 이렇게 말하곤 했다. "계속 노력하게. 자네가 한 약속이니 반드시 지켜야 하네. 하느님이 과연 나의 기도를 들어주실까, 혹은 내가 상상하는 하느님이 과연 존재하는 것일까 하는 따위의 생각에 골몰해서는 안 되네. 나의 노력이 유치한 것은 아닐까 하고 생각할 필요도 없어. 우리가 기도를 바치는 그분에 비하면 우리의 모든 행동은 유치하게 마련일세. 묵상하는 동안에는 이런 터무니없는 유치한 생각일랑 완전히 금해야 하네. 주기도문과 성모 찬송을 입으로 외면서 그 말씀의 뜻을 깊이 새겨 스스로 충만해지도록 해야 하네. 가령 노래를 부르거나 류트를 연주할 때 어떤 딴생각이나 사변을 좇지 않고 음 하나하나와 손가락 놀림 하나하나도 최대한 순수하고 완벽하게 표현하려고 애쓰듯이 말일세. 노래를 부르는 동안에는 이 노래가 쓸모 있을까 하는 생각은 하지 않고 노래에만 열중하는 법이지. 기도도 바로 그렇게 해야 하네."

그러자 다시 뜻대로 되었다. 욕망에 사로잡히고 긴장해 있던 자아는 다시 원만한 질서 속에 소멸했으며, 존귀한 말씀은 다시 하늘의 별처럼 그 자신을 넘어서 있으면서 그의 내면을 속속들이 비춰 주는 것이었다.

수도원장은 골드문트가 보속의 시간이 지나 성체성사를 받고 나서도 나날의 묵상을 계속 수행하는 것을 매우 흐뭇하게 지켜보았다. 그렇게 몇 주가 흘러가고 또 몇 달이 흘러갔다.

그사이에 골드문트의 작업도 진척되어 갔다. 육중한 계단 기둥에는 이제 막 형체를 갖추기 시작한 동식물과 인간들의 작은 세계가 서서히 모습을 드러내었고, 그 한가운데에는 포도 덩굴과 포도송이 사이에서 선지자 노아가 자리 잡고 있었다. 피조물과 그 아름다움을 형상으로 보여 주고 찬미하는 그 그림은 자유로운 유희 정신의 소산인 듯하면서도 눈에 보이지 않는 질서와 가르침에 의해 인도되고 있었다. 지난 몇 달 동안 에리히 말고는 아무도 이 작품을 보지 못했다. 에리히는 작업 과정에서 일을 거들어도 좋다는 허락을 받았고, 오로지 예술가가 되겠다는 생각밖에 없었다. 그런 그 역시 며칠씩 작업장 안에 들어갈 수 없는 날이 있었다. 어떨 때에는 골드문트가 그를 옆에 두고서 작업을 지시하고 시험 삼아 해 보게 했다. 그럴 때면 자기를 믿고 따르는 제자가 있다는 사실이 기뻤다. 이 작품이 성공적으로 마무리되면 이 녀석을 부친의 집에서 나오게 하여 늘 곁에 두고 조수로 키울 생각이었다.

복음을 전하는 인물들을 형상화하는 며칠 동안이 최고의 나날이었다. 이제 모든 것이 조화를 이루고 어떠한 의혹의 그림자도 사라졌다. 다니엘 신부님의 모습을 형상화한 그림이 가장 성공적인 것 같았다. 골드문트는 이 그림을 무척 좋아했다. 그 인물상의 얼굴에는 순진무구함과 자비의 광채가 빛났다. 스승 니클라우스의 상은 에리히한테는 가장 경탄을 자아냈지만 그에게는 다니엘 신부님의 상만큼 만족스럽지 않았다. 이 형상에는 분열과 비애가 서려 있었다. 거기에는 고도의 창조적 구상과 동시에 예술 창조의 허망함에 대한 절망적인 깨달음이, 상실된 통일성과 순진무구함으로 인한 비애가 가득했다.

다니엘 수도원장의 상이 완성되자 골드문트는 에리히에게 작업장 안을 깨끗이 치우게 했다. 여타의 작품은 천으로 가리게 하고 이 작품만 밝게 비추도록 했다. 그러고는 나르치스를 찾아갔으나 마침 나르치스가 일로 바빴기 때문에 다음 날까지 기다렸다. 다음 날 정오 무렵 골드문트는 친구를 작업장에 데리고 들어와서는 그 인물상 앞에 세웠다.

나르치스는 잠자코 서서 작품을 바라보았다. 그는 선 채로 천천히 시간을 들여 학자답게 주의 깊고 면밀하게 이 형상을 관찰했다. 골드문트는 그의 뒤에 말없이 서서 마구 뛰는 가슴을 진정시키려고 애썼다. 그는 이런 생각이 들었다. '아, 지금 우리 둘 가운데 한 사람이 이 시험을 통과하지 못하면 안 되는데, 나의 작품이 썩 좋지 못하거나 친구가 이 작품을 이해하지 못한다면 여기서 이루어지는 나의 모든 작업은 아무런 가치도 없는 것이다. 만일 그렇게 되면 나는 아직도 더 기다려야만 하는 것이다.'

그 몇 분 동안이 골드문트에게는 몇 시간처럼 길게만 느껴졌다. 니클라우스 선생이 자신의 첫 그림을 손에 들고 있던 때가 생각났다. 그는 너무나 긴장된 나머지 땀에 젖은 손을 꼭 움켜쥐었다.

나르치스가 그에게 몸을 돌리는 순간 골드문트는 금방 살았다는 느낌이 들었다. 친구의 메마른 얼굴이 약간 상기되어 보였던 것이다. 소년 시절 이래 이 친구의 얼굴이 이렇게 달아오르는 것을 본 적이 없었다. 오직 지성과 의지로만 뭉쳐 있는 이 얼굴에 거의 수줍다고 해도 좋을 미소가 번졌다. 그것은 사랑과 몰입의 미소였다. 마치 이 얼굴의 고독함과 자부심이 한순간 무너져 내리고 오직 가슴 따뜻한 사랑만이 피어오르는 것 같은 그런 미소였다.

나르치스는 지금 이 순간에도 할 말을 고르는 듯 머뭇거리며 아주 나직이 말했다. "골드문트, 내가 갑자기 예술에 정통한 사람이 되기를 기대하는 것은 아니겠지. 예술에 정통한 사람은 내가 아니고 자네일세. 나는 자네의 예술에 대해 아무 말도 할 수 없네. 내가 할 수 있는 말은 모두 자네한테는 우스꽝스러울 거야. 하지만 한 가지만 말해 보겠네. 첫눈에 이 복음의 사도가 다니엘 신부님이라는 것을 알 수 있었지. 그리고 단지 그분의 모습만이 아니라 그분이 생전에 우리에게 보여 주셨던 모든 것이 여기에 담겨 있다는 것을 알 수 있었네. 기품과 자비와 소박함, 그 모든 것이 담겨 있었네. 지금은 저세상에 계신 다니엘 신부님이 우리의 어린 시절에 외경의 대상이었듯이, 그분은 지금 이 자리에 다시 우리 앞에 계시네. 그리고 당시 우리에게 신성한 존재였고 그 시절을 잊지 못하게 만드는 모든 것이 지금 우리 앞에 펼쳐져 있다네. 자네는 지금 이 순간 나에게 엄청난 것을 선사했네. 자네는 다니엘 수도원 장님을 재현했을 뿐 아니라 생전 처음으로 나에게 자네 스스로를 완전히 펼쳐 보였어. 이제 비로소 자네가 어떤 사람인지 알겠네. 이런 이야기는 그만 하세. 나는 그럴 자격이 없어. 아, 골드문트, 우리에게 이런 순간이 찾아오다니!"

그 커다란 공간에 정적이 감돌았다. 골드문트는 친구가 진심으로 감동하고 있다는 것을 알 수 있었다. 그는 당황해서 숨이 막힐 지경이었다.

"그래." 골드문트가 짤막하게 말했다. "그렇다니 기쁘네. 그런데 자네 식사하러 갈 때가 된 것 같군."

19장

골드문트는 두 해 동안 이 작업에 매달렸다. 두 번째 해부터는 에리히를 완전히 제자로 삼았다. 그는 층계 조형물에 하나의 작은 낙원을 꾸미며, 나무와 숲과 잡초가 우거진 정겨운 원시림을 의욕적으로 형상화했다. 둥지에는 새들이 날아들었고, 수풀 사이로는 뭇 짐승의 몸통과 머리가 도처에서 튀어나왔다. 만물이 평화롭게 자라고 있는 이 원시 정원의 한가운데에는 성인들의 생애 중 몇 장면을 묘사했다. 아주 드물긴 했지만, 초조감이나 권태로 인해 작업 의욕이 떨어지거나 작업이 불가능한 날도 간혹 있었다. 그럴 때면 제자한테 일을 맡기고 걷거나 말을 타고 야외로 달려가 숲속에서 자유롭게 방랑 생활을 하던 시절의 공기를 들이마시곤 했으며, 여기저기서 농부의 딸을 찾아가기도 하고 사냥을 하거나 풀밭 위에 드러누운 채 몇 시간을 보내면서 마치 둥근 천장처럼 솟아 있는 숲의 꼭대기를 쳐다보거나 양치 식물이며 금작화 따위를 바라보기도 했다. 그렇지만 하루나 이틀 이상은 바깥에 나가지 않았다. 그러고는 새로운 정열로 작업에 매달려 잡초처럼 무성한 식물들을 조각하고, 목재를 가지고 굳게 다문 입과 눈과 곱슬한 수염이 있는 사람의 머리도 섬세하고 맵시 있게 만들어 냈다. 에리히 말고는 나르치스만이 이 작품을 알고 있었다. 그는 자주 건너왔는데, 이제는 이 작업장이 수도원에서 그가 가장 좋아하는 공간이 되었다. 그는 작품을 관찰하면서 희열과 감탄을 금치 못했다. 이 작품에선 친구가 불안정하고 반항적이면서도 소박한 마음속에 품어 왔던 모든 것이 활짝 피어나고 있었다. 그것은 하나의 창조였다. 하나의 소우주가 탄생하고 있었다. 아마 이것도 하나의 유희겠지만, 확실히 논리학이나 문법이나 신학을 가지고 노는 유희에 못지않았다.

나르치스가 한번은 걱정하는 어조로 이렇게 말한 적이 있었다. "골드문트, 나는 자네한테 많은 것을 배우고 있네. 예술이 무엇인지 이해하기 시작했다네. 예전에는 예술이 사상이나 학문에 비해 진지하지 못한 영역이라고 생각했었거든. 그러니까 인간이란 존재는 정신과 물질의 미심쩍은 혼합물이고 정신은 인간에게 영원에 대한 인식을 열어 주지만, 물질은 인간을 끌어내려 덧없는 것에 속박시키므로 자신의 삶을 숭고하게 하고 의미 있게 만들려면 감각적인 것에서 출발하여 정신적인 것으로 나아가야 한다고 생각했던 것이지. 나는 그저 의례적으로 예술을 높이 평가하긴 했지만 실은 교만하게도 예술을 얕잡아 보았었네. 그런데 인식에 도달하는 길이 얼마나 다양한지 이제야 알 것 같네. 또 정신의 길이 유일한 길은 아니며 어쩌면 최상의 길이 아닐 수도 있겠다는 생각이 들었네. 물론 내가 가야 할 길은 정신의 길이지. 나는 이 길을 계속 고수할 생각이네. 그런데 내가 보기에 자네는 나와는 상반되는 길을 통해, 그러니까 감각의 길을 통해 웬만한 사상가 못지않게 존재의 비밀을 깊이 파악하고 있네. 아니, 오히려 더 생생하게 표현하고 있어."

골드문트가 말했다. "내가 상상력이 작용하지 않는 사고를 이해하지 못하겠다고 했던 말이 무슨 뜻인지 이젠 납득한다는 건가?"

"그건 진작에 깨우쳤네. 우리의 사고라는 것은 끊임없는 추상의 과정이지. 감각적인 것을 제거하고 순수한 정신세계를 구축하려는 시도일세. 그런데 자네는 정말 언제 사라져 버릴지 모르는 것을 소중히 여기고 다름 아닌 덧없는 것 속에 세상의 의미가 들어 있다고 당당하게 주장하거든. 자네는 덧없이 사라지는 것을 그냥 지나치지 않고 거기에 자신을 바친단 말일세. 그렇게 스스로를 바침으로써 덧없는 것이 최고의 존재로, 영원을 닮은 존재로 숭고해진다네. 우리 같은 사상가들은 하느님의 존재에서 세속적 요소를 제거함으로써 하느님에게 가까이 다가가려고 애쓰지. 그런데 자네는 하느님의 피조물을 사랑하고 재창조함으로써 하느님에게 가까이 다가간다는 말일세. 물론 두 가지 모두 사람이 하는 일이니 불완전하게 마련이지만, 그래도 예술이 더 순수하다고 할 수 있지."

"잘 모르겠는걸. 하지만 인생을 사는 문제에 대범하고 절망을 물리치는 일은 그래도 자네 같은 사상가나 신학자들이 더 잘 해낼 것 같군. 여보게, 내가 오래전부터 자네를 부러워하는 것은 자네의 학식 때문이 아니라 평정한 마음 때문일세. 자네의 초연함과 평화가 부럽네."

"나를 부러워할 필요 없어, 골드문트. 자네가 생각하는 그런 평화란 존재하지 않아. 물론 평화가 있긴 하지만, 우리의 마음속에 늘 깃들어 있는, 우리 곁을 떠나지 않는 그런 평화란 존재하지 않는 법일세. 이 세상에 존재하는 유일한 평화는 잠시도 마음을 늦추지 않고 끊임없이 싸워서 얻어지는 평화, 나날이 새롭게 쟁취해야만 하는 그런 평화뿐일세. 그런데 자네는 내가 그렇게 싸우는 모습을 본 적이 없지. 공부할 때 싸우는 모습도, 기도실에서 싸우는 모습도 본 적이 없어. 자네가 나의 그런 모습을 보지 않은 것은 좋아. 자네는 그저 내가 자네보다 기분에 덜 좌우된다는 것만 보고서 평화롭다고 생각하는 것이지. 하지만 그렇게 보이는 모습도 실은 싸움과 희생을 통해 얻어지는 걸세. 인생을 제대로 사는 사람이라면 다 마찬가지겠지. 자네의 경우도 그래."

"이 문제를 가지고 다투지는 마세. 자네 역시 내가 어떤 싸움을 치르는지 모조리 알지는 못하잖아. 이제 곧 여기 이 작품이 완성될 거라고 생각하면 내 심정이 과연 어떤지 자네가 이해할 수 있을지 모르겠네. 작품이 완성되면 옮겨져 전시되겠지. 그러면 사람들은 나에게 몇 마디 찬사를 해 줄 테고, 그러면 나는 텅 빈 작업실로 돌아오겠지. 다른 사람들은 보지 못하겠지만 내 작품에서 성취하지 못한 것 때문에 실망할 테고, 내 마음도 작업실처럼 무엇을 빼앗긴 듯이 공허해지겠지."

"그럴지도 모르겠군." 나르치스가 말했다. "그런 측면에서 우리는 결코 서로를 온전히 이해할 수 없어. 하지만 선의를 가진 사람이면 누구나 똑같이 느끼는 것이 있지. 그것은 결국 우리의 작품이 우리 자신을 부끄럽게 만들 거라는 사실, 그러니까 우리는 처음부터 다시 시작하지 않으면 안 된다는 사실, 따라서 늘 새로운 희생을 바쳐야 한다는 사실일세."

그로부터 몇 주 뒤에 골드문트의 대작업이 완성되고 작품이 공개되었다. 골드문트는 이미 오래전에 겪었던 일을 다시 한번 겪어야 했다. 그의 작품은 다른 사람의 소유가 되어 관찰되고, 판단되고, 칭찬을 받았으며, 사람들은 그를 칭송하고 그에게 경의를 표했다. 하지만 그의 마음속과 작업실은 이제 공허하게 비어 있었고, 이 작품이 과연 그런 희생을 치를 만한 가치가 있는지도 알 수 없게 되어 버렸다. 작품이 공개되던 날 그는 신부님들의 식사에 초대를 받았다. 근사한 음식이 차려지고 이 수도원에서 가장 오래된 포도주가 나왔다. 골드문트는 훌륭한 생선 요리와 들짐승 요리를 맛보았다. 오래된 포도주에 골드문트는 속이 훈훈하게 달아올랐다. 나르치스가 각별한 애정과 기쁨을 보이면서 그의 작품과 명예를 치하하자 포도주의 효과 이상으로 기분이 좋아졌다.

수도원장의 희망과 주문에 따라 새로운 작업이 이미 구상되고 있었다. 그것은 이 수도원에 딸린 신축 마리아 교회의 제단을 만드는 일이었다. 그 교회의 주임 신부는 마리아브론 수도원 출신의 신부님이 맡고 있었다. 이 교회의 제단을 위해 골드문트는 성모 마리아의 이미지를 만들어 낼 생각이었다. 그의 젊은 시절의 잊히지 않는 인물들 가운데 한 사람의 이미지를 빌려 올 참이었다. 그가 염두에 둔 여성은 아름답고도 소심한 기사의 딸 뤼디아였다. 다른 측면에서는 이 작업이 별로 중요하게 생각되지 않았지만, 에리히로 하여금 도제 수련을 쌓도록 하기에는 좋은 기회가 될 것 같았다. 이 일에서 에리히의 자질이 입증되면 그를 평생 좋은 동업자로 삼을 작정이었다. 그러면 에리히가 그의 역할을 대신할 수도 있을 테고, 그 자신은 각별히 관심이 가는 작업에 전념할 수 있을 것 같았다. 이제 그는 에리히와 함께 제단의 재목감을 물색해서 그로 하여금 나무를 재단하도록 했다. 골드문트는 종종 에리히 혼자 일을 하도록 내버려 둔 채 다시 야외로 떠돌아다니고 넓은 숲속을 돌아다니기 시작했다. 한번은 골드문트가 여러 날 동안 수도원에 돌아오지 않자 에리히는 이 사실을 수도원장에게 알렸고, 수도원장도 골드문트가 영영 떠나지 않았을까 약간 걱정이 되었다. 그러는 사이에 골드문트는 돌아왔고, 일주일 동안 뤼디아 상을 만드는 작업에 매달리더니 다시 바깥으로 떠돌기 시작했다.

골드문트는 수심에 잠겨 있었다. 대작업이 끝나면서 그의 생활은 무질서해졌다. 아침 미사도 소홀히 했고, 마음은 깊은 불안과 불만에 빠져들었다. 지금 그에겐 니클라우스 스승에 대한 생각이 간절해졌다. 그 역시 조만간 니클라우스 스승처럼 되지 않을까 하는 걱정도 뒤따랐다. 그렇게 되면 부지런하고 건실해지고 솜씨도 더 무르익겠지만, 자유와 젊음은 잃고 마는 것이다. 얼마 전에 겪은 사소한 일이 마음에 걸렸다. 야외를 돌아다니던 중에 그는 프란치스카라는 이름의 농사꾼 처녀를 만나게 되었다. 그녀는 그의 마음에 쏙 들었고, 그래서 그는 그녀의 마음을 사로잡으려고 애를 썼다. 그가 알고 있는 온갖 구애의 수단을 모조리 동원해 보았다. 아가씨는 그의 수다를 즐겨 들어 주었고, 그의 재담을 듣고는 즐겁게 웃었다. 하지만 그의 구애는 거부했다. 골드문트는 자기가 젊은 여성에게는 늙어 보인다는 사실을 처음으로 느꼈다. 그 후로는 더 이상 그녀를 찾아가지 않았지만, 이 일은 잊히지 않았다. 프란치스카가 옳았다. 그는 이제 변해 버린 것이다. 그 자신이 그것을 느낄 수 있었다. 그것은 단지 머리카락이 나이에 비해 군데군데 일찍 세었다거나 눈가에 잔주름이 잡힌다는 사실 때문만은 아니었다. 그보다 더 근본적인 문제는 느낌이 다르다는 것이었다. 자신이 늙었다고 느껴졌고, 자기도 모르게 니클라우스 스승과 닮아 가고 있다는 사실이 느껴졌다. 그는 달갑지 않은 기분으로 자기 자신을 관찰하였고, 자신의 늙은 모습에 허탈한 심정이 되었다. 그는 이제 부자유스러운 몸이 되었고, 한곳에 발을 붙이고 살게 된 것이다. 이젠 독수리처럼 자유롭게 날아다닐 수도 없고, 들판의 토끼처럼 마음대로 뛰어다닐 수도 없게 되었다. 이젠 집에서 기르는 가축과 같은 신세가 된 것이다. 충동을 못 이겨 바깥을 떠돌아다닐 때면 흘러간 과거의 향기를 맡아 보려고 애썼다. 새로운 방랑이나 새로운 자유보다도 지나간 방랑 생활의 기억이 그리워졌다. 그

는 마치 사냥개가 잃어버린 짐승의 흔적을 찾아가듯이, 그리
움과 슬픔에 젖어 과거를 더듬기 시작했다. 하루나 이틀씩 떠
돌아다니다가 돌아오면 일이 손에 잡히지 않아 다소 빈둥거리
게 되었고, 그러면 양심의 가책 때문에 어쩔 수 없이 다시 마
음이 움츠러들었다. 작업실에서 자기를 기다리고 있다는 것도
느낄 수 있었다. 그는 이제 막 시작된 제단 작업을 진척시키고
목재를 준비해야 했고, 또 에리히를 책임져야 했다. 그는 이제
더 이상 자유롭지 않았고 더 이상 젊지도 않았다. 그는 마리
아 상 혹은 뤼디아 상이 완성되면 여행을 떠나 다시 한번 방
랑 생활을 시험해 볼 작정이었다. 이렇게 오랫동안 수도원 같
은 곳에 눌러 있고 더구나 남자들 사이에만 있는 것은 좋지
않았다. 수도사들한테는 그런 생활이 좋을지 몰라도 그에겐
그렇지 않았다. 남자들과 멋지고 재치 있는 이야기를 나눌 수
는 있었다. 또 그들은 예술가의 작업에 대한 이해심도 있었다.
하지만 그 밖의 모든 것, 가령 수다를 떨고, 애교를 부리고, 유
희를 즐기고, 사랑을 나누고, 무거운 생각 없이 기분 좋게 즐
기는 것은 남자들 사이에서는 제대로 되지 않았다. 그러기 위
해서는 여자가 필요했고, 정처 없는 방랑을 통해 새로운 형상
들이 떠올라야만 했다. 지금 이곳에서 그를 둘러싸고 있는 모
든 것은 어딘지 모르게 늙어 있었고 진지하기만 했다. 뭔가 무
겁고 남성적인 것뿐이었다. 그리고 그 자신 역시 그런 분위기
에 감염되었다. 그런 분위기가 자기도 모르게 핏속으로 흘러
든 것이다.

골드문트는 여행을 떠날 생각을 마음의 위안으로 삼았다.

그래서 그만큼 빨리 일에서 벗어날 작정으로 열심히 일에 매달렸다. 나무를 깎아 뤼디아의 형상이 서서히 모습을 드러내고 그녀의 고귀한 기품이 밴 무릎 아래로 엄격한 인상을 주는 옷 주름이 조금씩 모습을 드러내기 시작하자 골드문트는 마음에서 솟구치는 고통스러운 희열감에 어쩔 줄 몰랐다. 그녀의 사랑스러운 모습, 아름답고도 수줍어하는 소녀의 모습에 빠져들면서 슬퍼졌다. 그 당시의 기억이 떠올랐다. 첫사랑의 기억과 첫 여행을 떠나던 기억, 청춘의 기억이 되살아났다. 그는 경건한 마음으로 이 섬세한 형상을 조각하는 일에 몰두했다. 그러는 동안 그녀의 모습은 그가 마음속에 품고 있는 최고의 가치와 하나가 되고, 그의 청춘과 하나가 되었으며, 달콤하기 그지없는 기억들과 하나가 되었다. 다소곳이 수그린 그녀의 목덜미, 다정하고도 슬퍼 보이는 입, 기품 있는 손, 갸름한 손가락, 동그랗고 예쁜 손톱의 곡선을 형상화하는 일이 그에겐 더없는 기쁨이었다. 에리히 역시 틈만 나면 그 모습을 바라보면서 경탄과 경외심 어린 애정을 금할 수 없었다.

이 작품이 거의 완성될 무렵 골드문트가 수도원장 나르치스에게 이 작품을 보여 주자 나르치스는 이렇게 말했다. "이 작품이야말로 자네의 작품 가운데 가장 아름다운 것일세. 수도원을 통틀어서 이 작품에 비길 만한 것은 없어. 솔직히 털어놓으면 지난 몇 달 동안 자네 때문에 걱정을 했다네. 자네가 불안해하고 괴로워하는 것처럼 보였거든. 그리고 때로 자네가 일손을 놓고 하루 이상 바깥에 나가 있으면 자네가 다시는 오지 않을 거라는 생각에 걱정이 되었다네. 그런데 이제 자네는 이 놀라운 작품을 만들었네그려. 정말 기쁘고 자네가 자랑스럽네."

"그랬었군." 골드문트가 말했다. "이 마리아 상은 아주 잘 만들어졌어. 그렇지만 들어 보게, 나르치스. 이 작품을 제대로 만들기 위해서는 나의 모든 청춘을 바쳐야만 했네. 청춘의 방황과 사랑, 뭇 여성에 대한 구애가 필요했지. 그 청춘의 추억이야말로 나의 창작의 원천일세. 이제 곧 그 샘물도 말라 버릴걸세. 가슴도 메말라 가고. 이 작품이 완성되면 한동안은 휴가를 떠날 생각이네. 얼마나 걸릴지는 모르겠지만 나의 청춘과 한때 나에게 너무나 소중했던 모든 것을 다시 한번 찾아가볼 생각이네. 나를 이해해 주겠지? 그래. 알다시피 나는 자네의 손님으로 여기에 묵고 있네. 그리고 내가 한 일에 대해 아무런 보수도 받지 않았으니까……."

"자네한테 종종 보수를 제의하지 않았나." 나르치스가 말을 가로막았다.

"그래, 이제는 그 제의를 받아들이기로 하겠네. 작품이 완성되면 새 옷도 맞추고, 자네한테 말도 한 필 부탁하겠네. 노자도 좀 부탁해야겠지. 그러고는 말을 타고 넓은 세상으로 나가 보고 싶네. 아무 말도 하지 말게, 나르치스. 슬퍼하지도 말게. 이곳이 마음에 들지 않아서가 아닐세. 나한테 여기보다 좋은 곳이 어디 있겠나. 다른 사정 때문일세. 내 소원을 들어주겠지?"

이 문제에 관해서는 더 이상 이야기가 없었다. 골드문트는 소박한 승마복과 장화를 맞추었고, 여름이 가까워지는 동안 마리아 상을 마무리 지었다. 마치 이것이 그의 최후의 작품이라도 되는 듯이 애정 어린 신중함을 보이며 손과 얼굴, 머리카락에 마지막 손질을 했다. 어쩌면 여행을 주저하는 것처럼 보일 정도로 그는 흔쾌한 심정으로 마리아 상 작업의 섬세한 끝손질에 오랜 시간 공을 들였다. 그렇게 하루하루가 흘러갔고, 여전히 이것저것 챙길 일들이 계속 생겼다. 나르치스는 다가오는 작별에 마음이 무겁긴 했지만, 이따금 골드문트가 마리아 상에서 떠날 줄 모르고 작업에 몰두해 있는 것을 보고는 어느 정도 안도의 미소를 지었다.

그러던 어느 날 골드문트가 느닷없이 찾아와 작별을 고하자 나르치스는 깜짝 놀랐다. 골드문트는 간밤에 이미 결심을 굳힌 터였다. 그는 새 옷과 새 모자를 쓰고 작별을 위해 나르치스를 찾아왔다. 그는 이미 얼마 전에 고해성사와 영성체를 마쳤다. 이제 작별 인사를 하고 여행길의 축복을 받기 위해 그가 온 것이다. 두 사람 모두 작별한다는 생각에 마음이 무거웠지만, 골드문트는 실제 마음과는 달리 무뚝뚝하고 무심한 듯이 행동했다.

"자네를 다시 볼 수 있겠지?" 나르치스가 물었다.

"자네가 나를 문전박대하지 않는다면야 틀림없이 볼 수 있지. 자네를 나르치스라 부르고 자네한테 근심 걱정을 만들어주는 사람이 나 말고 또 누가 있겠나. 안심하게. 잊지 말고 에리히한테도 관심을 가져 주게나. 그리고 아무도 나의 마리아 상에 손대지 못하게 하고. 이미 말한 대로 마리아 상은 내 방에 그대로 둘 걸세. 열쇠를 다른 사람한테 넘겨주어선 안

되네."

"여행이 고대되는가?"

골드문트는 눈을 껌뻑거렸다.

"그래, 여행을 기다려 왔지. 그건 분명해. 그런데 막상 떠나려고 하니까 기대했던 것만큼 신이 나지는 않는군. 자네는 나를 비웃을 테지만 나는 쉽게 사람과 헤어지지 못하거든. 이런 집착이 싫다네. 그건 마치 병과 같은 것이지. 젊고 건강한 사람들은 이런 집착을 모르거든. 니클라우스 선생도 그랬지. 이런 쓸데없는 이야기는 그만두세. 나를 축복해 주게나. 그럼 떠나겠네."

골드문트는 말을 타고 여행길에 올랐다.

나르치스는 친구에 대한 생각에 깊이 빠져들었다. 이 친구를 위해 노심초사했고, 이 친구를 그리워했었다. 정처 없이 떠도는 이 친구가 둥지를 떠났던 새처럼 다시 자기한테로 돌아올까? 이제 이 기이하고도 사랑스러운 친구는 다시 정처 없는 여정에 올랐다. 그는 다시 욕망과 호기심에 들떠 세상을 돌아다닐 것이다. 자신의 어두운 충동을 못 이겨 걷잡을 수 없이, 지칠 줄 모르고 다 큰 아이처럼 돌아다닐 것이다. 하느님의 가호가 있기를! 성한 몸으로 돌아오기를! 이제 골드문트는 다시 온 사방을 돌아다니며 유혹에 빠지고 죄를 지을 것이다. 여자들을 유혹할 것이고, 자신의 욕망대로 움직일 것이다. 어쩌면 다시 살인을 저지를지도 모르고. 위험한 지경에 빠져 감옥에 갇히고 감옥 안에서 죽을지도 모를 일이었다. 자기가 나이 들어 가는 것을 한탄하면서 어린아이의 눈으로 세상을 바라보는 이 금발의 소년이 어째서 이다지도 걱정이 되는 것일까! 이 친구 때문에 얼마나 마음을 졸여야 했던가. 그렇지만 나르치스는 이 친구를 생각하면 진심으로 기뻤다. 근본적으로 따지면 이 반항아를 길들이기 어렵다는 사실, 또다시 변덕을 부려 굴레를 부수고 모험을 감수한다는 사실이 오히려 너무나 마음에 들었다.

수도원장 나르치스는 매일 일정한 시간이 되면 그의 친구한테로 생각이 쏠렸다. 사랑과 그리움, 고마움과 근심이 떠나지 않았고, 때로는 미심쩍은 생각에 자신을 꾸짖어 보기도 했다. 자기가 얼마나 그 친구를 좋아하는지를, 그가 다른 사람이 되기를 바란 적도 거의 없다는 것을, 그 친구와 예술로 인해 자신이 얼마나 풍요로워졌는가를 그에게 좀 더 많이 털어놓아야 하지 않았을까? 그에게 그런 이야기는 거의 하지 않았다. 어쩌면 너무 심할 정도로. 그러지 않았다면 혹시 그를 붙잡아 둘 수 있었을지도 몰랐다.

하지만 나르치스가 골드문트로 인해 풍요로워진 것만은 아니었다. 그는 골드문트로 인해 오히려 더 마음이 가난해지고 약해졌다. 하지만 다행히도 친구에게 그런 모습을 드러내지는 않았다. 그가 고향으로 여기고 살아가는 세계, 수도원 생활과 그의 직책, 학문, 멋지게 지어진 사상의 건축물 등 그의 세계가 친구로 인해 곧잘 심한 충격을 받고 미심쩍어지는 것이었다. 물론 수도원의 관점에서 보면, 이성과 도덕의 기준으로 보면 그 자신의 인생이 더 낫고 올바르며 더 안정되고 정돈되어 있으며 더 모범적이라는 것은 의심할 여지가 없었다. 그의 인생은 잘 짜인 질서 속에서 다른 사람을 위해 어김없이 봉사하고 끊임없이 자신을 희생하는 삶이었고, 늘 새로이 명료함과 의로움을 추구하는 삶이었다. 그것은 방랑자나 바람둥이로 살아가는 예술가의 인생보다 훨씬 더 순수하고 더 나은 삶이었다. 그런데 하늘나라의 관점, 하느님의 관점에서 보면 과연 어떨까? 모범적인 삶의 질서와 규율, 세속적 욕망과 감각적 쾌락의 단념, 더러운 일과 피 묻히는 일을 멀리하고 철학과 기도에만 몰입하는 것이 과연 진정으로 골드문트의 삶보다 더 낫다고 할 수 있을까? 인간이란 존재는 정말 정해진 규칙대로 살아가게 되어 있는 것일까? 인간의 시간과 운명이 예배 시간을 알리는 종소리처럼 그렇게 정해져 있는 것일까? 아리스토텔레스와 토마스 아퀴나스를 공부하고, 그리스어를 할 줄 알고, 자신의 감각을 죽이고 세속으로부터 달아나는 것이 과연 인간의 소임일까? 하느님이 인간을 만드실 때부터 인간은 감각과 충동, 피 끓는 욕망, 죄짓기 쉬운 성향, 쾌락을 즐기고 절망에 빠질 수도 있는 성향을 타고난 것은 아닐까? 수도원장 나르치스는 친구를 생각할 때면 이러한 의문들을 떨칠 수 없었다.

그래, 어쩌면 골드문트와 같은 인생을 사는 것이 그저 유치하다거나 인간의 한계라고는 할 수 없는지도 몰랐다. 세상에 등을 돌리고 손을 씻은 채 정결한 삶을 살면서 조화가 넘치는 아름다운 사상의 정원을 꾸며 놓고 잘 가꾸어진 화단 사이로 죄를 모른 채 거니는 것보다는 어쩌면 세상의 끔찍스러운 흐름과 혼돈에 자신을 내맡긴 채 죄를 짓기도 하고 죄의 쓰라린 결과를 감수하기도 하며 살아가는 것이 결국에는 더 당당하고 위대한 것인지도 몰랐다. 다 해진 신발을 신고 숲과 시골길을 누비고 다니며 눈비를 맞고 굶주림과 곤핍한 처지를 겪고 감각의 쾌락을 즐기다가 고통의 대가를 치르고 살아가는 편이 어쩌면 더 힘들고 용감하며 고귀한 것인지도 몰랐다.

어떻든 골드문트는 원래 고귀한 일을 하도록 점지된 사람이 인생의 피 냄새 나고 걷잡을 수 없는 아수라장에 너무나 깊숙이 빠져들어 수많은 오물과 피로 자기 몸을 더럽힐 수도 있다는 사실을 보여 주었다. 그러면서도 그는 왜소하거나 천박하지 않았고, 자기 속에 깃들어 있는 성스러움을 죽이지도 않았다. 어두운 욕망에 깊숙이 말려들어 방황하면서도 그의 영혼의 성소(聖所)에서는 성스러운 빛과 창조력이 결코 소진되지 않았던 것이다. 나르치스는 친구의 혼란된 삶을 깊이 들여다보았다. 그렇다고 해서 그에 대한 사랑이나 존경심이 결코 줄어들지는 않았다. 그렇기는커녕 나르치스는 골드문트의 더럽혀진 손에서 이 놀랍도록 평온하고도 생기 넘치는 형상이, 보이지 않는 형식과 질서에 의해 변용된 이 형상이 만들어지는 것을 지켜보았다. 또 영혼의 빛이 넘치는 이 내밀한 표정들과 순진무구한 식물과 꽃들, 기도하는 손이나 축복받은 손들, 이 모든 대담하고도 섬세한 몸짓과 당당하고도 성스러운 몸짓들을 지켜보았다. 그때부터 나르치스는 이 불안한 예술가 혹은 유혹자의 가슴속에는 충만한 빛과 신이 은총이 깃들어 있다는 것을 알게 되었다.

나르치스는 친구와 대화를 나누면서 자기가 더 우월하다

는 것을 보여 주었고, 그의 정열을 자신의 규율과 정돈된 생각으로 견제하곤 했다. 그것은 그에겐 쉬운 일이었다. 그렇지만 골드문트의 모습에서 아무리 사소한 몸짓 하나도, 그의 눈빛이나 입 모양, 머리카락 한 올이나 옷 주름 하나까지도 한 사람의 사상가가 해낼 수 있는 모든 것보다 현실감 있고 생기 넘치고 유일무이한 것이 아니었을까? 엄청난 갈등과 고통에 시달렸던 이 예술가는 현재와 미래의 무수한 인간들을 위해 그들이 겪을 고통과 노력의 비유적 형상을 보여 준 것은 아닐까? 무수한 사람들이 경건함과 경외심, 불안과 그리움을 느끼며 그가 만들어 낸 형상들을 찾아오지 않을까? 그 형상들을 보면서 혹자는 위안을 받을 것이고 혹자는 자기 생각이 옳다는 것을 확인할 것이며 또 혹자는 더 강해질 수도 있으리라.

나르치스는 친구를 인도하고 가르쳤던 아주 어린 시절 이래 모든 추억의 장면들을 떠올리며 슬픈 미소를 지었다. 친구는 그의 인도와 가르침을 고맙게 받아들였고, 언제나 자신의 우월함과 스승 역할을 인정해 주었다. 그러고는 너무나 조용히 그의 상처받은 인생의 격정과 고뇌로부터 태어난 작품을 보여 주었다. 거기엔 아무런 말이나 가르침, 교훈이나 경고 같은 것도 들어 있지 않았으며 오직 참되고 고양된 삶만이 있을 뿐이었다. 거기에 비하면 지식과 수도원의 규율과 궤변으로 뭉쳐진 자신의 삶은 얼마나 초라한가!

나르치스의 머릿속에는 이러한 의문들이 맴돌았다. 오래전에 그가 충격과 경고를 주면서 골드문트의 청춘에 개입하여 그의 인생을 새로운 영역으로 옮겨 놓았듯이 이제 골드문트가 돌아온 후부터는 오히려 골드문트가 그에게 생각거리를 주고 충격을 주었으며, 자신이 믿던 것을 회의하게 하고 자기 자신을 되돌아보지 않을 수 없게 만들었다. 골드문트는 그와 대등한 존재인 것이다. 나르치스가 그에게 무엇을 주었든 간에 나르치스는 그 모든 것을 다시 골드문트에게서 돌려받은 것 같았다.

친구가 여행을 떠나자 나르치스는 혼자 생각할 시간 여유를 갖게 되었다. 그렇게 여러 주일이 지나갔고, 너도밤나무에 꽃이 핀 지도 이미 오래되었다. 우윳빛이 감돌던 연두색 나뭇잎이 어둡게 짙어진 지도 오래되었고, 황새가 정문 성탑 위에 둥지를 틀어 새끼를 낳고 날갯짓을 가르친 지도 오래되었다. 골드문트가 나가 있는 기간이 길어질수록 나르치스는 골드문트가 자기한테 얼마나 소중한 존재였는지 알게 되었다. 수도원에는 몇 명의 학자 신부들이 있었다. 플라톤에 정통한 신부도 있었고, 뛰어난 언어학자도 있었으며, 세련된 생각을 가진 신학자도 한둘은 있었다. 또 수도사 중에도 진실하고 정직한 마음을 가진 사람들이 더러 있었다. 하지만 자기와 비슷한 사람, 진지하게 자신과 견줄 만한 사람은 아무도 없었다. 아무도 대신할 수 없는 바로 그 역할은 오직 골드문트만이 할 수 있었다. 이제 다시 떠나고 없는 친구를 그리워해야 한다는 사실에 마음이 무겁게 가라앉았다. 그는 멀리 떨어져 있는 친구를 생각하며 그리움에 잠겼다.

나르치스는 종종 작업실에 들러 조수인 에리히를 격려했다. 에리히는 제단 작업을 계속하면서 불안한 마음으로 스승이 돌아오기를 손꼽아 기다리고 있었다. 수도원장 나르치스는 또 간혹 골드문트의 방을 열어 보기도 했다. 거기에는 마리아 상이 보관되어 있었다. 그는 조심스럽게 조각상에서 천을 걸어 내고 조각상 곁에서 잠시 시간을 보내곤 했다. 그는 이 조각상의 내력에 관해서는 아무것도 몰랐다. 골드문트가 뤼디아 이야기를 전혀 해 주지 않았던 것이다. 하지만 나르치스는 모든 것을 느낌으로 짐작하고 있었다. 그리고 이 처녀의 자태가 오래도록 친구의 가슴속에 살아 있었다는 것을 알 수 있었다. 어쩌면 골드문트가 이 처녀를 유혹했을지도 모르고, 또 어쩌면 속이고 버렸을지도 몰랐다. 하지만 골드문트는 세상에서 가장 훌륭한 남편보다도 더 진실하게 그녀를 자신의 영혼 속에 간직하고 있었을 것이다. 아마 오랜 세월 동안 그녀를 보지 못하다가 드디어 이 아름답고 감동적인 처녀의 인물상을 만들어 그녀의 얼굴과 자태와 손길에 사랑하는 사람만이 표현할 수 있는 온갖 섬세함과 경탄과 그리움을 담아 냈을 것이다. 식당의 낭송대에 조각된 인물들에게서도 그는 친구가 살아온 내력의 일단을 엿볼 수 있었다. 거기에 표현된 것은 충동을 못 이기는 방랑자의 내력, 고향도 없고 의지할 곳도 없는 한 인간의 내력이었다. 하지만 여기에 작품으로 남아 있는 것은 모두 훌륭하고 진실한 것이었으며, 살아 있는 사랑이 가득 담긴 것이었다. 이 친구의 삶은 얼마나 신비로운 것이었을까! 물결처럼 흘러온 그의 삶은 얼마나 슬프고도 매력적이었을까! 그 삶이 작품으로 남긴 결과는 얼마나 고결하고 명징하게 서 있는가!

나르치스는 마음속의 갈등과 싸웠다. 그는 갈등을 이겨 냈고, 그에게 정해진 길에서 결코 벗어나지 않았으며, 그에게 부과된 엄중한 책무를 하나도 소홀히 하지 않았다. 하지만 오직 하느님과 자신의 직분에만 충실해야 할 자신의 마음이 너무나 엄청나게 이 친구한테 쏠려 있다는 것을 깨닫고 괴로웠으며, 또한 상실감 때문에 괴로웠다.

20장

여름이 갔다. 양귀비와 수레국화, 선옹초와 아스터도 시들어 사라졌고, 연못의 개구리도 조용해졌다. 황새도 높이 날아올라 작별을 준비하고 있었다. 그 무렵 골드문트가 돌아왔다.

골드문트는 이슬비가 내리는 어느 날 오후에 돌아왔다. 그는 수도원 쪽으로 들어가지 않고 정문을 지나 곧장 작업실로 향했다. 말은 보이지 않았다. 걸어서 왔던 것이다.

골드문트가 들어오는 것을 보고 에리히는 깜짝 놀랐다. 반가운 마음에 가슴이 두근거리고 골드문트를 첫눈에 알아보긴 했지만, 지금 돌아온 사람이 진짜 골드문트일까 하는 느낌이 들 만큼 전혀 딴사람이 되어 있었다. 훨씬 더 늙어 보였고, 잿빛 얼굴은 윤기가 거의 사라져 부석부석했으며, 몸은 무척 수척해진 상태였다. 전체적으로 병치레를 하는 듯한 인상이었지만 그렇다고 괴로워하는 흔적은 보이지 않았으며 오히려 마음이 흐뭇해 보이고 인내심이 엿보이는 여유 있는 미소를 짓고 있었다. 걸음걸이도 힘들어 보였다. 다리를 끌다시피 걷는 모습에서 병약하고 매우 지쳤다는 걸 알 수 있었다.

이렇게 낯설게 딴사람이 되어 버린 골드문트는 젊은 조수를 기묘한 시선으로 바라보았다. 그는 돌아왔다고 법석을 떨지도 않고 마치 바로 조금 전까지도 옆방에 있다가 온 사람처럼 굴었다. 그는 에리히에게 악수를 청하면서 아무 말도 하지 않았다. 심지어 인사말조차 하지 않았고, 뭔가를 물어보거나 이야기를 하지도 않았다. 그저 "잠을 자야겠다."는 말만 했을 뿐이다. 그는 너무나 지쳐 보였다. 그는 에리히를 내보내고 작업실 옆에 붙어 있는 자기 방으로 들어갔다. 모자를 벗어 그대로 떨어뜨리고는 신발을 벗더니 침대 쪽으로 다가갔다. 방 한쪽 구석에 천에 둘러싸인 마리아 상이 보였다. 그는 마리아 상을 향해 고개를 끄덕여 보였지만 가까이 다가가 천을 걷고 인사를 하지는 않았다. 그 대신 작은 들창가로 소리 없이 다가갔다. 밖에서는 어리둥절해 있는 에리히가 기다리고 있었다. 그는 에리히를 향해 소리쳤다. "에리히, 내가 왔다는 사실을 아무한테도 이야기할 필요 없네. 너무 피곤하구먼. 내일 아침에 인사해도 늦지 않겠지."

그러고는 옷을 입은 채로 침대에 드러누웠다. 그렇게 얼마간을 있다가 그래도 잠이 오지 않자 그는 일어나서 무거운 몸을 끌고 벽 쪽으로 걸어갔다. 그는 벽에 걸려 있는 작은 거울을 들여다보았다. 그는 거울 속에서 자기를 마주 보고 있는

골드문트라는 인간을 주의 깊게 살펴보았다. 지쳐 있는 골드
문트, 지치고 늙고 시들어 버린 한 사나이가 서 있었다. 수염
은 벌써 하얗게 세어 있었다. 의지할 데도 없어 보이는 노인네
가 흐릿한 작은 거울 안에서 자기를 마주 보고 있었다. 잘 아
는 얼굴이긴 했지만 낯설게 변해 있었고, 마치 허깨비처럼 무
심한 얼굴이었다. 거울 속의 얼굴은 이런저런 아는 얼굴들을
상기시켜 주었다. 니클라우스 선생의 얼굴도 약간은 상기되었
고, 일찍이 그에게 제복을 맞추어 주었던 노(老) 기사도 약간
은 생각났다. 수염이 텁수룩하고 순례자의 모자를 쓴 성 야콥
노인도 상기시켰는데, 호호백발의 노인네였지만 명랑하고 선
량해 보였다.

 골드문트는 마치 거울 속의 낯선 인간에 대해 알아봐야겠
다는 듯이 조심스럽게 거울 속의 얼굴을 읽어 내려갔다. 그에
게 고개를 끄덕여 보이자 다시 아는 얼굴인 것 같았다. 사실
거울 속의 얼굴은 바로 그 자신이었으며, 그가 자기 자신에 대
해 느끼는 감정과 맞아떨어지는 얼굴이었다. 너무나 지쳐 있
고 다소 무뚝뚝해진 노인이 이제 여행에서 돌아와 있었다. 눈
에 띄지도 않는 노인이 거기에 있었다. 거울 속의 노인은 이렇
다 하게 내세울 것도 없었지만 그렇다고 딱히 불만도 없었으
며 오히려 호감을 주는 편이었다. 노인의 얼굴에서는 젊은 시
절의 아름다운 골드문트가 갖지 못했던 무엇인가가 우러나왔
다. 아무리 지치고 쇠락해 있어도 모종의 만족감 혹은 초연함
이 엿보였다. 골드문트는 혼자 피식 웃으며 거울 속의 얼굴이
따라 웃는 것을 바라보았다. 여행에서 돌아와 집에 와 보니 이

렇게 근사한 녀석이 되어 있을 줄이야! 잠시 바깥출입을 하고
돌아오는 사이에 완전히 누더기가 되고 까맣게 그을어 있었
다. 말과 행낭과 돈만 잃고 온 게 아니라 다른 것도 없어지고
그에게서 떠나갔다. 청춘과 건강, 자신감, 불그스레하던 얼굴
과 형형하던 눈매도 사라지고 없었다. 그런데도 이 모습이 마
음에 들었다. 거울에 비친 이 노약한 사내는 그토록 오랫동안
그의 모습이었던 골드문트보다 더 좋았다. 이전에 비해 더 늙
고 약하고 초췌한 모습이었지만, 오히려 더 순진무구하고 더
만족스러워 보였으며, 이전보다 더 사이좋게 지낼 수 있을 것
같았다. 그는 웃으면서 곱슬해진 눈썹 한 올을 떼어 냈다. 그
러고는 다시 잠자리에 누워 비로소 잠이 들었다.

　다음 날 골드문트가 자기 방에서 책상 위로 몸을 구부리고
앉아 그림을 그리려던 참에 나르치스가 그를 찾아왔다. 나르
치스는 문간에 서서 말했다. "자네가 돌아왔다고 그러더군. 이
렇게 무사히 돌아오니 정말 반갑네. 자네가 나를 찾아오지 않
으니 이렇게 내가 자네한테 온 걸세. 나 때문에 작업이 방해
되나?"

　나르치스는 좀 더 가까이 다가왔다. 골드문트는 그림을 중
단하고 일어나 나르치스에게 악수를 청했다. 에리히가 이미
귀띔을 해 주었지만 그래도 나르치스는 친구의 변한 모습에
흠칫 놀랐다. 친구는 그에게 다정한 미소로 응답했다.

　"그래, 다시 돌아왔네. 그동안 잘 지냈나, 나르치스. 한동안
떨어져 지냈네그려. 그런데도 바로 자네를 찾아가지 않아 미
안하네."

나르치스는 친구의 눈을 마주 보았다. 그가 보기에도 친구의 얼굴은 윤기가 사라지고 형편없이 삭아 보였지만, 또 다른 면모 역시 눈에 띄었다. 놀랍도록 편안한 풍모에 마음의 평정과 초연함까지도 느껴졌으며, 마음을 비우고 보기 좋게 늙어가는 노인의 기품이 엿보였다. 사람의 표정을 읽는 데 이골이 난 나르치스는 이렇게 너무나 낯설어지고 딴사람이 되어 버린 골드문트가 이제는 전적으로 이 세상 사람이 아니라는 것까지도 알아차렸다. 그의 영혼은 이미 현실을 멀찌감치 떠나 있거나 꿈길을 떠돌고 있는지도 몰랐다. 혹은 벌써 내세로 통하는 문턱까지 가 있는지도 몰랐다.

"자네 어디 아픈가?" 나르치스가 조심스레 물었다.

"그래, 아픈 것도 사실이지. 여행을 시작하던 무렵에, 그러니까 처음 며칠 사이에 벌써 몸이 아프기 시작했다네. 그렇다고 내가 금방 되돌아오지는 않았으리라는 것은 자네도 잘 알겠지. 내가 그렇게 빨리 되돌아와 여행용 신발을 다시 벗어 놓더라면 아마 자네가 그것 봐라 하고 놀렸을 테지. 그러고 싶지는 않았네. 그래서 계속 길을 갔다네. 얼마간은 정처 없이 떠돌아다니기도 했지. 여행이 성공적이지 못해서 면목이 없네. 떠날 때는 정말 큰소리를 쳤는데 말이야. 어쨌든 면목 없게 됐네. 자네는 현명한 사람이니까 금방 이해하겠지. 그런데 자네가 방금 뭐라고 물었던가? 귀신에 홀린 것처럼 무슨 말을 하고 있는지도 곧잘 잊어버린다네. 그런데 자네가 나의 어머니는 잘 모셨더군. 정말 슬픈 일이긴 하지만, 그런데……."

중얼거리던 소리가 잦아들면서 미소로 바뀌었다.

"자네의 건강을 되찾아 주도록 하겠네, 골드문트. 아무 이상도 없을 거야. 그런데 몸이 나빠지기 시작할 때 곧바로 돌아오지 않고서! 정말이지 우리 사이에 부끄러워할 게 뭐란 말인가. 즉시 돌아왔어야 하는 건데."

골드문트가 웃었다.

"그래, 이제야 알겠군. 그냥 돌아올 엄두가 나지 않았네. 그랬더라면 무슨 망신인가. 어떻든 이제 돌아오지 않았는가. 이제 다시 좋아지겠지."

"고생이 심했지?"

"고생이라? 그래, 겪을 만큼 겪었지. 그런데 보다시피 고생한 덕분에 이렇게 좋아지지 않았나. 정신을 차리게 되었지. 이젠 더 이상 부끄럽지 않다네. 자네 앞에서도 말일세. 자네가 감옥으로 찾아와 나를 구해 주던 당시만 해도 창피해서 견딜 수 없었다네. 하지만 이제 다 지나간 일일세."

나르치스는 골드문트의 맥을 짚어 보았다. 골드문트는 금방 말이 없어졌고, 미소를 지으며 눈을 감았다. 그는 평화롭게 잠이 들었다. 당황한 수도원장은 환자를 돌보도록 수도원의 의사인 안톤 신부를 데리러 갔다. 두 사람이 돌아왔을 때 골드문트는 그림 그리던 책상 곁에 앉은 채로 잠들어 있었다. 두 사람은 그를 침대로 옮겼고, 의사는 환자 곁에 남았다.

의사는 환자의 병세가 가망이 없다는 것을 알았다. 환자는 수도원의 병실로 옮겨졌고, 에리히가 자리를 비우지 않고 지켜보기로 했다.

골드문트의 마지막 여행에 얽힌 이야기의 전모는 결국 밝혀

지지 않았다. 이런저런 사건에 대해 몇 가지 이야기를 했지만, 상당 부분은 추측에 맡기는 수밖에 없었다. 그는 멍하게 누워 있는 때가 잦았고, 간혹 열에 들떠 헛소리를 하기도 했다. 어쩌다 의식이 돌아오면 어김없이 나르치스를 부르곤 했다. 나르치스에겐 골드문트와의 마지막 대화가 대단히 중요한 일이 되었다.

골드문트의 고해와 고백 가운데 일부를 나르치스는 기록으로 남겨 두었고, 또 더러는 조수인 에리히가 기록해 두었다.

"언제 아프기 시작했냐고? 여행 초입에 그랬지. 말을 타고 숲을 지나가다가 말과 함께 넘어져서 개울로 굴러떨어졌는데, 밤새도록 찬물에 그대로 처박혀 있었더랬어. 그 사고로 늑골이 부러졌고, 늑골 안쪽이 그때부터 아프기 시작했다네. 그때까지도 여기서 그다지 멀리 떨어져 있지 않았어. 하지만 돌아오고 싶지는 않더군. 유치한 짓이 될 테니까. 우스꽝스러워 보일 거라는 생각이 들더군. 그래서 계속 말을 타고 갔지. 통증이 너무 심해 탈 수 없게 되자 말을 팔아 버렸네. 그러고는 한참 동안 어느 병원에 입원해 있었지.

나르치스, 이젠 여기에 꼼짝 않고 있을 걸세. 이젠 말도 탈 수 없고, 돌아다닐 수도 없어. 춤판이나 여자들을 기웃거릴 수도 없게 되었지. 아프지만 않았더라면 한참은 더 바깥세상에 머물렀을 텐데. 몇 년은 더. 그런데 바깥세상에도 이젠 즐거운 일이 없다는 것을 깨닫게 되자 죽기 전에 그림도 좀 더 그리고 조각도 몇 점 더 남겨야겠다는 생각이 들더군. 사람이란 뭔가 즐거운 일을 찾게 마련 아닌가."

나르치스가 그에게 말했다. "자네가 돌아와서 정말 기쁘네. 자네가 너무 그리웠네. 날마다 자네 생각을 했지. 자네가 영영 돌아오지 않을까 봐 종종 마음을 졸였다네."

골드문트는 고개를 가로저었다. "그래, 마음의 상처가 크지 않았으면 하네."

나르치스는 슬픔과 사랑으로 터질 것 같은 심정으로 친구를 향해 천천히 몸을 굽혔다. 그러고는 골드문트의 머리카락과 이마에 입을 맞추었다. 오랜 세월을 친구로 지내 왔으면서도 한 번도 하지 않았던 행동이었다. 골드문트는 어떤 일이 벌어지고 있는지 알아차리고는 처음에는 어리둥절해하다가 나중에는 가슴이 뭉클해졌다.

나르치스는 친구의 귀에 대고 속삭였다. "골드문트, 진작 말해 주지 못해서 미안하네. 당시 대주교님의 관할 도시에서 감옥으로 자네를 찾아갔을 때나 아니면 자네의 첫 작품들을 보게 되었을 때 혹은 언제라도 말했어야 하는데. 오늘은 내가 자네를 얼마나 좋아하는지, 자네가 늘 나한테 얼마나 소중한 존재였는지, 자네가 내 인생을 얼마나 풍요롭게 했는지 털어놓아야겠네. 이런 이야기가 자네한테는 대수롭지 않을지도 모르지. 자네는 사람을 사랑하는 데 익숙하고, 자네한테는 사랑이라는 것이 진귀한 게 아닐 테니까. 자네는 그토록 많은 여성한테 귀찮을 정도로 사랑을 받지 않았나. 하지만 나는 다르다네. 내가 살아온 인생에는 사랑이 빈곤하고, 나의 인생에서 무엇보다 결여되어 있는 것이 사랑일세. 언젠가 다니엘 수도원장님께서 내가 오만해 보인다고 말씀하신 적이 있지. 그분 말씀이 맞겠지. 물론 내가 사람들을 부당하게 대하지는 않아. 사람들한테 공정하고 인내심을 가지려고 노력하지. 하지만 사람들을 사랑한 적은 없어. 수도원에 선생님이 두 분 계시면 나는 학식이 더 높은 분이 좋았지. 가령 약점이 있는 선생님을 바로 그 약점에도 불구하고 좋아하지는 않았어. 그런데도 내가 사랑이 무엇인지 알게 되었다면 그건 자네 덕분일세. 자네만은 사랑할 수 있었으니까. 사람들 가운데 오직 자네만을 말일세. 이게 나한테 어떤 의미가 있는지 자네는 짐작도 못 할 걸세. 그건 사막에서 솟구치는 샘물이요, 황무지에서 꽃을 피우는 나무와 같은 걸세. 나의 마음이 황폐하게 메마르지 않고, 하느님의 은총이 닿을 수 있는 자리 하나가 나에게 남아 있는 것은 오직 자네 덕분일세."

골드문트는 기쁜 미소를 지으면서도 약간 당황했다. 그는 의식이 돌아왔을 때의 차분하고 나지막한 목소리로 말했다. "그 당시 자네가 나를 교수대에서 구해 내어 우리가 함께 이곳으로 오던 길에 내가 돌보던 점박이 말이 어떻게 됐냐고 물었더니 자네가 소식을 알려 주었지. 평소에 자네는 말들을 거의 분간도 못 했었지. 그래서 자네가 귀여운 점박이 말한테 신경을 썼다는 것을 알게 되었네. 나 때문에 그랬을 거라고 짐작하고 무척 기뻤다네. 이제 정말 그랬다는 것을, 자네가 정말로 나를 사랑했다는 것을 알게 되었네. 나 역시 늘 자네를 사랑했지. 나르치스, 내 인생의 절반은 자네한테 잘 보이려고 했던 일들이었네. 자네도 나를 좋아한다는 것은 알고는 있었지만, 자네가 나한테 말하리라고는 한 번도 기대한 적이 없었다네.

자네는 자존심이 강한 사람이니까. 그런데 이제 자네는 나를 사랑했다고 말했네. 나한테 이제 더 이상 아무것도 남아 있지 않은 바로 이 순간에, 방랑도 자유도, 세상도 여자들도 모두 나를 곤경에 버려두고 있는 바로 이 순간에 말일세. 자네의 말을 받아들이겠네. 고맙네."

방 안에 서 있는 뤼디아 혹은 마리아의 상이 두 사람을 지켜보고 있었다.

"자네는 언제나 죽음을 생각하나?" 나르치스가 물었다.

"그래, 죽음을 생각하지. 내가 살아온 인생이 어떻게 될까 생각한다네. 어릴 적이나 학생 시절에는 자네처럼 지성적인 사람이 되고 싶었다네. 그런데 내 소명은 그게 아니라는 것을 자네가 깨우쳐 주었지. 그러고는 삶의 다른 쪽에, 감각의 세계에 투신하기 시작했네. 여자들 덕분에 관능의 세계에서 쉽게 쾌락을 얻을 수 있었지. 여자들은 호의와 욕망이 넘쳐흘렀지. 그렇지만 여자들에 대해 경멸조로 말하거나 관능적인 쾌락에 대해 말하고 싶지는 않네. 나는 곧잘 대단한 행복감을 맛보았네. 그리고 감각의 세계에도 영혼이 깃들 수 있다는 것을 체험하는 행운도 누렸네. 바로 거기서 예술이 탄생하지. 하지만 이제는 그 두 개의 불꽃이 모두 꺼져 버렸네. 나한테는 동물적 쾌락을 즐길 수 있는 행운도 사라져 버렸네. 하지만 아직 여자들이 내 꽁무니를 쫓아온다 해도 이젠 그런 행운을 즐기고 싶지 않네. 예술 작품을 창조하는 것도 이젠 더 이상 내 소망이 아닐세. 그만하면 조각상도 충분히 만들었고, 숫자가 중요한 것은 아니지. 그러니 이젠 죽을 때가 된 걸세. 기꺼이 죽음을 맞이할 생각이네. 호기심도 생기고."

"어째서 호기심인가?" 나르치스가 물었다.

"그래, 아무래도 좀 멍청한 생각이겠지. 그런데 정말 죽음에 대해 호기심이 생긴다네. 그렇다고 내세의 세계가 궁금하다는 건 아닐세, 나르치스. 내세에 대해서는 거의 생각도 하지 않네. 솔직히 말하면 이젠 내세를 믿지도 않네. 내세라는 것은 존재하지 않아. 말라죽은 나무가 다시 살아날 리 없고 얼어 죽은 새가 다시 살아날 리 없듯이 인간도 죽으면 마찬가지겠지. 죽으면 얼마간은 사람들이 죽은 사람을 생각해 주겠지만 그것도 오래가지는 않아. 그래, 내가 죽음에 호기심이 생기는 것은 오로지 내가 여전히 어머니를 찾아가고 있다는 믿음혹은 꿈을 간직하고 있기 때문일세. 나는 죽음이 커다란 행운이 되기를 바라고 있네. 사랑이 처음으로 충족될 때처럼 커다란 행운이 되었으면 하네. 감각이 죽는 대신 어머니가 다시 나를 데리고 아무것도 없고 순진무구한 상태로 이끌어 갈 것이라는 생각을 떨칠 수 없다네."

골드문트는 여러 날 동안 아무 말도 못 했다. 나르치스가 마지막으로 골드문트를 찾아온 어느 날 골드문트는 다시 정신이 돌아와 말을 할 수 있을 정도가 되었다.

"안톤 신부님 말씀으로는 틀림없이 자네가 종종 심한 통증에 시달렸을 거라고 하더군. 그런데 어떻게 그렇게 차분하게 참아 낼 수 있었나, 골드문트? 지금도 내가 보기에는 평온을 찾은 것 같아."

"하느님과 함께하는 평온 말인가? 아닐세. 그런 평온은 찾아 본 적이 없어. 하느님과 함께하는 평온은 원치 않네. 그분은 세상을 악하게 만드셨으니 우리가 이 세상을 예찬할 필요는 없지. 그리고 그분 역시 우리가 당신을 찬미하건 말건 거의 관심이 없을 걸세. 그분은 세상을 악하게 만드셨어. 하지만 내 가슴속에 들어 있는 고통만큼은 평온하게 받아들였네. 그건 사실이야. 예전에는 고통을 잘 견디지 못했었지. 그리고 때로는 쉽게 죽을지도 모른다는 생각을 하곤 했지만 그건 잘못된 생각이었어. 죽음이 심각한 문제로 다가왔을 때, 그러니까 하인리히 백작의 감옥에서 밤을 지새울 때 그냥 죽을 수는 없다는 생각이 분명히 들더군. 그러기엔 내가 아직 너무 강했고 너무 거칠었지. 그러니 그때 나를 죽이려면 팔다리를 두 번씩은 죽여야 했을 걸세. 하지만 이제는 달라졌어.”

말을 하느라 지친 골드문트의 목소리는 점점 약해졌다. 나르치스는 몸을 아끼라고 당부했다.

“아닐세.” 골드문트가 말을 계속했다. “자네한테 이야기를 해야겠네. 예전 같으면 부끄러워서 자네한테 이런 이야기를 못 했겠지. 자네는 틀림없이 웃었을 거야. 그러니까 당시에 내가 말을 타고 여기를 떠났던 것은 아주 무작정은 아니었네. 하인리히 백작이 다시 그 고장에 와 있고 그의 애인 아그네스도 함께 있다는 소문을 들었지. 그래, 자네한테는 중요한 이야기가 아니지. 나한테도 지금은 중요한 이야기는 아닌 듯싶네. 하지만 당시에는 그 소문을 듣고 피가 끓어올랐지. 아그네스 생각밖에 하지 않았어. 그녀는 내가 사귀고 사랑했던 여자 중에 가장 아름다운 여자였어. 그녀를 다시 보고 싶었다네. 다시 한번 그녀와 행복을 나누고 싶었지. 그래서 말을 달렸네. 일주일 후에 그녀를 다시 보게 되었지. 그런데 그사이에 내 몸은 변해 있었지. 하지만 아그네스는 다시 보아도 예전에 못지않게 아름다웠어. 그녀를 찾아낸 나는 기회를 잡아 그녀 앞에 모습을 드러내고 말을 걸었다네. 그런데 생각해 보게, 나르치스, 그녀는 내가 누군지 모르겠다고 잡아뗐다네! 나는 그녀와 어울리기에는 너무 늙었던 게지. 그녀에겐 내가 더 이상 매력이 없었고, 나한테 싫증이 나고 아무 기대도 없었던 걸세. 그것으로 내 여행은 사실상 끝난 셈이지. 하지만 여행을 계속했네. 그렇게 실망하고 우스운 꼴로 자네한테 돌아오고 싶지는 않았네. 그래서 계속 말을 타고 가는데 이젠 기력도 젊음도 지혜도 다 바닥이 나 버렸지. 말과 함께 계곡으로 굴러떨어져 개울에 처박혀서 늑골이 부러진 채 물속에 나자빠져 있었으니까. 그때 처음으로 진짜 통증이 왔네. 추락하자마자 가슴속에서 뭔가가 부러졌다는 것을 느낌으로 알았네. 부러진 것이 오히려 기뻤네. 부러지는 소리도 기분 좋게 들렸고, 이 사고에 만족했지. 물속에 드러누워 있자니 이제 죽는구나 하는 생각이 들더군. 하지만 감옥에 있을 때와는 전혀 다른 느낌이었네. 아무런 저항감도 없었던 거야. 죽음이라는 것이 더 이상 나쁘게 생각되지 않더군. 그때부터 종종 격렬한 통증이 찾아왔지. 그런 와중에 꿈까지 꾸었어. 자네 같으면 헛것을 보았다고 하겠지. 나는 그대로 드러누워 있었고, 가슴은 도려내는 듯이 아팠다네. 몸부림을 치고 비명을 질렀는데 그때 누군가 웃는 소리가 들려오더군. 어린 시절 이후 한 번도 들은 적이 없는 목소리였네. 어머니의 목소리였지. 그윽한 여성의 목소리, 쾌감과 사랑이 가득 담긴 목소리였어. 그래서 어머니로구나, 어머니가 내 곁에 계셨구나 하는 생각이 들었지. 어머니는 나를 끌어안으시더니 내 가슴을 열어젖히고 손가락을 갈비뼈 사이로 깊숙이 집어넣어 내 심장을 떼어 내려고 하시더군. 그 광경을 지켜보고 또 이해하자 고통이 사라졌다네. 지금 그 통증이 재발해도 더 이상 고통이나 적으로 느껴지지 않아. 그것은 나에게서 심장을 떼어 가신 어머니의 손가락일세. 어머니는 부지런히 손을 놀리시지. 때로는 누르기도 하고, 때로는 쾌감을 느낄 때처럼 신음도 내신다네. 때로는 웃기도 하고, 매력적인 목소리로 흥얼거리시기도 하지. 어떤 때에는 내 곁이 아니라 하늘나라에 계시기도 해. 그러면 구름 사이로 어머니의 얼굴이 보인다네. 구름 덩어리처럼 커다란 얼굴이지. 어머니는 둥둥 떠다니면서 슬픈 미소를 짓고 계시지. 어머니의 슬픈 미소는 온통 나를 사로잡고, 가슴에서 심장을 꺼내 가는 것만 같다네."

골드문트는 줄곧 어머니 이야기만 했다.

"자네 아직도 생각나지?" 역시 마지막 무렵 어느 날 골드문트가 물었다. "한때는 어머니를 잊고 지낸 적도 있었지. 그런데 자네가 다시 어머니를 불러냈어. 그때도 몹시 슬펐다네. 마치 짐승이 내장을 파먹는 것 같았지. 그때만 해도 아직 어린 시절이었지. 귀여운 소년들이었으니까. 하지만 그 당시에도 벌써 어머니는 나를 부르셨고, 나는 그 부름에 따라야만 했네. 어디를 가도 어머니가 계셨지. 때로는 집시 여인 리제의 모습으로,

때로는 니클라우스 선생의 아름다운 마리아 상으로 나타나
셨다네. 그녀는 삶 자체였고, 사랑이요, 쾌락 자체였지. 그런가
하면 때로는 불안과 굶주림과 충동으로 나타나기도 하셨어.
이제는 죽음의 모습으로 오셨다네. 내 가슴속에 손가락을 집
어넣고 계신다네."

"여보게, 말을 너무 많이 하지 말게." 나르치스가 당부했다.
"내일로 미루게나."

골드문트는 미소를 지으며 친구의 눈을 들여다보았다. 그가
여행에서 얻어 온 새로운 미소, 너무나 노쇠해 보이고 때로는
다소 멍해 보이기도 하지만 또 때로는 순연하게 자비와 지혜
로 가득한 미소였다.

"여보게." 골드문트가 말했다. "나는 내일까지 기다릴 수 없
네. 자네한테 작별을 해야만 해. 작별 인사로 모든 것을 말해
야겠네. 잠시만 더 들어 주게나. 어머니에 대해 말하던 참이었
지. 어머니의 손길이 내 가슴을 감싸고 있다고. 여러 해 전부
터 어머니의 상(像)을 만드는 일이 가장 하고 싶은 신비로운
소망이 되었다네. 어머니의 상은 모든 형상 가운데 가장 성스
러운 형상이었네. 그 상을 언제나 품고 다녔네. 사랑과 신비가
가득한 모습이었지. 얼마 전까지만 해도 어머니의 상을 만들
지도 못하고 죽을지 모른다고 생각하면 정말 참기 힘들었지.
그렇게 되면 지금까지 살아온 인생이 아무 소용도 없다는 생
각까지 했네. 그런데 지금 와서 보니 정말 놀랍게도 나는 어머
니의 상과 늘 함께 있었던 걸세. 내 손으로 어머니의 상을 형
상화하기는커녕 어머니의 상이 나를 만들어 주신 걸세. 그녀

는 내 심장에 손을 대 심장을 떼어 내고 나를 비워 주셨던 거야. 그래서 나를 죽음으로까지 인도하시는 걸세. 나와 더불어 나의 꿈도 죽을 테고, 아름다운 형상, 위대한 어머니 이브의 모습도 사라지겠지. 아직도 그 모습이 눈에 어른거리네. 아직도 손에 힘이 남아 있다면 그려 볼 수 있을 텐데. 하지만 어머니는 그걸 원치 않으시네. 당신의 비밀을 드러내길 원하지 않으시지. 차라리 내가 죽기를 바라시지. 기꺼이 가겠네. 어머니 덕분에 편하게 가겠네."

나르치스는 깜짝 놀라 친구의 말에 귀를 기울였다. 친구의 말을 알아들으려면 친구의 얼굴에 닿을 정도로 몸을 깊이 숙여야 했다. 상당수의 말은 제대로 들리지도 않았고, 더러는 들리기는 했으나 무슨 뜻인지 알 수 없었다.

이제 환자는 다시 한번 눈을 뜨더니 친구의 얼굴을 한참 들여다보았다. 그는 친구에게 눈으로 작별을 고하고 있었다. 그리고 고개를 가로저으려는 듯한 동작을 취하면서 이렇게 속삭였다. "그런데 나르치스, 자네는 나중에 어떻게 죽음을 맞이할 작정인가? 자네한테는 어머니도 없잖아? 어머니가 없이는 사랑할 수 없는 법일세. 어머니가 안 계시면 죽을 수도 없어."

그 뒤에 중얼거린 내용은 더 알아들을 수 없었다. 마지막 이틀 동안 나르치스는 밤낮없이 친구의 병상에 붙어 앉아 친구의 생명이 사그라드는 것을 지켜보았다. 골드문트의 마지막 말은 그의 가슴속에서 불처럼 타올랐다.

작품 해설

지성과 사랑의 이중주

  헤르만 헤세는 1877년 7월 2일 독일 남부의 스위스 접경 지역에 자리 잡은 칼프(Calw)라는 곳에서 태어났다. 헤세의 소설에 게르버자우(Gerbersau)라는 지명으로 곧잘 등장하는 그의 고향은 광활한 숲 지대로 이름난 슈바르츠발트 숲속의 소도시로, 헤세의 문학 세계를 감싸는 전원풍의 서정적 분위기가 형성된 정신적 고향이기도 하다. 헤세의 아버지 요하네스 헤세는 열아홉 살에 선교사의 자격으로 인도에 파견되었다가 건강상의 이유로 사 년 만에 다시 귀국하여 칼프의 선교회에서 활동했다. 여기서 그는 나중에 헤세의 외조부가 될 헤르만 군데르트를 만나게 된다. 슈바벤 지방의 유서 깊은 신학자 가문 태생인 헤르만 군데르트는 인도에서 다년간 선교 활동에 헌신한 인도학자이기도 했다. 그는 칼프에 돌아온 이후로는 해외 선교 사업을 계속하는 한편 신학과 인도학에 관련된 출판 사업에도 종사했다. 헤세의 아버지는 군데르트의 출판 사업을 거들어 주는 일로 생계를 꾸리는 동시에 그의 영향 아래 선교 활동도 계속했다. 헤세의 작품 저변에 깔린 경건주의적 색채와 인도에 대한 동경은 거의 외부조의 감화에 힘입은 것이라 볼 수 있다.

이처럼 독실한 신앙에 바탕을 둔 집안 분위기에도 불구하고 헤세의 성장기는 위태로운 방황의 연속이었다. 집안의 내력에서 짐작되듯이 아들을 성직자로 키우고자 했던 부모의 뜻에 따라 헤세는 1891년 마울브론(Maulbronn) 신학교에 입학했다. 여기서 우리는 『나르치스와 골드문트』의 주인공 골드문트가 아버지의 손에 이끌려 마리아브론 수도원에 들어서는 장면을 떠올리게 된다. 소년 골드문트가 수도원 생활에 적응하지 못하고 결국 신학도의 길을 포기하듯이, 열네 살의 소년 헤세는 엄격한 규율에 따라야 하는 신학교 생활을 견디지 못하고 입학한 지 아홉 달 만에 자퇴하고 만다. 나중에 중년의 헤세는 이 시절을 회고하면서 "열세 살 때부터 나는 시인이 되지 않으면 아무것도 되지 못할 거라는 것을 분명히 알게 되었다."고 말한 적이 있다. 이미 시인의 꿈을 키우던 예민한 소년이 엄격한 관습과 전통의 상징인 신학교에 발을 붙이지 못한 것은 어쩌면 당연한지도 모른다. 골드문트가 예술의 세계에 입문하기까지 먼 우회로를 거쳐 가듯이, 헤세의 방황은 여기서 그치지 않는다. 신학교를 자퇴하고 나서 다시 김나지움에 들어갔지만 그나마 일 년 만에 그만두었고, 그 후 잠시 상인 수업을 받기도 하고 한동안은 서점 점원으로 일하기도 했다. 사춘기를 지나 초년의 청년기까지 계속된 방황의 시절은 또한 홀로 세상과 대면하면서 작가로서의 수업을 쌓던 시절이기도 했다. 그러다가 1904년에 발표한 장편소설 『페터 카멘친트(Peter Camenzind)』가 독자의 호응을 얻어 성공을 거두면서 이때부터 헤세는 창작에 전념하게 된다. 이후 『수레바퀴 아래서(Unterm Rad)』(1916), 『데미안(Demian)』(1919), 『싯다르타(Siddhartha)』(1922), 『황야의 이리(Der Steppenwolf)』(1927), 『나르치스와 골드문트(Narziß und Goldmund)』(1930), 『유리알 유희(Das Glasperlenspiel)』(1943) 등의 소설 외에도 많은 서정시와 산문을 발표하면서 헤세는 독일어권뿐 아니라 전 세계의 독자들에게 가장 널리 읽히는 현대 독일 작가의 한 사람이 되었으며, 1946년 노벨 문학상을 수상했다.

『나르치스와 골드문트』는 『데미안』과 더불어 헤세의 소설 중에서 가장 많은 독자의 사랑을 받아 온 작품으로 알려져 있다. 한국의 독자들에겐 흔히 『지(知)와 사랑』이라는 제목으로 번역, 소개되어 온 이 작품을 헤세 자신은 '영혼의 자서전'이라 일컬은 바 있다. 그만큼 이 작품에는 작가 스스로 겪은 삶의 체험이 강하게 투영되어 있을 뿐 아니라, 그의 영혼에 새겨진 삶의 추억이 고스란히 담겨 있다. 헤세는 쉰세 살이 되는 1930년에 이 소설을 발표했다. 그 점을 고려하면 이 작품은 작가 자신의 성장기 체험에 대한 회고담으로 이해될 수도 있다. 그렇지만 여기서 작가는 골드문트라는 가공의 인물을 내

세워 자신의 성장기 체험을 한 인간의 운명에 대한 성찰로 승화시키고 있다. 그런 점에서 이 작품은 단순히 자서전적 소설이라기보다는 오히려 성장 소설의 유형에 가깝다. 일반적으로 성장 소설 혹은 교양 소설의 기본적인 틀은 세상에 첫발을 내디딘 성장기의 청년이 다양한 현실 경험을 통해 한 사람의 사회인으로 성숙해 가는 과정을 그리는 것이다. 이러한 표본적인 틀은 물론 작가와 작품마다 다양한 형태로 변형되어 나타나게 마련이다.『나르치스와 골드문트』의 경우에는 주인공 골드문트의 방황이 현실 경험의 확장인 동시에 그의 내면적 갈등의 표출이라는 점에서 성장 소설의 전형적인 궤적을 보여 준다. 죽음에 이르기까지 어디에도 안주하지 못하는 골드문트에게 현실은 늘 낯설게 다가오며, 그 낯설고 이질적인 세계와 참된 화해에 도달하지 못하는 한 골드문트의 방황은 숙명적인 것이라 할 수 있다. 골드문트에게 그 숙명적 방황의 구체적 계기는 세 차원에서 주어진다. 나르치스에 대한 우정과 사랑, 모성 혹은 여성적인 것에 대한 그리움, 그리고 예술에 대한 동경이 그것이다. 여기서는 작품의 이해를 돕는 범위 안에서 그 세 가지 문제에 관해 간략히 살펴보기로 하겠다.

나르치스와 골드문트가 서로에게 이끌리는 것은 무엇보다 서로의 상반된 성격에 의해 맺어진 특이한 친화력에 연유한다. '지(知)와 사랑'이 이 소설의 제목처럼 통용되었다는 데서도 드러나듯이, 소박하게 나누면 나르치스는 지성형의 인간을, 골드문트는 감성형의 인간을 대변한다고 볼 수 있다. 나르치스는 수도사의 길을 택하여 오직 학문의 세계에 정진하며, 그것이 신의 섭리에 충실한 자신의 소명이라 여긴다. 그렇다고 그가 신적 섭리를 그 자체로 신봉하거나 개체의 자유를 부정하는 운명론자인 것은 아니다. 그의 지적 직관은 신적 섭리와 한 개인의 운명 사이에 가로놓인 그 어떤 연관성까지도 통찰하며, 그래서 그는 자신에게 주어진 소명을 그대로 받아들일 따름이다. 그렇게 보면 나르치스가 지성형의 인간이라고 해서 편협한 합리주의자인 것은 아니며, 오히려 그는 타인의 고유한 성격과 삶을 존중하는 관용의 미덕을 보여 준다. 나르치스가 자기와는 전혀 상반된 성격의 소유자인 골드문트를 이해할 뿐 아니라 평생에 걸친 그의 방황을 끝까지 사랑과 인내심을 가지고 지켜볼 수 있는 것은 바로 그 때문이다.

나르치스의 지성과 골드문트의 감성은 서로를 성숙하게 해 주는 생산적인 상호작용을 한다. 수도원의 학생이면서 동료 학생들을 가르치는 조숙한 나르치스는 사춘기 초입의 골드문트에게 훌륭한 멘토 역할을 한다. 특히 나르치스는 골드문트가 어릴 적에 어머니를 잃고 트라우마에 시달리고 있다는 것을 깨우쳐 준다. 그 상처가 곪아 터져 골드문트는 수도원을 뛰쳐나가지만, 나르치스는 골드문트가 타고난 기질상 수도원에 갇힐 수 없다는 것을 잘 알기에 굳이 제지하지 않는다. 다른 한편 골드문트는 끝없는 방랑 생활을 전전하면서도 나르치스의 정신에 이끌린다. 골드문트가 예술에 입문하여 처음 완성한 작품인 사도 요한 조각상이 나르치스를 모델로 삼은 것은 그 때문이다. 이 작품이 완성되자 골드문트는 자신이 요한 상을 만든 것이 아니라 나르치스가 완성해 주었노라고 고백한다. 이 작업을 통해 골드문트가 나르치스의 정신세계에 감각적 형상을 부여했다면, 나르치스는 골드문트의 예술적 감각에 정신적 생기를 불어넣었다는 뜻이다. 지성과 감성이 어우러진 창조적 상호작용을 거쳐 아름다운 예술 작품이 탄생한 것이다. 둘을 서로 결속시켜 주는 근원적인 힘이 사랑이라는 것은 두말할 나위 없다. 골드문트가 속세에서 방황하는 사이에 나르치스가 사제 서품을 받고 세례명을 요한으로 지은 우연의 일치는 둘이 서로 소식도 모른 채 떨어져 있는 동안에도 우정과 사랑이 지속되고 있었다는 것을 말해 준다. 그 사이에 수도원장으로 취임해 고위 성직자가 된 나르치스는 골드문트가 방랑 생활의 막바지에 교수형을 당할 위기에 처했을 때 그를 구해 주기도 한다. 이를 계기로 골드문트는 다시 수도원으로 들어가서 필생의 대작인 마리아 상을 완성하게 된다. 일찍이 나르치스가 골드문트에게 어머니의 부재를 일깨워 주었듯이, 방랑의 끝에서 다시 위대한 어머니의 상징인 마리아 상의 탄생을 도와주는 정신적 산파 역할을 하게 되는 것이다. 친구가 완성한 예술 작품을 바라보면서 나르치스는 감각적인 아름다움을 구현한 예술 작품에도 정신적 품격이 깃들 수 있다는 것을 비로소 깨달으며, 이를 통해 골드문트의 내면에서 우러나오는 정신적 창조성을 인정하기에 이른다. 이로써 골드문트는 더 이상 나르치스에 의존하지 않고 대등한 존재가 된다. 이처럼 나르치스와 골드문트는 제각기 다른 고유한 음(音)을 지녔으면서도 서로 어우러져 아름다운 화음을 이룬다.

이 소설에서 나르치스와 골드문트의 우정이 작품의 처음과 끝을 연결하는 하나의 축이라면, 골드문트의 기나긴 방랑의 여정은 또 다른 핵심 축이다. 나르치스의 이성이 이 세계를 통일된 모습으로 파악한다면 골드문트의 감성은 이 세계를 분열된 것으로 받아들인다. 골드문트는 어머니와 대지로 상징되는 삶의 근원적 통일성의 상실로 인하여 괴로워한다. 작품에서 짤막하게 암시되지만, 그의 어머니는 시민적 가정의 어머니 또는 아내의 역할에 순응하지 못하는 집시의 피를 타고났으며, 골드문트가 어린 시절에 가정을 버리고 사라졌다. 골드문트는 그런 어머니를 기억에서 지우도록 교육받으며 자라났다. 대부분의 성장 소설에서 그러하듯이 골드문트를 신학교에 보내는 아버지의 선택 뒤에는 아들이 정상적인 시민적 삶의 질서에 순응하기를 바라는 요구가 숨어 있는 것이다. 따라서 아버지의 그러한 요구에 의해 골드문트의 기억에서 거의 지워져 있는 어머니라는 존재는 그리움의 대상인 동시에 금기의 대상이기도 하다. 그가 어머니를 그리워할수록 더 깊은 상실의 고통을 맛보게 되는 것은 그 때문이다. 그 상실의 고통과 그리움을 견디다 못해 골드문트는 결국 수도원을 뛰쳐나와 정처 없는 방랑길로 나서게 된다. 방랑 생활에서 그는 수많은 여성들과 사랑을 나누지만, 그렇다고 어머니에 대한 그리움이 해소되는 것은 물론 아니다. 현실에서 충족되지 않는 그리움은 흔히 신비화 혹은 이상화의 경향을 띠게 마련이다. 골드문트의 몽상 속에 떠오르는 어머니의 모습이 태초의 어머니 이브의 형상으로 변용되는 것은 그런 맥락에서 이해될 수 있다. 그러나 몽상이 아닌 현실에서 골드문트가 만나는 여성들은 그만큼 덧없이 스쳐 가는 존재들이다. 그 여성들에게서 그는 순간의 아름다움을 발견하고 기쁨을 얻지만, 그 아름다움과 기쁨이란 그의 희미한 기억에 남아 있는 '영원한 여성'에 대한 그리움과 돌이킬 수 없는 상실을 환기시키는 구실밖에 하지 못하는 것이다. 골드문트가 수도원 바깥의 세상에서 처음 알게 된 집시 여인에서부터 마지막 연인 아그네스에 이르기까지 그가 만난 여성들은 따라서 예외 없이 낭만적 신비화의 대상이면서 그 만남의 순간들이 지나간 다음에는 환멸의 기억으로 남게 된다. 이 작품을 읽는 독자는 이러한 관계 설정에 대하여 아쉬움을 느낄 수도 있을 것이다. 골드문트가 만나는 여성들은 어찌 보면 골드문트의 의식 상태에 종속된 존재들이며, 그런 한에는 하나의 인격체로서 독자적인 개성을 확보하지 못한 것으로 보일 수 있기 때문이다. 이와 관련하여 골드문트의 사랑에 뭔가 핵심이 빠져 있지 않느냐는 문제 제기에 대해 헤세는 어느 편지에서 다음과 같이 답한 적이 있다.

그건 맞는 이야기일지도 모릅니다. 그렇지만 작가의 과제, 적어도 나와 같은 성향의 작가의 과제는 단연코 이상적이고 완벽하고 그럴싸한 모범적인 인물을 고안해 내어 독자들에게 교훈 삼아 그대로 모방하라고 제시하는 데 있지 않습니다. 오히려 작가는 자기 스스로 체험할 수 있었던 바로 그것을 지극히 엄정하고도 충실하게 그려 내도록 애써야만 합니다. 아니, 달리 어떻게 할 도리가 없기에 그렇게 쓸 수밖에 없다고 해야 할 것입니다. 물론 그러면서도 진정한 상상의 체험은 그것대로 살려야 겠지요. 나로서는 이성 간의 사랑이나 우정에 관해『나르치스와 골드문트』에 묘사되어 있는 것 이상의 대단한 체험은 하지 못했습니다. 이 작품에 등장하는 인물과 그들의 삶이 모범적이지 않다는 것은 내가 보기에도 분명합니다. 나는 그런 욕심을 부릴 생각도 없습니다.

위의 말을 그대로 받아들이면 작가는 골드문트를 통해 인간 존재의 불완전함을 있는 그대로 충실히 보여 주고자 했다는 얘기가 된다. 작가의 이러한 체험적 고백으로 작품에서 느껴지는 아쉬움이 충분히 해소될 수 있을지는 독자의 판단에 맡겨야겠지만, 어떻든 골드문트를 이상화된 인간형으로 보는 것은 적어도 작가의 생각과는 거리가 멀다는 것이 여기서 분명해진다. 사실 나르치스에 대한 우정에서도, 여성들에 대한 사랑에서도 골드문트는 마음의 안식처를 찾지 못한다. 나르치스로 상징되는 질서와 규범, 그리고 어머니와 여성들로 상징되는 일탈 사이에서 골드문트의 영혼은 분열되어 있으며, 그의 방황에는 그처럼 분열된 영혼과 삶의 비극성이 짙게 드리워져 있다.

그 모든 현실의 체험과 대비되는 '진정한 상상의 체험'을 골드문트는 예술의 세계에서 발견한다. 골드문트에게 예술은 자신의 가장 내밀한 체험이 육화된 세계인 동시에 현실 경험에서 도달할 수 없는 이상의 세계이기도 하다. 그가 아끼는 사도 요한 상(像)은 현실의 나르치스이면서 그 이상의 어떤 존재,

이상적인 구도자의 상이다. 그의 예술 창작의 결정체인 성모 마리아 상 역시 그가 만난 모든 여성인 동시에 영원한 여성성과 모성(母性)의 상징이기도 하다. 골드문트에게 어머니의 상실로 인한 트라우마를 치유해 주는 구원의 여성상은 예술작품의 이상과 합치된다. 골드문트가 한 인간으로서 그리고 예술가로서 방랑 끝에 도달한 안식처는 사랑의 신비로 충만한 어머니의 형상이다. 이처럼 골드문트에게 상실의 고통으로 남아 있던 우정과 사랑의 체험은 모성의 상징인 예술 작품을 통해 다시 의미 있는 것으로 되살아난다. 순간순간 덧없이 지나간 삶의 편린들이 의미를 되찾는 그 '진정한 상상의 체험' 속에서 현실과 이상, 순간과 영원, 삶과 죽음의 경계는 사라지는 것이다. 그리하여 기나긴 방황의 여정 끝에 거울 앞에 선 골드문트는 늙고 초췌한 자신의 모습을 바라보면서 비로소 상처와 죄악으로 얼룩진 자신의 삶을 긍정하고 마음의 평온을 얻는다.

여기서 거울 속에 비친 골드문트의 지친 얼굴을 함께 지켜보는 독자들은 골드문트를 끝없는 방황으로 내몰았던 내면의 충동에 대해 다시 한번 생각해 볼 필요가 있다. 작품에서 '태초의 어머니' 또는 '인류의 어머니 이브' 등으로 일컬어지는 위대한 모성은 헤세와 친분이 있었던 심리학자 카를 구스타프 융(C. G. Jung, 1875~1961)의 핵심 사상과 연결된다. 융의 심리학에서 인간을 움직이는 가장 근원적인 무의식적 충동은 일체의 생명 활동과 사랑, 죽음까지도 포용하는 위대한 모성이다. 어린 시절에 어머니를 잃은 골드문트는 그러한 모성에 대한 갈망 때문에 끝없이 방황한다. 심지어 마리아 상을 완성한 후에도 골드문트가 다시 수도원 밖으로 나가서 마지막 모험을 추구하려는 것은 그러한 갈망이 지상의 삶에서는 온전히 충족될 수 없음을 암시한다. 그래서 골드문트는 임종에 즈음하여 죽음을 '어머니의 부름'으로 받아들이고 순명(順命)하면서 영원한 안식을 맞는다.

헤세의 소설에 등장하는 대부분의 주인공이 그렇듯이 골드문트는 고정된 관습의 세계를 거부한다. 작품에서는 골드문트의 내면 심리에 조응되는 만큼의 현실만이 묘사되며, 따라서 시대적 배경은 그리 큰 비중을 차지하지 않는다. 그러나 그가 중세적 질서와 권위의 정신적 기둥인 수도원을 탈출하여 속세를 향해 정처 없이 나아가는 것은 골드문트가 기성의 권위에 도전하는 문제적 인물임을 상징적으로 보여 주는 사건이다. 골드문트의 입장에서 보면 그러한 거부와 일탈은 그 자신의 자아 역시 미리 규정되어 있지는 않다는 의미로 해석될 수 있다. 그는 끊임없이 낯선 세계와 부딪히며, 때로는 치명적인 위기마저 감수하는 모험을 거쳐 비로소 자신의 자아가 지나온 삶의 총화임을 깨닫게 되는 것이다. 골드문트가 마지막에 도달한 예술의 세계는 자신의 삶을 송두리째 바친 고된 탐색 끝에 얻은 값진 자기 인식이기도 하다.

지금까지 살펴본 대로 이 소설은 골드문트라는 한 개인이 고통스러운 방황의 여정 끝에 위대한 모성의 사랑에 눈뜨고 예술가로 성장하는 인간적 성숙의 과정을 그리고 있다. 주인공의 운명은 삶에서 상처받고 예민한 감수성을 지녔으며 진정한 사랑을 갈망하는 인간이면 누구나 겪을 수 있는 보편인간적 운명이다. 다른 한편 골드문트가 거친 세상에서 경험하는 어두운 현실은 집단적인 역사적 경험과 연결되어 있다. 표면상 이 작품의 시대적 배경이 되는 중세는 아득한 과거 속으로 사라진 한 시대가 아니라 늘 반복될 수 있는 암울한 역사의 상징성을 갖는다. 흑사병이 창궐하고 무고한 사람들이 죄없이 죽어 나가는 참상은 역사에서 형태를 달리하여 늘 반복되는 비극이다. 특히 유대인과 이방인들에게 흑사병을 퍼뜨렸다는 누명을 씌우고 속죄양으로 삼아 집단학살을 자행하는 참상은 이 소설이 발표된 후 정권을 장악한 히틀러 집단의 야만적 만행을 예감케 한다. 그런 이유로 이 소설은 1941년 히틀러 치하의 독일에서 출판금지 처분을 받았다. 헤세는 이 소설에서 기독교 2천 년과 독일사 1천 년의 역사에 대한 비판적 성찰을 시도했다고 말한 적이 있다. 『나르치스와 골드문트』는 우정과 사랑이라는 친숙한 주제의 이면에 현재까지 영향을 미치는 서양 근현대사에 대한 비판적 성찰을 담고 있는 소설인 것이다.

임홍배

작가 연보

1877년   7월 2일 독일 남부 뷔르템베르크주의 칼프에서 선교
　　　　사의 아들로 태어났다. 외조부는 유명한 인도학자이자
　　　　선교사인 헤르만 군데르트이다.

1881년   1886년까지 부모와 함께 스위스 바젤에 거주, 1883년
　　　　에는 스위스 국적을 취득했다. (그 전에는 러시아 국적이
　　　　었다.)

1886년   칼프로 되돌아와 학교에 입학했다.

1890년   괴핑엔에 있는 라틴어 학교에 다녔다. 뷔르템베르크 시
　　　　민권(독일 국적)을 취득했다.

1891년   마울브론 수도원 학교에 입학하지만 일곱 달 뒤 도망쳤
　　　　다. ("시인 이외에는 아무것도 되지 않고자 했기 때문에.")

1892년   자살 기도(6월), 슈테텐 신경과 병원 입원(6~8월), 칸슈

타트 김나지움에 입학했다.

1894년   칼프의 시계 공장에서 실습을 시작했다.

1895년   튀빙엔 헤켄하우어 서점에서 책거래 견습.『낭만적인 노래들(Romantische Lieder)』을 출간했다.

1899년   소설『고슴도치(Schweinigel)』집필 시작(원고 미발견). 『자정 이후의 한 시간(Eine Stunde hinter Mitternacht)』 을 출간했다.

1901년   첫 이탈리아 여행(피렌체, 제노바, 피사, 베네치아).

1902년   『시집(Gedichte)』을 출간했다.

1903년   두 번째 이탈리아 여행(피렌체, 베네치아).

1904년   『페터 카멘친트(Peter Camenzind)』를 출간했다. 마리아 베르누이(Maria Bernoulli)와 결혼했다. 연구서『보카치오(Boccaccio)』와『프란츠 폰 아시시(Franz von Assisi)』를 출간했다.

1905년   큰아들 브루노(Bruno)가 태어났다.

1906년   『수레바퀴 아래서(Unterm Rad)』를 출간했다. 잡지《삼월(März)》을 창간했다.

1907년   중단편집『이 세상에(Diesseits)』를 출간했다.

1908년   중단편집『이웃들(Nachbarn)』을 출간했다.

1909년   둘째아들 하이너(Heiner)가 태어났다.

1910년   장편『게르트루트(Gertrud)』를 출간했다.

1911년   시집『도중에(Unterwegs)』를 출간했다. 셋째아들 마르틴(Martin)이 태어났다. 인도 여행.

1912년   단편집『우회로들(Umwege)』을 출간했다. 스위스 베른으로 이주했다.

1913년　『인도에서. 인도 여행의 기록(Aus Indien. Aufzeichnungen einer indischen Reise)』을 출간했다.

1914년　장편 『로스할데(Roßhalde)』를 출간했다. 전쟁 초에 군 입대를 자원했으나 복무 부적격 판정을 받아, 베른에서 '독일 포로 구호' 기구에 복무하며 전쟁 포로들과 억류자들을 위한 잡지를 발행했다. 자신의 출판사를 만들어 1918년에서 1919년까지 스물두 권의 소책자를 펴냈다. 수많은 정치적 논문, 경고 호소문, 공개서한 등을 독일, 스위스, 오스트리아 신문 잡지들에 발표했다.

1915년　『크눌프. 크눌프 삶의 세 가지 이야기(Knulp. Drei Geschichten aus dem Leben Knulps)』, 단편집 『길가(Am Weg)』, 신작 시집 『고독한 사람의 음악(Musik des Einsamen)』, 단편집 『청춘은 아름다워라(Schön ist die Jugend)』를 출간했다.

1916년　부친 사망, 아내와 셋째아들의 병으로 신경쇠약 발병, 첫 심리 치료를 받았다.

1919년　정치적 유인물 『차라투스트라의 귀환. 어느 독일인이 독일 젊은이들에게 보내는 한마디(Zarathustras Wiederkehr. Ein Wort an die deutsche Jugend von einem Deutchen)』를 익명으로 출간, 이듬해 베를린에서 실명으로 출간했다. 스위스 테신주의 몬타뇰라로 이주하여 1931년까지 거주한다.

『데미안. 한 젊음의 이야기(Demian. Die Geschichte

einer Jugend)』를 에밀 싱클레어라는 가명으로 출간했다. 『동화(Märchen)』를 출간했다. 잡지 《새로운 독일적인 것을 위하여(Vivos voco)》 창간호를 발행했다.

1920년   색채 소묘를 곁들인 열 편의 시 『화가의 시들(Gedichte des Malers)』, 『방랑(Wanderung)』, 단편집 『클링조어의 마지막 여름(Klingsors letzter Sommer)』을 출간했다. 도스토옙스키에 대한 에세이 『혼돈을 들여다보기(Blick ins Chaos)』를 출간했다.

1921년   『시선집(Ausgewählte Gedichte)』을 출간했다. 창작 위기. C. G. 융의 정신 상담을 받았다. 『테신에서 그린 수채화 열한 점(Elf Aquarelle aus dem Tessin)』을 출간했다.

1922년   『싯다르타(Siddhartha)』를 출간했다.

1923년   『싱클레어의 수첩(Sinclairs Notizbuch)』을 출간하고, 마리아 베르누이와 이혼했다.

1924년   스위스 국적 재취득. 루트 벵어(Ruth Wenger)와 재혼했다.

1925년   『요양객(Kurgast)』을 출간했다.

1926년   『그림책(Bilderbuch)』을 출간했다. 프로이센 예술원 문학분과의 국제위원으로 선출되었다.

1927년   『뉘른베르크 여행(Die Nürnberger Reise)』, 『황야의 이리(Der Steppenwolf)』를 출간했다. 50회 생일. 후고 발이 쓴 헤세의 전기가 출간되었다. 루트 벵어와 이혼했다.

1928년   『관찰(Betrachtungen)』과 『위기. 일기 한 토막(Krisis. Ein Stück Tagebuch)』을 출간했다.

1929년   신작 시집 『밤의 위로(Trost der Nacht)』를 출간했다.

1930년   『나르치스와 골드문트(Narziß und Goldmund)』를 출간했다.

1931년   니논 돌빈(Ninon Dolbin)과 재혼하고, 몬타뇰라에 거주했다.

        『내면으로의 길(Weg nach innen)』을 출간했다.

1932년   『동방순례(Die Morgenlandfahrt)』를 출간했다. 이후 십년간 『유리알 유희(Das Glasperlenspiel)』의 집필에 몰두했다.

1933년   『작은 세계(Kleine Welt)』를 출간했다.

1934년   시선집 『생명의 나무에서(Vom Baum des Lebens)』를 출간했다.

1935년   『우화집(Fabulierbuch)』 출간했다.

1936년   『정원에서 보낸 시간(Stunden im Garten)』을 출간했다.

1937년   『기념첩(Gedenkblätter)』, 『신 시집(Neue Gedichte)』, 『마비된 소년(Der lahme Knabe)』을 출간했다.

1939년   헤세의 작품이 독일에서 불온하다고 간주되어 『수레바퀴 아래서』, 『황야의 이리』, 『관찰』, 『나르치스와 골드문트』가 더 이상 인쇄되지 못하고, 히틀러 집권 기간인 1933~1945년 사이 독일에는 총 스무 권의 헤세 저서가 나와 있었는데 십이 년 동안 총 481권의 문고본밖에 팔리지 않았다. 그런 이유로 전집은 스위스 프레츠 운트 바스무트 출판사에서 펴냈다.

1942년   『시집(Gedichte)』이 헤세의 첫 시전집으로 나왔다(취리히).

1943년 『유리알 유희』가 출간되었다.

1945년 시선집 『꽃 핀 가지(Der Blütenzweig)』, 미완성 소설 『베르톨트(Berthold)』, 『꿈의 여행(Traumfährte)』이 출간되었다.

1946년 『전쟁과 평화(Krieg und Frieden)』가 출간되었다. 헤세의 작품이 다시 독일에서 출간되기 시작했으며, 프랑크 푸르트시가 수여하는 괴테상을 수상했다. 같은 해 노벨 문학상을 받았다.

1951년 『후기 산문(Späte Prosa)』과 『서간집(Briefe)』을 출간했다.

1952년 75회 생일 기념으로 선집이 발간되었다.

1954년 동화『픽토르의 변신(Piktors Verwandlungen)』을 출간했다. 『헤르만 헤세-로망 롤랑 서한집(Briefwechsel: Hermann Hesse-Romain Rolland)』을 출간했다.

1956년 후기 산문『마법(Beschwörungen)』을 출간했다. 독일 서적상의 평화상을 수상했다.

1956년 헤르만 헤세상 재단이 설립되었다(바덴-뷔르템베르크 독일 예술후원회).

1962년 바이블러의 헤르만 헤세 전기『헤르만 헤세. 한 편의 전기』가 출간되었다. 8월 9일 몬타뇰라에서 사망했다. 이후 독일에서 헤세의 작품들에 관한 연구서들이 연이어 출간되었다.

세계문학전집 **66**

나르치스와 골드문트

1판 1쇄 펴냄 1997년 8월 5일
1판 2쇄 펴냄 1997년 8월 18일
2판 1쇄 펴냄 2002년 7월 30일
2판 61쇄 펴냄 2024년 1월 16일

지은이 헤르만 헤세
옮긴이 임홍배
발행인 박근섭, 박상준
펴낸곳 (주)민음사

출판등록 1966. 5. 19. (제 16-490호)
서울특별시 강남구 도산대로1길 62(신사동) 강남출판문화센터 5층 (우편번호 06027)
대표전화 02-515-2000 팩시밀리 02-515-2007
www.minumsa.com

ISBN 978-89-374-6066-1 04800
ISBN 978-89-374-6000-5 (세트)

* 잘못 만들어진 책은 구입처에서 교환해 드립니다.

세계문학전집 목록

세계문학전집은 계속 간행됩니다.